Laura Gallego García

Geheime Welt Idhún 3

Der Krieg der Götter II

Laura Gallego García

Geheime Welt Idhún 3

Der Krieg der Götter II

Roman

Aus dem Spanischen
von Ilse Layer

Deutscher Taschenbuch Verlag

Von Laura Gallego García sind außerdem bei dtv junior lieferbar:
Geheime Welt Idhún 1 – Die Verschwörung, dtv extra 70992
Geheime Welt Idhún 2 – Die Feuerprobe, dtv extra 71219
Geheime Welt Idhún 3 – Der Krieg der Götter I, dtv extra 71290
Das Tal der Wölfe, dtv junior 71168
Der Fluch des Meisters, dtv junior 71245
Finis mundi oder Die drei magischen Amulette, dtv junior 70754

Deutsche Erstausgabe
In neuer Rechtschreibung
April 2008
Deutscher Taschenbuch Verlag GmbH & Co. KG,
München
www.dtvjunior.de
Dies ist der zweite Teil des Buches, das 2006
in der spanischen Originalausgabe als ein Band
mit dem Titel ›Memorias de Idhún – Panteón‹ bei
Ediciones SM, Madrid erschienen ist.

Umschlagkonzept: Balk & Brumshagen
Umschlaggestaltung: Stephanie Weischer unter Verwendung
eines Motivs von Alfonso Ruano und Pablo Núñez
Lektorat: Britt Arnold
Gesetzt aus der Palatino 10,5/13˙ und aus der Arbiter BQ
Gesamtherstellung: Druckerei C. H. Beck, Nördlingen
Gedruckt auf säurefreiem, chlorfrei gebleichtem Papier
Printed in Germany · ISBN 978-3-423-71317-7

GROSSES ORAKEL
NANHAI
(Riesen)
DIE EISKRONE
TARES
(Piraten)
TURM VON KAZLUNN
KAZLUNN
SHUR-IKAIL
(Barbaren)
VANIS
NOLIR
SANDA
NANETTEN
DART
VANISSAR
RAHELD
THALIS
Estehin
Raisar
Adir
LES
Estid
KES
ESMERALDA
EVEN
NANDELT
(Reich der Menschen)
NAMRE
NURGON
Iveron
BERG LUNN
SHIA
RUD
Ail
DINGRA
AREN
BERGKETTE VON NANDELT
TURM VON DERBHAD
AWA-WALD
Awa
NANGAL
TURM VON DRACKWEN
ALIS-LITHBAN-WALD
(Einhörner)
KWEN
FEUERGIPFEL
KELESBAN
RHYRR
CELESTIA
(Himmelblaue)

VAISEL
Dor
Ilvar
DYAN
WANDERBERGE
NELIAMS AUGEN
Mailin
Mailar
DER PASSWEG
KASH-TAR-WÜSTE
(Yan)
LUMBAK
NIN
TRASK-BAN
ORAKEL VON RADEN
RADEN-MEER
KOSH
GANT
HÜGEL VON GANTADD
(Land der Ganti)
TURM VON AWINOR
SAREL
ORAKEL VON GANTADD
AWINOR
(Drachen)
DAGLEDU
OZEANISCHES REICH (Varu)
GLESU
TELI
ISU
AGLI
RIV-ARNETH-INSELN
BLENU
ZAUBERTÜRME
ORAKEL
REICH DER MENSCHEN
SUMPFGEBIETE

Sechstes Buch

Die Schöpfung

1

Streitigkeiten und Entscheidungen

Das Orakel von Gantadd war unbewohnbar, nachdem das Meer darüber hinweggerollt war. Mit ein wenig Zeit und Mühe konnte es wieder aufgebaut werden, aber unterdessen benötigten die Priesterinnen einen anderen Unterschlupf. In den umliegenden Dörfern hatte Neliams Besuch ebenfalls Spuren hinterlassen, deshalb waren sie zu Ha-Din ins neue Orakel im Herzen des Awa-Waldes aufgebrochen. Im Landesinneren hatten sie Alexander und die Novizinnen getroffen. Alle waren wohlbehalten, nur Ankira, die Limyati-Hörerin, war in einem Anfall von Panik ohnmächtig geworden, als die Welle das Festland erreicht hatte. Nachdem sie wieder zu sich gekommen war, hatte sie sich in ein abwesendes Schweigen geflüchtet. Igara, die Botin des Orakels, war nicht zurückgekehrt. Offenbar hatte sie einige Ganti-Gemeinschaften warnen können, während andere von dem Seebeben völlig vernichtet worden waren. Später stellte sich heraus, dass Igara bei ihrer Mission vom Meer überrascht worden war.

An der Ostküste gab es große Verluste. Hunderte waren obdachlos geworden und streiften nun durch die Wälder von Derbhad. Teilweise waren sie von den Feen aufgenommen worden, aber in Trask-Ban zum Beispiel waren die Flüchtlinge nicht willkommen. Nur wenige drangen bis zum Awa-Wald durch, die Bewohner des Orakels hingegen nahmen den langen Weg auf sich. Auch diesmal blieb Schwester Karale zurück, um sich um den Wiederaufbau des Gebäudes zu kümmern. Einige Priesterinnen hatten sich ebenfalls zum Bleiben entschlossen und aus dem Landesinneren, das von der Welle verschont geblieben war, kamen Tag für Tag Leute, um ihnen zur Hand zu gehen.

Alexander hätte sich ihnen gern angeschlossen. Er verspürte nicht die geringste Lust, in den Awa-Wald zurückzukehren. Doch als er den Treck von Priesterinnen sah, überlegte er es sich anders. Angeführt wurde er von Jack, neben ihm Victoria. Diese betrachtete Alexander nach so langer Zeit mit gemischten Gefühlen. Er erinnerte sich noch genau an ihren Zustand nach Jacks vermeintlichem Tod. Natürlich hatten Jack und Shail ihm erzählt, was während seiner Abwesenheit geschehen war, und Alexander war erschüttert gewesen, als er erfahren hatte, dass Victoria sich Ashran geopfert hatte, um den Drachen zu retten. Doch sie hatte es auch für den Shek getan und nach ihrer Genesung war sie mit ihm auf die Erde geflohen, was Alexander weder nachvollziehen noch gutheißen konnte.

Doch nun war Victoria wieder hier, bei Jack, und ihm wurde beim Anblick des jungen Paares ganz warm ums Herz. Shail befand sich auch bei ihnen, auf dem Rücken eines Paske. Er war sehr geschwächt und hatte sein künstliches Bein verloren, aber er war am Leben. Das waren die Verschwörer. Seine Freunde. Nun waren sie wieder vereint. Und das Beste von allem: keine Spur vom Shek. Vielleicht war Victoria endlich zur Vernunft gekommen und alles war wieder wie früher …

Gaedalu begleitete sie ebenfalls. Sie war unschlüssig gewesen, ob sie nicht besser im Orakel bleiben sollte, aber Jack hatte sie überredet, mit ihnen zu kommen. Für die Durchquerung von Derbhad hatte der Treck mehrere Tage gebraucht. Nun wurden sie von den Dryaden, den Wächterinnen des Awa-Waldes, empfangen und verborgene Trampelpfade entlanggeführt. Am ersten Tag erschien ihnen der Wald so prachtvoll und üppig wie immer, aber vom zweiten Tag an, nach der Überquerung des Flusses, wurden allmählich die Verwüstungen sichtbar, die die Sheks während der letzten Schlacht angerichtet hatten. In einigen Teilen des Waldes herrschte immer noch Kälte und die Bäume waren unter dem Raureif erfroren. Die Dryaden mieden diese Gebiete nach Möglichkeit, doch hin und wieder ließen sie sich nicht umgehen.

Während sie immer tiefer in den Awa-Wald eindrangen, berichtete Jack Victoria, was während ihrer Abwesenheit auf Idhún geschehen war. Nur ihr erzählte er, was er im Orakelsaal vernommen hatte. Shail und Alexander wussten noch nichts davon. Der Magier wäre vielleicht sogar bereit gewesen, ihm zuzuhören, aber er war noch schwach und Jack wollte ihn nicht aufregen. Aber was Alexander anging ... Jack wusste, was er vom Krieg zwischen den Drachen und den geflügelten Schlangen hielt. Es hatte keinen Sinn, ihn davon abbringen zu wollen.

Staunend lauschte Victoria seinem Bericht über die Ankunft der Götter Karevan und Neliam, seinen Erlebnissen in Nanhai, Esmeralda und auf Gaerus Insel sowie seinen Entdeckungen in den Ruinen des Großen Orakels.

»Du kannst dem Shek sagen«, erklärte er leise, »dass seine Mutter höchstwahrscheinlich Manua hieß und Hörerin im Großen Orakel war, wo sie Ashran kennenlernte, als er sich über den Siebten informieren wollte. Wenn ich mich nicht täusche, wurde Christian dort geboren, im äußersten Norden von Nanhai. Als seine Mutter die Prophezeiung hörte, in der von der Rückkehr der Sheks mit Ashrans Hilfe die Rede war, brachte sie ihn offenbar aus dem Orakel fort. Ich fürchte, sie begriff als Einzige, was diese Prophezeiung wirklich bedeutete. Sie hatte mit eigenen Augen gesehen, wie Ashran gestorben war und dann als siebter Gott wieder lebendig wurde. Aber wahrscheinlich hat ihr damals niemand geglaubt, deshalb blieb ihr nichts anderes übrig, als mit ihrem Baby weit weg zu fliehen.«

»Und was ist aus ihr geworden?«

»Ashran fand sie am Tag der künstlichen Sternenkonstellation in ihrer Hütte in Alis Lithban und entriss ihr den Sohn. Entweder hat er sie damals getötet oder sie konnte fliehen, das weiß ich nicht. Ich habe Gaedalu nach ihr gefragt, aber sie hat seltsam reagiert, fast zornig. Sie kannte Manua und hasst sie offenbar. Ich weiß nicht, warum. Sie hat angedeutet, dass Manua tot ist, aber ich bin nicht sicher, ob ich ihr glauben soll. Ich könnte versuchen, noch mehr herauszufinden.«

Victoria schüttelte den Kopf. »Nicht nötig«, widersprach sie. »Ich erzähle Christian, wer seine Mutter war, und überlasse es ihm, ob er nach ihr suchen will. Ich glaube, das muss er selbst entscheiden.«

Jack warf ihr einen kurzen Blick zu. »Wie willst du es ihm denn erzählen? Er ist bei Gerde. Warum glaubst du, dass du ihn je wiedersiehst?«

»Ich weiß es. Schließlich trage ich seinen Ring.«

Jack sah sie besorgt an. Die Nachricht, dass Christian sich Gerde angeschlossen hatte, hatte er nicht recht einordnen können. Nicht einmal Victoria hatte plausible Gründe dafür nennen können. »Es war, nachdem wir das Massaker an den Szish durch die Seele gesehen hatten«, erinnerte sie sich. »Er sagte: ›Das passt überhaupt nicht zu den Szish‹, und dann erklärte er, er müsse zu Gerde zurück. Ich glaube, in dem Moment hat er etwas begriffen, das unseren Verstand übersteigt.«

»Hätte er es dir nicht anvertrauen können?«, fragte Jack aufgebracht. »Wechselt er jetzt wieder das Lager, einfach so, ohne jede Erklärung?«

Victoria hob den Kopf. »Ich vertraue ihm, Jack«, sagte sie nur.

»Ja, klar«, knurrte er. »Ich weiß, du kannst seelenruhig akzeptieren, dass er den Sheks hilft, die Erde zu erobern, oder dass er zu einer Fee geht, die nicht nur die siebte Göttin ist, sondern ihn immer schon verführen wollte. Du vertraust ihm auch weiterhin. Aber ich komme ins Grübeln. Warum kann er sich nicht ein für alle Mal für ein Lager entscheiden?«

Victoria sah ihn lange ernst an. »Jack«, sagte sie, »nach allem, was wir erfahren haben, glaubst du da wirklich, dass es noch Sinn hat, von Lagern zu sprechen?«

Jack wusste nicht, was er antworten sollte. Denn in gewisser Weise hatte Victoria recht. Gerade erst hatte er Alexander von der Verschwörung, vom Kampf gegen die Sheks und den Siebten sprechen hören, und obwohl ihm das alles sehr vertraut war, hatte es für ihn gleichzeitig hohl geklungen, Worte, die keine Bedeutung mehr für ihn hatten.

Durch das Treffen mit Ha-Din hoffte er auf ein wenig Klarheit. Der ehrwürdige Vater war aufgeschlossen und versöhnlich, weit mehr als Gaedalu, die ihm obendrein jeden Tag verschlossener und finsterer vorkam.

Es war bereits dunkel, als das neue Orakel vor ihnen auftauchte. Es sah völlig anders aus als die übrigen Orakel von Idhún, denn es war von den Feen erbaut worden: Alle Räume bestanden aus lebenden Bäumen, deren Stämme, Äste und Wurzeln sich ineinander verflochten und grüne Wände und Decken bildeten. Gewiss hatten die Baumeister noch nie vor einer vergleichbaren Herausforderung gestanden. Auch wenn die Bäume im Awa-Wald schnell wuchsen, mussten doch sogar die Feen lange gebraucht haben, um sie dazu zu bringen, die Form eines Gebäudes dieser Größe anzunehmen. Das einzige Zugeständnis an die Bauweise der Menschen oder besser gesagt der Himmelblauen war die von einer großen Kuppel überwölbte Haupthalle, in der die Stimmen der Götter aufgefangen wurden.

Mittlerweile bereuen sie bestimmt, dass sie sie gebaut haben, dachte Jack mit einem Schauder. Aber sein Unbehagen wandelte sich in Freude, als er Ha-Din jetzt breit lächelnd aus dem Orakel treten sah. Die Priesterinnen verbeugten sich kurz vor ihm. Alexander neigte zum Zeichen des Respekts den Kopf, und Jack und Victoria taten es ihm nach.

»Seid mir willkommen, Besucher«, erklärte Ha-Din. »Es ist viel Zeit vergangen, seit ich einige von euch das letzte Mal in Awa begrüßt habe, und seither hat sich viel verändert. Aber ich freue mich, euch alle wiederzusehen. Tretet ein, wir werden euch sicher unterbringen können.«

Die Priesterinnen waren müde und wollten sich gleich zurückziehen. Die Vorstellung, in einem Raum zu schlafen, der aus lebenden Bäumen bestand, befremdete sie zunächst, aber bald stellten sie fest, dass das Orakel innen genauso komfortabel war wie ein Haus aus Stein. Als Betten dienten riesige weiche Pilze und die Bettwäsche bestand aus großen, samtigen Blättern. Türen gab es keine, aber dicke Vorhänge aus Zweigen und Lianen sorgten für Privatsphäre.

Der himmelblaue Novize, der sie in ihre Unterkünfte führte, brachte Jack und Victoria im selben Zimmer unter. Niemand erhob Einwände. Bevor Victoria sich zu Jack aufs Lager kuschelte, drückte sie Shiskatchegg an die Lippen. *Pass auf dich auf*, wandte sie sich in Gedanken an Christian. *Mach keine Dummheiten.*

Weit weg, am anderen Ende des Kontinents in einem anderen großen Wald, spürte Christian ihre Gegenwart. Er befand sich auf Gerdes Baum und betrachtete interessiert das Baby, das sie im Arm hielt. »Saissh«, murmelte er.

»Der Name passt gut, findest du nicht?«, fragte sie lächelnd. »Willst du sie mal halten?«

Bevor Christian antworten konnte, hatte Gerde ihm das Kleine in die Arme gedrückt. Der Shek griff vorsichtig zu, aber Saissh wachte auf und begann zu weinen.

»Keine Bange, sie weint oft«, sagte Gerde und nahm sie wieder an sich. Sie wiegte sie in den Armen und summte ihr sanft etwas vor, bis das Kleine wieder still war. »Babys sind viel empfindlicher als Erwachsene. Ihr Instinkt sagt ihr, dass du kein reiner Mensch bist, sie fühlt sich bei dir nicht wohl und sorgt dafür, dass alle es erfahren. Einfache, unverblümte Geschöpfe, diese Babys.« Sie legte Saissh wieder in ihr Bettchen aus Blättern.

Christian musterte sie und fragte dann: »Und dass du keine reine Fee bist, merkt sie nicht?«

»O doch«, antwortete Gerde lächelnd. »Aber sie gewöhnt sich allmählich daran. Glaub nicht, mein Geist würde sich so sehr von dem eines Menschen unterscheiden, Kirtash. An mich kann sie sich leichter gewöhnen als an dich.«

»Und das sollte sie auch, nicht wahr?«

Gerde lächelte. »Ja«, schnurrte sie. »Das will ich ihr geraten haben.«

»Es wird noch lange dauern, bis sie das richtige Alter erreicht hat. Aber so viel Zeit haben wir nicht, Gerde. Glaubst du wirklich, es lohnt sich, sie aufzuziehen?«

»›Viel Zeit‹ bedeutet für dich nicht dasselbe wie für mich«, rief ihm die Fee in Erinnerung. »Diese Welt wird bald zerstört werden, aber bis wir mit der Eroberung der anderen anfangen können, werden noch etliche Jahre vergehen. Dann wird meine Saissh so weit sein. Sie wird die Eroberung anführen.«

»Das ist ein langwieriges und mühseliges Vorhaben.«

»Hast du vielleicht eine bessere Idee?«, fragte Gerde.

»Mein Plan ist ehrgeiziger, meine Gebieterin«, antwortete Christian lächelnd. »Und erheblich gewagter. Es wird riskant, aber wenn alles gut geht, bist du die Warmblüter und ihre Götter endgültig los.«

Gerdes Gesicht wurde zusehends von einem breiten Lächeln erhellt. Als sie Saissh sanft über die Wange strich, gluckste die Kleine und fuchtelte mit den Ärmchen. »Ich habe immer gewusst, dass es gut war, dich bei mir zu behalten, Kirtash«, erwiderte sie. »Wie sieht dein Plan aus?«

Christian schenkte ihr ein halbes Lächeln, kam jedoch nicht zum Antworten, denn in diesem Moment betrat Yaren den Baum und starrte beide an. »Oh«, sagte er mit einem rasselnden Keuchen. »Ihr seht ja aus wie eine Familie. Wie rührend.«

Christian hob den Kopf. »Was macht *der* denn hier?«, fragte er Gerde gefährlich sanft.

Sie zuckte die Achseln. »Dasselbe wie du: mich mit einer überflüssigen Zurschaustellung von männlichem Stolz langweilen. Du magst manchmal brillante Ideen haben, Kirtash, aber das gibt dir nicht das Recht, meine Entscheidungen infrage zu stellen. Er ist hier, weil ich es so will, das muss dir genügen. Und was dich angeht«, fügte sie an Yaren gewandt hinzu, »wenn du mir gegenüber das nächste Mal nicht den gebotenen Respekt an den Tag legst, bringe ich dich um.«

Yaren starrte sie mit einem herausfordernden Funkeln in den Augen an, aber schließlich nickte er und senkte demütig den Kopf.

»Warum hast du das nicht schon längst getan?«, fragte Christian.

»Manchmal ist er nützlich«, antwortete Gerde. »Genau wie du.« Christian erwiderte nichts. »Und jetzt raus mit euch, alle beide«, befahl die Fee. »Wegen euch habe ich Kopfweh.«

Als Christian und Yaren den Baum verließen, nahm Gerde das

Baby in die Arme und setzte sich versonnen in eine Ecke. »Was meinst du?«, fragte sie die Kleine. »Sollte ich sie beide töten?«

Saissh sah sie mit ihren riesigen blauen Augen an. Als Gerde mit der Fingerspitze ihr Näschen anstupste, lächelte das Baby. »Dich kann man mit jeder Kleinigkeit zum Lachen bringen«, bemerkte Gerde voller Neid und hob sie hoch. »Ja, du wirst wunderschön, wenn du groß bist. Natürlich nur so schön, wie ein Mensch eben werden kann«, schränkte sie ein.

Saissh gluckste und Gerde nahm sie wieder auf den Schoß. »Aber das allein reicht nicht, stimmt's?«, fragte sie. Sie hob die Hand. Sogleich materialisierte sich darin ein langer, scharfer Gegenstand, weiß und rein wie ein Mondstrahl. Das Baby starrte ihn wie gebannt an. »Schau nur hin«, sagte Gerde. »Es ist der Inbegriff der Magie, der Macht, die die Götter kleinen, zerbrechlichen Geschöpfen wie den Einhörnern anvertrauen mussten, denn sie selbst waren so gewaltig, dass sie die Sterblichen damit erdrückt hätten. Die Schöpferkraft der Götter, die mir immer verwehrt war … bis jetzt.«

Das Kleine streckte die Hände nach dem Einhorn-Horn aus. Gerde lächelte. »Es gefällt dir, was? Greif zu.« Die Händchen des Babys schlossen sich um das Horn. Gerde spürte, wie Energie durch sie hindurchströmte und sich im Horn bündelte, um sich über die kleine Saissh zu ergießen. Diese stieß einen Jubelschrei aus, während ihre Augen einen Moment lang strahlten und ihre Lippen sich zu einem ekstatischen Lächeln bogen. Als Gerde ihr das Horn sanft entzog, ruderte Saissh mit den Ärmchen im Versuch, es wieder zu fassen zu bekommen.

»Nein, nein, du hast genug gehabt, Kleine«, mahnte Gerde. »Genug, um dich auf den Weg der Magie zu bringen.« Saissh wimmerte und begann dann zu weinen. Gerde ließ das Horn verschwinden. »Oh, sei still«, protestierte sie und nahm die Kleine in die Arme, um sie in den Schlaf zu wiegen.

Draußen hob Christian den Kopf, um den Sternenteppich um die drei Monde herum zu betrachten. Er hatte den idhunischen Himmel vermisst. Plötzlich nahm er jemanden neben sich wahr. »Was willst du?«, fragte er.

»Warum bist du zurückgekommen?«, zischte Yaren. »Ich dachte, du kümmerst dich um Lunnaris.«

Christian fixierte ihn mit einem eisigen Blick. »Sprich nie wieder diesen Namen aus«, warnte er ihn. »Nicht in diesem Ton.«

Yaren reagierte mit einem gedämpften Lachen. »Meinst du, wenn ich täte, als gäbe es sie nicht, würde ich sie weniger hassen?«

»Nein. Aber dann hätte ich weniger Grund, dich zu töten.«

Yaren wich einen Schritt zurück. Doch seine Stimme klang spöttisch, als er fragte: »Wirst du das wagen, obwohl ich unter Gerdes Schutz stehe?«

»Sie wird dich bald satthaben«, antwortete Christian lächelnd. »Sobald du ihr nicht mehr nützlich bist, falls du ihr überhaupt jemals nützlich warst.«

Er sagte nichts weiter, aber das war auch nicht nötig: Yaren senkte den Kopf und ging in der Dunkelheit davon. Christian sah ihm nach. Warum hatte er Yaren bedroht? Normalerweise machte er sich nicht die Mühe, jemanden darauf hinzuweisen, dass er ihn töten wollte. Er tat es einfach und basta. Aber der Magier hatte recht. Im Moment stand er unter Gerdes Schutz und man kam ihr besser nicht in die Quere.

Shail schreckte mitten in der Nacht hoch. Überrascht blinzelte er und bemerkte, dass das hell strahlende Licht kein Traum gewesen war. Neben seinem Bett stand eine weiße Gestalt, die so stark leuchtete, dass er geblendet war. Er drehte den Kopf zur Seite. Zaisei schlief tief und fest und er überlegte, ob er sie wecken sollte.

»Tu's nicht«, flüsterte eine Stimme, die ihm irgendwie bekannt vorkam. »Lass sie schlafen.«

Vorsichtig sah Shail zu der Gestalt auf. Allmählich gewöhnten sich seine Augen an die Helligkeit. Dieses Profil kannte er. »Lunnaris ... Vic?«, fragte er benommen.

Sie neigte den Kopf. Ihr Horn war noch nicht wieder so lang wie früher. »Ich konnte nicht schlafen«, sagte sie, »und dachte, ich komme dich besuchen. Das hatte ich sowieso vor, aber morgen sind zu viele Leute da und ... na ja, ich habe es nicht gern, so gesehen zu werden«, schloss sie ein wenig verlegen.

Shail hob verwundert die Hand, um sie zu berühren, doch sie wich zurück. Der Magier ließ den Arm sinken. »Und warum bist du in dieser Gestalt gekommen?«

»Weil du mich sehen solltest. Du hast Lunnaris seit der künstlichen Sternenkonstellation nicht mehr zu Gesicht bekommen, oder?«

»Nein«, gab Shail gerührt zu. »Du bist mächtig gewachsen und ... also, du bist sehr schön.«

Sie wandte den Blick ab. »Ich danke dir«, erwiderte sie, »auch wenn ich sehr wohl weiß, dass mein Horn noch ein wenig lächerlich aussieht«, erklärte sie. »Aber es funktioniert schon wieder. Das ist der andere Grund, aus dem ich heute Nacht hergekommen bin.«

Shail sah sie verständnislos an. Victoria richtete den Blick auf einen Gegenstand, der achtlos neben dem Bett lag, und senkte den Kopf. »Ach, das da«, begriff er. »Ich weiß nicht, hältst du es für eine gute Idee?«

Anstelle einer Antwort setzte Victoria die Spitze ihres Horns auf die polierte Oberfläche des künstlichen Beins und schloss die Augen. Die Magie strömte ihr durch die Adern und bündelte sich im Horn. Das Metallbein sog die Energie gierig auf.

Einen Moment lang fühlte Victoria sich an ihr schreckliches Erlebnis im Turm von Drackwen erinnert, als Ashran ihr die Magie gewaltsam entrissen hatte. Doch sie übermittelte dem künstlichen Bein so lange Magie, bis sie spürte, dass es vor Kraft strotzte. Erschöpft ließ sie den Kopf fallen. »Fertig«, sagte sie. »Versuch, es anzulegen.«

Shail zögerte, aber sie war so matt, dass er es nicht übers Herz brachte, ihr zu widersprechen. Vorsichtig, um Zaisei nicht aufzuwecken, richtete er sich ein wenig auf. Ein köstliches Kribbeln erfasste seine Finger, als er die Prothese in die Hände nahm. Sie wirkte wunderbar lebendig. Doch der Schmerz, den er erlitten hatte, als Ylar sie ihm abgerissen hatte, war in seinem Gedächtnis noch sehr gegenwärtig. Die Wunde vernarbte gerade erst und die Vorstellung, das Bein wieder daraufzusetzen, jagte ihm einen Schauder über den Rücken. Dennoch näherte er es seinem Stumpf ein wenig an, nur um zu probieren, ob es noch passte.

Ehe er sich's versah, glitt es ihm aus den Händen und saugte sich wieder an ihm fest. Shail schrie auf, doch der künstliche Körperteil passte sich perfekt an und verschmolz nahtlos mit seinem Fleisch.

»Shail, was ist los?«, murmelte Zaisei verschlafen. Doch als sie sah, was geschehen war, war sie plötzlich hellwach und rief: »Nimm es ab, es wird dich …«

»Alles in Ordnung«, besänftigte er sie noch zitternd. »Es funktioniert wieder und diesmal richtig, glaube ich. Sieh mal, das Minca-Amulett ist nicht einmal aktiv. Das bedeutet, dass das Metall sich auch ohne meine Magie mit meinem Körper verbindet.«

Zaisei betrachtete das Bein halb staunend, halb argwöhnisch. »Wie hast du das gemacht?«

»Es war Victoria … Lunnaris … Ihre Magie hat das Wunder

vollbracht.« Er blinzelte, um die Tränen zurückzudrängen, und wandte sich dem Einhorn zu. Doch Victoria war verschwunden.

Am folgenden Tag betrat Shail den Versammlungssaal ohne Krücken. Er sah übernächtigt aus, aber seine Schritte waren fest und sicher. Die Versammlung begann gut. Anwesend waren Ha-Din und Gaedalu, mehrere andere Priester und Priesterinnen, darunter auch Zaisei, sowie die Verschwörer, zum ersten Mal seit ihrer Ankunft auf Idhún wieder vereint (niemand schien Christian zu vermissen). Als Vertreter des Feenvolkes nahmen zwei Feen und ein Sylphe teil.

Jack ergriff das Wort als Erster. Er erzählte von ihren Erlebnissen im Turm von Kazlunn, von dem verheerenden Wirbelsturm, dem die letzte Bastion des Magierordens beinahe zum Opfer gefallen wäre. »Die ehrwürdige Mutter und ihre Priesterinnen wissen, wovon ich rede«, erklärte er ernst. »Beinahe hätte der Sturm sie in Celestia eingeholt.« Dann sprach Jack von den Zerstörungen, die Karevan im Norden anrichtete, und von dem schrecklichen Seebeben, das die ganze Ostküste von Idhún heimgesucht hatte. Diesmal behielt er sein Wissen nicht für sich, sondern nannte die Ankunft der Göttin Neliam auf Idhún als Grund für die Katastrophe. Ihm entging keineswegs, dass die Priester immer nervöser wurden, er sprach jedoch weiter. »Die Orakel haben so etwas schon seit einiger Zeit vorhergesagt«, schloss Jack. »Das beweist auch die schlechte Verfassung der Hörer. Die Sechs kehren nach Idhún zurück, weil der Siebte sich hier aufhält, und sie werden gegen ihn antreten.«

»Wie kannst du dir da so sicher sein?«, wollte ein Sylphen-Priester wissen und schüttelte missbilligend den Kopf. »Der Siebte hält sich bei uns auf, sagst du. Warum sollte es nicht so sein, dass *er* hinter all diesen zerstörerischen Phänomenen steckt?«

Jack blieb einen Moment stumm. Gewiss, von der destruktiven Macht der Götter wusste er nur durch Sheziss, ein Shek-Weibchen. Und dass der Siebte sich in Gerde reinkarniert hatte, hatte ihm Christian gesagt, ebenfalls ein Shek. Seine Intuition riet ihm, ihnen zu glauben, aber die Priester der Sechs dachten nicht so. »Als wir gegen Ashran kämpften«, antwortete er, »entdeckten wir, dass er die Verkörperung des siebten Gottes ist. Bei seinem Tod wurde dieser freigesetzt. Doch in den Monaten nach Ashrans Sturz war alles ruhig. Es war die Ruhe vor dem Sturm. Erst seit der Ankunft der Sechs treten diese zerstörerischen Phänomene auf. Das Problem ist, dass sie mächtige, gewaltige Wesen sind und wir, verglichen mit ihnen, nur winzige Insekten. Sie werden uns zermalmen, fast ohne es zu merken. Denn sie werden Idhún weiter nach dem Siebten absuchen, nun da er sich wieder eine sterbliche Maske zugelegt hat und sie ihn erneut aus den Augen verloren haben. Derzeit hat er die Identität der Fee Gerde angenommen, einer abtrünnigen Zauberin.«

Am Tisch erhob sich Gemurmel. Jack nahm den alarmierten Blick wahr, den Victoria ihm zuwarf, aber er sprach weiter: »Die Sheks wissen, was los ist. Ihnen ist klar, dass die Sechs sich auf die Suche nach ihrer Göttin gemacht haben, und sie glauben nicht, dass sie diese Schlacht gewinnen können. Deshalb versuchen sie zu fliehen. Aber sie wollen in eine Welt, die für mich genauso wichtig ist wie diese hier. Ich meine die Erde, die Welt, in der Victoria und ich geboren wurden und aufgewachsen sind. Ich habe nicht die geringste Absicht, das zuzulassen, aber ich will auch nicht, dass die Götter bei ihrer Auseinandersetzung Idhún verwüsten. Irgendwelche Vorschläge?«

Es herrschte erstarrtes Schweigen. »Wenn all das stimmt«, sagte Alexander dann langsam, »wäre es vielleicht am besten, den Göttern zu sagen, wo Gerde ist. Damit sie sie und damit den Siebten ein für alle Mal aus dem Weg schaffen.«

Jack nickte. »Leider wissen wir nicht«, gab er dann zu bedenken, »wie wir uns mit ihnen verständigen sollen. Der Orakelsaal dient nur dazu, die Götter zu hören, nicht dazu, mit ihnen zu sprechen. Ashran ist es allerdings einmal gelungen, sich im Orakelsaal des Großen Orakels mit dem Siebten zu verständigen.«

Empörte Ausrufe wurden laut. Ha-Din hob die Hand. »Das ist wahr, fürchte ich«, bestätigte er. »Mir wurde schon vor geraumer Zeit zugetragen, Ashran hätte eine Zeit im Großen Orakel zugebracht, bevor er zu dem mächtigen Wesen wurde, das Idhún nach der künstlichen Sternenkonstellation unterwarf. Damals – die Sechs mögen mir verzeihen – war mir nicht klar, was für eine große Bedeutung diesem Umstand zukommt. Ich kam nicht auf die Idee ... weder ich noch sonst jemand ... Ashran selbst könnte der siebte Gott sein. So, wie er mir beschrieben wurde, kam er mir ehrlich gesagt sehr menschlich vor.«

»Zunächst war er ja auch ein Mensch«, erklärte Jack. »Wozu er dann geworden ist, kann ich nicht genau sagen.«

Niemand wagte zu sprechen, auch wenn vielen der Anwesenden die Skepsis ins Gesicht geschrieben stand. Schließlich ergriff Shail das Wort. »Wir glauben, dass bislang die Götter Karevan, Yohavir und Neliam auf Idhún angekommen sind«, sagte er. »Karevan hält sich in den Bergen von Nanhai auf und bewegt sich so langsam vorwärts, dass die Riesen, die bereits von seiner Gegenwart wissen, sich damit begnügen, einen Bogen um ihn zu machen. Was Neliam angeht – sie hat die Welle ausgelöst, die die Küsten von Nanetten, Derbhad und Gantadd und die Städte des Ozeanischen Reiches überflutet hat, und dann hat sie sich nach Süden fortbewegt, weg vom Festland.

Wir wissen nicht, wo sie ist. Und Yohavir … Es sieht so aus, als hätte er nach der Verwüstung von Kazlunn und Celestia innegehalten, und zwar zwischen Rhyrr und Haai-Sil. Dort verharrt er seit mehreren Tagen am Himmel. Vielleicht warten sie auf die anderen Götter oder darauf, dass der Geist des Siebten wieder in Erscheinung tritt. Ich weiß es nicht. Aber ich glaube nicht, dass dies ein Dauerzustand ist. Irgendwann werden sie sich wieder in Bewegung setzen und dann …« Er sprach den Satz nicht zu Ende.

Nach einer Pause ergriff Ha-Din das Wort. »Ich möchte mich nicht in die Debatte über die Natur der Phänomene einmischen, die Idhún verwüsten. Einige von uns sind offensichtlich nicht bereit, Yandraks Erklärung zu akzeptieren. Es erscheint mir hingegen geboten zu überlegen, was wir dagegen tun können. Mehrere Dörfer wurden bereits zerstört und vielen anderen steht das vielleicht noch bevor. Was können wir unternehmen?«

Jack schüttelte den Kopf. »Wir können nur ihre Bewegungen überwachen und dann schnell die Gebiete evakuieren, denen sie sich nähern. Genau das haben wir bisher getan und leider nicht alle Betroffenen retten können, aber was bleibt uns anderes übrig?«

»Vielleicht wäre es einfacher herauszufinden, wo Gerde ist, sie gefangen zu nehmen und den Göttern auszuliefern«, schlug Alexander vor.

»Gerde gefangen nehmen?«, wiederholte Jack. »Gerde, die jetzt die Macht einer Göttin hat? Es hat uns Jahre gekostet, bis zu Ashran vorzudringen. Ich glaube nicht, dass es mit Gerde viel einfacher wäre.«

»Warum versuchen wir es nicht wenigstens?«, hakte Alexander nach. »Wir müssen nur herausfinden, wo sie sich versteckt …«

»Das ist nicht der Punkt«, unterbrach Jack. »Wir *wissen*, wo sie sich versteckt. Sie ist in Alis Lithban.«

»Jack!«, protestierte Victoria.

»Was denn?«, verteidigte er sich. »So ist es doch. Wir haben Grund zu der Annahme, dass sie sich im Süden versteckt, in der Nähe von Raden.«

Alexander nickte. »Wir sollten versuchen, sie gefangen zu nehmen und den Göttern auszuliefern …«

»Aber das wird sie nicht daran hindern, zu kämpfen und Idhún zu zerstören«, gab Victoria zu bedenken.

»Es gibt noch einen anderen Ausweg«, sagte Jack. »Es gibt eine Welt … die heißt Umadhun und dort haben die Sheks bis zu Ashrans Ankunft gelebt. Es ist eine tote Welt. Wenn es uns gelänge, die Götter dorthin zu lotsen, damit sie ihre Streitigkeiten dort austragen, wäre Idhún gerettet. Ich weiß, wo Umadhun ist und wie man hinkommt.«

Wirklich? Gaedalu meldete sich zum ersten Mal zu Wort. *Woher willst du so etwas wissen?*

Jack hielt ihrem Blick stand, ohne zu blinzeln. »Weil die Drachen die Sheks dorthin verbannt haben, ehrwürdige Mutter«, antwortete er ruhig.

Gaedalu verengte die Augen. *Du erzählst uns nicht alles, was du weißt, Yandrak,* warf sie ihm vor.

»Es ist auch nicht nötig, hier jedes Detail auszubreiten«, versetzte er unbeirrt.

Ach nein? Da bin ich anderer Ansicht. Viel an deinem und Lunnaris' Verhalten ist undurchsichtig. Wo ist Kirtash, der Shek, den ihr so hartnäckig verteidigt habt?

»Das ist völlig unwichtig«, antwortete Jack. »Eine Zeit lang hat er uns geholfen, mit uns gegen Ashran gekämpft, und jetzt ist er zu seinen Leuten zurückgekehrt, die sein Verhalten so beurteilen werden, wie sie es für richtig halten.«

Unwichtig?, wiederholte Gaedalu. *Ashrans Sohn ist nach wie vor am Leben und kollaboriert mit dem Feind – das soll unwichtig sein?*

»Wir haben es mit mehreren Göttern zu tun und mit den Sheks, die auch nicht gerade wenige sind. Außerdem wissen wir, dass Gerde die Macht hat, neue Magier hervorzubringen, genau wie Lunnaris. In Anbetracht all dessen glaube ich, dass Kirtash das geringste unserer Probleme ist«, antwortete Jack kühl.

»Ich bin der Ansicht der ehrwürdigen Mutter, Jack«, mischte sich Alexander ernst ein. »Vieles hast du uns noch verschwiegen und nach allem, was ich auf Idhún und auf der Erde erlebt habe, würde ich nie auf die Idee kommen, Kirtashs Verhalten als unwichtig zu bezeichnen. Du hast Victoria mit ihm gehen lassen. Sie sind bis vor wenigen Tagen zusammen gewesen, oder?«

Erneut war entrüstetes Gemurmel zu hören. Victoria stand auf und bat um Schweigen. »Es hat keinen Sinn, weiter über Kirtash zu sprechen«, erklärte sie. »Egal, was er tut oder sagt, ihr werdet nach wie vor einen Feind in ihm sehen, also akzeptiert einfach, dass er bei seinen Leuten ist, genau dort, wo er eurer Meinung nach hingehört. Wo ist das Problem?«

»Das ›Problem‹ ist, dass seine Leute unsere Feinde sind, Victoria!«, rief Alexander mit einem wilden Blitzen in den Augen. »Ich habe dir viel durchgehen lassen, aber ich glaube, bei Kirtash bist du zu weit gegangen. Es ist doch offensichtlich, dass er deinen Schutz nicht verdient hat.«

»Kirtash hat mit uns im Turm von Drackwen gekämpft«, warf Jack mit erhobener Stimme ein. »Du kannst gar nicht mitreden, schließlich warst du nicht dabei. Ohne ihn wären wir beide jetzt tot und Ashran würde weiterhin über Idhún herrschen.«

In diesem Moment brach eine wilde Diskussion los. Alle schrien durcheinander, nur die Himmelblauen blieben stumm, bis sie die Spannung nicht mehr ertrugen und den Raum verließen. Zaisei bildete das Schlusslicht. Der ehrwürdige Vater hingegen blieb, das Gesicht in den Händen vergraben, und wartete schweigend, dass der Tumult sich legte. Als deutlich wurde, dass niemand klein beigeben würde, stand Ha-Din mit schmerzverzerrter Miene auf und bat ums Wort. Alle setzten sich widerstrebend. Es trat ein angespanntes, betretenes Schweigen ein. »Wir alle sind heute sehr aufgebracht«, stellte Ha-Din versöhnlich fest. »Ich glaube allerdings nicht, dass Streit zu einer Lösung führt. Ehrwürdige Mutter, Euer offenkundiger Hass auf Kirtash ist eine persönliche Angelegenheit, die zwar verständlich ist, Euer Urteil über unser heutiges Thema aber nicht beeinflussen sollte«, mahnte er sanft.

Dann sollte Lunnaris' krankhafte Sympathie für diesen Shek ihre Haltung ebenfalls nicht benebeln, konterte Gaedalu.

»Nicht ich habe die Sprache auf Kirtash gebracht, ehrwürdige Mutter«, stellte Victoria mit eisiger Höflichkeit klar.

»Bitte, es reicht«, griff Ha-Din ein. »So kommen wir nicht weiter. Wir müssen die seltsamen Vorkommnisse auf Idhún ergründen und versuchen, ihnen Einhalt zu gebieten. Es hat keinen Sinn, uns gegenseitig Vorwürfe zu machen.« Einige senkten beschämt den Kopf. »Die Sonnen stehen schon sehr hoch«, fügte der ehrwürdige Vater hinzu. »Ich schlage vor, wir nehmen eine Kleinigkeit zu uns und machen am Nachmittag weiter. In der Zwischenzeit können wir über alles nachdenken, was Yandrak uns erzählt hat.«

Alle wirkten erleichtert. Nacheinander stiegen sie die Treppe aus Wurzeln in den Innenhof hinab. Dort wurden sie von einer Handvoll Feen erwartet. Als sie Victoria erblickten, hellten sich ihre Gesichter auf. Jack boxte seine Freundin sanft in die Seite.

»Ich glaube, gleich wirst du gebeten, jemandem die Magie zu übermitteln«, flüsterte er ihr ins Ohr.

Victoria lächelte, erwiderte jedoch nichts. Doch Jack täuschte sich. Der Sprecher der Feen, ein Sylphe, dessen Gesicht wie geschnitzt wirkte und dessen Haare ihm wie lange Weidenzweige bis zur Taille reichten, verneigte sich vor ihr. »Edle Lunnaris, wir wissen, dass Ihr beschäftigt seid, aber wir wagen Euch in einer Sache zu belästigen, die von entscheidender Bedeutung für uns ist.«

»Worum handelt es sich?«, fragte sie neugierig.

Die Feen tauschten vielsagende Blicke. Schließlich fragte der Sylphe: »Stimmt es, dass Ihr das letzte Einhorn seid?«

Victoria erstarrte. Schon seit Längerem hatte niemand mehr sie so direkt darauf angesprochen. »Ja, es stimmt. Ich dachte, das wäre allgemein bekannt.«

»Wir wissen, dass Eure menschliche Gestalt nur eine Hülle für Euer wahres Wesen darstellt. Wir wissen, dass Ihr ein Einhorn seid. Aber sagt, seid Ihr wirklich das letzte? Kann es nicht noch ein anderes geben?«

Jack glaubte zu verstehen, worauf die Frage abzielte. »Es gibt noch eine andere Person, die neue Magier hervorbringen kann«, antwortete er, »aber das ist kein Einhorn. Victoria … Lunnaris ist das letzte.«

Jack las den Feen die Enttäuschung und die Bestürzung an den zartgrünen Gesichtern ab. Die Nachricht, dass noch jemand anderes die Magie übermitteln konnte, schien sie nicht beeindruckt zu haben. »Warum fragt ihr danach?«, wollte er wissen.

»Unsere Brüder und Schwestern in Alis Lithban haben uns mitgeteilt, dass der Wald sich auf spektakuläre Weise erneuert«, antwortete eine Fee. »Da dachten wir … wir wollten uns einreden … die Einhörner wären vielleicht zurückgekehrt. Entschuldigt unser Unwissen, edle Lunnaris, mächtiger Yandrak«, fügte sie mit einer tiefen Verbeugung hinzu.

Als die Feen davongingen, sah Jack Victoria an. Sie war ernst geworden. »Was steckt deiner Meinung nach dahinter?«, fragte er.

»Zum Teil hat sich der Wald dank der Magie erholt, die Ashran mir im Turm von Drackwen entzogen hat«, antwortete Victoria. »Außerdem haben die Sheks zusammen mit einigen Feen versucht, ihm die Fülle vergangener Zeiten zurückzugeben. Vielleicht steckt Gerde hinter all dem, vielleicht hat sie einen Weg gefunden, den Wald mit meinem Horn oder mit ihrer neuen Macht als Göttin wieder aufleben zu lassen.«

»Es gibt aber auch noch eine andere Möglichkeit«, sagte Jack.

»Ja«, pflichtete Victoria bei. Sie blieben einen Moment stumm. »Denn es kann nicht sein, dass die Einhörner zurückgekehrt sind, oder?«, fragte sie dann.

Jack sah sie an. »Willst du der Sache etwa nachgehen?«

»Ich weiß nicht. Ich würde es mir gern selbst ansehen. Alis Lithban ist für mich, was Awinor für dich war, weißt du? Wenn dir zu Ohren käme, dass das Reich der Drachen wieder im alten Glanz erstrahlt, würde es dich dann nicht dort hinziehen?«

»Doch«, gab er zu. »Aber du darfst den wahrscheinlichsten Grund für dieses Wunder nicht vergessen: dass eine weitere Göttin nach Idhún gekommen ist. Und du weißt ja, wie sich die Nähe der Götter auf dich auswirkt.« Victoria erwiderte nichts. »Aber davon lässt du dich wohl nicht abhalten, was?«, fragte Jack.

»Christian ist dort«, antwortete sie nur.

»Ach so. Daran hatte ich nicht gedacht.«

Am Nachmittag, als die Versammlung fortgesetzt wurde, gab Jack die Nachricht der Feen weiter. Alle kamen darin überein,

Alis Lithbans plötzliches Wiederaufleben sei ein Phänomen, das erforscht zu werden verdiene.

»Sehr schön«, pflichtete Alexander bei. »Dann komme ich mit euch.«

»Das finde ich keine gute Idee«, widersprach Jack.

»Warum? Deinen Berichten zufolge hält sich Gerde dort auf. Vielleicht hat sie etwas damit zu tun. Geht dein Verdacht nicht in diese Richtung?«

»Nicht ganz. Wir befürchten, dass die Göttin Wina auf Idhún eingetroffen ist.«

»Noch besser: Das ist unsere Chance, die beiden zusammenzubringen. Wenn alles stimmt, was du sagst, wird Wina begeistert sein, wenn wir ihr die Siebte auf dem silbernen Tablett servieren, meinst du nicht?«

»Schon möglich. Aber genau deshalb sollte niemand in der Nähe sein, wenn sich die beiden Göttinnen begegnen. Das kann gefährlich werden, Alexander.«

»Dann solltest du auch nicht hingehen.«

»Ich bin ein Drache. Und Victoria ist ein Einhorn.«

Jack spürte Alexanders bohrenden Blick auf sich, weil er es wagte, seinen früheren Meister einfach so auszuschließen. Doch dann neigte Alexander den Kopf zur Seite und legte die Stirn in Falten, als hörte er jemandem zu. Und Gaedalu sah ihn starr an. »Ich gehe mit euch, Jack«, verkündete er schließlich. »Oder wollt ihr euch etwa mit jemandem treffen, dessen Gesellschaft wir nicht für empfehlenswert halten?«

»Du solltest es dir noch einmal überlegen«, erklärte Jack langsam. »Heute Nacht ist Erea voll. Ich glaube, wenn es jemanden gibt, dessen Gesellschaft zumindest nach Sonnenuntergang nicht empfehlenswert ist, dann deine.« Alexander wurde blass. »Wir brechen auf, sobald der ehrwürdige Vater diese Versammlung für beendet erklärt«, sagte Jack laut. »Prinz Alsan ist nicht in der Verfassung, uns heute zu begleiten. Viele von euch wissen, dass er unter einer schrecklichen Krankheit leidet, die ihn in Vollmondnächten gewalttätig macht.«

Alexander ließ sich auf seinen Stuhl fallen und hörte Jack mit abwesendem Blick zu.

»Wir kümmern uns um ihn«, bot Ha-Din an. »Die Feen werden dafür sorgen, dass er niemandem etwas zuleide tut.«

Beim Hinausgehen holte Alexander Jack ein und packte ihn am Arm. »Wie konntest du mir das antun?«, zischte er.

»Es hat mir keinen Spaß gemacht, glaub mir«, antwortete Jack ernst. »Aber irgendjemand muss dir schließlich die Augen öffnen. Das hier ist nicht die Erde, wir kämpfen nicht gegen Ashran, die Verschwörung existiert nicht mehr. Jetzt haben wir es mit etwas viel Ernsterem zu tun als einem Shek-Mörder. Die Zeiten haben sich geändert. Aber während wir kämpfen, um die Welt zu retten, bist du nicht imstande, über Kirtash hinauszusehen … wie schon so oft. Wach bitte auf. Denn ich brauche dich an meiner Seite. Willst du mich auf diesem neuen Weg begleiten oder auf einem Schlachtfeld zurückbleiben, auf dem sich nichts mehr bewegt?« Alexander antwortete nicht. Jack legte ihm die Hand auf den Arm. »Wir gehen«, fügte er hinzu, »aber wir sind bald wieder da. Pass gut auf dich auf. Wenn ich zurück bin, reden wir ausführlicher, ja?«

Hand in Hand ging er mit Victoria zu ihrem Zimmer, um die Reise vorzubereiten. Alexander sah den beiden nach. *Es tut weh, in so einer schweren Lage ausgeschlossen zu werden,* flüsterte eine Stimme in seinem Kopf. *Es tut weh, wenn etwas heruntergespielt wird, das das eigene Leben radikal verändert hat.*

»Sie sind sehr jung«, sagte Alexander halblaut. »Sie meinen, sie wüssten alles.«

Ja, pflichtete Gaedalu bei und trat neben ihn. *Genau das ist ihr Fehler.*

Alexander erwiderte nichts. Die Varu sah ihn aus den Augenwinkeln an. *Diese Vollmondkrankheit, die Yandrak erwähnt hat,* fragte sie sanft, *hast du die Kirtash zu verdanken?*

Er verengte die Augen. In seinem Bewusstsein tauchten Bilder auf, die ihm so real vorkamen, als hätten die Geschehnisse sich erst gestern zugetragen. Kirtash, wie er ihn besiegte und Elrion aushändigte, dem Möchtegern-Schwarzmagier. ›Mach mit ihm, was du willst‹, hatte Kirtash zu Elrion gesagt. Und zu ihm dann nur gleichgültig bemerkt: ›Ich möchte nicht in deiner Haut stecken.‹

Nach der Tortur hatte Alexander sich oft den Tod gewünscht. Und alles nur wegen Kirtash. Der Verschwörung zuliebe hatte er ihn später als Verbündeten akzeptiert, aber nun war seine Langmut zu Ende. Er ertrug es nicht länger, dass Jack Kirtash mehr vertraute als ihm selbst, er ertrug es nicht länger, sich Victoria in den Armen dieser erbarmungslosen Schlange vorzustellen. Er hatte das Gefühl, alle verrieten ihn und machten sich über ihn und seinen Schmerz lustig. »Ja«, antwortete er. »Diese Krankheit verdanke ich ihm. Er ist an allem schuld.«

Gaedalu nickte stumm. Dann fragte sie: *Würdest du ihn gern umbringen?*

Alexander stellte sich einen Moment vor, wie er dem Shek Sumlaris in die Brust stieß. Er lächelte. »Warum nicht? Aber er ist ein mächtiger Feind, ehrwürdige Mutter.«

Gaedalu lächelte ihn vielsagend an. *Nicht mehr lange. Bald, Prinz Alsan, werden wir diese Schlange für all ihre Verbrechen bestrafen. Und niemand, nicht einmal Lunnaris, wird sie retten können.*

Alexander sah sie an. »Sprecht, ehrwürdige Mutter. Mich interessiert, was Ihr mir zu sagen habt.«

Auch in Gerdes Baum fand an diesem Tag ein wichtiges Treffen statt. Christian hatte ihr viel zu erzählen und die Fee hörte ihm aufmerksam zu, ohne ihn ein einziges Mal zu unterbrechen. Der Shek erklärte ihr seinen Plan in aller Ausführlichkeit. Als er geendet hatte, überlegte Gerde einen Moment. »Das ist riskant«, befand sie schließlich kopfschüttelnd. »Und ich setze nicht gern alles auf eine Karte. Es kann zu viel schiefgehen.«

»Du brauchst dich ja nicht sofort zu entscheiden. Ich kann meine Nachforschungen auf eigene Faust fortsetzen, während du deinen Plan weiterverfolgst. Dann hast du zwei Möglichkeiten, wenn es so weit ist. So sind wir doch immer vorgegangen, oder?«

»Ja«, antwortete Gerde mit einem hinterhältigen Lächeln. »So sind wir immer vorgegangen. Ein offizieller Plan und ein Plan B für alle Fälle.«

Aber sie wandte ein wenig brüsk den Kopf ab. Das war nicht ihre Art und Christian konnte erkennen, dass ihre schwarzen Augen stärker glänzten als gewöhnlich. »Du wusstest wirklich nichts davon?«, fragte er sie erstaunt.

»Na ja«, antwortete sie. »Deine Offenbarung kommt so überraschend, dass es mich nicht wundern würde, wenn du mich hinters Licht führst«, fügte sie hinzu und hob den Kopf, um ihm einen kaltblütigen Blick zuzuwerfen.

Christian reagierte mit einem halben Lächeln. »Warum sollte ich dich hinters Licht führen wollen?«

Gerde bedachte ihn mit ihrem sanften, singenden Lachen. »Ach, meine durchtriebene Schlange, du hast viele Gründe, mich hinters Licht zu führen. Fast genauso viele wie ich, dich zu töten. Warum bist du dann immer noch am Leben? Weißt du das eigentlich?«

»Aus demselben Grund, aus dem ich dir die Wahrheit sage«, antwortete Christian ruhig. »Weil wir uns gegenseitig nützen. Denn wenn wir überleben wollen, müssen wir zusammenhalten.«

Gerdes Lächeln wurde noch breiter. Sie beugte sich nach vorn, ohne den verheißungsvollen Blick ihrer schwarzen Augen von ihm zu lösen. Doch plötzlich erstarrte sie und ihr Gesicht gefror zu einer eigenartigen Maske der Angst. Sie sprang auf. »Hast du das gespürt?«

Christian sah sich alarmiert um. »Was denn?«

Gerde warf den Kopf nach hinten. Ihr langes Haar glitt über ihren Rücken. »Sie ist so nah!«, flüsterte sie. »Spürst du es nicht? Spürst du es nicht?«, wiederholte sie lauter.

Christian wollte etwas antworten, aber jemand betrat überstürzt den Baum. »Meine Gebieterin …«, stieß Yaren keuchend hervor. »Die Patrouille ist zurück. Sie sagen, im Wald ist etwas Auffälliges. Etwas, das auf uns zukommt.«

»Das ist *sie*«, erwiderte die Fee. »Oh, ich muss zu ihr …«

Der Shek hielt sie am Handgelenk zurück. »Sie wird dich töten, Gerde.«

»Ich muss aber unbedingt zu ihr! Ich gehe auch nicht so dicht ran …«

Sie wirkte wie ein Kind, das um ein neues Spielzeug bettelt. War das nun der göttliche Teil ihrer Persönlichkeit oder nur das normale Verhalten von Gerde? Christian wusste es nicht. »Ich komme mit«, entschied er. »Um mich zu vergewissern, dass sie dir nichts tut.«

Gerde lächelte ihn an. »Du bist süß, wenn du den Beschützer spielst, weißt du das?«

Christian erwiderte nichts. Er wandte sich Yaren zu. »Sprich mit Isskez und Kessesh und sag ihnen, dass das Lager in Gefahr ist. Wenn etwas Seltsames geschieht, wartet nicht auf uns. Evakuiert alle.«

»Mit welchem Recht willst du …?«, begann Yaren, aber Christian unterbrach ihn: »Du kannst gehorchen oder auch nicht. Aber wenn ihr nachher alle sterbt, trägst du die Verantwortung.«

»Aber …«

»Begnüg dich damit, diese Informationen den obersten Szish zu übermitteln. Im Unterschied zu den Menschen sind die Szish schlau genug, einen vernünftigen Befehl nicht infrage zu stellen.«

Bebend vor Zorn deutete Yaren eine Verbeugung an. Kurz darauf brachen Christian und Gerde schweigend in den Wald auf.

Wir dürfen nicht länger warten, sagte der Shek. *Wir müssen fort.*

Es ist noch zu früh, widersprach Eissesh. *Wir sind noch nicht bereit zum Aufbruch.*

Aber es gibt keinen Ort, an den wir uns noch flüchten könnten.

Der Exodus der Sheks hatte früher begonnen als geplant. Kurz nach Gerdes Besuch hatten sie ihren Schlupfwinkel in den Höhlen aufgeben müssen, weil eine geheimnisvolle Kraft die Berge erschütterte und heftige Erdrutsche verursachte. Deshalb war den Schlangen nichts anderes übrig geblieben, als weiter westlich im Herzen der Berge ein neues Versteck zu suchen. Aber dieses Phänomen holte sie immer wieder ein.

Es ist, als würde es uns verfolgen, meinte ein anderer Shek.

Das kann nicht sein, widersprach der erste. *Erdbeben haben keinen eigenen Willen.*

Das hier schon, widersprach Eissesh. *Und zwar einen, der etwas gegen Sheks hat.*

Es trat verblüfftes Schweigen ein, während die geflügelten Schlangen verdauten, was Eissesh ihnen gerade telepathisch übermittelt hatte. *Ist das nicht zu abwegig?*, fragte einer von ihnen dann. *Es könnte doch auch das Werk der warmblütigen Zauberer sein. Sie bringen alles Mögliche fertig, das wissen wir doch.*

Die Sheks verliehen ihrer Gereiztheit durch Zischen Ausdruck. Eissesh hob den Kopf und spreizte die Flügel ein wenig.

Möglich, aber unwahrscheinlich. In letzter Zeit gehen auf Idhún seltsame Dinge vor sich, Dinge, die sich unserer Kontrolle und unserem Verständnis entziehen. Seien wir nicht so einfältig wie die Warmblüter, die ihre eigenen Götter zu Gesicht bekommen und nicht erkennen. Lasst uns die Möglichkeit in Betracht ziehen, dass die Sechs wirklich hier sind und einer von ihnen uns vernichten will.

Wenn uns wirklich ein Gott verfolgt, ist das ein weiterer Grund fortzugehen, meinte der, der als Erster gesprochen hatte.

Wir müssen noch ein wenig durchhalten, widersprach Eissesh.

Wie lange denn noch? Bei den Erdbeben sind schon vier Sheks und elf Szish umgekommen. Es wird immer schwieriger, sichere Schlupfwinkel zu finden. Irgendwann kommen wir nicht mehr schnell genug davon.

Es gibt einen anderen Ort für uns, erklärte Eissesh. *Einen besseren Ort. Ashrans Erben arbeiten daran, irgendwo in Drackwen. Wenn alles bereit ist, können wir mit ihnen und den Schlangen von Kash-Tar zusammen fort. Aber noch sind sie nicht so weit und wir dürfen die Aufmerksamkeit der Warmblüter nicht auf sie lenken.*

Ashrans Erben, wiederholte ein anderer Shek. *Etwa die Feenmagierin und der abtrünnige Zwitter? Warum sollten wir ihnen vertrauen?*

Weil sie den Sechs entkommen wollen, genau wie wir. Weil wir eine Schlacht verloren haben und für die nächste noch nicht gerüstet sind. Weil uns nichts anderes übrig bleibt. Und aus anderen Gründen, die ich nicht nennen darf.

Die du nicht nennen darfst? Steht etwa noch jemand über dir?

Ja, antwortete Eissesh. *Ziessel ist am Leben und nach wie vor unsere Herrscherin. Gerde hat Verbindung mit ihr aufgenommen. Sie erwartet uns in einer anderen Welt, einer Welt, in die uns die Götter der Warmblüter nicht folgen können. Wir sollten also noch eine Weile durchhalten. Schließlich geht es um unsere Zukunft.*

Die Sheks nickten finster.

2

Die Macht des Lebens

Die Feen reagierten schnell. Sie wählten einen Bereich des Waldes aus, in dem Bäume mit dicken Stämmen und langen, knorrigen Ästen standen, regten ihr Wachstum an und verflochten sie zu stabilen lebenden Wänden. Dann pflanzten sie kräftige Schlingpflanzen, brachten sie ebenfalls zum Wachsen und bildeten mit ihnen ein dichtes Netz um die Stämme, das die Äste verstärkte und die wenigen Lücken zwischen den Bäumen schloss. Als die Feen mit ihrer Arbeit fertig waren, hatten sie ein grünes Gefängnis für das Geschöpf geschaffen, in das Alexander sich in dieser Nacht verwandeln würde.

Dieser betrachtete den Bau mit finsterer Miene. »Ich weiß nicht, ob das ausreicht«, meinte er und in seine Stimme mischte sich ein Knurren.

Die Feen lächelten. »Du hast noch nicht alles gesehen, Prinz Alsan«, sagte eine von ihnen. »Wirf einen Blick hinein.«

Alexander steckte den Kopf durch die einzige Öffnung, die sie zwischen den Stämmen gelassen hatten. Der Raum war nicht sehr groß, aber die Baumwände wirkten stabil. Ihm fiel ein kleiner, rötlicher Pilz genau in der Mitte des Gefängnisses auf. »Meinst du das hier?«, fragte er ungläubig.

»Er setzt demnächst seine Sporen frei«, antwortete die Fee.

»Wenn die Monde aufgehen, wird der ganze Boden mit kleinen Schlafpilzen bedeckt sein. Je mehr du dich bewegst, desto mehr Pilze zertrittst du und desto benommener wirst du. Wenn du in deiner anderen Gestalt wirklich so stark bist, wie du sagst, schläfst du wahrscheinlich nicht ganz ein, aber du bist auch nicht wach genug, um die Bäume umzureißen.«

Alexander betete, sie möge recht haben. Kurz bevor die letzte der drei Sonnen unterging, zog er sich in sein grünes Gefängnis zurück, dessen Boden bereits mit kleinen rötlichen Pilzen überzogen war. Er achtete darauf, keinen zu zertreten. Die würde er später noch brauchen. Er kauerte sich in eine Ecke und beobachtete, wie die Feen den Eingang verschlossen. Als die Äste die Öffnung völlig verdeckten und er in einer Dunkelheit zurückblieb, die nur vom gespenstischen Schimmern der Pilze durchbrochen wurde, bekam er einen Anflug von Panik. Er biss die Zähne zusammen, schloss die Augen und wartete auf das Aufgehen der Monde.

Sie hätten über Nacht weiterreisen können, denn es war sehr hell, aber Jack wollte lieber landen und im Schutz der Berge von Celestia ausruhen. Als sie es sich an einem kleinen Lagerfeuer bequem gemacht hatten, sah Jack nachdenklich zu den Monden auf.

»Machst du dir Sorgen um Alexander?«, fragte Victoria.

»Ein wenig«, gab er zu. »Ich wäre heute Nacht gern bei ihm geblieben, um ihm beizustehen. Aber wenn wir bis morgen gewartet hätten, hätte ich ihn nicht mehr daran hindern können, uns zu begleiten. Er versteht einfach nicht, dass er nicht mit uns kommen darf. Ich habe ihn in letzter Sekunde vor Karevan und Neliam gerettet, da bringe ich ihn doch jetzt nicht schnurstracks zu Wina. Diesmal hat er womöglich nicht so viel Glück.«

»Vielleicht hättest du ihm das erklären sollen.«

»Ich habe es versucht, aber du hast ja gesehen, wie er in der Versammlung reagiert hat. Mir blieb nichts anderes übrig, als es ihm zu verbieten. Außerdem muss ich zugeben, mir hat nicht gefallen, dass Gaedalu ihm eingeflüstert hat. Ich weiß auch nicht, aber diese Frau wird mir immer unsympathischer.«

Nachdenklich runzelte Victoria die Stirn. »Etwas an ihrem Verhalten ist eigenartig, irgendwie verändert. Oder an ihr selbst. Vielleicht sollte ich noch mal mit Zaisei darüber sprechen.«

Im Inneren des Baumgefängnisses heulte das Tier, in das Alexander sich verwandelt hatte, und kratzte wütend an den Wänden. Er hasste das Gefangensein, er hasste dieses gespenstische Schimmern, das vom Boden ausging, und hatte versucht, es zu löschen, indem er die Pilze zertrat. Doch dadurch war es nur noch schlimmer geworden: Ein penetranter, süßlicher Geruch hatte sich in seiner Zelle ausgebreitet, ihn benebelt und einen dumpfen Kopfschmerz ausgelöst. Nun ging er ein ums andere Mal erbost auf die Stämme los und versuchte, sie niederzureißen. Die Bäume zitterten bei jedem Ansturm, hielten jedoch stand, ungerührt über das Geheul des Geschöpfes.

Draußen beobachtete Shail alles voller Besorgnis. Er hatte Zaisei gebeten, im Orakel auf ihn zu warten. Alexanders unbändiger Zorn würde ihr zu sehr zu schaffen machen. Die Feen, die ihn begleiteten, hatten sich freiwillig gemeldet, um das eingesperrte Tier zu überwachen. Es hatte sich herumgesprochen, was vor Monaten genau in diesem Wald geschehen war, und sie hatten nicht die geringste Absicht, dieses Geschöpf frei in Awa herumlaufen zu lassen.

Sie erwarteten niemanden sonst und waren deshalb überrascht, die ehrwürdige Gaedalu auf sie zukommen zu sehen, gerade als Alexander blind vor mörderischer Wut wieder gegen die Wände seines Gefängnisses Sturm lief. »Ehrwürdige Mutter, was macht Ihr denn hier?«, fragte Shail erstaunt.

Das Tier brüllte, aber Gaedalu verzog keine Miene. *Ich bin gekommen, um Prinz Alsan zu helfen, Magier,* antwortete sie.

»Ah … ich danke Euch in seinem Namen, aber der Aufenthalt hier ist gefährlich. Eure Gebete werden ihm genauso nützen, wenn Ihr sie an einem sichereren Ort aussprecht.«

Gaedalu antwortete mit einem kurzen kehligen Lachen. *Meine Gebete werden ihm nichts nützen, weder hier noch irgendwo sonst. Ich weiß, wie ich das Tier unter Kontrolle bringen kann, das sich in seinem edlen Herzen eingenistet hat, Zauberer. Aber ich brauche deine Hilfe, um zu ihm zu gelangen.*

»Ihr wollt da hinein, zu ihm?«, stammelte Shail entgeistert. »Das kann ich nicht zulassen, ehrwürdige Mutter. Er ist völlig außer sich.«

Du wirst es zulassen, weil ich dich darum bitte, erklärte sie ein wenig streng.

»Ich meine es nur gut mit Euch. Er wird Euch in Stücke reißen, wenn Ihr Euch in seine Nähe wagt.«

Genau deshalb brauche ich deine Hilfe. Glaubst du, du könntest ihn lähmen? Nur für einen Moment. Mehr ist nicht nötig.

»Wir können das Gefängnis nicht öffnen, ehrwürdige Mutter«, mischte sich ein Sylphe ein. »Wenn er entkommt …«

Er wird nicht entkommen, unterbrach sie und wandte sich wieder Shail zu. *Hörst du nicht, wie er leidet? Willst du seine Qual nicht beenden? Oder willst du etwa zulassen, dass es bis zum ersten Sonnenaufgang so weitergeht, auch wenn du die Möglichkeit hast, ihm seine wahre Gestalt zurückzugeben?*

»Ihm seine wahre Gestalt zurückgeben?«, wiederholte Shail. »Das hat nicht einmal die mächtigste Magie vermocht …«

Die Magie hat nichts damit zu tun, unterbrach Gaedalu schroff. *Wir wissen doch, dass die Magie bei den entscheidenden Problemen versagt. Lass mich zu ihm, Magier. Ich kann deinem Freund mit der unendlichen Macht der Götter helfen. Willst du ihm diese Möglichkeit etwa verweigern?*

Mensch und Varu tauschten einen langen Blick. Schließlich gab Shail sich geschlagen. »Na schön«, sagte er, »öffnen wir die Zelle. Meine Magie wird ihn nur kurz zurückhalten können. Für das, was dann geschieht, kann ich keine Verantwortung übernehmen.«

Das wird genügen.

»Ich hoffe, Ihr wisst, was Ihr tut, ehrwürdige Mutter«, murmelte Shail. Er trat vor das Baumgefängnis, schloss die Augen, holte tief Luft und erklärte schließlich: »Ich bin bereit.«

Die Feen legten die Hände auf die Baumstämme und stimmten einen sanften Gesang an, der vom Knurren des Tieres übertönt wurde. Langsam bewegten sich zwei der Stämme auseinander. Alexander stürzte sich mit wilder Wut auf die Öffnung. Es gelang ihm, seine Pranke hindurchzustecken, und er versuchte wild fuchtelnd eine der Feen zu erwischen.

Das reicht schon, sagte Gaedalu. *Lähme ihn, Magier.*

Erleichtert führte Shail den Zauber durch. Das Knurren hörte augenblicklich auf und die Pranke erschlaffte. Gaedalu näherte sich ohne Furcht.

»Vorsicht, ehrwürdige Mutter«, warnte eine der Feen.

Sie hörte nicht darauf, sondern zog etwas aus einem Säckchen und legte es Alexander ums Handgelenk. Sie hatte ein wenig Mühe, es zu befestigen, aber schließlich gelang es ihr doch. Von seiner Warte aus konnte Shail nicht sehen, was sie tat, und durfte auch nicht viel Aufmerksamkeit darauf verwenden, denn er musste den Zauber aufrechterhalten. Aber als die Feen in verwunderte, begeisterte Ausrufe ausbrachen, sah der Magier sie fragend an.

Du kannst ihn freilassen, erklärte Gaedalu ruhig.

Shail bemerkte, dass die Macht seines Zaubers nicht mehr auf Widerstand stieß. Hatten die Pilze Alexander eingeschläfert? Vorsichtig löste er den Bann. Nichts geschah. Neugierig ging er auf die Zelle zu. Als er im Mondlicht sah, was geschehen war, verschlug es ihm die Sprache.

Die Pranke, die durch die Öffnung ragte, war keine Pranke mehr, sondern eine menschliche Hand. Um das Handgelenk hatte Gaedalu ein Armband gebunden. Es war ein weibliches Schmuckstück, wahrscheinlich ihr eigenes, recht unauffällig bis auf den Stein, der darin eingearbeitet war und nicht so ganz zum Rest passte. Er war von einem eigentümlichen metallischen Schwarz, ein Stein, der Dunkelheit zu verströmen schien, mächtig und ursprünglich. Shail lief es kalt über den Rücken und er sah Gaedalu fassungslos an.

Die ehrwürdige Mutter lächelte. *Siehst du, Zauberer? Was ist die Magie im Vergleich zur Macht der Götter?*

Als sie Alexander aus seinem Baumgefängnis holten, hatte er wieder ganz und gar menschliche Gestalt angenommen. Er war bewusstlos. »Wir müssen ihn außer Reichweite der Pilze bringen«, sagten die Feen. »Sonst wacht er nicht auf.«

Sie legten ihn in einiger Entfernung ins Gras. Kurz darauf schlug Alexander ein wenig benommen die Augen auf. »Au … mein Kopf«, stieß er nur hervor.

»Macht Platz, lasst ihm Raum«, bat Shail.

Alexander brauchte ein wenig, bis er die Situation erfasst hatte. Als er schließlich den Kopf zum Himmel hob und Erea als prächtigen Vollmond sah, starrte er überrascht seine Hände an. »Ich bin ja … Was ist mit mir geschehen?«

Er drehte sich abrupt zu Gaedalu, die offenbar etwas zu ihm sagte. Verwundert betrachtete Alexander das Armband. »Dann stimmt es also«, sagte er. »Es funktioniert.«

Lasst mich mit ihm allein, ordnete die ehrwürdige Mutter an.

»Aber …«, begann Shail, doch Alexander unterbrach ihn: »Bitte, Shail. Ich möchte mit ihr sprechen.«

Der Magier gab klein bei. Er und die Feen zogen sich ein Stück zurück, sie waren jedoch zu besorgt, um ihn ganz aus den Augen zu lassen.

»Ich kann es nicht glauben«, flüsterte Alexander. Seine Schultern zitterten.

Glaub es ruhig, Prinz, erwiderte Gaedalu. *Die Götter haben ein Wunder vollbracht. Ich schenke dir dieses Armband, es gehört dir. Benutz es, bis du eine passendere Fassung für den Stein findest.*

Alexander sah die Varu an. »Wie kann ich Euch nur dafür danken?«

Gaedalu lächelte. *Das weißt du doch. Mein Plan hat Hand und Fuß. Wirst du mir bei der Durchführung behilflich sein?*

Alexander lächelte. Er beugte ein Knie und neigte zum Zeichen der Loyalität den Kopf. »Ihr könnt auf mich zählen, ehrwürdige Mutter. Ich bin Euer ergebenster Diener.«

Shail beobachtete die Szene vom anderen Ende der Lichtung aus. Auch wenn er nicht hören konnte, was sie sagten, füllte sein Herz sich mit Unruhe.

Jack und Victoria erreichten Alis Lithban, als die erste Sonne bereits zu sinken begann. Um sich einen Überblick zu verschaffen, kreiste der Drache über dem Wald. Von seinem Rücken aus ließ Victoria stumm den Blick schweifen.

Der größte Teil des Waldes war nach wie vor abgestorben. An der Stelle, wo der Turm von Drackwen gestanden hatte, war in der Ferne ein zaghafter grüner Fleck zu sehen. Aber ein Stück weiter südlich war eine wahre Farbexplosion ausgebrochen. Dort waren die Bäume nicht nur hoch und grün, sondern wirkten auch außergewöhnlich vital. Dieser Anblick löste in

Jack und Victoria allerdings weder Erleichterung noch Freude aus. Ganz im Gegenteil: Sie empfanden Angst.

Jack landete in sicherer Entfernung bei den Ruinen des Turms von Drackwen. »Wir sollten uns auf den Weg machen, bevor es dunkel wird«, sagte Victoria.

»Wäre es nicht besser, bis morgen zu warten?«

»Ich will hier nicht übernachten. Du etwa?«

»Eigentlich nicht«, gab Jack mit einem Schauder zu. »Lass uns aufbrechen. Wir finden unterwegs schon einen Unterschlupf.« Entschlossen stand er auf. Victoria griff nach ihrer Tasche und folgte ihm eilig.

Beim ersten Sonnenuntergang betraten sie den Wald. Wenig später hatten sie den grünen Bereich um den Turm herum hinter sich gelassen. Als sie den verdorrten, abgestorbenen Teil von Alis Lithban erreichten, drückte Victoria Jacks Hand. Keinem von beiden war nach Sprechen zumute.

Nach dem zweiten Sonnenuntergang stießen sie auf erste Anzeichen von Alis Lithbans plötzlichem Wiederaufleben. Neue Triebe sprossen an den Bäumen, der Boden war wieder mit Gras bedeckt. Die Macht der Natur trat immer deutlicher zutage: Das Unterholz wurde immer grüner und die jungen Bäume immer höher. Dazwischen drängten sich ganze Büschel von Blumen und die Vögel lärmten.

»Sieh dir das hier an, Victoria«, sagte Jack verwundert und deutete auf einen kleinen Baum. Sie kauerten sich neben ihn und musterten ihn aufmerksam. Sie konnten zusehen, wie er wuchs, wie sich die Äste ausbreiteten, der Stamm dicker und höher wurde und an den Zweigen kleine grüne Triebe sprossen.

Je weiter sie voranschritten, desto mehr bestätigte sich dieser erste Eindruck. Der Wald um sie herum wuchs, war dabei, sich zu regenerieren, und wenn die Bäume hier größer waren, dann nicht aufgrund ihres Alters, sondern weil sie sich immer schneller entwickelten, je dichter sie sich am Herzen des Aufruhrs befanden.

»Wenn das so weitergeht, dauert es nicht mehr lange, bis der ganze Wald wieder aufgeforstet ist«, erklärte Jack begeistert. »Sollte das Winas Werk sein, hat sie von heute an meine tiefste Anerkennung. Es wurde aber auch Zeit, dass einer der Sechs zeigt, dass er noch etwas anderes zuwege bringt als Zerstörung.«

»Ich weiß nicht, Jack«, wandte Victoria ein. »Sie ist ja noch gar nicht hier. Wenn ich mir ansehe, was sie auslöst, obwohl sie noch weit weg ist … Was soll dann erst werden, wenn sie näher kommt?«

Diese Frage beantwortete sich bald von selbst. Sie gelangten in einen Bereich, wo die Bäume schon wahre Riesen waren, aber immer noch weiterwuchsen, während ihre Früchte zu Boden fielen, augenblicklich keimten und ihrerseits innerhalb von Minuten zu jungen Bäumen aufschossen. Irgendwann wurde das Unterholz so dicht, dass sie nicht weiterkamen. Jack war versucht, Domivat aus der Scheide zu ziehen und sich damit einen Weg zu bahnen, tat es jedoch nicht, aus Angst, einen Waldbrand auszulösen. »Vielleicht sollten wir hier haltmachen«, schlug er vor.

Victoria hörte ihm nicht zu. Sie war vor einem der Bäume stehen geblieben, einem gewaltigen Exemplar, dessen dornige Äste etwas aufgespießt hatten. Jack sah genauer hin und wich entsetzt zurück. Es war eine Fee. Ein Ast durchbohrte ihre Brust und der Tod hatte ihr Gesicht für immer zu einer Maske voller Schmerz und Entsetzen erstarren lassen. Der Baum war so schnell gewachsen, dass sie nicht rechtzeitig hatte ausweichen können.

»Lass uns von hier weggehen«, sagte Jack mit einem Schauder. Er nahm Victoria an der Hand, ließ sie jedoch gleich wieder los, denn bei der Berührung sprühten Funken. Sie machten kehrt und liefen los, weg vom Herzen des Waldes. Als es ganz dunkel war, wurde ihnen klar, dass sie haltmachen mussten. Über ihnen schienen sicherlich die Monde, aber sie konnten sie nicht sehen: Die Baumkronen bedeckten alles und tauchten den Wald in eine tiefe, beunruhigende Dunkelheit.

Jack zog Domivat aus der Scheide, um sich im Schein seiner Flamme umzusehen. Sie waren gefangen. Mittlerweile waren die Pflanzen weitergewachsen, zwar langsam, aber doch schnell genug, um den Weg zu überwuchern, auf dem sie gekommen waren. Er biss die Zähne zusammen. Auf einmal erschien ihm das Knistern und Knacken des wachsenden Waldes gar nicht mehr beruhigend. »Ich werde diese Bäume fällen«, verkündete er.

»Das halte ich für keine gute Idee.«

»Aber es ist unser einziger Ausweg. Wir müssen so bald wie möglich von hier weg.«

Jack hob das Feuerschwert und begann, eine Schneise durchs Gestrüpp zu schlagen. Die kleinsten Büsche und Bäume fingen Flammen, aber zum Glück breitete sich das Feuer nicht aus. Die wiederbelebende Macht, die den ganzen Wald erfasst hatte, hatte ihn auch mit einem kühlen, feuchten Film überzogen: Die Äste waren zu zart und grün, um leicht Feuer zu fangen; auf den Stämmen wuchs Moos, als befände es sich dort bereits seit Jahrhunderten; jedes Blatt war mit Tauperlen bedeckt und sog sie gierig auf. Domivats Feuer konnte einige Sträucher niederbrennen und einen Trampelpfad für Jack und Victoria schaffen, aber der Wald erstickte es sofort wieder. Schließlich blieb Jack atemlos an einer Stelle stehen, die ihm ein wenig luftiger vorkam. »Wir müssen diese Lichtung verteidigen, Victoria«, sagte er.

Er nahm das Schwert in beide Hände und mähte das Gestrüpp nieder, während Victoria mit bloßen Händen im feuchten Erdreich nach großen Steinen grub. Dann entfachten sie mitten auf der Lichtung ein Feuer und sicherten es mit Felsbrocken ab. Jack rammte Domivat in die Mitte. »Es wird nicht ausgehen«, versicherte er.

Nervös kauerten sie sich ans Feuer und nährten es mit Ästen und Zweigen. Um sie herum wuchs Alis Lithban weiter, langsam, aber unaufhaltsam. »Wina bewegt sich nach Süden vorwärts«, sagte Victoria. »Die Fee, die wir vorhin gesehen haben, ist gestorben, weil der Baum zu schnell in die Höhe geschossen ist. So ein schnelles Wachstum habe ich bisher nicht beobachtet, deshalb nehme ich an, das ist einen oder zwei Tage her. Und wenn die Bäume hier nicht mehr so schnell wachsen, dann heißt das, dass sie sich entfernt.«

»Hoffentlich hast du recht«, erwiderte Jack. »Dann wäre die Lage morgen entspannter. Aber bis dahin müssen wir durchhalten.«

Victoria nickte stumm. Beide hörten das Feuer prasseln, das einzige Geräusch, das ihnen mitten in diesem unheimlich lebendigen Wald Zuversicht gab.

»Weißt du noch, was ich vorhin gesagt habe?«, fragte Jack plötzlich. »Das mit meiner aufrichtigsten Anerkennung für Wina. Also … ich nehme es zurück.«

»Du solltest nicht näher hingehen«, warnte Christian. »Wenn sie auf dich aufmerksam wird, erkennt sie dich.«

Gerde hörte nicht auf ihn. Sie waren auf einen der unteren Äste eines Baumes geklettert, aber der Stamm war weitergewachsen und nun beobachteten sie Alis Lithbans frenetisches Wiederauferstehen aus beträchtlicher Höhe.

Was Jack und Victoria gesehen hatten, war nur der Nachhall dessen, was Wina ausgelöst hatte, als sie dort vor ein paar

Tagen vorbeigekommen war. Aber Christian und Gerde waren weit genug vorgedrungen, um die Göttin in Aktion zu erleben.

Um sie herum wuchsen die Bäume in schwindelerregendem Tempo, entwickelten Äste; Blätter und Blüten rankten sich ineinander. Das Unterholz breitete sich aus wie die Gischt im Meer, und die Blüten wurden immer größer und ihre Schönheit immer wilder.

Auch alle Lebewesen in Alis Lithban – Vögel, Säugetiere, kleine Reptilien, Insekten und auch die Fische in den Bächen – waren Winas belebender Energie ausgeliefert. Viele Tiere waren von dem wuchernden Pflanzenmeer erdrückt worden. Im Gestrüpp erstickt, von rasant gewachsenen Ästen aufgespießt, in einem Wurzellabyrinth gefangen, waren sie verendet, bevor sie hatten fliehen können.

Und diejenigen, die noch hätten entkommen können, taten es nicht. Von Winas Schöpfungswut angesteckt, suchten sie einander in allen Winkeln, die noch nicht überwuchert waren. Sie pflanzten sich ebenso eilig fort, wie die Bäume aufschossen, und die Weibchen, die das rasende Wachstum der Vegetation überlebten, bevölkerten den Wald mit ihren Jungen.

Gerde beobachtete all dies mit seltsamer Miene. Einerseits war sie fasziniert von Winas belebender Kraft, andererseits hatte das Ganze auch etwas Erschreckendes, mehr noch als die zerstörerischste Magie. Schließlich seufzte die Fee. »Das ist nicht mehr Alis Lithban. Als die Einhörner hier lebten, sah es ganz anders aus, und jetzt macht sie alles kaputt, findest du nicht?«

»Das kann ich nicht beurteilen«, antwortete Christian. »Damals war ich noch sehr klein.«

»Der Wald war anders«, erwiderte Gerde mit einem Achselzucken. »Zart wie Glas. Jeder Baum wirkte wie ein kleines Kunstwerk, jede Blume war einzigartig in ihrer Schönheit. Jeder noch so kleine Grashalm sah aus, als wäre er von einem

Künstler geformt worden. Dieser Wald wurde vermutlich zu einer Zeit geschaffen, als die Götter noch Zeit und Lust hatten, sich in Details zu verlieren«, fügte sie hinzu. »Und jetzt sieh dir Wina an, so außer Kontrolle, so entfesselt. Sie wird Alis Lithban zu einem Abklatsch des Awa-Waldes machen.«

»Du hast genug gesehen, Gerde«, sagte der Shek entschlossen. »Wir müssen fort.«

Sie warf ihm ein spöttisches Lächeln zu. »Oh, du fühlst dich unwohl? Betört Winas Nähe deine Sinne? Brauchst du etwa auch ein Weibchen?«

Christians Züge verhärteten sich. »Leider ist kein Weibchen, das mir zusagt, in der Nähe«, antwortete er. »Und außerdem entscheide ich gern selbst, wann und wozu ich ein Weibchen brauche. Aber danke der Nachfrage«, schloss er mit sarkastischem Unterton.

Gerde lachte. »Oh, ich weiß, wie sehr es dich stört, von den Launen einer verrückten Göttin abhängig zu sein«, erwiderte sie grinsend. »Und mir macht es großen Spaß, dich das spüren zu lassen.« Christian wandte sich ab, gegen den Impuls kämpfend, Gerde an sich zu reißen. »Ist es nicht zum Lachen?«, flüsterte sie ihm ins Ohr. »Ich kann bewirken, dass du mich bis zum Wahnsinn begehrst. Aber ich werde nicht zulassen, dass du mich noch einmal berührst. Nie wieder, Kirtash. Du hast es nicht verdient.«

Christian biss die Zähne zusammen und grub die Fingernägel tief in den Baumstamm. Das tat weh und der Schmerz brachte ihn wieder zur Besinnung. Da bemerkte er, dass Gerde sich schon nicht mehr um ihn kümmerte. Nun schien sie mehr am schnellen Wachstum des Waldes interessiert.

»Vielleicht ist ja doch ein Weibchen in der Nähe, das dich interessiert«, spottete sie. »Hast du es bemerkt? Wina bewegt sich wieder ... und zwar nach Norden.«

»Nach Norden?«, wiederholte Christian und versuchte sich zu konzentrieren. »Warum macht sie denn kehrt?«

»Die Bäume sagen, ein paar Menschen hätten im Wald Feuer gemacht. Kennst du jemanden, der dumm genug ist, sich mit einem Feuerschwert einen Weg durch Alis Lithban zu bahnen, zwei Schritte von Göttin Wina entfernt?«

Christian fluchte leise.

Victoria schreckte hoch und blickte sich um. Das Lagerfeuer war erloschen und nur Domivats zaghaft brennende Flamme erhellte das Gesicht von Jack, der aufgesprungen war. »Was ist los?«, fragte sie unruhig.

Jack schüttelte den Kopf. Victoria sah ihm an, dass er Angst hatte. Sie zog den Baculus aus der Schutzhülle und hob ihn hoch, sodass er die Lichtung erhellte. Beide sahen sich entsetzt um. »Wir müssen schleunigst weg«, sagte Jack.

Das Wachstum hatte über Nacht wieder zugenommen. Sie waren von Bäumen umschlossen, Äste und Büsche waren ihnen gefährlich nahe gekommen und nur Domivats Flamme hatte sie offenbar gebremst. Victoria hatte das Gefühl, Alis Lithban warte nur auf das Erlöschen des Feuerschwerts, um sie beide mit einem grünen Teppich zu überwuchern.

»Ich verwandle mich, Victoria«, kündigte Jack nervös an. »Geh zur Seite.«

Victoria presste sich an den entferntesten Baumstamm. Sie konnte richtiggehend spüren, wie unter ihrem Rücken das Moos wuchs. Unruhig beobachtete sie, wie Jack sich verwandelte und mit seinem Drachenkörper die schwächsten Stämme umknickte. Mit einem zornigen Brüllen schüttelte er die Flügel, um sich von dem Gewirr aus Ästen und Lianen frei zu machen. Er versuchte sich zu drehen, hatte jedoch kaum Platz. »Steig auf«, forderte er sie mit einem dumpfen Knurren auf.

Victoria erklomm seinen Rücken. Ihre Berührung versetzte Jack einen leichten Stromschlag, doch er wusste, dass seine Schuppen ihn schützten. Mit einem Brüllen ließ er seinen Schwanz wie eine Peitsche über die umstehenden Sträucher sausen und trampelte herum, um sich mehr Platz zu verschaffen. Dann hob er den Kopf. »Halt dich fest. Ich setze mein Feuer ein.«

Victoria tat wie geheißen. Jack holte tief Luft und warf eine mächtige Stichflamme auf das Pflanzengewirr über ihren Köpfen. Kurz darauf hatte er genug Raum geschaffen, um die Flügel ganz auszubreiten. »Fertig?«

Bevor Victoria antworten konnte, stieß er sich vom Boden ab und erhob sich in die Luft. Der Flug gestaltete sich kompliziert. Jacks Feuer und die Magie von Victorias Baculus, die mächtiger war denn je, schlugen Schneisen ins Laubwerk und ermöglichten dem Drachen ein mühsames Vorankommen. Aber die höchsten Äste hatten über ihnen ein undurchdringliches Geflecht gebildet. Sie waren unter dieser grünen Kuppel gefangen. Als einer von Jacks Flügeln sich schließlich in einer Liane verfing, verlor der Drache das Gleichgewicht und ging mit Getöse zu Boden.

»Alles in Ordnung, Victoria?«, keuchte Jack.

»Ja«, antwortete sie von seinem Rücken aus. »Und bei dir?«

»Du musst absteigen. Wir gehen zu Fuß weiter. Wenn wir die Ruinen von Drackwen erreichen, sind wir erst mal in Sicherheit.«

Victoria rutschte seitlich an ihm herunter und lief zu seinem Flügel, um ihn zu untersuchen. Er sah verrenkt aus. »So kannst du nicht fliegen, Jack.«

Der Drache schnaubte leise und verwandelte sich wieder in einen Menschen. Mühsam richtete er sich auf. Victoria stützte ihn, aber Jack zuckte bei einem neuen Stromschlag zurück. »Du absorbierst Magie«, sagte er. »Wina bewegt sich schneller auf uns zu, als ich dachte.«

Victoria biss sich besorgt auf die Lippe. »Ich glaube, sie hat uns entdeckt«, erwiderte sie, »und ich glaube auch, sie fand es gar nicht lustig, dass du ihren Wald abgefackelt hast.«

Jack holte tief Luft. »Es hat keinen Sinn zu fliehen«, stellte er fest. »Wir müssen Zuflucht in den Turmruinen suchen und abwarten. Wenn wir unsere Waffen nicht benutzen und in unseren menschlichen Körpern bleiben, übersieht sie uns vielleicht.« Victoria nickte. Das war kein großartiger Plan, aber einen besseren hatten sie nicht.

Als sie wenig später die Überreste des Turms von Drackwen erreichten und zwischen den großen Steinquadern Schutz suchten, waren sie erschöpft, schmutzig und völlig zerkratzt. Sie waren unzählige Male über Äste und Wurzeln gestolpert und ins Unterholz gestürzt, das mit dornigen Büschen gespickt war. Dort wuchsen die Pflanzen träge, ohne Kraft, sie einzuholen oder unter sich zu begraben, und doch schien es, als tasteten die Zweige nach ihnen.

Der Turm war erst vor ein paar Monaten eingestürzt, aber es schienen Jahrhunderte vergangen zu sein. Die Quader waren bereits mit Moos überzogen und riesige Schlingpflanzen krallten sich an den Überresten dessen fest, was einmal Ashrans Domizil gewesen war. Doch die Fundamente des Turms boten trotzdem eine sichere Zuflucht.

Jack und Victoria kauerten sich zitternd aneinander, wobei Victorias Haut Funken zu sprühen begann. »Du musst fort«, sagte Jack. »Vielleicht kann ich von hier aus weiterfliegen …«

»Du hast eine Zerrung am Flügel«, rief sie ihm in Erinnerung. »Ich müsste dich zuerst heilen. Sollen wir es versuchen?«

»Bei all der Energie, die du jetzt bündelst?« Jack schüttelte den Kopf. »Das ist mir zu riskant. Wenn wir …« Er kam nicht dazu, den Satz zu Ende zu sprechen. Draußen war ein lauter Schlag zu hören, ein Aufprall ganz in ihrer Nähe. Jack fuhr alarmiert hoch. »Ein Shek!«, rief er und zog Domivat aus der Scheide.

Er war schon auf dem Weg nach draußen, zwang sich jedoch, stehen zu bleiben, tief durchzuatmen und seinen Hass unter Kontrolle zu bringen. Er musste umsichtig handeln. Deshalb steckte er das Schwert wieder weg und kletterte auf die halb eingestürzte Mauer, hinter der sie sich verschanzt hatten. Vorsichtig spähte er darüber. Im Licht der Monde konnte er den Shek erkennen, dessen langer, silbriger Leib sich wie ein Bach schlängelte. Er lag seltsam verdreht da und versuchte sich mit Bissen von einer Schlingpflanze zu befreien, in der sich sein rechter Flügel verheddert hatte.

»Christian«, flüsterte Victoria neben ihm.

Bevor Jack sie aufhalten konnte, sprang sie von Quader zu Quader auf die Schlange zu. Diese senkte den Kopf, bis sie fast Victorias Haar streifte. Jack musste unwillkürlich lächeln. Es war ein befremdlicher Anblick, aber er hatte auch etwas Rührendes.

Als Jack sich zu ihnen gesellte, hatte Christian schon wieder sein menschliches Aussehen angenommen und wollte seiner Freundin gerade einen Kuss geben. Victoria trat einen Schritt zurück und hob die Hände. Ihre Finger sprühten Funken. »Vorsicht«, warnte sie ihn. »Im Moment sollte mich besser niemand berühren.«

Christian schüttelte besorgt den Kopf. »Ihr solltet auch gar nicht mehr hier sein. Warum seid ihr denn nicht schon längst aufgebrochen?«

»Ich habe eine Verletzung am Flügel«, antwortete Jack.

Christian verzog das Gesicht. »Dann müsst ihr mit mir fliegen. Victoria kann jedenfalls nicht hierbleiben. Sieh sie dir doch an«, fügte er hinzu.

Victoria war auf die Knie gesunken und der Stern auf ihrer Stirn strahlte blendend hell. Ihr ganzer Körper sprühte heftige Funken. »Zu spät«, flüsterte sie mit Mühe. »Sie ist schon hier.«

Christian kniete sich neben sie. »Victoria!«, rief er. »Du musst diese ganze Energie ableiten, nach außen abgeben, genau wie du sie aufnimmst. Verstehst du mich?« Sie nickte.

»Aber sie kann jetzt niemandem die Magie übermitteln!«, rief Jack. »Das könnte auch gar niemand aushalten!«

»Es gibt noch eine andere Möglichkeit«, sagte der Shek. Da begann der Boden unter ihren Füßen zu beben, als wimmelten Millionen von Insekten unter der Erde.

»Nichts wie weg hier!«, schrie Christian. »Los, in den Turm!«

Keiner von beiden wagte Victoria anzufassen, aber sie warteten, bis sie sich mit letzter Anstrengung aufgerappelt hatte. Zu ihren Füßen wanden sich Pflanzen wie Würmer am Boden und reckten sich in den Nachthimmel. Als die drei die Ruinen erreichten, gingen sie ihnen schon bis zu den Knien. Victoria kauerte sich an die Wand. Der Funkenregen wurde immer stärker.

»Sie muss schleunigst fort«, sagte Jack, aber Christian schüttelte den Kopf.

»Es ist schon zu spät. Rühr sie nicht an, der Stromstoß wäre tödlich.«

»Hast du eine bessere Idee?«

Christian nickte. »Der Baculus«, sagte er nur. Jack begriff.

Victoria auch. Sie hob mühsam den Kopf und die beiden Jungen mussten wegsehen, denn ihre Augen und die Stelle auf ihrer Stirn, wo ihr Horn saß, strahlten so grell, dass es blendete. Sie zog den Baculus aus der Schutzhülle und sogleich flammte dessen Spitze mit der Heftigkeit einer Supernova auf. Der Baculus blinkte, als würde er gleich zerbersten. »Aus dem Weg!«, rief Victoria.

Christian zog Jack hinter einen großen Steinquader. Victoria holte tief Luft und setzte dann mit einem Aufschrei die gesamte Energie auf einen Schlag frei. Aus dem Baculus schoss ein mächtiger Lichtstrahl und erhellte die Lichtung für einen Moment, als wäre es Tag. Die Energie strömte so gewaltig durch Victorias Körper, dass sie sich vor Schmerz wand. Die Entladung dauerte einige Sekunden, die Jack ewig vorkamen. Dann sank Victoria endlich erschöpft auf die Knie und der Baculus glitt ihr noch qualmend aus den Händen. Für einen Moment trat Stille ein. Die ganze Welt schien innezuhalten.

Dann machte sich plötzlich der ganze Wald über sie her. Das Geräusch der wachsenden Bäume wurde ohrenbetäubend und die Pflanzen zwängten sich durch alle Spalte und umfassten lose Quader mit ihrer tödlichen Umklammerung.

»In Deckung!«, schrie Christian und hechtete auf Victoria zu. Er fasste sie um die Taille und beide rollten in eine Ecke, wo der Boden noch ganz aus Stein war, die Wände höher wirkten und die Decke noch nicht ganz eingestürzt war. Alle drei kauerten sich aneinander und versuchten, sich so klein wie möglich zu machen, unsichtbar zu werden.

Da erreichte die Göttin Wina die Ruinen des Turms von Drackwen. Sie sahen sie nicht, denn sie hatte keinen Körper, den sie hätten sehen können. Aber sie spürten sie: in den Stängeln, die innerhalb von Minuten zu dicken Baumstämmen anschwollen, in den Blättern und Blüten, die überall trieben. Und vor allem spürten sie sie in jeder Faser ihres eigenen Körpers.

»Verhaltet euch unauffällig«, flüsterte Christian. »Ganz unauffällig. Stellt euch vor, ihr wärt einfach nur Menschen, zieht euch in eure menschliche Gestalt zurück. Dann seid ihr zu unbedeutend.«

Jack begriff, dass unmittelbare Gefahr nur für Christian bestand, obwohl der Brandstifter er selbst gewesen war und auch

Victorias Energie im Wald Schaden angerichtet hatte. Doch sie beide würde Wina vielleicht gehen lassen, schließlich waren sie der Drache und das Einhorn und hatten die Prophezeiung in die Tat umgesetzt. Aber ein Shek würde für die Sechs immer ein Shek bleiben, ein Sohn des Siebten, auch wenn dieser Shek Christian hieß und bereit war, sein Leben für Victoria zu geben.

»Vielleicht sollte ich sie auf mich aufmerksam machen«, sagte Jack leise, »und sie von hier weglocken …«

»Typisch«, bemerkte Christian verächtlich. »Du wärst natürlich bereit, dich zu opfern, aber Wina würde dich zermalmen, ohne dich zu bemerken. Unterdrück also deine hehren Instinkte und benutz endlich deinen Kopf.«

»Den Kopf benutzen?«, wiederholte Jack mit rauer Stimme. »Glaubst du wirklich, man könnte einen kühlen Kopf bewahren … unter diesen Umständen?«

Christian schluckte. Jack holte tief Luft. Um sie herum schossen die Bäume in die Höhe, aber noch bot der Stein ihnen Schutz, während Wina weiterhin ihr grünes Gespinst um ihren Unterschlupf wob. »Bin ich der Einzige, der sich fühlt, als würde er gleich platzen?«, flüsterte Jack.

Victoria antwortete nicht. Sie hatte sich zusammengekauert und den Kopf zwischen den Armen vergraben. Sie versuchte langsam und ruhig zu atmen, aber ihr Herz klopfte heftig.

»Benutz deinen Kopf«, sagte Christian noch einmal entschlossen. »Du hast ein Hirn, also kannst du selbst entscheiden. Du brauchst nicht zuzulassen, dass die Götter mit dir machen, was sie wollen.«

»Haben sie das nicht schon immer getan?«, fragte Jack finster.

»Können wir bitte von etwas anderem sprechen?«, mischte sich Victoria mit erstickter Stimme ein.

»Es ist zu heiß hier«, sagte Christian da. Er streckte den Arm aus und legte ihn über Jack und Victoria. Beide spürten die Kühle, die von ihm ausging, und waren dankbar dafür. Das tat den erhitzten Gemütern gut.

Eine ganze Weile sagte niemand etwas. Reglos warteten sie ab, während Winas überwältigende Energie, die Macht des Lebens, über sie hinwegrollte. Schließlich erklang Christians telepathische Stimme in ihren Köpfen: *Ich glaube, sie entfernt sich.*

Sie warteten noch einen Moment. Dann zog der Shek den Arm zurück.

»Sieht ganz so aus. Die Pflanzen wachsen nicht mehr so schnell, merkt ihr es auch?«, fragte Victoria.

Jack rückte ein Stück von ihr ab und holte tief Luft. »Ja ... sie entfernt sich.«

Christian schob energisch Zweige, Stängel und Schlingpflanzen beiseite. Jack und Victoria halfen ihm dabei. Der Shek brach alle Äste, die ihm im Weg waren, ab, bis er auf einen stieß, der so dick war wie ein Baumstamm. Auf den schwang er sich und kletterte von dort aus noch ein Stück höher. »Hier kommen wir raus«, verkündete er. »Ich sehe eine Lücke zwischen den Bäumen.«

Als er wieder zu Jack und Victoria hinunterkletterte, überraschte er sie bei einem intensiven, vielsagenden Blick. »Ich habe gesagt, da kommen wir raus«, wiederholte er.

Jack nahm wieder von seiner Umwelt Notiz. »Ja, äh ... gut«, stammelte er. »Vielleicht warten wir lieber noch eine Weile, bis wir sicher sind, dass sie fort ist.«

Christian sah ihn an, aber Jack hielt seinem Blick nicht stand. Victoria wirkte ebenfalls verlegen. Ihre Wangen hatten sich gerötet. Sie hob den Kopf, und als ihre Blicke sich trafen, wurden beide von heftigem Verlangen durchzuckt. Der Shek unterdrückte den Impuls, zu ihr zu laufen. Auch Jack starrte Victoria an und seine Augen glühten stärker als gewöhnlich.

Christian begriff, dass sie sich nicht viel länger würden beherrschen können. So gleichgültig wie möglich sagte er: »Wie ihr wollt. Ich gehe hinaus, um Luft zu schnappen.« Während er hinauskletterte, sah er noch, wie Jack Victoria an sich zog.

Schließlich fand sich der Shek auf einer halb eingestürzten, mit Pflanzen überwucherten Mauer wieder. Daneben wuchs ein knorriger Baum. Christian schwang sich auf die untersten Äste und kletterte weiter hinauf. Oben machte er es sich auf einem riesigen gefächerten Blatt bequem und ließ den Blick über den Horizont schweifen. Die mentale Verbindung zu Victoria hatte er unterbrochen.

Die Bäume breiteten sich immer weiter aus und wurden immer größer. Wina verkörperte die Macht des Lebens, den Schöpfergeist, aber auf ihre Weise war sie noch destruktiver als jeder andere Gott. Denn von Yohavirs und sogar von Neliams Besuch konnte eine Stadt sich wieder erholen, aber in einem so aggressiven, ungeheuren Wald wie diesem hier würde jede Siedlung, jedes Dorf ersticken. Wenn die Bäume in diesem Tempo weiterwuchsen, waren sogar die Feen in Gefahr.

Neugierig beobachtete Christian einen Trieb, der gerade aus einem Ast spross, sich eifrig streckte und bald dieselbe Fächerform annahm wie das Blatt, auf dem er saß. Er wuchs schnell, aber nicht in dem schwindelerregenden Tempo wie die Bäume, die ihren steinernen Unterschlupf mit ihren Ästen überwölbt hatten. Im Moment waren sie also in Sicherheit, solange sie nicht wieder die Aufmerksamkeit der Göttin weckten.

Da diese sich nach Norden bewegte, war auch das Szish-Lager nicht gefährdet. Dennoch fand Christian die Verlegung keine schlechte Idee. Mittlerweile waren Yaren, Isskez und die anderen schon in Raden. Gerde war wahrscheinlich bereits zu ihnen gestoßen. Er lächelte, als er sich ihr Gesicht vorstellte beim Versuch, sich im Sumpf häuslich niederzulassen. Sogar sie würde Mühe haben, dort einen einigermaßen bequemen Baum wachsen zu lassen, und genau deshalb war Raden jetzt so sicher. Es war wahrscheinlicher, dass Wina gen Norden abzog und Gerde unentdeckt blieb.

Christian fragte sich nach wie vor, warum die Fee ein derart hohes Risiko eingegangen war, um sich Wina so sehr zu nähern. Natürlich war sie eine Fee und Wina ihre Göttin oder zumindest die Göttin der neuen Identität, die der siebte Gott sich zugelegt hatte. Aber gerade weil sie der Siebte oder vielmehr die Siebte war, musste sie die anderen Sechs doch hassen und fürchten, anstatt fröhlich auf sie zuzugehen. Wie viel von Gerde steckte in dem Geschöpf, dem sie nun diente?

Ich bin nach wie vor Gerde, hatte sie gesagt. Das stimmte wahrscheinlich. Sonst würde sie ihn nicht mit solcher Genugtuung derart demütigen. Ihre Beweggründe waren Rache, Groll und Eifersucht, alles Gefühle einer Sterblichen und nicht einer Göttin. *Und doch tut sie es mit einer Kaltblütigkeit und einer Berechnung, die nicht zu der Gerde passen, die ich kannte,* überlegte Christian.

Tief in Gedanken versunken blieb er noch eine Weile auf dem Baum sitzen. Dann kletterte er langsam wieder hinunter und glitt durch die Lücke zwischen den Ästen. Er vergrößerte sie ein wenig, damit mehr Luft und Licht hineinkamen. Jack und Victoria lagen eng umarmt in einer Ecke. Victoria war eingeschlafen, aber Jack wandte ihm den Kopf zu. »Und?«, fragte er leise.

Christian setzte sich ruhig ans andere Ende des Raums und lehnte sich an die Wand. »Sie scheint fort zu sein«, antwortete er genauso leise. »Die Bäume wachsen schon langsamer.«

Verlegen wandte Jack den Blick ab. Er deckte Victoria besser zu, merkte jedoch sofort, wie absurd diese Geste eigentlich war. »Danke, dass du uns allein gelassen hast«, sagte er halblaut.

Christian zuckte die Achseln. »Ich habe es nicht für dich getan, du brauchst dich also auch nicht zu bedanken.«

»Ich weiß, du hast es für sie getan. Trotzdem …«

»Auch dann nicht«, unterbrach der Shek. »Ich habe es für mich selbst getan. Ich hasse das Gefühl, die Kontrolle zu verlieren.«

Jack lächelte. »Ich wusste, dass du einen schwachen Punkt hast«, erklärte er, »und zwar weder deine Gefühle noch deine menschliche Seite, sondern deine Panik, die Kontrolle über dich selbst zu verlieren.«

Christian verschanzte sich hinter einem verärgerten Schweigen.

»Du hast Angst, nicht die Zügel in der Hand zu halten, sondern von einem anderen beherrscht zu werden. Aber weißt du, manchmal …«, fügte Jack hinzu und warf einen zärtlichen Blick auf Victoria, »ist es gar nicht so übel, sich fallen zu lassen.«

»Sich fallen zu lassen?«, wiederholte der Shek. »Würdest du dich etwa mitten im Sturm in ein aufgewühltes Meer stürzen? Vergiss es. Es ist vernünftiger, auf den Wellen zu reiten.«

»Mag sein. Aber so lebst du das Leben nur halb und verpasst die spontanen Emotionen. Man kann nicht alles erklären, berechnen und überlegen. Nicht alles hat einen Sinn, warum also die Zeit damit verschwenden, danach zu suchen?«

»Alles hat einen Sinn«, widersprach Christian. »Nur findet man manchmal nicht die Antworten, die man sucht, oder man stellt nicht die richtigen Fragen. Aber das heißt nicht, dass es diese Fragen und Antworten nicht gibt.«

»Das wage ich zu bezweifeln. Nimm zum Beispiel die Götter. Wirken sie nicht wie der Inbegriff des Chaos? Warum eine Erklärung für ihr Verhalten suchen?«

»Weil ihm sehr wohl eine Ordnung und ein Sinn zugrunde

liegen. Aus unserer Perspektive ist das vielleicht nicht zu erkennen; wenn man einen größeren Zusammenhang überblickt, aber schon.«

»Dann klär mich auf und hilf mir, die Dinge in einen größeren Zusammenhang einzuordnen. Warum verhältst du dich manchmal so undurchschaubar? Darf man erfahren, was du zum Beispiel bei Gerde treibst?«

Christian warf ihm einen kurzen Blick zu. »Ich dachte, das wäre offensichtlich.«

»Es ist offensichtlich, dass es das nicht ist«, knurrte Jack. »Aber ich rate mal ein bisschen. Du weißt, wie du sie besiegen kannst, und passt den richtigen Moment ab, um deinen Plan in die Tat umzusetzen. Oder vielleicht habt ihr einen Pakt geschlossen, zum Beispiel um Victoria zu schützen? Gerde verschont sie und als Gegenleistung bist du loyal zu ihr. Oder täusche ich mich?«

»Du täuschst dich. Das Ganze hat nichts mit Victoria zu tun und ich habe auch nicht vor, Gerde noch einmal zu töten.«

»Dann bist du bei ihr, weil sie dich dazu zwingt? Weil sie deine Göttin ist?«

»Auch nicht. Ich bin bei ihr, weil ich sie schützen will. So einfach ist das.«

Verblüfft schüttelte Jack den Kopf. »Sie schützen? Gerde? Sprechen wir von derselben Gerde?«

»Ich kenne keine andere«, antwortete Christian gelassen.

»Aber sie ist die siebte Göttin! Du warst bei uns, als wir ihre vorige Inkarnation besiegt haben. Du hast uns geholfen, Ashran zu töten!«

»Gewiss. Und das bereue ich auch nicht.«

»Was ist dann jetzt anders?«

Christian lächelte. »Kannst du dir diese Frage nicht selbst beantworten? Alles, Jack, alles. Die Regeln, die vorher galten, greifen nicht mehr. Alles, was ich für richtig gehalten habe, war falsch. Jetzt weiß ich, was ich zu tun habe, aber das betrifft zunächst einmal nur mich selbst, deshalb bin ich dir keine weiteren Erklärungen schuldig. Ich muss eben diesen Weg gehen. Und du gehst deinen eigenen, wie es sich gehört.«

»Und was ist mit Victoria? Verdient sie keine Erklärung?«

»Sie weiß, dass ich sie liebe. Meine Gefühle für sie haben sich nicht geändert.«

»Und das reicht ihr? Du sagst, du liebst sie, läufst aber zu Gerde, um sie zu schützen? Warum kannst du nicht bei Victoria bleiben, anstatt dich jedes Mal, wenn der Wind umschlägt, hin- und herwehen zu lassen?«

Christian durchbohrte ihn mit Blicken. »Ich dachte, ich hätte klargemacht, dass ich die Dinge aus eigenem Antrieb tue und mich nie hin- und herwehen lasse«, sagte er eisig. »Ich folge dem Wind nur, wenn er in die Richtung weht, die mich interessiert. Die Winde ändern nun einmal die Richtung, so wie sich die Welt ständig verändert. Und wenn sich die Welt oder die eigene Wahrnehmung der Welt verändert, kann man nicht an einem alten Plan festhalten. Dann muss man sich neu orientieren.«

»Mit anderen Worten, du bist ein Opportunist«, fasste Jack aufgebracht zusammen. »Bist du überhaupt niemandem treu?«

»Mir selbst«, antwortete der Shek ungerührt. »Und wem bist du treu? Der Verschwörung?«

Jack schwieg, denn Christian hatte den Finger in die Wunde gelegt. Sein Streit mit Alexander war noch nicht vergessen. »Victoria zum Beispiel«, antwortete er schließlich.

Christian deutete ein Lächeln an. »Ich auch, auf meine Weise«, erwiderte er, »auch wenn ich nicht immer bei ihr bin und nicht jeden Morgen neben ihr aufwache. Aber dafür bist du da.«

Jack war sprachlos. »Dafür bin ich da?«, stieß er schließlich hervor. »Darin siehst du meine Rolle?«

Der Shek zuckte die Achseln. »Wenn es dir nicht passt, kannst du ja gehen. Auch wenn ich wahrscheinlich kein so zuverlässiger Gefährte wie du wäre, hätte ich kein Problem damit, deinen Platz einzunehmen. Ist es das, was du willst?«

Jack antwortete nicht.

»Du könntest zur Abwechslung mal mit dem ewigen Gejammer aufhören«, fuhr Christian fort. »Du weißt einfach nicht, was du willst, Jack. Du beschwerst dich, wenn Victoria bei mir ist, aber es stört dich auch, wenn ich nicht bei ihr bin. Entscheide dich endlich. Du kommst in dieser Beziehung am besten weg, hast also keinen Grund zur Klage. Wenn es dich stört, die meiste Zeit mit ihr zusammen zu sein, liegt es vielleicht daran, dass du gar nicht bei ihr sein willst.«

»Das ist es nicht«, protestierte Jack. »Dreh mir nicht die Worte im Mund herum. Mich nervt, dass ich dich nach allem, was passiert ist, als Verbündeten akzeptiert habe, sogar geschluckt habe, dass du mit Victoria zusammen bist. Dabei weiß ich eigentlich gar nicht, warum ich dir vertraue, wo du dich doch bei der ersten Gelegenheit von uns abwendest, um Gerde zu schützen. Entschuldige, wenn ich dir egoistisch vorkomme, aber meine Sichtweise ist eine ganz andere. Du hast uns alle verraten, Victoria, mich und all diejenigen, die ihre Vorurteile fallen gelassen haben, um einem Shek zu vertrauen.«

Er hatte die Stimme erhoben und Victoria wachte plötzlich auf. Jack und Christian verstummten, aber sie spürte sofort die Spannung. »Habt ihr euch wieder gestritten?«, fragte sie.

Anstelle einer Antwort verließ Christian geräuschlos den Unterschlupf und verschwand in der Dunkelheit.

»Er sagt, er ist bei Gerde, weil er sie beschützen will«, verriet Jack schließlich.

Victoria neigte den Kopf. »Er wird seine Gründe haben.«

Jack erstarrte. »Fängst du jetzt auch damit an? Bin ich vielleicht der Einzige, der das nicht normal findet?«

Victoria richtete sich ein Stück auf und versuchte wach zu werden. »Jack, gib zu, wir wissen nicht, wie wir mit dieser Situation umgehen sollen. Wir haben Ashran besiegt, wie von uns verlangt wurde, und das hat mehr Probleme geschaffen als gelöst. Wenn das nicht der richtige Weg war, warum sollten wir dann jetzt wieder genauso handeln?«

»Das leuchtet mir ein«, pflichtete Jack bei. »Aber trotzdem glaube ich nicht, dass Gerde so viel Rücksicht von Christian verdient hat. Meinst du nicht?«

»Christian kann Gerde nicht leiden. Und erst recht nicht, seit er weiß, dass sie so viel Macht über ihn hat. Wenn er also bei ihr ist, hat er Gründe dafür, triftige Gründe.«

»Zum Beispiel, seine Haut zu retten?«

»Seine Haut zu retten? Jetzt, wo sechs Götter hinter Gerde her sind, um sie aus dem Weg zu räumen, glaubst du, Christian wäre sicherer, wenn er sie zu schützen versucht?«

Jack schüttelte den Kopf. »Ich verstehe überhaupt nichts mehr.«

»Wenn es dich tröstet – ich auch nicht. Ich weiß nicht, worauf er wirklich hinauswill, aber er ist heute Nacht wieder einmal ein Risiko für uns eingegangen. Er ist extra hergekommen, um uns zu helfen. Das hätte er nicht zu tun brauchen. So etwas stärkt mein Vertrauen zu ihm, verstehst du?«

»Ich glaube schon«, seufzte Jack resigniert.

Victoria lächelte ihn liebevoll an. »Es war sehr schön«, sagte sie leise.

Jack brauchte einige Sekunden, bis er verstand, was sie meinte. »Ja …«, erwiderte er. »Das finde ich auch. Vielleicht ist mir Wina letztendlich doch ganz sympathisch.«

Sie küssten sich lange. Dann stand Victoria mit einem Seufzer auf. »Ich will mich von Christian verabschieden«, erklärte sie.

»Geht er?«

Victoria nickte. Jack sah zu, wie sie hinauskletterte, und folgte ihr kurz darauf. Auf den Mauerüberresten hielt er inne und beobachtete, wie Victoria auf Christian zulief. Christian drückte Victoria einen sanften Kuss auf die Hand und löste sich von ihr, als er Jack bemerkte. *Komm,* sagte er zu ihm. *Bevor ich aufbreche, will ich dir etwas zeigen.* Sie bahnten sich einen Weg durchs Gestrüpp, stiegen über mächtige gewundene Wurzeln und überwanden niedrige Äste.

»Wo bringst du mich hin?«, fragte Jack argwöhnisch.

»Weißt du das immer noch nicht?«, fragte der Shek zurück.

Jack sah ihn verständnislos an. Doch plötzlich ging ihm ein Licht auf und sein Herz begann schneller zu schlagen. »Meine Eltern«, erriet er.

Kurz darauf blieben sie stehen. »Was ist?«, keuchte Jack. »Können wir nicht weiter?«

»Wir sind da«, antwortete der Shek.

Überrascht blickte Jack sich um. Zwischen den dicken Baumstämmen war kaum Platz zum Stehen. Der Boden war mit dichtem Gestrüpp bedeckt.

»Damals sah es hier natürlich anders aus«, fügte der Shek hinzu. »Das hier war der Friedhof des Turms von Drackwen.«

»Ich wusste nicht, dass zum Turm ein Friedhof gehörte«, sagte Jack.

»Doch, ganz früher schon. Als er noch ein Zauberturm war, wollten viele Magier nach ihrem Tod hier begraben werden, in der Erde von Alis Lithban, im Wald der Einhörner. Es gab keine Grabsteine. Sie wollten mit der Erde, auf der sich die Einhörner bewegten, eins werden. Dieser Brauch verlor sich, als der Turm aufgegeben wurde. Aber Ashran hatte ihn noch in Erinnerung und befahl den Szish, die idhunischen Zauberer, die ich ihm schickte, hier zu begraben.«

»Meine Eltern waren aber keine Magier, sie waren ja nicht einmal Idhuniter.«

»Das wussten die Szish aber nicht. Sie machten mit den Leichnamen dasselbe wie mit allen anderen. Leider kann ich dir die genaue Stelle nicht zeigen.«

»Trotzdem danke«, sagte Jack. Er setzte sich auf eine riesige Wurzel und begrub das Gesicht in den Händen. Einige Momente lang rührte er sich nicht und Christian beschloss, ihn allein zu lassen.

Jack hatte schon länger nicht mehr an seine Eltern gedacht. Nach allem, was geschehen war, kam ihm sein Leben auf der Erde fern und unwirklich vor. Der Gedanke, einmal eine Familie gehabt zu haben, befremdete ihn. Eine Zeit lang hatten ihm die Verschwörer die Familie ersetzt. Shail und Alexander waren für ihn die Brüder gewesen, die er nie gehabt hatte, und Victoria … Victoria hatte die Zukunft verkörpert. Doch selbst das entglitt ihm allmählich. Die Verschwörung hatte sich aufgelöst, er fühlte sich ihr nicht mehr zugehörig. Und Victoria war die Gegenwart.

Jack schloss die Augen und tauchte tief in sein Bewusstsein hinab, auf der Suche nach vergessenen Erinnerungen an seine Eltern. Dort fand er auch den kleinen Jungen, der er einmal gewesen war, der ihm nun völlig fremd war, und er weinte um ihn, um das Leben, das er hinter sich gelassen hatte. Er weinte um seine Eltern, um all das, was er ihnen gern noch gesagt hätte, um diese Opfer eines Krieges, der gar nicht ihr eigener war, eines absurden Irrtums, weil sie an seiner Stelle gestorben waren. Als er sich endlich erhob, waren seine Wangen noch mit Tränen überströmt, aber sein Herz war heiter. All das gehörte der Vergangenheit an … einer Vergangenheit, die nicht wiederkehren würde.

Als er bei den Turmruinen anlangte, war Christian bereit zum Aufbruch. Jack wartete, bis er sich von Victoria verabschiedet hatte, die mit hängendem Kopf neben ihm stand. Christian hob ihr Kinn, um ihr in die Augen zu sehen, und küsste sie zart. Sie schloss ihn fest in die Arme und flüsterte ihm ›Sei vorsichtig‹ ins Ohr. Christian strich ihr zärtlich über die Wange.

Dann verwandelte er sich in einen Shek. Ohne zu zögern umarmte Victoria ihn in seiner Schlangengestalt und der Shek senkte den Kopf, um ihr in einer letzten Liebkosung sanft übers Haar zu streichen. Dann schwang er sich in die Luft, schlängelte seinen langen Leib zwischen dem Laubwerk hindurch und erreichte schließlich den offenen Himmel. Mit kräftigen Flügelschlägen entfernte er sich von ihnen.

Jack trat neben Victoria. Sie warf ihm einen fragenden Blick zu. »Wie geht's dir?«, fragte sie ihn sanft.

»Gut«, antwortete Jack ruhig. »Und dir? Vermisst du ihn nicht jedes Mal, wenn er fortgeht?«

»Doch«, seufzte sie. »Aber das ist nun mal so.«

Jack legte ihr den Arm um die Schultern. »Irgendwann geht er vielleicht für immer.«

»Ich weiß. Aber ich habe nicht das Recht, ihn zurückzuhalten.«

»Du hast nicht das Recht dazu? Du bist die Frau, die er liebt, oder etwa nicht?«

»Doch. Und eben deswegen weiß ich, dass ich ihn nicht festhalten darf. Wenn er irgendwann nur noch aus Pflichtgefühl kommt, habe ich ihn für immer verloren. Deshalb muss ich ihn gehen lassen.«

Jack sah sie an. »Und mich, würdest du mich auch gehen lassen?«

Victoria lächelte ihn müde an. »Du willst gar nicht, dass ich dich gehen lasse«, antwortete sie. »Deshalb warst du auf Christian von Anfang an eifersüchtig. Vielleicht entdeckst du irgendwann, dass du dich nicht gebunden fühlen willst. Dann wirst du gehen und ich werde dich nicht zurückhalten. Aber wenn du wiederkommst, weil du es wirklich willst, bin ich für dich da, genau wie für Christian.«

»Das hast du mir noch nie gesagt«, stellte Jack fest.

»Du hast mich noch nie danach gefragt. Du bist mit mir zusammen, weil du es willst«, sagte Victoria, »und ich bin froh, dass du bei mir bist. Aber wenn du nicht mehr bei mir sein möchtest, kann ich nichts daran ändern. Ich gehe davon aus, dass wir zusammen sind, weil wir es beide wollen. So ist es doch, oder?«

Jack lächelte und drückte sie an sich. »So ist es«, versicherte er.

Sie gingen zurück zum Unterschlupf. Sie würden den ersten Sonnenaufgang abwarten, dann würde Victoria bei Tageslicht Jacks Flügel heilen, damit sie nach Awa zurückkonnten. Sie hatten hier nichts mehr zu tun. Ihre schlimmsten Vorahnungen über die Ankunft einer weiteren Göttin auf Idhún hatten sich bestätigt. Bald würden die Sechs alle hier sein. Bald würden sie eine Entscheidung über die Siebte treffen, falls es eine Entscheidung zu treffen gab. Und wenn sie sie entdeckten, würde nicht einmal Christian Gerde retten können.

3

Der König von Vanissar

Als Jack und Victoria zwei Tage später im Orakel von Awa eintrafen, waren sie erschöpft und besorgt. Sie brachten die schlechte Nachricht von Winas Ankunft und keine Lösung mit. Wahrscheinlich warteten mehrere Tage mit Versammlungen und Debatten auf sie, bis sich alle gemeinsam zu einer Vorgehensweise durchgerungen hatten. Jack war nach wie vor davon überzeugt, dass ihr einziger Ausweg darin bestand, Gerde zu besiegen und sie den Sechs zu übergeben. Wenn Christian – warum auch immer – darauf bestand, die Fee zu schützen, würde er eben noch einmal gegen ihn antreten müssen. Aber würde Victoria an seiner Seite gegen Christian und Gerde kämpfen? Jack fürchtete sich vor der Antwort auf diese Frage.

Unter den Personen, die sich bei ihrer Ankunft einfanden, fehlte Alexander, aber dem maß Jack anfangs keine Bedeutung bei. Er begrüßte Ha-Din und Shail und erzählte ihnen kurz, was sie in Alis Lithban gesehen hatten. Christian ließ er unerwähnt.

Nach dem Abendessen machte Jack sich auf die Suche nach Shail. Er war erleichtert, ihn allein im Innenhof anzutreffen, wo er ein Buch las. Was er ihm zu sagen hatte, war nicht für fremde Ohren bestimmt. »Ich muss mit dir reden«, erklärte er leise.

Shail klappte das Buch zu. »Ich habe dir auch einiges zu erzählen. Es ist etwas passiert, während du weg warst.«

Jack setzte sich neben ihn. »Shail, ich weiß nicht, ob wir diesmal davonkommen«, sagte er ohne Umschweife. »Wir haben ja gesehen, was die Götter anrichten«, fuhr er fort, »und ich habe keine Ahnung, wie wir sie aufhalten sollen. Vielleicht vernichten sie Idhún in Kürze, absichtlich oder unabsichtlich. Und ich weiß, es klingt feige und egoistisch, aber ich frage mich, ob ich das unbedingt miterleben muss.«

Shail schwieg einen Moment. Dann sagte er: »Du denkst daran, zur Erde zurückzukehren, oder?«

»Christian hat es kommen sehen«, bestätigte Jack. »Sogar bevor Yohavir beinahe den Turm von Kazlunn umgepustet hätte, sagte er, das Vernünftigste wäre, sich aus dem Staub zu machen. Das hat er auch getan und Victoria mitgenommen, um sie vor all dem zu schützen. Aber ich wollte nicht so schnell aufgeben. Ich blieb hier, um zu kämpfen. Offenbar waren sie es irgendwann leid, auf mich zu warten. Victoria kam zurück, um mich zu holen. Jetzt frage ich mich, ob ich mich ihnen damals nicht hätte anschließen sollen. Ich bin dickköpfig und weiß, dass ich bis zum letzten Moment hierbleiben werde, aber irgendwann gehe ich doch. Verstehst du, was ich sagen will?«

»Du willst wissen, ob wir bereit sind, nach Limbhad zurückzukehren«, antwortete Shail. »Ob Alexander und ich mitkommen.«

»Genau.«

Shail neigte den Kopf. »Ich würde nicht ohne Zaisei gehen«, erklärte er, »und mir ist nicht klar, was für ein Leben eine Himmelblaue auf der Erde erwarten würde.«

»Besser als der Tod ist es allemal«, erwiderte Jack.

»Vermutlich schon. Ich nehme an, diese Möglichkeit würdest du gern auch einigen anderen geben, die dir nahestehen, Kimara zum Beispiel. Aber du kannst nicht alle Idhuniter mit zur Erde nehmen. Wie willst du entscheiden, wer mitkommt und wer hierbleibt?«

»Ich habe dir ja gesagt, es ist eine feige, egoistische Lösung. Aber ich habe es satt, den Helden zu spielen.«

Shail sah ihn nachdenklich an. »Und was ist mit deinem Vorschlag von neulich? Gegen Gerde kämpfen, sie gefangen nehmen und den Göttern aushändigen?«

»Das ist ein fast aussichtsloses Unterfangen, Shail.«

»Das war bei der Prophezeiung, die Ashrans Sturz vorhersagte, nicht anders.«

»Aber es gab wenigstens eine Prophezeiung. Die Götter standen auf unserer Seite. Jetzt treten sie persönlich gegen den Siebten an und achten deshalb nicht mehr auf uns. Jetzt stehen wir Gerde alleine gegenüber.«

»Vor vier Tagen warst du bereit, es zu versuchen. Was hat dich umgestimmt?«

Jack zögerte ein wenig mit der Antwort. »Wir haben in Alis Lithban Christian getroffen«, erklärte er. »Er hat uns geholfen, uns vor Wina zu schützen, aber auch ausdrücklich gesagt, dass er jetzt auf Gerdes Seite steht. Und zwar nicht, weil er dazu gezwungen ist oder sie irgendwann verraten will. Er will wirklich für sie kämpfen, das hat er zumindest gesagt, und ich glaube, er war ehrlich.«

»Und was ist mit Victoria?«

»Seine Gefühle für sie sind unverändert. Die Beziehung zwischen den beiden ist nicht zerbrochen, soweit ich weiß.«

»Ich verstehe kein Wort«, sagte Shail fassungslos.

»Ich auch nicht.«

Der Magier schüttelte den Kopf. »Ich bin in Nanhai einmal mit Kirtash zusammengetroffen. Mir ist immer noch nicht klar, ob ich ihm vertrauen kann oder nicht, aber ich habe begriffen, dass er seit dem Verrat an Ashran nie wieder irgendwo dazugehört hat, nicht einmal zur Verschwörung. Es wundert mich, dass er sich wieder für eine Seite entschieden hat. Oder geht es ihm auch diesmal wieder darum, Victoria zu schützen?«

»Er hat mir selbst gesagt, es hätte nichts mit Victoria zu tun.«

»Aber er würde auch nichts tun, das ihr schaden könnte. Oder?«

»Wohl nicht. Das glaubt er zumindest. Wie sollen wir jetzt reagieren? Unser einziger Plan bestand darin, Gerde zu vernichten. Wenn er sie partout beschützen will, läuft es darauf hinaus, dass wir wieder gegeneinander antreten. Und Victoria ist nach wie vor mit uns beiden zusammen. Verstehst du, was ich meine?«

Shail runzelte die Stirn. »Jetzt schon. Entweder du trittst gegen Gerde an und somit auch gegen Kirtash oder du fliehst auf die Erde. Und wenn wir uns gegen Kirtash wenden, was tut dann Victoria? Gegen ihn kämpfen wird sie wohl nicht. Glaubst du, es könnte so weit kommen, dass sie ebenfalls das Lager wechselt?«

Jack lächelte. »Victoria war in der Verschwörung, weil die Prophezeiung die Einhörner ausdrücklich *verpflichtete,* gegen Ashran zu kämpfen«, antwortete er. »Jetzt, ohne diese Prophezeiung, wird sie für ihre Liebsten kämpfen, egal auf welcher Seite, aber ich glaube nicht, dass sie sich jemals Gerde anschließen wird, ganz einfach, weil sie sie nicht mag. Aber gegen Christian wird sie sich niemals wenden. Und ich will eigentlich auch nicht gegen ihn kämpfen. Er macht mich zwar wahnsinnig und ich glaube, ohne ihn wäre die Welt besser, aber ich kann nicht abstreiten, dass er uns geholfen hat und uns mehrmals das Leben gerettet hat. Der einzige Ausweg ist also, aufs Kämpfen zu verzichten und mit Victoria und allen, die mitkommen wollen, fortzugehen. Du wirst es dir zumindest überlegen, schon wegen Zaiseis Sicherheit. Aber ich will gar nicht wissen, was Alexander dazu sagen wird«, fügte er bekümmert hinzu.

Shail straffte sich. »Über ihn wollte ich mit dir reden. Vor zwei Nächten war Erea voll. Und in dieser Nacht ist etwas sehr Seltsames geschehen.« Er erzählte, wie es Gaedalu gelungen war, Alexanders Verwandlung rückgängig zu machen. »Eigentlich sollte ich mich darüber freuen«, schloss er, »aber mir kam alles so seltsam vor, und dieser Stein … Ich hatte nicht den Eindruck, dass er nur ein Segen ist. Außerdem weiß ich von Zaisei, dass die ehrwürdige Mutter in Dagledu Bruchstücke eines Felsens geholt hat, der eine seltsame Wirkung auf die Leute hat. Der Beschreibung nach könnte der Stein in Alexanders Armband eines dieser Bruchstücke sein.«

»Wirklich? Was für ein Felsen ist das denn?«

»Er wird ›der Teufelsfelsen‹ genannt, aber sein richtiger Name ist offenbar ›Ereas Stein‹. Er soll vor Tausenden von Jahren vom Himmel gefallen sein.«

Überrascht lehnte Jack sich an die Wand. »Victoria hat mir von einem Meteoriten erzählt, der vor langer Zeit ins Meer gestürzt ist«, erwiderte er. »Sie hat in Limbhad davon gelesen. Sie kann dir Genaueres erzählen, aber für mich hörte es sich nicht nach etwas Gutem an. Es hatte mit der Ankunft der Schlangen auf Idhún zu tun.« Er hob entschlossen den Kopf. »Wir müssen mit Alexander sprechen, damit er dieses Ding nicht wieder benutzt. Er wird nicht auf uns hören wollen, aber …«

»Alexander ist nicht hier«, unterbrach Shail. »Er ist gestern mit Gaedalu nach Vanissar aufgebrochen.« Er seufzte besorgt. »Er sagte, er will sich zurückholen, was ihm gehört.«

»Wie konnte er es wagen, hierher zurückzukehren?«, fragte Covan aufgebracht.

»Er ist nicht allein, mein Gebieter«, informierte der Soldat. »Die ehrwürdige Gaedalu begleitet ihn.«

»Gaedalu!«, wiederholte Covan verblüfft.

Abgesehen von ihnen beiden befand sich noch eine dritte Person im Raum, die sich diskret in den Hintergrund zurückgezogen hatte und die Unterhaltung von einer dunklen Ecke aus verfolgte. Bei der Erwähnung der ehrwürdigen Mutter wurde sie unruhig. »Die ehrwürdige Mutter ohne Gefolge«, sagte sie mit sanfter, sonorer Stimme. »Wie ungewöhnlich.«

Covan schüttelte den Kopf. »Verflucht noch mal, ich kann Gaedalu nicht an der Tür stehen lassen und Alsan auch nicht einfach so festnehmen, wenn sie bei ihm ist ...«

»Zweifellos weiß die ehrwürdige Mutter nicht so viel über Prinz Alsan wie wir, Meister Covan«, mischte sich die Frau ein. »Es ist unsere Pflicht, sie darüber aufzuklären, in welche Gefahr sie sich begibt, wenn sie ihn begleitet.«

»Ganz recht«, räumte Covan nach kurzem Überlegen ein. »Bitte sie herein«, befahl er dem Soldaten. Dieser neigte den Kopf und zog sich zurück.

Wenig später betraten Alexander und Gaedalu den Raum. Covan beäugte sie argwöhnisch. Alexander war gelassen, selbstsicher und voller Stolz. Er glich so sehr dem Jungen, den er einst in Nurgon ausgebildet hatte, dass es dem Fechtmeister einen Stich versetzte. Doch er musste auch an das Geschöpf denken, in das er sich in der Nacht des dreifachen Vollmonds verwandelt hatte. »Ehrwürdige Mutter«, sagte er zur Begrüßung mit einem tiefen Diener. »Prinz Alsan«, fügte er hinzu, diesmal ohne Verbeugung. »Was verschafft uns die Ehre Eures Besuchs?«

Alexander hob eine Augenbraue. »Braucht ein Prinz etwa Gründe, um sein Reich zu besuchen?«

»Normalerweise nicht«, knurrte Covan, »aber etwas anderes ist es, wenn dieser Prinz sich in eine blutrünstige Bestie verwandelt, seinen Bruder kaltblütig ermordet und dann monatelang verschwindet.«

»Ich wurde offenbar nicht vermisst«, gab Alexander kühl zurück. »Wie ich gehört habe, bereitest du schon deine Krönung vor.«

Covans Miene verdüsterte sich.

Ich glaube nicht, dass all das nötig ist, mischte sich Gaedalu ein. *Wir sind hier, um Klarheit zu schaffen und uns alle gegen den gemeinsamen Feind zusammenzutun. Es hat keinen Sinn, sich Vorwürfe zu machen …*

»Ich bitte Euch um Verzeihung, ehrwürdige Mutter«, sagte Covan und löste den Blick von Alexander. »Gewiss, es gibt viel zu klären, und bei allem Respekt, ich glaube nicht, dass Ihr Euch bewusst seid, welcher Gefahr Ihr Euch in Alsans Gesellschaft aussetzt. Aber darüber können wir später noch in Ruhe sprechen, glaube ich. Ich heiße Euch in Vanissar willkommen. Es ist mir eine Ehre, Euch bei uns aufzunehmen.«

Wie ich sehe, sind wir nicht die einzigen Gäste von Rang, bemerkte Gaedalu. *Nicht wahr, Erive?*

Die Frau, die halb in der Dunkelheit verborgen stand, machte mit einem gelassenen Lächeln zwei Schritte nach vorn. »Ehrwürdige Mutter«, sagte sie mit einer eleganten Verbeugung. »Seht mir meine Unhöflichkeit nach. Der Meinungsaustausch zwischen Prinz Alsan und Meister Covan schien mir eine Privatangelegenheit und ich fand es nicht angebracht einzugreifen. Prinz Alsan«, fügte sie an diesen gewandt hinzu, »seid willkommen in Eurem Reich.«

Alexander erwiderte ihr Lächeln ein wenig verlegen. Er kannte Königin Erive von Raheld, aber er war noch ein Kind gewesen, als sie bereits mit fester Hand die Geschicke ihres Reiches gelenkt hatte. Seither war viel Zeit vergangen. Erive war nun eine reife Frau, hatte sich jedoch ihre königliche Eleganz und ihren weisen Blick bewahrt. Raheld hatte die Shek-Invasion glänzend überstanden. Um ihr Reich zu schützen, hatte Erive sich den Schlangen sofort ergeben und so war es unversehrt geblieben. Aber nach Ashrans Sturz hatte Erive gleich wieder die Seite gewechselt und diejenigen, die noch gegen die Sheks kämpften, konnten es sich nicht leisten, ihr ihr früheres Bündnis vorzuwerfen: Nach der Awa-Schlacht waren die Neuen Drachen dezimiert und nur dank Erives Großzügigkeit wieder auf die Beine gekommen. Die Königin von Raheld hatte ihnen nicht nur einen neuen Stützpunkt zur Verfügung gestellt, sondern gewährte ihnen auch finanzielle Hilfe und hatte ihre besten Ingenieure und Handwerker zu Denyal und Tanawe geschickt. Ohne Erive waren die Neuen Drachen nichts.

Doch Alexander war nicht klar, wie er ihre Anwesenheit in Vanissar auffassen sollte. »Danke, meine Gebieterin«, erwiderte er ernst. »Es ist dennoch merkwürdig, dass gerade Ihr mich in meinem eigenen Reich willkommen heißt.«

Erive lachte sanft. »Ganz recht, aber wir leben nun einmal in merkwürdigen Zeiten. Nehmen wir deine Ankunft: Sie kam für uns alle völlig überraschend. Wir hielten dich für tot. Es freut mich, dass es nicht so ist.«

»Ich werde nicht zum ersten Mal für tot gehalten«, bemerkte Alexander mit einem müden Lächeln. »Und ich kehre auch nicht zum ersten Mal in mein Reich zurück und stelle fest, dass ein anderer meine Stelle einzunehmen versucht.«

Covan errötete. »Ich habe für dich gekämpft und das weißt du auch. Ich habe dein Anrecht auf den Thron deinem Bruder gegenüber verteidigt, aber das rechtfertigt nicht, was du ihm angetan hast … und auch Denyal.«

»Mein Bruder hat in einem Krieg gekämpft, und zwar auf

der Seite des Gegners«, erklärte Alexander kühl. »Wir sind gegeneinander angetreten und er hat verloren.«

»Du hast ihn mit Klauen und Reißzähnen zerfetzt, Alsan!« Covan schrie fast.

»Unter anderen Umständen hätte ich ihm mein Schwert in die Brust gerammt. Was für eine Rolle spielt die Art und Weise, wie er starb? Er war ein Verräter und mit den Sheks verbündet.«

»Viele von uns waren mit den Sheks verbündet, weil wir keine andere Wahl hatten, Prinz Alsan«, wandte Königin Erive ein, ohne die Stimme zu heben. »Du hast viel Zeit in der Ferne verbracht und kannst nicht wissen, was wir hier durchgemacht haben, was für schreckliche Entscheidungen wir zum Wohl unseres Volkes treffen mussten. Ich habe mich den Sheks ebenfalls ausgeliefert, um meine Leute zu retten, genau wie Amrin. Habe ich dasselbe Schicksal wie er verdient?«

»Wenn ich ihm nicht zuvorgekommen wäre, hätte er mich getötet. Wir befanden uns in einer Schlacht, meine Gebieterin. Wir waren Feinde. Wollt Ihr mir einreden, Ihr hättet in dieser Schlacht nur zum Schein gekämpft oder mein Leben verschont, weil Euer Bündnis mit den Sheks unter Zwang zustande gekommen war?«

Erive antwortete nicht.

»Und was ist mit Denyal?«, fragte Covan. »Ihm hast du den Arm abgerissen.«

»Da war ich nicht ich selbst. Ich war von einer fremden Macht besessen, einem Tier, das sich in Vollmondnächten meiner bemächtigt hat. Aber dank der ehrwürdigen Gaedalu wird das nicht wieder vorkommen. Der Albtraum ist vorbei. Ich bin wieder ich selbst und kann die Führung meines Volkes übernehmen.«

Covan wich einen Schritt zurück und sah ihn argwöhnisch

an. »Und du glaubst, das würde genügen? Du glaubst, all das wäre so einfach zu vergessen?«

»Königin Erive war mit den Sheks verbündet und ihr wurde verziehen«, argumentierte Alexander. »Denn sie hat so gehandelt, sagt sie, weil sie keine andere Wahl hatte. Nun, ich war damals auch nicht Herr meiner selbst. Ich war etwas viel Mächtigerem ausgeliefert als der Shek-Bedrohung und ich weiß, wovon ich spreche, denn in den letzten Jahren habe ich gegen die Sheks gekämpft und bin ihnen nicht erlegen. Das Tier hingegen war stärker als ich. Das ist jetzt vorbei. Das Geschöpf in mir ist besiegt und wird nicht wieder auftauchen.«

»Wie können wir da sicher sein? Warum sollten wir etwas auf dein Wort geben?«

Alexander wiegte den Kopf. »Es gab eine Zeit, Meister Covan, da hätte dir mein Wort genügt. Denn ich war an der Akademie und Nurgon-Ritter lügen nicht. Aber da du nun einmal an meinem Wort zweifelst, hoffe ich, dass du wenigstens der ehrwürdigen Mutter vertraust.«

Gaedalu neigte den Kopf. *Was Prinz Alsan sagt, ist wahr,* bestätigte sie. *Ich habe seine Verwandlung vor einigen Nächten, während Ereas letztem Vollmond, miterlebt. Und ich habe ihm das Mittel geliefert, den Fluch abzuwenden. Daraufhin konnte Alsan im Licht des Vollmonds wieder auf zwei Beinen gehen wie ein Mensch.*

»In fünf Tagen ist Ilea voll«, sagte Alexander. »Du hast mich unter ihrem Einfluss gesehen, du weißt, dass der grüne Mond eine Verwandlung in mir auslösen kann. Du wirst sehen, diesmal bleibe ich ich selbst.«

Alexander und Covan tauschten einen Blick. Schließlich seufzte der Fechtmeister. »Alsan, du weißt, dass ich immer davon geträumt habe, dich als König von Vanissar zu sehen. Aber das ist nicht so einfach. Ich berate mich mit den anderen Rittern und dann legen wir einen Tag für deine Krönung zum

König von Vanissar fest. Ich werde den Neujahrstag vorschlagen.« Alexander runzelte die Stirn, erwiderte jedoch nichts. »Am Vorabend deiner Krönung, beim dreifachen Vollmond, wirst du unter strenger Bewachung angekettet. Wenn du dich bis Tagesanbruch nicht verwandelt hast, werde ich als Erster das Knie vor dir beugen und dir Treue schwören. Andernfalls … wirst du zum Wohle Vanissars hingerichtet.«

Das wird nicht nötig sein, mischte sich Gaedalu ein. *Prinz Alsan wird sich nicht verwandeln. Die Götter schützen ihn.*

»Ich nehme deine Bedingungen an, Covan«, erklärte Alexander mit fester Stimme. »Ich glaube an die Sechs und an die Worte der ehrwürdigen Mutter.« Er sah seinen alten Lehrmeister herausfordernd an.

»Ihr seid nach der langen Reise sicher müde«, sagte Königin Erive da schlichtend. »Die ehrwürdige Gaedalu sehnt sich bestimmt nach einem Bad …«

Dafür wäre ich dankbar, ja, stimmte Gaedalu zu. *Aber ich brauche auch noch etwas anderes.*

»Was denn?«, fragte Erive.

Alexander und Gaedalu tauschten einen Blick und lächelten. *Einen Goldschmied,* antwortete sie. *Den besten Goldschmied von Vanissar.*

Gan-Dorak war eine der größten Oasen von Kash-Tar. Sie lag auf halber Strecke zwischen Lumbak und Kosh und war deshalb auf den meisten Karawanenrouten ein planmäßiger Halt. Wer Gan-Dorak unter Kontrolle hatte, beherrschte auch einen großen Teil von Kash-Tar. Das war den Sheks klar und aus diesem Grund war die Oase vor langer Zeit befestigt und mehrere Szish-Garnisonen dort stationiert worden. Am Himmel über Gan-Dorak patrouillierte stets ein knappes halbes Dutzend Sheks. Mit einem Wort, sie war schwer zu erobern.

Doch die Rebellen wussten, solange die Oase nicht fiel, hatten sie nicht die geringste Chance, zu Sussh Stützpunkt in Kosh vorzudringen. Unter anderen Umständen hätten sie sich vor ihrem Angriff vielleicht etwas überlegt, das entfernte Ähnlichkeit mit einem Plan hatte. Aber die Zerstörung von Nin war noch zu frisch, ihre Herzen waren mit Zorn und Schmerz erfüllt. Außerdem fühlten sie sich im Schatten der Drachenflügel geschützt und, was noch wichtiger war, unbesiegbar.

Der Angriff auf Gan-Dorak fand kurz vor dem ersten Sonnenaufgang statt. Die neun künstlichen Drachen, angeführt von Ayakestra und Ogadrak, stürzten sich mit wilder Wut auf die Schlangen. Die Yan-Rebellen folgten der Spur von Gosers Äxten und griffen das Haupttor mit allem an, was sie hatten. Niemand schien sich darüber zu wundern, dass die Oase an diesem Tag leerer als gewöhnlich aussah und die Wehrmauer nur von zwei Sheks bewacht wurde.

Kimara sauste mit fast selbstmörderischem Mut auf den ersten von ihnen hinab. Die Schlange reagierte in Sekundenschnelle und griff Ayakestra mit der ganzen Kraft ihres uralten Hasses an. Kimara blieb nichts anderes übrig, als mit ihrem Drachenweibchen zurückzuweichen. Als sie einem neuen Angriff des Sheks auswich und vor seinem todbringenden Schwanz floh, verrauchte ihre Wut rasch und wich der Vernunft. Doch dann sah sie durch die Luke das runde Auge des Geschöpfs, den eisigen Glanz der schillernden Pupille und erinnerte sich an Kirtash, den Shek, den zu töten sie geschworen hatte. Sie lächelte finster. Wenn sie ihn irgendwann besiegen wollte, dachte sie, war es ganz gut, schon mal zu üben.

Sie stellte sich vor, diese Schlange sei der eiskalte Mörder, den sie so hasste, und ließ ihren Drachen Feuer speien. Doch etwas hielt das Feuer auf, eine Art unsichtbarer Schild, der die Schlange vor der Flamme des künstlichen Drachen schützte.

Aufgebracht wendete Kimara Ayakestra und streckte die Krallen nach dem Shek aus, aber der gewundene Leib des Geschöpfs entglitt ihr und plötzlich spürte Kimara einen Schlag von unten. Sie wich verwirrt zurück. Da entdeckte sie aus den Augenwinkeln eine Art Lichtstrahl, der vom Boden ausging und einen der Drachen am Flügel traf. Er kam von einer Stelle, die von den großen Blättern der Bäume in der Nähe der Lagune geschützt war. *Das kann nicht sein,* dachte sie. *Sie haben einen Magier?*

Rando musste den Lichtstrahl auch gesehen haben, denn er schraubte sich mit Ogadrak bis zu den Baumwipfeln hinunter. Kimara beschloss, die Sache mit dem Magier ihm zu überlassen, und konzentrierte sich wieder auf den Shek. Ein anderer Drache kam ihr zu Hilfe. Drei weitere hatten den zweiten Shek eingekreist und die übrigen griffen die lanzenbewehrten Szish an der Ringmauer an, um den Yan den Weg frei zu machen.

Wenig später gab das Tor mit Getöse nach und ein nicht aufzuhaltender Goser stürzte mit einem mächtigen Schlachtruf in die Oase hinein. Seine Äxte tanzten, bohrten sich grimmig in das kalte Fleisch der Schlangenmenschen und hinterließen eine Spur aus Blut. Seine Leute folgten ihm wie ein vom Hass angetriebener Feuerstrom. Als er die letzte Szish-Reihe durchbrochen hatte, hielt er einen Moment inne und sah sich um. Randos Drache war nicht bei den anderen, sondern kreiste über einem Dickicht, als suchte er dort etwas. Er konnte gerade noch einem grünen Lichtblitz ausweichen, den jemand nach ihm schleuderte. Ein Magier.

Goser verengte die Augen und stieß einen neuen Schlachtruf aus. Nur drei seiner Krieger folgten seinem Ruf, aber das genügte dem Yan-Anführer. Blitzschnell durchquerten die vier Rebellen die Oase auf der Suche nach dem Zauberer.

Von oben sah Rando eine Gestalt zwischen den Bäumen

herumlaufen. Er entdeckte auch Gosers Trupp, der auf ihn zueilte. Er zog Ogadrak ein wenig höher, um einen besseren Überblick zu bekommen. Genau in diesem Moment stürzte einer der Sheks mit einem Kreischen kopfüber in die Lagune. Der andere hatte mit dem Feuer und den Krallen von vier künstlichen Drachen zu kämpfen, weshalb er auch nicht viel länger durchhalten würde. Es sah aus, als hätten sie gesiegt.

Das schien der Magier am Boden auch so zu sehen, denn Rando beobachtete, wie er vor Goser und seinen Leuten auf einem Torka floh. Der Halbbarbar war kurz davor, kehrtzumachen und sich um andere Dinge zu kümmern, denn die Wehrmauer würde der Flucht des Magiers bald ein Ende setzen und Goser und seine Leute würden ihn bald einholen. Doch plötzlich sah Rando, wie der Magier seinen Torka gegen die Mauer lenkte … und verschwand. Er blinzelte verblüfft. Wenige Sekunden später entdeckte er den Torka des Magiers auf der anderen Seite, wie er verzweifelt in die Wüste hinauslief.

Der Pilot fluchte vernehmlich und riss heftig an Ogadraks Hebeln. Er flog über Gosers Krieger hinweg, die verwirrt am Fuß der Mauer stehen geblieben waren, und drehte eine kurze Pirouette über ihnen, um ihnen zu verstehen zu geben, dass er die Jagd auf den Magier übernehmen würde. Er sah, wie Goser zum Zeichen des Einverständnisses eine seiner Äxte hob. Bald waren der Torka des Magiers und der Drache des Halbbarbaren am Horizont verschwunden.

Als Kimara sah, wie der zweite Shek tot auf die Bäume stürzte, stieß sie einen wilden Jubelschrei aus. Sie drehte ein paar Runden über der Oase, spie Feuer auf die letzten Szish-Soldaten und landete schließlich neben der Lagune. Nachdem sie aus Ayakestra geklettert war, lief sie zu Goser. »GanDorakistunser!«, rief sie und die Rebellen fielen in ihre Worte ein.

Goser griff sie um die Taille und hob sie mit Siegesgeheul in die Luft. Als er sie wieder auf dem Boden absetzte, war Kimara einen Moment lang von seinem Geruch nach Blut und Schweiß und von der Hitze seines Körpers benommen. Aber sie kam nicht dazu, darüber nachzudenken, denn plötzlich legte sich ein Schatten über sie.

Kimara hob den Blick. Es handelte sich um einen ihrer Drachen, der schnelle Kreise drehte. Als die Rebellen ihn warnend knurren hörten, begriffen sie, dass es Probleme gab. »In die Drachen, schnell!«, befahl Kimara.

Kurz darauf war sie wieder in der Luft und starrte fassungslos zum Horizont. Von Süden her kamen etwa zwanzig Sheks direkt auf sie zugeflogen. *Wo kommen die denn her?*, fragte sie sich entsetzt.

Auf dem Boden hatten Goser und seine Leute das Haupttor passiert und blickten ebenfalls mit ernster Miene zum Horizont.

Mit denen werden wir nicht fertig, schoss es Kimara durch den Kopf. Sie mussten fliehen, bevor es zu spät war, auch wenn das bedeutete, Gan-Dorak wieder aufzugeben. Kimara schwang sich ein wenig höher und drehte nach Norden ab, und die anderen Drachen taten es ihr nach. Aber als sie gerade aufbrechen wollten, bemerkte Kimara, dass Goser seine Streitäxte in die Höhe reckte und einen gellenden Schlachtruf ausstieß.

Kimara schnaubte entnervt und ließ Ayakestra ein mächtiges Brüllen ausstoßen. Da wurde den Yan klar, dass die Drachen abzogen, und sie sahen ihren Anführer verwirrt an. Goser verengte die Augen und starrte abwechselnd die davonfliegenden Drachen und die immer näher kommenden Sheks an. Dann blickte er zurück auf die soeben allzu leicht eroberte Oase und begriff. »Rückzug! Rückzug!«, schrie er. »WirmüssensoschnellwiemöglichzumStützpunktzurück!«

Wenig später zogen die Rebellen überstürzt aus der Oase ab, ohne zu merken, dass sie einen Drachen zurückgelassen hatten.

Rando verfolgte den Magier noch eine ganze Weile. Er spie Feuer auf ihn, aber der Zauberer schien sich mit einem magischen Schutz versehen zu haben, denn die Flammen prallten ab, bevor sie ihn erreichten. Doch Rando war nicht besorgt. Er wusste, was geschah, wenn jemand einen Torka so hetzte.

Tatsächlich ließ sich das Tier kurz darauf in den Sand fallen und weigerte sich zur Verzweiflung seines Reiters, weiterzulaufen. Rando stieß einen wilden Triumphschrei aus und stieß im Sturzflug hinab. Im letzten Moment begriff er, dass er voreilig handelte. Als er nah genug war, um zu erkennen, dass es sich bei dem Zauberer um einen Szish handelte, sah er auch deutlich, dass dessen Hände mit Energie geladen waren.

Ogadrak wurde von den Hörnern bis zur Schwanzspitze erschüttert und Rando verlor die Kontrolle über die Steuerung. Der prächtige Drache stürzte mit Getöse in den Sand, und Rando, der sich nie anschnallte, wurde nach vorne geschleudert. Er prallte mit dem Kopf gegen das Armaturenbrett und verlor das Bewusstsein.

Christian traf seine Leute nicht wie vermutet in Raden an, sondern in Nangal, am Fuß der Feuergipfel. Die Szish erklärten ihm, die Sümpfe seien ihnen nicht sicher erschienen. Im Nebel von Nangal hingegen könnten sie sich vor den Augen der Menschen verbergen, und außerdem sei die Gegend kürzlich von einer Art Wirbelsturm heimgesucht worden und die Bewohner hätten sich in die Berge geflüchtet.

Aber es gab noch einen anderen Grund: Auf den Felsen konnten Pflanzen keine Wurzeln schlagen. Die Szish erwähnten es zwar nicht, denn Alis Lithbans plötzliches Wachstum machte sie zu nervös, aber Christian war klar, dass sie sich sicherer fühlten, wenn sie sich notfalls in die Höhlen und Schluchten der Berge flüchten konnten. Für sie war es besser, Wina aus dem Weg zu gehen, als vor ihr davonzulaufen. Und so mächtig die Schöpfungskraft der Göttin auch sein mochte, die natürliche Grenze der Berge würde sie nicht überwinden.

Gerde hatte bereits einen riesigen Baum wachsen lassen, ganz ähnlich demjenigen, den sie im vorigen Lager bewohnt hatte. Als Christian hinüberging, überraschte er einen jungen Szish zwischen den Wurzeln. »Wer bist du?«, fragte er in der Sprache der Schlangenmenschen. »Was machst du hier?«

»Ich … ich weiß nicht …«, stammelte der Junge.

Christian erkannte ihn wieder. Er hatte in Alis Lithban beobachtet, wie Gerde ihm die Magie übermittelt hatte, nachdem Yaren Victoria angegriffen hatte. »Du heißt Assher, stimmt's?«

»Ja … aber bitte sag Gerde nicht, dass ich hier bin. Ich wollte nur …«

»Wolltest du sie sehen?«

Assher schluckte und zögerte. Christian las in seinen Gedanken wie in einem offenen Buch: Dieser Junge war verrückt nach Gerde und sie hatte ihm eine Zeit lang ihre Gunst geschenkt, aber nun war sie seiner überdrüssig, weil sie nur noch Augen für dieses Baby und für Ashrans Sohn hatte. »Nein«, log Assher schließlich und wandte den Blick ab. »Ich weiß nicht, warum ich gekommen bin. Jetzt muss ich fort, Meister Isskez wartet auf mich.«

Christian sah ihn nachdenklich davongehen. Er konnte sich denken, was Gerde mit diesem Jungen vorgehabt hatte und warum sie nun einem menschlichen Baby mehr Aufmerksamkeit widmete, aber es lohnte sich nicht, es ihm zu erklären. Wenn sich sein Plan allerdings wie erwartet umsetzen ließ, würde Gerde Assher vielleicht doch wieder brauchen, und zwar schneller, als sie dachte.

Er betrat den Baum. Gerde saß in der Mitte eines Sechsecks, das sie auf den Boden gemalt hatte. Offenbar war sie in Trance, denn von ihren schwarzen Augen war nur das Weiße zu sehen. Der Shek setzte sich in eine Ecke und wartete. Als sie in ihren Körper zurückkehrte, schloss sie mit einem kurzen Zucken die Augen und holte tief Luft. Dann war sie wieder sie selbst. »Du bist tatsächlich zurückgekommen«, bemerkte sie, als sie ihn sah. »Was hast du in Alis Lithban gefunden?«

»Einen Drachen, ein Einhorn und eine Göttin außer Rand und Band«, antwortete Christian achselzuckend. »Es war keine gute Kombination, aber niemand kam wirklich zu Schaden. Jetzt gehen alle wieder ihres Weges. Wie es sich gehört.«

»Wie es sich gehört«, wiederholte Gerde lächelnd.

»Und du? Was hast du gefunden?«

»Nicht allzu viel«, gab sie zu. »Ich wage mich nicht weit fort aus Furcht, entdeckt zu werden. Es ist noch zu früh, ich kann noch nicht gegen sie antreten.«

»Das sollst du auch nicht. Ist es dir gelungen, das Tor zu öffnen?«

»Ich probiere nur ein bisschen herum. Die Barriere zwischen den Dimensionen ist sogar für jemanden wie mich schwer zu durchbrechen. Und bevor ich es tue, will ich mich vergewissern, dass ich weiß, wo ich lande.«

Christian lächelte. »Irgendwann findest du, was du suchst, da bin ich mir sicher.«

»Ich auch. Aber dazu brauche ich Zeit und die ist knapp …« Gerde seufzte und massierte sich erschöpft die Schläfe. »Ich lebe nicht gern in einem sterblichen Körper«, gestand sie. »Wenn ich in ihn zurückkehre, nachdem ich durch eine andere Dimension gestreift bin, leide ich noch mehr unter seinen Beschränkungen. Außerdem …« Plötzlich unterbrach sie sich und hob den Kopf.

Christian folgte der Richtung ihres Blickes und sah einen Szish am Eingang.

»Entschuldigt, Gebieterin. Ihr habt Besuch«, sagte er. »Warmblüter. Sie sagen, sie wollen Euch sehen.«

»Shur-Ikaili-Barbaren«, erriet sie. »Warum habt ihr sie noch nicht getötet?«

»Die Frau sagt, sie kennt Euch, Gebieterin. Sie hat uns versichert, es läge in Eurem Interesse, mit ihr zu sprechen. Wir haben sie vorsichtshalber umzingelt. Wenn es nicht stimmt, was sie sagt, töten wir sie sofort.«

»Uk-Rhiz!«, rief Gerde entzückt. »Sie hat recht, es liegt in meinem Interesse, mit ihr zu sprechen. Oder vielmehr, sie persönlich zu töten«, fügte sie mit einem verführerischen Lächeln hinzu.

Sie waren nur zu fünft. Christian verengte die Augen, als er sie sah. Im Szish-Lager gab es mindestens zweihundert Schlangenmenschen. Wenn Gerde die Barbaren töten wollte, hatten sie keine Chance. Dennoch standen sie stolz da, als wären sie diejenigen, die die Szish umzingelt hatten. Shur-Ikaili. Noch hochmütiger als die Nurgon-Ritter. Und noch verwegener … oder noch verrückter.

Gerde machte einige Schritte auf sie zu und sah sie mit einem halben Lächeln an. Uk-Rhiz trat instinktiv einen Schritt zurück, korrigierte sich jedoch sofort: Sie stellte die Füße fest auf den Boden, kreuzte die Arme vor der Brust und warf Gerde einen herausfordernden Blick zu.

»Sei gegrüßt, Uk-Rhiz«, sagte die Fee lächelnd. »Lange nicht gesehen.«

»Seit du nach deiner Niederlage gegen die Magierin Aile aus

unserem Lager geflohen bist, wenn ich mich recht entsinne«, erwiderte die Barbarin boshaft.

Das Lächeln in Gerdes Gesicht erlosch. Ihre Miene wurde plötzlich ernst, gleichgültig, nahezu unmenschlich. »Die Zeit hat jede von uns an den Ort versetzt, den wir verdient haben, Uk-Rhiz«, sagte sie sanft.

»Aile ist auf edle, mutige Weise gestorben. Du führst nach wie vor ein Leben voller Lügen, Intrigen und Verrat.«

Sie erwartete Verärgerung als Reaktion auf diese Worte, aber Gerde lächelte nur. »Es ist immerhin ein Leben«, erwiderte sie. »Besser als gar keins, findest du nicht?«

»Da bin ich mir nicht so sicher«, widersprach Rhiz stirnrunzelnd. »Aber es kümmert mich wenig, was du tust. Wir sind nur gekommen, um Uk-Sun zurückzuholen, sie wieder nach Hause zu bringen, damit sie nicht länger deinem Einfluss ausgesetzt ist.«

»Uk-Sun?«, wiederholte Gerde mit gefährlicher Sanftheit. »Ich glaube, du irrst dich. Sie heißt jetzt Saissh und wird keinesfalls zu euch zurückkehren.«

Uk-Rhiz zückte mit einer abrupten Bewegung das Schwert. »Dann musst du um sie kämpfen. Ich fordere dich heraus, Gerde.«

Die Fee musste lachen. »So wichtig ist dieses Mädchen? Dass du dein Leben für sie aufs Spiel setzt?«

»Sie gehört meinem Stamm an«, antwortete Uk-Rhiz.

Gerde lächelte belustigt. »Ich nehme die Herausforderung an«, erwiderte sie. »Platz da«, befahl sie. Christian, Yaren und die Szish wichen ein Stück zurück und die Barbaren taten es ihnen nach.

Mit einem wilden Schlachtruf stürzte Uk-Rhiz auf Gerde zu, das Schwert mit beiden Händen erhoben. Die Fee blieb, wo sie war. Im letzten Moment wich sie mit einer behänden Bewegung zur Seite, streckte die Hand nach der Barbarin aus und berührte ihren Rücken mit den Fingerspitzen. Wie vom Blitz getroffen hielt Uk-Rhiz inne und riss mit einem Ausdruck des Entsetzens und der Qual die Augen weit auf. Das Schwert glitt ihr aus den Fingern und fiel zu Boden. Gleich darauf knickte die Shur-Ikaili in den Knien ein und stürzte. Sie war tot.

Unter den Szish erhoben sich Gezisch und Gemurmel und unter den Barbaren Schreie der Bestürzung. Zwei von ihnen liefen sogleich zur Anführerin des Stammes der Uk.

»Will mich noch jemand herausfordern?«, fragte Gerde mit eisiger Stimme.

Die Barbaren blickten zur Seite, aber Christian bemerkte, dass sie vor Zorn zitterten. Gerde sah sie eindringlich an. Sie brauchte nicht ihre Verführungskunst anzuwenden, um mit diesen Männern fertig zu werden. Sie waren halb tot vor Angst, dabei war ein Shur-Ikaili nicht so leicht einzuschüchtern. Plötzlich hob einer der Barbaren, die neben Uk-Rhiz knieten, den Kopf: »Ja, ich«, antwortete er.

Gerde hob eine Augenbraue. »Bist du bereit zu sterben? Aus welchem Grund?«

Der Barbar erhob sich. Er war imposant: groß und muskulös, mit langem, kastanienbraunem Haar und geflochtenem Bart. Er blickte Gerde mit seinen blauen Augen ernst an und kreuzte die Arme vor der Brust. »Weil Uk-Sun meine Tochter ist und ich sie zurückhaben will.«

Interessiert musterte Gerde den Barbaren von Kopf bis Fuß. »Deine Tochter«, wiederholte sie. »Verstehe. Sie hat deine Augen geerbt. Und ihre Mutter, ist sie schön?«

»Sie ist schön, kräftig und mutig, wie alle Shur-Ikaili-Frauen«, erklärte der Barbar stolz.

»Das ist gut«, bestätigte die Fee mit einem Lächeln. »Aber sie ist nicht schöner als ich, stimmt's?«

Plötzlich blinzelte der Barbar. Langsam ging seine herausfordernde Miene in Faszination über. »Schöner …«, wiederholte er. Seine Stimme bebte, als er gegen Gerdes verführerischen Zauber zu kämpfen versuchte. »Nein«, antwortete er schließlich und in seiner Stimme schwang tiefe Bewunderung mit. »Sie ist nicht schöner als du, meine Gebieterin.« Er sank vor ihr auf die Knie. Die anderen Barbaren stöhnten entrüstet.

Plötzlich überlegte Gerde es sich offenbar anders. »Das ist gut«, wiederholte sie, »aber leider interessierst du mich nicht.« Der Barbar blinzelte erneut und ließ verwirrt die Schultern fallen. »Du hast gesagt, du wolltest mich herausfordern, oder? Wagst du es, mich herauszufordern?«

Der Barbar zitterte sichtlich, fand jedoch die Fassung wieder und hob den Kopf, um ihr in die Augen zu sehen. »Nein, Gerde«, antwortete er. »Du bist die Anführerin deines Schlangen-Clans und hast Uk-Rhiz besiegt, die Anführerin des Stamms der Uk. Aber ich, Uk-Bar, bin nach ihr der beste Krieger meines Stammes. Deshalb werde ich deinen besten Krieger zum Kampf herausfordern. Wenn ich siege, nehme ich meine Tochter mit …«

»Nein«, unterbrach Gerde. »Ich habe bereits um das Kind gekämpft und gewonnen, es gehört also mir. Wenn du siegst, lasse ich euch lebend ziehen. Wenn du verlierst, werdet ihr alle sterben. Das sind meine Bedingungen. Und ich möchte, dass es ein Kampf auf Leben und Tod wird.«

Die Barbaren verzogen keine Miene. Uk-Bar richtete sich auf und nickte entschlossen. »Einverstanden. Wähl deinen Krieger aus, dann kämpfen wir.«

Gerde ließ den Blick über die Versammelten schweifen. Ihre Augen blieben an einem der Kapitäne der Szish-Wache hängen, dem wildesten Krieger, den sie hatte, aber sie entschied sich gegen ihn. Mit einem hinterhältigen halben Lächeln fixierte sie Christian.

»Nein«, protestierte er.

»Kirtash ist mein bester Krieger«, erklärte Gerde noch lächelnd. »Er ist ein Verräter, ein halber Shek und tut meist, wonach ihm der Sinn steht, aber wenn er will, ist er trotzdem mein bester Krieger«, fügte sie ein wenig spöttisch hinzu. »Er wird gegen dich antreten.«

Was soll das alles, Gerde?, fragte Christian sie telepathisch. *Wenn du sie töten willst, dann mach kurzen Prozess. Und wenn du sie gehen lassen willst, hat es keinen Sinn, sie zum Kämpfen zu zwingen.*

Begnüg dich damit, gegen den Barbaren zu kämpfen, Kirtash, befahl sie. Christian verengte die Augen, sagte jedoch nichts weiter. Er trat vor und zog Haiass aus der Scheide.

Es erhob sich Gemurmel, als das sanfte, eisige Schimmern des Schwertes die Züge des Sheks erhellte. Die Barbaren hatten von Kirtash gehört und wussten, dass er trotz seiner schlanken Gestalt ein ernst zu nehmender Feind war. Uk-Bar zückte sein riesiges Kriegsschwert. »Ich, Uk-Bar, fordere dich, Kirtash, zu einem Kampf auf Leben und Tod heraus«, verkündete der Barbar mit mächtiger Stimme.

Christian erwiderte nichts. Er hob Haiass und ging in Kampfstellung. Die Barbaren trugen Uk-Rhiz' Leichnam fort, um Platz zu schaffen. Auch die Szish wichen ein Stück zurück. Mit einem Zornesschrei und einem mächtigen Schlag ging Uk-Bar auf Christian los. Der Shek wich zur Seite und parierte mit Haiass. Die beiden Schwerter prallten zusammen. Das des Barbaren vibrierte unter Haiass' Macht gefährlich, brach jedoch nicht. Doch Uk-Bars Schwung war so stark, dass Christan abgedrängt wurde.

Die Augen des Sheks blitzten kurz auf. Wie ein Pfeil schnellte er wieder nach vorn und kombinierte zwei Hiebe miteinander. Der erste wurde vom Schwert des Barbaren mit brutaler Kraft abgefangen. Aber Christian zog Haiass sofort zurück und schlug noch einmal zu. Die Klinge traf Uk-Bar nur am Arm, fügte ihm jedoch eine tiefe Wunde zu. Rasch breitete sich eine Eisschicht bis zur Schulter des Barbaren aus. Uk-Bar schrie vor Schmerz auf. Er drehte sich, um Christian erneut anzugreifen. Der Shek wich ihm aus und versuchte den Schlag mit Haiass zu parieren, aber das Schwert des Barbaren drängte ihn wieder nach hinten.

Christian wich ein paar Schritte zurück. Dieser Barbar war der stärkste, widerstandsfähigste Mann, gegen den er jemals gekämpft hatte, aber nicht der schnellste und auch nicht der intelligenteste. Uk-Bar kam mit einem neuen Schlachtruf auf ihn zu. Christian richtete seinen eisblauen Blick auf den Shur-Ikaili und erwartete ihn kühl und berechnend. Er passte den besten Moment ab, machte zwei Schritte und versetzte ihm einen einzigen Schlag, präzise und tödlich, an seine ungeschützte Flanke. Haiass bohrte sich dem Barbaren direkt ins Herz, sodass er wie angewurzelt stehen blieb und ihn anstarrte, die Augen vor Verwirrung aufgerissen. Christians Miene war nach wie vor versteinert, als Uk-Bar vor ihm auf die Knie sank. Er zog ihm Haiass mit einer energischen Bewegung aus der Brust und beobachtete, wie der Barbar ihm tot vor die Füße fiel.

»Kirtash hat gewonnen«, erklärte Gerde nur. An die Szish gewandt, befahl sie: »Tötet sie.«

Die Schlangenmenschen stürzten sich auf die drei übrigen Barbaren. Obwohl die Shur-Ikaili Gerdes Bedingungen akzeptiert hatten, verteidigten sie sich mit Zähnen und Klauen. Der erste von ihnen brachte drei Schlangenmenschen zur Strecke, bevor er überwältigt wurde. Der zweite schlug zwei Gliedmaßen ab, ehe er am Rücken getroffen wurde. Und der dritte mähte einen seiner Gegner nieder und kämpfte gerade verbissen, als Gerde sagte: »Halt. Lasst den hier am Leben.«

Die Szish zogen sich hastig zurück. Keuchend und noch an sein Schwert geklammert, blickte der Barbar sich misstrauisch um. Aber die Schlangenmenschen rührten sich nicht. Gerde ging zum letzten der Shur-Ikaili. Die herausfordernde Miene des Barbaren verwandelte sich in absolutes Entsetzen, als sie den Blick auf ihn richtete. »Ich werde dich verschonen«, erklärte die Fee sanft, »denn du sollst nach Shur-Ikail zurückkehren und davon berichten, was du hier gesehen hast. Erzähle deinen Leuten von Uk-Rhiz' und Uk-Bars Duellen. Alle sollen erfahren, dass wir um dieses Kind gekämpft und gesiegt haben. Dieses Mal haben wir die Dinge nach Art der Shur-Ikaili gelöst, aber nächstes Mal werde ich nicht so gnädig sein. Ich will hier keinen Barbaren mehr sehen. Hast du mich verstanden?« Zitternd vor Angst nickte der Mann. »Geh«, sagte Gerde. Der Barbar drehte sich um und lief davon.

»Kessesh«, rief sie dann vernehmlich. Einer der Szish-Kapitäne trat vor sie. »Sammle die Leichen der Barbaren ein und stell eine Patrouille zusammen. Sie sollen sie ihren Leuten zurückgeben. Sonst haben wir bald noch mehr von diesen dickköpfigen Idioten hier, die uns zum Nahkampf herausfordern, um die sterblichen Überreste von Rhiz und den anderen zurückzubekommen.« Der Schlangenmensch neigte den Kopf.

»Du hättest ihnen das Mädchen zurückgeben können«, sagte Christian, als alle wieder an ihre Arbeit gegangen waren. »Du brauchst sie nicht mehr.«

»Ich brauche sie nicht mehr? Wenn dein Plan schiefgeht, Kirtash, brauche ich sie sehr wohl. Und du hast mir noch nicht bewiesen, dass er eine Chance auf Erfolg hat. Nein, Saissh bleibt bei uns, und jetzt, wo ich ihren Vater gesehen habe, erst recht. Sie wird gesund und stark werden. Genau das, was ich brauche.«

Christian erwiderte nichts. Sie kehrten zusammen ins Lager

zurück. Assher, an dem sie vorbeikamen, schenkten sie kaum Beachtung. Der junge Szish hatte die Auseinandersetzung mit den Barbaren von Anfang bis Ende beobachtet. Er hatte miterlebt, wie Gerde Kirtash befohlen hatte, auf Leben und Tod um dieses Baby zu kämpfen, und wie sie selbst sich dazu herabgelassen hatte, gegen eine Barbarin anzutreten, nur um Saissh zu behalten. Während er nachdenklich Uk-Bars leblosen Körper betrachtete, fasste er einen Entschluss.

Ein kurzes Ruckeln weckte Rando aus seiner Bewusstlosigkeit. Blinzelnd machte er die Augen auf und unterdrückte ein Stöhnen. Sein Schädel brummte fürchterlich und im Mund hatte er einen unangenehmen metallischen Geschmack. Er schluckte ein paarmal und versuchte sich aufzurichten, aber ein heftiger Schmerz in der linken Schulter hinderte ihn daran. Sein Arm war seltsam verdreht. Er fluchte. Er hatte sich die Schulter ausgekugelt.

Irgendwie rappelte er sich hoch und sah sich mit zusammengebissenen Zähnen um. Der Drache war offensichtlich nicht ernsthaft beschädigt, aber sicher konnte er erst sein, wenn er ihn von außen sah. Der Boden bebte erneut, brachte ihn aus dem Gleichgewicht und warf ihn gegen die Wand. Er landete auf der verletzten Schulter und schrie vor Schmerz auf. Sofort hörten die Erschütterungen auf. Da draußen war jemand.

Rando schnallte sich mit einer Hand das Schwert aus seiner Zeit als Soldat um die Hüfte und öffnete die obere Luke. Das Feuer der drei Sonnen traf ihn mitten ins Gesicht. Er blinzelte geblendet und blickte sich um. Aus den Augenwinkeln konnte er einen Schatten sehen, der sich unter dem Bauch des Drachen bewegte.

In der Hoffnung, der Unbekannte würde nicht merken, dass er Linkshänder war, zog er das Schwert mit der Rechten aus der Scheide und sprang in den Sand hinunter. Dann kletterte er die Düne hinauf, bis er auf der anderen Seite des Drachen angelangt war. Er entdeckte die Silhouette, die sich in Ogadraks Schatten drückte. »He!«, rief der Pilot. »Wer bist du?« Er erhielt nur ein Zischen zur Antwort, aber das genügte ihm. »Komm da raus, Szish!«, befahl er. »Wenn du uns Widerstand leistest, erwartet dich ein schneller Tod.«

Der andere sagte einige Worte, die Rando vertraut gewesen wären, wenn sie nicht vor ›s‹ gestrotzt hätten. »Was hast du gesagt, Schlange?«

»Dassss ich hier unmöglich raussss kann, Warmblüter«, antwortete der Szish. Er sprach leise und pfeifend, jedoch mit eigenartig hoher Stimme.

»Mmm!«, machte Rando. »Bist du eingeklemmt?« Er näherte sich vorsichtig mit gezücktem Schwert.

Der Schlangenmensch wirkte erschöpft. Der riesige Drache war auf sein rechtes Bein gefallen und hielt ihn gefangen. Als Rando um ihn herumging, sah er den Kopf eines Torka unter dem Drachen hervorlugen. »Bei allen Göttern!«, rief er. »Du bist der Magier, hinter dem ich her war!«

»Die Magierin, wenn ich bitten darf«, berichtigte der Szish.

Randos Kinnlade klappte nach unten. Nun, wo er genau hinsah, entdeckte er unter der weiten Kleidung tatsächlich weibliche Formen. Und was das Gesicht anging … nun ja, es war ein Schlangengesicht, aber jemand, der mit dem Aussehen der Szish vertrauter war, hätte darin sofort weibliche Züge erkannt. Vielleicht waren sie ein wenig weicher, die Augen etwas größer …

»Wasss ssstarrssst du mich ssso an?«, protestierte die Zauberin. »Bring mich endlich um oder hol mich hier raussss!«

»Ich hab noch nie ein Weibchen deiner Rasse gesehen«, erklärte Rando.

»Alsso ich habe ssschon zzziemlich viele Männchen deiner Rasssse gesssehen und ihr ssseid alle gleich widerlich«, konterte sie.

Rando überhörte die Bemerkung. »Wenn du eine Magierin bist, warum hast du dich dann noch nicht selbst befreit?«

»Ich war gerade dabei, esss zu versssuchen, du dummer Mensssch.« Zum Beweis hob sie die Hände und schleuderte eine kleine Energiekugel gegen die Flanke des Drachen, der ruckelte, sich jedoch nicht von der Stelle bewegte. Erschöpft ließ sich das Szish-Weibchen in den Sand sinken.

»Verstehe«, sagte Rando. »Du musst erst wieder zu Kräften kommen.« Er musterte sie nachdenklich. Er hatte sie verfolgt, um sie zu töten, auch wenn er nicht vorgehabt hatte, sie mit dem Drachen zu erdrücken. Aber vielleicht war die Tatsache, dass sie noch am Leben war, ein Vorteil und kein Nachteil. Den dumpfen Schmerz in seiner Schulter ignorierend, beugte er sich über die Schlangenfrau. »Ich schlage dir einen Handel vor«, sagte er. »Ich befreie dich und du hilfst mir mit deiner Magie, einverstanden?«

Sie sah ihn misstrauisch an. »Ich sssoll dir helfen? Ah, dein Arm«, begriff sie.

»Nicht nur. Zum Zurückfliegen brauche ich meinen Drachen und mein Drache braucht Magie. Verstehst du?«

»Du träumssst wohl.«

»Gut, dann bleiben wir beide hier, bis jemand kommt, um uns zu retten, oder bis wir verdurstet sind.«

»Dassss ich nicht lache. Du würdessst mich töten, sssobald ich dir gebe, wasss du willssst. Oder du würdessst mich zzzurücklasssssen.«

Gekränkt legte sich Rando die Hand auf die Brust. »Ich gebe zu, dass mit mir nicht gut Kirschen essen ist, aber ich würde nie eine Dame mitten in der Wüste im Stich lassen.«

»Oh, und ob du dasss tun würdessst. Für dich bin ich keine Dame, sssondern der Feind«, fügte sie verstimmt hinzu.

Rando kratzte sich am Kopf. »Ich glaube, das war kein guter Anfang. Ich heiße Rando und stamme aus Dingra in Nandelt.« Das Szish-Weibchen blieb stumm. »Tja«, sprach Rando weiter, »irgendwie muss ich dich ja nennen. Vielleicht würde ›Spaltzunge‹ oder ›Schlangengesicht‹ passen. Oder ›Schuppenhaut‹. Oder vielleicht …«

»Ersssha«, sagte sie da plötzlich. »Ich heißßße Ersssha.«

»Ersha«, wiederholte Rando und sah sie neugierig an. »Du bist eine echte Magierin, oder? Das heißt, du hast das Einhorn gesehen?«

Ersha lächelte verächtlich. »Wir Szzzisssh brauchen zzzum Übermitteln der Magie keine Einhörner.«

»Na, ihr seid aber schlau. Vermutlich braucht ihr auch nicht die Hilfe eines großen, starken Mannes, um unter dem Bauch eines hölzernen Drachen hervorzukommen …«

Ersha wandte sich ihm zu, aber Rando hatte seine zweifarbigen Augen auf den Horizont geheftet und sein Gesicht war zu einer Maske der Verblüffung erstarrt. »Ich soll an den Daumen aufgehängt werden, wenn ich nicht träume«, fluchte er.

Ersha reckte sich, um in dieselbe Richtung zu spähen. Vor Entsetzen verschlug es ihr die Sprache. Am Himmel standen vier Sonnen. Unter Kalinor, Evanor und Imenor, dicht über dem Horizont, hing ein vierter, rot glühender Feuerball. »Dasss issst eine Fata Morgana«, stieß das Szish-Weibchen hervor.

Rando runzelte die Stirn und richtete sich abrupt auf. »Vielleicht«, erwiderte er, »aber das will ich mir aus der Nähe ansehen. Kommst du mit?«

Und bevor Ersha antworten konnte, drückte er mit einem einzigen Arm kräftig gegen den Drachen und stemmte ihn weit genug hoch, damit das Szish-Weibchen den Fuß herausziehen konnte. Dann ließ er ihn wieder fallen. Ersha robbte sich im Sand davon, kam jedoch nicht weit. Rando hielt sie an der Tunika fest. »Warte«, sagte er mit einem breiten Lächeln, »nicht so hastig. Ich glaube, du bist mir einen Gefallen schuldig.«

Sie brauchten noch mehrere Stunden, bis sie so weit waren. Randos Schulter musste eingerenkt werden und es dauerte ein wenig, bis Ersha ihre Magie genug aufgefrischt hatte, um sie beide heilen zu können. Unterdessen schien die vierte Sonne weiterhin am Horizont. Es kam der erste Sonnenuntergang und dann der zweite und schließlich der dritte. Die Monde und die Sterne gingen auf, aber der Feuerball war immer noch an Ort und Stelle und erhellte die Wüste wie ein riesiges Lagerfeuer.

»Das müssen auch noch andere gesehen haben«, überlegte Rando. Die Szish-Magierin erwiderte nichts. Sie saß rittlings auf dem Holzdrachen und betrachtete den sonderbaren Feuerball nachdenklich.

Die Monde standen bereits hoch, als Rando verkündete, er sei fertig mit den Reparaturarbeiten. »Ich weiß nicht, mit welcher Formel die Zauberer die Magie der Drachen erneuern«, gestand er. »Aber es ist wohl nicht besonders schwierig …«

»Wir benutzzzen nicht die Sssprache der warmblütigen Magier«, unterbrach sie. »Lasss mal sssehen.«

Sie sprang vom Drachen herunter und sank bis zu den Knöcheln in den Sand. Sie strich über die Holzoberfläche und nickte ab und zu, erklärte jedoch nicht, was sie suchte. Nach einer Weile hielt sie an einem bestimmten Punkt inne, in Brusthöhe des Drachen, und untersuchte ihn eingehend. Dann legte sie die Handflächen auf das Holz und zischte laut. Ihre

Finger leuchteten kurz auf. Ogadrak bebte, aber weiter geschah nichts. Das Szish-Weibchen versuchte es noch ein paarmal, bis der Drache schließlich mit einem mächtigen Brüllen den Kopf hob. Ersha wich hastig zurück, stolperte und plumpste rücklings in den Sand. Erschrocken starrte sie den riesigen Drachen an, der über ihr aufragte. Er sah so echt aus, dass sie fast zu sehen meinte, wie seine Brust sich beim Atmen hob und senkte.

Mit einem Jubelschrei sprang Rando auf, lief zum Drachen und tätschelte ihm stolz die Flanke. »Danke, Ersha«, sagte er.

Die Magierin versuchte die Fassung zurückzugewinnen, stand auf und klopfte sich den Sand aus der Tunika. »Esss war kinderleicht«, erwiderte sie.

Rando schwang sich hinauf und öffnete die obere Luke. »Kommst du?«, fragte er, bevor er hineinkletterte.

Das Szish-Weibchen holte tief Luft, um ihre Angst zu besiegen. »Willsst du dir immer noch die vierte Sssonne ausss der Nähe ansssehen?«, fragte sie.

Der Pilot reagierte verblüfft. »Natürlich. Du nicht?«

»Du wirssst dich verbrennen …«

»Ich habe nicht vor, so dicht ranzufliegen. Also, kommst du mit oder bleibst du hier?«

Nach kurzem Zögern folgte Ersha ihm. Kaum im Bauch des Drachen angekommen, warf Rando ihr ein Paket zu. »Hier, das hast du dir verdient.«

Nicht ohne Misstrauen packte Ersha es aus. Zu ihrer Überraschung stellte sie fest, dass es Proviant und ein Schlauch mit Wasser war. »Du gibssst deinem Feind zu essssen?«

Rando hatte sich schon vors Armaturenbrett gesetzt und betätigte mit erfahrener Hand die Schalthebel. Er zuckte die Achseln. »Alles zu seiner Zeit«, antwortete er. »Im Moment ist mir das Überleben wichtiger als das Kämpfen. Ich brauche dich, damit du die Magie meines Drachen auffrischst, bis ich zu meinen Leuten zurückkehren kann. Wenn wir uns irgendwann auf dem Schlachtfeld wiederbegegnen, können wir immer noch kämpfen.«

Ersha wollte etwas erwidern, kam jedoch nicht dazu. Mit einem kurzen Ruck schlug Ogadrak mit den Flügeln und erhob sich in die Luft. Dem Szish-Weibchen wurde flau. Sie kroch in eine Ecke und kauerte sich dort zusammen.

»Willst du dich nicht neben mich setzen?«, forderte Rando sie gut gelaunt auf – Fliegen versetzte ihn immer in gute Laune. »Von dort hinten siehst du doch gar nichts.«

Ersha schüttelte heftig den Kopf. Schweigend flogen sie weiter und die sonderbare nächtliche Sonne wurde immer größer. Als Rando heftig zu schwitzen begann und das Szish-Weibchen nur noch mit Mühe Luft bekam, war klar, dass sie nicht näher heranfliegen durften. Ogadrak vollführte eine Drehung und machte sich bereit zum Landen.

Kurz darauf ruhte der Drache wieder im Sand und Rando und Ersha betrachteten überwältigt den Horizont. Die vierte Sonne war keine echte Sonne, sondern ein riesiger Feuerball, der sich knapp über dem Boden um die eigene Achse drehte. Ein feuriger Kern, aus dem Flammen züngelten, die die Luft unerträglich stickig machten. Er bewegte sich nicht von der Stelle, wurde nicht größer und auch nicht kleiner, sondern war einfach nur da und wartete …

Rando schüttelte den Kopf. Ein Feuerball konnte kein rationales Bewusstsein haben. Feuerbälle hatten kein Gehirn, sie konnten nicht auf etwas warten. Warum hatte er dann so große Angst? Er sah aus den Augenwinkeln nach Ersha, auf deren Schlangengesicht sich blankes Entsetzen abzeichnete. »Wie groß dieses Ding wohl ist?«, fragte er überwältigt.

Da wich Ersha plötzlich zurück und löste den Blick vom

Horizont, um Rando hasserfüllt anzusehen. »Ssso habt ihr esss gemacht«, zischte sie aufgebracht. »Auf diessse Weissse habt ihr Nin zzzerssstört, ihr verfluchten Warmblüter.«

Ehe Rando es sich versah, stürzte sich das Szish-Weibchen kreischend auf ihn und brachte ihn aus dem Gleichgewicht. Beide rollten über den Sand, während die Hände der Magierin Randos Hals zu fassen suchten. Sobald sich der Halbbarbar von seiner Überraschung erholt hatte, schüttelte er sie ohne große Mühe ab. »Wovon redest du? Wir haben Nin nicht angegriffen, dort waren doch unsere Verbündeten!«

»Esss waren drei Ssszzzisssh-Garnisssonen in der Ssstadt ssstationiert!«, warf sie ihm noch zornig vor. »Alle sssind tot!«

»Und auch alle Bewohner der Stadt!«, ergänzte Rando. »Wir dachten, die Schlangen stecken dahinter!« Beide sahen sich einen Moment lang betroffen an. »Aber wenn ihr nicht dahintersteckt«, sagte Rando, »wer dann …?«

Ersha schüttelte den Kopf und deutete auf den Feuerball. »Ssso etwasss würde eine Ssschlange nicht machen. Diessser Zzzauber ssstammt von den Warmblütern.«

»Diese Sonne ist für unsere Magier ein paar Nummern zu groß …«

»Die Warmblüter haben in einer Ssschlacht den Himmel in Brand gesssteckt! Glaubssst du, dasss wüsssste ich nicht?«

»Wenn wir so etwas fertigbrächten, würden wir es als Waffe gegen Sussh einsetzen und nicht, um unsere eigenen Leute zu verbrennen«, überlegte Rando.

Es trat ein kurzes Schweigen ein. Schließlich verengte Ersha die Augen und sagte: »Dann haben wir einen gemeinsssamen Feind.«

Rando wandte sich wieder der riesigen Feuermasse zu, die über den Dünen schwebte. »Aber was soll das denn sein? Und warum greift es uns an?«

Ersha schüttelte den Kopf. »Die Sssheks wissssen esss bessstimmt«, antwortete sie. »Sssie wissssen immer allesss.«

Rando warf ihr einen kurzen Blick zu. »Vielleicht«, erwiderte er, »aber niemand wird dir glauben, wenn du davon erzählst.«

»Dir auch nicht, Warmblüter«, gab sie verstimmt zurück. »Dir auch nicht.«

Die Drachen erreichten den Stützpunkt in den Bergen als Erste. Kimara hatte bereits bemerkt, dass sie Rando und Ogadrak zurückgelassen hatten. Aber sie hatte genau wie Goser begriffen, dass dieser Trupp Sheks, der eigentlich in der Oase hätte sein müssen, von einem besonderen Einsatz zurückkehrte.

Die Intuition des Yan-Anführers hatte sich als zutreffend herausgestellt. Als die Drachen ihr Versteck erreichten, stellten sie fest, dass es vollkommen zerstört war. Die Zelte, die Wagen, die Wachtürme, alles war zertrümmert und mit einer Eisschicht überzogen. Und alle, die dageblieben waren, waren tot: Männer, Frauen, Alte und sogar die Kinder. Die Sheks hatten auch alle Tiere getötet. Dort blieb ihnen nichts mehr.

An Ayakestra gelehnt, weinte Kimara vor Wut und Enttäuschung, als Goser und die anderen Yan-Rebellen eintrafen. »Verflucht noch mal«, flüsterte sie. »Verflucht noch mal … O wie ich euch alle hasse …«

Goser lief in die Mitte des Lagers und sah sich bebend vor Zorn um. Dann zückte er eine seiner Äxte und rammte sie mit einem zornigen Aufschrei in den Boden, sodass sie die Eisschicht durchschlug.

Kimara schloss die Augen und wünschte sich, sie wäre hier gewesen, um den Stützpunkt zu verteidigen. Die Sheks hätten sie zwar wahrscheinlich alle getötet, aber sie hätten wenigstens kämpfen können. Sie ging zu Goser, der sich auf den Boden gekauert hatte und noch wütend schnaubte. »Siesindvieldreistergeworden«, sagte sie leise. »SiehabenkeineAngstmehrsichAwinorzunähern.«

Goser blickte mit seinen Feueraugen zu ihr auf. »Dannmüssenwirauchdreisterwerden«, erwiderte er, »undohneAngstnachKoshaufbrechen.«

Kimara nickte finster.

Als Shail, Jack und Victoria in Vanis, der Hauptstadt des Reichs, eintrafen, war Alexander sehr beschäftigt. Es sah so aus, als hätte Covan fürs Erste sein und Gaedalus Versprechen akzeptiert, dass er sich nicht mehr verwandeln würde. Gemeinsam bemühten sie sich, das Reich zu befrieden. Sie hatten Prinz Alsans Rückkehr bekannt gegeben und seine Krönung zum König von Vanissar für den Neujahrstag, also in drei Monaten, angekündigt.

Bis dahin war viel zu tun. Prinz Alsans Wiederauftauchen und mehr noch sein Bündnis mit Covan hatte alle überrascht. Einige von Covans Anhängern wollten sich mit dieser Lösung nicht zufriedengeben und verteidigten ihren Kandidaten mit Waffengewalt. Sie wurden zu Rebellen und Geächteten und Covan sorgte persönlich dafür, dass sie hinter Schloss und Riegel kamen.

Ja, in Vanissar gab es viel zu tun. Dieser Tatsache wollte Jack die Art und Weise zuschreiben, wie Alexander sie empfing. Aber im Grunde wusste er, dass etwas anderes dahintersteckte. Shail nahm der Prinz von Vanissar gastfreundlich und freudig auf, Jack behandelte er jedoch mit kalter Höflichkeit und Victoria ignorierte er völlig. Jack versuchte eine Aussprache mit ihm unter vier Augen herbeizuführen, aber Alexander schützte vor, keine Zeit zu haben.

»Mach dir keine Sorgen«, sagte Shail. »Es liegt an diesem Stein. Er ist der Grund für sein seltsames Verhalten.«

Alexander trug nicht mehr Gaedalus Armreif. Ein Goldschmied hatte ihm ein passenderes Armband angefertigt und darin den unheimlichen schwarzen Stein eingearbeitet, den ein Steinmetz rund und flach geschliffen hatte. Diesen Talisman legte Alexander nun nie mehr ab. Er hatte Jack nicht einmal erlaubt, ihn aus der Nähe zu betrachten.

»Aber Zaisei hat gesagt, der Teufelsfelsen macht die Leute aggressiv, weil er vor Hass strotzt«, wandte Victoria ein. »Wie kann er dann das Tier in Alexander unterdrücken? Müsste es nicht umgekehrt sein?«

»Wir übersehen irgendetwas«, antwortete Jack nachdenklich. »Ich bezweifle sehr, dass Gaedalu sich solche Umstände macht, nur um Alexander zu helfen.«

»Sie hat einen wertvollen Verbündeten gewonnen«, erklärte Victoria.

Shail hatte den Kopf gesenkt. »Gaedalu glaubt, der Teufelsfelsen hätte die Sheks vertrieben, als sie Dagledu zu erobern versuchten«, sagte er. »Ich glaube, sie will eine Waffe gegen sie entwickeln.«

»Und was hat das mit Alexanders Problem zu tun? Wirkt der Stein auch gegen Wölfe?«

»Keine Ahnung, aber das ist noch nicht alles. Laut Zaisei tut Gaedalu das alles aus persönlichen Gründen. Ihre Tochter ist nach der künstlichen Sternenkonstellation auf die Erde ins Exil gegangen, wo Kirtash sie getötet haben soll.«

»Und jetzt hat Gaedalu also einen Weg gefunden, ihm Schaden zuzufügen«, sagte Victoria.

»Nun, wenn er Gaedalus Tochter wirklich getötet hat, muss er die Konsequenzen tragen, findest du nicht?« Victoria antwortete nicht. »Ich verstehe nur nicht«, fuhr Jack fort, »was das alles mit Alexander zu tun hat und warum etwas, das einem Shek schaden kann, das Tier in ihm unterdrücken kann. Was für ein Stein ist das und warum hat er so viel Macht?«

»Das werden wir bald herausfinden«, sagte Shail. »Heute Nacht ist Ilea voll. Sie löst keine vollständige Verwandlung in Alexander aus, beeinflusst aber sein Äußeres. Mal sehen, ob der Stein noch genauso wirksam ist wie an dem Tag, als er ihn von Gaedalu bekommen hat.«

Beim dritten Sonnenuntergang trafen sie sich auf den Zinnen des Königspalastes: Shail, Alexander, Jack und Victoria, aber auch Covan, Gaedalu sowie drei Nurgon-Ritter. Jack beobachtete Alexander ernst, während die letzte Sonne am Horizont verschwand und über ihnen die Sterne am Himmel erschienen. Das taten die anderen auch, auf jede Veränderung lauernd, die die Monde in ihm auslösen konnten. Aber Jack suchte in seinem Gesicht etwas anderes: Antworten. Der junge Prinz ignorierte die Blicke. Er hatte die Augen auf den Horizont gerichtet und wartete ernst und gelassen ab. Als der grüne Vollmond über ihnen erstrahlte, sah er weiterhin völlig menschlich aus. Jemand seufzte leise vor Erleichterung.

Alexander wandte sich seinen Gefährten zu und sagte ruhig: »Das ist ein gutes Zeichen, aber es genügt nicht. Wir müssen den dreifachen Vollmond abwarten. Dann werden wir sehen, ob ich der Krone von Vanissar würdig bin.«

Sie blieben noch eine Weile auf den Zinnen, dann zog sich einer nach dem anderen zurück. Jack, Shail und Victoria blieben bis zum Schluss. Als sie mit Alexander allein waren, ergriff Shail das Wort. »Ich freue mich sehr für dich«, sagte er. »Ich dachte schon, wir könnten nichts für dich tun, aber die Macht dieses Steins …«

»Die Macht dieses Steins hat nichts mit Magie zu tun«, unterbrach Alexander ein wenig spröde. »Der Fels, von dem er stammt, ist direkt von Erea auf Idhún herabgestürzt. Er birgt die Macht der Götter.«

»Das muss es sein«, erwiderte Shail versöhnlich. »Ich würde aber gerne genauer erfahren …«

»Da gibt es nichts zu erfahren«, unterbrach Alexander.

»Aber wir wissen doch gar nichts über diesen Felsen!«, polterte Jack los. »Er könnte dir Schaden zufügen!«

Alexander fixierte ihn ernst. »Er stammt von den Göttern«, versetzte er. »Weiter brauche ich nichts zu wissen. Und selbst wenn ich noch mehr darüber herausfinden wollte, würde ich es dir garantiert nicht mitteilen. Zumindest nicht, solange du jemanden schützt, der eine intime Beziehung zu einem Shek hat.«

Bei diesen Worten starrte er Victoria an. Es war ein anklagender Blick voller Vorwürfe und Groll. Sie begnügte sich damit, ihm stumm standzuhalten. Ohne ein weiteres Wort drehte Alexander sich um und ging davon.

Jack lief ihm nach und holte ihn ein, als er bereits die Treppe hinunterstieg. »Warte! Ich finde, du solltest dich bei Victoria entschuldigen.«

»Mich entschuldigen? Jack, ich habe sie in der Verschwörung aufgenommen, als sie noch ein halbes Kind war. Jahrelang habe ich sie vor Kirtash geschützt, und sie? Sie hat uns bei der ersten Gelegenheit verraten. Ich habe ihr eine Menge durchgehen lassen, aber jetzt habe ich ihr Techtelmechtel mit dem Feind satt.«

»Mit dem Feind!«, wiederholte Jack. »Kirtash hat mit uns gekämpft! Er hat Ashran das Schwert in den Rücken gestoßen, ich war dabei! Außerdem«, fügte er hinzu, »sind nicht alle Sheks ›der Feind‹. Mir hat einmal ein Shek-Weibchen das Leben gerettet. Sie …«

»Sprich nicht weiter«, unterbrach Alexander ihn angespannt.

»Genau diese Schlangen haben Victorias Herz vergiftet und vergiften jetzt auch deins. Ich erkenne dich nicht wieder, Jack. Die Sheks haben dir alles genommen, sie haben alle deine Artgenossen und deine Familie vernichtet. Ich habe dir das Kämpfen beigebracht, damit du gegen sie antreten kannst, nicht damit du sie verteidigst. Das ist nicht das Ziel der Verschwörung.«

»Du selbst hast Kirtash in der Verschwörung aufgenommen.«

»Ja«, gab er zu, »aber damals war ich nicht ich selbst. Ich habe einen Fehler gemacht und ich versichere dir, ich werde ihn ausbügeln.«

»Aber Alexander …«

»Und nenn mich nicht mehr Alexander«, schnitt er ihm das Wort ab. »Ich bin Alsan, Prinz von Vanissar.«

Frei von den Einschränkungen eines Körpers streifte ihr Bewusstsein durch Raum und Zeit, schwebte durch die vielen Dimensionen, die sich im Universum auftaten. Sie fühlte sich wunderbar lebendig, auch wenn sie keinen Körper mit einem schlagenden Herzen hatte. Sie befand sich auf einer astralen Ebene mit pulsierenden Farben und diffusen Formen, einer Schnittstelle zwischen Dutzenden von Dimensionen. Von dort aus konnte sie fast überallhin gelangen.

Sie ignorierte die kleine Bewegung, die sie auf der materiellen Ebene wahrnahm, denn sie war auf eine lebenswichtige Suche konzentriert, die wichtiger war als alles andere. Hier konnte sie sich nirgends verstecken. Es gab mächtige Wesen, die sie suchten und nicht ruhen würden, bis sie sie gefunden hatten. Deshalb musste sie auf der Hut sein.

Flüchtig wie ein Schatten streifte ihr Bewusstsein umher. Schon mehrere Male hatte sie das Gesuchte zu finden geglaubt, aber es war falscher Alarm gewesen. Ein Teil ihrer Aufmerksamkeit drängte sie, in die materielle Ebene zurückzukehren, denn es war etwas Wichtiges geschehen. Langsam zog sie ihre Fühler ein und kehrte wieder in ihren kleinen, unbequemen sterblichen Körper zurück.

Gerde schlug die Augen auf. Sie brauchte einige Minuten, bis sie sich daran gewöhnt hatte, wieder auf Idhún in ihrem Baumhaus zu sein, aber als sie so weit war, stand sie sofort auf und sah sich noch ein wenig benommen um. Ihr Blick blieb an Saisshs Wiege hängen. Sie war leer. Gerdes Wutschrei schallte durchs ganze Lager.

Nicht weit von dort hastete Assher durch den Nebel. Er trug ein Bündel auf dem Rücken, das zum Glück beschlossen hatte, tief zu schlafen. Der junge Szish wusste, dass er nicht viel Zeit hatte. Von seinem Ziel trennten ihn noch mehrere Tagesmärsche. Doch er musste die Barbaren finden, bevor Gerde ihn aufgespürt hatte.

4

Eisseshs Exil

Etwas weckte Eissesh aus einem leichten, unruhigen Schlaf. Er brauchte sich nur kurz ins Netz der Sheks einzuklinken, um zu erfahren, was los war, und glitt aus seiner Höhle in den Hauptgang hinaus. Sofort nahmen die Szish Haltung an. Einer von ihnen trat vor, verbeugte sich und sagte: »Es hat Erdbeben gegeben, mein Gebieter. Die Tunnel stürzen ein. Wenn wir sie nicht verlassen, werden wir verschüttet. Wir sind dabei, alle nach oben zu bringen, so wie es der Notfallplan vorsieht.«

Er sprach schnell, präzise und ruhig. Eissesh nickte und schickte ihn mit einem kurzen telepathischen Befehl wieder an die Arbeit. Die meisten Sheks seines Trupps waren zusammen mit den Szish bereits auf dem Weg in die oberen Gänge. Einige wenige waren geblieben und gaben den Nachzüglern Rückendeckung. Während Eissesh durch die Tunnel glitt, dröhnte der Fels um ihn herum und von der Decke lösten sich einige Brocken. Er zog sich mit einem Zischen zurück, wich einem herabfallenden Stalaktiten aus und presste sich an die Felswand, um weiteren herabstürzenden Trümmern zu entgehen. Als sich alles wieder beruhigt und er sich die kleineren Brocken von den Schuppen geschüttelt hatte, drehte er sich um und kroch davon.

Das Herz des Gebirges erzitterte noch einige Male, bevor er

den Ausgang erreichte. Schemenhaft sah er seine Leute am Ende des Tunnels, an einer Stelle, wo die Höhle breiter wurde. Sie fürchteten das Licht der drei Sonnen, die Warmblüter und ihre künstlichen Drachen, die Feuer spien, dasselbe Feuer, das den Himmel in Brand gesteckt hatte und sie beinahe alle getötet hätte.

Es ist so weit, wir brechen auf, sagte er zu allen, Sheks und Szish, und versuchte ihnen mit seinen Worten Vertrauen und Sicherheit einzuflößen. Kaum hatte er geendet, als der Berg erneut dröhnte und die Höhle über ihnen einstürzte. Alle rannten oder krochen zum Ausgang und wichen dabei den riesigen Felsnadeln aus, die von der Decke donnerten. Manche schafften es nicht, sie wurden unter dem Berg begraben. Andere erreichten den Tunnelausgang und hasteten ins Freie.

Eissesh gelangte als einer der Letzten hinaus. Hinter sich spürte er eine mächtige Kraft, eine gewaltige Präsenz, der gegenüber er sich klein und unbedeutend vorkam, etwas so Großartiges und Grausames, dass er vor blankem Entsetzen zitterte. Und dieses Etwas kam auf sie zu. Es wusste, dass sie da waren, hatte die Sheks gefunden und wollte sie erdrücken, weil sie der Feind waren.

Eissesh entkam. Er floh, so schnell er konnte, während sein Herz sich mit der größten Angst füllte, die er je empfunden hatte, einem Entsetzen, wie nicht einmal der tödliche Zauber der Magierin Aile es in ihm hatte wecken können.

Die ›Jäger‹ waren ein Trupp von sechs künstlichen Drachen, deren Aufgabe darin bestand, die Südseite der Eiskrone nach Sheks zu durchkämmen. Nach Ashrans Sturz hatten sich viele junge Leute den Neuen Drachen angeschlossen, doch die Mitglieder der Jägerpatrouille hatten alle bereits in Zeiten der Shek-Herrschaft gegen Eissesh und seine Leute gekämpft. Denyal, der Anführer der Neuen Drachen, war einer von ihnen. Er hatte in der Awa-Schlacht den linken Arm verloren und konnte keinen Drachen steuern, pflegte die Jäger jedoch an Bord von Uska zu begleiten, einem sandfarbenen künstlichen Drachenweibchen mit Kaer am Steuer, einem wilden, rachsüchtigen Shianer, übrigens dem ersten, der sich zu den Jägern gemeldet hatte.

Dieser Tag verlief genau wie viele andere. Sie waren seit dem ersten Sonnenaufgang unterwegs, ohne Neuigkeiten. In all diesen Monaten hatten sie noch nichts ausrichten können und die Piloten waren allmählich frustriert und wurden ungeduldig. In diesem Moment befanden sie sich über Vanissar. Denyal hatte von Prinz Alsans Rückkehr gehört. Covan hatte dessen Erklärungen und Entschuldigungen offenbar akzeptiert, aber der Anführer der Neuen Drachen konnte ihm den Vorfall im Awa-Wald nicht verzeihen. Unwillkürlich griff er sich an seinen Armstumpf. Da bemerkte er, dass Kaer ihn ansah, weil er auf eine Antwort wartete. »Entschuldige, ich war mit den Gedanken woanders«, sagte er und schüttelte den Kopf. »Was hast du gesagt?«

»Dass wir bald in Vanis sind«, antwortete Kaer. »Wir sollten landen, um die Drachen mit Magie aufzuladen.«

Denyal wollte etwas erwidern, als der Drache, der an der Spitze flog, ein warnendes Brüllen ausstieß. Denyal richtete sich auf seinem Sitz auf, um durch die vordere Luke zu spähen. »Schneller!«, befahl er Kaer.

Das Gebirge vor ihnen wurde gerade von einem heftigen Erdbeben erschüttert. An den Abhängen der höchsten Gipfel donnerte Geröll in die Tiefe und große Felsbrocken rollten in die Schluchten und Engpässe. Aber das eigentlich Interessante spielte sich am Fuß eines der Berge ab. Dort wimmelte es von kleinen Wesen, die auf der Flucht vor einem unsichtbaren Verfolger waren, und über ihnen flog etwas wie ein riesiger Insektenschwarm. »Das sind Sheks«, sagte Denyal angespannt.

»Sheks? Wie viele denn?«

»Sie sind zu weit weg, um sie zu zählen. Mindestens zwanzig, schätze ich.«

Kaer ließ die Zähne knirschen. »Wo kommen die denn her?«

»Offenbar hat das Erdbeben sie aus ihrem Bau getrieben«, antwortete Denyal mit einem finsteren Lächeln.

»Fliegen wir hin?«

»Es sind zu viele, Kaer.«

»Was machen wir denn dann? Fliehen? Wir sind seit Monaten hinter ihnen her, Denyal.« Die beiden Männer tauschten einen Blick. Dann grinsten sie langsam. Wenig später flogen die sechs Jäger auf die geflügelten Schlangen zu.

Eissesh nahm sie wahr, lange bevor sie in sein Blickfeld kamen. Er hob den Kopf und hielt mit seinem einen Auge nach ihnen Ausschau.

Drachen, warnte auch noch ein anderer Shek, der sie ebenfalls bemerkt hatte. Eissesh zischte leise. Sie waren gerade dem sicheren Tod entronnen, aber kaum im Freien, wurden sie schon von den Drachen angegriffen.

Es sind sechs, informierte der Shek widerwillig. Die Sheks waren nicht abergläubisch, aber die Zahl sechs mochten sie nicht.

Es sind nur sechs, berichtigte Eissesh. Sie hatten in den Tunneln fünf Sheks verloren, waren aber immer noch mehr als dreißig. Eissesh bestimmte drei Schlangen, die die Szish an einen sicheren Ort führen sollten, und befahl den übrigen, ihm zu den künstlichen Drachen zu folgen. *Bringen wir sie endlich zur Strecke,* sagte er. Die Sheks flogen in perfekter Formation direkt auf die sechs künstlichen Drachen zu. Sie waren müde und in ihren Herzen nistete noch Angst, aber der Kampf würde ihnen guttun.

Die Drachenpiloten sahen, wie die Schlangen auf sie zugeflogen kamen.

»Neunundzwanzig«, zählte Denyal.

»Gut! Macht vier pro Nase.«

»Und die restlichen fünf?«, fragte Denyal grinsend.

Der Shianer grinste zurück. »Die sind auch noch für mich.«

Doch Denyal war alles andere als entspannt. Sicher, alle wünschten sich ein wenig Action, aber die Sheks waren ihnen zahlenmäßig überlegen.

»Keine Bange«, sagte Kaer, als er Denyals Sorgenfalten bemerkte. »Wir werden schon mit ihnen fertig.«

Die Trupps prallten in der Luft aufeinander. Die Sheks gingen mit Wildheit und einer grimmigen Freude auf ihre Gegner los. Sie wussten, es waren nur Apparate, aber sie rochen nach Drachen, und etwas in ihnen erschauerte vor Wonne, wenn sie sich um eines dieser Dinger wanden und es zerquetschten. Die Piloten hingegen benutzten alle Handgriffe und Manöver, die sie monatelang geübt hatten. Ihre Drachen spien Feuer, bissen zu und gebärdeten sich wild. Sie griffen ohne Strategie an, sondern stürzten sich auf den nächstbesten Shek und gingen mit den Krallen auf seine Flügel los. Das war der beste Weg, sie zu Fall zu bringen, und außerdem waren die riesigen Hautflügel der Sheks eine leichtere Beute als ihre schlüpfrigen Leiber.

Vielleicht hätte diese Taktik zum Erfolg geführt, wenn sie nur gegen ein Dutzend Sheks gekämpft hätten. Doch bald machte sich die zahlenmäßige Überlegenheit der Schlangen bemerkbar. Sobald sie ihre Feinde analysiert hatten, übermittelte Eissesh einen Aktionsplan. Daraufhin teilten sich die Sheks in kleine Gruppen und griffen jeden Drachen einzeln an.

»Sieh mal, mein Wunsch ist in Erfüllung gegangen!«, rief Kaer, als fünf Schlangen Uska umringten. »Alle für mich!«

»Hau ab, hau ab!«, schrie Denyal. »Du wirst nicht fertig mit all diesen …«

Er unterbrach sich beim Anblick eines Shekkopfes an der seitlichen Luke. Diese Schlange hatte eines ihrer schillernden Augen verloren. Denyal hatte nie gelernt, die Sheks voneinander zu unterscheiden, doch er war sich sicher, dass dies hier Eissesh war. Abrupt wandte er das Gesicht vom Fenster ab. Einem Shek durfte man nicht in die Augen sehen. Niemals.

Plötzlich geriet Uska heftig ins Wanken. Einer der Sheks hatte sich um das Drachenweibchen geschlungen und drückte zu. »Wir müssen weg!«, schrie Denyal.

Kaer verengte die Augen und betätigte diverse Hebel. Uska drehte den Kopf und spie eine Stichflamme auf den nächsten Shek. Sie hörten ein Kreischen und die Schlange ließ plötzlich los.

»Wir müssen fliehen«, drängte Denyal. »Sonst …«

»Wir fliehen nicht«, unterbrach Kaer. »Die Neuen Drachen fliehen nie. Wir holen nur Verstärkung.« Er riss an einem der Hebel, woraufhin Uska die Flügel anlegte und im Sturzflug in die Tiefe schoss. Dann nahm sie den Flug wieder auf und vollführte mit einem mächtigen Brüllen eine Kehrtwendung.

Das war das Signal für die anderen. Doch zweien gelang das Rückzugsmanöver nicht. Sie blieben zurück, den Sheks ausgeliefert. Die Jäger flohen, immer am Gebirge entlang. Die Sheks verfolgten sie noch eine Zeit lang, aber schließlich befahl Eissesh, kehrtzumachen. Die Drachen atmeten erleichtert auf.

Jack wachte mit einem Schlag auf. Er hatte schlecht geträumt. Als ihm klar wurde, dass es nur ein Traum gewesen war und er nach wie vor im Königspalast von Vanissar in seinem Zimmer lag, fühlte er sich gleich besser. Doch er bemerkte sofort, dass etwas nicht stimmte. Victoria war nicht da.

Jack tastete das Bett neben sich ab: Die Laken waren kalt. Sie musste schon seit einer ganzen Weile fort sein. Beunruhigt stand er auf und machte sich auf die Suche nach ihr. Er lief durch die Flure des Palasts, so leise er konnte, um niemanden aufzuwecken. Als er jedoch am Thronsaal vorbeikam, bemerkte er Licht. Aus dem Inneren drangen gedämpfte Stimmen. Er ging auf Zehenspitzen näher.

Covan und Alsan sprachen mit einem Mann, dem ein Arm fehlte. Jack wollte sich schon diskret zurückziehen, als er ein Wort hörte, das ihn wie angewurzelt stehen bleiben ließ.

»… Sheks«, sagte der Einarmige gerade. »Etwa dreißig, nicht weit von hier. Wir haben zwei Drachen verloren, aber wir müssen zurück, um sie zur Strecke zu bringen, bevor sie wieder entkommen.«

»Du hast meine volle Unterstützung«, erklärte Alsan. »Es gibt allerdings wenig, was dir in Vanissar von Nutzen sein könnte. Unser Heer ist für den Kampf gegen die Sheks nicht gerüstet, weil mein Bruder ihr Verbündeter war, nicht ihr Feind.«

»Wir können einspringen«, mischte sich Covan ein. »Wir haben unsere eigenen Methoden bei der Shek-Jagd, das weißt du ja.« Die Nurgon-Ritter hatten viele Jahre lang vom Rand des Awa-Waldes aus gegen die Sheks gekämpft. Sie hatten eigene Techniken entwickelt, Harpunen, Netze, alles, was die fliegenden Schlangen zu Fall brachte. Manchmal hatten sie Erfolg gehabt, aber nie so viel wie die künstlichen Drachen.

»Einer unserer Drachen ist gerade nach Thalis unterwegs«, sagte der Einarmige, »um meine Schwester um Verstärkung zu bitten. Ich weiß nicht, ob sie genug schicken kann. Die Hälfte unserer Leute ist in Kash-Tar. Wir haben sie zwar zurückbeordert, aber bis sie hier sind, dauert es vermutlich noch.«

Jack runzelte die Stirn. Das musste Denyal sein, der Anführer der Neuen Drachen. In der Nacht des dreifachen Vollmonds hatte Alsan ihm einen Arm abgerissen. Entsprechend unfreundlich waren die Blicke, die Denyal Alsan zuwarf.

»Du hast gesagt, es wären auch Szish dabei«, sagte Alsan gerade. »Ich kann ein kleines Heer anführen. Wir kämpfen am Boden gegen sie, aber Luftverstärkung können wir euch keine geben, bis auf …«

»Bis auf was?«, fragte Denyal skeptisch.

»Nun«, antwortete Alsan lächelnd. »Wir haben auch einen Drachen.«

Jack entschlüpfte ein Laut der Verblüffung. Da bemerkten ihn die drei.

»Jack«, begrüßte Alsan ihn. »Wir haben gerade von dir gesprochen.«

Widerstrebend ging Jack zu ihnen. Sie stellten ihm Denyal vor, der ihn aufmerksam und mit verwundertem Respekt musterte, seinem Blick allerdings nicht lange standhalten konnte. Jack begrüßte ihn mit vorsichtiger Höflichkeit.

»Sie haben endlich Eissesh Versteck in den Bergen aufgespürt«, informierte ihn Alsan. »Wir bereiten eine Truppe vor, um sie anzugreifen. Du schließt dich uns doch an, nicht wahr?«

Jack wusste nicht, was er sagen sollte. Einerseits kochte ihm das Blut beim bloßen Gedanken daran, wieder gegen einen Shek zu kämpfen – wirklich zu kämpfen, auf Leben und Tod, kein mehr oder weniger freundschaftliches Duell, wie er es in letzter Zeit mit Christian ausgetragen hatte. Andererseits kam ihm der Kampf gegen die Sheks nach wie vor sinnlos vor.

Doch Alsans Blick machte unmissverständlich klar: Das war keine Bitte, sondern ein Befehl. Etwas in Jack rebellierte gegen die Vorstellung, Befehle von ihm zu erhalten. Doch wenn er ihre Freundschaft kitten wollte, konnte er es ihm nicht abschlagen. Er nickte nachdrücklich. »Na schön, ich komme mit euch.«

Sie sprachen noch die Einzelheiten durch, dann kehrte Jack

ins Zimmer zurück und atmete erleichtert auf, als er Victoria im Mondlicht sah. Sie schlief tief und fest. *Wo sie wohl war?*, fragte er sich unruhig. Er legte sich neben sie und versuchte zu schlafen. Bis zum ersten Sonnenaufgang blieben noch ein paar Stunden und die musste er nutzen. Ihn erwartete ein langer Tag.

Beim ersten Sonnenaufgang weckte er Victoria. Als sie endlich die Augen aufschlug, sah sie ihn ein wenig verwirrt an. »Guten Morgen«, sagte Jack. »Tut mir leid, dass ich dich so früh wecke, aber ich wollte dir nur Bescheid sagen, dass ich aufbreche.«

Victoria gähnte und streckte sich. »Dass du aufbrichst? Wohin?«

»Sie haben Eissesehs Stützpunkt ausfindig gemacht. Ich schließe mich den Neuen Drachen an, um gegen die Sheks zu kämpfen.«

Besorgt richtete Victoria sich auf. »Warum? Haben sie jemanden angegriffen?«

»Soweit ich weiß, nicht.«

Victoria sah ihn verständnislos an. »Also …?«

Jack wusste nicht, was er erwidern sollte. »Es geht um Eissesh, Victoria«, antwortete er schließlich. »Der Shek, der Vanissar vor Ashrans Sturz regiert hat. Er mag keine Warmblüter, weißt du?«

Victoria schüttelte seufzend den Kopf. »So setzen sich Kriege ewig fort«, murmelte sie.

»Dann kommst du nicht mit uns?«

»Nein. Ich habe keinen Grund, gegen diese Sheks zu kämpfen. Und du?«, fügte sie hinzu und fixierte ihn.

Jack war von der Frage überrumpelt. Einen Moment lang hatte er das Gefühl, er spreche mit Sheziss und versuche eine Antwort auf ihre unangenehmen Fragen zu finden. »Die alten

Gründe, nehme ich an. Außerdem hat mich Alsan darum gebeten.«

Victoria neigte den Kopf. »Verstehe«, erwiderte sie. »Also … sei vorsichtig, du weißt ja.«

Jack nickte und verabschiedete sich mit einem Kuss von ihr. Im Innenhof traf er Denyal neben seinem Drachen. Es war ein Weibchen und Jack ging verlegen näher. Zu seiner Überraschung war neben dem Piloten auch Shail mit von der Partie. »Kommst du mit uns?«, fragte er überrascht.

Shail nickte. »Tanawe bringt noch zehn Drachen mit«, antwortete er. »Sie kann unmöglich alle allein aufladen, deshalb braucht sie noch einen Zauberer.«

»Ich freue mich, euch beide bei den Jägern zu haben«, sagte Denyal.

Jack schnellte herum. »Was hast du gesagt?«

»So nennen wir die Patrouille, die die Berge durchkämmt«, erklärte Denyal, ohne Jacks Unmut zu verstehen.

Jäger … Sheziss' Stimme hallte in Jacks Kopf. *So nennen wir die Killerdrachen. Diejenigen, die ihren Instinkt nicht unter Kontrolle haben. Einige von ihnen wagten sich ab und zu in die Tunnel von Umadhun vor – um Jagd auf uns zu machen. Für einige Jäger war es ein Hochgenuss, Nester zu zerstören. Deshalb haben die Shek-Jungen so viel Angst vor ihnen. Die Jäger bevölkern ihre schlimmsten Albträume.*

»Ist etwas, Jack?«, fragte Shail besorgt.

»Das ist kein guter Name«, antwortete er. »Ich habe zwar zugesagt, mit den Neuen Drachen zu kämpfen, aber ich bin kein Jäger und werde auch nie einer sein. Ist das klar?«

Denyal hielt seinem brennenden Blick nur einen Moment stand, dann senkte er den Kopf. »Wie du willst«, erwiderte er mit gepresster Stimme.

In diesem Moment wurde der Himmel von riesigen Schatten

verdeckt. Alle vier hoben den Blick. Ein Dutzend Drachen durchpflügte den Himmel über Idhún. Jack spürte, wie seine Brust vor Jubel und Sehnsucht zerbarst. Drachen!

»Tanawe ist da«, verkündete Denyal.

Als die dritte Sonne über den Horizont geklettert war, schwangen sich die Neuen Drachen in die Luft. Die Spitze bildete Uska mit Kaer und Denyal, Jack folgte dicht hinter ihnen. Auf dem Landweg kamen Soldaten zu Fuß und zu Pferd nach, angeführt von Alsan und Covan. Es war ein kleines Heer, das unter den Bannern von Vanissar mit dem Stolz und der Selbstsicherheit eines befreiten Volkes ausschritt und unter dem Schatten der Drachenflügel seinem rechtmäßigen König folgte.

Jack war seltsam zumute. Noch nie war er von so vielen Drachen umringt gewesen. Er wusste genau, dass sie nicht echt waren, und doch ließen sie ihn von vergangenen Zeiten träumen – Zeiten, die er nie kennengelernt hatte, nach denen er sich aber dennoch sehnte. Drachen am Himmel über Idhún. Und Yandrak, der goldene Drache, mitten unter ihnen.

In den ersten Tagen nach der Schlacht von Gan-Dorak hielt Kimara häufig nach Randos schwarzem Drachen Ausschau. Doch vergeblich. Unter anderen Umständen hätten sie jemanden nach ihm ausgesandt, aber in den Tagen nach der Zerstörung des Rebellenstützpunkts ging alles drunter und drüber.

Goser hatte die Waffen nicht gestreckt und hatte es auch nicht vor. Er führte seine Leute in einen neuen Unterschlupf in den Bergen und dort fingen sie wieder von vorne an. Diesmal war es einfacher als beim ersten Mal. Die Zerstörung Nins und des Rebellenstützpunkts hatte sich herumgesprochen und bald kam es in anderen Teilen von Kash-Tar zu Aufständen. Außerdem hieß es, ein Nomadenstamm sei völlig ausgerottet worden und zwei andere seien spurlos verschwunden. Zum ersten Mal seit der künstlichen Sternenkonstellation hatten die Yan Angst. Diese trieb sie dazu, endlich gegen die Schlangen zu rebellieren, ihre Häuser zu verlassen und sich auf der Suche nach Goser und dessen Leuten in die Berge zu wagen. Täglich trafen neue Freiwillige ein, um sich den Rebellen anzuschließen. Sie erzählten, dass die Schlangen immer strenger wurden, dass die Szish Haus für Haus durchsuchten und Leute ohne jeden Grund festnahmen, um sie zu verhören, und dass viele nie zurückkehrten.

Während die Rebellen alle Neuankömmlinge aufnahmen und ihnen den grundlegenden Umgang mit Waffen beibrachten, schickte Kimara einen ihrer Drachen mit einer Nachricht zu Denyal. Tage später kehrte der Bote zurück und berichtete, Denyal könne ihr die angeforderte Verstärkung nicht gewähren, denn die Neuen Drachen machten sich für eine andere Schlacht an anderer Stelle bereit. Er fordere sie auf, nach Thalis zurückzukehren und sich ihnen anzuschließen.

Alle waren sich einig, dass sie nicht abziehen konnten, ohne zu wissen, was aus Rando geworden war. Also blieben sie noch einige Tage. Eines Nachmittags verkündeten die Wachen, sie hätten einen schwarzen Drachen über die Berge fliegen sehen. Kimaras Herz machte einen Satz. Als der Drache neben dem Lager landete, lief sie ihm entgegen.

»Tag allerseits!«, grüßte der Halbbarbar aus der oberen Luke. »War gar nicht so einfach, euch zu finden!«

Offensichtlich wohlauf sprang er auf den Boden und Kimara unterdrückte den Impuls, ihn zu umarmen. »Wo hast du denn gesteckt?«, tadelte sie ihn. »Wir dachten schon, wir würden dich nie wiedersehen. Ich bin es leid, mich immer darum zu kümmern, ob du uns folgst oder nicht.«

Rando lächelte sie so offenherzig an, dass sie völlig entwaffnet war. »Ich habe Nachforschungen angestellt«, antwortete er. »Und ihr werdet nicht glauben, worauf ich gestoßen bin«, fügte er plötzlich ernst hinzu. Er schilderte ihnen den verstörenden Anblick des Feuerballs. »Es gibt noch mehr Augenzeugen«, erklärte er dann. »Nomaden und Forscher haben mir bestätigt, dass sie eine vierte Sonne gesehen haben, die sogar nachts scheint. Andere halten sie für eine Fata Morgana, aber die meisten schwören, dass sie echt ist …«

»WoistdieSzishMagierin?«, unterbrach Goser plötzlich. Rando sah ihn verständnislos an.

»Er hat dich nach der Zauberin gefragt, die bei dir war«, übersetzte Kimara.

»Ah! Sie ist zu ihren Leuten zurückgegangen.«

Unter den Rebellen erhob sich Gemurmel. »Du hast sie entkommen lassen?«, fragte Kimara ungläubig.

»Wir haben uns zusammengetan, um der Wüste zu entkommen. Ich fand, dass …«

»Eine Szish-Magierin, Rando!«, brach es aus Kimara heraus. »Sie war eine ziemlich wertvolle Gefangene!«

Die Yan begannen alle gleichzeitig zu reden. Rando hob die Hände und bat um Ruhe. Da ihn niemand beachtete, brüllte er: »Habt ihr gehört, was ich gerade gesagt habe? Was Nin zerstört hat, ist nach wie vor da draußen! Es hat keinen Sinn, weiter gegen die Schlangen zu kämpfen, solange wir dieses Ding da nicht im Griff haben!«

Doch für die Rebellen von Kash-Tar war es undenkbar, nicht gegen die Schlangen zu kämpfen. Manche schrien hitzig, Rando hätte das Lager gewechselt und die Sheks schickten ihn als Spion; andere, er sei hypnotisiert worden, um ihm diesen ganzen Unsinn einzutrichtern; und die Nachsichtigsten behaupteten, die Wüstenhitze hätte ihn um den Verstand gebracht.

Als die Gemüter sich ein wenig beruhigt hatten, heftete

Goser seine Feueraugen auf Rando: »IchnehmeanduhastBeweisefürdaswasdusagst.«

Der Halbbarbar brauchte ein wenig, bis er sich einen Reim auf die Worte des Yan gemacht hatte. »Natürlich«, erwiderte er, »ich kann euch den Feuerball zeigen, wenn ihr wollt. Kommt mit, dann seht ihr selbst, dass ich euch die Wahrheit erzählt habe.«

Die Sheks hatten mittlerweile die Grenzen von Shur-Ikail erreicht. Die Szish hielten sie unweigerlich auf und machten ihre Flucht um einiges komplizierter. Sie waren auf dem Weg zu Gerde, die sich mit ihrem Trupp in Nangal befand. Das fand Eissesh kein passendes Versteck, weshalb er beschlossen hatte, gleich nach ihrer Ankunft nach Umadhun aufzubrechen. Dort würden sie in Sicherheit sein. Die Aussicht, nach Umadhun zurückzukehren, begeisterte niemanden. Aber dort hatten sie Ruhe vor den Warmblütern und außerdem war es ja nicht für immer.

Als sie das Land der Barbaren überflogen, erregte eine Ansammlung von kleinen, schwarzen Punkten, die sich von Osten näherten, ihre Aufmerksamkeit. *Drachen,* dachten alle gleichzeitig.

Diesmal sind es deutlich mehr, bemerkte Eissesh. *Und sie haben Bodentruppen dabei.* Er warf den Drachen einen neuen Blick zu. Jetzt waren sie viel näher, aber die Schlangen waren mittlerweile kampfbereit. Einer unter den Drachen fiel ihm besonders auf – er war golden. Er hatte es niemandem gegenüber erwähnt, aber der Verlust eines Auges verunsicherte ihn doch ein wenig, was seine Scharfsichtigkeit betraf. Doch gerade bestätigte einer der ältesten Sheks, der schon auf Umadhun gegen die Jäger-Drachen gekämpft hatte, seine Vermutung. *Das ist ein echter Drache,* erklärte er.

Die Sheks zischten und versuchten ihre Aufregung im Zaum zu halten. Ein echter Drache. Es war fast zwanzig Jahre her, dass ein echter Drache am Himmel von Idhún zu sehen war. Und auch vor der künstlichen Sternenkonstellation hatten nur wenige Sheks die Gelegenheit gehabt, während ihres langen Exils in Umadhun gegen diese Geschöpfe anzutreten. Das Zischen der Sheks färbte sich mit Hass und Zorn.

Anfangs war Jack verblüfft. In einer derartigen Lage befand er sich zum ersten Mal. Er hatte auch früher schon gegen Sheks gekämpft, o ja, aber das waren fast immer Einzelkämpfe gewesen. Mit so etwas wie einem Heer war er erst ein einziges Mal konfrontiert gewesen, und zwar bei seiner Ankunft auf Idhún, als die Sheks sie am Fuß des Turms von Kazlunn angegriffen hatten. Und damals hatte er in seiner menschlichen Gestalt kämpfen müssen.

Das war nun anders. Angesichts der bevorstehenden Schlacht vibrierte jede seiner Schuppen vor Aufregung. Mit einem freudigen Brüllen jagte Jack auf den vordersten Shek zu. Dessen Augen blitzten kurz auf und schon schlängelte sich sein gewundener Leib um Jack. Der Drache schwang sich ein Stück höher, bevor die Schlange ihn erdrücken konnte. Dann stürzte er mit gezückten Krallen auf sie zu.

In den folgenden Augenblicken vollführten Schlange und Drache in der Luft einen Kriegstanz, drehten sich umeinander, suchten Schwachpunkte, unternahmen kleinere Vorstöße und wichen einander aus. Ein Tanz, der von einer Symphonie aus bedrohlichem Gebrüll und Gezisch begleitet wurde.

So war es immer gewesen. Jahrhundertelang hatten die mächtigen Geschöpfe diese Bewegungen ein ums andere Mal wiederholt. Kein Drache hatte Jack beigebracht, wie man mit einem Shek fertig wurde, und diese Schlange hatte nie die

Gelegenheit gehabt, gegen einen echten Drachen zu kämpfen, aber das machte nichts. Instinktiv griffen sie einander an, denn viele Generationen von Sheks und Drachen hatten vor ihnen dasselbe getan.

Wie immer gab der Drache als Erster jede Vorsicht auf und stürzte sich auf seinen Gegner. Und wie immer wich der Shek ihm aus und versuchte seiner habhaft zu werden, bekam es jedoch mit den Krallen des Drachen zu tun, einer tödlichen Waffe, die den Schlangen fehlte. Der lange Leib des Sheks entging den Krallen, aber Jack bekam einen Flügel zu fassen und zerriss ihn voller Wut. Der Shek kreischte vor Schmerz auf. Jack holte tief Luft, um Feuer zu speien, aber der Schwanz der Schlange rollte sich um eines seiner Beine und zog ihn so kräftig nach unten, dass es ihm den Atem verschlug. Ehe er es sich versah, blickte er in die hypnotischen Augen der Schlange. Schon drang das Bewusstsein des Sheks in sein eigenes und lähmte es. Jack konnte nichts anderes tun, als stillzuhalten …

Plötzlich brachte etwas den Shek aus dem Gleichgewicht, sodass der Blickkontakt abbrach. Jack schüttelte den Kopf und versuchte die Flügel zu bewegen, aber die Schlange hatte ihren Leib um ihn geschlungen. Ihr Maul öffnete sich gefährlich, doch Jack entkam den tödlichen Reißzähnen und spie sein Feuer.

Die Schlange kreischte und gab ihn frei, um das Weite zu suchen. Jack verfolgte sie erbarmungslos, bis er einen ihrer Flügel mit den Krallen zu fassen bekam. Der Shek flatterte wütend. Jack streckte den Hals und versuchte zuzubeißen, ein Mal, zwei Mal … Beim vierten Mal gelang es ihm. Während der Shek sich verzweifelt aufbäumte, biss er kräftig zu, bis er bemerkte, wie etwas brach, und die Schlange erschlaffte. Jack ließ sie fallen.

Die Schlacht wurde jetzt erbitterter. Feuer, Gift, Krallen und Reißzähne … Jack war überwältigt. Er wähnte sich in einer vergangenen Welt, in der zwei Rassen in einem endlosen Krieg unausgesetzt kämpften. Jack … Yandrak stieß ein Triumphgeheul aus und stürzte sich zusammen mit seinen Brüdern, den Drachen, den Herren von Awinor, auf diesen Feind mit dem kalten Herzen und dem durchtriebenen Verstand.

Am Boden hatten Alsan und seine Leute keine große Mühe, die Szish zurückzudrängen. Auch wenn die Schlangenmenschen geschickte Krieger waren, waren speziell diese offensichtlich nicht in Bestform. Das hatte zweifellos mit ihrem langen Aufenthalt in den Berghöhlen zu tun. Anfangs kämpften sie wie sonst auch, effizient und präzise, aber bald begannen sie Fehler zu machen und sich von der Nervosität hinreißen zu lassen. Das nutzte das Heer von Vanissar aus, und als die Szish den Rückzug antraten, setzten die Menschen ihnen nach.

»Sie ziehen sich zurück!«, rief Denyal an Bord von Uska.

»Ja, diese verfluchten Schlangen kneifen«, knurrte Kaer.

»Das ist eigentlich nicht ihre Art«, gab der Anführer der Neuen Drachen zu bedenken.

»Folgen wir ihnen?«, fragte Kaer.

»Natürlich«, knurrte Denyal. »Wir müssen sie jagen, bevor sie sich wieder verkriechen.«

Eine ganze Weile folgten die Drachen den Sheks nach Süden. »Sie werden uns zu ihrem Stützpunkt in Drackwen führen«, sagte Kaer befriedigt. »Jetzt erfahren wir endlich, wo sich die anderen Schlangen verstecken.«

Denyal runzelte die Stirn. »So dumm sind sie nicht. Sie würden uns nicht freiwillig etwas so Wichtiges zeigen. Da muss noch etwas anderes sein.«

»Da ist nichts anderes. Sie sind müde, haben Angst, besiegt zu werden, und fliehen. Wenn wir sie einholen …«

»… wenn wir sie überhaupt einholen«, begriff Denyal plötzlich. »Die Sheks sind nicht müde, sie tun nur so. *Wir* sind müde oder werden es bald sein.«

Beide tauschten einen Blick.

»Wir kommen heute nicht mehr nach Drackwen«, wurde Kaer klar. »Gegen Abend müssen wir haltmachen, um die Drachen mit Magie aufzuladen, und dann …«

»… dann machen sie kehrt und greifen uns an und wir können uns nicht verteidigen. Das ist eine Falle, Kaer. Wir müssen zurück.«

Der Pilot fluchte zornig und schlug mit der Faust aufs Armaturenbrett. Aber er bremste das Drachenweibchen, das unwillig schnaubend wendete. Wenig später hatten sich alle um Uska geschart und sahen die Sheks resigniert davonfliegen. Alle außer einem.

Sie merkten nicht gleich, dass Yandrak die Sheks weiter verfolgte. Vielleicht hatte er nicht verstanden, dass die künstlichen Drachen dieses Tempo nicht durchhalten würden, oder es war ihm egal. Jedenfalls war er schon weit weg, als sie sein Fehlen bemerkten.

Der Plan ging auf. Eissesh hatte zu seiner Zeit als Gouverneur von Vanissar gegen die Neuen Drachen gekämpft und wusste, wie diese Apparate funktionierten: Irgendwann mussten sie pausieren. Sollten die Warmblüter so dumm sein, ihnen zu folgen, würde ihnen die Magie ausgehen und dann konnten die Sheks sie angreifen. Wenn die Menschen schlau waren, würden sie sie ziehen lassen. Bald würden die Schlangen Idhún den Rücken kehren. Es lohnte sich nicht mehr, um diese Welt zu kämpfen.

Wie zu erwarten, brauchten die Warmblüter ziemlich lange, bis ihnen dämmerte, was geschehen würde, wenn sie sie noch länger verfolgten. Aber irgendwann wendeten sie ihre Drachen. Auch die Bodentruppen der Warmblüter hörten auf, den Szish zuzusetzen, und Eissesh lachte gepresst. Ohne die Rückendeckung der Drachen verließ selbst die Nurgon-Ritter der Mut.

Sie folgen uns immer noch, sagte da jemand.

Eissesh sah zurück und entdeckte hinter sich einen goldenen Punkt. *Die echten Drachen sind noch dümmer als die falschen*, bemerkte er gereizt. Gewiss, dieser Drache brauchte zum Fliegen keine Magie. Aber ihm konnte unmöglich entgangen sein, dass er mittlerweile ganz allein war. *Fliegt weiter*, befahl er. *Ich kümmere mich um ihn.*

Er wählte noch drei weitere Schlangen aus, um gegen den Drachen anzutreten. Sheks waren nicht feige, aber sie verwechselten auch niemals Mut mit Wahnsinn. Yandrak war ein gefährlicher Feind und vier Sheks würden mehr Chancen gegen ihn haben als einer allein, selbst wenn es sich dabei um Eissesh handelte.

Jack hielt verblüfft inne. Wo waren die anderen Drachen? Vor lauter Träumereien hatte er kaum registriert, dass die künstlichen Drachen sich zurückzogen. Plötzlich war er allein und von vier Sheks umringt. Sofort übernahm Jacks Instinkt die Führung und er schnellte mit einem drohenden Brüllen herum. Ohne Vorwarnung ging er auf die erstbeste Schlange los. Sie zog sich mit einem alarmierten Zischen zurück, aber Jack konnte ihr einen Kopfstoß versetzen und mit den Hörnern einen ihrer Flügel zerfetzen. Der Shek kreischte vor Schmerz.

Unmittelbar darauf spürte Jack einen so heftigen Schlag mitten auf die Brust, dass es ihm den Atem nahm. Verärgert wandte er sich der Schlange zu, die ihn mit ihrem langen Schwanz gepeitscht hatte. Sie hatte nur ein einziges Auge und das funkelte ihn an. Jack wollte den Kopf wegdrehen, aber die Schlange fixierte ihn bereits. Er verlor die Kontrolle und begann zu fallen.

Mit einem alarmierten Brüllen kam er wieder zu sich und schlug mit den Flügeln, aber es war zu spät. Er stürzte dem Boden entgegen und vier Sheks setzten ihm nach, um ihn zu töten. Zum Glück landete er auf einigen Bäumen und seine Flügel fingen den Sturz ab, aber er war trotzdem schmerzhaft. Er verwandelte sich sofort in einen Menschen und suchte mit heftig klopfendem Herzen im Unterholz Zuflucht.

Die Sheks fanden ihn nicht. Sie segelten ein paarmal über die Stelle hinweg, wo er sich versteckt hatte, dann flogen sie weiter. Jack lächelte erschöpft, wagte sich jedoch nicht aus seinem Schlupfwinkel. Er kauerte sich zwischen die Wurzeln der Bäume, schloss einen Moment die Augen … und schlief ein.

»Er ist noch nicht zurück?«, fragte Alsan.

Shail schüttelte den Kopf. »Keine Spur von ihm«, antwortete er. »Wir sollten uns auf die Suche nach ihm machen. Vielleicht haben die Sheks ihn überwältigt und dann …«

»… dann könnten wir nichts für ihn tun«, mischte sich Tanawe ein. Das Heer rastete im Norden Shur-Ikails am Adir. Gemeinsam mit Shail hatte sie die Drachen längst mit Magie aufgeladen und wartete nur noch auf Jack. »Die Jungs werden allmählich nervös«, fuhr die Magierin fort. »Wir sollten aufbrechen.«

»Und Jack zurücklassen?«

»Er ist ein Drache«, hielt Tanawe ihm vor Augen. »Drachen sind nicht auf die Hilfe der Menschen angewiesen, um ihre Probleme zu lösen.«

»Da hast du recht«, pflichtete Alsan mit einem Knurren bei. »Jack hat schon mehrmals gezeigt, dass er lieber auf eigene Faust handelt. Es nützt nichts, ihm hinterherzufliegen.«

»Aber …«, begann Shail.

»Wir kehren nach Vanissar zurück«, unterbrach Alsan. »Sucht Denyal und Covan und sagt ihnen, wir brechen das Lager ab.« Shail erwiderte nichts, warf Alsan jedoch einen langen, nachdenklichen Blick zu.

Als Jack Stunden später in einem Wäldchen aufwachte, war es schon dunkel und über ihm schienen die drei Monde. Er stand auf und reckte sich. Er vermutete, dass er sich im Süden von Shur-Ikail befand, am Fuß der Bergkette von Nandelt. Vorsichtig hob er den Blick zum Himmel, sah jedoch keine Schlange. Sie waren abgezogen. Er verwandelte sich in einen Drachen und stellte fest, dass er zwar keine ernsthafte Verletzung hatte, der Kampf gegen die Sheks ihn jedoch ziemlich mitgenommen hatte. Mit einem resignierten Seufzer breitete er die Flügel aus und schwang sich in die Luft. Wo die anderen wohl waren? Suchten sie schon nach ihm oder waren sie nach Vanissar zurückgekehrt? Hoffentlich warteten sie irgendwo in Shur-Ikail auf ihn.

Während er nach so etwas wie einem Lager Ausschau hielt, bemerkte er nicht weit vom Fluss ein flackerndes Licht und flog neugierig eine Schleife. Tatsächlich, ein Lagerfeuer. Vorsichtshalber landete er an einer etwas abgelegeneren Stelle und nahm dort seine menschliche Gestalt wieder an. Beim Näherkommen empfing ihn ein köstlicher Duft nach gebratenem Fleisch. Ihm lief das Wasser im Mund zusammen – kein Wunder, er hatte seit dem Frühstück nichts gegessen. Die Person, die am Feuer saß, war groß und stark, und doch waren ihre Schultern eingefallen, als trüge sie eine schwere Last.

Jack schlich weiter, aber der Mann hörte ihn und fuhr herum, sodass im Feuerschein sein wildes, halb unter einem krausen Bart verborgenes Gesicht zu sehen war. Sein Oberkörper war nackt, voller Kriegsbemalung, aber darunter wies seine Haut die typischen graubraunen Streifen der Shur-Ikaili auf. Jack war erstaunt, einen Barbaren allein, fern von seinem Stamm zu sehen. Zum Zeichen des Friedens hob er die Hände. »Ich komme nicht zum Kämpfen«, erklärte er. »Ich bin nur auf der Durchreise.«

Der Barbar entspannte sich sichtlich. »Wer bist du? Ein Mensch aus Nandelt?«

»Nein, ich stamme von weiter weg«, antwortete Jack und ging näher. »Aber jetzt will ich nach Vanissar.«

»Dafür, dass du nicht aus der Gegend bist, hast du aber leichtes Gepäck.«

»Ich war mit anderen Leuten unterwegs, Kriegern aus Vanissar und Raheld, aber ich habe sie aus den Augen verloren. Wir sind gegen die Sheks angetreten und im Getümmel wurde ich von den anderen getrennt. Vermutlich haben sie ihr Lager weiter nördlich aufgeschlagen. Hast du sie gesehen?«

Der Barbar ließ die Schultern wieder fallen. »Nein«, knurrte er, »ich komme von Süden her.« Bei der Erwähnung der Schlangen hatte sich seine Miene verfinstert. »Habt ihr es ihnen ordentlich gegeben?«, fragte er mit rauer Stimme.

»Ich bin mir nicht sicher. Sie sind mitten in der Schlacht in Richtung Süden geflohen. Warum, ist mir nicht klar. Wir waren nicht eindeutig überlegen.«

Der Barbar bot Jack einen Schlauch mit Wasser und ein Stück Fleisch an. »Die Schlangen sind feige und hinterhältig«, meinte er dann. »Wir Shur-Ikaili würden nie …« Plötzlich unterbrach er sich und wandte brüsk den Blick ab.

»Ihr würdet nie fliehen?«, ergänzte Jack leise. Der Barbar antwortete nicht. Seine Miene verriet deutlich, was er dachte, und Jack fügte hinzu: »Manchmal ist es klüger, sich umzudrehen und davonzulaufen.«

»Nicht, wenn der Feind die eigenen Leute alle umgebracht hat und man der einzige Überlebende ist«, widersprach der Barbar. »Nicht, wenn man gesehen hat, wie die Krieger des eigenen Stammes bis zum letzten Atemzug gekämpft haben.«

Jack sah ihn lange an. »Es muss ein gewaltiges Heer gewesen sein, wenn sie euch besiegen konnten.«

»Schlangenmenschen«, erwiderte der Shur-Ikaili verächtlich. »Sie sind nicht stärker als wir. Im fairen Kampf wären wir mit ihnen fertig geworden. Allerdings ...« Er erschauerte bei der Erinnerung. Jack fragte sich, was einen Mann wie ihn derart erschreckt haben konnte.

»Waren Sheks bei ihnen?«

»Einer, wenn es stimmt, was von ihm gesagt wird.«

»Kirtash«, erriet Jack.

Der Barbar hob den Kopf. »Kennst du ihn?«

»Ich bin ein paarmal gegen ihn angetreten«, antwortete Jack, ohne zu lügen.

»Und du bist noch am Leben«, stellte der Barbar fest und sah ihn argwöhnisch an. »Kirtash hat im Kampf den zweitbesten Krieger unseres Stammes besiegt. Du siehst nicht stärker aus als er.«

»Kirtash sieht auch nicht stark aus und doch hat er gesiegt«, wandte Jack ein.

»Er hat nicht nach Art der Shur-Ikaili gekämpft. Er greift nicht von vorne an, sondern weicht den Hieben aus, anstatt sich ihnen zu stellen.«

»Das ist ein anderer Kampfstil.«

»Es ist feige.«

»Mag sein, aber es führt zum Ziel, oder?«

»Bestimmt setzt er Magie ein, genau wie diese Feen-Hexe, der er dient.«

»Gerde?«

»Sie hat die beste Kriegerin unseres Stammes mit einem einzigen Finger getötet«, flüsterte der Barbar, die Stimme voller Entsetzen. Dann schilderte er ihm seine Begegnung mit Gerde in allen Einzelheiten.

»Quäl dich nicht«, sagte Jack. »Gerde ist mächtiger denn je. Der siebte Gott ist bei ihr und sie hat eine neue, undurchschaubare Macht, der sich niemand widersetzen kann, nicht einmal die Sheks.« Der Barbar sah ihn ungläubig an. »Sonst«, fügte Jack hinzu, »stünde Kirtash ihr nicht zu Diensten, meinst du nicht?«

Der andere zuckte mit den Achseln. »Sie kann die Männer verhexen, ich habe es selbst gesehen.«

»Aber sie hätte keinen Shek verhexen können. Wenn sie es jetzt kann ...« Er sprach den Satz nicht zu Ende, aber das war auch nicht nötig.

»Verstehe«, pflichtete der Barbar bei. Er stand auf. »Ich muss weiter, Fremder«, sagte er. »Vor mir liegt noch ein langer Weg. Wir können ein Stück zusammen gehen.«

Aber Jack schüttelte den Kopf. »Ich habe es mir anders überlegt«, erklärte er. »Ich kehre wieder um. Ich muss etwas herausfinden.«

Kurz darauf zeugte nur noch die Asche des Lagerfeuers von dieser Begegnung. Der Shur-Ikaili setzte den Rückweg zu seinem Stamm fort und Jack steuerte erneut auf die Ausläufer der Bergkette zu. Nangal war ganz nah – zu nah, um nicht zu versuchen herauszufinden, was los war. Wozu wollte Gerde ein Shur-Ikaili-Baby? Und inwieweit war Kirtash in ihre Pläne eingeweiht? Inwieweit befolgte er ihre Befehle?

5

Der Schatten ohne Namen

Nach ihrer Rückkehr in den Königspalast von Vanis fragte Shail nach Jack, aber niemand wusste etwas von ihm. Seine Besorgnis steigerte sich, als er erfuhr, dass Victoria ebenfalls nicht aufzufinden war.

Sie ist gestern früh nach dem Frühstück verschwunden, berichtete Gaedalu. *Wer weiß, ob sie sich nicht heimlich mit ihrem Shek-Liebhaber trifft.*

Bei dieser Bemerkung wurde Alsan blass vor Zorn. Shail versuchte die Gemüter zu beruhigen. »Ihre Gefühle füreinander sind aufrichtig, ehrwürdige Mutter.«

Du redest schon genau wie die Himmelblauen, murrte sie. *Was bedeutet ein Gefühl, wenn die Zukunft Idhúns auf dem Spiel steht?*

»Möglicherweise hat dieses Gefühl Idhún schon mehr als einmal gerettet. Jedenfalls würde sie Jack nicht verlassen. Wenn er in Gefahr ist …«

»Jack ist in Gefahr?«, ertönte eine Stimme hinter ihm. Victoria war gerade eingetreten und beobachtete sie scheinbar ruhig, aber aus ihren dunklen Augen sprach Besorgnis.

»Wo warst du?«, wollte Alsan wissen.

Victoria warf ihm einen gelassenen Blick zu. »Ich glaube nicht, dass dich das etwas angeht«, antwortete sie und wandte sich wieder Shail zu. »Was ist mit Jack? Warum ist er nicht mit euch zurückgekommen?«

»Wenn du uns begleitet hättest, wüsstest du es«, antwortete Alsan schneidend.

»Alsan, ich bin alt genug, um meine eigenen Entscheidungen zu treffen«, erwiderte sie, »und bin dir keine Rechenschaft schuldig.«

Alsan verengte die Augen. »Wir haben an den Grenzen von Shur-Ikail gegen die Schlangenmenschen gekämpft«, informierte er dann mit unpersönlicher Stimme. »Sie haben sich nach einer Weile zurückgezogen und wir setzten ihnen nach. Dann entschieden sich die Drachen dafür, die Verfolgung der Sheks abzubrechen, bevor ihnen die Magie ausging, aber Jack flog weiter. Wir haben ihn aus den Augen verloren und bis nach Einbruch der Dunkelheit auf ihn gewartet, aber er ist nicht zurückgekommen.«

»Ihr habt ihn zurückgelassen?«, fragte Victoria. Ihre Stimme war nach wie vor ruhig, aber es schwang verhaltene Wut mit.

»Ich bin dir auch keine Rechenschaft schuldig, Victoria«, antwortete Alsan lediglich. Sie blickte ihn einen Moment an. Dann wandte sie sich zum Gehen.

»Vic!«, rief Shail. »Was hast du vor?«

»Mich auf die Suche nach Jack machen«, antwortete sie, ohne sich umzudrehen.

Shail folgte ihr, stieß jedoch in der Tür auf Covan. Er wirkte aufgebracht. »Wir haben Probleme, Alsan«, sagte er. Shail blieb stehen und sah ihn besorgt an.

»Was ist?«, fragte Alsan. »Wieder die Sheks?«

»Nein, diesmal ist es etwas … Ungewöhnlicheres. Soweit ich weiß, hat es so etwas noch nie gegeben. Wir haben es mit einer Invasion zu tun, aber nicht von Schlangen. Die Riesen verlassen Nanhai und dringen in unser Territorium ein.«

Es trat verblüfftes Schweigen ein. »Das kann nicht sein«, erklärte Alsan dann. »Unsere Beziehungen zu Nanhai sind gut. Aus welchem Grund sollten sie uns überfallen?«

»Ich glaube nicht, dass sie uns nur einen Besuch abstatten wollen, Alsan. Sie bewegen sich in großen Gruppen fort, dabei sind die Riesen Einzelgänger. Wozu sollten sich so viele zusammentun, wenn nicht, um ein Heer zu bilden?«

»Sie kommen nicht, um uns zu überfallen«, sagte Shail aufgeregt. »Sie sind auf der Flucht. Schon als ich vor ein paar Monaten in Nanhai war, haben die Riesen unter Erdbeben gelitten, und als ich aufbrach, wurde es noch schlimmer. Dieselbe Kraft, die Eissesh aus seinem Versteck gescheucht hat, treibt auch die Riesen ins Exil.«

Alsan neigte nachdenklich den Kopf.

»Ich gehe ihnen entgegen«, bot sich der Magier an. »Ich spreche mit ihnen und finde heraus, ob ich recht habe. Außerdem habe ich mich während meiner Zeit dort mit einigen angefreundet … Ich weiß, wie man sie nehmen muss.«

Alsan sah ihn einen Moment zweifelnd an. Dann nickte er langsam.

Jack hatte sich dafür entschieden, die Berge auf dem Luftweg zu überqueren. Um die höchsten Gipfel zu meiden, hatte er einen kleinen Umweg nach Westen gemacht und erreichte Drackwen nun über das Tal zwischen dem Berg Lunn und dem Gebirge. Sobald er in Nangal war, wollte er als Mensch weiterreisen. Die Sheks sollten nicht auf ihn aufmerksam werden.

Doch die Landschaft, die sich vor seinen Augen auftat, ließ ihn daran zweifeln, ob das eine gute Idee war. Von oben sah Alis Lithban beeindruckend und zugleich unheimlich aus. Riesig und bunt zog sich der Wald bis zum Horizont hin. Er hatte sich in alle Richtungen ausgedehnt und reichte nun fast bis zum Fuß des Berges Lunn.

Unruhig flog Jack über dieses grüne Meer hinweg und meinte ganz tief in sich noch das Kribbeln von Winas Macht zu spüren. Bald entdeckte er, dass Nangal zum Teil überwuchert, das Bergvorland jedoch verschont geblieben war. Dort landete er, in sicherem Abstand zum Waldrand, und verwandelte sich in einen Menschen. Dann setzte er seine Reise zu Fuß fort.

Je weiter er sich nach Osten bewegte, desto unruhiger wurde er. In dieser Richtung befanden sich die Feuergipfel. Dort hätte Christian ihn beinahe getötet. Und dort befand sich der Lavastrom, das Tor zwischen den Dimensionen, das nach Umadhun führte, ins Reich der geflügelten Schlangen. Wenn Gerdes Hauptquartier sich in der Nähe von Umadhun befand, war das keine gute Nachricht. Dort gab es immer noch Sheks, die Gerde und ihren Leuten notfalls zu Hilfe kommen konnten.

Die Abenddämmerung überraschte ihn noch weit von seinem Ziel entfernt, und so schlug er im Schutz einiger großer Felsen ein improvisiertes Lager auf. Kurz vor dem dritten Sonnenuntergang begab er sich auf die Suche nach etwas Essbarem. Die Jagd war erfolgreich: Er fand eine Washdan-Kolonie, die gerade eine Felswand hinaufkletterte. Das war zwar kein großartiges Abendessen, aber es stillte seinen Hunger.

Als die Monde schon hoch am Himmel standen, ließ Jack das Lagerfeuer ausgehen, kauerte sich in seinen Unterschlupf und schloss die Augen. Mitten in der Nacht weckte ihn ein seltsames Geräusch, etwas wie anhaltendes Jammern. Alarmiert richtete er sich auf und lauschte. Wenn es nicht völlig ausgeschlossen gewesen wäre, hätte er geschworen, dass es sich um das Weinen eines Babys handelte. Er war nun schon seit einiger Zeit auf Idhún, aber nicht lange genug, um alle Geschöpfe zu kennen. Vielleicht gab es ein Tier, das solche Laute von sich gab. Er musste der Sache auf den Grund gehen.

Wie ein Gespenst schlich er sich zwischen den Felsen hindurch und ließ sich von dem Geräusch leiten. Schließlich erreichte er einen Spalt am Fuß des Berges, den jemand anderes als Unterschlupf benutzte. Zu seinem Erstaunen kam das Geräusch tatsächlich von einem weinenden Baby. Jemand war bei ihm, eine Gestalt, die es wiegte und fast verzweifelt zu trösten versuchte. Allerdings machte der Betreffende nicht den Eindruck, sehr um den Zustand des Babys besorgt zu sein. Er wollte eher, dass es still war, um ihre Anwesenheit nicht zu verraten. *Zu spät*, dachte Jack.

Der Unbekannte sprach zu dem Baby in einer Sprache voller Zischlaute und Pfeifen. Jack fragte sich, was ein Szish so fern von seinen Artgenossen machte und warum er ein Baby dabeihatte. Plötzlich drehte der Szish ihm den Kopf zu. Seine Augen blitzten im Zwielicht auf. Er hatte Jack entdeckt. Seine Körperwärme hatte ihn verraten. Der Schlangenmensch legte das Baby auf ein paar Decken und ging auf ihn zu, einen Dolch aus dem Gürtel ziehend.

Jack trat aus seinem Versteck und zog Domivat aus der Scheide. Dessen Feuer gab genug Licht, sodass Jack einen Blick auf das Baby werfen konnte. Es weinte immer noch und ruderte mit zwei rosigen Händchen in der Luft. *Ein Menschenbaby*, dachte er verwundert.

Beim Anblick des Feuerschwerts war der Szish einen Moment lang gelähmt vor Angst, doch dann stieß er einen spitzen Schrei aus und stürzte mit dem Mut der Verzweiflung auf ihn zu. Jack gebot ihm mit Domivat Einhalt und entwaffnete ihn ohne große Probleme. Schließlich fiel der Szish ihm wie ein Bündel vor die Füße. »Wer bist du?«, fragte Jack. »Was hast du mit diesem Kind vor?«

Der Schlangenmensch antwortete ihm in der Szish-Sprache. Offensichtlich beherrschte er kein Idhunisch. Neugierig hielt Jack ihm Domivats Klinge vors Gesicht. Der Szish schrie vor Angst. »Du bist ja noch ein Kind!«, rief Jack überrascht und ließ ihn los.

Der Szish krabbelte außer Reichweite und murmelte: »Nicht … Kind.« Die Worte kamen stockend. »Vierzzzehn Jahre.«

»Du bist vierzehn Jahre alt? Dann bist du noch ein Kind. Wie heißt du? Was machst du mit diesem Baby?« Der Szish schüttelte verwirrt den Kopf. Jack steckte das Schwert weg und deutete auf ihn. »Dein Name«, wiederholte er langsam. »Wie … heißt … du?«

Der andere reagierte mit einem bedrohlichen Zischen. Doch Jack bemerkte die Angst in seinem Blick, eine viel tiefere Angst als die, die ein Feuerschwert oder sogar ein Drache in ihm auslösen konnte. Er sah ihm in die Augen, bis der Szish sich fügte und die Schultern fallen ließ. »Assssher«, antwortete er.

»Assher? So heißt du?«

Der Szish deutete auf sich selbst. »Name. Assssher«, zischte er.

Das Baby weinte immer noch verzweifelt. Jack hielt es nicht länger aus. Assher wollte ihn zurückhalten, konnte aber nur ohnmächtig zusehen, wie Jack das Baby in die Arme nahm und es besorgt musterte.

»Was hast du mit ihm gemacht? Warum weint es?« Assher sah ihn verständnislos an. Jack deutete auf das Geschöpf. »Was ist mit ihm?«

»Baby weint«, antwortete Assher. »Weißßß nicht.«

»Du weißt nicht, warum?«

»Hunger … glaube ich.«

Jack sah dem Baby forschend ins Gesicht. Da entdeckte er die graubraunen Streifen auf seiner Haut. »Ein Barbaren-Baby«, murmelte er überrascht. »Ist das das Shur-Ikaili-Mädchen, das Gerde entführt hat?« Er wandte sich mit blitzenden Augen Assher zu. »Was habt ihr mit ihr gemacht?«, wollte er wissen. »Wozu braucht Gerde sie? Antworte!«

»Gerde!«, wiederholte Assher mit einem Unterton tiefer Verehrung, aber auch panischer Angst. »Gerde will Sssaissssh«, antwortete er und deutete auf das Mädchen.

»Saissh? So heißt sie? Und wo wolltest du sie hinbringen, Assher? Was hattest du mit ihr vor?«

»Barbaren kommen«, flüsterte Assher. »Wollen Sssaissssh. Ich Sssaissssh zu ihnen bringen.«

Jack hörte auf, das Mädchen zu wiegen, und starrte ihn ungläubig an. »Du willst sie den Barbaren zurückgeben? Warum? Weiß Gerde davon?«

»Gerde weißßß nicht«, antwortete Assher.

»Verstehe. Du bist ein Verräter.«

»Nicht Verräter!«, rief der Szish aufgebracht.

Jack betrachtete ihn verwundert. Assher würde seine Gründe sicher nicht in für Jack verständliche Worte fassen können. Aber er wusste bestimmt, wozu Gerde dieses Baby wollte. Es war ratsam, ihn am Leben zu lassen und in der Nähe zu behalten. »Du willst das Mädchen nach Shur-Ikail zurückbringen«, wiederholte Jack. »Ich begleite dich. Ich komme mit dir.«

Assher sah ihn mit unfreundlichem Misstrauen an. »Du Sssaissssh nehmen«, sagte er. »Du allein. Ich zzzurück.«

Jack schüttelte den Kopf. »Kommt nicht infrage. Du kommst mit. Du bist mein Gefangener.«

Assher kannte offenbar das Wort ›Gefangener‹, denn er rappelte sich blitzschnell auf und lief davon. Leise fluchend legte Jack das Baby wieder auf die Decken und lief hinterher. Er holte ihn ein, als er gerade ins Unterholz schlüpfen wollte, stürzte sich auf ihn und beide rollten über den Boden. »O nein, so kommst du mir nicht davon«, sagte Jack, als er ihn überwältigt hatte. »Jetzt erklärst du mir, wer Saissh ist und wozu Gerde sie will.«

»Ich weißßß nichtsss«, bellte der Szish wütend. »Dummer Warmblüter.«

Jack musste an sich halten, um nicht zuzuschlagen. Er packte den Szish an der Kleidung und riss ihn hoch. »Das da ist ein Baby, du Schlange, ein kleines, wehrloses Mädchen. Wenn Gerde ihr etwas angetan hat …«

»Gerde sssorgt für Sssaissssh«, erwiderte er. »Gerde liebt Sssaissssh.«

Jack ließ ihn verblüfft los. »Diese Frau hat keine Gefühle. Wie soll sie ein Baby lieben? Willst du sagen, ihr Mutterinstinkt wäre plötzlich erwacht?«

Assher verstand ihn nicht und begnügte sich damit, ihm einen mürrischen Blick zuzuwerfen.

»Macht nichts«, knurrte Jack. »Ich weiß nicht, wozu ich mir überhaupt die Mühe mache, wenn …« Er unterbrach sich, weil der Szish wie eine Feder hochgeschnellt war und mit weit aufgerissenen Augen lauschte. »Was …?«

»Sssaissssh weint nicht«, zischte er.

Sie sahen sich an und rannten zu Asshers Lager zurück. Dort angelangt, blieben sie überrascht stehen.

Es war noch jemand dort, jemand, der das Baby in die Arme genommen hatte und es sanft wiegte. Assher hätte sich beinahe auf sie gestürzt, aber Jack hielt ihn mit festem Griff zurück. »Victoria, was machst du denn hier?«, fragte er mit rauer Stimme.

»Ich habe dich gesucht«, antwortete sie. »Alsan und Shail sind ohne dich zurückgekommen und ich war besorgt.«

Er trat zu ihr, umarmte sie und küsste sie zärtlich. »Und wie bist du so schnell hergekommen?«

Victoria richtete den Blick auf einen kleinen Felsen in der Nähe. Darauf ruhte zusammengekauert ein Haai-Vogel. Jack deutete auf das Baby in Victorias Armen. »Es ist ein Shur-Ikaili-Mädchen«, erklärte er. »Gerde hat es entführt und darum gekämpft, als die Barbaren es sich zurückholen wollten.«

Victoria nickte, ohne den Blick vom Gesicht des Babys zu lösen. Es hatte einen sonderbaren Ausdruck, weich und zugleich sehnsüchtig, mit einem Anflug von Unruhe. »Hast du es Gerde wieder weggenommen?«, fragte sie.

»Nein, das war er«, erklärte Jack und deutete auf Assher, der ein wenig abseits stand und sie misstrauisch anstarrte. »Er sagt, er will es den Barbaren zurückgeben, wollte oder konnte mir jedoch nicht erklären, warum und was Gerde mit dem Kind vorhatte. Es hat die ganze Zeit geweint«, fügte Jack noch hinzu.

»Klar, das Ärmste hat Hunger und ich weiß nicht, was ich ihm zu essen geben soll. Ich habe es mit meiner Macht ein bisschen beruhigt, aber das füllt seinen leeren Magen auch nicht, fürchte ich.«

»Mit deiner Macht? Wie viel denn genau?«

Victoria lächelte. »So viel wie für eine leichte Heilung. Ich habe ihm nicht die Magie übermittelt, falls du das meinst. Das war nicht nötig, die Kleine ist nämlich schon Magierin. Und der Junge auch«, fügte sie mit Blick auf Assher hinzu.

Jack sah beide überrascht an. »Woher weißt du das?«

»Gerde hat mein Horn dazu benutzt«, antwortete Victoria. »In beiden ist etwas von meinem Wesen, wenn auch nur ein winziges bisschen.«

Jack wiegte besorgt den Kopf. »Ich verstehe ja, dass sie Szish-Magier in ihren Reihen haben möchte, aber warum ein Barbaren-Mädchen rauben und ihr die Magie übermitteln?«

Victoria wusste darauf auch keine Antwort. Dann hob sie entschlossen den Kopf. »Wenn wir dieses Mädchen zurückgeben wollen, dann so schnell wie möglich. Gerde hat uns bestimmt bald aufgespürt.«

»Jetzt bin ich mir nicht mehr sicher, ob es eine gute Idee ist. Wenn wir sie zu ihren Leuten zurückbringen, findet Gerde sie auf alle Fälle. Vielleicht sollten wir sie lieber mitnehmen, zumindest bis wir wissen, was los ist.«

»Aber ich kann sie nicht ernähren, Jack.«

»In Vanissar gibt es Frauen, die sich um sie kümmern können, Victoria. Und Gerde weiß nicht, dass wir sie gefunden haben, also können wir sie verstecken.«

Victoria sah ihn skeptisch an. Dann nickte sie. »Na gut, dann bringen wir sie nach Vanissar.«

Am nächsten Morgen machten sie sich mit Assher und dem Baby zu Fuß auf den Weg, da der Haai sie nicht alle tragen konnte und Jack sich nicht zu verwandeln wagte, um nicht von Gerde oder den Sheks entdeckt zu werden. Sie wanderten im Schutz der großen Felsgipfel am Rand der Berge entlang. Es war eine harte, schwierige Strecke und erst recht mit einem Baby. Saissh hatte nach wie vor Hunger und Jack und Victoria hatten nicht den blassesten Schimmer, wie sie Abhilfe schaffen konnten. Sie hatten keine Milch oder sonst etwas, das für ihr zahnloses Mündchen geeignet war. Sie gaben ihr Wasser zu trinken und das schien ihren Hunger ein klein wenig zu lindern. Als die dritte Sonne am Horizont unterging, waren sie müde und entmutigt und hatten das Gefühl, kaum vorangekommen zu sein.

»Wenn wir die Berge überquert haben und in Nandelt sind, verwandle ich mich, dann fliegen wir weiter«, versprach Jack.

Victoria ließ erschöpft den Kopf auf seine Schulter sinken, während Saissh an einer ihrer Locken zog. Sie hatten sich um ein Lagerfeuer geschart, das sie am Eingang einer kleinen Höhle entfacht hatten. Sie waren schon halb eingeschlafen, als Saissh wieder zu weinen begann. Victoria nahm sie auf und wiegte sie in ihren Armen. »Sie kann nicht einschlafen«, sagte Victoria. »Sie ist zu hungrig.«

»Lass mich mal.« Jack nahm sie in die Arme und schnitt Grimassen, bis er ihr ein Lächeln entlockte.

»Vielleicht solltest du ihr ein Wiegenlied singen«, schlug Victoria vor.

»Ich? Bloß nicht, dann fängt sie gleich wieder an zu weinen.«

»Bestimmt nicht. Du kannst sehr schön singen.«

»Oh nein, deshalb singe ich auch nie vor anderen, außer jemand hört mir heimlich zu«, fügte er mit einem vorwurfsvollen Blick hinzu. Victoria lächelte. »Ich würde ihr ein Märchen erzählen, aber mir fällt grade keins ein. Dir vielleicht?«

Victoria zuckte mit den Schultern. Da fiel ihr Blick auf Assher, der sie aufmerksam beobachtete. »Kennst du eine Geschichte für Kinder, Assher?«, fragte sie ihn.

»Victoria, er kennt unsere Sprache doch kaum …«

Der Szish sah von einem zum anderen. »Gessschichte für Sssaissssh«, sagte er zu beider Überraschung. »Mütter von Ssszzzisssh wissssen Gessschichte für Kinder. Ich weißßß.«

»Siehst du?«, sagte Victoria zu Jack.

Noch argwöhnisch kam Assher näher und setzte sich neben sie. Nachdenklich streckte er einen Finger aus, um dem Baby übers Kinn zu streicheln. »Gessschichte für Kinder«, sagte er. »Gessschichte vom Ssschatten ohne Namen.«

»Seltsamer Titel für eine Kindergeschichte«, murmelte Jack.

Assher machte mehrere Anläufe mit seiner Geschichte, schüttelte schließlich jedoch entmutigt den Kopf. Plötzlich hatte Jack einen Geistesblitz, nahm sein Verständigungsamulett ab und reichte es ihm. »Hier«, sagte er, »häng es dir um. Damit sprichst du unsere Sprache.«

Zögernd tat Assher wie geheißen. »Wie ist es jetzt?«, fragte Jack.

Assher sah ihn überrascht an und betrachtete dann wieder das Amulett voller Respekt. »Ich kann wie die Warmblüter sssprechen«, sagte er vorsichtig.

»Mit einem starken Akzent, aber immerhin«, pflichtete Jack bei. »Ich weiß nicht, warum ich nicht früher draufgekommen bin.«

Assher warf ihm einen unfreundlichen Blick zu. Aber in diesem Moment verzog das Baby wieder das Gesicht und Jack wiegte es hektisch.

»Nicht weinen«, sagte der Szish. »Die Gessschichte issst ssschön. Alsss Kind war dasss meine Lieblingsssgessschichte.« Nachdenklich begann Assher zu sprechen. »Esss war einmal ein Ssschatten ohne Namen. Er ssstreifte allein und zzziellosss durch die Welt. Er wusssste nicht, wer er war und woher er kam und ob esss noch andere Ssschatten wie ihn gab. Er hatte sssich verirrt. Er hatte versssucht, mit den Ssschatten der Gegenssstände zzzu sssprechen, aber diessse Ssschatten waren tot und antworteten ihm nicht auf ssseine Fragen. ›Gibt esss auf der Welt denn niemanden wie mich?‹, fragte er sssich.

Eine Zzzeit lang wünssschte er sssich, ssso wie diessse ssstummen Ssschatten zzzu ssseín oder irgendetwasss anderesss, nur um der Einsssamkeit zzzu entrinnen. Ssso fragte er einen Felsssen, ob er ssseín Ssschatten werden könne. ›Ich habe ssschon meine drei Ssschatten‹, antwortete der Felsss. ›Ich brauche sssonssst keinen.‹ Der Ssschatten ohne Namen fragte: ›Und warum?‹ ›Weil esss drei Sssonnen gibt‹, antwortete der Felsss, ›desssshalb müssssen wir Felsssen alle drei Ssschatten haben.‹ Der Ssschatten ohne Namen meinte, vielleicht gebe esss einen anderen Felsssen mit nur zzzwei Ssschatten, der einen weiteren Ssschatten brauche. Der Felsss empfahl ihm, den Herrn der Berge zzzu fragen, der alle Felsssen der Welt kannte.

Der Ssschatten ohne Namen machte sssich zzzum Herrn der

Berge auf, aber alsss er ihn endlich fand, war diessser nicht gerade freundlich zzzu ihm. ›Wasss machssst du denn hier?‹, fragte er ihn mit einer ssschrecklichen, donnernden Sssttimme. ›Du bissst nur ein Ssschatten, du darfssst dich nicht im Licht der Sssonnen sssehen lassssen. Dein Platzzz issst die Dunkelheit, ausss der du kommssst.‹ Der Herr der Berge jagte dem Ssschatten ohne Namen einen sssolchen Ssschrecken ein, dassss diessser die Flucht ergriff und sssich künftig von den Felsssen fernhielt.

Einesss Tagesss wagte er einen Baum zzzu fragen, ob er sssein Ssschatten werden könne. ›Ich weißßß nicht‹, antwortete der Baum, ›ich habe nämlich ssschon drei Ssschatten und bezzzweifle, ob der Herr desss Waldesss mir einen vierten Ssschatten zugesssteht.‹ Der Ssschatten ohne Namen sssuchte den Herrn desss Waldesss auf, aber diessser begann bei ssseinem Anblick zzzu ssschreien. ›Versssschwinde! Versssschwinde! Fort mit dir! Dich dürfte esss gar nicht geben!‹ Der Herr desss Waldesss war mächtig und furchterregend und der Ssschatten ohne Namen ergriff die Flucht und hielt sssich künftig von den Bäumen fern.

Die Zzzeit verging und der Ssschatten ohne Namen wurde immer trauriger. Da er Angssst vor den Felsssen und den Bäumen hatte, wollte er sssich in den Tiefen des Meeresss versssstecken und fragte einen Fisssch, ob er sssein Ssschatten werden könne. ›Esss gibt nicht viele Fisssche, die einen Ssschatten haben‹, antwortete der Fisssch. ›Nur die, die im flachen Wassssser ssschwimmen, wohin dasss Sssonnenlicht vordringt. Aber sssie haben alle ssschon ihren Ssschatten.‹ Der Ssschatten ohne Namen sssuchte den Herrn desss Meeresss auf. Diessser war sssehr überrasssscht, alsss er ihn sssah. ›Ah, hier bissst du alsssso!‹, sssagte er und wollte den Ssschatten in ein feuchtesss, dunklesss Gefängnisss sssstecken. Erssschrocken ergriff der

Ssschatten ohne Namen die Flucht und hielt sssich künftig vom Meer fern.

Da überlegte er, dassss er vielleicht der Ssschatten einesss Vogelsss werden konnte. Die Ssschatten der Vögel waren wandelbar und flüchtig, sssie ssschienen eine eigene Persssönlichkeit zzzu haben, ssso wie er ssselbst. Er fragte alsssо einen Vogel, ob er sssein Ssschatten werden könne. Der Vogel wussssste esss nicht. Ihm war noch nicht einmal aufgefallen, dassss er drei Ssschatten hatte. Vögel achten nicht auf sssolche Dinge. Der Ssschatten sssuchte alssso den Herrn desss Windesss auf. Alsss der Ssschatten vor ihm ssstand, machte der Herr desss Windesss sssich über ihn lussstig. ›Du bissst ja nicht der Rede wert!‹, ssspottete er. ›Nur ein Ssschatten, sssonssst nichtsss! Und wagssst esss, mir unter die Augen zzzu treten! Ach, du machssst mir Ssspaßßß …‹ Der Herr desss Windesss lachte immer noch, alsss der Ssschatten ihm den Rücken kehrte. Künftig ssspr ach er auch nie wieder mit den Vögeln.

Er nahm sssich vor, sssich an die Sssonnen zzzu wenden. Sssie gaben den Dingen ihre Ssschatten und bessstimmten, dassss esss nur drei sssein durften. Vielleicht konnten sssie ihm einen Namen geben oder einen Platzzz zzzuweisssen. Aber die Sssonnen erklärten ihm, er müsssse mit dem Herrn der Sssonnen ssssprechen, dem mächtigsssten und furchterregendsssten von allen. Der Ssschatten ohne Namen sssuchte ihn auf. Bei ssseinem Anblick wurde der Herr der Sssonnen wütend. ›Unrat, Unrat! Was willssst du hier?‹ Er versssuchte den Ssschatten mit ssseinem Feuer zzzu versssengen, aber diessser ergriff die Flucht. Und künftig mied er dasss Sssonnenlicht.

Einesss Nachtsss ssspr ach er mit den Monden. Die Monde warfen auch Ssschatten, nicht ssso gessstochen ssscharfe wie die Tagssschatten, aber dafür viel ssschönere. Die Monde rieten ihm, mit dem Herrn der Sssterne zzzu sssprechen. Der Ssschatten ohne Namen war esss leid, wusssste sssich aber keinen anderen Rat. Der Herr der Sssterne ssschrie ihn nicht an und beleidigte ihn auch nicht. Er musssterte ihn nur und hörte ihm zzzu. ›Ich will kein Ssschatten ohne Namen sssein‹, erklärte er. ›Ich möchte wissssen, woher ich komme und warum ich nicht zzzu etwasss gehöre, ssso wie alle anderen Ssschatten.‹

›Ah‹, erwiderte der Herr der Sssterne, ›du verstehssst esss nicht? Du bissst der Ssschatten desss Herrn der Berge, desss Herrn desss Waldesss, desss Herrn desss Meeresss, desss Herrn desss Windesss, desss Herrn der Sssonnen und desss Herrn der Sssterne. Aber wir Herren dürfen keine Ssschatten haben und dessshalb dürfte esss dich eigentlich gar nicht geben.‹

Der Herr der Sssterne leuchtete ssso hell, dass sssein Licht den Ssschatten ohne Namen beinahe ausgelösssscht hätte. Aber er ergriff die Flucht und verssssteckte sssich ganzzz tief in der Erde, an einem Ort, wo niemand ihn finden konnte.

Dort verharrte er eine Zzzeit lang im Dunkeln. Bisss er einesss Tagesss in einem Tunnel auf eine Ssschlange traf. Mit den Ssschlangen hatte der Ssschatten ohne Namen nie gesssprochen. Sssie bewegten sssich zzzu dicht am Boden, um einen nennensssswerten Ssschatten zzzu haben. Aber diesssse Ssschlange wusssste nicht einmal, wasss ein Ssschatten war, denn sssie lebte genau wie er im Dunkeln und hatte nie dasss Sssonnenlicht erblickt. Ssso freundeten die Ssschlange und der Ssschatten ohne Namen sssich an. Einesss Tagesss fragte der Ssschatten die Ssschlange, ob er ihr Ssschatten werden könne. ›Natürlich‹, antwortete sssie, ›ich habe ja nie einen Ssschatten gehabt.‹

Von nun an war der Ssschatten ohne Namen nicht mehr der Ssschatten ohne Namen, sssondern wurde zzzum Ssschatten der Ssschlange. Und in der Gessschichte heißßßt esss, der Ssschatten sssei an ihrer Ssseite ssso kräftig geworden, dasssss er weiterlebte, alsss die Ssschlange ssstarb, und sssseither die

Form einer Ssschlange besitzzze, ganzzz gleich, wie viele Sssonnen auf ihn ssscheinen und welchen Körpern und Gegenssständen er sssich nähert.«

Assher verstummte. Saissh war schon vor einer Weile eingeschlafen, von der leisen Stimme des Szish in den Schlaf gelullt. Jack und Victoria hingegen waren blass geworden und starrten ins Leere. Irgendwann brach Jack das Schweigen. »Das soll ein Märchen für Kinder sein?«, fragte er. »Da irrst du dich, Assher. Das ist eure Schöpfungsgeschichte, der Ursprung eurer Art … und eures Gottes.« Der Szish sah ihn verständnislos an. »Der Schatten ohne Namen ist der Siebte, der Gott ohne Namen«, erklärte Jack. »Und die Herren sind die anderen sechs Götter. Nie hätte ich mir träumen lassen, dass der Siebte von den anderen Sechs abstammt, dass er der Schatten der Sechs ist, etwas, das die Götter loswerden wollten und das irgendwie ein Eigenleben bekommen hat.«

Assher warf ihm einen hasserfüllten Blick zu. »Dummer Warmblüter«, warf er ihm an den Kopf. »Ssso überheblich wie alle deine Artgenossssen. Unssser Gott issst kein einfacher Ssschatten, er issst ssso mächtig wie alle eure eingebildeten Götter zzzusssammen.«

»Natürlich ist er das«, pflichtete Jack bei, »er stammt ja von ihnen allen ab. Nicht von einem oder zweien, sondern von allen Sechs.«

»Desswegen bittesst du mich, eine Gessschichte zzzu erzzzählen?«, fragte Assher erbost. »Um meinen Gott und unssseren Glauben in den Ssschmutzzz zzzu zzziehen? Mit dir rede ich nicht mehr.« Mit einer heftigen Bewegung riss er sich den Anhänger ab, warf ihn Jack vor die Füße und zog sich zurück.

»Glaubst du wirklich, diese Kindergeschichte ist eine Art Sinnbild für den Ursprung des Siebten, oder hast du das nur gesagt, um ihn zu ärgern?«, fragte Victoria.

»Das glaube ich wirklich. Kam dir an dieser Geschichte nichts bekannt vor?«

Victoria neigte den Kopf. »Die Schlange, die in den Höhlen lebt, hat mich an Shaksiss erinnert, die legendäre Schlange, die von den Sheks verehrt wird«, antwortete sie und strich unwillkürlich über Shiskatcheggs Stein. »Aber warum sollte sie nicht in einem Szish-Märchen auftauchen? Und dass diese bösen Herren ausgerechnet sechs sind, ist auch nichts Besonderes. Bei den Sheks bringt die Zahl sechs Unglück.«

Jack schlang die Arme um die Knie und legte nachdenklich den Kopf darauf. »Schon möglich«, gab er zu, »aber es würde vieles erklären. Weißt du noch, was ich von Domivat über den Ursprung der Sechs erfahren habe? Wenn es in einer Welt nur einen Gott gibt, hat er keine Konkurrenz. Aber wenn mehrere da sind, muss er sich notgedrungen mit Begrenzungen und Einschränkungen abfinden. Sieh dir Wina an: Sie dehnt Alis Lithban aus, aber irgendwann stößt sie ans Meer oder an die Berge. Die Götter halten sich gegenseitig in Schranken, jeder setzt den anderen Grenzen. Deshalb haben die Sechs Umadhun bei ihren Auseinandersetzungen zerstört. Dann schufen sie Idhún, und um zu verhindern, dass das noch einmal passierte, zogen sie sich zurück. Allerdings …«

»… allerdings hat sie das nicht davor bewahrt, weiterzustreiten, nicht wahr?«

»Nein. Aber stell dir vor, sie hätten die Möglichkeit gehabt, diese zerstörerische Seite loszuwerden.«

»Geht das denn?«

»Seit ich die Natur meines Hasses auf die Schlangen begriffen habe, ist nicht ein einziger Tag vergangen, ohne dass ich mir gewünscht hätte, ihn mir aus dem Herzen zu reißen«, antwortete Jack mit einem müden Lächeln. »Aber ich bin natürlich nur ein Drache und so etwas liegt außerhalb meiner

Möglichkeiten. Aber wenn ich ein Gott wäre, wenn ich es könnte, würde ich es tun.«

»›Wir Herren dürfen keine Schatten haben‹«, erinnerte sich Victoria mit einem Schauder. »Wollten sie nur schöpferisch sein und ›befreiten‹ sich von ihrer zerstörerischen Seite, vom Hass, von allem Finsteren?«

»Zumindest haben sie es versucht. Vielleicht dachten sie, es wäre ihnen gelungen, aber de facto haben sie einen neuen Gott geschaffen, der all ihre negativen Seiten in sich vereint. Immerhin haben sie sich seither offenbar nicht wieder gestritten. Aber jetzt müssen sie mit dieser ›dunklen Seite‹ fertig werden, die gegen sie rebelliert hat. Deshalb schufen sie die Drachen und der Siebte reagierte darauf mit der Erschaffung der Sheks, oder vielleicht war es umgekehrt.«

Victoria wiegte nicht besonders überzeugt den Kopf. »Ich hab da eine andere Theorie. Über den Meteoriten, von dem Idhún vor langer Zeit getroffen wurde. Vielleicht hat er den Siebten mitgebracht, sozusagen einen ›außeridhunischen‹ Gott, der nicht hierher gehört. Aber deine Version macht den Siebten so idhunisch wie die anderen Sechs. Außerdem kommen mir die Sechs nach wie vor reichlich zerstörerisch vor und der Siebte ist auf seine Art auch ein schöpferischer Gott. Hat er letztendlich nicht die Sheks und die Szish erschaffen? Und sind die Schlangen wirklich durch und durch schlecht? Was ist zum Beispiel mit Christian oder Sheziss? Oder sogar Assher … Sieh ihn dir an«, fügte sie hinzu und deutete auf den schlafenden Szish. »Ist er so anders als jeder Menschenjunge? Wenn du einmal über seine Schlangengestalt hinwegzusehen versuchst, was siehst du dann in ihm?«

Jack blickte sie lange an. »Nein, ich glaube nicht, dass sie so schlecht sind«, erwiderte er sanft, »aber auch nicht so gut, wie du anscheinend glaubst. Versuchst du nicht im Grunde, Christian reinzuwaschen, zu rechtfertigen, dass er sich von uns abgewandt hat, um zu den Schlangen zurückzukehren?«

»Nein, das ist es nicht«, ereiferte sich Victoria. »Und bleib beim Thema.« Plötzlich sprang Jack auf, sodass sie zusammenzuckte. »Was …?«, begann sie, verstummte jedoch sofort.

Es lag etwas in der Luft, eine so mächtige Präsenz, dass sie erschauerte. Gleichzeitig nahm sie durch den Ring noch etwas anderes wahr. *Christian,* dachte sie unruhig und stand mit Saissh in den Armen ebenfalls auf. Jack hatte Domivat gezückt und spähte in die Nacht. Assher war aufgewacht und schrak alarmiert hoch.

Aus der Dunkelheit tauchten zwei Gestalten auf. Die erste war schlank und zart wie ein Mondstrahl. Ihr folgte Christian mit seiner unverwechselbaren Silhouette. Jacks Muskeln waren aufs Äußerste gespannt, aber diesmal lag es nicht an der Gegenwart des Sheks. Es war Gerde, die ein betäubendes Gefühl von Gefahr in ihm auslöste. »Wie ich sehe, habt ihr meine beiden Ausreißer gefunden«, bemerkte sie mit einem Lächeln.

Assher wich ein paar Schritte zurück, aber Gerdes Blick hielt ihn fest und zog ihn wie einen Magnet zu sich. Schließlich fiel er vor der Fee auf die Knie und sagte etwas in der Sprache der Schlangenmenschen zu ihr. Gerde antwortete ihm in derselben Sprache. Zaudernd hob Assher den Kopf und sah sie an, als könnte er ihre Worte nicht glauben. Gerde streckte ihm die Hand hin und Assher stand langsam auf und trat noch zitternd neben sie. Die Fee strich ihm lächelnd übers Gesicht. »Einen habe ich schon zurück«, sagte sie. »Vermutlich seid ihr nicht so nett, das Mädchen herauszugeben, und ich muss meine Zeit damit verschwenden, sie mit Gewalt zurückzuholen.«

Jack hatte sich vor Victoria und Saissh gestellt und Domivat gezückt. Victoria tauschte einen Blick mit Christian. Aber sie nahmen keine telepathische Verbindung auf.

»Victoria«, sagte Gerde. »Gib mir meine Saissh zurück.«

»Was hast du mit ihr vor?«, wollte Jack wissen.

Gerde sah ihn an, als traute sie ihren Ohren nicht. »Glaubst du wirklich, das ginge dich etwas an?«, warf sie ihm an den Kopf.

»Sie gehört dir nicht«, wandte er ein, »und außerdem ist sie noch ein Baby. Wenn du vorhast, sie für einen deiner durchtriebenen Pläne zu benutzen ...«

Er sprach den Satz nicht zu Ende, denn plötzlich stieg eine Empfindung von seinem Magen in seine Kehle auf und zwang ihn, ruckartig mehrere Schritte nach vorn zu machen. Er wehrte sich dagegen, aber die Kraft, die an ihm zog, war so mächtig, dass er sich fühlte, als kämpfte er gegen einen über die Ufer getretenen Fluss an.

Ehe Victoria ihn zurückhalten konnte, hatte Jack das Schwert weggesteckt und sah Gerde völlig hingerissen an, überzeugt, noch nie ein so schönes Geschöpf gesehen zu haben.

Die Fee reagierte mit einem zufriedenen Grinsen und warf ihm einen taxierenden Blick zu. »Ein Drache«, sagte sie. »Wie interessant. Weißt du, seit ich wieder am Leben bin, habe ich niemanden getroffen, der mir gewachsen ist. Glaubst du, du wärst in der Lage, mir zu Gefallen zu sein?«

Statt einer Antwort stürzte Jack auf sie zu und wollte sie in seine Arme reißen. Gerde gebot ihm mit einem einzigen Finger Einhalt. »Nicht so hastig«, tadelte sie ihn. »Man sollte die Dinge mit ein wenig mehr Feingefühl angehen, findest du nicht?«

Während Jack wie ein kleiner Junge vor ihr zitterte, ließ Gerde die Fingerspitze über sein Gesicht wandern. Dann glitt ihr Finger über seinen Hals bis zur Brust hinab. Langsam kam sie ihm immer näher und küsste ihn. Jack erwiderte den Kuss leidenschaftlich. Er konnte an nichts anderes als an Gerde denken.

Victoria beobachtete sie einen Moment und wandte den Blick

dann Christian zu. Seine Miene war nach wie vor undurchdringlich. Er musterte das Paar mit einer gewissen Neugierde. Assher hingegen blickte zur Seite. Er ertrug es nicht, Gerde in den Armen des Drachen zu sehen.

»Nicht schlecht«, bemerkte Gerde, als sie Jack von sich schob. »Würdest du mich noch einmal küssen?«, fragte sie ihn ein wenig kokett.

»Selbstverständlich«, antwortete Jack mit belegter Stimme. »Sooft du mich darum bittest.«

»Jetzt bist du mein, nicht wahr?«

»Ganz und gar«, antwortete er im Brustton der Überzeugung. Er sah sie fasziniert an, als gäbe es sonst nichts auf der Welt.

»Beweis es mir, Drache. Küss mir die Füße und schwör mir, dass du mein bist.«

Jack warf sich vor ihr nieder. Die bloße Vorstellung, ihr etwas abzuschlagen, erschien ihm undenkbar. Gerde schob einen ihrer kleinen, bloßen Füße nach vorn und Jack nahm ihn in die Hände, als wäre er ein Schatz, und küsste ihn hingebungsvoll. »Ich bin dein«, flüsterte er. »Ich schwöre es.«

»Wie entzückend«, erwiderte die Fee lächelnd. Sie sah Victoria an. »Macht es dir etwas aus, wenn ich ihn behalte?«

Victoria warf ihr einen Blick voll kalter Verachtung zu. »Ich habe nicht das Recht, für ihn zu entscheiden«, antwortete sie. »Weder ich noch sonst jemand. Und du schon gar nicht. Jack ist kein Objekt, also behandle ihn auch nicht so. Wag den Zauber zu lüften und ihn zu fragen, ob er freiwillig mit dir gehen will. Mal sehen, was er dir dann antwortet.«

Gerde hob eine Augenbraue. »Wie du willst.«

Plötzlich schnappte Jack nach Luft, als wäre er lange unter Wasser gewesen, und schüttelte benommen den Kopf. Als er bemerkte, dass er vor Gerde kniete, sprang er auf und wich mit der Hand am Schaft des Schwertes zurück. »Was hast du mit mir gemacht, du Ungeheuer?«, rief er. In seiner Stimme schwang Panik mit.

»Siehst du?«, sagte die Fee. »Er will mich töten. Damit unterschreibt er sein Todesurteil, während er als Verzauberter wenigstens am Leben bleibt, solange ich ihn interessant finde.«

Jack wich noch ein Stück zurück. Mit jedem von Gerdes Worten erinnerte er sich deutlicher, was vor wenigen Minuten geschehen war, und sein Gesicht lief vor Scham und Wut rot an. Gerde hatte ihn kampflos besiegt, ihn wie eine Marionette manipuliert, ihn gedemütigt. Ohne Victoria anzusehen, zog er das Schwert aus der Scheide und stieß hervor: »Ja, ich will dich töten und werde es auch tun, selbst wenn es mich das Leben kostet.« Er ließ Domivat mit seiner ganzen Wut auf sie herabsausen, aber etwas schob sich dazwischen: eine Klinge, glatt und kalt wie Eis. »Was zum Teufel tust du da?« Jack schrie fast.

»Rühr sie nicht an, Jack«, warnte Christian ihn ruhig. »Zu deinem eigenen Besten.« Beide starrten sich einen Moment an. Immer noch vor Wut zitternd zog Jack das Schwert widerstrebend zurück. Christian ließ seines sinken.

»Wie interessant«, sagte Gerde. »Der Drache kämpft um seine Dame, die Schlange beschützt die ihre. Was meinst du, Victoria? Lassen wir sie kämpfen, bis einer von beiden tot ist?«

Victoria sah erneut Christian an, aber der hatte seine Augen mit unergründlicher Miene auf Gerde geheftet. »Nein«, antwortete sie. »Das wäre ein grausamer, sinnloser Kampf. Das werde ich nicht zulassen.«

»Wie willst du es denn verhindern?«, fragte Gerde lächelnd. »So wie ich die Sache sehe, hat der Drache zwei Möglichkeiten: Entweder er ist mir nützlich, dann bleibt er am Leben, oder er weigert sich, dann stirbt er. Wenn ich ihn verzaubert halte, ist es vielleicht …«

»Kommt nicht infrage!«, schrie Jack und versuchte mit einer Fassade aus Wut seine Panik zu überspielen. »Wag es nicht, so etwas noch einmal zu tun, hörst du?«

»Dann kannst du mich unterhalten, indem du gegen Kirtash antrittst. Die Kämpfe zwischen Sheks und Drachen sind eines der prächtigsten Spektakel von Idhún. Würdest du gegen ihn kämpfen? Du sehnst dich doch danach.«

»Um dich zu unterhalten? Nicht im Traum.«

»Tja, dann bist du mir nicht nützlich. Wie schade«, seufzte Gerde.

»Nein!«, schrie Victoria, aber die Fee hatte bereits die Hand nach ihm ausgestreckt und eine unsichtbare Kraft ließ ihn mit einem gequälten Aufschrei zu Boden sinken. »Nein!«, schrie Victoria noch einmal. Sie wollte zu Jack laufen, konnte sich jedoch nicht von der Stelle bewegen.

»Was ist?«, fragte Gerde kalt. »Wolltest du nicht, dass ich ihn frage? Dann halt dich raus.« Sie wandte sich Jack zu, der sich zu ihren Füßen wand. »Was sagst du? Wirst du mir nützlich sein?«

»N… nein«, keuchte Jack.

Gerde lächelte. Mit einer winzigen Geste verstärkte sie den Schmerz. Jack heulte auf. Doch nicht der Schmerz setzte ihm am meisten zu, sondern die Gewissheit, dass sie ihn jederzeit mit einem Fingerzeig töten konnte.

»Lass ihn in Ruhe!«, schrie Victoria. »Ich habe das Mädchen! Wenn Jack etwas zustößt …«

»Dann tötest du es? Das bringst du nicht fertig, Victoria. Würdest du wirklich ein Baby töten, um das Leben deines Geliebten zu retten?«

Victoria sah sie voller Abscheu an. »Ich wollte es dir aushändigen«, widersprach sie. »Aber wenn du Jack etwas tust, nehme ich es mit und du siehst es nie wieder.« Der Stern auf ihrer

Stirn begann hell zu leuchten. »Ich weiß nicht, was du mit dem Baby vorhast, aber es liegt dir etwas an ihm, nicht wahr?«

»Schon möglich. Schlägst du mir einen Tausch vor?«

»Wenn ich dir das Baby zurückgebe, wirst du Jack dann gehen lassen? Und woher weiß ich, ob ich dir trauen kann?«

Jack schloss erschöpft die Augen. Der Schmerz hatte nachgelassen, aber er hatte nicht die Kraft aufzustehen.

»Ich werde den Drachen nicht töten«, erklärte Gerde lächelnd. »Den Grund dafür brauchst du nicht zu erfahren. Wenn ich ihn allerdings nicht länger quälen soll …«

»Das sollst du nicht«, bestätigte Victoria. »Das weißt du ganz genau.« Plötzlich konnte sie sich wieder bewegen. Sie holte tief Luft und ging zu Gerde, mit Saissh in den Armen.

»Das Mädchen gegen den Drachen«, sagte Gerde. »Findest du das einen fairen Tausch?«

»Wie bitte?«, fragte Victoria, ihren Zorn erstickend. »Willst du etwa noch ein Einhorn-Horn dazuhaben?«

»Klingt verlockend, aber … ich fürchte, mit dir habe ich andere Pläne«, widersprach sie lächelnd. Sie hob die Hand und strich Victoria über die Wange. Diese hielt ihrem Blick ohne Blinzeln stand, auch wenn sie innerlich vor Entsetzen bebte.

»Keine Bange«, schnurrte Gerde. »Ich kenne dein kleines Geheimnis, aber bei mir ist es gut aufgehoben. Mich interessiert, wie die Geschichte ausgeht. Ich habe … ein persönliches Interesse daran«, fügte sie mit einem verführerischen Lächeln hinzu. »Du verstehst mich schon.«

Blass wich Victoria einen Schritt zurück. »Nein«, warnte sie. Plötzlich fühlten ihre Arme sich seltsam leicht an. Saissh war verschwunden. Sie schrie vor Angst auf, entdeckte das Baby jedoch sofort in Gerdes Armen.

»Danke«, sagte die Fee spöttisch. »Und sag deinem Drachen, dass es unklug ist, jemandem wie mir einen Wunsch abzuschlagen. Kirtash hat das schon vor einiger Zeit begriffen, nicht wahr?«, fügte sie mit einem Blick auf Christian hinzu. »Bis irgendwann, Victoria.«

Gerde kehrte ihnen den Rücken zu und verschwand mit Saissh in der Dunkelheit. Assher folgte ihr. Christian hingegen wartete noch.

»Du bist ein … elender Verräter«, keuchte Jack.

Christian drehte sich um und folgte Gerde, aber sie hörten noch seine telepathische Stimme: *Haltet euch raus, das nächste Mal werdet ihr nicht so viel Glück haben.* Wütend ballte Jack die Hände.

Als sie allein waren, schloss Victoria ihn mit aller Kraft in die Arme und bedeckte sein Gesicht mit Küssen. Sie konnte kaum glauben, dass er noch am Leben war. Sie untersuchte seine Verletzungen, strich ihm übers Haar und richtete ihre Heilenergie auf ihn.

Jack schloss die Augen. »Ich hasse diese Frau«, knurrte er. »Ich hasse sie aus tiefster Seele. Und sosehr ich es auch versuche, ich kann mich für den Schatten ohne Namen nicht erwärmen. In Situationen wie dieser bedaure ich, dass der Herr der Sonnen ihn nicht mit seinem sengenden Feuer vernichtet hat …«

Er verstummte, als er bemerkte, dass Victoria weinte. So gut es ging, richtete er sich ein wenig auf und nahm sie in die Arme. »Was du eben gesehen hast …«, sagte er. »Das mit Gerde …«

»Ich weiß schon, was ich gesehen habe, Jack«, schluchzte sie. »Das ist es nicht.«

Jack holte tief Luft. »Ich wollte sie gar nicht anfassen«, versuchte er sich zu rechtfertigen. »Sie gefällt mir überhaupt nicht. Sie …«

»Ich weiß, wozu Gerde fähig ist«, unterbrach Victoria. »Ich habe einmal gesehen, wie sie diese Macht auf Christian ausgeübt hat, und das war nicht gerade angenehm.«

»Das wusste ich nicht«, erwiderte Jack. Aus irgendeinem Grund fühlte er sich ein wenig besser.

»Es verletzt mich nicht, wenn ihr euch durch ihre Macht von Gerde angezogen fühlt, Jack. Aber ich hasse es, wenn sie euch benutzt und euren Willen ausschaltet. Bei Christian bekomme ich dann panische Angst, er könnte sich gegen mich wenden, so wie damals im Turm von Drackwen.« Sie schloss die Augen bei der Erinnerung an ihren Schmerz, als der Shek sie entführt hatte, um sie Ashran auszuhändigen.

»Glaubst du, Gerde steckt auch diesmal hinter seinem Verhalten?«, fragte Jack.

»Nein … diesmal nicht. Ich weiß, dass er freiwillig bei ihr ist, und trotzdem hat er uns geschützt … dich auch. Wenn er dein Schwert nicht pariert hätte, hätte Gerde dich getötet. Deshalb vertraue ich ihm weiterhin. Er hasst es, kontrolliert und manipuliert zu werden, und indem er sich Gerde anschließt, riskiert er, ihr völlig zu verfallen. Außerdem hat er sie damals getötet, damit sie keine Gefahr mehr für mich ist. Verstehst du? Wenn er jetzt trotz allem für sie kämpft, dann muss er einen guten Grund haben. Einen triftigen Grund.«

»So kann man es auch sehen«, knurrte Jack. »Aber mir genügt das nicht. Wenn ich Christian vertrauen soll, muss er mir diese triftigen Gründe erklären. Ich kann ihm nicht vertrauen, wenn er mir nicht vertraut, und was noch wichtiger ist: Ich kann ihm nicht vertrauen, wenn er dir nicht vertraut.«

Victoria erwiderte nichts. Jack entdeckte einen so trostlosen Ausdruck in ihrem Gesicht, dass er sie fest in die Arme schloss. »Nicht weinen«, bat er. »Es tut mir so leid.«

»Es ist nicht wegen dir, Jack, das habe ich doch schon gesagt«, flüsterte sie. »Und es ist auch nicht wegen Christian. Diesmal ist es wegen mir.«

Als sie ein paar Tage später in Vanissar eintrafen, waren sie erschöpft. Alsan hieß sie halb beunruhigt, halb verärgert willkommen. »Wo habt ihr gesteckt?«

»Wir hatten eine Begegnung mit Gerde«, antwortete Jack mit einem müden Seufzer. »Frag lieber nicht.«

»Natürlich frage ich«, protestierte Alsan. »Glaubst du, du kannst den Trupp verlassen und tagelang verschwinden ...?«

»Alsan, bitte«, unterbrach Jack. »Ich habe Kopfschmerzen, bin fix und fertig und meine Nerven liegen blank. Macht es dir etwas aus, bis morgen zu warten? Ich gehe jetzt schlafen.«

»Erst muss ich noch etwas mit dir besprechen«, sagte er. »Es ist wichtig ... und es ist privat«, fügte er hinzu und sah Victoria vielsagend an.

»Du findest mich in unserem Zimmer«, sagte sie an Jack gewandt.

Alsan wartete, bis sie die Treppe hinaufgestiegen war, dann führte er Jack auf einen kleinen Balkon, um ungestört sprechen zu können.

»Was gibt's?«, fragte Jack ein wenig schroffer als nötig. »Habt ihr noch mehr Schlangen aufgestöbert?«

»Vielleicht näher bei uns, als wir dachten«, antwortete Alsan schneidend. »Wenn du nicht weißt, wovon ich spreche, kann Victoria dir vielleicht mehr Einzelheiten erzählen.«

»Schon wieder Kirtash?« Jack wurde allmählich ungeduldig.

»Jack, ich meine es ernst«, unterbrach Alsan streng. »Victoria verhält sich in letzter Zeit äußerst merkwürdig. Sie ist völlig verschlossen und verheimlicht uns Dinge. Sie ist mehrfach ohne jede Erklärung verschwunden und niemand konnte herausfinden, wo sie war. Weißt du es vielleicht?« Jack schüttelte nur verblüfft den Kopf. »Ich dachte, ihr beide hättet keine Geheimnisse voreinander«, sagte Alsan spöttisch. »Vielleicht misst du dem keine Bedeutung bei, aber die Tatsache, dass sie sich heimlich mit Kirtash trifft, erscheint mir alles andere als harmlos. Victoria hat viel Zeit mit dieser Schlange verbracht und kann uns verraten haben. Bist du dir darüber im Klaren?«

»Victoria würde uns nicht verraten«, protestierte Jack. »Ihre Beziehung zu Kirtash …«

»Ihre Beziehung zu Kirtash ist an sich schon ein Verrat!«, schrie Alsan.

»Seit wann denn?«, brüllte Jack zurück. »Wir reden über denselben Kirtash, der aufseiten der Verschwörung gekämpft hat und zusammen mit uns gegen Ashran angetreten ist!«

»All das war eine Strategie, um uns Victoria abspenstig zu machen, hast du dir das noch nie überlegt? Damals war ich verwirrt und leicht zu manipulieren. Ich habe ihn bei uns aufgenommen, aber das wird nicht wieder vorkommen. Merkst du es denn nicht, Jack? Kirtash hat uns verraten, weil er weiß, dass er mit Victoria machen kann, was er will. Das hatte er von Anfang an vor.«

Jack schüttelte fassungslos den Kopf. »Das ist absurd.«

»Ach ja? Sag schon, wo ist Kirtash jetzt? Was verheimlicht Victoria dir?«

Verwirrt starrte Jack ihn an. Er musste daran denken, dass Gerde mit ihm gespielt und Christian keinen Finger gerührt hatte, um es zu verhindern. Dass der Shek schon mehrmals bewiesen hatte, dass er auf Gerdes Seite stand. Und dass Victoria Kirtashs Verhalten billigte oder zumindest verteidigte.

»Sie waren zusammen auf der Erde, nur sie beide«, rief ihm Alsan in Erinnerung. »Warum ist Kirtash nicht mit ihr zurückgekehrt … zu uns?«

»Ich vertraue Victoria«, fasste Jack mürrisch zusammen. »Ich rede mit ihr, wenn dich das beruhigt, aber ich glaube nicht, dass sie uns etwas verheimlicht. Wenn sie sich von dir zurückgezogen hat, hast du dir das selbst eingebrockt: Ich habe ja miterlebt, wie du sie behandelst, seit sie von der Erde zurück ist. Wenn du netter zu ihr wärst, würde sie bestimmt …«

»Netter? Jack, unsere Welt befindet sich am Rand des Zusammenbruchs und ich bin für mein Reich verantwortlich, ich kann mir nicht den Luxus erlauben, nett zu sein.«

Jacks Miene verhärtete sich. »Vielleicht solltest du es versuchen«, widersprach er trocken. »Gute Nacht.«

Er verließ den Balkon und Alsan hielt ihn nicht zurück. In unheilvolle Gedanken versunken, kehrte Jack in sein Zimmer zurück. Victoria schlief tief und fest. Er legte sich mit einem müden Seufzer neben sie. Alsans Worte hämmerten nach wie vor in seinem Kopf.

Von einem Albtraum geschüttelt, wachte er Stunden später auf. Das passierte ihm in letzter Zeit häufig. Beunruhigt stellte er fest, dass Victoria wieder fort war. Er fragte sich, wo sie wohl war und ob sie das oft tat. Sie hatte diese nächtlichen Ausflüge nie erwähnt. Jack drehte sich auf der Suche nach einer bequemeren Stellung auf die andere Seite. Ihre Beziehung zu Christian war ihre Privatsache, aber in gewisser Weise hatte Alsan recht. Wenn der Shek sie alle verraten hatte, wenn er wirklich auf der Gegenseite kämpfte, war Victorias Beziehung zu ihm keine Privatsache mehr, sondern machte aus ihr entweder eine Verbündete oder eine Feindin. So neutral die Einhörner auch sein mochten – allein schon die Tatsache, dass sie eine Beziehung zu ihnen beiden hatte, bedeutete, dass sie verwickelt war, zum Guten oder zum Bösen.

Jack konnte lange nicht wieder einschlafen. Und als er am nächsten Morgen aufwachte, war Victoria bereits aufgestanden. Jack zog sich an und machte sich auf die Suche nach ihr.

Er fand sie auf den Zinnen, wo sie nachdenklich in die Ferne blickte. Sie hatte sich eine Art Schal über die Schultern gelegt und war blass und hatte Ringe unter den Augen. Bei Jacks

Anblick lächelte sie. »Guten Morgen«, sagte sie. Ihre Stimme klang ruhig, aber matt.

Jack setzte sich neben sie. »Du siehst müde aus«, sagte er.

»Ein wenig.«

»Das liegt daran, dass du nicht genug schläfst«, tastete Jack sich vor. Victoria wandte sich ihm mit einem warnenden Funkeln in ihren dunklen Augen zu, doch er sprach weiter. »Du warst heute Nacht weg, oder?«, fragte er beiläufig. »Wo warst du?«

Victoria wandte den Blick ab. »Ich habe einen Spaziergang gemacht.«

»Wirklich? Hast du dich mit jemandem getroffen?«

»Ich war mit niemandem verabredet, wenn du das meinst.«

Ihre Stimme klang abweisend und Jack merkte, dass er nicht besonders geschickt angefangen hatte. »Victoria, manche Leute halten dich für eine Verräterin«, erklärte er ohne Umschweife. »Wenn du weiterhin so geheimnisvoll tust, bekommst du Schwierigkeiten.«

»Alsan macht mir keine Angst, Jack. Ich werde tun, was ich zu tun habe, mit oder ohne seine Billigung.«

Es trat ein langes Schweigen ein. Schließlich fragte Jack ein wenig gekränkt: »So schwer fällt es dir, mir zu vertrauen? Was verheimlichst du mir?«

Victoria sah ihn mit weit geöffneten Augen an. »Du glaubst doch nicht im Ernst, dass ich euch verrate, oder?«

Er schüttelte den Kopf. »Nein, aber … es stimmt, dass du ein Geheimnis hast. Ist es so persönlich, dass du es mir nicht anvertrauen kannst? Sogar Gerde wusste davon! Sie sagte, sie kennt dein Geheimnis! Warum darf sie eingeweiht sein und ich nicht?«

Victoria sah ihn erschrocken an. »Ich habe noch niemandem davon erzählt, Jack. Wirklich niemandem. Gerde dürfte es eigentlich gar nicht wissen und genau das macht mir Angst …« Sie drehte schnell den Kopf zur Seite, aber Jack sah Tränen in ihren Augen schimmern. »Was soll ich nur tun?«

»Vielleicht mir vertrauen?«, fragte Jack und zog sie an sich.

»Ja … das wäre eigentlich fair, denn es betrifft dich auch … Allerdings weiß ich nicht, inwieweit.«

Jack löste sich einen Moment von ihr und sah ihr in die Augen. »Was ist los mit dir, Victoria?«

Sie trocknete sich die Tränen und lächelte mit einem Funken verhaltener Freude im Blick. »Ich bin schwanger, Jack. Ich bekomme ein Kind.«

Ihre Worte dröhnten wie Hammerschläge in Jacks Bewusstsein. Er rührte sich nicht, konnte nicht reagieren und einen Moment lang dachte er, sein Herz hätte aufgehört zu schlagen. Doch gleich darauf stürmte eine Flut von widersprüchlichen Gefühlen auf ihn ein. »Aber wie … bist du sicher, Victoria?«

Sie nickte wortlos.

»Aber sind wir nicht noch zu jung?«, stieß Jack hervor.

»Das hätten wir uns früher überlegen müssen«, wandte sie mit einem spöttischen Lächeln ein.

»Das … das ist …«, stammelte er noch ganz benommen. »Du wirst Mutter?«

Ihr Lächeln wurde noch breiter. »Wenn alles gut geht, ja.«

»Du meine Güte …«, sagte Jack fassungslos. »Es wundert mich nicht, dass du verunsichert bist. Ich bin … ich weiß gar nicht, was ich sagen soll«, gestand er.

»Nicht das verunsichert mich«, widersprach Victoria. »Ich bin natürlich besorgt, aber zugleich auch glücklich. Ich möchte dieses Baby haben. Ich will, dass es in mir wächst, ich will es zur Welt bringen und mich darum kümmern. Ich weiß, ich bin jung, aber ich war auch zu jung, um in einem Krieg zu kämpfen, und habe es trotzdem getan. Jetzt habe ich die Gelegenheit, Leben hervorzubringen anstatt Tod.«

Jack umarmte sie ungestüm und küsste sie. »Ich werde ein wenig brauchen, bis ich mich an den Gedanken gewöhnt habe«, sagte er, »aber du sollst wissen, dass du nicht allein sein wirst. Das verspreche ich dir.«

Victoria rückte mit einem Seufzer ein wenig von ihm ab. »Da ist noch etwas. Etwas, das für mich nichts ändert, aber ... deinen Standpunkt in dieser ganzen Sache vielleicht doch beeinflusst.«

Jack sah sie einen Moment an – und begriff. Es war, als legte sich eine eisige Kralle um sein Herz. »Du meinst ... dass dein Baby nicht von mir ist?«

»Ich weiß es nicht, Jack. Vielleicht ist es von dir, vielleicht aber auch nicht. Und wenn du nicht der Vater bist, gibt es nur eine andere Möglichkeit.«

»Christian«, murmelte Jack.

Victoria nickte. »Ich habe dir ja schon gesagt, für mich ändert das nichts. Es wird auf jeden Fall das Kind von jemandem sein, den ich wahnsinnig liebe, und ich werde es mit derselben Freude und Liebe bekommen. Aber ... wenn sich herausstellt, dass Christian der Vater ist ... müsstest du nicht dafür sorgen. Und ich werde dich auch nicht darum bitten.«

Jack versuchte seine Gedanken zu ordnen. »Weiß er es?«

Victoria schüttelte den Kopf. »Aber jetzt, wo ich es dir erzählt habe, will ich möglichst bald mit ihm sprechen.«

»Und woher willst du wissen ...?« Jack konnte die Frage nicht zu Ende formulieren.

»Ich glaube, ich weiß es, sobald das Baby auf der Welt ist und ich ihm in die Augen sehe. Dann erkenne ich einen von euch beiden in ihm wieder.«

»Wie kannst du dir da so sicher sein?«

»Intuition.«

Jack erwiderte nichts, die Gedanken in seinem Kopf rasten durcheinander.

»Für mich ändert sich dadurch nichts«, fügte Victoria hinzu, »wirklich nicht. Aber durch die Sache mit Gerde neulich vielleicht schon.«

»Die Tatsache, dass Christian dich wegen Gerde verlassen hat?«, fragte Jack ein wenig hämisch.

»Nein«, wehrte Victoria ab. »Die Tatsache, dass Gerde davon weiß. Und mich deswegen hat gehen lassen. Sie sagte, sie hätte ein persönliches Interesse daran, und mir ist klar, was sie meint. Wenn das Geschöpf, das ich gebären werde, meine Fähigkeiten erbt … und auch Christians Kind ist und etwas von einer Shek-Seele besitzt …«

»… gehört es teilweise der siebten Göttin«, begriff Jack. »Sie wird also bis zur Geburt warten, und wenn sich herausstellt, dass es ein halber Shek oder ein viertel Shek ist und außerdem etwas von der Macht des Einhorns besitzt …«

»… wird sie versuchen, es mir wegzunehmen.«

»Dann wäre zumindest klar, wer der Vater ist«, bemerkte Jack bitter. »Wenn Gerde es nicht mitnimmt, dann ist es … Verzeih«, unterbrach er sich, als er bemerkte, dass sie wieder traurig geworden war. »Ich bin unmöglich. Das hätte ich nicht sagen sollen. Es ist nur … das kommt alles so unerwartet und außerdem …«

»Mir war klar, dass du die Möglichkeit, dass ich ein Kind von Christian bekomme, nicht gut aufnehmen würdest«, sagte Victoria. »Und ich verstehe es vollkommen. Es ist ganz normal.«

Jack schüttelte den Kopf. »Schon, aber in meinem Fall sollte es das nicht sein. Ich habe akzeptiert, dass du ihn genauso liebst wie mich, ich sollte also auch auf die Konsequenzen gefasst sein. Die Sache ist nur …« Er konnte nicht weitersprechen.

Victoria warf ihm ein müdes Lächeln zu. »Wir sind nicht alle in der Lage, die Vernunft über die Gefühle zu stellen, Jack«, sagte sie sanft. »Wir sind nicht alle Sheks.«

Jack seufzte. »Ich brauche ein bisschen mehr Zeit.«

»Mittlerweile weißt du sicher, dass es eine Dummheit war«, seufzte Gerde. Assher erwiderte nichts. Er war nicht dazu in der Lage. Zitternd vor Angst hatte er sich vor ihr verbeugt und wagte ihr nicht in die Augen zu sehen.

»Was hattest du denn mit dem Mädchen vor, Assher? Warum hast du sie dem Drachen und dem Einhorn ausgehändigt?«

»Ich wusste nicht, wer sie waren«, schwor Assher. »Ich wollte sie den Barbaren zurückgeben. Ich wollte sie zurückbringen, weil …« Er konnte nicht weitersprechen.

Mit einem neuen Seufzer beugte Gerde sich zu ihm hinunter, ließ eine Hand auf seine Schulter fallen und strich ihm sanft über die Wange. »… weil du eifersüchtig warst? Dachtest du, du wärst jetzt nicht mehr mein Auserwählter?«

»Ich … war dumm, meine Gebieterin …«, begann Assher, aber Gerde unterbrach ihn.

»Du hattest ja recht. Die Pläne, die ich mit dir hatte, sind schon seit einiger Zeit überholt und deshalb habe ich deine Erziehung vernachlässigt. Aber Kirtash hat mich darauf aufmerksam gemacht, dass ich diese Pläne nicht ganz aufgeben sollte. Dafür kannst du ihm dankbar sein: Du kannst immer noch mein Auserwählter werden. Aber das hängt nicht von dir und auch nicht von Saissh ab, sondern davon, ob unser großes Vorhaben gelingt … oder nicht.«

Assher schluckte. Er verstand nicht, was Gerde meinte, wagte aber auch nicht zu fragen.

»Ich habe dich auserwählt, weil du jung und eifrig bist, weil du Talent als Magier hast«, fuhr Gerde mit einer Sanftheit fort, in der eine Drohung mitschwang. »Du könntest der größte Magier werden, den die Szish je gesehen haben, und daran ist mir gelegen. Aber denk daran, du bist noch ein Kind. Ich kann einen anderen vielversprechenden Szish finden, ihm die Magie übermitteln und ihn als meinen Auserwählten erziehen und trainieren. Noch bist du nicht unersetzlich, deshalb würde ich an deiner Stelle versuchen, mich nicht zu enttäuschen.«

Assher zitterte. Er hatte einen trockenen Mund, weshalb er noch einmal schluckte und hervorstieß: »Ich … werde dich nicht wieder enttäuschen, meine Gebieterin.«

Gerde lachte leise. »Natürlich nicht«, erwiderte sie. Mit einer energischen Bewegung riss sie Asshers Hemd auf, streckte einen Finger aus und tippte auf seine geschuppte Haut. Ein unerträglicher Schmerz durchzuckte Assher von Kopf bis Fuß wie ein starker Stromschlag. Er erstickte einen Schrei, konnte jedoch nicht den Krampf unterdrücken, den die Berührung in seinem Körper auslöste.

»Gefällt dir das nicht?«, fragte Gerde lächelnd. »Das ist doch erst der Anfang.«

Sie ließ den Finger über Asshers nackte Brust gleiten. Die bloße Berührung versengte seine Schuppen und legte das Fleisch bloß. Assher wollte sich mit den Armen schützen, sich fallen lassen und zur Seite rollen – doch er war wie gelähmt. Das Einzige, was ihm blieb, war seine Stimme. Er schrie wie am Spieß vor Schmerz, während Gerde ihm ein unauslöschliches Zeichen in die Haut brannte. Die Qual dauerte nicht lange, aber Assher kam sie ewig vor. Als er schließlich wieder Herr über seinen Körper war, konnte er sich nicht mehr auf den Beinen halten und fiel vor Gerde auf die Knie.

»Siehst du?«, fragte sie mit einem bezaubernden Lächeln. »Jetzt wirst du nie mehr vergessen, dass du mir gehörst.«

Zitternd senkte Assher den Kopf und betrachtete das Werk der Fee. Auf seiner Brust stand Gerdes Name in der Szish-Sprache. Sie hatte jeden Buchstaben in filigraner Schönschrift ausgeführt, kein Zweifel, aber jeder Strich würde eine entsetzliche, unauslöschliche Narbe bilden.

Assher biss die Zähne zusammen und versuchte das Brennen der Wunde zu bannen. Gerde beugte sich über ihn und flüsterte ihm ins Ohr: »Du bist mein. Mein Auserwählter. War es nicht das, was du wolltest?«

Assher wollte schreien, fliehen, hätte sie am liebsten sogar geschlagen. Aber er schluckte, schloss die Augen und holte tief Luft. Der Schmerz ließ allmählich nach. Gerdes Name auf seiner Haut ... Er lächelte. »Ja, meine Gebieterin«, antwortete er ergeben. »Vielen Dank. Ich bin es nicht wert ...«

»Nein, noch bist du es nicht wert«, unterbrach sie, »aber das wird sich ändern. Denn nächstes Mal, mein Junge, werde ich nicht so nachsichtig sein. Ist das klar?«

Immer noch zitternd nickte Assher. Gerde sah ihn zufrieden an, aber plötzlich wandte sie ihre Aufmerksamkeit von ihm ab. Am Eingang des Baumhauses stand Christian.

»Können wir kurz sprechen?«, fragte der Shek sanft.

»Aber sicher«, antwortete Gerde lächelnd. »Geh zu Meister Isskez«, befahl sie Assher, der sich die Brust wieder bedeckt hatte und Christian ein wenig unfreundlich ansah. »Aber komm beim ersten Sonnenuntergang wieder. Ich werde überprüfen, was du gelernt hast.« Assher nickte und stand ungelenk auf.

Kaum waren sie allein, senkte Christian den Kopf. »Die Kundschafter sagen, Wina sei nach Osten gezogen. Und offenbar ist Yohavir wieder am Himmel über Celestia gesichtet worden. Im Moment hält er still, zu hoch, um Schaden zu verursachen, aber zu nah bei uns, um mich nicht nervös zu machen.«

»Was willst du damit sagen? Dass wir uns beeilen sollten?« Gerde seufzte. »Ich weiß, Kirtash … aber wir sind noch nicht so weit. Ich habe mit Ziessel gesprochen. Sie hat auf der Erde einen Ort für uns gefunden, braucht aber noch ein bisschen Zeit …«

»Das meine ich nicht und das weißt du auch.«

Gerde starrte ihn an. Schließlich musste Christian die Augen niederschlagen. »Dein großartiger Plan hat einen Fehler, Kirtash«, erklärte sie. »Jedes Mal, wenn ich meinen Körper verlasse und mich auf die astrale Ebene begebe, bin ich schutzlos. So komme ich nicht weit. Wenn die Sechs mich entdecken, bevor ich mein Ziel erreicht habe, sind wir verloren.«

»Ich weiß. Aber wenn man ein Ziel erreichen will, muss man Risiken eingehen.«

Gerde fixierte ihn erneut. »Vielleicht versuche ich es«, sagte sie schließlich. »Sobald ich hier ein wenig Ordnung gemacht habe. Eissesh und seine Leute sind in den Feuergipfeln angekommen, während ich auf der Suche nach Saissh war. Die Leute werden allmählich nervös und ich kann mir keine weitere Abwesenheit leisten. Wobei diese sich gelohnt hat«, lachte sie. »Wer hätte das gedacht. Die kleine Victoria hat ihr Geheimnis gut gehütet, stimmt's?«

Christian runzelte die Stirn.

»Weißt du gar nichts davon?«, fragte Gerde lächelnd. »Dann hast du damit vielleicht gar nicht so viel zu tun, wie ich dachte. Schade, dann werden wir wohl alle drei töten müssen.«

Christian fragte nicht weiter nach. Mit einem kurzen Kopfnicken in Gerdes Richtung verließ er das Baumhaus lautlos wie ein Gespenst.

Etwas versengte die Wüste. Auch die größten Skeptiker mussten zugeben, dass dieses Etwas existierte, denn sogar der Sand schmolz angesichts dieser seltsamen Bedrohung.

Von der Stelle aus, wo Rando mit Ogadrak abgestürzt war, hatten sie sich erneut auf den Weg gemacht. Ihr Trupp war nicht besonders groß. Angeführt wurde er von Goser, der sich wie üblich keinen Streifzug entgehen ließ, und aus der Luft wachten zwei Drachen über sie. Einer davon war Randos. Kimara hingegen hatte sich entschieden, Ayakestra lieber im Stützpunkt zu lassen und zusammen mit Goser der Spur des Feuerballs am Boden zu folgen.

Aus der Luft war klar zu erkennen, wohin er sich bewegt hatte. Man brauchte nur der breiten, glasigen Sandkruste zu folgen, die er hinterlassen hatte. Doch dies war nicht seine einzige Spur. Fassungslos starrten die Rebellen die verkohlten Kadaver der Geschöpfe an, die das Pech gehabt hatten, diesem Ding über den Weg zu laufen. Am meisten beeindruckte sie der Anblick eines Swanit, der unter den Platten seines harten Panzers, die in der Hitze wie Butter geschmolzen waren, buchstäblich verschmort war.

Als die Sonnen bereits zu sinken begannen, bot sich den Rebellen ein Anblick, der ihnen noch mehr unter die Haut ging. Einer der vermissten Nomadenstämme war dieser mysteriösen Sonne ebenfalls zu nahe gekommen. Die Yan hatten mitsamt ihren Zelten, Gerätschaften und Tieren wie Fackeln gebrannt und waren völlig unkenntlich. Vielleicht waren sie im Schlaf überrascht worden oder hatten ausgeharrt, um sich dieses Herz aus Feuer, das da auf sie zukam, genau anzusehen.

Rando und der andere Pilot waren in der Nähe gelandet. Kimara schluchzte in Gosers Armen und ein paar wilde Yan-Krieger waren auf den verkrusteten Sand gesunken, die Gesichter in den Händen vergraben, vielleicht um ihre Tränen zu verbergen, vielleicht umnebelt vom Verwesungsgeruch.

Rando ging zu Goser und Kimara und sagte sanft: »Es hat keinen Sinn, hierzubleiben.«

Der Yan und die Mischlingsfrau tauschten einen Blick. Die Wüstenbewohner äscherten ihre Toten normalerweise ein, aber würde jemand den Mut finden, diese Leichen noch einmal anzuzünden?

»DerSandwirdihreÜberresteuntersichbegraben«, sagte Goser und Kimara nickte erleichtert. »DaswerdendieSchlangenbüßen.«

Rando seufzte entnervt. »Sieh dich doch um«, fuhr er ihn an. »Glaubst du wirklich, das könnten die Sheks gewesen sein?«

»Sie setzen Eis ein«, sagte Kimara nachdenklich. »Wie bei der Zerstörung unseres Stützpunkts.«

»KennstduvielleichtirgendetwasanderesaufderWeltdassoetwasfertigbringt?«, fragte Goser und seine Feueraugen funkelten noch heller als sonst.

»Du wirst es mit eigenen Augen sehen«, antwortete Rando finster.

Mit zusammengeschnürtem Herzen, aber froh, diesen makabren Anblick hinter sich zu lassen, setzten sie ihren Weg fort.

6

Eine Verschnaufpause

Die Riesen bewegten sich langsam und schwerfällig, aber stetig voran. Sie wählten breite Wege ohne Hindernisse, weil sie bequemer waren, und fielen deshalb auf. Auch wenn bei ihrem Anblick fast alle die Flucht ergriffen, gab es in Wirklichkeit nichts zu befürchten. Gewiss, sie sahen imposant aus und wenige Bewohner von Nandelt hatten jemals einen Riesen aus der Nähe gesehen. Doch die Mutigen, die dablieben, um sie zu beobachten, wurden enttäuscht. Nur wenn man den Riesen direkt gegenübertrat, bemerkten sie die Menschen überhaupt.

Wagte man einen von ihnen anzusprechen, erhielt man überraschenderweise eine freundliche Antwort. Sie seien auf der Durchreise, erklärten sie. Nein, sie hätten nicht die Absicht, jemandem etwas zu tun, antworteten sie verblüfft. Warum auch? Wenn man ihnen zeigte, dass sie mit ihren riesigen Füßen die Ernte zertrampelt hatten, reagierten sie verwirrt. In Nanhai gab es keine Felder. Nur wenige Riesen hatten jemals die Eiskrone überquert und deshalb war ihnen nicht klar, wie zerstörerisch es sich auswirken konnte, wenn sie ›auf der Durchreise‹ waren.

Shail hatte keine Probleme, die Riesen zu finden. Derzeit wanderten sie auf dem Weg nach Les. Diese Neuigkeit hatte sich schnell herumgesprochen, und sobald die Riesen einen bewohnten Ort erreichten, war niemand mehr da, um sie zu begrüßen. In Erwartung von Anweisungen des amtierenden Königs waren die Bewohner von Les dabei, die Verteidigung der Stadt zu verstärken … vorsichtshalber.

Als Shail endlich bei den Riesen anlangte, begriff er, wie die Bauern, die ihnen begegnet waren, sich gefühlt haben mussten. Er hatte zwar einige Riesen besser kennengelernt – Ydeon, den Schwertmacher, Yber, den Magier und Ymur, den Priester – aber so viele Riesen auf einem Haufen zu sehen … Shail kam sich plötzlich wie eine Ameise vor.

Zwei Riesen waren in seiner Nähe stehen geblieben. Einer von ihnen war ein Junge. Offenbar hatte er etwas verloren, denn er wühlte ohne großen Erfolg in seiner Tasche. Seine Mutter wartete geduldig neben ihm. Keiner von beiden achtete auf Shail, bis er sie vernehmlich grüßte. Da hoben sie den Kopf und hefteten ihre rötlichen Augen auf ihn. »Guten Tag, Mensch«, sagte die Mutter freundlich. »Was gibt's?«

»Ich wurde ausgesandt, um euch im Königreich von Vanissar willkommen zu heißen«, antwortete Shail. »Euch alle.«

Die Riesin reagierte verblüfft. »Vanissar? Was ist denn das? Ich dachte, wir wären in Nandelt.«

»Das hier ist Nandelt«, erklärte Shail lachend. »Aber Nandelt ist so groß, dass wir Menschen es in kleinere Reiche aufgeteilt haben, und jedes von ihnen hat einen Namen. Im Moment befinden wir uns in Vanissar.«

»Ich verstehe«, erwiderte die Mutter. »Und wir sind willkommen, sagst du? Wie liebenswürdig. Aber wir haben unterwegs nicht viele Leute gesehen.«

»Sie haben zweifellos Angst vor euch, aber das dürft ihr ihnen nicht übel nehmen. Sie sind es nicht gewohnt, hier Riesen zu sehen.«

»Ich hatte auch noch nie einen Menschen gesehen«, sagte der

Riesenjunge und sah Shail neugierig an. »Von deiner Sorte gibt es noch viele andere, oder? Kommen sie alle, um uns willkommen zu heißen?«

»Das glaube ich nicht. Ich bin im Namen des Königs von Vanissar unterwegs, der euch stellvertretend für alle Menschen seines Reichs begrüßt. Er schickt mich auch, um euch zu fragen, wo ihr hinwollt und was das Ziel eurer Reise ist.«

Die Riesin zeigte sich überrascht. »Warum will er das wissen? Wir kennen ihn doch gar nicht.«

»Nun ja, es ist ganz normal, dass ein Tross von Riesen das Interesse jedes Menschen weckt, und erst recht das eines Königs, wenn dieser Tross sein Reich durchquert.«

»Ah«, begriff die Riesin. »Wenn du ›unsere Reise‹ sagst, meinst du alle Riesen, nicht wahr? Nicht nur uns beide.«

»Genau«, bestätigte Shail. Die Riesen kannten die Idee einer Gemeinschaft einfach nicht.

Der Junge zupfte seine Mutter am Kleid. »Mama, was ist ein König?«

»So nennen die Menschen denjenigen, der über alle anderen herrscht, mein Junge.«

Ihr Sohn schien diese Vorstellung sehr sonderbar zu finden, denn er grinste übers ganze Gesicht. »Er herrscht über alle anderen? Wozu denn? Und wie schafft er es, dass alle auf ihn hören?«

»Es würde zu lange dauern, das zu erklären«, antwortete Shail, »aber sagen wir mal so: Der König von Vanissar vertritt alle Leute von Vanissar. Und er schickt mich, um ihn zu vertreten. Ich sollte mit dem Riesen sprechen, der euch vertritt, aber ich fürchte, so jemanden habt ihr gar nicht.«

»Nun ja«, erwiderte die Riesin verwundert. »Wenn du wissen willst, wo wir beide hinwollen, kann ich es dir gern sagen. Wir wollen in den Süden, zur Bergkette von Nandelt.« Sie erzählte ihm, was Shail sich schon gedacht hatte: Erdbeben und Gerölllawinen machten Nanhai unbewohnbar und die Riesen wanderten an einen friedlicheren Ort aus. »Unsere Höhle wurde verschüttet«, erklärte die Riesin. »Wir hätten sie freiräumen oder uns eine andere suchen können, aber das erschien mir nicht sicher …«

»… und du hast dich entschieden, Nanhai zu verlassen, so wie viele andere auch.«

»Vermutlich haben sich die anderen aus demselben Grund auf den Weg gemacht. Ich weiß es nicht, frag sie doch selbst.«

»Jeden Einzelnen?« Shail musste fast lachen.

»Zumindest bis wir jemanden haben, der uns vertritt«, antwortete die Riesin versöhnlich. »Aber ich glaube, nicht viele Riesen wären bereit, so viel Zeit aufzubringen, um alle anderen kennenzulernen, ihr Leben, ihre Familie, ihre Ansichten, sodass sie für sie sprechen könnten. Das wäre sehr langwierig, nicht wahr?«

Shail ging den ganzen Tag neben den Riesen her und sprach mit diesem und jenem. Die meisten wollten zur Bergkette von Nandelt, weil Nanhai ihnen nicht mehr sicher erschien, manche sogar noch ein Stück weiter nach Süden, in die Nähe der Feuergipfel. Ein junger, abenteuerlustiger Riese vertraute ihm seinen Wunsch an, die Wanderberge kennenzulernen. Lauter ähnliche Geschichten, wenn auch mit kleinen Unterschieden. Doch vorläufig führten ihre Schritte sie in dieselbe Richtung.

Gegen Abend, als sie einen Hügel erklommen, bemerkte Shail, dass einer der Riesen sich von den anderen getrennt und einen Pfad eingeschlagen hatte, der nach Westen führte. Shail lief den Abhang wieder hinunter und folgte ihm. Er brauchte ziemlich lange, bis er ihn eingeholt hatte. Der Riese drehte sich langsam um und heftete seine müden Augen auf den Zauberer, der nach dem Dauerlauf außer Atem war. »Bist du mir gefolgt, Zauberer?«, fragte er.

Shail legte den Kopf in den Nacken. Bei seinen Gesichtszügen war er sich nicht sicher, aber seine Tunika brachte ihn auf die Spur. »Ymur!«, rief er angenehm überrascht aus.

Es war schon stockdunkel, als Victoria ihr Zimmer verließ. Sie hatte sich einen Umhang über die Schultern geworfen, auch wenn es eigentlich nicht kalt war. Jack blieb fest schlafend zurück. Wie jede Nacht hatte sie sich mit einem zärtlichen Kuss von ihm verabschiedet. Sie hatte ihm immer noch nicht gesagt, wo sie hinging, wenn sie sich wie eine Diebin im Dunkeln davonstahl. Über den neuesten Ereignissen hatte Jack dieses Thema völlig vergessen.

Nachdem Jack sich vom ersten Schock erholt hatte, hatten sie lange darüber gesprochen. Beide waren sich darin einig, dass es im Moment besser war, niemandem von ihrer Schwangerschaft zu erzählen. Irgendwann würde sie sich nicht mehr verbergen lassen, aber bis dahin war Idhún vielleicht nicht einmal mehr bewohnbar. Das Sicherste für Victoria war, auf die Erde zurückzukehren, fand Jack, und Christian würde einverstanden sein, sobald sie ihn einweihten.

Victoria wollte aber nicht noch einmal einen von ihnen zurücklassen. Jeder von ihnen konnte der Vater ihres Babys sein. Wie sollte sie sich da entscheiden? Die Alternative zum Aufbruch zu dritt war, Gerde zu besiegen oder tatenlos zuzusehen, wie sie sich der Erde bemächtigte, was Christians Plänen zu entsprechen schien. Jack fand keine der beiden Möglichkeiten beruhigend.

So sprachen sie schließlich darüber, was für einen Namen sie dem Kind geben würden. Doch nach wenigen Vorschlägen kam Jack ins Grübeln. »Nicht, dass mir nichts mehr einfällt«, sagte er. »Ich weiß nur nicht, ob ich überhaupt mitzureden habe.« Seine Stimme klang ein wenig härter als beabsichtigt.

Victoria ging nicht gleich darauf ein. »Willst du damit sagen, du willst neun Monate abwarten und erst dann entscheiden, ob du das Kind willst oder nicht?«, fragte sie schließlich leise. »Und was machst du in der Zwischenzeit? An den Nägeln kauen? Überlegen, was du tun willst, wenn es blaue Augen hat?«

Jack wandte verwirrt den Blick ab. »Und wenn sie tatsächlich blau sind?«, fragte er zurück. »Ist es besser, mir Illusionen zu machen, um später …?«

»… um später was? Wenn du nicht der Vater bist, würdest du das Baby dann hassen, verachten, ignorieren?«

»Ich weiß nicht«, gab Jack zu. »Das arme Ding könnte vermutlich nichts dafür, wenn es Shek-Blut in den Adern hätte, das wäre an sich schon schlimm genug, oder?«, witzelte er. »Dann könnte ich ›Onkel Jack‹ oder so etwas sein. Aber gibt es mir das Recht, einen Namen auszusuchen?«

»Es gibt dir das Recht, deine Vorlieben zu nennen«, antwortete Victoria. »Nicht nur, weil sie von Onkel Jack kommen, sondern weil sie die Vorlieben von ›Papa‹ sein könnten.«

Jack lachte unwillkürlich auf. »Was für ein Durcheinander«, seufzte er. »Ehrlich gesagt weiß ich noch gar nicht, ob ich Vater oder lieber Onkel werden will.«

»Dann sei still«, sagte Victoria mit einem Lächeln. Auch wenn Jack die Sache mit Humor nahm, hatte er im Grunde Angst und Zweifel, genau wie sie selbst.

Sie schob ihre Sorgen beiseite, als sie jetzt durch den Palast auf den Haupteingang zulief. Dort standen Wachen, aber sie würden nicht auf sie achten. Wenn sie es so wollte, achtete niemand auf sie. Plötzlich hörte sie eine Stimme und blieb mitten im Flur stehen. Die Stimme gehörte Alsan, er sprach ziemlich laut, als wäre er erregt … und er hatte gerade Kirtashs Namen genannt. Lautlos trat sie näher und spitzte die Ohren.

»… wenn er sich weiterhin versteckt, sind wir machtlos, das ist klar. Ich habe aus Jack noch nicht herausbekommen, ob er ihn in Drackwen gesehen hat oder nicht …« Nach einer Pause sprach er weiter. »Sie als Köder benutzen? Das ist ein übler Trick. So etwas will ich im Moment vermeiden, wo ich das Vertrauen meiner Leute zurückzugewinnen versuche.« Wieder Pause. »Vielleicht, aber das kann ich nicht riskieren.«

Offenbar führte er ein Selbstgespräch und einen Moment lang fürchtete Victoria, er hätte den Verstand verloren. Da fiel ihr ein, dass Alsans Gesprächspartner möglicherweise keine Stimmbänder hatte. *Gaedalu*, dachte sie.

»Das ist eine andere Möglichkeit«, räumte Alsan gerade ein, »allerdings müsste man lügen und damit bin ich auch nicht einverstanden. Außerdem kann man so etwas nicht so einfach vortäuschen. Ich müsste zu vielen Leuten Erklärungen abgeben.« Kurzes Schweigen. »Ich würde sie nie wirklich in Gefahr bringen!«, protestierte er und fügte hinzu: »Wenn sie tatsächlich eine Verräterin ist, sorge ich dafür, dass sie bestraft wird, aber nicht so. Nein, ehrwürdige Mutter, es muss einen anderen Weg geben, Kirtash anzulocken. Einen sichereren Weg, meine ich. Er ist ein gefährlicher Gegner. Wenn wir ihm eine Falle stellen, wird er sofort misstrauisch. Am besten wäre es, ihn im Kampf gefangen zu nehmen oder ihn zu überrumpeln. Dann müssen wir eben warten …«

Plötzlich verstummte Alsan, als hätte ihn jemand daran erinnert, dass er belauscht werden konnte. Victoria zog sich lautlos von der Tür zurück und machte sich wieder auf den Weg in ihr Zimmer. Sie hatte völlig vergessen, dass sie eigentlich etwas vorgehabt hatte. Das Gespräch eben hatte sie in tiefe Besorgnis gestürzt.

Gaedalu hasste Christian und Alsan mochte ihn nicht, das war ihr klar. Aber jetzt waren die beiden offenbar wild entschlossen, gemeinsam gegen ihn vorzugehen, und zogen sogar die Möglichkeit in Erwägung, sie, Victoria, als Köder zu benutzen, um ihn in eine Falle zu locken. Ja, zweifellos würde er ihr zu Hilfe kommen, wenn er erfuhr, dass sie in Gefahr war. Und dann? Sie konnten den Shek überrumpeln, aber ihm nichts anhaben oder ihn festnehmen, außer mit der Hilfe Jacks oder eines Geschwaders künstlicher Drachen. Aber vermutlich war es nicht das, was ihnen vorschwebte …

Ausgerechnet in diesem Moment begann Shiskatchegg sanft zu blinken und Victoria, die bereits in den Flur zu ihrem Zimmer eingebogen war, zuckte zusammen. Christian war da. Das musste Zufall sein. Trotzdem fand sie es unheimlich. Victoria machte kehrt und ließ sich von ihrem Ring zu Christian führen. Sie fand ihn auf den Zinnen, wo er sie gelassen erwartete. Victoria lächelte in sich hinein, weil sie an ihre Treffen im Haus ihrer Großmutter denken musste. »Du hättest nicht herkommen sollen«, erklärte sie ihm jedoch als Erstes. »Du bist in Gefahr.«

Christian neigte den Kopf. »Seltsam, ich dachte, du wärst in Schwierigkeiten.«

»Ich meine es ernst, Christian. Du hast hier Feinde, das weißt du ja. Sie können dir ernstlich schaden.«

»Das Risiko nehme ich auf mich, zumindest heute Nacht. Ich wollte dich unbedingt sehen.«

Victoria schmolz dahin beim sehnsüchtigen Blick des Sheks. Seit ihrer Rückkehr von der Erde waren sie zum ersten Mal wieder allein. Trotzdem blieb sie hart. »Wie du siehst, geht's mir gut. Und jetzt mach dich wieder auf den Weg.«

Christian lächelte. »Nicht so hastig. Ich habe eine weite Reise hinter mir, weißt du? Und ich muss mit dir reden … über den Vorfall neulich Nacht.«

Victoria seufzte. »Jack wird dir nicht verzeihen, dass du tatenlos zugesehen hast, wie Gerde ihn zum Hampelmann gemacht hat«, sagte sie ein wenig vorwurfsvoll. »Aber vermutlich hattest du einen Grund. Einen von denen, die nur du kennst und für dich behältst.«

»Jack sollte am eigenen Leib spüren, was es heißt, vor Gerde zu stehen. Das wird ihm eine Lehre sein. Er sollte sich von ihr fernhalten.«

»Nur deshalb? Und wenn sie ihn getötet hätte?«

»Das hätte sie nicht getan, und zwar aus vielen Gründen. Einer davon hat mit dir und mir zu tun.«

Victoria sah ihn fragend an.

»Natürlich würde Gerde euch liebend gern aus dem Weg räumen, aber sie weiß, dass sie mich verliert, wenn sie dir etwas tut. Was Jack angeht … Wenn er stirbt, würde ich dir Beistand leisten und folglich Gerde den Rücken kehren, und daran ist sie im Moment nicht interessiert. Außerdem ist Jack für sie das Einzige, was zwischen dir und mir steht, sie wird ihn also am Leben lassen, nur um mich zu ärgern. Es macht ihr Spaß, mich zu quälen«, fügte er spöttisch hinzu.

»Ist sie dir immer noch böse? Sie ist doch eine Göttin, oder?«

»Solange es ihre Pläne nicht ernsthaft beeinträchtigt, gönnt sie sich diese kleinen Gemeinheiten. Außerdem glaube ich«, fügte er hinzu, »Jack hat ihr gefallen.«

Victoria wiegte den Kopf. »Manchmal fällt es mir schwer zu akzeptieren, dass du so kaltblütig bist, dass für deinen Verstand alles einen Sinn hat, sogar Dinge, die kein Herz so einfach wegstecken würde.«

»Die einfachste Erklärung dafür ist, dass ich ein Verräter bin, stimmt's?«, fragte er lächelnd. »Es ist bestimmt sehr bequem, die Welt in Schubladen einzuteilen: Verräter oder kein Verräter. Was ist, wenn es Verhaltensweisen mit bestimmten Gründen gibt, die in keine der beiden Schubladen passen?«

»Zweifellos würden alle dich besser verstehen, wenn du uns erklären würdest, was für Gründe das sind.«

»Das kann ich nicht, Victoria. Ihr müsst bei euren Leuten bleiben, bei den Verschwörern, bei den Warmblütern. Es gibt keine Alternative für euch. Deshalb hat es auch keinen Sinn, euch zu erzählen, was ich weiß.«

Victoria wandte den Blick ab. »Vielleicht ist es schon zu spät«, erwiderte sie. »Alsan ist davon überzeugt, dass ich auch eine Verräterin bin.«

Christian deutete ein sarkastisches Lächeln an. »Ich habe gehört, er soll König werden«, bemerkte er bissig.

Victoria warf ihm einen vorwurfsvollen Blick zu. »Deshalb bist du hergekommen? Um mir noch einmal zu sagen, ich soll mich raushalten?«

»Nein.« Plötzlich wurde Christian ernst. »Ich bin gekommen, weil Gerde etwas über dich weiß, das du mir nicht erzählt hast. Ich will wissen, was es ist.«

Bestürzt sah Victoria zur Seite. Dann holte sie tief Luft und hob den Kopf. »Ich hätte es dir sowieso erzählt«, erklärte sie. »Und zwar nicht, weil Gerde es weiß, sondern weil du es unbedingt erfahren solltest. Ich bin schwanger, Christian.«

Anstatt etwas zu erwidern, fixierte er sie ernst. Seine blauen Augen schienen sie zu durchbohren wie ein Dolch aus Eis.

»Ich weiß nicht, wie Gerde es herausgefunden hat«, fuhr Victoria verlegen fort. »Als wir uns gesehen haben, hatte ich es Jack noch nicht erzählt, außer mir wusste es also niemand.«

»Verstehe«, sagte Christian. »Gerde verfolgt deine Schwangerschaft vermutlich mit großem Interesse und das bedeutet, dass sie dich zumindest in den nächsten Monaten in Ruhe lassen wird. Danach müssen wir euch in Sicherheit bringen, dich und das Baby.«

»Jack hat vorgeschlagen, auf die Erde zu gehen.«

»Theoretisch ginge das, aber praktisch nicht.«

»Wegen Shizuko?«

»Nein, weil Gerde mit allen Sheks dorthin übersiedeln will.«

Victoria seufzte. Sie war müde und zugleich erleichtert, als wäre ihr ein schwerer Stein von der Seele gefallen. Christian zog sie an sich und umarmte sie. »Hab keine Angst«, sagte er. »Ich schwöre dir, ich tue alles, was in meiner Macht steht, um euch zu beschützen, dich und dein Baby. Aber jetzt muss ich zu Gerde zurück. In nächster Zeit werden wir getrennt sein, ich kann dich nur ab und zu besuchen …«

»Nein«, unterbrach sie, fast mit Tränen in den Augen. »Komm nicht her, das bringt dich nur in Gefahr. Ich komme auch so klar, wirklich.«

Christian nickte zögernd. »Dann überlasse ich dich Jack. Aber versprich mir, dass ihr euch von Gerde fernhaltet. Manchmal ist sie unberechenbar. Auch ich bin ihr nicht mehr gewachsen. Wenn sie es sich anders überlegt und beschließt, euch zu töten, bin ich machtlos. Kommt ihr also nicht wieder in die Quere.« Er verabschiedete sich mit einem langen Kuss.

Victoria schloss ihn fest in die Arme. »Sei vorsichtig«, bat sie.

Christian nickte. Als er sich schon zum Gehen wandte, sagte Victoria leise: »Du hast mich nicht gefragt, wer der Vater des Kindes ist.«

Er sah sie überrascht an. »Das erschien mir nicht relevant.«

Victoria lächelte.

Am nächsten Tag erhielt Alsan Nachricht von Shail. Die Riesen hätten vollkommen friedliche Absichten und befänden sich nur auf der Durchreise zu den Bergen im Süden. »Außerdem hat Shail Ymur getroffen und will mit ihm zum Turm von Kazlunn, um mit Qaydar zu sprechen«, erzählte Alsan Jack und Victoria. »Die Situation in Nanhai ist wohl unhaltbar geworden. Ymur freundet sich allmählich mit der Theorie an, dass Ashran sich im Großen Orakel in den siebten Gott verwandelt hat, und will mehr über ihn herausfinden. Er ist davon überzeugt, dass Qaydar etwas weiß. Shail begleitet ihn, was mir sehr recht ist. Wir haben schon länger nichts mehr von den Magiern von Kazlunn gehört. Ich wüsste gern, ob sie irgendeinen Plan haben oder lieber den Kopf in den Sand stecken.«

Victoria lächelte leise, aber Alsan ging nicht darauf ein.

»Unterdessen rücken die Riesen weiter vor und jagen den Leuten einen Schreck ein. Einige Dörfer haben sich sogar verschanzt, weil sie glauben, ihnen stünde eine Invasion bevor. Ich habe schon mit Covan gesprochen: Wir wollen sicherstellen, dass es in den nächsten Tagen keine Zwischenfälle gibt. Tanawe schickt ein paar Drachen und es wäre kein Fehler, wenn du sie begleiten würdest, Jack. Deine Anwesenheit wird die Bewohner von Les beruhigen, wenn die Riesen die Stadttore erreichen.«

»Klar, ihr könnt mit mir rechnen«, bestätigte Jack. »Das heißt also, die Vorbereitungen für den Angriff auf Drackwen verzögern sich?«

Alsan brachte ihn mit einem erbosten Blick zum Schweigen. »Ich wäre dir dankbar, wenn du unsere Pläne nicht herumerzählst, Jack«, rügte er ihn.

Jack fiel aus allen Wolken. »Wie bitte? Ich habe doch gar niemandem davon erzählt, nur … äh«, begriff er mit einem Seitenblick auf Victoria. »Ich sah keinen Grund, es ihr zu verheimlichen«, fügte er mit fester Stimme hinzu. »Sie weiß, dass wir schon lange einen Weg suchen, Gerde beizukommen.«

»Keinen Grund? Dass Kirtash ins feindliche Lager gewechselt hat, findest du keinen Grund?«

Victoria erhob sich müde. »Ihr braucht euch wegen mir nicht

zu streiten«, beschwichtigte sie. »Ich habe nicht vor, mich in eure Schlachtpläne einzumischen.«

Alsan warf ihr einen langen Blick zu. »Wenn du die Einzelheiten kennen würdest«, sagte er, »wenn du wüsstest, wann der Angriff stattfinden soll, über welche Streitkräfte wir verfügen und wie unsere Strategie aussieht, würdest du es Kirtash nicht erzählen?«

»Ich würde alles tun, damit er nicht zu Schaden kommt«, antwortete sie, »aber ich habe nicht die geringste Absicht, Gerde zu verteidigen. Und wenn ich mich nicht irre, kämpft ihr gegen sie.«

»… und gegen ihre Verbündeten«, ergänzte Alsan.

»Für dich ist das vielleicht dasselbe, aber für mich nicht. Wenn es sein muss, kämpfe ich gegen Gerde. Und gegen ihre Verbündeten. Aber nicht gegen Christian.«

Alsan hielt ihrem Blick stand. »Es ist noch nicht lange her, da hast du mich um Hilfe gebeten, weil du Kirtash töten wolltest«, rief er ihr in Erinnerung. »Ich dachte, du wärst endlich zur Vernunft gekommen, aber wie ich sehe, habe ich mich getäuscht.«

»Ja, du hast dich getäuscht«, widersprach Victoria sanft. »Damals war ich nicht zur Vernunft gekommen, sondern hatte den Verstand verloren. Sogar dir war das klar und deshalb wolltest du dich heraushalten.« Alsan wusste nicht, was er erwidern sollte. Mit einem Kopfschütteln ging Victoria aus dem Raum.

»Darf man erfahren, was eigentlich mit dir los ist?«, brach es aus Jack heraus. »Du kannst sie einfach nicht in Ruhe lassen!«

»Hast du herausgefunden, was sie dir verheimlicht, Jack?«, konterte Alsan unerbittlich.

»Ja«, antwortete Jack gelassen. »Deine Vermutungen gingen in die falsche Richtung. Was sie mir anvertraut hat, ist etwas ganz Persönliches, deshalb kann ich es dir nicht erzählen. Ich weiß, du vertraust Victoria nicht, aber … vertraust du mir?«

Alsan kapitulierte mit einem Seufzer. »Ja, Jack, ich vertraue dir. Ich hoffe, du weißt, was du tust.«

Das hoffe ich auch, dachte der Drache.

Dort ... da vorne ... Das Ziel schien zum Greifen nah, doch nicht nah genug, um es schnell und geräuschlos zu erreichen. Gerde starrte auf die Lichter in der Ferne. Dort vermutete sie das Gesuchte. Wenn sie nur ...

Sie war drauf und dran, sich dichter heranzuwagen, als sie jemanden in der Nähe ihres sterblichen Körpers bemerkte. Die Ereignisse auf der materiellen Ebene musste sie unbedingt unter Kontrolle behalten und machte deshalb sofort kehrt. Sie hatte zwar ausdrücklich gesagt, sie wolle nicht gestört werden, doch jetzt war sie eher erleichtert als alarmiert oder verärgert. *Aber ich komme wieder*, sagte sie sich. *Ich muss herausfinden, ob sich da vorn das befindet, was ich suche.* Langsam kehrte ihr Geist in ihren Körper zurück.

Christian beobachtete, wie sie völlig reglos mit verdrehten Augen mitten in diesem Sechseck saß. Er hatte den Blick auf ihren Hals geheftet und hätte am liebsten die Hände darumgelegt und zugedrückt. Das wünschte er sich mindestens einmal am Tag. Aber gleichzeitig hinderte ihn Gerdes Macht daran, sich ihr zu nähern ... außer um sie zu küssen. Mühsam hielt er sich von ihr fern. Je schwerer es ihm fiel, desto mehr Spaß bereitete es Gerde, das wusste er. Nur eine einzige Geste, dann würde er ihr zu Füßen liegen, genau wie Jack vor wenigen Tagen.

Gerdes Iris kehrten wieder an ihren Platz zurück. »Kirtash«, sagte sie noch ein wenig benommen. »Was machst du denn hier? Warum hast du mich gestört? Oh.« Plötzlich erhellte ein Lächeln ihr Gesicht. »Du hast mit ihr gesprochen. Und? Hat sie dir gesagt, von wem es ist?«

Christian starrte sie an. »Du brauchtest sie bloß anzusehen, um zu wissen, dass sie schwanger ist. Warum muss ich dir dann sagen, wer der Vater ihres Kindes ist?«

Gerde legte die Stirn in Falten. »Es ist nicht so schwer herauszufinden, ob in einer Frau Leben heranwächst, Kirtash. Aber für einen Blick in die Seele des Geschöpfs ist es zu früh. Erst später sind darin Spuren einer Drachen- oder einer Shek-Seele zu erkennen. Du verstehst sicher, wie wichtig dieses Detail für die Zukunft des Kindes sein kann …«

Christians Augen verengten sich zu zwei feinen blauen Strichen. »Lass die Finger von ihm«, zischte er.

Gerde sah ihn belustigt an. »Dann ist es also von dir? Du bist doch sicher nicht so dumm, mich wegen des Kindes eines Drachen anzugiften.«

»Das spielt für mich keine Rolle. Victoria ist die Mutter, das genügt mir.«

Gerde sprang auf, schüttelte ihren Schopf und sah ihn über die Schulter hinweg an. »Das sollte dir aber nicht genügen. Wenn das Kind von dir ist, gehört es auch mir. Ein Teil seiner Seele wird mich immer verehren und das weißt du auch.«

»Wie kannst du dir da so sicher sein? Es ist das Kind eines Einhorns. Die Warmblüter werden es für sich beanspruchen …«

Gerde lachte auf. »Kirtash, Kirtash, wie kannst du nur so naiv sein? Die Warmblüter werden keinen Anspruch anmelden, im Gegenteil, sie werden versuchen, es zu töten, wenn sie erfahren, dass es eine Shek-Seite hat. So sind sie nun mal«, erklärte sie lächelnd. »Warum sonst bist du hier? Würden sie dich etwa bei sich aufnehmen? Nein, Kirtash. Niemand würde auch nur für eine Sekunde vergessen, dass du ein Shek bist. Was bringt dich auf den Gedanken, bei deinen Kindern könnte es anders sein?«

Christian wich einen Schritt zurück. »Für mich ändert das

nichts. Ich möchte nicht, dass du diesem Kind auch nur ein Haar krümmst oder es manipulierst …«

»… so wie dich? Und wie willst du das verhindern?«

Christian sah sie herausfordernd an. »Es gehört dir nicht«, antwortete er gelassen. »Wenn es etwas von einem Drachen hat, geht es dich nichts an. Und wenn mein Blut in ihm fließt, werde ich dafür sorgen, dass deine Macht es nicht erreicht, genauso wenig wie mich.«

»Werd nicht unverschämt!«, rief sie und funkelte ihn wütend an. »Wie kannst du es wagen zu behaupten, ich hätte keine Macht über dich? Soll ich es dir beweisen?«

»Du kannst mir so viel beweisen, wie du willst. Du kannst mich demütigen, kannst meinen Willen auslöschen, aber es gibt einen Teil von mir, der dir nie gehören wird, und das weißt du auch.«

Gerdes Gesicht war vor Wut verzerrt. »Irgendwann reiße ich ihr diesen Ring vom Finger, Kirtash«, zischte sie, »dann bleibt dir nichts mehr. Ja, ich werde dieses Kind an mich bringen und mir deinen Ring holen. Und dann töte ich Victoria. Sie wird sterben, aber du wirst am Leben bleiben, um sie zu vermissen. Du wirst mein Sklave sein, mit Haut und Haar, und ich werde die Erinnerung an sie in dir wachhalten, damit du leidest, damit du nie zur Ruhe kommst. Diese Strafe wäre für dich schlimmer als der Tod, meinst du nicht?«

Anstelle einer Antwort verließ Christian aufgebracht den Baum. Hinter sich hörte er Gerde lachen.

Jemand hatte in der Dunkelheit das ganze Gespräch mit angehört. Unter anderen Umständen hätten sie ihn sicher bemerkt, aber Gerde war nach ihren Reisen auf die astrale Ebene meist ein wenig benommen und der Shek war zu aufgewühlt, um auf irgendetwas anderes zu achten.

Was für eine Neuigkeit, sagte sich Yaren. Die kleine Victoria würde Mama werden. Gerde hatte Interesse an diesem Kind, sie würde also abwarten, bis es geboren war, und Victoria solange in Ruhe lassen. Danach würde sie sie wahrscheinlich töten. Gerde wollte, dass Kirtash litt, aber er selbst wollte, dass Victoria litt, und zwar mindestens so sehr wie er selbst. Er musste also etwas unternehmen.

Yaren stahl sich fort. Bisher war ihm die Vorstellung, Gerde zu verlassen, ungeheuerlich vorgekommen, aber nun fand er nichts mehr dabei. Er wusste auch, warum: Die Fee hatte kein Interesse mehr an ihm und hatte deshalb den Zauber gelockert, mit dem sie ihn an sich fesselte. Yaren fand es nicht so schrecklich, unter diesem Zauber zu leben. Sogar jetzt, wo er wieder einen eigenen Willen hatte, verstand er nicht, warum Kirtash genau darauf so viel Wert legte. Die Spur des Schmerzes und der Angst, die die verdorbene Magie in seiner Seele hinterlassen hatte, war während seiner Zeit bei Gerde nicht verschwunden, aber doch erträglicher gewesen. Immerhin war er nun frei, um sich gegen Victoria zu wenden.

Er schlich durch das Szish-Lager. Jeder Schritt verursachte ihm Schmerzen, als werde jeder einzelne seiner Muskeln von tausend Nadeln durchbohrt. Die Magie war wie Blut, sie strömte durch seinen Körper, drang sogar bis in sein Gehirn und füllte es mit düsteren, unheilvollen Gedanken. *Ich werde dir zeigen, was Schmerz ist, Victoria*, schwor Yaren sich und vergaß dabei wie so oft, dass das Einhorn ihm damals nur das Leiden seines eigenen Herzens übermittelt hatte. *Bald … werde ich es dir zeigen.*

Yarens Abwesenheit wurde erst am nächsten Morgen bemerkt. Sie durchkämmten das ganze Lager, doch der Magier blieb unauffindbar. Die Fee maß dem keine große Bedeutung bei, aber Christian machte sich besorgt auf die Suche nach ihm. Er wusste, wie sehr Yaren Victoria hasste, und befürchtete das Schlimmste.

So flog er in Richtung Nandelt, fand jedoch keine Spur des Magiers. Bis nach Vanissar kam er gar nicht: Yaren konnte unmöglich vor ihm dort angekommen sein. Er wollte gerade wieder zurückfliegen, als ihm über den Feuergipfeln etwas auffiel: ein riesiger Wirbel, eine Wolkenspirale, die sich um die eigene Achse drehte und sich langsam, aber unerbittlich auf Drackwen zubewegte. Er kehrte ins Lager zurück.

»Yaren habe ich nicht gefunden«, erklärte er, als er wieder vor Gerde stand. »Aber …«

»… aber du hast etwas noch Beunruhigenderes gesehen«, erriet Gerde. »Yohavir ist auf dem Weg hierher.«

»Ich fürchte ja. Und Wina treibt sich noch in Alis Lithban herum.«

»Das liegt an den Sheks«, erwiderte Gerde. »An Eissesh und den anderen. Sie betreten und verlassen Umadhun ständig. Es war nur eine Frage der Zeit, bis einer der Sechs sie entdeckt.«

»Und was machen wir jetzt?«

Gerde zog nachdenklich die Stirn kraus. »Wir können nach Raden ausweichen«, antwortete sie, »aber für meinen Geschmack ist diese Gegend zu offen, irgendwann würden sie uns dort aufspüren. Lass mich allein«, befahl sie ihm plötzlich. »Ich muss nachdenken.«

Als Victoria in dieser Nacht ihr Zimmer verlassen wollte, ließ Jacks Stimme sie zusammenzucken. »Du solltest nachts nicht draußen herumlaufen, Victoria. Du könntest Probleme bekommen, das weißt du doch.«

Sie wandte sich ihm besorgt zu. »Ich wollte dich nicht aufwecken«, sagte sie leise. »Tut mir leid.«

Jack setzte sich mit einem Seufzer im Bett auf. »Du hast mich nicht geweckt. Ich konnte nicht schlafen.«

»Das solltest du aber. Morgen brechen wir ganz früh auf.«

»Wir?«, fragte Jack. »Kommst du mit nach Les?«

»Wenn Alsan nichts einzuwenden hat, schon.«

Jack sah sie an. »Komm, setz dich neben mich«, bat er. »Wir müssen reden. Ich weiß, dass du neulich Nacht Christian gesehen hast«, sagte er ohne Umschweife. »Ich habe seine Anwesenheit gespürt.«

Victoria nickte. »Ich habe es dir wegen Alsan nicht gesagt. Es ist schon schlimm genug, dass er mir misstraut.«

»Ich habe ja nichts gegen eure Treffen, aber warum verheimlichst du sie mir?«

Victoria lachte auf. »Das tue ich doch gar nicht, Jack. Ich hatte keine Verabredung mit ihm, er kam spontan vorbei. Gerde hatte eine Bemerkung über mich fallen lassen und er war besorgt. Es war das erste Mal, dass wir uns seit unserer Rückkehr von der Erde allein getroffen haben.«

»Hast du es ihm erzählt?«, fragte Jack leise.

»Ja.«

»Und er ist trotzdem wieder gegangen? Zurück zu Gerde?«

»Ich habe ihn darum gebeten. Hier ist er in Gefahr …«

»Aber … wie hat er es aufgenommen?«

»Ziemlich ruhig. Du kennst ihn ja. Er hat nur gesagt, wir müssen einen Ort finden, wo das Baby vor Gerde sicher ist. Die Erde fand er keine gute Idee, denn dorthin wollen Gerde und die Sheks übersiedeln.«

»Ja, und er hilft ihnen auch noch dabei«, schnaubte Jack. »Er will Idhún retten, indem er die Erde zugrunde richtet. Wieder einer seiner Geniestreiche.«

»Glaubst du, das ist der Grund? Auf die Erde werden die Sechs Gerde nicht folgen, oder?«

»Wohl kaum. Aber trotzdem, ich finde es nicht gut, was er da tut. Die Menschen auf der Erde haben Gerde nicht verdient. Und wie werden die irdischen Götter sie aufnehmen, falls es welche gibt? Es ist nicht in Ordnung, das Problem einfach jemand anderem aufzuhalsen.« Victoria erwiderte nichts. Jack sah sie an. »Und du? Du wolltest doch gerade aufbrechen, oder? Kommst du nicht zu spät?«

Sie schüttelte den Kopf. »Niemand erwartet mich. Ich wollte nur einen Spaziergang machen.«

»Einen Spaziergang machen?«, wiederholte Jack ungläubig. »Um diese Zeit? Jede Nacht?«

Victoria lächelte. »Hast du schon mal den Sternenhimmel betrachtet und nach einer Sternschnuppe Ausschau gehalten?«

»Ja, schon oft«, antwortete er, ohne zu verstehen, worauf sie hinauswollte.

»Man verbringt Stunden damit, in den Nachthimmel zu starren«, sprach Victoria weiter. »Und die Sterne erscheinen einem wunderschön. Aber eigentlich wartet man auf einen besonderen Stern, eine Sternschnuppe, von der man weiß, dass nur man selbst sie sehen wird, ganz flüchtig. Hast du schon einmal eine Sternschnuppe gesehen? Und dir dabei etwas gewünscht?«

»Ja, natürlich, das tut doch jeder.«

»In diesem Moment richtest du all deine Wünsche und Sehnsüchte auf die Sternschnuppe. Vielleicht gehen sie in Erfüllung, vielleicht auch nicht, aber das ist gar nicht so wichtig. Entscheidend ist, dass du nach dieser Sternschnuppe Ausschau hältst und ihr für einen kurzen Moment dein Herz öffnest.«

Jack warf ihr einen verständnislosen Blick zu. »Und das tust du jede Nacht? Du suchst Sternschnuppen?«

Victoria lächelte. »Sozusagen. Möchtest du mich heute begleiten?«

In dieser Nacht entdeckte Rando die vierte Sonne als Erster. Er war mit Ogadrak vorausgeflogen, um die Lage auszukundschaften, und nachdem er eine kleine Bergkette überflogen hatte, sah er sie in der Ferne: ein lodernder Ball, der pulsierte wie das Herz eines Vulkans. Er flog gar nicht erst näher, sondern machte sofort kehrt und erstattete den anderen Bericht. »Dichter heran können wir nicht«, sagte er. »Hinter den Bergen wird es viel zu heiß sein.«

Die Yan deuteten ein überhebliches Lächeln an. Sie waren schon ihr ganzes Leben den hohen Temperaturen der Wüste ausgesetzt, die unter drei Sonnen glühte. Hitze machte ihnen keine Angst. »Denkt an die Nomaden«, warnte Rando. Da verging ihnen das Lächeln.

Inzwischen sind alle auf Umadhun, teilte Eissesh mit. *Bis auf unsere Leute in Kash-Tar. Sussh ist nicht der Ansicht, dass sie in Gefahr sind. Seine größte Sorge sind jetzt die Rebellen.*

Dieser Dickkopf, dachte Gerde. Sie machte sich nicht die Mühe zu sprechen, denn sie hätte schreien müssen, um sich mitten im Sturm, der über das Lager hinwegfegte, Gehör zu verschaffen. *Warum klammert er sich bloß so hartnäckig an dieses vertrocknete Stück Erde? Na ja, er hat eben die Gegenwart eines der Sechs noch nie am eigenen Leib erlebt. Und wenn es so weit ist, wird es zu spät sein. Aber genug davon. Was ist mit den Szish?*

Sie sind nicht rechtzeitig am Lavastrom eingetroffen, antwortete Eissesh, *deshalb haben sie Zuflucht in den Bergen gesucht.*

Gut, befand sie. *Geh nach Umadhun oder zu den Szish, ganz wie du meinst, Eissesh. Aber sorge dafür, dass niemand dem Vulkangebiet zu nahe kommt.*

Und du?, fragte die große Schlange mit zusammengekniffenen Augen.

Ich habe meine eigenen Pläne, antwortete Gerde nur.

Wirst du uns nicht nach Umadhun begleiten?

Und riskieren, dass die Sechs mich in dieser toten Welt einsperren? Kommt nicht infrage. Nein, Eissesh, ich habe eine bessere Idee. Wenn alles gut geht, bekommen wir eine Verschnaufpause. Wenn nicht, müssen wir von vorn anfangen.

Eissesh fragte nicht weiter nach, sondern breitete die Flügel aus und schwang sich in die Luft. Eine ungewöhnlich heftige Sturmbö zerrte an Gerdes langem Haar, aber sie rührte sich nicht. Versonnen sah sie dem Shek nach und ließ dann ungeachtet der zornigen Windstöße den Blick übers Lager schweifen, das völlig ausgestorben war. Bis auf ihr Baumhaus.

Als sie eintrat, hob Christian den Kopf. Er war blass, aber ruhig. Neben ihm stand Assher, nervös, weil Gerde angeordnet hatte, alle Szish sollten in den Bergen Zuflucht suchen ... alle außer ihm. Die Fee warf einen Blick in den Raum. Das Sechseck am Boden war immer noch da. Gerde verengte die Augen und setzte sich wortlos in die Mitte. Christian hätte schwören können, dass sie zitterte, wenn auch nur einen Moment. Der Shek nahm ebenfalls Platz, aber außerhalb des Sechsecks, und winkte Assher zu sich. Nach einem fragenden Seitenblick auf Gerde ließ der Szish sich neben ihm nieder.

Gerde holte tief Luft. »Ihr wisst ja, was ihr zu tun habt«, sagte sie. Auf Assher traf das zwar nicht zu, aber Christian nickte. Er spürte, wie der Szish ihn fragend ansah, erwiderte den Blick jedoch nicht.

Gerde schloss die Augen. Ihre Atmung wurde immer langsamer. Als sie die Augen schließlich wieder öffnete, waren ihre Pupillen verschwunden und ihr Gesicht war so ausdruckslos wie eine kühle Marmormaske. Die siebte Göttin hatte ihre fleischliche Hülle verlassen, um durch andere Dimensionen zu streifen.

Ihr Anblick war beunruhigend, dennoch konnte Christian

sich nicht davon losreißen. Assher hingegen sah zur Seite und versuchte das zornige Pfeifen des Windes zu ignorieren. Ihm fiel auf, dass Gerdes Baumhaus still und langsam zu wachsen begonnen hatte. Er wollte den Shek darauf aufmerksam machen, wagte sich jedoch nicht zu rühren aus Angst, Gerdes Konzentration zu stören. Aber Christian wusste längst, dass Wina und Yohavir schon ganz in der Nähe waren. Und nun, da die siebte Göttin sich ihrer sterblichen Hülle entledigt hatte, würden sie sie bald entdecken.

Gerdes Geist überwand rasch die Grenzen zwischen den Dimensionen und schlug diesmal die entgegengesetzte Richtung ein, so weit weg wie möglich von dem Ort, an den sie auf ihren vorigen Reisen zu gelangen versucht hatte. Die verschiedenen Dimensionen zeichneten sich wie ein breites Spektrum von Möglichkeiten vor ihr ab. Gerde verwarf rasch eine nach der anderen, bis sie eine entdeckte, die für ihr Vorhaben weit genug entfernt und zugleich groß genug war, um darin vor den anderen Sechs vorläufig sicher zu sein. Als sie sie erreicht hatte, blieb sie auf der immateriellen Ebene, stieg nicht in die Welt der Erscheinungen hinab. Dann gab sie ein Zeichen und versuchte blitzschnell in ihren Körper nach Idhún zurückzukehren. Mit ein wenig Glück würden die Sechs dem Zeichen folgen, aber wenn sie ankamen, wäre sie längst fort.

Doch es lief nicht so wie erhofft. Etwas schob sich zwischen sie und ihr Ziel. Die siebte Göttin kannte es seit Tausenden von Jahren, denn sie standen sich nicht zum ersten Mal gegenüber. *Irial*, durchzuckte es sie. Wieso war sie so schnell hier? Richtig, Irial befand sich noch nicht auf der materiellen Ebene, war noch nicht wie die anderen fünf nach Idhún hinabgestiegen, dachte sie voller Panik.

Gerde spürte Irials Freude, ihren Triumph darüber, sie endlich gefunden zu haben. Nun würden die anderen fünf natürlich bald auftauchen, denn die Sechs standen in engem Kontakt. Aber bis alle da waren, gab es einen kurzen Augenblick, eine winzige Chance, sich aus dem Staub zu machen.

Auf der materiellen Ebene der als Idhún bekannten Welt bangten zwei Sterbliche auf einem Baum am Fuß der Feuergipfel um Gerdes Leben. Der orkanartige Sturm drohte den Baum zu entwurzeln, aber gleichzeitig wuchs er und wurde immer kräftiger. Seine langen, starken Wurzeln verankerten ihn hartnäckig im Boden.

Assher kauerte sich erschrocken zusammen. Christian war gelassen, aber nur äußerlich. Er ließ Gerdes Gesicht nicht aus den Augen und versuchte daran abzulesen, was auf der Ebene der Götter vor sich ging.

Gerde hatte nicht die geringste Absicht, den Sechs zu begegnen. Sie wollte fliehen, in ihren Körper zurückkehren, aber Irials Geist umfing sie, zwang sie, ihr die Stirn zu bieten. Irial versuchte natürlich, ihr den Fluchtweg abzuschneiden, suchte den seidenen Faden, der sie mit ihrer sterblichen Hülle verband, um ihn zu zerreißen. Wenn ihr das gelang, würde die siebte Göttin auf der immateriellen Ebene gefangen sein und sich den Sechs nicht mehr entziehen können.

Gerde wollte es auf keinen Fall so weit kommen lassen. Aber Irial drängte sie immer weiter zurück. Gerdes Verbindung zur materiellen Welt wurde immer schwächer.

»Wir müssen hier weg!«, schrie Assher. »Uns in Sicherheit bringen!« Er versuchte Gerde zu packen und aus dem Sechseck zu zerren, aber Christian hinderte ihn daran.

»Halt!«, schrie er, um das Heulen des Windes und das Ächzen des Holzes zu übertönen. »Wir dürfen sie nicht von der Stelle bewegen!« Er hielt Assher am Arm fest. Der Szish wehrte sich, aber Christian ließ ihn nicht los, die Augen auf Gerdes Gesicht geheftet, das nach wie vor bleich und ausdruckslos war.

»Worauf wartest du?«, fragte Assher erschrocken.

»Darauf, dass sie zurückkehrt«, antwortete Christian. »Oder ganz fortbleibt.«

Gerde wusste, je mehr Zeit sie in dieser Dimension verbrachte und je weiter sie sich entfernte, desto schwächer wurde die Verbindung zu ihrem sterblichen Körper. Aber sie hatte keine Wahl: Irial war überall und Gerde musste zu ihrem Entsetzen feststellen, dass sie den Faden zu ihrer sterblichen Hülle nicht mehr finden konnte.

Asshers Schreie wurden immer schriller, das Brüllen des Sturms war ohrenbetäubend und der Baum wuchs rasend schnell. Ungeachtet all dessen ließ Christian Gerde nicht aus den Augen. Er meinte eine Veränderung wahrzunehmen. Um sich zu vergewissern, berührte er Gerde fast zart am Handgelenk. Er konnte keinen Puls ertasten. »Verflucht«, murmelte der Shek.

Er zog Assher an sich. Dieser wand sich und versuchte sich mit einem Zauber zu befreien, aber Christian war schneller. Er drehte ihn entschlossen zu sich und sah ihm in die Augen. Inmitten des göttlichen Chaos, trotz seiner Angst und seiner Verwirrung war Assher vollkommen klar, was der Shek vorhatte. Eine irrationale Panik durchdrang ihn bis ins Mark, als sein Blick diesen eisblauen Augen begegnete. Er wollte um sein Leben betteln, aber seine Stimme versagte.

Der Faden. Erleichtert stellte Gerde fest, dass ihre Verbindung mit der materiellen Ebene noch existierte, und klammerte sich daran. In diesem Moment brachen die anderen fünf Götter mit Macht in diese Dimension ein. Irials Griff lockerte sich ein wenig.

Da … eine kleine Lücke. Die siebte Göttin entschlüpfte, so wie sie es Jahrtausend um Jahrtausend getan hatte, und eilte durch die Dimensionen in den Körper zurück, der sie auf der anderen Seite erwartete. Ihre Strafe, ihr Gefängnis: ein kleiner, elender Körper, der ihr jedoch ein Mindestmaß an Sicherheit garantieren konnte.

Plötzlich zog sich das Eis aus Asshers Bewusstsein zurück und er konnte wieder atmen. Keuchend ließ er sich fallen. Neben ihm war Christian. Panisch wich Assher zurück, aber der Shek achtete gar nicht auf ihn. Er hielt Gerde in den Armen, die wieder zu sich gekommen war. Ihre Iris waren zu sehen und in ihre Wangen war etwas Farbe gestiegen. Sie wirkte zwar erschöpft, lächelte jedoch. Da fiel Assher auf, dass im Baum wieder Ruhe eingekehrt war. Der Wind hatte sich gelegt. Die Pflanzen hatten ihr ungeheures Wachstum eingestellt.

»Ich habe sie hinters Licht geführt, Kirtash«, flüsterte Gerde mit Mühe. »Ich habe sie alle hinters Licht geführt.« Sie hatte es fertiggebracht, die Götter wieder in ihre Dimension zu locken. Die Sechs hatten Idhún verlassen, wenn auch nur vorübergehend.

Erleichtert seufzte der Shek. »Wann werden sie wieder hier sein?«, fragte er.

»Früher, als uns lieb ist«, antwortete Gerde matt, schloss die Augen und fiel in Tiefschlaf.

Jack und Victoria hatten den Palast ohne den geringsten Zwischenfall verlassen. Vermutlich würden die Wachen Alsan alarmieren, wenn sie nach einer gewissen Zeit nicht zurück waren, aber das war Jack gleich. Sie hatten nichts zu verbergen, sagte er zu Victoria, als sie die Straßen der Stadt betraten. Doch sie wiegte besorgt den Kopf.

Sie führte ihn zum Stadtrand, wo sie an die Tür eines kleinen, von einer Kuppel überwölbten Hauses klopfte. Ein himmelblauer Greis, der trotz der späten Stunde keine Zeichen von Überraschung zeigte, öffnete ihnen die Tür. »Ich dachte schon, Ihr würdet nicht mehr kommen, edle Lunnaris«, sagte er lächelnd.

»Ich habe mich ein wenig verspätet«, erwiderte sie. »Ich hoffe, ich habe Euch nicht geweckt.«

»Farlei ist schon im Bett, aber ich habe auf Euch gewartet. Tretet ein. Der Vogel schläft, er ist ausgeruht. Ihr wisst, wo Ihr ihn findet.«

»Danke, Man-Bim.«

Sie durchquerten das Haus und gelangten in den Hinterhof. Dort schlief ein riesiger, wunderschöner Haai-Vogel auf einer Stange, den Kopf unter einen Flügel gesteckt. Victoria streichelte ihn und redete sanft auf ihn ein, um ihn zu wecken. »Er heißt Inga«, sagte sie leise. »Er gehört Man-Bim, aber er überlässt ihn mir immer, wenn ich die Stadt verlassen will.«

»Die Stadt verlassen?«, wiederholte Jack. »Wo willst du denn hin?«

»Sternschnuppen suchen«, antwortete sie lächelnd.

Inga konnte sie beide tragen und wandte sich gen Westen. Victoria ließ die Zügel sinken und erlaubte dem Tier, zu fliegen, wohin es wollte. Es dauerte nicht lange, bis Jack sein Unbehagen ablegte und den Spazierflug genoss. Über ihnen schienen die Monde freundlich und die nächtliche Brise säuselte ihnen sanft ins Ohr.

Schließlich landete Inga bei einem Wäldchen. Victoria und Jack stiegen ab und ließen den Vogel an einem Bach zurück.

Nun schlenderten sie scheinbar ziellos zwischen den Bäumen umher. Victoria sah sich immer unruhiger um. Doch im Wald blieb es still.

»Was auch immer du vorhast, du solltest dich beeilen«, sagte Jack. »Der Rückweg ist lang und wir müssen beim ersten Sonnenaufgang aufstehen.«

»Ich weiß«, bestätigte sie. »Aber wir sind zu weit weg von jedem bewohnten Ort gelandet. In der Nähe des Flusses liegt ein Dorf, aber ich weiß nicht, ob wir noch genug Zeit haben, um hinzugehen.«

Jack ging ein Licht auf. »Sind deine Sternschnuppen Personen, Victoria?«

Sie antwortete mit einem breiten Lächeln. Jack legte ihr den Arm um die Schultern. »Erzwing es nicht«, riet er ihr. »Tu, was du sonst auch immer tust, ganz gleich, ob ich dabei bin oder nicht. Du musst mir nichts beweisen. Wenn du heute Nacht kein Glück hast, findest du vielleicht morgen, was du suchst.«

Victoria sah ihn stumm an. Jack wurde unruhig. »Was ist?«

»Ich habe mich geirrt«, antwortete sie sanft. »Ich habe heute Nacht sehr wohl eine Sternschnuppe gesehen.« Bei ihren letzten Worten verwandelte sie sich langsam in ein Einhorn.

Jack keuchte überrascht auf. Es war nicht das erste Mal, dass er sie so sah. Doch Victoria nahm ihre andere Gestalt nicht oft an, zumindest nicht so oft wie Jack seine. Mit heftigem Herzklopfen wartete er, bis das Einhorn sich ihm näherte. Er rührte sich nicht, als dessen weiche Mähne seinen Arm kitzelte. Victoria hob den Kopf und ihr Horn streifte sanft über seine Wange. Da spürte er einen warmen, erfrischenden Strom durch seine Adern fließen. Verwundert sank er auf die Knie ins Gras, und als Victoria den Kopf an seine Schulter bettete, schlang er ihr die Arme um den Hals und schmiegte das Gesicht in ihre Mähne, damit sie nicht sah, dass er Tränen in den Augen hatte.

»Das hättest du nicht tun sollen«, flüsterte Jack nach einer Weile. »Ich bin ein Drache und werde ein miserabler Magier sein. Du solltest deine Magie nicht an mich verschwenden.«

Victoria schüttelte lächelnd den Kopf. »Für das Übermitteln der Magie gelten keine logischen Argumente. Es muss von Herzen kommen.«

Sie hatte sich wieder in einen Menschen verwandelt und setzte sich neben ihn. »Wie lange machst du das schon?«, fragte er sie.

»Seit ich von der Erde zurück bin. Das heißt, seit ich meine Fähigkeiten wiedererlangt habe.«

»Wie viele sind es? Und wer?«, wollte Jack begeistert wissen.

»Das werde ich dir nicht sagen«, erwiderte sie. »Es ist ein Geheimnis zwischen ihnen und mir.«

Jack schüttelte verblüfft den Kopf. »Warum denn?«

»Weil es ein Geschenk sein sollte und keine Last. Nicht jeder will alles aufgeben, um in einer Zauberschule zu studieren. Ein Magier zu sein ist heutzutage nicht unbedingt ein Vorteil. Gerde macht mit einem Einhorn-Horn Leute zu Magiern, damit sie ihrer Sache dienen. Qaydar braucht Magier für seinen Orden und verlangt von mir, dass ich ihm zuarbeite. Ich sehe da keinen großen Unterschied, Jack.«

»Du siehst da keinen großen Unterschied?«, wiederholte er überrascht. »Wie kannst du so etwas sagen?«

»Ich finde, Magier müssen frei entscheiden können, was sie mit ihrer Gabe machen. Verstehst du? Die Anführer des Magierordens haben immer versucht, das Hervorbringen von neuen Magiern zu steuern, aber sie haben die Einhörner nie unterjochen können. Jetzt bin ich bis auf Gerde die Einzige, die die Magie weitergeben kann, und ich bin zugleich auch ein Mensch, was Qaydar die Möglichkeit eröffnet, mich zu kontrollieren. Ich lebe als Mensch unter Menschen. Ich kann nicht einmal nachts hinausgehen, ohne Erklärungen abzugeben. Verstehst du? Sie wollen mich nicht freilassen, Jack. Sie haben Angst, mich zu verlieren, die Magie zu verlieren. Dabei gehört die Magie nun einmal nicht ihnen, sondern der ganzen Welt. Aber Qaydar wird sich diese Gelegenheit, den Magierorden vor dem Aussterben zu retten, nicht entgehen lassen. Deshalb muss ich weiterhin auf eigene Faust handeln.«

»Er wird trotzdem davon erfahren, Victoria. Einige derjenigen, denen du die Magie übermittelt hast, werden im Turm von Kazlunn auftauchen.«

»Ich weiß, die Ersten sind schon dort. Deshalb muss ich irgendwann fort, zumindest bis Qaydar begreift, dass er mir nicht seine Regeln aufzwingen kann, dass die Magier ihm nicht gehören.«

»Wo willst du denn hin? Victoria, du bekommst ein Baby …«

»Ich weiß«, unterbrach sie leise. »Dadurch habe ich es überhaupt erst gemerkt, verstehst du? Ich habe mich in ein Einhorn verwandelt, und als ich in meinen menschlichen Körper zurückkehrte, spürte ich dort … eine Veränderung. Ich muss wachsam sein, denn es gibt nun einmal Leute, die meine Macht für ihre eigenen Ziele einsetzen wollen. Ashran, Gerde, Qaydar … wer auch immer. Aber ich werde nicht zulassen, dass es meinem Kind genauso ergeht. Deshalb wünsche ich mir manchmal, es wäre ein ganz normales menschliches Kind, und dann wieder wünsche ich mir zum Besten von Idhún, dass es meine Fähigkeit erbt, die Magie weiterzugeben, damit jemand neue Magier hervorbringt, wenn ich nicht mehr da bin. Aber die Einhörner waren nie jemandes Sklaven, weißt du? So eine Zukunft will ich nicht für mein Kind.«

Jack sah sie stumm an. Etwas in ihrem Gesicht verriet ihm, dass sie daran dachte, wie Ashran ihr zunächst die Magie brutal entrissen und ihr dann das Horn amputiert hatte. »Auch

Ashran hat seine Magie von einem Einhorn erhalten«, sagte er bedrückt. »Genau wie Gerde.«

»Wenn man eine Sternschnuppe sieht, wünscht man sich etwas«, erwiderte Victoria traurig. »Aber die Sterne erhören einen nicht immer.«

Jack umarmte sie. »Bedauerst du das?«

»Nein, aber manchmal zweifle ich daran, dass all das die Mühe wert ist. Ich bin allein und kann niemals das vollbringen, was früher die Aufgabe Hunderter Einhörner war. Ich werde weiterhin tun, was ich tun muss, aber es wird nichts nützen …«

»Das Gefühl kenne ich«, erwiderte Jack. »Ich allein gegen alle Sheks. Eigentlich sollte ich weiterkämpfen, aber ich bin mir nicht einmal sicher, ob es richtig ist, auch wenn Alsan mich immer wieder darin bestärkt.«

Sie verharrten eine Weile stumm Arm in Arm und betrachteten die Monde, bis Jack den Zauber brach. »Es ist spät«, sagte er, »wir sollten los. Außerdem musst du den Vogel zurückbringen, oder? Woher kennst du eigentlich seinen Besitzer?«, fragte er neugierig. »Wie kommt es, dass er ihn dir überlässt?«

Victoria erwiderte nichts, aber Jack erriet es sofort. »Er ist eine deiner Sternschnuppen!«

»Einer der Sterne, die lieber ein ruhiges Leben führen, anstatt alles aufzugeben, um sich den Zielen des Magierordens unterzuordnen«, erklärte sie leise. »Einer der Sterne, die Qaydar nicht kennenlernen darf.« Victoria stand auf und pfiff nach Inga. Kurz darauf flogen beide auf dem Rücken des Haai in den Palast von Vanissar zurück.

Ymur und Shail trafen später im Turm von Kazlunn ein als erwartet. Dafür, dass der Riese so lange Beine hatte, war er erstaunlich langsam. Er blieb bei allem stehen, um es sich interessiert anzusehen, und schien keine Eile zu haben. Als sie endlich vor dem Turm standen, war es bereits stockdunkel und Shail war skeptisch, ob man sie einlassen würde. Doch als sie anklopften, wurde ihnen sofort geöffnet und sie wurden zu Qaydar geführt.

Trotz der vorgerückten Stunde saß der Erzmagier in seinem Studierzimmer bei der Arbeit. Als er den Kopf hob, entdeckten sie in seinem Blick keine Spur von Müdigkeit. Im Gegenteil, Shail erinnerte sich nicht, ihn je so zufrieden gesehen zu haben. Er stellte ihm Ymur vor und erzählte ihm, warum sie hergekommen waren.

»Ich kannte Ashran, ja«, bestätigte Qaydar. »Wir waren beide hier im Turm, als er noch ein Lehrling war. Aber er hat sich nicht besonders hervorgetan. Ich weiß nur noch, dass er manchmal Schwierigkeiten bekam, weil er sich Bücher über seinem Niveau aus der Bibliothek holte. Ich wüsste nicht zu sagen, ob er ehrgeizig war oder nur außergewöhnlich neugierig. Vielleicht beides.«

»Ich würde mich gern in Eurer Bibliothek umsehen, wenn Ihr nichts dagegen habt«, sagte Ymur.

»Die Bände in unserer Bibliothek sind in Arkanoidhunisch verfasst, Priester.«

Der Riese reagierte unbekümmert. »Oh, ich meinte nicht die Zaubermanuale. Mich interessieren mehr die Geschichtsbücher. Das Wissen über Idhún, das der Orden angesammelt hat. All das ist doch sicher in gewöhnlichem Idhunisch geschrieben, nicht wahr?«

»Natürlich. Aber vergesst nicht, während des Widerstands gegen Ashrans Herrschaft haben manche Magier fünfzehn Jahre zurückgezogen in diesem Turm gelebt. Ich versichere euch, wir hatten viel Zeit, Nachforschungen über ihn anzustellen, aber wir haben nichts gefunden.«

»Vielleicht weil Ihr nicht das Richtige gesucht habt«, mischte

Shail sich ein. »Ymur will wissen, wie Ashran auf den siebten Gott aufmerksam wurde und wodurch genau.«

Qaydar musterte sie nachdenklich. »Nun ja«, sagte er schließlich, »wir könnten etwas übersehen haben. Allerdings verstehe ich nicht, was all das bringen soll, jetzt wo Ashran tot ist.«

»Aber Gerde ist am Leben«, wandte Shail ein, »und ihre Macht ist der Ashrans sehr ähnlich.«

Qaydar geleitete sie zum Flur, wo ein Diener wartete, um Ymur in sein Zimmer zu bringen. Um Shail kümmerte Qaydar sich persönlich. »Wie geht es Victoria?«, fragte er sofort.

»Gut. Sie ist in Vanissar bei Jack und Alsan. Sie ist völlig geheilt von der Erde zurückgekehrt«, fügte er mit einem Lächeln hinzu.

Qaydar erwiderte es. »Ich weiß«, sagte er. »Habt ihr darüber gesprochen? Hat sie dir gesagt, wie viele es sind?«

»Wie viele es sind?«, wiederholte Shail verblüfft.

»Ich meine die neuen Magier. Bisher sind drei gekommen.«

»Drei neue Magier? Außer Kimara?«

»Du weißt also nichts davon«, begriff Qaydar. »In den letzten Tagen sind mehrere Personen mit der Gabe der Magie eingetroffen: ein Sylphe und zwei Menschen. Jetzt hat der Orden drei Lehrlinge mehr.«

»Das ist ja großartig«, stellte Shail erfreut fest. »Aber woher wissen wir, dass sie von Victoria kommen und nicht von Gerde?«

»Weil alle gesagt haben, sie hätten das Einhorn gesehen. Du weißt ja, was man dabei empfindet, Shail, das kann man nicht vortäuschen. Es überrascht mich nur, dass sie dir nichts davon gesagt hat«, bemerkte Qaydar.

Shail erinnerte sich an Victorias nächtliche Streifzüge, Alsans Argwohn, ihr Widerstreben, darüber zu sprechen. Er lächelte. »O doch, das hat sie getan. Auf ihre Weise.«

Am nächsten Tag erklommen die Rebellen von Kash-Tar die Berge. Aber als sie von oben den Horizont absuchten, waren sie verblüfft. Dort war nichts. Nur drei Sonnen standen am Himmel, so wie immer. Rando hatte es aus der Luft ebenfalls gesehen. Eilends landete er neben seinen Gefährten. »Gestern Nacht war sie noch da!«, rief er von Ogadraks oberer Luke aus. »Ich schwöre es!«

Goser wollte etwas erwidern, als einer seiner Männer plötzlich einen Warnschrei ausstieß. Die Yan hefteten ihre rötlichen Augen auf den Horizont. Die Menschen taten dasselbe, mussten den Blick jedoch sofort wieder abwenden, denn die Sonnen blendeten sie. Den Yan hatte das Sonnenlicht nie etwas anhaben können und niemand konnte es mit ihnen darin aufnehmen, die Zeichen der Wüste zu entziffern.

»Was ist?«, fragte der andere Pilot.

»Sheks«, sagte Goser mit zusammengekniffenen Augen.

Fassungslos ließ Rando die Klappe der Luke los. »Das kann nicht sein«, murmelte er.

Die Yan tuschelten bereits argwöhnisch. »DerMenschhatunsverraten!«, sagte jemand. »ErhatunsdirektineineFallegeführt!«

Randos Blick traf den Kimaras. Ein Anflug von Schmerz und Enttäuschung stand darin, wandelte sich aber sofort in einen harten Ausdruck. »Verräter!«, zischte sie.

»EsspieltkeineRolledasseseineFalleist«, erklärte Goser da, zückte eine seiner beiden Äxte und reckte sie drohend. »Ichwerdekämpfen. Wermachtmit?« Alle Yan stießen ihren Schlachtruf aus. Die Menschen zögerten. »Unddu«, fügte Goser hinzu und deutete mit seiner Axt auf Rando, »kommstmituns.«

Nach und nach kam Gerde wieder zu Kräften. Sie schlief den ganzen Tag, und als sie die Augen aufmachte, saß Christian neben ihr. »Sind sie fort?«, stieß sie als Erstes hervor.

»Ja, Gerde, sie sind fort«, antwortete er. »Aber sie werden bald merken, dass du nach Idhún zurückgekehrt bist, und dann kommen sie wieder.«

»Das macht nichts. So haben wir wenigstens eine Verschnaufpause, Zeit genug, um die Vorbereitungen abzuschließen. Aber wenn sie zu früh zurückkommen«, fuhr Gerde fort, »müssen wir fliehen. Ich kann es nicht noch einmal mit ihnen aufnehmen.«

»Wie viel Zeit brauchst du?«

Sie schüttelte den Kopf. »Schwer zu sagen. So etwas dauert nun einmal, aber die Sechs haben es eilig. Vielleicht hat dein Einhorn Glück«, fügte sie spöttisch hinzu. »Vielleicht muss ich fort, bevor sie niederkommt. Dann würde sie natürlich bei sechs aufgebrachten Göttern zurückbleiben, die mich überall suchen, aber … so ist das Leben nun mal. Und du, Kirtash? Würdest du dich dann mit mir in Sicherheit bringen oder mit ihr untergehen?«

»Ich würde mich mit ihr in Sicherheit bringen«, antwortete er mit einem Lächeln.

»Das hast du nicht in der Hand«, wandte Gerde ein. »Selbst wenn du es dir einreden willst.«

Zwischen dem zweiten und dem dritten Sonnenuntergang prallten die Trupps aufeinander. Die Schlangen waren nicht sehr zahlreich. Wenn die Rebellen nicht so vom Zorn verblendet gewesen wären, hätten sie sich vielleicht gefragt, wie drei Sheks und zwei Szish-Kommandos für so viel Zerstörung verantwortlich sein sollten. Auch die Sheks sahen nur die beiden künstlichen Drachen und schon waren sie vom Hass aufgestachelt.

Rando und dem anderen Piloten blieb nichts anderes übrig, als sich zu verteidigen. Zunächst ließ Rando Ogadrak brüllen und Feuer auf die Schlangen speien. Doch bei einem seiner waghalsigen Manöver glaubte er eine Gestalt in die Wüste hinauslaufen zu sehen, fort von der Schlacht, und schwang sich höher hinauf, um sie besser zu erkennen. Ja, kein Zweifel. Es handelte sich um einen Szish, der vor dem Kampf floh, ohne sich darum zu kümmern, dass seine Füße bis zu den Knöcheln in den Sand einsanken.

Rando hatte eine Vorahnung. Er versuchte den Shek abzuschütteln, der ihm nachsetzte, stieß im Sturzflug auf den fliehenden Szish hinab und fuhr die Krallen aus. Der Schlangenmensch drehte sich nach ihm um und führte einen Angriffszauber aus. Ogadrak geriet ins Schlingern, als die Magie einen seiner Flügel beschädigte. »Au!«, rief Rando, als spürte er die Verletzung am eigenen Leib.

Er ließ sich jedoch nicht beirren. Entschlossen brachte er Ogadrak dazu, den Szish mit den Krallen zu packen, und erhob sich wieder ein Stück, wenn auch mit Schlagseite, während sein Gefangener aus Leibeskräften strampelte.

Rando kam nicht dazu, sich über seine Geschicklichkeit zu freuen. Hinter sich hörte er ein Zischen, das ihm das Blut in den Adern stocken ließ, und entdeckte, dass einer der Sheks ihm folgte. »Lass mich in Frieden!«, schrie er ihm zu, auch wenn er wusste, dass er draußen gar nicht zu hören war. »Ich will desertieren!«

Er versuchte den Shek mit einem Salto abzuhängen. Erst dann fiel ihm ein, dass er ja den Szish zwischen den Krallen hielt. *Das verzeiht der mir nie,* dachte er. Dann stürzte er ohne Vorwarnung auf seinen Verfolger zu und spie Feuer. Der Shek wich mit einem wütenden Zischen zurück, aber Rando senkte Ogadraks Kopf und stieß tollkühn mit den Hörnern voran erneut auf ihn zu. Er spürte den Leib der Schlange schwer gegen den Drachen prallen. Wieder und wieder griff er an. Schließlich gelang es ihm, der Schlange eine neue Stichflamme ins Gesicht zu speien und sie zu blenden. Als sie sich vor Schmerz in der Luft wand, ließ er sie zurück und flüchtete, so schnell er konnte. Hinter ihm wurde die Schlacht so erbittert fortgesetzt, dass niemand sein Verschwinden bemerkte.

Als die drei Monde bereits hoch am Himmel standen, landete er in einer kleinen Oase, die nur aus einem Brunnen und zwei Bäumen bestand, und setzte seinen Gefangenen vorsichtig ab. Der war, wie er sich schon gedacht hatte, kein Gefangener, sondern eine Gefangene.

»Du bissst verrückt geworden!«, schrie Ersha ihm zu, als er aus dem Drachen stieg. »Wasss mussss ich tun, um dich lossszzzuwerden, Warmblüter?«

»Hey!«, protestierte Rando gekränkt. »Ich habe dir bei der Flucht geholfen! Das wolltest du doch, oder?«

»Dasss hätte ich auch allein gessschafft, vielen Dank!«, zischte sie. »Du hättessst mich beinahe umgebracht!«

Rando schüttelte den Kopf. »So schlimm war's nun auch wieder nicht. Jetzt sind wir zumindest hier.« Er warf ihr einen kurzen Blick zu. »Ich schließe daraus, dass sie dir nicht geglaubt haben.«

»Die Ssshekss haben mein Bewussssstsssein sssondiert und meine Erinnerungen untersssucht und ansssschließßßend gingen wir nachsssehen.« Sie funkelte ihn erbost an. »Ihr hättet nicht dort sssein dürfen. Wo issst der Feuerball hin?«

»Das weiß ich nicht. Aber ich habe nicht vor, meine Zeit mit Kämpfen zu vergeuden, während dieses Ding noch irgendwo herumschwirrt.«

Das Szish-Weibchen lachte auf. »Dasss sssehe ich auch ssso. Auf dem Weg von Kosssh hierher haben wir haarsssträubende Dinge gesssehen. Eine völlig verkohlte Oassse. Sssogar dasss Wasssser der Lagune war verdampft. Und die Ssszzzisssh-Garnissson, die dort war …«

»Sprich nicht weiter.« Rando erschauerte. »Ich kann es mir denken.«

»Während ich gegen euch gekämpft habe«, fuhr Ersha fort, »habe ich mir vorgessstellt, der Feuerball käme zzzurück und würde unsss dort überrassschen, wie wir unsss die Köpfe einssschlagen.« Sie zuckte mit den Achseln. »Dazzzu hatte ich keine Lussst. Ich befürchte alssso, ich bin desssertiert – genau wie du«, fügte sie finster hinzu.

Aber Rando machte eine unbekümmerte Geste. »Halb so wild«, beschwichtigte er. »Das mit dem Desertieren, meine ich. Ich tue es nicht zum ersten Mal.« Dennoch wandte er sich kurz um und blickte traurig zum Horizont.

Ersha bemerkte seine Miene. »Lässsst du etwa jemanden zzzurück, Mensssch?«

»Vielleicht«, antwortete Rando mit einem rätselhaften Lächeln. »Vielleicht.«

Tage später traf ein vierter Magier im Turm von Kazlunn ein. Mittlerweile war Shail schon wieder nach Vanissar aufgebrochen und Ymur hatte sich in die Bibliothek zurückgezogen. Qaydar empfing den Besucher in seinem Studierzimmer und befragte ihn gründlich. Er trug tatsächlich die Magie in sich, aber seltsamerweise verzehrte sie ihn, verursachte ihm heftiges Leiden. Der Erzmagier hatte den Verdacht, dies könne Gerdes Werk sein.

»Es war Victoria, die mir die Magie übermittelt hat«, erklärte Yaren. »Man nennt sie auch Lunnaris, das letzte Einhorn.« Er erzählte, wie er Victoria zunächst zum Turm von Drackwen und dann weiter zum Turm von Kazlunn geführt hatte, weil sie Kirtash töten wollte. »An ihrem Blick war etwas seltsam«, fügte er hinzu. »Normalerweise werden die Einhörner als Geschöpfe voller Licht beschrieben, aber von ihr ging etwas Finsteres aus.

Niemand konnte ihr in die Augen sehen, ohne dass es einem kalt über den Rücken lief.«

Qaydar erwiderte nichts. An Yarens Worten gab es nichts zu zweifeln. In der Nacht, als Victoria Nurgon verlassen hatte, um sich auf die Suche nach Kirtash zu machen, hatte er bei ihrem Anblick auch tiefes Entsetzen empfunden. »Bist du hergekommen, weil du dich dem Magierorden anschließen willst?«, fragte er.

Yaren holte tief Luft. »Ich will hier im Turm Magie studieren. Ich habe es mir lange überlegt und mir ist klar geworden, dass ich meine Gabe nur hier weiterentwickeln kann. Ich bitte Euch, mich als Lehrling aufzunehmen.«

»Weißt du, dass du nicht der einzige neue Lehrling bist?«

»Ich habe von einer Frau aus Kash-Tar gehört ...«

»Die meine ich nicht. In den letzten Tagen sind noch andere gekommen.«

»Victoria hat ihre Macht wiedererlangt?« Fassungslos wich Yaren zurück, voller Neid, Hass, Ohnmacht ... und einem schwachen Hoffnungsschimmer.

»Sie hat sich sehr bedeckt gehalten. Ich hatte auch keine Ahnung, dass sie vor ihrem Sieg über Ashran außer Kimara noch andere Leute zu Magiern gemacht hat. Sie hat mir nie von dir erzählt.«

Die Hoffnung erlosch, erstickt von Schmerz und Wut, von der finsteren Magie, die erbarmungslos all seine positiven Gefühle zunichtemachte. »Das wundert mich nicht«, erwiderte er bitter. »Ich bin nicht gerade ihr Meisterwerk.«

7

Die Krönung

Bis zur Thronbesteigung des neuen Königs von Vanissar fehlten nur noch wenige Tage und in ganz Nandelt wurde der Neujahrstag voller Spannung erwartet. Allerdings auch voller Ungewissheit. Zu aller Erstaunen und der Freude vieler war Prinz Alsan in sein Reich zurückgekehrt, um Anspruch auf den Thron zu erheben. Covan, der Nurgon-Ritter, der in der Akademie sein Meister gewesen war und während seiner Abwesenheit nach der Awa-Schlacht die Regentschaft übernommen hatte, hatte ihn im Königspalast empfangen. Wenige Tage später war die Nachricht an die Öffentlichkeit gedrungen, das Volk von Vanissar werde am Neujahrstag einen neuen König bekommen. Allerdings war nicht klar, ob Alsan oder vielmehr Covan selbst dieser neue König werden würde.

Eigentlich deutete alles darauf hin, dass Alsan, der rechtmäßige Erbe König Bruns, die Krone aufsetzen würde. Aber es wurde gemunkelt, mehrere hochgestellte Persönlichkeiten seien zusammengerufen worden, um einer Art Prüfung beizuwohnen, die in der Nacht des dreifachen Vollmonds stattfinden sollte. Wenn Alsan diese Probe bestand, würde er gekrönt werden, andernfalls würde er zugunsten von Covan auf den Thron verzichten.

Wenige Tage vor der geplanten Krönung traf die ehrwürdige Gaedalu in der Stadt ein. Sie zog mit ihrem ganzen Gefolge durch das Haupttor ein und Alsan ritt ihr persönlich entgegen und geleitete sie zum Palast. Die Tradition gebot den Kirchenoberhäuptern, sich nicht in politische Angelegenheiten zu mischen, und aus diesem Grund hatten sie den Krönungen bisher nie persönlich beigewohnt.

Deshalb erregte Gaedalus Beschluss, auf so offensichtliche Weise mit der Tradition zu brechen, einiges Aufsehen. Als zwei Tage später auch Ha-Din, das Oberhaupt der Kirche der drei Sonnen, in der Stadt eintraf, stieg die Erregung noch. Kurz darauf näherte sich den Toren von Vanis schließlich eine Abordnung von Zauberern aus dem Turm von Kazlunn, angeführt von Qaydar, dem Erzmagier. Die Ankunft dieser drei Würdenträger stellte die Gegenwart anderer Herrscher von Nandelt ein wenig in den Schatten: Da war Königin Erive von Raheld, ein Abgeordneter des Rates von Edelleuten, der die Geschicke von Nanetten lenkte, sowie der Kronprinz von Dingra, ein Sohn König Kevanions, der in der Awa-Schlacht gefallen war. Letzterer war noch nicht gekrönt worden, weil er noch sehr jung war, bereitete sich jedoch darauf vor, die Zügel des Reichs in die Hand zu nehmen, und seine Anwesenheit in Vanissar ließ darauf schließen, dass er einen Schlussstrich unter die Vergangenheit ziehen und sich wieder mit Alsan verbünden wollte.

Alle sind bereit, das Gewesene zu vergessen, sagte sich Victoria, während sie auf den Zinnen frische Luft schnappte und den Blick über den Horizont schweifen ließ. Fast drei Monate waren vergangen, seit die Sechs unerklärlicherweise aus Idhún verschwunden waren. Es war vorbei mit den Erdbeben, den Monsterwellen, den Wirbelstürmen und dem hemmungslosen Wachstum von Bäumen und Pflanzen. Der Albtraum schien zu

Ende und die Idhuniter hatten rasch mit dem Wiederaufbau der zerstörten Städte und Dörfer begonnen, um weiterzuleben, als wäre nichts geschehen. Aber es war nicht vorbei. Nichts war vorbei.

Unruhig und zugleich voller Freude legte sie eine Hand auf den Bauch. Sie hatte außer Jack und Christian noch niemandem von dem Kind erzählt. Allerdings würde es trotz ihrer weiten Kleidung nicht mehr lange dauern, bis man ihr die Schwangerschaft ansah.

»Ich habe dich gesucht.« Eine Stimme hinter ihr ließ sie zusammenzucken. Sie drehte sich um. Dort stand Shail und lächelte sie an. »Bei dem ganzen Durcheinander ist Zaisei noch nicht dazu gekommen, dich zu begrüßen«, sagte er. »Sie hat mich schon ein paarmal nach dir gefragt. Wo hast du dich versteckt?«

»Ich war beschäftigt«, antwortete Victoria ausweichend. Sie hätte Zaisei gern gesehen, doch das war unmöglich. Jeder Himmelblaue würde ihre Schwangerschaft sofort bemerken. Sogar Man-Bim hatte sie schon länger nicht mehr besucht. Nun trug Jack sie bei ihrer nächtlichen Suche auf seinem Rücken. Mittlerweile war allgemein bekannt, dass Victoria neue Magier schuf, und das brachte ihr eine Menge Probleme ein.

»Willst du dich nicht mit Qaydar treffen?«, fragte Shail. »Er hat auch nach dir gefragt.«

Victoria antwortete nicht. Shail trat neben sie. »Warum willst du nicht in den Turm von Kazlunn zurück, wie er dir vorgeschlagen hat?«

»Das habe ich dir doch schon erklärt, Shail. Ich bin keins von Qaydars Lehrmädchen. Ich soll ihn über die neuen Magier informieren, wer und wo sie sind, damit er sie zu sich holen kann, als würden sie ihm gehören. Ich verstehe ja, dass er mich lieber in seinen Turm einsperren würde, um über alles, was ich tue, auf dem Laufenden zu sein, aber so geht es nun mal nicht.

Die Magie ist etwas sehr Ernstes und Mächtiges und darf sich nicht in den Händen einer einzigen Person oder Institution befinden. Deshalb können wir Einhörner sie zwar weitergeben, aber nicht selbst einsetzen. Deshalb kann niemand ein Einhorn fangen oder zähmen.«

Shail neigte den Kopf. »Was hast du vor? Willst du hier in Vanissar bleiben?«

»Ich weiß es nicht«, antwortete Victoria aufrichtig.

In diesen drei Monaten waren Jack und sie viel gereist und sie hatte diese Reisen genutzt, um verschiedene Gegenden als Einhorn zu durchstreifen. In Derbhad hatte sie eine Najade in einem Teich entdeckt. Sie hatten sich kurz angesehen und sofort hatte Victoria den Impuls gespürt, sich ihr zu nähern und sie mit ihrem Horn zu berühren. Lisbe hieß sie. Victoria erinnerte sich an ihren Gesichtsausdruck und an das Strahlen ihrer Augen, als sie ihr die Magie übermittelt hatte. Victoria würde sie nie vergessen, genauso wenig wie den jungen Riesen, dem sie bei einem ihrer ersten Streifzüge begegnet war, als sie noch allein unterwegs gewesen war. Sie war auf den großen Zug der Riesen gestoßen, als diese sich nach einem harten Tagesmarsch am Wegrand ausruhten. Wie ein Mondstrahl war sie zwischen sie geschlüpft und einer von ihnen war ihr aufgefallen. Sie hatte ihn im Dunkeln beobachtet, bis er sich aus der Gruppe gelöst hatte und an den Fluss gegangen war. Dann hatte sie sich ihm gezeigt. Er hieß Ymon.

Victoria wusste, dass Ymon nie in den Turm von Kazlunn gehen würde, sondern zusammen mit den anderen Riesen in den Bergen von Nandelt ein neues Leben beginnen wollte. Eine ebenso achtenswerte Entscheidung wie die Lisbes, die bereits bei Qaydar studierte. Es gab noch andere und Victoria erinnerte sich an jedes einzelne Gesicht, jeden Namen. Sie wusste auch, wie viele es waren, zu viele für so kurze Zeit, aber Qaydar waren es immer noch nicht genug. Nein, Victoria konnte nicht an einem einzigen Ort bleiben, ganz gleich, ob in Vanissar oder in Kazlunn. Sie musste reisen, durch die Welt streifen, alle möglichen Städte und Dörfer aufsuchen. Denn noch im letzten Winkel von Idhún hatte jeder das Recht, davon zu träumen, einmal ein Einhorn zu sehen.

Jack hingegen hatte seinen Ort in Vanissar gefunden. Auch wenn er weder den Zielen der Neuen Drachen noch den strengen Regeln der Nurgon-Ritter etwas abgewinnen konnte – jetzt hatten sich alle zusammengetan, um gegen einen gemeinsamen Feind vorzugehen: Gerde. Christian war nach wie vor bei ihr, das wusste Jack, doch er war es leid, noch länger tatenlos abzuwarten. Wenn Jack einmal gezweifelt hatte, ob er am Krieg teilnehmen sollte oder nicht – seine katastrophale Begegnung mit der Fee hatte Klarheit geschaffen.

»Jack fühlt sich in Vanissar wohl«, sagte Shail und riss Victoria damit aus ihren Gedanken. »Wenn alles vorbei ist, will er vielleicht hierbleiben. Natürlich nicht im Palast. Ihr wollt sicher ein eigenes Haus haben …«

Victoria holte tief Luft. »Das Problem ist nicht Jack, sondern ich«, erwiderte sie. »Weißt du, wie viele Personen mich jeden Tag bitten, ihnen die Magie zu gewähren? Alsan musste eigens dafür einen Sekretär bestimmen. Er notiert ihre Bitten, ihre Angaben und die Gründe, warum sie Magier werden wollen … Das ist völlig verrückt, Shail. So geht das nicht.«

»Warum soll man denn nicht so damit umgehen?«, wollte er wissen.

»Indem man die besten Kandidaten auswählt?« Victoria lächelte. »Bist du so zu dem Entschluss gelangt, Zaisei zu lieben?«, fragte sie ihn. »Indem du dir die Gesuche der Kandidatinnen notiert hast und dich für die Geeignetste von allen entschieden hast?«

»Das ist nicht dasselbe«, protestierte Shail.

»Nein, aber etwas ganz Ähnliches. Wir haben alle das Recht, irgendwann einmal geliebt zu werden. Wenn nur die Besten die Liebe einer anderen Person empfangen könnten, wie viele Personen hätten dann einen Partner? Mit der Magie ist es genauso. Sie ist die Energie der Welt, Shail. Daran haben alle teil. Deshalb kann ich nicht in Vanissar oder in Kazlunn oder irgendwo anders bleiben. Stell dir vor, ich würde mich in einem der Königreiche niederlassen. Alle anderen würden verlangen, dass ich zu ihnen ziehe. Es würde ein Gerangel um mich entstehen. Denn dort, wo ich lebe, würde es mehr Magier geben als anderswo, und daran ist jeder Herrscher interessiert. Jetzt schweißt die Angst vor den Sheks sie alle zusammen, aber sobald die nicht mehr da sind, zerfällt die Welt wieder und alle werden sich um die Gaben des letzten Einhorns prügeln. Ich weiß einfach nicht, was ich tun soll, Shail.«

Bevor er antworten konnte, betrat noch jemand die Zinnen. Victoria schrak zurück, aber es war bereits zu spät.

»Hier bist du!«, sagte Zaisei zu Shail. »Ich habe dich gesucht. Die ehrwürdige Mutter nimmt gerade ihr Bad und ich …« Da bemerkte sie Victoria und ging freudig auf sie zu. Doch als Zaisei sie umarmen wollte, spürte sie Victorias Abwehr. Verwirrt sah sie das Einhorn an.

Victoria schüttelte den Kopf und schloss sie warmherzig in die Arme. »Ich freue mich, dich zu sehen«, sagte sie aufrichtig und Zuneigung gewann wieder die Oberhand über ihr anfängliches Unbehagen.

Zaisei rückte ein wenig von ihr ab und da fiel ihr noch etwas anderes in Victorias Gefühlen auf, eine Mischung aus Freude, Sanftmut, Erwartung und Unruhe. Ein himmelblaues Kind hätte diese Zeichen vielleicht nicht deuten können, aber Zaisei war schon öfter in der Nähe von schwangeren Frauen gewesen.

Sie sah Victoria mit weit aufgerissenen Augen an. Diese warf ihr einen warnenden Blick zu, aber das war gar nicht nötig. Zaisei begriff sofort, dass es geheim bleiben sollte. »Ich freue mich auch sehr, dich zu sehen«, erwiderte sie sanft. »Ich hoffe, wir können uns endlich mal wieder eine Weile unterhalten.«

Victoria nickte lächelnd. »In den nächsten Tagen sind wir sehr beschäftigt, aber wir sollten uns trotzdem unbedingt treffen.«

»Ich freue mich sehr für Alsan«, sagte Shail dann. »Ihm liegt viel daran, den Platz seines Vaters einzunehmen. Er fühlt sich in seiner Schuld, weil er Vanissar verlassen hat, um auf die Erde zu gehen.«

»Das hat er doch getan, um Idhún zu retten!«, wandte Zaisei ein.

»Ja, aber darüber hat er sein Volk vernachlässigt. Sein Vater starb im Kampf gegen die Schlangen und sein Bruder musste sich Ashran ergeben. Er sagt es zwar nicht, aber für all das fühlt er sich verantwortlich. Er will die Fehler der Vergangenheit wiedergutmachen.«

»Ja, das sagt er in letzter Zeit immer wieder«, bestätigte Victoria bedrückt. Ihr Verhältnis zu Alsan hatte sich gebessert, war aber nicht völlig wieder eingerenkt. Zweifellos hatte die Nachricht, dass sie neue Magier hervorbrachte, seinen Argwohn ihr gegenüber besänftigt, und die Tatsache, dass Christian sich in der ganzen Zeit dort nicht hatte blicken lassen, war ebenfalls ein Pluspunkt für sie. Doch das war nicht genug. Jedes Mal, wenn Alsan mit ihr sprach, starrte er unwillkürlich auf den Ring, den sie noch am Finger trug, den unumstößlichen Beweis dafür, dass ihre Beziehung zu dem Shek noch Bestand hatte. Aber zumindest hatten sie sich nicht wieder ernsthaft gestritten.

»Glaubt ihr, das Armband wird ihn vor dem dreifachen Vollmond schützen?«, fragte Shail dann mit gesenkter Stimme.

Alsan hatte sich keine Sekunde von diesem Armband getrennt. Offenbar funktionierte es: In diesen drei Monaten war Ayea dreimal und Ilea einmal voll gewesen, ohne dass es ihm auch nur das Geringste ausgemacht hätte. Natürlich hatten weder der rote noch der grüne Mond genug Macht, ihn ganz zu verwandeln, mit oder ohne Armband. Die Antwort auf die Frage, ob Alsan geheilt war oder nicht, lag bei Erea, aber seit der Nacht von Gaedalus Eingreifen im Awa-Wald war der größte Mond nicht wieder voll gewesen. In drei Tagen sollte es so weit sein. Die letzte Nacht des Jahres. Die Nacht des dreifachen Vollmonds.

Zaisei wiegte skeptisch den Kopf. »Wenn das Armband ihn schützt«, antwortete sie, »ist das eine gute Nachricht. Aber ich bin mir nicht sicher, ob die Tatsache an sich gut ist. In das Armband ist ein Stück Teufelsfels eingearbeitet, Shail. Solange wir nicht wissen, was es damit auf sich hat …« Sie hatten Bücher und alte Schriftstücke gewälzt, Gelehrte und Weise gefragt, doch sie hatten immer noch keine Ahnung von der Natur dieses Steins. Alsan tat er offenbar gut. Er war wieder der Alte und gewann sogar nach und nach seine frühere Haarfarbe zurück.

Und doch war Victoria nicht sicher, ob ihr die Veränderung gefiel. Denn nun war Alsan wieder der strenge Ritter, den sie kennengelernt hatte, hart wie Granit, unerschütterlich in seinen Überzeugungen, geradezu selbstherrlich und duldete keine Zuwiderhandlung, nichts, was von seiner Weltanschauung abwich. Alles war entweder weiß oder schwarz. Die Grautöne verschwanden aus seinem Weltbild, genau wie sie aus seinem Haar verschwanden.

Shail, Victoria und Zaisei waren diesbezüglich alle von derselben Unruhe erfüllt und Zaisei wechselte schnell das Thema. »Da ist etwas, worüber ich gern mit dir reden würde, Victoria.

Es geht um einen der Zauberer, die mit Qaydar gekommen sind.«

Victoria runzelte die Stirn. »Hast du mit ihm gesprochen?«, fragte sie.

»Das war nicht nötig. Ich bin ihm bei der Ankunft begegnet und habe gespürt, was dieser junge Mann alles mit sich herumschleppt. Ich verbreite mich nicht gern über fremde Gefühle, aber so etwas habe ich bei niemandem mehr wahrgenommen, seit …«

»Ich weiß, was du meinst«, unterbrach Victoria. »Ich werde mit Qaydar darüber reden.«

Shail sah beide neugierig an. »Wovon sprecht ihr?«

Victoria seufzte. »Es geht um jemanden, den ich kenne«, vereinfachte sie. »Ich habe noch eine offene Rechnung mit ihm, aber es ist etwas ganz Persönliches, etwas, das ich allein in Ordnung bringen muss. Ich wäre euch dankbar, wenn ihr mit niemandem sonst darüber sprecht.«

»Nicht einmal mit Jack?«

»Insbesondere nicht mit ihm.«

Shail und Zaisei tauschten einen Blick, sagten jedoch nichts weiter dazu. Schließlich verabschiedeten sie sich von Victoria und ließen sie allein auf den Zinnen zurück. Beim Gehen warf Zaisei ihr einen vielsagenden Blick zu, der bedeuten sollte: Wir müssen reden. Victoria nickte fast unmerklich. Einerseits fürchtete sie sich davor, das Geheimnis zu enthüllen, das sie in diesen drei Monaten so sorgfältig gehütet hatte, andererseits fand sie die Vorstellung, sich einer Frau anvertrauen zu können, ungeheuer erleichternd.

Mit einem Seufzer ging Victoria wieder hinein und stieg die Treppe hinunter. Zaiseis Hinweis auf den Magier aus dem Turm von Kazlunn hatte sie nicht völlig unvorbereitet getroffen. Sie wusste schon seit einiger Zeit, dass Yaren bei Qaydar studierte. Sie traf den Erzmagier in den Räumen an, die ihm zugeteilt worden waren.

»Du hast dir Zeit gelassen mit einem Besuch bei mir, Victoria«, stellte Qaydar lächelnd fest.

»Du hättest ihn nicht mitbringen sollen«, sagte sie ohne Umschweife. »Hier ist er in Gefahr. Wenn Jack erfährt, dass er hier ist …«

»Du hast gesagt, Jack kennt ihn nicht.«

»Er hat ihn noch nie gesehen, aber er hat von ihm gehört.«

Der Erzmagier fixierte sie. »Er ist auf dich losgegangen, nicht wahr? Als du krank warst. Er war derjenige, der …«

»Ich trage es ihm nicht nach«, unterbrach Victoria. »Aber ich muss wissen, ob du Fortschritte mit ihm gemacht hast.«

Qaydar schüttelte seufzend den Kopf. »Er wird immer labiler. Ich versuche ihn auf dieselbe Weise wie die anderen zu unterrichten, aber einige Zauber übersteigen schlicht seine Möglichkeiten. Speziell alle Zaubersprüche, bei denen Lebewesen im Spiel sind.«

»Die Pflanzen welken, die Tiere werden krank, die Menschen leiden«, erriet Victoria. »Das ist die Wirkung seiner Magie.«

»Mehr als das. Jedes Mal, wenn er seine Macht benutzt, hat er starke Schmerzen. Trotzdem übt er beharrlich weiter, weil er mit den übrigen Lehrlingen mithalten will. Je länger er bei uns ist, desto mehr quält er sich also und desto verbitterter wird er.«

»Dann hast du nichts für ihn tun können?«

»Ich studiere seinen Fall noch, aber im Moment kann ich nur versuchen, ihm mit Heilzaubern Erleichterung zu verschaffen. Die Wirkung hält jedoch weit weniger lang an als bei allen anderen, als würde die Dunkelheit in ihm jedes Fünkchen Licht absorbieren, das wir in seine Seele zu bringen versuchen. Außerdem habe ich den Eindruck, dass ich nur die Symptome kuriere und gar nicht bis an die Wurzel des Problems vordringe. Deshalb habe ich ihn mitgebracht.«

Victoria schloss einen Moment die Augen. So etwas hatte sie schon kommen sehen. »Meinst du, er wird wieder versuchen, dich anzugreifen?«, wollte Qaydar wissen.

Victoria schüttelte den Kopf. »Er weiß, dass ich meine Macht wiedererlangt habe. Vielleicht hat er noch die Hoffnung, ich könnte ihm helfen. Ich habe Angst, diese Hoffnung zunichtezumachen, Qaydar. Ich habe Angst, nichts mehr für ihn tun zu können. Ich bin verantwortlich für die Dunkelheit in seiner Seele und will ihm nicht auch noch den letzten Lichtstrahl nehmen, der zu ihr vordringen kann.«

»So sicher bist du dir, dass es nicht funktionieren würde?«

Victoria nickte. »Wie würdest du einen verseuchten Ozean reinigen, Qaydar? Es ist einfacher, die Dinge schmutzig zu machen, als sie wieder zu säubern. Vielleicht machen wir bei einem Versuch alles nur noch schlimmer. Vorher muss klar sein, dass es der richtige Weg ist. Oder der einzige.«

Qaydar nickte. »Verstehe«, erwiderte er.

Christian erreichte die Schlucht zwischen dem zweiten und dritten Sonnenuntergang. Es gab nicht viele, die sich diesem Ort nähern konnten. Allen Sheks war es aus Sicherheitsgründen streng verboten. Christian war eine Ausnahme, nicht nur weil er einer der wenigen war, die wussten, was dort wirklich vor sich ging, sondern weil er durch seine menschliche Seite schwerer zu entdecken war. Was Gerde dort durchführte, war so wichtig, so entscheidend für die Sheks, dass die Aufmerksamkeit nicht darauf gelenkt werden durfte. Gerdes Hauptquartier war weiter nördlich, in der Nähe des Lavastroms. Dass sich alle Schlangenmenschen dort befanden, war nur ein Ablenkungsmanöver.

Christian blieb am Eingang der Schlucht stehen und betrachtete etwas, das einen halben Meter über dem Boden schwebte. Es war rötlich und seine Oberfläche fließend, changierend. Sie wirkte nicht fest und doch konnte man nicht hindurchblicken. Ein Tor. Es war das Ergebnis mehrerer Monate Arbeit. Die Barriere zwischen den Dimensionen zu durchbrechen war schwierig gewesen und noch schwieriger, diesen Durchbruch stabil zu halten. Durch dieses Tor würden die Sheks ins Exil gehen, wenn es so weit war und wenn alles nach Plan lief. Christian musterte es kritisch. Es war zu eng für einen Shek. Aber das genügte Gerde erst einmal. Ein größeres Tor wäre leichter zu entdecken.

Der Shek blickte sich um. Vor der Felswand wuchs ein bewohnter Baum, eigentlich zu klein für Gerde, aber als notdürftige Behausung ausreichend. Zwischen seinen Wurzeln krabbelte ein Baby herum. Er ging hinüber und hockte sich hin, um Saissh aus der Nähe zu betrachten. Sie war in letzter Zeit sehr gewachsen. Mehr als normal. Nachdenklich sah er zu, wie das Mädchen mit einer halb abgelösten Rinde spielte. Unwillkürlich musste er an Victoria und ihr Baby denken und verspürte den Impuls, Saissh auf den Arm zu nehmen, aus reiner Neugierde. Er lächelte in sich hinein und schüttelte den Kopf. Zum ersten Mal wurde er von Sehnsucht übermannt und schloss die Augen. Victoria trug nach wie vor seinen Ring, aber aus irgendeinem Grund genügte ihm das nicht mehr. Er vermisste sie. Er musste sie sehen.

Ein Geräusch holte ihn in die Wirklichkeit zurück. Er richtete sich vorsichtig auf. Aber es war nur Assher, der aus dem Baum kam und ihn argwöhnisch anstarrte. »Gerde issst nicht hier«, erklärte er unvermittelt. »Sssie issst … da auf die andere Ssseite gegangen«, fügte er hinzu und deutete auf das Tor.

»Das dachte ich mir schon«, erwiderte Christian. »Das macht nichts, dann warte ich eben. Ich muss mit ihr sprechen.«

»Wasss hassst du gerade mit dem Mädchen gemacht?«, wollte Assher plötzlich wissen.

»Mir angesehen, wie sehr sie gewachsen ist. Als Gerde sie mir zum ersten Mal gezeigt hat, war sie wenige Monate alt, und jetzt krabbelt sie schon.«

»Sssie kann ssschon fassst gehen«, bestätigte Assher stolz. »Esss liegt an diessser Göttin, die die Dinge zzzum Wachsssen bringt.«

»Wina?« Christian fixierte ihn. »Winas Nähe hat sie dazu gebracht, sich schneller zu entwickeln?«

Assher nickte. »Die Ssszzzisssh haben sssie ssso weit fortgetragen, wie esss ging, aber sssie issst trotzzzdem gewachsssen. Ich bin auch gewachsssen«, fügte er hinzu, »in der Nacht, in der …« Er brach den Satz plötzlich ab, aber Christian wusste, was er hatte sagen wollen: in der Nacht, in der du mich beinahe getötet hättest.

Christian warf ihm einen kurzen Blick zu und stellte fest, dass der Szish in der Tat ein wenig größer war. »Auf mich hat es sich nicht ausgewirkt«, erwiderte er. »Ich bin ganz der Alte.«

»Weil du ssschon erwachsssen bist«, erklärte Assher. »Du kannssst nicht mehr wachsssen, sssondern nur älter werden. Aber Wina lässsst die Dinge nicht altern, sssondern bringt sssie zzzur Entfaltung.«

Erwachsen? Christian lächelte. Gewiss, er war fast zwanzig. Die Zeit gebärdete sich so seltsam, dass er das manchmal vergaß. Die letzten drei Monate zum Beispiel hatten sich langsam und träge durch sein Leben geschlichen und waren ihm wie eine Ewigkeit vorgekommen. Dagegen schien die Zeit, die er mit den Verschwörern bis zu Ashrans Sturz verbracht hatte, so schwindelerregend schnell wie ein Wirbel verflogen zu sein. Nachdenklich beobachtete er, wie Assher Saissh auf den Arm nahm und sie in den Baum hineintrug. *Erstaunlich, dass Gerde dir erlaubt, dich um sie zu kümmern,* schickte er ihm telepathisch hinterher.

Sie weiß, dass ich sie nicht wieder verraten werde, erwiderte der junge Szish aus dem Baum heraus ebenfalls lautlos. *Das kann man von dir vermutlich nicht behaupten.*

Christian lachte in sich hinein. Assher fürchtete, respektierte und hasste ihn zugleich, aber seit der Nacht, in der Gerde die Götter hinters Licht geführt hatte, wagte er, ihm die Stirn zu bieten, aus Groll, weil der Shek ihn zu töten versucht hatte. Christian hatte sich nie die Mühe gemacht, ihm zu sagen, dass er daran nicht das geringste Interesse hatte. Er erklärte ihm auch nicht, was für ein Schicksal seine angebetete Fee ihm zugedacht hatte. Das würde er schon selbst herausfinden.

Er wandte sich erneut dem Tor zu, dessen Umrisse sanft flimmerten. Die matte, schwarzblaue Oberfläche kräuselte sich, als würde sie von einer leichten Brise bewegt. Dann tauchte darin wie von Geisterhand eine Gestalt auf. Christian wartete. Diese Silhouette kannte er nur allzu gut.

Bald darauf wankte Gerde über die Schwelle. Christian fing sie auf, als sie bereits zu Boden sank. »Kirtash«, stieß Gerde hervor. »Was machst du denn hier? Die Ardecala-Triebe blühen bald.«

Christian bettete sie bequemer auf den Boden und wartete, bis sie sich ein wenig erholt hatte. Es war nichts Ungewöhnliches, dass Gerde verwirrt und erschöpft von einer Reise zurückkehrte und absurde Dinge sagte. Das passierte ihr immer. »Ich habe eine neue Pflanze erschaffen«, sagte sie. »Sie ist zweifarbig, weißt du? Braun und beige. Wie Saisshs Haut. Aber es ist noch zu früh, sie zu pflanzen. Die Ardecala hat noch nicht geblüht.«

»Gerde, für solche Details ist keine Zeit«, wandte Christian ein. »Wir müssen so bald wie möglich fort.«

»Nein, nein, die Ardecala ist wichtig. Sie muss den ganzen

Boden bedecken, verstehst du? Damit man Luft bekommt.« Plötzlich schien sie den Tränen nahe. »Millionen von Jahren. Die Arbeit von Millionen von Jahren ... Ich muss sie in so kurzer Zeit machen ... und ganz allein. Ich schaffe es nicht, ich schaffe es nicht. Wir werden alle sterben.«

In diesem Moment kam Assher mit Saissh in den Armen. Wortlos hielt er sie Gerde hin. »Hallo, Kleine«, begrüßte die Fee sie mit einem matten Lächeln. Sie schloss einen Moment die Augen und holte tief Luft. Nach und nach kehrte sie in die Wirklichkeit zurück. »Bringt mich in meinen Baum«, sagte sie dann.

Assher half ihr beim Aufstehen. Saissh krabbelte zu Christians Füßen und er beugte sich hinunter. Als der Shek sie in die Arme nahm, begann sie lauthals zu weinen. Noch auf Assher gestützt, drehte Gerde sich um und grinste ihn an. »Übst du schon für deine Vaterrolle, Kirtash?«, spottete sie.

»Es ist nur ein Baby«, erwiderte Christian gleichgültig. Obwohl Saissh weinte und strampelte, trug er sie zum Baum zurück.

Kaum saß Gerde im Baum, den Rücken an den Stamm gelehnt, schien sie sich gleich besser zu fühlen. Christian legte Saissh in ihre Nähe und wartete. Schließlich machte Gerde die Augen auf und fixierte ihn. »Ich habe dich lange nicht gesehen. Wie läuft's in Nandelt?«

Christian neigte den Kopf. »Der Tag von Alsans Krönung rückt näher«, antwortete er. »Die Anführer der Warmblüter haben sich für die Feier in Vanis zusammengefunden. Und das Heer der Neuen Drachen wächst täglich«, fügte er hinzu. »Sie rüsten sich zum Kampf gegen uns.«

»Das wussten wir schon.«

»Der Angriff steht unmittelbar bevor. Wahrscheinlich warten sie, bis Alsan den Thron bestiegen hat, aber nicht viel länger.«

Nachdenklich verengte Gerde die Augen. »Was ist mit den Magiern?«

»Im Turm von Kazlunn gibt es elf neue«, antwortete Christian. »Vielleicht auch mehr.« Nach einer Pause fügte er hinzu: »Yaren ist bei ihnen.«

Die Fee legte den Kopf schief. »Das dachte ich mir schon«, sagte sie nur. »Aber ich glaube nicht, dass wir uns Sorgen machen müssen. Wie es aussieht, hat Victoria ihre Macht wiedererlangt, also wird sie mit jemandem wie ihm problemlos fertig werden.« Christian sagte nichts dazu. »Die Warmblüter rüsten also zum Kampf gegen uns«, murmelte Gerde. »Aber ich brauche noch ein wenig Zeit. Auf keinen Fall sollte ein Trupp Holzdrachen über meine Sheks herfallen. Ich hasse es, bei etwas Wichtigem abgelenkt zu werden.«

»Wie viel Zeit brauchst du noch?«, fragte Christian unruhig.

Gerde zog einen Mundwinkel nach oben. »Bis Victorias Baby zur Welt kommt, sagen wir mal.«

Der Shek runzelte die Stirn. »Das ist nicht dein Ernst. Es gibt Wichtigeres als dieses Kind. Willst du darauf warten, während die Sechs weiterhin nach dir suchen und die Neuen Drachen unser Hauptquartier angreifen? Sie werden diesen Ort hier bald finden, Gerde. Du kannst wegen eines Babys nicht alles aufs Spiel setzen.«

»Nein, das stimmt. Dann müssen wir Victoria eben mitnehmen, meinst du nicht?«

Christian seufzte. »Das ist keine gute Idee.«

»Du hast ja keine Ahnung, was ich mit diesem Kind alles machen könnte, wenn meine Vermutungen stimmen«, fügte Gerde hinzu. »Es hätte mehr Potenzial als Assher und Saissh zusammen. Und wenn es zum größten Teil ein Mensch ist, wie ich glaube, wird es mir nicht so viele Probleme bereiten wie du.«

»Vielleicht ist es gar nicht von mir«, rief Christian ihr in Erinnerung.

»Dann töten wir es«, erwiderte Gerde ungerührt.

Christian hob den Kopf. »Ich werde nicht zulassen, dass du diesem Kind ein Haar krümmst, das habe ich dir schon gesagt.«

»Es steht dir nicht zu, etwas zu verlangen, Kirtash. Aber da das offenbar nicht in deinen Kopf will, muss ich jetzt mal ein paar Dinge klarstellen. Sollte ich mich zum vorzeitigen Aufbruch gezwungen sehen, gibt es für mich keinen Grund, dein Einhorn oder sein Baby am Leben zu lassen, denn dann nützen sie mir nichts mehr, genauso wenig wie du. Ich werde sie also vorher töten. Das wird mein Geschenk für die Warmblüter – und für dich«, fügte sie mit einem hinterhältigen Lächeln hinzu. »Du weißt also, was du zu tun hast, wenn sie am Leben bleiben soll. Ich brauche Zeit, um die Vorbereitungen zu Ende zu führen, Zeit, damit Victorias Baby zur Welt kommen kann. Damit ist es vorbei, sobald die Warmblüter angreifen. Denn dann bleibt den Sheks nichts anderes übrig, als ans Tageslicht zu kommen, wo uns die Sechs finden werden. Und das war's dann.«

»Verstehe«, sagte Christian halblaut.

»Gut«, seufzte Gerde. »Dann geh nach Nandelt und halte die Neuen Drachen auf.«

Christian war nicht sicher, ob er recht gehört hatte. »Ich soll die Neuen Drachen aufhalten? Ich allein?«

»Ach komm, das sind doch nur Menschen in Spielzeugdrachen«, lachte Gerde. »Sabotiere ihre Maschinen oder, noch besser, sprich mit deinem Freund, dem Drachen, und sag ihm, es geht gegen seine Interessen, wenn sie uns angreifen.«

»Er ist nicht mein Freund.«

»Ihr teilt euch dieselbe Frau, das verbindet«, widersprach

Gerde fröhlich. »Ich bin mir sicher, er wird verstehen, dass du nur Victorias Wohl im Auge hast. Sag ihm, ich sei bereit, bis zum Ende ihrer Schwangerschaft zu warten, und sei es nur aus Neugier auf dieses Wesen. Aber meine Neugier werde sich schnell verflüchtigen, wenn ich auch nur einen ihrer Holzdrachen über den Feuergipfeln fliegen sehe.«

»Soll ich ihm auch erzählen, dass du Victoria und das Baby töten willst, falls es von ihm ist?«, fragte Christian. »Oder dass du das Kind mitnehmen willst, falls es von mir ist?«

»Ich glaube, so viel braucht er nicht zu wissen«, antwortete Gerde grinsend. »Meinst du nicht?« Der Shek antwortete nicht.

»Wie lange schon?«, fragte Zaisei leise. Sie saßen in einem abgelegenen Raum am Fenster.

Victoria zögerte. »Hier auf Idhún waren es drei Monate«, antwortete sie schließlich.

Zaisei neigte den Kopf. »Bei den Menschenfrauen dauert es bis zur Entbindung zwischen acht und neun roten Monden«, sagte sie. »Bei den Himmelblauen ein bisschen weniger.« Sie warf Victoria einen kritischen Blick zu. »Du wirst bald merken, dass sich dein Bauch wölbt.«

»Das tut er schon«, erwiderte Victoria. »Und morgens ist mir schlecht und meine Brüste spannen. Das Ganze bekommt mir ehrlich gesagt nicht so gut.«

Zaisei lächelte. »Das ist völlig normal. Ich habe im Orakel mit Schwangeren zusammengelebt. Anfangs hatten sie viele Beschwerden, aber irgendwann wurde es besser. Die letzten Monate bringen auch wieder Beschwerden mit sich, aber andere.«

Victoria begrub das Gesicht in den Händen. Zaisei legte ihr einen Arm um die Schultern. »Hab keine Angst. Du bist nicht allein. Das Band zwischen dir und Jack ist stark und aufrichtig. Das ist die Hauptsache, wenn man Kinder zur Welt bringt: dass sie Geschöpfe der Liebe sind …« Die Himmelblaue sprach den Satz nicht zu Ende, denn sie nahm plötzlich Unruhe in Victorias Herz wahr. »Dein Baby … ist nicht von Jack?«, flüsterte sie. Victoria machte den Mund auf, brachte aber keinen Ton heraus. »Es ist doch nicht von Kirtash, oder?«, fragte die Himmelblaue zutiefst besorgt. »Victoria, er hat dich doch nicht …?«

»Nein«, unterbrach sie mit fester Stimme. »Da brauchst du dir keine Sorgen zu machen, Zaisei. Ich versichere dir, mein Baby ist ein Geschöpf der Liebe. Ich weiß nur nicht, welcher Liebe«, fügte sie mit einem Lächeln hinzu.

»Oh. Verstehe.«

»Zaisei, du weißt, was ich für ihn empfinde, du weißt, dass es auf Gegenseitigkeit beruht.«

Die Himmelblaue schüttelte den Kopf. »Als ich Kirtash das letzte Mal gesehen habe, hatte er Jack gerade ein Schwert in die Brust gestoßen. Und du wolltest ihn deshalb umbringen.«

Aber Victoria widersprach. »Nein, da täuschst du dich. Sosehr ich ihn damals auch gehasst habe – ich habe nicht aus Rache gehandelt. Ich habe nur meinen Fehler wiedergutzumachen versucht.«

»Wie meinst du das?«

Victoria seufzte. »Christian … Kirtash hat sich uns wegen mir angeschlossen, weil er mich liebte. Jack hat ihn zähneknirschend akzeptiert und Alsan hat es getan, weil ihm nichts anderes übrig blieb, aber er war von Anfang an gegen ihn. Ich weiß, was er über unsere Beziehung dachte: Sie könne uns nur Probleme einbringen, nicht nur mir, sondern auch allen anderen Verschwörern. Ich wollte ihm nicht glauben. Damals dachte ich wirklich, Krieg und Hass seien absurd und sinnlos. Die

Liebe sei weit mächtiger. Sie könne alle Probleme lösen und alles verändern. Aber dann passierte die Sache in den Feuergipfeln.«

»Da hast du gedacht, es wäre deine Schuld gewesen«, sagte Zaisei.

Victoria nickte. »Ich dachte, ich hätte mich getäuscht, Alsan hätte von Anfang an recht gehabt, es sei dumm von mir gewesen, auf meine Gefühle zu vertrauen, und dieser Irrtum sei der Grund für Jacks Tod. Ich musste tun, was ich seinerzeit nicht getan hatte: gegen meinen Feind kämpfen, ihn töten, sosehr ich ihn auch liebte. Das würde Jack nicht wieder lebendig machen, aber es war das Mindeste, was ich für meine Leute tun konnte.« Zaisei schluckte. Victorias Schmerz bei der Erinnerung an diesen Vorfall war so stark, dass sie ihn ebenfalls spürte. Doch dann lächelte Victoria plötzlich. »Aber weißt du was? Es war gar kein Fehler. Jack hat mich selbst darauf gebracht, als er mich daran gehindert hat, Christian zu töten.«

»Das hat er wirklich getan?«, fragte Zaisei beeindruckt.

»Ja«, antwortete Victoria lächelnd. »Die beiden können einem manchmal auf die Nerven gehen, denn wenn sie sich nicht streiten, sind sie versessen darauf, mich zu beschützen, aber ich liebe sie nun mal.«

»Aber … hast du dir nicht einmal überlegt, dich für einen von beiden zu entscheiden?«

Victoria hob eine Augenbraue. »Und ein Band zu zerstören?«

Zaisei schluckte. »Das stimmt«, räumte sie leise ein. »Du würdest ein Band zerstören.«

»Das kann ich keinem von beiden antun. Jack oder Christian in die Augen zu sehen und ihn anzulügen, ihm zu sagen, ich wolle ihn nicht mehr bei mir haben, ich sei lieber mit dem anderen zusammen. Christian würde mir nicht glauben. Sosehr ich ihn auch darum bitten würde, er würde nicht einfach gehen, nicht solange er sicher wäre, dass ich ihn noch liebe. Und was Jack angeht …«

»… er würde es nicht akzeptieren«, ergänzte Zaisei.

»Kannst du dir vorstellen, ich würde ihm nach allem, was wir zusammen durchgestanden haben, sagen, ich will ihn verlassen, um bei Christian zu sein?« Sie schüttelte den Kopf. »Das würde ihn mehr verletzen als zu wissen, dass ich keinen von beiden bevorzuge.«

»Das tust du auch nicht, oder?«, wollte die Himmelblaue sich vergewissern.

»Nein. Aber wenn ich irgendwann einmal eine der beiden Beziehungen abbreche, dann die zu Jack. Und zwar nicht, weil ich Christian mehr liebe, sondern weil das Gefühl übermächtig wird, dass Jack allein glücklicher ist als mit mir. Bei Christian habe ich da keine Zweifel. Ich weiß, dass er mich lieber bei sich hat und dass es ihm nichts ausmacht, wenn Jack auch da ist. Aber was Jack angeht …«

»Würdest du ihm dann in die Augen sehen und ihm sagen, dass du nichts mehr für ihn empfindest, dass du lieber mit dem Shek zusammen bist?«

»Das wäre eine schamlose Lüge und würde ihm das Herz brechen. Aber wenn ich es zu seinem Wohl tun muss, Zaisei, dann werde ich es tun, das schwöre ich dir.«

»Da würdet ihr nur beide leiden«, warnte Zaisei erschrocken. Die Vorstellung, zu lügen, um absichtlich ein Band zu zerstören, erschien ihr besonders grausam. »Und was passiert, wenn das Kind geboren wird? Wirst du dich dann mehr zum Vater des Kindes hingezogen fühlen?«

Victoria runzelte die Stirn. »Das bezweifle ich sehr. Aber wenn das Kind von Christian ist, kann Jack es möglicherweise einfach nicht akzeptieren.«

Zaisei wiegte den Kopf. »Und der Shek? Was wird er tun, wenn du das Kind eines Drachen zur Welt bringst? Würde er sich von dir abwenden?«

Victoria lächelte. »Nein«, antwortete sie nur, sicher und überzeugt.

Zaisei lächelte zurück und streichelte sanft über Victorias Bauch. »Ich wünsche dir, dass es gesund zur Welt kommt und glücklich wird«, sagte sie. »Unabhängig davon, wer von beiden es gezeugt hat.«

»Vielen Dank«, erwiderte Victoria gerührt. »Ich freue mich wirklich sehr auf dieses Kind. Wenn ich wählen könnte, wäre es mir am liebsten, wenn es zwei wären. Eins mit Christians Augen und das andere mit Jacks Lächeln.«

Zaisei, die die Augen des Sheks kalt und unmenschlich fand, erschauerte, als sie sich ein solches Baby vorstellte. Aber Victorias Freude war aufrichtig und ansteckend. Die Himmelblaue umarmte sie liebevoll.

Victoria blinzelte, um die Tränen zurückzudrängen. »In letzter Zeit bin ich schrecklich dünnhäutig«, entschuldigte sie sich, während sie sich die Augen trocknete.

»Das ist in deinem Zustand normal«, beruhigte Zaisei sie.

»Außer Jack und Christian hatte ich bisher noch niemandem davon erzählt«, sagte Victoria leise. »Jack freut sich auch, aber er hat Angst, und außerdem macht es ihm Sorgen, was zwischen uns passiert, wenn sich herausstellt, dass mein Kind nicht von ihm ist. Und was Christian angeht …« Sie zögerte. Sie hatte ihn seit der Nacht, in der sie ihm von ihrer Schwangerschaft erzählt hatte, nicht wieder getroffen. »Ich sehe ihn in letzter Zeit nicht viel. Er ist hier nicht willkommen.«

Zaisei überlegte. »Wenn der Shek der Vater deines Kindes ist, wirst du Probleme bekommen, Victoria.«

»Ich weiß«, pflichtete sie bei.

»Ist ihm das klar?«

»Vermutlich schon. Ich glaube, deshalb hält er sich fern.«

»Er hält sich fern, weil er ein Feigling ist«, ertönte da eine Stimme von der Tür her. »Zum Kämpfen ist er immer bereit, aber Verantwortung auf sich zu nehmen, das ist nicht sein Ding.« Die beiden Frauen fuhren herum. Jack sah sie ernst an.

»Jack …«, begann Victoria, aber er legte den Finger an die Lippen und bedeutete mit einer Kopfbewegung, dass im Flur noch jemand näher kam. Dann waren Alsans und Shails Stimmen zu hören.

Jack beugte sich über Victoria. Er fasste sie an den Händen und zwang sie, ihm in die Augen zu sehen. »Victoria«, sagte er leise. »Wir können es nicht mehr lange geheim halten. Wir müssen es sagen, es öffentlich machen.«

»Es öffentlich machen?«, wiederholte Victoria. »Damit eine Staatsaffäre daraus wird?«

»Wie willst du es denn geheim halten? Früher oder später werden es alle erfahren«, beharrte Jack.

»Was erfahren?«, fragte Shail hinter ihnen.

Mit einem tiefen Atemzug richtete Jack sich auf und zog Victoria sanft hoch. Dann sah er Alsan und Shail selbstbewusst an. »Victoria ist schwanger«, verkündete er. Er legte ihr einen Arm um die Schultern und fügte mit einem breiten Lächeln hinzu: »Wir bekommen ein Kind.«

Die folgenden Tage waren für alle ein Wahnsinn. Alsan und Covan mussten sich nicht nur um die Gäste und ihre jeweiligen Gefolge kümmern, sondern auch ein Festmahl nach der Krönung organisieren, ganz zu schweigen von der Koordination der verschiedenen geplanten Ehrungen. Tanawe hatte drei ihrer Drachen geschickt, die die Anwesenden mit ihren Flugkünsten beglücken würden; die Nurgon-Ritter wollten dem zukünftigen König mit einer Parade ihre Aufwartung machen und die Zauberer hatten eine kleine Magie-Darbietung vorbereitet. Victoria gab zu bedenken, all dies könne nicht im Palasthof stattfinden. »Die Leute brauchen ein Fest, sie müssen wieder Vertrauen fassen. Meinst du, die Drachen, die Zauberer und die Ritter präsentieren ihre Darbietungen nur zu Ehren des neuen Königs? Sie wollen der Welt zeigen, wer sie sind. Alle wollen beweisen, dass sie Ashrans Herrschaft überlebt haben.«

Alsan sah sie nachdenklich an. »Vielleicht hast du recht«, gab er zu. »Aber all das wollte ich für eine andere besondere Gelegenheit aufsparen«, fügte er mit einem vielsagenden Lächeln hinzu.

Victoria lächelte etwas unglücklich zurück. Alsan hatte die Nachricht von ihrer Schwangerschaft mit großer Befriedigung aufgenommen, weil er davon überzeugt war, dass Jack der Kindsvater war. Offenbar versöhnte ihn das nun wieder mit Victoria: Sie hatte nicht nur neue Magier hervorgebracht, sondern auch ihre Beziehung zu Jack verbindlicher gestaltet. Wie es sich gehörte. Dass Alsan nicht daran zweifelte, ihr Kind sei von Jack, machte ihr nichts aus. Bauchschmerzen bereitete ihr hingegen das, worauf er gerade anspielte: dass er aus der Geburt ihres Kindes ein Volksfest machen wollte.

Auch wenn Victorias Schwangerschaft noch nicht öffentlich verkündet worden war, um die Krönungszeremonie nicht in den Schatten zu stellen, hatte die Nachricht sich bereits im Palast herumgesprochen. Jack und Victoria hatten die Glückwünsche von Freunden und Bekannten entgegengenommen, darunter von Qaydar, der gleich aufgeregt vermutet hatte, das Kind würde bestimmt Victorias Macht erben. Alle wollten wissen, wie es aussehen würde, ob es ein außergewöhnliches Wesen oder ein normales Baby werden würde. Mit jedem Tag wünschte Victoria sich mehr ein ganz gewöhnliches Kind ohne jede Macht oder Fähigkeit zur Verwandlung. »Ehrlich gesagt wäre es mir lieber, wenn die Geburt meines Kindes etwas ... Privateres wäre«, gestand sie Alsan.

»Mir wäre es auch lieber, die Krönung ein wenig intimer zu gestalten«, erklärte der Prinz, »aber wie du selbst gesagt hast, die Leute brauchen ein Fest und müssen wieder Vertrauen schöpfen. Diese Zeremonie und die Feier zur Geburt eures Kindes werden uns alle enger zusammenbringen. Auch wenn das Kind keine besondere Macht haben sollte – es ist das Kind des letzten Drachen und des letzten Einhorns. Seine bloße Existenz ist für viele Leute bereits ein Symbol. Und das bringt Verpflichtungen mit sich.«

Victoria presste die Lippen zusammen, gewillt, das Thema erst mal ruhen zu lassen.

Am Tag vor der Krönung, als die zweite Sonne bereits am Horizont versank, war alles für Alsans Prüfung bereit. Im Palasthof war eine Reihe von Stühlen aufgestellt. Alsan wusste, welcher seiner war: ein eherner Thron mit Ketten, die ihn die ganze Nacht festhalten sollten. »Du findest das Ganze demütigend, stimmt's?«, fragte Shail ihn. Sie standen zusammen mit Jack auf einem kleinen Balkon.

»Es wäre demütigend, wenn diese Ketten mich zurückhalten müssten«, antwortete Alsan. »Aber sie werden nicht nötig sein, ich verwandle mich ganz bestimmt nicht.«

»Dann wünsche ich dir alles Gute als König«, sagte Jack. »Aber du musst dir klarmachen, wenn du diesem Armband so viel verdankst, wirst du den Rest deines Lebens davon abhängig sein.«

Alsan warf ihm einen strengen Blick zu. »Ich verdanke es

den Göttern«, stellte er richtig. »Ihre Macht hält das Tier in mir im Zaum.«

»Aber sie hat dich nicht davon befreit, Alsan. Es ist immer noch da.«

»Wenn mir der Geist des Tieres entzogen wird, sterbe ich. Hältst du das für die Lösung?«

»Natürlich nicht«, wehrte Jack ab. »Du sollst König werden, wenn du das willst. Aber vor allem soll es dir gut gehen. Und du sollst daran denken, dass du ohne dieses Armband wieder der Alte wärst.«

»Deshalb werde ich es nie mehr ablegen. Und deshalb darf niemand erfahren, was passieren würde, wenn ich es verlöre«, fügte Alsan hinzu. Das klang nicht nur nach einer Warnung, sondern auch nach einer verschleierten Drohung – so kam es zumindest Jack vor. Er ließ es dabei bewenden.

»Und was ist mit dir?«, fragte Shail und lehnte sich zurück. »Zaisei hat mir gesagt, Victoria ist im vierten Monat. Habt ihr schon einen Namen für das Kind?«

»Nein. Wir wissen noch nicht einmal, ob es ein Junge oder ein Mädchen wird. Victoria hätte allerdings lieber ein Mädchen.«

»Wieso das?«

Jack lächelte. Er hatte sie auch danach gefragt und über Victorias halb scherzhafte, halb ernste Antwort lachen müssen: *Ich glaube, es gibt schon zu viele Männer in meinem Leben!* Alsan würde das jedoch bestimmt nicht witzig finden, deshalb sagte Jack, ohne die Frage zu beantworten: »Es gibt keine Möglichkeit, es vor der Geburt herauszufinden, oder? Auf Idhún gibt es keinen Ultraschall.«

»Ultra-was?«

»Vergiss es«, erwiderte Jack lachend.

»Habt ihr euch nicht überlegt, eure Verbindung segnen zu

lassen?«, fragte Alsan plötzlich. »Du weißt schon. Die Leute reden viel und es gibt Gerüchte über eine Beziehung zwischen Victoria und Kirtash …«

»Das ist kein Gerücht, sondern eine Tatsache«, unterbrach Jack.

»Eine Tatsache, die der Vergangenheit angehört«, widersprach Alsan fest. »Aber wenn ihr euch öffentlich zueinander bekennt, wird kein Zweifel über Victorias Loyalität zu unserer Sache bleiben.«

Jack sah ihn bestürzt an. »Wie, wir sollen heiraten? Aus politischen Gründen?«

»Aus politischen Gründen, sagst du?« Alsan wirkte so gekränkt, als hätte Jack ihn beleidigt. »Natürlich nicht! Das ist unmöglich, das weißt du doch!«

»Nein, das weiß er nicht«, mischte sich Shail versöhnlich ein und wandte sich Jack zu. »Sieh mal, Jack, auf Idhún gibt es schon seit Jahrhunderten keine Heiraten aus politischen oder finanziellen Gründen mehr, sondern nur noch aus Liebe. Die Ehe als Institution ist aus unserer Kultur vor langer Zeit verschwunden, nämlich seit die Himmelblauen die Verantwortung für die Trauungen übernommen haben. Es fing damit an, dass ein himmelblauer Priester die Vermählung eines menschlichen Prinzenpaares vollziehen sollte. Stell dir die Situation vor: Vor einem Publikum von Königen, Adligen und allen möglichen Botschaftern machte der Priester mehrere Anläufe, aber die Formel wollte ihm einfach nicht über die Lippen kommen. Schließlich hob er den Kopf und sagte vernehmlich: ›Es tut mir leid, aber ich kann keine Verbindung segnen, die es gar nicht gibt. Diese beiden Menschen lieben sich nicht.‹«

»Im Ernst?«, fragte Jack verblüfft. »Und dann?«

»Es wurde ein anderer Priester geholt und die Trauung vollzogen, obwohl die Braut die ganze Zeit weinte. Dieser Zwischenfall löste eine große Debatte aus und von da an wollten immer mehr Paare von einem Himmelblauen vermählt werden, um so der Welt zu zeigen, dass ihre Liebe aufrichtig war. Den Rest kannst du dir denken. Was als romantische Mode begann, wurde zu einer Revolution. Die Bande sind für die Himmelblauen etwas Heiliges: Sie können nicht so tun, als gäbe es welche, wenn sie nie existiert haben oder schon längst zerschlissen sind … und umgekehrt. All das hat unsere Weltsicht verändert. Die Himmelblauen sind sehr diskret, sie sprechen nicht über fremde Bande, außer sie werden gefragt, und damals begannen plötzlich alle zu fragen. Stell dir vor, was das alles nach sich zog. Die anderen Rassen entdeckten plötzlich, dass Bande der Liebe zwischen Personen unterschiedlicher Rassen, unterschiedlichen Alters, gesellschaftlicher Stellung oder desselben Geschlechts bestehen konnten. Die Bande waren überall, nur sahen wir sie nicht. Das fanden die Himmelblauen vermutlich ziemlich witzig. Es war, als hätten wir anderen alle plötzlich die Sonnen entdeckt, nachdem sie uns jahrtausendelang geleuchtet hatten.«

»Alle Verliebten beanspruchten plötzlich ihr Recht, sich zu lieben«, fügte Alsan mit einem Lächeln hinzu. »Es war eine ziemlich chaotische Zeit, aber die Kirchen reagierten gut. Sie beschlossen ihr Konzept der Ehe zu reformieren und die Trauungen den Himmelblauen zu überlassen. Sie schafften vieles ab, darunter auch Eheschließungen aus politischen Gründen. Vielleicht verstehst du meine Bemerkung von vorhin jetzt besser. Die Bande zwischen Victoria und dir sind bereits gefestigt genug, um einen himmelblauen Priester hinzuzuziehen. Er wird nur bestätigen, dass ihr verliebt seid, nichts weiter. Das seid ihr doch, oder?«

»Natürlich«, antwortete Jack schnell.

»Dann überleg's dir. Ich glaube, es wäre für alle gut, wenn

wir eure Verbindung feiern würden, vor oder nach der Geburt des Babys, wie ihr wollt. Solche Dinge muntern die Leute auf und machen ihnen Mut, vor allem in schweren Zeiten. Es wäre eigentlich eine gute Idee, wenn Ha-Din die Zeremonie persönlich durchführen würde …«

»He, he, nicht so hastig«, protestierte Jack. »Das muss ich mir erst überlegen und natürlich mit Victoria besprechen.«

»Sie wird einverstanden sein. Warum sollte sie etwas dagegen haben? Alle werdenden Mütter erklären liebend gern, dass sie glücklich in den Vater ihres Kindes verliebt sind«, versicherte er.

»Ich glaube, jetzt liegt erst mal Dringenderes an«, sagte Shail, als er Jacks wachsende Anspannung bemerkte. »Die dritte Sonne sinkt schon.«

Es trat ein kurzes Schweigen ein. Dann stand Alsan auf. »Lasst uns hinuntergehen«, sagte er nur.

Im Hof wurden sie schon von Covan und Victoria erwartet und kurz darauf erschien Gaedalu in Begleitung von Zaisei. Als die letzte Sonne am Horizont verschwand, tauchten Qaydar, Ha-Din und Königin Erive von Raheld auf, gefolgt von Denyal. Sie alle würden als Zeugen fungieren. Darüber hinaus würden sich noch zwei Nurgon-Ritter und ein halbes Dutzend gut bewaffneter Palastwachen um Alsan herum postieren, sowie zwei weitere Magier, die mit Qaydar gekommen waren. Einer von ihnen war Yber, der Riesen-Zauberer, der Alsan schon einmal bei einer seiner Verwandlungen im Zaum zu halten vermocht hatte.

Die Zeugen nahmen ihre Sitzplätze ein. Ohne mit der Wimper zu zucken, ließ Alsan sich von den Rittern zu seinem Stuhl geleiten und in starke Ketten legen. Denyal, Covan und Jack vergewisserten sich, dass diese richtig angelegt waren. Bevor Jack sich von Alsan abwandte, drückte er aufmunternd seinen

Arm. Dann kehrte er zu Victoria zurück. Unruhig nahm er ihre Hand.

Nach und nach wurde der Himmel dunkel und es tauchten die ersten Sterne auf. Schließlich gingen die Monde am Horizont auf, in perfektem Kreisrund, zuerst die grüne Ilea in ihrer ganzen Pracht, dann die kleine, rötliche Ayea. Als Letzte folgte die Königin der idhunischen Nacht, die wunderschöne silberne Erea, und schob sich an die untere Spitze des Dreiecks. Überwältigt betrachteten alle das Schauspiel, während in anderen Teilen der Stadt bereits Festmusik erklang, mit der traditionsgemäß der bevorstehende Beginn des neuen Jahres eingeläutet wurde. Diesmal wurden noch zwei weitere Ereignisse gefeiert: Vanissar würde am folgenden Morgen endlich einen neuen König bekommen. Außerdem war bereits ein Jahr seit der Niederlage Ashrans und seiner Sheks vergangen.

Es war auch ein Jahr her, dass Alsan sich in die blutrünstige Bestie verwandelt hatte, die dem Leben seines eigenen Bruders ein Ende gesetzt hatte. Aber diesmal war an Alsans Gesicht keine Veränderung zu entdecken. Reglos wie eine Statue, an seinen ehernen Thron gekettet, betrachtete er die Schönheit des dreifachen Vollmonds. Er war nach wie vor er selbst. Die Zeugen rührten sich nicht, bis schließlich Gaedalus telepathische Stimme in allen Köpfen erklang: *Er hat die Prüfung bestanden.*

»Wir sollten noch eine Weile warten«, sagte Covan. »Wir dürfen nichts dem Zufall überlassen.« Jack fragte sich, ob der Fechtmeister wirklich die ranghöchsten Persönlichkeiten von Idhún zwingen wollte, die ganze Neujahrsnacht auf einem Stuhl auszuharren. Offenbar dachte Covan dasselbe, denn er fügte hinzu: »Wir haben vollstes Verständnis, wenn Ihr zu müde seid, ehrwürdige Mutter. Die Ritter und ich werden bei Prinz Alsan wachen.«

Kurz darauf erhob sich Königin Erive von Raheld. Mit der

Erklärung, sie ziehe sich in ihre Gemächer zurück, verabschiedete sie sich von den Anwesenden und nickte Alsan kurz zu. »Hoheit«, grüßte sie. »Wir sehen uns morgen, bei Eurer Krönung.«

Alsan neigte höflich den Kopf und entschuldigte sich dafür, dass er sich nicht erheben konnte, was alle zum Schmunzeln brachte. Auch Gaedalu brach auf, als ihre Haut auszutrocknen begann, und mit ihr Zaisei. Victoria und Jack blieben die ganze Nacht, doch irgendwann fielen Victoria die Augen zu. Im ersten Morgengrauen wachte sie wieder auf. Sie saß immer noch auf ihrem Stuhl, den Kopf an Jacks Schulter gelehnt. »Was ist passiert?«, fragte sie verwirrt.

»Schsch«, machte Jack. »Sieh mal.«

Alsan war noch an seinen Thron gekettet und Yber, der Riese, stand hinter ihm. Alsans Kleider waren nicht zerrissen und der eherne Thron und die Ketten unbeschädigt. Yber war gerade dabei, die Fesseln aufzubiegen. Als sie geräuschvoll zu Boden fielen und dabei Shail aufweckten, der an der Hofmauer ebenfalls eingenickt war, stand Alsan langsam auf und reckte die Arme. Er wirkte nicht verärgert, weil er dieser Prüfung unterzogen worden war, aber auch nicht zufrieden, sie bestanden zu haben. Er machte einen seltsam entrückten und zugleich nachdenklichen Eindruck.

Covan ging auf ihn zu. Die beiden Ritter, die ihn begleiteten, wichen ihm nicht von der Seite. Beide, Prinz und Fechtmeister, tauschten einen langen Blick. Dann beugte Covan ein Knie vor Alsan. Die Ritter taten es ihm nach. »Suml-ar-Alsan, König von Vanissar!«, sagten sie wie aus einem Mund. Alsan neigte den Kopf und reichte Covan die Hand, um ihm beim Aufstehen zu helfen. Dann umarmten die beiden Männer sich brüderlich.

Doch Alsans Augen blickten über Covans Schulter hinweg. Die Stühle der Zeugen waren fast alle leer. Qaydar hatte sich kurz vor dem ersten Sonnenaufgang zurückgezogen und die Wachen waren ebenfalls vor einer ganzen Weile auf ihre Posten zurückgekehrt. Denyal hingegen war noch da. Er stand ein wenig abseits an der Tür und betrachtete die Szene mit zusammengekniffenen Augen, die Hand am Stumpf seines linken Arms. Dann drehte er sich kopfschüttelnd um und ging davon, ohne ein einziges Wort an Alsan zu richten. Doch nicht auf ihn hatte Alsan seinen Blick geheftet. Außer Jack und Victoria hatte noch jemand auf seinem Stuhl ausgeharrt: Ha-Din, der Himmelblaue, der ehrwürdige Vater. Die beiden sahen sich an. Ha-Din lächelte nicht, musterte Alsan jedoch auch nicht missbilligend.

Jack entdeckte eine Spur von Unruhe in seiner Miene, als hätte Ha-Din bei Alsan etwas wahrgenommen, das ihm nicht gefallen wollte. Schließlich erhob sich das Kirchenoberhaupt und neigte mit starrem Lächeln den Kopf vor Alsan. Dieser erwiderte die Geste. Auch wenn Jack kein Himmelblauer war, nahm er deutlich die Spannung zwischen beiden wahr. Dann drehte Ha-Din sich um und ging.

Alsan wandte sich von ihm ab. Shail war bereits bei ihm und beide unterhielten sich lächelnd über den Ausgang der Prüfung.

»Was ist denn los?«, fragte Victoria verwirrt.

»Du hast es auch gemerkt?«, fragte Jack besorgt. Mehr konnten sie nicht sagen, denn in diesem Moment winkte Shail sie zu sich. Jack holte tief Luft. »Komm«, sagte er und griff nach Victorias Hand. »Wir wollen dem neuen König von Vanissar gratulieren.«

8

Der Bruch

Die Krönungszeremonie sollte stattfinden, wenn Kalinor, die größte Sonne, im Zenit stand. Bald würde es so weit sein. Diejenigen, die bei Alsans Prüfung bis zum Ende geblieben waren, hatten kaum geschlafen: Alsan selbst und die Ritter, die ihn bewachten, hatten kein Auge zugetan und die anderen waren im Laufe der langen Nacht nur hin und wieder eingenickt. Doch zum Ausruhen blieb keine Zeit. Für die Zeremonie war noch viel vorzubereiten.

Sie sollte vor den Toren der Stadt am Waldrand stattfinden. Dort war ein Podest mit drei Sitzplätzen aufgebaut worden, wie bei den Königskrönungen in Nandelt üblich. Zwei davon würden der zukünftige König sowie derjenige einnehmen, der ihm die Krone aufs Haupt setzen würde. Das übernahm normalerweise jemand aus der Familie, aber da Alsan keine Geschwister mehr hatte und seine Eltern ebenfalls tot waren, kam nur ein anderer Herrscher infrage. Alsan hatte sich für Erive, die Königin von Raheld, entschieden.

Der dritte Platz war für einen Vertreter des Nurgon-Ritterordens reserviert. Die Wahl fiel natürlich auf Covan. Darüber hinaus war eine Tribüne für die Ehrengäste errichtet worden. Das übrige Publikum würde stehen müssen, denn die Stühle reichten nicht für alle. Die Palastköche hatten einen großen Teil der Nacht sowie den ganzen Vormittag damit zugebracht, Hunderte der typisch vanissarischen Geflügelpasteten zuzubereiten. Es sollten auch große Mengen Nunk ausgeschenkt werden, ein in ganz Nandelt verbreitetes Getränk aus vergorenen Waldbeeren.

Trotz ihrer Müdigkeit überwachten Alsans Freunde auch noch die letzten Vorkehrungen. »Es gibt Streitigkeiten, wo der Opferaltar genau aufgestellt werden soll«, berichtete Jack Shail und Victoria am späten Vormittag. »Was meint ihr? Soll ich Gaedalu fragen?«

»Wegen etwas so Offensichtlichem brauchen wir sie nicht zu belästigen«, widersprach Shail. »Der Opferaltar wird immer am Eingang aufgestellt, das weiß doch jeder. Wo ist das Problem?«

»Offenbar steht er im Weg«, antwortete Jack.

Shail seufzte ungeduldig. »Ich gehe mal nachsehen, was los ist.« Jack begleitete ihn.

Victoria warf einen kurzen Blick zum Himmel. »Beeilt euch«, drängte sie, »bald machen sich die ersten Leute auf den Weg und bis dahin muss alles fertig sein.«

Christian war beim ersten Sonnenaufgang eingetroffen, hatte sich im Unterholz versteckt und von dort aus die Vorbereitungen für die Zeremonie verfolgt. Er hatte sich den Kopf darüber zerbrochen, warum Alsans Krönung wohl auf den Neujahrstag gelegt worden war. In der Nacht davor hatte es einen dreifachen Vollmond gegeben und Christian wusste, welche Wirkung die Monde auf den Prinzen ausübten. Bestimmt war Alsan die ganze Nacht in Ketten gehalten worden und deshalb nicht in besonders guter Verfassung. Warum also ausgerechnet heute? Christian brachte in Erfahrung, dass sich Ha-Din, Qaydar und Gaedalu in Vanissar aufhielten. Bald kamen ihm die

Gerüchte über die ›Prüfung‹ zu Ohren, der sie angeblich als Zeugen beigewohnt hatten.

Während er noch darüber nachsann, versperrte eine Schar Novizen den Zugangsweg mit dem Opferaltar. Bald brach ein Streit darüber aus, ob der Altar dort stehen bleiben konnte, und kurz darauf wurde ein Junge in den Palast geschickt, um Anweisungen von weiter oben zu verlangen. Wenig später trafen Jack und Shail ein. Wie jedes Mal, wenn Christian den Drachen sah, loderte der uralte Hass in ihm auf, aber er unterdrückte den Impuls sofort. Er beobachtete, wie alle zusammen den schweren, sechseckigen Block an den Wegrand hievten. Als Jack sich reckte, um sich den Schweiß von der Stirn zu wischen, richtete Christian seinen eisblauen Blick auf ihn.

Sogleich lief es Jack kalt über den Rücken und er sah sich sichtlich beunruhigt um. *Christian?*, dachte er. *Wo bist du?*

Im Moment noch versteckt. Ich muss mit dir reden.

Worüber?

Das sage ich dir lieber persönlich. Es hat mit Victoria zu tun.

Jack zögerte und starrte auf die Stelle, wo Christian sich verbarg.

»Alles in Ordnung?«, fragte Shail ihn beunruhigt.

Jack nahm wieder von seiner Umwelt Notiz. »Ja, mir … ist schwindlig. Es war alles ein bisschen viel, nehme ich an. Wenn ihr mich hier nicht braucht, mache ich einen kleinen Spaziergang. Ich bin bald zurück.«

Shail nickte. Jack wandte sich ab und ging auf dem Pfad davon, ohne zurückzublicken. Wenn er es getan hätte, hätte er Alsan zwischen den Bäumen näher kommen sehen. Dieser gesellte sich zu Shail, als Jack bereits um die Ecke gebogen war. Eigentlich war Alsan wegen des Problems mit dem Opferaltar gekommen, aber jetzt sah er Jack nachdenklich hinterher.

Vom Unterholz aus beobachtete Christian Alsan genau: die Veränderung in seiner Haltung und in seiner Haarfarbe. Färben würde Alsan sich die Haare nie. Das war nicht sein Stil. War es ihm also tatsächlich gelungen, das Tier in sich zu bändigen? Jacks Gegenwart brachte Christian auf andere Gedanken. Er glitt durch das Dickicht auf ihn zu. Sie trafen sich auf einer Lichtung.

»Was willst du hier?«, fragte Jack unverblümt.

»Ich bringe schlechte Nachrichten.«

»Ach, das ist ja ganz was Neues!«

»Sei nicht so aggressiv, ja? Ich bringe schlechte Nachrichten, weil sich die Situation da draußen immer mehr zuspitzt, auch wenn ihr euch hier in dieser Stadt, in diesem Palast einredet, alles wäre in Ordnung.«

Jack atmete tief durch. »Ist ja gut. Worum geht es diesmal?«

»Ich weiß, dass ihr einen Angriff auf Gerdes Hauptquartier in den Feuergipfeln vorbereitet.«

»Und?«

»Brecht ihn ab.«

Jacks Kinnlade klappte nach unten. »Wie bitte?«

»Du hast richtig gehört.«

Jack holte mehrmals tief Luft, um nicht ausfallend zu werden. Dann stieß er hervor: »Aus irgendeinem besonderen Grund?«

Christian sah ihn an. Offenbar suchte er nach den richtigen Worten und das war ungewöhnlich bei ihm. »Weil Gerde es so will. Wenn ihr ihre Forderungen nicht erfüllt, wenn ihr sie nicht in Ruhe lasst, wird Victoria sterben.«

Jack verschluckte sich fast. »Und das erzählst du mir so seelenruhig?«, warf er ihm dann vor.

»Ich bin nicht seelenruhig!«, brach es plötzlich aus Christian heraus. »Wir sind in einer heiklen Situation«, sagte er nur mit mühsamer Beherrschung. »Gerde ist sehr mächtig, Jack, falls du das noch nicht bemerkt hast. Wenn sie Victoria oder dich töten will, wird sie es auch tun. Wenn sie mich töten will, braucht sie nur mit den Fingern zu schnalzen …«

»Und deshalb bist du zu ihrem Sklaven geworden?«

»Nein«, widersprach der Shek. Er hatte seine Eiseskälte wiedererlangt. »Ich bin aus anderen Gründen bei ihr, von denen ich nicht erwarte, dass du sie verstehst. Aber deine letzte Begegnung mit Gerde hätte dir zeigen müssen, dass du ihr nicht gewachsen bist. Es ist nicht mehr wie zu Ashrans Zeiten. Es gibt keine Prophezeiung, Jack, und das bedeutet, dass die Götter euch nicht schützen.«

Jack schüttelte den Kopf. »Ich glaube dir nicht«, widersprach er. »Wenn Gerde Victoria töten könnte, hätte sie es längst getan.«

Christian ließ sich mit der Erwiderung Zeit. »Du weißt ja, dass Gerde an Victorias Baby interessiert ist«, sagte er halblaut. »Sie wird warten, bis das Kind auf der Welt ist, aber wenn sie sich von den Warmblütern bedrängt sieht …«

»Warte«, unterbrach Jack. »Dann ist Gerdes Interesse an Victorias Baby echt? Heißt das, sie denkt wirklich, die Seele dieses Kindes gehört ihr? Das würde bedeuten …«

Er sprach den Satz nicht zu Ende und starrte Christian fassungslos an, aber der Shek beantwortete seine Frage nicht. »Wir haben noch fünf bis sechs Monate, schätze ich«, erwiderte er. »Das ist nicht viel, aber besser als nichts. Um Victorias willen – lasst Gerde in Ruhe. Sie wird schnell aufbrausend.«

Jack zitterte, als er hervorstieß: »Ich habe nicht vor, auf ihre Erpressung einzugehen.«

»Würdest du das Leben von Victoria und ihrem Kind für eine Frage des Stolzes aufs Spiel setzen?«

Jack hob den Kopf. »Was hast du denn mit diesem Kind zu

tun?«, herrschte er ihn an. »Wie kannst du es wagen, hier aufzukreuzen, wo du dich seit Monaten nicht darum gekümmert hast, wie es ihr geht? Wie kannst du es wagen, jetzt zurückzukommen, nachdem du die ganze Zeit bei Gerde gewesen bist? Für wen hältst du dich eigentlich?« Er hatte die Stimme erhoben und Christian sah ihn mit blitzenden Augen an. Jack rang um Beherrschung. »Es steht dir nicht zu, mir zu sagen, was ich tun soll«, schloss er, »und schon gar nicht unter dem Vorwand, es sei zu Victorias Bestem. Schließlich habe ich jetzt die Verantwortung für sie und ihr Baby. Wo hast du denn die ganze Zeit gesteckt?« Christian erwiderte nichts. Jack sprach wieder leiser. »Du kannst jetzt nicht einfach daherkommen und mir zu verstehen geben, dass doch du …« Er konnte nicht weitersprechen.

»Dass ich was?«, fragte Christian sanft. »Quält dich etwa der Gedanke, dass Victorias Baby vielleicht nicht von dir ist?«

Jack starrte ihn aus schmalen Augen hasserfüllt an. »Wir wollen unsere Verbindung segnen lassen«, warf er ihm an den Kopf. »Und zwar in einer öffentlichen Feier.«

»Das freut mich für euch«, erwiderte Christian ruhig. »Aber vielleicht solltest du auch Victoria Bescheid sagen.«

Wütend griff Jack an den Schaft seines Schwerts, hielt jedoch an sich und ließ ihn widerstrebend wieder los. »Manchmal fällt es mir schwer zu glauben, dass du sie wirklich liebst«, sagte er halblaut. Er schüttelte erschöpft den Kopf. »Ich weiß nicht, was ich von der Sache mit Gerde halten soll. Wenn sie wirklich so mächtig wäre, wie du sagst, bräuchte sie nicht von uns zu verlangen, sie nicht anzugreifen. Das kann nur heißen, dass sie uns fürchtet.«

»Das sehe ich nicht so«, widersprach Christian. »Sie befiehlt mir einfach, das Fenster zu schließen, damit keine lästigen Insekten hereinkommen.«

Jack verengte die Augen. »Weißt du was? Soll sie es doch selbst zumachen.«

Christian warf ihm einen langen Blick zu. »Mir fällt es manchmal auch schwer zu glauben, dass du etwas für Victoria empfindest«, bemerkte er. Dann verabschiedete er sich mit einer leichten Verneigung des Kopfes und verschwand wie ein Schatten zwischen den Bäumen.

Victoria war dabei, sich für die Zeremonie zurechtzumachen. Die Dienstmädchen im Palast hatten für sie eine weiße Tunika mit weiten Ärmeln und einer breiten blauen Schärpe ausgesucht – einer Schärpe, die sich enger um ihre Taille schloss, als ihr lieb war. Sie überlegte gerade, ob sie die Schärpe überhaupt tragen sollte, als sie ein Kribbeln am Finger spürte. Sie hob die rechte Hand: Shiskatchegg funkelte rötlich.

Sie setzte sich auf den Bettrand, schloss die Augen und führte den Ring an die Lippen. *Christian?*, dachte sie fast schüchtern.

Seine telepathische Stimme erklang in irgendeinem Winkel ihres Kopfes. *Hallo, Victoria.*

Ihr Herz schlug schneller. Sie hatte ihn die ganze Zeit wahnsinnig vermisst. Dennoch setzte sich ihr Verstand gegen ihre Gefühle durch. *Du hättest nicht kommen sollen*, sagte sie. Wenn Christian so leicht Kontakt mit ihr aufnehmen konnte, musste er relativ nah sein. *Du bist in Gefahr.*

Du auch, erwiderte er. *Ich weiß, ich sollte mich von dir fernhalten, aber …*

Victoria wartete sehnsüchtig auf das Ende des Satzes, darauf, dass er so etwas sagte wie: ›Ich habe dich vermisst‹, ›Ich wollte deine Stimme hören‹ …

… es geht um etwas Wichtiges, fügte Christian hinzu. *Ich weiß, dass Alsan dabei ist, ein Heer zusammenzustellen, Victoria. Ein Heer gegen Gerde. Sie …*

Plötzlich unterbrach er sich. Victoria fing wirre Informationen auf, als versuchte der Shek Ordnung in seine Gedanken zu bringen. Das war sonst nicht seine Art.

Nein, sagte Christian unvermittelt. *Das wollte ich dir gar nicht sagen.* Es trat ein kurzes Schweigen ein. *Wie geht es dir?*, fragte er dann. *Und dem Baby?*

Victoria holte tief Luft. *Gut*, dachte sie. *Alles in Ordnung.*

Erneut Schweigen. *Das freut mich*, erwiderte Christian. Er schien zu zögern, bevor er hinzufügte: *Ich habe viel an dich gedacht.*

Sie hatte einen Kloß im Hals. *Ich weiß, Christian*, beruhigte sie ihn. *Tu, was du zu tun hast, aber sei um Himmels willen vorsichtig.* Sie konnte fast spüren, dass er lächelte, wo auch immer er war. Dann erneut Schweigen.

Plötzlich wurde Victorias Bewusstsein von einer Empfindung überflutet, so intensiv wie ein elektrischer Schlag, aber unendlich angenehmer. Christians Gegenwart erfüllte alle ihre Sinne, als befände er sich direkt neben ihr. Ihr entschlüpfte ein erstickter Ausruf. Christian hatte sie geküsst, aus der Entfernung, indem er die Punkte in ihrem Bewusstsein berührt hatte, die die Erinnerung an vergangene Küsse weckten. Es war seltsam und wunderschön, distanziert und zugleich viel intimer als jeder körperliche Kontakt. Einige Augenblicke lang setzte Victorias Denken aus und ein wohliger Schauer rieselte über ihren ganzen Körper.

Das ist alles, was ich dir im Moment geben kann, sagte er. *Aber es ist längst nicht alles, was ich dir gern geben würde.* Sanft zog Christians Bewusstsein sich aus ihrem zurück. Sie hob die Hand, um den Ring zu küssen, und legte die andere auf ihren Bauch.

So fand Jack sie, als er kurz darauf das Zimmer betrat. Victoria zuckte zusammen und hob den Kopf. Sie hatte feuchte Augen. Etwas unsicher fragte Jack: »Alles in Ordnung?«

Victoria wiegte den Kopf. »Ja. Ich habe nur gerade …«

»Christian hat endlich Verbindung mit dir aufgenommen – nachdem er sich drei Monate lang nicht gemeldet hatte.«

Victoria fragte nicht, woher er das wusste. Sie zuckte die Achseln und lächelte. »Es ist spät«, sagte sie. »Sie warten bestimmt schon auf uns.«

Wenig später verließ der Tross den Palast. Die Spitze bildeten sechs Ritter des Nurgon-Ordens zu Pferd, unter ihnen auch Covan. Hinter ihnen schritt Alsan, gelassen und stolz. Ihm schlossen sich Ha-Din und Gaedalu mit ihrem jeweiligen Gefolge an. Dann kamen Jack und Victoria, gefolgt vom gesamten Adel Nandelts. Den Abschluss bildeten Qaydar und die Magier.

Unter dem Jubel der Vanissaren zogen sie durch die ganze Stadt. Über ihnen durchpflügten mehrere künstliche Drachen den Himmel. Der Tross passierte die Stadttore und steuerte auf den Schauplatz der Zeremonie zu, vorbei am sechseckigen Altar, der mit Blumen, Vogelfedern, Wasserschalen und einfachen Speisen überhäuft war. Diese Opfer waren rein symbolisch, ein Ausdruck der guten Wünsche der Bevölkerung. Victoria blieb stehen, um ihre Gaben niederzulegen: eine Blume, ein Fläschchen mit Wasser und ein Stückchen Zuckergebäck.

»Keine Feder?«, fragte Jack.

Victoria schüttelte den Kopf. Die Blume symbolisierte Liebe und Fruchtbarkeit, damit wünschte man dem zukünftigen König eine Lebensgefährtin, um eine Familie zu gründen. Die essbaren Gaben, Obst oder Gebäck, standen für die Hoffnung, seine Herrschaft möge für alle gedeihlich sein. Mit dem Wasser verband sich der Wunsch nach Gesundheit und langem Leben für den neuen Herrscher. Die Vogelfeder schließlich war ein

Sinnbild für Macht und Ruhm, von den meisten als Streben nach militärischer Größe verstanden.

Jack begriff. »Hoffentlich erhören die Götter deine Bitten«, flüsterte er ihr ins Ohr.

»Hoffentlich«, seufzte Victoria.

Doch der Opferaltar war voller Vogelfedern. Alsan hatte sich im Kampf einen Namen gemacht und alle erwarteten, er werde ihn fortsetzen. Wasserschalen hingegen hatten nur wenige mitgebracht. Es gab eine ganze Menge essbare Gaben und ziemlich viele Blumen. Aber vor allem Federn.

Jack griff nach Victorias Hand. Sie lächelte ihn an. Er wünschte sich, dieser Augenblick möge nie vergehen. Aber ihn bedrückte sein letztes Gespräch mit Christian. Was, wenn die beiden es längst wussten? Wenn Victorias Baby von dem Shek war und sie es ihm verheimlicht hatten? Wenn …?

»Du bist heute nervös«, sagte Victoria plötzlich. »Was ist?«

»Ich habe nachgedacht«, sagte er hastig, beugte sich zu ihr und flüsterte ihr ins Ohr: »Würde es dir gefallen, wenn unsere Verbindung gesegnet würde?« Er stellte die Frage, fast ohne zu überlegen. Doch bei seinen Worten veränderte sich Victorias Gesichtsausdruck. Ihre Augen weiteten sich und sie wurde ein wenig blass, oder zumindest kam es Jack so vor. »Es ist nicht mit einer Heirat zu vergleichen«, beeilte er sich klarzustellen. »Ein himmelblauer Priester bestätigt nur …«

»Ich weiß«, beruhigte sie ihn. »Ich weiß, was das Segnen der Verbindung bedeutet. War es Alsans Idee?«

Jack blieb gekränkt stehen. »Alsan hat mir erklärt, worin es besteht«, antwortete er, »und er findet, es wäre eine gute Idee, ja. Aber du kannst sicher sein, dass ich es dir nicht vorschlagen würde, wenn ich es nicht wirklich wollte. Für wen hältst du mich?«

Versöhnlich ergriff Victoria seine Hand. »Das weiß ich doch.

Ich bin nur etwas überrascht von deinem Vorschlag … hier und jetzt.«

Jack verfluchte sich für seine Ungeschicktheit. Das Gespräch mit Christian lag ihm im Magen und hatte ihn dazu gebracht, überstürzt zu reagieren. Er hätte natürlich den richtigen Moment und eine etwas romantischere Atmosphäre wählen sollen. »Tut mir leid … Es war ein Impuls. Aber das bedeutet nicht, dass ich es nicht trotzdem gern tun würde.« Er sah sie erwartungsvoll an.

Victoria warf ihm einen entschuldigenden Blick zu. »Ich fände es auch schön«, erwiderte sie, »aber es geht nicht, Jack. Tut mir leid.«

Sie gab ihm einen Korb … Er ließ Victorias Hand los, als hätte er sich daran verbrannt. »Aber warum denn nicht?«, flüsterte er. »Wegen Christian?«

Victoria neigte den Kopf. »Zum Teil«, antwortete sie.

Jack fragte nicht weiter. *Alle werdenden Mütter erklären liebend gern, dass sie glücklich in den Vater ihres Kindes verliebt sind.* Alsans Worte klangen ihm im Ohr. Und … wenn er gar nicht der Vater war? Was, wenn die Zeit, die sie mit Christian verbracht hatte, sie so miteinander verbunden hatte, dass sie sich endgültig für den Shek entschieden hatte oder dafür, ein Kind von ihm zu bekommen, oder beides? Es lief ihm kalt über den Rücken. Er wollte es nicht glauben, aber was für ein anderer Grund konnte hinter ihrer Absage stecken außer der Furcht, der Priester könnte vor allen Anwesenden sagen, sie sei nicht in ihn verliebt?

Er spürte, wie Victorias Hand sich mit seiner verschränkte, und hörte ihre Stimme. »Es hat nichts mit dir zu tun, Jack. Dir braucht kein Himmelblauer zu sagen, was du längst weißt oder wissen solltest.«

»Was sollte ich denn wissen?«, fragte er ein wenig schroff. Er sah Victorias gekränkte Miene, bekam die Antwort jedoch nicht zu hören, denn in diesem Moment bestieg Alsan das Podest und die Menge brach in wildes Klatschen aus. Es war eine eigenartige Situation. Jack und Victoria saßen nebeneinander, gaben sich Mühe, glücklich und entspannt zu wirken, aber der Missklang zwischen ihnen war nicht zu übersehen.

Die eigentliche Zeremonie war kurz und schlicht. Alsan kniete vor Königin Erive nieder und diese ließ ihn den Treueschwur zu seinem Reich aussprechen. Mit fester Stimme verkündete Alsan, der Tradition gemäß, ganz Vanissar sei nun sein Zuhause und dessen Bewohner seine Familie. Er gelobe, es ihnen an nichts fehlen zu lassen, solange er am Leben sei, sie mit Waffengewalt zu verteidigen, wenn nötig, und sie mit Wohlwollen und Weisheit zu regieren. Als Erive Alsan die Krone auf den Kopf setzte, brachen alle Anwesenden in Jubelgeschrei aus. Alsan stand auf und seine dunklen Augen funkelten vor Stolz und Freude. Jack lächelte, während er den neuen Herrscher von Vanissar mit aller Kraft beklatschte. Neben ihm applaudierte Victoria ebenfalls. Nur Ha-Din, der ehrwürdige Vater, blieb mit den Händen im Schoß sitzen und seine hängenden Schultern enthüllten tiefe Niedergeschlagenheit.

Nach dem Treueschwur der vanissarischen Ritter und dem formellen Gruß der Könige und Adligen der übrigen Reiche hielt Alsan eine kurze, schlichte Ansprache. Er erinnerte an seinen Vater, König Brun, und schwor, alles zu tun, um ein ebenso guter Herrscher zu werden wie er. Anschließend gedachte er der schweren Zeiten, die sein Volk unter Ashran durchgemacht hatte, und sprach dann über seine Suche nach dem Drachen und dem Einhorn und darüber, wie er sie nach Idhún zurückgebracht hatte, damit sie ihnen im Krieg gegen die Sheks beistanden.

Victoria hörte seine Worte mit zunehmender Anspannung. Alsan beendete seine Rede mit der Ankündigung, der Kampf sei noch nicht zu Ende, und erklärte mit mächtiger Stimme, er werde nicht eher ruhen, als bis die letzte Schlange von Idhún ausgerottet sei. Besorgt runzelte Victoria die Stirn. »Das kann nichts Gutes bedeuten«, murmelte sie, aber ihre Worte gingen im Applaus unter.

Auf die anschließenden Darbietungen achtete sie kaum. Erst als einer der Zauberer aus dem Turm von Kazlunn auf die Tribüne trat, hob sie den Kopf. Hinter ihm standen sechs Lehrlinge, die mit einer Kostprobe ihrer Magie aufwarteten, einem Tanz wild wirbelnder magischer Schatten. Ihnen allen hatte Victoria in letzter Zeit die Magie übermittelt. Yaren war nicht unter ihnen.

Victoria sah zu Qaydar hinüber, der in ihrer Nähe auf der Tribüne saß. Bei ihm befand Yaren sich auch nicht. Sie hatte ihn zusammen mit den anderen aus dem Palast gehen sehen. Weit konnte er also nicht sein. Vielleicht war jetzt der richtige Moment, ihn sich noch einmal vorzunehmen. Eine Entschuldigung murmelnd, erhob sie sich von ihrem Platz. Sie warf Jack einen flüchtigen Blick zu, aber dieser tat, als bemerkte er es nicht. Victoria ging die Treppe hinunter und schlich sich zur Rückseite der Tribüne.

Sie fand Yaren nicht weit von dort, im nahen Wäldchen. Oder vielleicht war er derjenige, der sie fand. »So sieht man sich wieder«, sagte er langsam, als sie voreinanderstanden.

»Tja«, erwiderte Victoria sanft. »Und was hast du jetzt vor? Mich töten? Mit mir reden?«

Der Magier verengte die Augen. »Du bist mir noch etwas schuldig, Lunnaris.«

Victoria lächelte. »Nach allem, was passiert ist, soll ich dir noch einmal Magie übermitteln? Sieh dich an«, fuhr sie fort. »Deine Magie hat sich längst in dir eingenistet, sie strömt immer leichter durch dich hindurch. Das hättest du abwehren sollen.«

»Willst du damit sagen, ich sollte nicht länger im Turm studieren? Dass ich nie ein Magier wie die anderen sein werde?«

Victoria deutete auf seine Füße. Um ihn herum verdorrte das Gras, färbte sich hässlich gelb, als wäre die Erde mit Gift getränkt worden. »Diese Wirkung wird immer mehr zunehmen«, sagte Victoria leise.

»Dann tu etwas dagegen«, forderte Yaren sie gepresst auf.

Victoria schloss die Augen. »Ich könnte es noch einmal versuchen. Aber ich kann dir nicht garantieren, dass meine reine Magie die andere vertreibt. Vielleicht bereitet sie dir nur noch mehr Schmerz und Qual.«

»Ich bin bereit, es zu versuchen.«

»Und wenn es nicht funktioniert?«

Yaren deutete ein finsteres Lächeln an. »Dann hindert mich nichts mehr daran, dich zu töten.«

Victoria neigte den Kopf zur Seite. »Glaubst du, das wird deinen Schmerz lindern?«

»Vielleicht nicht«, gab Yaren zu. »Aber dich sterben zu sehen bereitet mir bestimmt Genugtuung. Denn ich ertrage es nicht, dass du jetzt neue Zauberer hervorbringst und für sie der Traum in Erfüllung geht, den du mir verwehrt hast. Das ist nicht fair.«

»Ich habe dich schon damals vor den Konsequenzen gewarnt, aber du wolltest meine Magie trotzdem unbedingt. Jetzt weise ich dich darauf hin, dass das Einzige, was ich versuchen kann, vielleicht nicht genug ist. Du entscheidest.«

Yaren sah sie lange an. Dann beugte er langsam ein Knie vor ihr. »Du bist es mir schuldig«, sagte er nur.

Victoria seufzte. »Wie du willst. Versuchen wir es also. Mögen die Götter uns beistehen.«

Sie verwandelte sich in ein Einhorn. Sie wurde unruhig, denn plötzlich nahm sie das Kind in sich nicht mehr wahr. Das passierte jedes Mal bei ihren Verwandlungen. Wenn sie ihre menschliche Gestalt wieder annahm, war ihr Baby wieder da. Aber sie konnte sich einfach nicht daran gewöhnen.

Bei ihrem Anblick taumelte Yaren einen Schritt zurück und starrte sie argwöhnisch an. Es dauerte jedoch nicht lange, bis er den Kopf senkte. Seine dunkelblonden Zotteln fielen ihm ins Gesicht. Victoria ging auf ihn zu, bis ihr langes Horn Yaren sanft berührte. Der Strom der Magie, einer reinen, wunderschönen Magie, drang in ihn ein und erfüllte ihn mit einem Gefühl des Friedens und der Harmonie. Doch damit war es schlagartig vorbei, als diese Energie seine eigene aufwirbelte, sie in jede Faser seines Wesens presste und ihm den heftigsten Schmerz bereitete, den er je verspürt hatte.

Yaren heulte auf und versuchte sich zu entziehen. Doch das Einhorn drängte ihn zu Boden und übermittelte ihm weiterhin Energie. *Ich muss seine unreine Magie vertreiben … Ich muss sie fortschwemmen …* war das Einzige, was Victoria dachte. Doch bald bemerkte sie, dass Yarens dunkle Magie nun auf sie selbst abfärbte. Sie durchlebte erneut den Schmerz, die Angst, den Hass, während Yaren sich im Gras wand und wie am Spieß schrie. Victoria biss die Zähne zusammen und bemühte sich, noch mehr Energie aus der Umgebung zu Yaren zu lenken.

Von Yarens Augen ging ein helles Strahlen aus, aber sein Gesicht war nach wie vor eine Maske des Leidens. Wenn sie so weitermachte, würde sein Körper irgendwann bersten. Durch die Zufuhr neuer Magie wurde die verdorbene nur noch tiefer in ihn hineingepresst. Mit einem dumpfen Keuchen zog sie ihr

Horn zurück und ließ sich erschöpft auf ihr Hinterteil fallen. Yaren krümmte sich zusammen, zitternd und schluchzend wie ein Kind. Victoria nahm wieder ihre menschliche Gestalt an, brauchte jedoch noch eine Weile, bis sie das Gefühl von Angst und Leiden überwunden hatte. Unruhig strich sie sich über den Bauch.

Langsam richtete sich der Magier auf und starrte sie hasserfüllt an. »Du bist ein Ungeheuer«, sagte er und spuckte ihr vor die Füße. Dann wankte er davon.

Verzweifelt begrub Victoria das Gesicht in den Händen. Sie hatte seine letzte Hoffnung zunichtegemacht. Aber sie hatte es versuchen müssen. Das war das Mindeste, was sie tun konnte. Sie verharrte noch eine Weile im Gras, die Arme um sich geschlungen, und fragte sich, was sie nun tun sollte. Sie kannte niemanden, den sie über Yarens Fall zurate ziehen konnte. Qaydar wusste keinen Ausweg. Und falls die Einhörner ein Heilmittel für solche Fälle gekannt hatten, hatten sie das Geheimnis mit ins Grab genommen.

Da rieselte ihr plötzlich ein Schauer über den Rücken und kurz darauf schloss Christian sie in die Arme. »Was ist passiert?«, fragte er erschrocken. »Alles in Ordnung? Ich habe gespürt …«

»Alles in Ordnung«, beruhigte sie ihn mit einem Lächeln. »Es geht schon wieder. Und du? Ich dachte, du wärst längst fort. Du weißt doch, du solltest nicht hier sein.«

Christian erwiderte ihr Lächeln. »Ich war noch in der Nähe. Aber du hast recht, wir sind leichtsinnig. Wenn du gesehen wirst …«

»Das ist nicht der Punkt, es macht mir nichts aus, mit dir gesehen zu werden«, widersprach Victoria mit erstickter Stimme. »Ich bin es leid, so zu tun, als würde ich dich nicht lieben. Sollen sie doch denken, was sie wollen, sollen sie sich doch die

Mäuler zerreißen. Ich werde nicht leugnen, was ich für dich empfinde.«

Zärtlich strich Christian ihr das Haar hinters Ohr. »Ich habe nicht damit gerechnet, dich heute zu sehen«, gab er zu. »Ich hatte nicht einmal vor, mit dir zu sprechen. Aber …«

»Aber Jack hat dir vorgeworfen, dass du dich hier nie blicken lässt, stimmt's?«

»Es ist nicht nur wegen Jack«, protestierte er. »Ich wollte sicher sein, dass du wohlauf bist. Jetzt muss ich aber zurück. Ich weiß nicht, ob Jack meine Bitte erfüllen wird, aber zumindest wird Gerde gern hören, dass es dir und deinem Kind gut geht.«

Victoria neigte den Kopf. »Gerde ist also nach wie vor an meinem Baby interessiert«, sagte sie. »So sicher ist sie sich, dass es …?«

»… von mir ist? Sie weiß, dass diese Möglichkeit besteht. Sie wird warten, bis es auf der Welt ist, aber bis dahin habe ich hoffentlich eine Lösung gefunden.«

Victoria ließ ihn nicht aus den Augen. »Gibt es wirklich eine Lösung für all das?«

»Natürlich keine, die alle zufriedenstellt. Aber ich begnüge mich mit einer, mit der ich und diejenigen, an denen mir etwas liegt, leben können.«

In diesem Moment waren wieder Hochrufe und Applaus zu hören. Die Darbietungen waren beendet. »Zeit fürs Festmahl«, seufzte Victoria. »Ich gehe besser zurück, bevor ich vermisst werde.«

Christian umarmte sie noch einmal und schloss die Augen. »Ich habe dich wirklich vermisst«, gestand er leise.

Victoria legte den Kopf an seine Schulter. Sie blieben noch einige Augenblicke eng umschlungen stehen, bevor sie sich schweren Herzens trennten.

Victoria kehrte zur Feier zurück. Mittlerweile drängten sich fast alle dort, wo Pasteten und Krüge mit Nunk ausgegeben wurden. Sie entdeckte Zaisei in einiger Entfernung und wollte zu ihr gehen, aber ein Junge trat ihr in den Weg. »Edle Lunnaris, ich flehe Euch an! Ich weiß, ich bin es nicht wert, aber wenn Ihr so gütig wärt …«

»So geht das nicht«, wehrte sie sanft ab. »Entschuldige mich …« Sie musste noch zwei weitere Leute abschütteln, bevor sie bei Zaisei anlangte.

»Victoria! Wo hast du denn gesteckt? Du kamst und kamst nicht wieder und ich hab mir schon Sorgen gemacht. Hast du die ehrwürdige Mutter gesehen?«

»Ist sie auch fort?«, wunderte sich Victoria. »Vielleicht ist sie bei Ha-Din.«

»Er ist schon vor der Vorführung der Drachen in den Palast zurückgekehrt. Da war Gaedalu noch bei mir …«

»Nun ja, bei so vielen Leuten ist es nicht verwunderlich, dass du sie aus den Augen verloren hast. Vielleicht wollte sie Alsan Glück wünschen.«

»Wahrscheinlich, aber den kann ich auch nirgends entdecken.«

Plötzlich nahm eine entsetzliche Vorahnung in Victorias Herzen Gestalt an. Sie drehte sich wortlos um und rannte davon. Kurz darauf spürte sie Christians Schmerz am eigenen Leib, einen Schmerz, der weit über das Maß des Erträglichen hinausging. Sie krümmte sich stöhnend zusammen. Mehrere Leute wollten ihr zu Hilfe eilen, aber Victoria wich ihnen mit letzter Kraft aus und rannte verzweifelt dorthin, wo Christian um sein Leben kämpfte.

Christian war in einen Hinterhalt geraten. Die ersten drei Soldaten hatte er ohne Weiteres abgeschüttelt, aber dann tauchte

Alsan auf der kleinen Lichtung auf. Christian hob Haiass, um den Angriff Sumlaris', des Unschlagbaren, zu parieren. Ohne ein Wort zu sagen, griff Alsan an. Sie kämpften nicht zum ersten Mal, aber seit ihrem letzten Duell auf der Erde waren fast zwei Jahre vergangen. Damals hatte der Shek gesiegt und nur Jacks und Victorias Eingreifen hatte verhindert, dass Alsan an Haiass' kaltem Biss starb. Diesmal lief es jedoch anders. Sumlaris' legendäre Klinge schien zugelegt zu haben, genau wie sein Träger. Dessen dunkle Augen wurden von einem neuen Glanz befeuert, der nichts mehr mit dem Blick des Tieres zu tun hatte.

»Kämpfe, du Feigling!«, warf Alsan ihm an den Kopf, als Christian mit einer Finte auswich. Der Shek ließ sich jedoch nicht provozieren, sondern kämpfte auf seine Art weiter, mit der Geschmeidigkeit einer Katze. Als Alsan das Schwert in beide Hände nahm und so kraftvoll zuschlug, dass er einen Arm hätte abhacken können, beschloss Christian, dass Rücksicht hier fehl am Platz war, auch wenn sie bei der Verschwörung Seite an Seite gekämpft hatten, auch wenn Alsan ein Freund von Jack und Victoria war. Er riss Haiass nach oben und ließ ihn auf Alsan niedersausen. Der König von Vanissar hob sein Schwert, um zu parieren, und beide Klingen prallten zusammen.

Da bohrte sich plötzlich etwas in Christians Schulter. Überrascht riss er den Kopf herum. Der Pfeil war von hinten gekommen, er hatte sein Zischen gehört, kurz bevor er sich ihm ins Fleisch gebohrt hatte, aber der Kampf mit Alsan hatte ihn am Ausweichen gehindert. Halb so schlimm. Sein Shek-Körper würde fast mit jedem Gift fertig werden. Der Schütze schien sich in Luft aufgelöst zu haben, zumindest konnte er ihn nirgends entdecken. Außerdem ging Alsan erneut auf ihn los. Christian parierte Sumlaris wenige Zentimeter vor seinem Körper und versuchte sich reflexartig mit der linken Hand vor Alsan zu schützen, der auf ihn zustürzte. Zu spät. Der König von Vanissar erreichte sein Ziel.

Er hielt allerdings keinen Dolch in der Hand, sondern einen schwarzen, runden Gegenstand. Christian wich instinktiv zurück, doch der Gegenstand verätzte seine Kleidung und klebte wie ein Parasit an seiner Brust. Erschrocken ließ Christian Haiass los und versuchte ihn abzureißen. Aber der seltsame Stein fraß sich nur noch tiefer in sein Fleisch und verursachte einen stechenden Schmerz. Christian sank auf die Knie. Es roch scheußlich nach Verbranntem und er sah fassungslos zu, wie sich dunkle, lange Striche sternförmig über seine Brust ausbreiteten, wie die Beine einer riesigen Spinne. Dann schwanden ihm die Sinne.

Alsan und Gaedalu musterten den reglosen Shek zu ihren Füßen. *Jetzt sieht er schon nicht mehr so gefährlich aus, oder?*, fragte sie voller Groll.

Alsan betrachtete ihn mit einem Anflug von Kummer. Nicht weil er litt, sondern weil er auf eine Art und Weise besiegt worden war, die nicht ganz fair schien.

Wir können ihn gleich töten, sagte die ehrwürdige Mutter.

Plötzlich schoss eine Gestalt auf die Lichtung und stürzte auf Christian zu. Gaedalu wich erschrocken einen Schritt zurück, aber Alsans Miene verhärtete sich. »Halt dich fern, Victoria«, befahl er.

Ohne auf Alsan zu achten, nahm Victoria den unheimlichen Stein in Christians Brust in Augenschein. Er sog ihre Heilenergie auf und hinderte sie daran, Christian zu helfen. Sie wandte sich Alsan zu. »Was habt ihr mit ihm gemacht?«

Wir zahlen es ihm heim, Kleine, antwortete Gaedalu. *Nicht einmal du kannst ihn vor dem Tod bewahren, den er verdient hat.*

Aber Alsan schüttelte den Kopf. »Zuerst muss er gerichtet werden. Die ganze Welt muss erfahren, welche Verbrechen er begangen hat und dass wir ihn dafür bestrafen.«

Gaedalu verengte die Augen. *Es ist ein Fehler, seinen Tod hinauszuschieben.*

Alsan lächelte gelassen. »Solange dieser Stein in seiner Brust steckt, ist er völlig harmlos.«

»Völlig harmlos!«, wiederholte Victoria. »Dieses Ding bringt ihn um!«

In diesem Moment betraten Jack, Covan, Shail und Zaisei in Begleitung mehrerer Nurgon-Ritter die Lichtung. »Was geht hier vor?«, fragte Shail verblüfft.

Alsan wandte sich ihnen lächelnd zu. »Meine Herrschaften, wir haben soeben einen unserer gefährlichsten Feinde gefangen: Kirtash, den Shek, den Sohn Ashrans.« Es erhob sich erstauntes Gemurmel, das Alsan mit einer Handbewegung zum Schweigen brachte. »Dieses Wesen«, fügte er hinzu und deutete auf Christian, der in Victorias Armen lag, »hat zahllose Verbrechen begangen. Mit seiner erbarmungslosen Durchtriebenheit ist es ihm gelungen, viele Personen hinters Licht zu führen. Auch mich hatte er überzeugt, er würde in seinem dunklen Herzen gute Gefühle bergen. Aber ich habe mich getäuscht und deshalb wollte ich meinen Fehler ausbügeln.«

Victoria hörte kaum, wie er die aufgebrachten Ritter davon abhielt, ihn sofort hinzurichten. Als sie ihm das Haar aus dem Gesicht strich, fand sie seine Stirn seltsam heiß. Sanft bettete sie ihn ins Gras und richtete sich auf. »Das ist grausam«, mischte sie sich ein. »Dieser Stein hier bringt ihn um, Alsan. Er wird nicht mehr lange durchhalten.«

Der Stein kann nicht mehr entfernt werden, sagte Gaedalu. *Und selbst wenn – wir würden es nicht tun, da kannst du dir sicher sein. Er ist das einzige Mittel, um jemandem wie ihm beizukommen.*

Victoria schloss die Augen. »Ihr wusstet, dass er in der Nähe war«, sagte sie. »Ihr habt mich überwacht.«

Alsan wiegte den Kopf. »Ich wusste, dass er dich über kurz oder lang besuchen würde, Victoria. Du bist sein schwacher Punkt.«

Sie straffte sich. »Da irrst du dich«, widersprach sie. »Ich bin im Moment seine größte Hilfe. Denn wer ihm auch nur ein Haar krümmen will, bekommt es mit mir zu tun.«

Die Ritter starrten sie ungläubig an. »Victoria, jetzt ist nicht der richtige Moment für einen theatralischen Auftritt«, sagte Alsan angespannt und trat auf sie zu.

Sie verengte die Augen. »Nur über meine Leiche, Alsan«, warnte sie.

Stirnrunzelnd blieb der König stehen und wandte sich zu Jack um, der alles mit sonderbarer Miene beobachtete, ohne einzugreifen. Da ging Alsan ein Licht auf. Er starrte Victoria und den Shek entgeistert an. »Du … ihr …« Er schüttelte den Kopf und jedes seiner Worte war mit Verachtung und Ekel durchtränkt. »Das hätte ich dir wirklich nicht zugetraut, Victoria. Ich hätte nie gedacht, dass du über einen Flirt mit diesem Shek hinausgehen würdest.«

Victoria bebte innerlich, aber ihre Stimme war fest, als sie sich die Hand auf den Bauch legte und sagte: »Na schön. Jetzt, wo du meine Gefühle für ihn endlich ernst nimmst, verstehst du sicher, warum ich nicht zulassen kann, dass du demjenigen, der vielleicht der Vater meines Kindes ist, auch nur ein Haar krümmst.«

Erneut entrüstetes Gemurmel. Es waren noch mehr Leute auf der Lichtung eingetroffen, aber Victoria achtete nicht auf sie. Ihre Augen waren auf Alsan geheftet.

»Du widerst mich an«, warf Alsan ihr an den Kopf. »Es ist mir egal, dass du der Verschwörung angehört hast und aus irgendeinem unerfindlichen Grund das letzte Einhorn bist. Wenn du darauf bestehst, diese Schlange zu schützen, wirst du mit ihr sterben.«

Mit gezücktem Sumlaris ging er auf Victoria zu, aber Jack trat dazwischen. »Lass sie in Ruhe, Alsan«, befahl er ernst.

»Aus dem Weg, Junge«, knurrte der König. »Sie verdient es nicht, dass du sie verteidigst. Sie verdient es nicht …«

»Lass sie in Ruhe«, wiederholte Jack. »Ich habe dir gesagt, dass sie die Mutter meines Kindes ist, und das war nicht gelogen, nicht ganz jedenfalls. Vorhin hast du geschworen, du würdest Vanissar verteidigen, als wäre es deine Familie. Ich bin zwar kein König, aber du wirst mir sicher nicht das Recht verwehren, meine Familie zu verteidigen. Meine ganze Familie«, fügte er hinzu.

Alsan ließ den Blick schweifen. »Wollt ihr den Shek vor all diesen Leuten hier verteidigen?«, fragte er finster. Das Getuschel schwoll an. Jemand verlangte für Ashrans Sohn lauthals den Tod. »Bringt den Shek in den Palast«, befahl Alsan. »Wir sperren ihn ein, bis wir ein Gericht einberufen können.«

Jack zögerte einen Moment, aber schließlich trat er aus dem Weg. Er wollte Victoria beiseiteziehen, denn sie weigerte sich, sich von Christian zu trennen. »Du kannst ihn jetzt unmöglich befreien, Victoria«, flüsterte er ihr zu. »Akzeptiere die Tatsache, dass er diesmal verloren hat.«

Doch sie machte sich von ihm los und legte sich Christians Arm um die Schultern. »Ich bringe ihn in den Palast«, sagte sie zu Alsan. »Und ich rate dir, dir in der Zwischenzeit zu überlegen, wie du ihm dieses Ding aus der Brust entfernst.«

»Droh mir nicht, Victoria«, entgegnete Alsan. »Du stehst auch unter Verdacht.«

Victoria erwiderte nichts. Sie ging hinter ihm in den Palast zurück, eskortiert von den Soldaten und Rittern, die die Menschenmenge fernhielten. Jack überlegte, ob er ihr helfen sollte, den Shek zu stützen, aber bevor er sich entschließen konnte, lief Shail zu ihr und packte den reglosen Christian am anderen Arm. Alsans Mundwinkel zuckte, doch er schritt wortlos voran.

»Ich hole ihn da raus«, erklärte Victoria.

Jack schüttelte den Kopf. »Victoria, du kannst nichts tun. Du machst es nur noch schlimmer.«

»Meinst du, ich lege die Hände in den Schoß, während Christian im Sterben liegt?«

Sie hatten sich in ihr Zimmer im Palast zurückgezogen. Victoria hatte nicht protestiert, als Alsan Christian in ein Verlies hatte werfen lassen und am Eingang mehrere Wachen postiert hatte, doch sie hatte ihm einen langen, herausfordernden Blick zugeworfen. Nur Jacks, Shails und Zaiseis Eingreifen hatte Alsan daran gehindert, Victoria ebenfalls einzusperren.

»Nun übertreib mal nicht«, sagte Jack, »er ist nur bewusstlos. Der Stein in seiner Brust ist von derselben Art wie der in Alsans Armband und ihm tut er gut.«

»Alsan ist ja auch kein Shek«, widersprach Victoria nüchtern. »Auf Sheks wirkt dieses Ding tödlich, das wusste Gaedalu ganz genau, als sie die Brocken aus dem Ozeanischen Reich geholt hat.«

Jack schüttelte den Kopf. »Wenn es etwas gäbe, das die Sheks so gezielt töten könnte, wären sie schon längst ausgerottet. Ich bin mir sicher, er ist nur geschwächt. In seinem Zustand ist er hinter Schloss und Riegel sicherer. Wenn du ihn rausholst, werden sie ihn töten.«

Victoria hielt Jack ihre Hand mit dem Ring vors Gesicht. »Siehst du das hier? Er ist stumm, Jack. Tot. Ich kann Christian nicht mehr spüren und das ist kein gutes Zeichen, das kannst du mir glauben. Er muss hier weg. Die ganze Sache mit dem Gericht ist eine Farce: Sie werden ihn so oder so töten.«

Jack sah sie an. »Du willst nicht, dass er gerichtet wird? Das ist seine Chance, der Welt seine Version der Ereignisse zu erzählen, Victoria. Dann kann er endlich erklären, warum er Gerde unterstützt, warum wir ihr Hauptquartier nicht angreifen sollen – und glaub mir, sie werden ihm zuhören ...«

»Wenn er tot ist, kann er nichts mehr erzählen.«

»Hast du Angst vor der langen Liste der Personen, die er ermordet hat? Befürchtest du, sie könnten keinen Grund finden, ihm zu verzeihen?«

»Ich weiß, was er alles getan hat, Jack. Ich verstehe, dass Gaedalu ihn hasst, weil er ihre Tochter getötet hat, und das respektiere ich. Gaedalu hat das Recht, für ihre Liebsten zu kämpfen. Ich tue genau dasselbe.«

»Gaedalus Tochter hatte niemanden getötet, Victoria.«

»Meine Großmutter hatte auch niemanden getötet und trotzdem stand sie auf Christians Liste. Er hat sie mir zuliebe verschont, und was war? Sie hat ihr Leben geopfert, um Hunderte von Sheks zu töten!«

»Allegra war eine Heldin, Victoria! Wie kannst du es wagen, so über sie zu reden?«

»Eine Heldin ist sie nur für die Warmblüter«, widersprach Victoria. »Für die Sheks ist sie eine Massenmörderin. Für mich ist sie einfach meine Großmutter und ich werde sie immer lieben. Viele von uns haben in diesem Krieg gekämpft, weil uns nicht anderes übrig blieb. Und wir haben uns nie bewusst für eine Seite entschieden.«

»Auf welcher Seite würdest du kämpfen, Victoria?«, fragte Jack schneidend.

»Wenn ich wählen könnte? Auf gar keiner, Jack.«

»Nicht einmal gegen diejenigen, die deine Rasse ausgerottet haben?«

»Ihr Tod macht die Einhörner nicht wieder lebendig. Und die Drachen auch nicht.«

»Findest du etwa, wir sollten die ganze Sache einfach vergessen?«

Victoria seufzte. »Ich sage nur, dass Christian nicht vor ein Tribunal aus Menschen gestellt werden sollte. Wie viele Sheks hast du getötet, Jack? Glaubst du, du wärst weniger Mörder als er? Würdest du gern von den Sheks gerichtet werden?« Jack wusste nicht, was er antworten sollte. Entnervt ließ Victoria die Hände fallen. »Ich kann nicht glauben, dass nach allem, was passiert ist …«

»Ich werde Christian vor Gericht verteidigen, Victoria«, unterbrach er. »Ich werde alles zur Sprache bringen, was er für unsere Sache getan hat, wie er mit uns gegen Ashran gekämpft und uns immer wieder das Leben gerettet hat. Aber du kannst Gaedalu und allen anderen nicht die Chance nehmen, ihm ins Gesicht zu sehen und ihn nach den Gründen zu fragen.«

»Es musste nun einmal sein«, erwiderte Victoria. »Sie werden wissen wollen, ob er seine Taten bereut, und er wird sagen, dass er keine Reue empfinden kann für etwas, das er seinerzeit für richtig hielt. Werden sie sich dann besser fühlen? Werden sie sich besser fühlen, wenn Christian tot ist?«

»Vielleicht schon«, antwortete Jack ernst.

Victoria holte tief Luft. »Ich sage nicht, dass ich gutheiße, was er getan hat«, erklärte sie. »Ich sage nicht, dass ich damit einverstanden bin. Aber … ich kann einfach nicht zulassen, dass ihm Schaden zugefügt wird. Ich kann nicht tatenlos zusehen, wie er stirbt.« Sie seufzte. »Das kann ich einfach nicht.«

»Du hättest ihn auch beinahe aus Rache getötet«, rief er ihr in Erinnerung. »Hast du das vergessen?«

»Nein. Und ich habe auch nicht vergessen, dass du mich im letzten Moment zurückgehalten hast. Du weißt also besser als jeder andere, wovon ich spreche.«

Jack schloss erschöpft die Augen. »Was willst du? Dass ich ihn da raushole?«

Victoria hob das Kinn. »Nein. Wenn du in ihm nur einen Verbrecher siehst, will ich dich nicht zu seiner Rettung überreden. Aber für mich ist er weit mehr als das, Jack, und ich werde sehr wohl etwas unternehmen. Ich bitte dich nicht um Hilfe, Erlaubnis oder Beifall, sondern nur um Verständnis.«

Jack blickte zu ihr auf. »Um Verständnis?«, fragte er mit eisiger Stimme. »Du bist verrückt nach ihm und das hindert dich daran, objektiv zu sein.«

»Und du bist eifersüchtig und hasst ihn und kannst deshalb nicht objektiv sein.«

Erbost sprang Jack auf. »Objektiv!«, rief er. »Ich war auf Umadhun, Victoria, in der Welt der Schlangen! Wenn sie mich gefunden hätten, hätten sie mich getötet – und zwar ohne Verhandlung!«

»Verhandlung hin, Verhandlung her! Sie hätten dich getötet, weil du ein Drache bist. Genau wie Gaedalu und Alsan ihn ganz einfach töten werden, weil er ein Shek ist. Weil er zum anderen Lager gehört. Du hast auch viele Sheks ohne Verhandlung getötet. Wenn du gekonnt hättest, hättest du sogar Sheziss getötet, ohne sie zu kennen, nur weil sie ein Shek-Weibchen war, oder irre ich mich?« Jack antwortete nicht. »Aber in einem hast du recht«, fuhr Victoria fort. »Es ist egal, wie viele Gründe ich dir noch für meine Haltung liefern kann. Vor allem werde ich Christian retten, weil ich ihn liebe. Bedingungslos.«

»Das hatte ich schon bemerkt«, erwiderte Jack kalt. »Dann lass uns diese Farce beenden. Geh mit ihm, flieht zusammen, zieht euer Kind auf. Ich war in dieser Beziehung immer das fünfte Rad am Wagen, stimmt's?«

Victoria starrte ihn ungläubig an. »Du zweifelst immer noch an meinen Gefühlen für dich? Willst du noch mehr Beweise? Soll ich vielleicht Christian sterben lassen, nur damit du mir endlich glaubst, dass mir etwas an dir liegt? Hast du das von mir erwartet, als Ashran mich zwang, zwischen euch beiden zu wählen? Ist es das, was du mir noch nicht verziehen hast?«

Jack antwortete nicht. Victoria schüttelte aufgebracht den Kopf und wandte sich zum Gehen. »Warte«, hielt Jack sie auf. »Hast du wirklich vor, ihn trotz allem zu retten?«

»Ja«, antwortete sie mit fester Stimme.

Jack biss die Zähne zusammen. »Meinetwegen tu, was du für richtig hältst. Aber wenn du jetzt durch diese Tür gehst, brauchst du nicht wiederzukommen.«

Victoria stockte kurz, dann ging sie aus dem Raum und zog die Tür hinter sich zu. Jack stand einen Moment bebend da. Dann überfiel ihn eine plötzliche Schwäche. Er sank auf den Bettrand, vergrub das Gesicht in den Händen und murmelte: »Wie konnte ich nur so dumm sein ...«

Aber er stand nicht auf. Er machte sich nicht auf die Suche nach Victoria, ging aber auch nicht zu Alsan, um ihn über ihre Absichten zu informieren. Er blieb ganz einfach, wo er war, nervös, nachdenklich. Hatte er sich richtig verhalten? Hatte er gerade die Liebe seines Lebens verspielt oder vielmehr etwas zurückbekommen – seine Freiheit?

Zaisei hatte den furchtbaren Streit zwischen Alsan und Victoria bei Christians Gefangennahme nicht nur mit angehört, als Himmelblaue hatte sie auch Jacks Zweifel wahrgenommen, die Angst, die Victoria mit ihrem herausfordernden Auftreten überspielte, Alsans kalte, an Fanatismus grenzende Entschlossenheit und vor allem den Hass in Gaedalus Herzen. Diesen Hass spürte sie selbst jetzt noch, mehrere Stunden später. Sie hatte die ehrwürdige Mutter zur Palastkapelle begleitet, wo sie ein Dankgebet an die Götter gerichtet hatte. Aber auch wenn die Gefangennahme des Sheks die Varu mit Befriedigung erfüllte, wusste Zaisei, dass sie nicht ruhen würde, bis er tot war.

Die junge Himmelblaue fürchtete Kirtash, aber das ging nicht so weit, seinen Tod zu wünschen, und schon gar nicht, nachdem sie mit Victoria über ihr Baby gesprochen hatte. »Er wird sterben, nicht wahr?«, fragte sie auf dem Rückweg zu Gaedalus Gemach unvermittelt.

Das geschieht ihm recht, antwortete Gaedalu. *Eigentlich sollte er schon längst tot sein.*

Zaisei seufzte besorgt. »Mutter, ich verstehe, dass Ihr Kirtash hasst, und respektiere Euren Schmerz. Aber er kann nicht bloß ein Ungeheuer sein. Bei vielen hat er nicht nur Abscheu, sondern auch positive Gefühle ausgelöst. In Victorias Herz hat er tiefe Liebe geweckt …«

Gaedalu blieb wie angewurzelt stehen. *Und das spricht ihn von allen seinen Verbrechen frei?*

Erschrocken über die Heftigkeit ihres Ausbruchs zuckte Zaisei zurück. »Er hat Shail das Leben gerettet«, brachte sie leise vor. »Vielleicht kann ich deshalb …«

Vielleicht kannst du deshalb etwas Gutes in ihm sehen? Glaubst du, er hat dir keinen Schaden zugefügt? Glaubst du, du hättest nichts mit diesem Shek zu tun? Da täuschst du dich aber.

Zaisei lief rasch Gaedalu hinterher, die schon weitergegangen war. »Mutter! Was wollt Ihr damit sagen? Was habe ich mit Kirtash zu tun?«

Sie waren vor Gaedalus Gemach angelangt. Die Varu ging hinein, ohne auf Zaiseis Fragen zu antworten, und die Himmelblaue folgte ihr. *Mach die Tür zu*, befahl Gaedalu. Zaisei gehorchte. Kaum hatte sie die Klinke losgelassen, als die telepathische Stimme der Varu in ihrem Bewusstsein erklang: *Ich habe Kirtashs Mutter gekannt. Ich weiß nicht mehr, wie sie hieß, nur dass sie Hörerin in einem der Orakel war, so wie deine Mutter. Sie waren befreundet. Überrascht dich das?*, fragte sie lächelnd. *Das Beste kommt erst noch.*

Zaisei nahm wahr, wie Gaedalu innerlich vor Wut schäumte, und bekam Angst. »Ich weiß nicht, ob ich den Rest überhaupt erfahren möchte ...«

Ich will aber, dass du ihn erfährst, erklärte Gaedalu erbarmungslos. *Ich habe ihn dir die ganze Zeit verheimlicht, aber jetzt bist du alt genug, um die Wahrheit zu hören.*

Zaisei schluckte. Gaedalu lächelte voller Bitterkeit. *Es war nach der künstlichen Sternenkonstellation*, begann sie. *Alle Orakel waren zerstört, nur unseres nicht. Deshalb suchten viele Frauen in Gantadd Zuflucht, darunter auch Kirtashs Mutter. Sie kannte deine Mutter, beide hatten die erste Prophezeiung gehört. Sie kam verzweifelt an und erzählte, Ashran hätte ihr den gemeinsamen Sohn entrissen. Ich wollte niemanden im Orakel haben, der in so enger Beziehung zu dem Mann stand, der die Drachen und die Einhörner ausgerottet und den Sheks zur Rückkehr verholfen hatte. Aber deine Mutter machte sich für sie stark. Deshalb, nur deshalb, durfte sie bleiben. Hast du eine Ahnung, was diese Frau getan hat?*

Zaisei schüttelte schwach den Kopf.

Kurz darauf sprachen die Orakel erneut, erinnerte sich Gaedalu. *Ich rief deine Mutter, damit sie den Wortlaut der zweiten Prophezeiung zusammen mit Schwester Eline und Schwester Ludalu notierte. Sie kam, Kopf und Gesicht mit einer Kapuze verhüllt, und sagte, sie hätte Augenschmerzen und vertrage kein Licht. Niemand kam auf die Idee, dass sie es gar nicht war ... bis wir die echte Kanei in ihrem Zimmer fanden. Sie lag im Bett und war schon seit mehreren Stunden tot.*

Zaisei starrte sie ungläubig an.

Ja, bestätigte Gaedalu. *Kirtashs Mutter hatte ihr Gift in den*

Kräutertee gemischt, um ihren Platz bei den Hörern einnehmen zu können. Nachdem sie die Prophezeiung gehört hatte, verschwand sie aus dem Orakel und wir sahen sie nie wieder. Sie trat zu Zaisei, die leichenblass an der Wand lehnte. *Und jetzt sag mir, Kind … Hättest du mit Kirtash mehr Erbarmen, als seine Mutter mit deiner gehabt hat?*

Zaisei antwortete nicht. Sie schloss die Augen und zwei Tränen rollten ihr über die Wangen.

Der Kerker, in dem Christian lag, wurde von fünf Wachen gesichert, obwohl der Shek zu schwach war, auch nur einen Finger zu rühren. Dennoch waren alle fünf die ganze Nacht auf der Hut gewesen. Sie spähten häufig zwischen den Gitterstäben des kleinen Fensters hindurch, um sich zu vergewissern, dass er nach wie vor am Boden lag und ungereimtes Zeug vor sich hin fantasierte. Er hatte nichts mehr von dem gefürchteten Killer, der Ashrans rechte Hand gewesen war. Aber vorsichtshalber hatte Qaydar die Tür des Gefängnisses höchstpersönlich magisch verstärkt.

Damit, dass die Rettung des Sheks von anderer Seite kommen würde, rechnete keiner. Plötzlich überflutete gleißendes Licht den Gang und blendete die Wachen. Als der erste Soldat endlich blinzelnd das Schwert aus der Scheide zog, erhielt er einen Schlag mitten ins Gesicht und fiel auf den Rücken. Dem zweiten verpasste der Angreifer blitzschnell einen Fußtritt in den Magen und stieß seinen Kopf gegen die Wand. Der dritte konnte einem Tritt gerade noch ausweichen. Er schwang sein Schwert, aber etwas Stockähnliches prallte mit Wucht gegen die Klinge und schlug es ihm aus der Hand. Kurz darauf lag er wie die beiden anderen am Boden. Im Schutz des gleißenden Lichts überwältigte der Angreifer den vierten ebenfalls ohne große Probleme. Nur dem fünften gelang es, sein Gesicht zu sehen, und er war vor Verblüffung einen Augenblick wie gelähmt. »Edle Lunn…?«, begann er, erhielt jedoch einen Hieb auf die Brust, der ihm den Atem nahm. Ein weiterer Schlag an die Schläfe machte ihn bewusstlos.

Victoria zog die Wachen zur Seite und legte beruhigend eine Hand auf den Bauch. *Jetzt gibt es erst einmal keine ruckartigen Bewegungen mehr,* versprach sie dem Ungeborenen lautlos. *Aber bitte halt durch. Wir müssen Christian retten.*

Sie hielt den Baculus vor der Kerkertür in die Höhe. Dem ersten Zauberblitz hielt sie stand. Nervös, aber konzentriert bündelte Victoria noch mehr Energie aus ihrer Umgebung und versuchte es erneut. Diesmal bebte die Tür. Qaydars magischer Schutz gab allmählich nach. Beim dritten Versuch brachen die Türangeln und die Tür schwang mit einem Quietschen auf. Victoria stürzte in die Zelle und beugte sich über den Gefangenen. »Christian?«, flüsterte sie. »Alles in Ordnung?«

»Victoria«, hauchte er. Seine Lippen waren ganz trocken. »Wo bist du? Ich kann dich nicht sehen.«

Sie runzelte besorgt die Stirn. Das Licht des Baculus konnte Christian nicht geblendet haben. Sie bewegte eine Hand vor seinem Gesicht auf und ab, aber sein leerer Blick reagierte nicht darauf. »Ich bin hier«, flüsterte sie. »Neben dir.« Sie knöpfte ihm das Hemd auf, um nach dem Stein in seiner Brust zu sehen. Er war immer noch da, wie ein Parasit, auch wenn sich die schwarzen Striche nicht weiter ausgebreitet hatten.

»Ich bin … allein«, stöhnte Christian und in seiner Stimme schwang echte Panik mit. »Da ist niemand, Victoria, alles ist stockdunkel.«

»Ich bin bei dir«, beharrte sie. »Du bist nicht allein.«

»Da … ist … sonst niemand«, sagte er und sein für gewöhnlich so ruhiges Gesicht war eine Maske des Schreckens. »Ich fühle nichts …«

Victoria schnürte es das Herz zusammen. Sie zerrte ihn hoch und legte sich seinen Arm um die Schultern. »Los, versuch zu gehen«, flüsterte sie ihm ins Ohr. »Wir müssen hier weg, bevor sie uns finden.«

Sie schleppten sich aus dem Keller. Im Wachraum machte Victoria halt und sprengte das Schloss der Waffentruhe. Dort fand sie Haiass und nahm ihn an sich in der Hoffnung, Christian würde bald wieder damit kämpfen können. Sie musste es noch mit drei weiteren Soldaten und zwei Nurgon-Rittern aufnehmen, aber schließlich gelangten sie in den Waffenhof. Victoria drückte sich an die Wand und schob Christian in eine dunkle Ecke. Wie zu erwarten, hatte Alsan die Wachposten an allen Ausgängen verdoppelt. Bald würde Alarm geschlagen, dann würden sich alle diese Wachen auf sie stürzen.

Dennoch blieb sie stehen. Wenn sie fortging, würde Jack es ihr nicht verzeihen, vielleicht würde sie ihn für immer verlieren. Aber sie musste Christians Leben retten. Sie riskierte es, noch eine Weile zu warten. Aber Jack tauchte nicht auf.

Da ließ ein sanftes Gurren sie zusammenzucken. Von der Wehrmauer herab beobachtete sie ein Haai-Vogel. »Das kann nicht sein«, murmelte Victoria, ohne ihr Glück fassen zu können.

»Ich habe ihn gerufen«, hörte sie eine Stimme hinter sich. Victoria stellte sich schützend vor Christian, der keuchend an der Mauer lehnte. »Ich wusste, dass du die Verhandlung nicht abwarten würdest, mein Kind.« Victoria erkannte die friedliche Stimme Ha-Dins, des ehrwürdigen Vaters. »Ich hoffe, du weißt, was du tust.« Der Himmelblaue kam aus der Dunkelheit auf sie zu. Er wirkte müde, sehr müde, aber sein Gesicht strahlte auch Entschlossenheit aus.

Victoria sah ihm entgegen. »Vater, Ihr wisst, zwischen uns besteht ein Band …«

»… ein starkes, tragfähiges Band«, ergänzte der Himmelblaue. »Ja, ich weiß. Aber du brauchst mir nichts zu erklären. Wenn man die Wahl hat, ein Leben zu retten oder es auszulöschen, sollte man sich immer dafür entscheiden, es zu retten, ohne Rücksicht auf die Vergangenheit oder die Taten des Betreffenden. Wenn man ihn tötet, tut man nichts anderes, als sein Verhalten zu wiederholen. Deshalb habe ich diesen Vogel für dich gerufen.«

Victoria schloss die Augen, die sich vor Dankbarkeit mit Tränen gefüllt hatten. »Vater, ich …«, setzte sie an, aber Ha-Din unterbrach sie mit einer Handbewegung.

»Es sind keine Worte nötig. Nicht bei mir. Geh, mein Kind, und tu, was du für richtig hältst. Ich möchte dich nur um eins bitten: Finde heraus, was für einen Stein er da in der Brust trägt. Er ist dem in Alsans Armband sehr ähnlich.«

Victoria neigte den Kopf. »Ich glaube, er unterdrückt einen Teil seiner Seele, auf brutale Weise«, flüsterte sie. »Christian hat seine Shek-Sinne verloren. Seine mentale Macht. Es ist, als hätten sie ihn in eine winzige, dunkle Kammer gesperrt und völlig von der Außenwelt isoliert. Für einen Shek ist das eine Tortur, schlimmer als der Tod.«

»Seine Shek-Seite wird unterdrückt«, wiederholte Ha-Din. »Nein, das ist nicht gut. Der Stein, den der König von Vanissar trägt, hat eine ähnliche Wirkung. Er unterdrückt das Tier in ihm, und damit all seinen Hass und Zorn.«

»Aber das … ist doch eigentlich gut, oder?«

»In gewisser Hinsicht schon. Aber wenn jemand glaubt, gegen das Böse gefeit zu sein, wähnt er sich im Recht, über andere zu richten. Er wird intolerant gegenüber den Fehlern und Schwächen der anderen und beginnt sie als unverzeihlich zu betrachten, weil er ja über all dem steht. Der Stein scheidet Licht und Dunkel und drängt Letzteres zurück. Bei Kirtash übt er dieselbe Wirkung aus. Aber die Sheks sind nicht wie die Menschen. Er wird daran zugrunde gehen.«

»Die Sheks sind nicht durch und durch böse«, protestierte Victoria. »Er ...«

»Es geht nicht darum, was ich glaube«, unterbrach Ha-Din, »sondern um die Weltsicht der Götter. Denn solch ein Stein kann nur von ihnen kommen, von den Sechs, vom Siebten, wer weiß. Das herauszufinden liegt an dir.«

Victoria nickte kurz. »Danke für alles, Vater. Ich verspreche Euch, mein Möglichstes zu tun, um Antworten zu finden.«

Ha-Din stimmte eine kurze Melodie an, woraufhin der Haai herabflog und sich neben Victoria niederließ. »Mögen die Sechs dich beschützen, mein Kind«, sagte der Himmelblaue.

Wenig später schwang sich der Vogel über die Dächer von Vanis, gelenkt von Victoria, die den sterbenden Christian in den Armen hielt. Sie wusste, dass sie vieles zurückließ, wahrscheinlich für immer. Aber solange es auch nur den Hauch einer Chance gab, Christian zu retten, wollte Victoria sich nicht geschlagen geben.

»Wusstest du, dass sie versuchen würde, Kirtash zu befreien?«, fragte Alsan. In seinen Augen blitzte kalter Zorn auf.

Jack hob den Kopf. Um seine Augen hatten sich dunkle Ringe gebildet, weil er die ganze Nacht nicht hatte schlafen können. »Ja, das wusste ich.«

»Und warum hast du nicht versucht, sie davon abzuhalten?«

»Weil ich es leid bin. Diesmal habe ich beschlossen, sie gehen zu lassen. Darauf hatte sie es wahrscheinlich von Anfang an angelegt.«

Alsan sah ihn nachdenklich an. »Gaedalu wird außer sich sein. Ganz zu schweigen von Qaydar.«

Jack zuckte die Achseln. »Das ist mir egal. Ich werde mich

nicht auf die Suche nach ihr machen, ganz gleich, was Qaydar oder Gaedalu oder sonst jemand sagt. Heißt es nicht, ›die Einhörner müssen frei sein, damit die Magie frei ist‹? Was mich angeht, ist Victoria frei. Und auch Kirtashs Flucht bedaure ich nicht besonders. Vielleicht ist es das Beste für alle Beteiligten, wenn die beiden verschwinden – und zwar ein für alle Mal.«

»Mach dir deshalb keine Sorgen«, sagte Alsan kalt lächelnd. »Ganz gleich, wo Kirtash ist, er wird bald sterben, denn nichts auf dieser Welt kann den Stein zerstören, wenn er erst einmal aktiviert ist.«

Jack sah Alsan an und begriff erst jetzt, warum Christians Flucht ihn nicht aus der Fassung brachte. »Dann stimmt es, was Victoria gesagt hat. Der Shek lag wirklich im Sterben.« Im Grunde war es ihm klar gewesen, er hatte es sich nur nicht eingestehen wollen.

Alsan verengte die Augen. »Victoria wusste es? Wie kann das sein?«

»Durch Shiskatchegg«, antwortete Jack niedergeschlagen. Als er Alsans Stirnrunzeln bemerkte, hob er den Kopf. »Ihren Ring«, erklärte er. »Du weißt schon, der, den Kirtash ihr geschenkt hat.«

Alsans Miene war finster. »Dieser Ring hat einen Namen?«, fragte Alsan gefährlich sanft. »Er heißt Shiskatchegg?«

»Ja«, antwortete Jack immer besorgter. »Warum fragst du?«

»Weil ich es nicht wusste«, erwiderte Alsan. »Der Ring kann Victoria also den Zustand ihres Shek-Lovers anzeigen.«

»Nenn ihn nicht so«, verlangte Jack, ohne recht zu wissen, warum. »Ja, sie sind durch den Ring verbunden. Deshalb wusste Victoria, dass Christian in Gefahr war.« Er fügte hinzu: »Wenn dieser Stein ihn tötet, wird Victoria es dir nie verzeihen.«

Der König zuckte die Achseln. »Ich glaube, damit kann ich leben.«

Aber Jack schüttelte den Kopf. »Nein, das kannst du nicht. Wenn der Shek wegen dir stirbt, wird Victoria sich gegen dich wenden und dann kann keine menschliche Kraft sie aufhalten, das versichere ich dir.«

In dem Moment trat Shail ein. »Jack …«, sagte er und sah ihn besorgt an. »Ich habe es gerade gehört. Dir ist klar, dass sie dich wahnsinnig liebt, oder?«

»Shail, bring ihn nicht noch mehr durcheinander«, knurrte Alsan. »Victorias Verrat macht ihm schon genug zu schaffen.«

»Verrat?«, wiederholte Shail verblüfft. »Welcher Verrat?«

»Du weißt so gut wie ich, dass Victoria Jack verlassen hat, um sich dem Feind anzuschließen!«

Schlagartig meldete sich Jacks schlechtes Gewissen. Statt sie zu begleiten, hatte er ihr die Pistole auf die Brust gesetzt. Doch diese Gedanken wurden von Schmerz und Verwirrung sowie vom hitzigen Disput seiner Freunde verdrängt.

»Einhörner können sich nun einmal nicht für ein bestimmtes Lager entscheiden!«, erklärte Shail gerade.

»Genau das hat Victoria aber getan«, konterte Alsan. »Sie bekommt von dem Shek ein Kind.«

»Das wissen wir doch gar nicht!«, widersprach Jack. »Vielleicht ist ihr Baby ja von mir!«

Alsans Augen verengten sich. »Das hat sie dir doch bloß eingeredet«, giftete er.

Jack sah ihn zutiefst gekränkt an.

»Wenn sie mit beiden zusammen war, woher soll sie dann wissen, wer wirklich der Vater ihres Kindes ist?«, gab Shail zu bedenken, dem allmählich der Geduldsfaden riss.

Alsan zuckte die Achseln. »Sie ist schließlich ein Einhorn, oder? Einhörner können so etwas wissen. Sie weiß es ganz bestimmt, Jack. Warum sollte sie sonst mit dem Shek flüchten?«

»Weil ihr ihn töten wolltet, Alsan!« Shail schrie fast. Auf der Suche nach Beistand wandte er sich Jack zu und entdeckte zu seiner Überraschung eine Spur von Zweifel in dessen Blick. »Bei allen Göttern, Jack! Du kennst Victoria besser als ich und sogar mir ist völlig klar, warum sie fort ist!« Doch Jack holte nur tief Luft und sagte gar nichts.

»Es reicht, Shail«, bestimmte Alsan mit fester Stimme. »Jack muss diese ganze Sache so bald wie möglich vergessen. An Victoria zu denken wird ihm nicht helfen, wenn wir Gerde angreifen.«

Shail starrte ihn entgeistert an. »Du hältst an diesem Plan fest?«

Alsan reagierte überrascht. »Natürlich, warum denn nicht?«

Shail seufzte entnervt. »Also, dann zählt nicht auf mich. Ich glaube, Kirtash und Victoria haben uns etwas zu sagen versucht und wir haben nicht zugehört. Vielleicht ...«

»Er hat mir gesagt, dass Gerde verlangt, wir sollen den Angriff abblasen«, unterbrach Jack. »Andernfalls würde sie Victoria töten.«

»Noch ein Grund, nicht auf sie zu hören«, triumphierte Alsan. »Es liegt auf der Hand, dass Gerde blufft. Sie würde Victoria nicht töten, schließlich ist sie mit ihr verbündet.«

»Victoria ist nicht mit Gerde verbündet!«, rief Jack.

»Victoria ist mit Kirtash verbündet und der ist mit Gerde verbündet«, argumentierte Alsan. »Also ist Victoria mit Gerde verbündet. Das Ganze ist eine Falle. Ich behaupte nicht, sie wäre allein schuld: Dieser Shek hat sie um den Finger gewickelt, seit er sie kennt. Aber heute Nacht hat sie eindeutig Position bezogen und nun muss sie die Konsequenzen tragen.«

Jack schloss die Augen. Er konnte es kaum fassen, aber ein Teil von ihm wollte Alsan glauben. Es war eine so simple, so einleuchtende Erklärung. Jack schluckte. Die Wahrheit war unendlich komplexer und viel schwerer auszuhalten. Und Alsans Worte wirkten so tröstlich …

Shail schüttelte den Kopf. »Ich weigere mich, da mitzumachen«, sagte er. »Selbst auf die Gefahr hin, dass du mich ebenfalls zum Verräter stempelst, kehre ich zu Ymur in den Turm von Kazlunn zurück. In seinen Büchern finde ich wahrscheinlich mehr Antworten als bei deinen Schwertern und Drachen, Alsan.«

Dieser warf ihm ein gelassenes Lächeln zu. »Wie du willst«, erwiderte er. »Aber wir halten an unseren Plänen fest, mit dir oder ohne dich«, sagte er und wandte sich um. »Jack, ich weiß, dass ich beim weiteren Kampf gegen Gerde und die Sheks auf dich zählen kann.«

Sogleich meldete sich die Stimme des Instinkts bei Jack und flüsterte ihm zu: *Schlangen töten. Schlangen töten. Schlangen töten.*

»Als Erstes«, fuhr Alsan fort, »möchte ich, dass du nach Thalis gehst und bei Tanawe den Bau der Drachen überwachst. Hilf ihr, alles zu bekommen, was sie für das neue Geschwader braucht. Je mehr Drachen wir haben, desto mehr Schlangen können wir töten.«

Jack überlegte. Alsan bot ihm einen einfachen Auftrag an, der ihn beschäftigt halten und am Grübeln hindern würde, und insgeheim dankte er ihm dafür. Zwar sträubte sich etwas in ihm gegen die Vorstellung, weiterzukämpfen. Aber der Instinkt war mächtig und endlich gab es nichts mehr, das ihn bremste. »Einverstanden«, willigte er mit einem Lächeln ein. »Lass uns Schlangen töten.«

9

Auf Distanz

Geschmeidig glitt Gerde aus dem Tor und sank zu Boden. Assher stützte sie. Gewöhnlich ließ er sie erst einmal Luft schöpfen und wartete geduldig, bis sie sich besser fühlte. Doch diesmal hatte er ihr etwas Dringendes mitzuteilen. »Meine Gebieterin! Ihr habt Besuch«, sagte er.

»Besuch …?«, wiederholte Gerde verwirrt. Sie versuchte den Blick auf die mächtige Gestalt am Eingang der Schlucht zu fokussieren. »Was macht der denn hier?«, fragte sie. »Ich habe mir doch jeden Besuch ausdrücklich verbeten.«

»Er sagt, er hat eine Information, die Euch interessieren wird.«

Gerde rappelte sich auf und ging zu der geflügelten Schlange, die reglos auf sie wartete. Als sie bei ihr angelangt war, hatte sie sich bereits wieder im Griff. »Was gibt's?«, wollte sie wissen.

Neugierig und ein wenig argwöhnisch hatte der Shek mit seinen schillernden Augen das Tor fixiert. Nun richtete er sie auf Gerde. *Eissesh schickt mich*, erklärte er. *Ich soll dir mitteilen, dass der Zwitter gefallen ist. Wir nehmen sein Bewusstsein schon seit Tagen nirgendwo mehr wahr.*

Gerde runzelte die Stirn. »Kirtash ist gefallen? Kann es nicht sein, dass er sich bewusst versteckt hält?«

Die Schlange deutete ein Lächeln an. *Das Bewusstsein eines*

Sheks, sogar das eines Halbsheks, ist zu mächtig, um unbemerkt zu bleiben, Fee. Keiner von uns könnte sich vor den anderen verstecken. Nicht so lange.

Nachdenklich neigte Gerde den Kopf. Die Sheks hatten Kirtash schon vor einiger Zeit aus ihrem telepathischen Netz ausgeschlossen. Sein Bewusstsein nahmen sie jedoch weiterhin wahr und würden deshalb seinen Tod auf jeden Fall bemerken. Es würde sein, als erlösche ein Stern am Himmel, der zu keinem Sternbild gehörte.

»Wie sind sie nur mit ihm fertig geworden?«, fragte sich Gerde laut. »Die Warmblüter sind ihm doch gar nicht gewachsen.«

Der Drache aber schon, wandte der Shek ein. *Warte,* sagte er dann und seine Augen färbten sich leicht bläulich. *Eine Nachricht für dich.*

Gerde hob eine Augenbraue. »Noch eine? Heute bin ich aber sehr gefragt.«

Die Schlange richtete sich über ihrem zusammengerollten Leib auf. Sie wirkte belustigt. *Offenbar ist der Zwitter doch noch am Leben. Er erwartet dich in deinem eigenen Hauptquartier.* Nach einer Pause fügte er hinzu: *Er ist nicht allein.*

»Ich … kann dich nicht sehen«, sagte Christian. »Was ist los mit mir?«

»Nur die Ruhe«, flüsterte Victoria. »Mit deinen Augen ist alles in Ordnung. Du musst nur versuchen, deine menschlichen Sinne zu benutzen und dich aus deinem Shek-Bewusstsein zurückzuziehen.«

Victoria war in der Nähe des Lavastroms stundenlang über die Feuergipfel geflogen. Schließlich hatte sie das Szish-Lager entdeckt. Ein paar Sheks waren ihr entgegengekommen und sie hatte ihnen zu verstehen gegeben, dass sie nur mit Gerde sprechen wollte und keine Absicht hatte, sie anzugreifen. Sie ließ sie auch wissen, in welchem Zustand Christian war.

Doch nicht deshalb geleiteten die Sheks den vor Schreck erstarrten Haai zu Gerdes Hauptquartier, sondern wegen des unheimlichen Steins auf Christians Brust. Sie hatten den Einfluss seiner Macht sofort entdeckt. Sie ließen Victoria auf einer Lichtung in der Nähe des Lagers landen und verhörten sie gründlich, bevor sie Gerde Bescheid gaben. Dann führten sie sie und Christian zu einer abgelegenen Hütte und wiesen sie an, dort zu warten.

Victoria ließ die Finger über den schwarzen Stein gleiten. Er hatte tiefe Spuren auf der Haut des Sheks hinterlassen. Sie hatte mit allen Mitteln versucht, ihn zu zerstören – vergeblich.

Christian schlug langsam die Augen auf. Er bemühte sich, den Blick zu fokussieren, und richtete ihn auf Victorias Gesicht. »Jetzt … sehe ich dich«, murmelte er.

Victoria schloss ihn mit einem Lächeln in die Arme. »Das ist gut«, sagte sie.

»Aber du … du siehst anders aus«, fügte er angestrengt hinzu. »Wo ist das Strahlen deiner Augen?«

»Dort, wo es immer ist, Christian. Nicht ich habe mich verändert, sondern du. Deine Shek-Sinne sind völlig blockiert.«

»Ich fühle mich, als wäre ich verstümmelt …« Erschöpft ließ er den Kopf fallen. Victoria hörte draußen ein Geräusch und ging zur Tür. »Victoria?«, fragte Christian.

Sie kehrte rasch zu ihm zurück. »Ganz ruhig, ich bin hier. Ich werde dich nicht allein lassen.«

Er sah sie ein wenig müde an. »Ich werde mich nie daran gewöhnen«, erwiderte er. »Wenn ich dich nicht sehe und dich nicht anfasse, weiß ich nicht, ob du hier bist. Das … ist ein entsetzliches Gefühl.«

Victoria lächelte. »Dann bleibe ich an deiner Seite«, flüsterte sie ihm ins Ohr und strich ihm das Haar aus der Stirn. Christian bettete den Kopf in ihren Schoß und suchte ihre Hand. Victoria drückte sie fest. Kurz darauf war er wieder ohnmächtig. Victoria brach es das Herz, ihn so zu sehen.

Als sie abgeholt wurden, hob Victoria Christian hoch und folgte den Szish zu Gerdes Baum. Niemand half ihr, den Shek zwischen den Wurzeln hindurchzuschleppen bis zu der Öffnung, die in den Hauptraum führte.

»Victoria«, grüßte Gerde mit einem breiten Lächeln. »Kommst du, um mir zurückzugeben, was von meinem Kundschafter übrig ist? Wie aufmerksam von dir.«

»Ich komme, um dich zu bitten, ihm das Leben zu retten«, sagte sie.

Mit wenigen Schritten war die Fee bei dem Paar und betrachtete widerstrebend Christians Gesicht. »Er sieht wirklich schlecht aus, richtig käsig«, befand sie.

»Bitte«, beharrte Victoria. »Wenn wir nichts unternehmen, wird er sterben.«

Gerde warf ihr einen spöttischen Blick zu. »Meinst du vielleicht, das würde mir etwas ausmachen?«

Victoria hob den Kopf. »Du brauchst ihn«, rief sie ihr in Erinnerung. »Sonst hättest du ihn schon lange getötet.«

»Ich *habe* ihn gebraucht«, berichtigte Gerde. »Er hat mir einmal eine wertvolle Information gegeben und mich auf eine interessante Idee gebracht. Er war ein nützlicher Kundschafter, aber dass deine Leute ihn gejagt und so jämmerlich zugerichtet haben, beweist, dass er doch nicht so nützlich war, wie ich dachte. Du kannst ihn behalten«, schloss sie ungerührt.

»Du willst ihn sterben lassen? Er ist einer von deinen Leuten!«

»Genau das will er mir immer einreden.«

Victoria schüttelte den Kopf. »Na gut, was willst du als Gegenleistung für sein Leben?«

Interessiert hob Gerde eine Braue. »Oh, du willst ein Geschäft machen. Wie wär's mit dem Leben deines Kindes?«

Victoria biss die Zähne zusammen. »Das kannst du mir nicht noch einmal antun«, stöhnte sie.

Gerdes Lachen war klar wie ein Gebirgsbach. »Das war ein Scherz«, sagte sie. »Ich kann nichts für ihn tun – außer ihm zu einem schnellen Tod verhelfen. Aber das kommt nicht infrage, und zwar aus dem einfachen Grund, dass ich ihn gern leiden sehe.«

»Du kannst nichts für ihn tun?«, wiederholte Victoria ungläubig. »Du bist eine Göttin! Du bist allmächtig.«

Gerde warf ihr einen unergründlichen Blick zu. Ihre Miene war plötzlich ernst geworden, außergewöhnlich ernst, und ihre schwarzen Augen schienen Victoria zu durchbohren. »Du irrst dich«, versetzte sie. »Es gibt durchaus Dinge, die mir verwehrt sind, denn ich bin nicht die einzige Göttin in dieser Welt.« Mit einer energischen Bewegung zerrte sie Christians zerfetztes Hemd beiseite. »Siehst du das hier?«, fragte sie und deutete auf den Stein in seiner Brust. »Das hier gehört zu meinen ersten Erinnerungen an Idhún.«

Ihr Ton war eisig geworden und von einem so abgrundtiefen Hass erfüllt, dass Victoria instinktiv einen Schritt zurückwich. »Zu deinen ersten Erinnerungen … als Gerde?«, fragte sie schüchtern, obwohl sie die Antwort bereits kannte.

Die Fee schüttelte den Kopf. »Meine ersten Erinnerungen als Gerde haben mit Bäumen zu tun«, antwortete sie. »Nein. Seit ich wieder am Leben bin, habe ich Erinnerungen an früher. An die Zeit, bevor ich zu Gerde wurde, meine ich.« Sie blickte Victoria an. »Was sieht ein Baby nach der Geburt als Erstes?«, fragte sie. »Was wird dein Kind als Erstes sehen, Victoria?«

»Licht, nehme ich an«, antwortete sie.

»Und was sehen Götter nach ihrer Geburt als Erstes? Eigentlich müssten sie doch vor allem anderen da gewesen sein, oder? Vor dem Licht und der Dunkelheit. Und doch ist das Erste, woran ich mich erinnere – Dunkelheit. Kälte und Dunkelheit. Das waren meine ersten Empfindungen, als mir bewusst wurde, dass ich lebe.« Gerde kehrte ihr den Rücken zu. »Dieser Stein hat den Geist des Sheks in Kirtash blockiert«, sprach die Fee weiter. »Er hat ihn in einen dunklen, entlegenen Winkel verbannt und ihn zur Einsamkeit verurteilt. Das wundert mich nicht, denn die Sheks sind aus meinem Geist gemacht. Und ich war vor vielen Jahrtausenden selbst in diesen Stein eingesperrt. Er war meine Strafe, mein Gefängnis.«

Überrascht hob Victoria den Kopf. »Er wird Teufelsfelsen genannt«, erklärte sie. »Ein Meteorit, der vor langer Zeit ins Meer gestürzt ist.«

Gerde stieß einen tiefen Seufzer aus. »Dort wurde ich geboren«, sagte sie. »In diesem Felsen, auf dem Meeresboden. Als ich meiner selbst bewusst wurde, fand ich die Welt überraschend klein«, fügte sie voller Verbitterung hinzu. »Aber mein Kopf schwirrte nur so vor Ideen, vor Dingen, von denen ich wusste, dass es sie gab oder geben konnte. Die Welt konnte unmöglich auf diese Felswände begrenzt sein, auf diese Zelle, die mit jedem Tag enger wurde.« Sie machte eine Pause. »Jetzt weißt du es also«, fuhr sie fort. »Das, was du ›Teufelsfelsen‹ nennst, wurde von den Sechs geschaffen, um mich noch vor meiner Geburt einzusperren. Ich brauchte mehrere Jahrhunderte, um mich daraus zu befreien. Und jetzt soll ich diesen Stein in wenigen Minuten zerstören?« Sie lachte sarkastisch.

»Dann können also nur die Sechs Christian retten«, erwiderte Victoria.

Gerde lächelte fein. »Das könnten sie, wenn sie wollten. Aber erstens ignorieren sie Bitten von Sterblichen und zweitens bezweifle ich sehr, ob sie bereit wären, einen Shek zu retten.«

Victoria biss die Zähne zusammen. »Egal, ich versuche es trotzdem.« Christians Gewicht ließ sie fast taumeln, als sie sich zum Gehen wandte.

»Du solltest ihn sterben lassen«, hörte sie Gerde hinter sich sagen. »Die Mühe lohnt sich nicht. Außerdem geschieht es ihm ganz recht, seine Unabhängigkeit ging ihm über alles. Siehst du, was er damit erreicht hat? Dass alle ihn hassen, fürchten oder verachten. Niemand wird einen Finger rühren, um ihm zu helfen, Victoria, weil niemandem etwas an ihm liegt.«

Gerde lachte spöttisch, aber Victoria machte sich nicht die Mühe, sich umzudrehen. Sie schleppte Christian aus dem Baum. Die Szish beobachteten sie misstrauisch, aber keiner versuchte sie aufzuhalten. Wahrscheinlich hatten sie den mächtigen Kirtash noch nie zuvor in einem derartig erbärmlichen Zustand gesehen. Da löste sich plötzlich eine Gestalt aus der Menge und kam Victoria zu Hilfe, indem sie sich Christians anderen Arm über die Schulter legte. Victoria sah ihn an. »Danke, Assher.«

Aber dieser schüttelte den Kopf und verengte abweisend die Augen. Mit vereinten Kräften trugen sie Christian zu der Hütte, wo der Haai-Vogel wartete. Victoria wollte noch etwas zu Assher sagen, aber der junge Szish verschwand so schnell, dass sie nicht dazu kam.

Als sie Christian auf den Haai hievte, wachte er auf und sah sie verwirrt an. »Wo … wo gehen wir hin?«, fragte er.

Victorias Augen füllten sich mit Tränen, aber sie biss sich auf die Lippen, um sie zurückzudrängen. »Ich weiß es nicht, Christian«, wisperte sie. »Ich weiß es nicht.«

Der Shek ließ die Lider sinken und lehnte sich kraftlos an Victoria. Schweigend krallte sie sich ins Gefieder des Haai-Vogels und gab ihm mit den Fersen das Zeichen zum Start. Kurz darauf flogen sie davon und ließen Gerdes Hauptquartier hinter sich.

Beim dritten Sonnenuntergang machte Gaedalu sich zu den Zinnen auf, wo Alsan wie jeden Tag um diese Zeit die Stadt zu seinen Füßen betrachtete. *Irgendwelche Neuigkeiten?*, fragte sie wie gewöhnlich.

Alsan schüttelte den Kopf. »Man hat sie noch nicht aufgespürt. Wir haben noch mehr Zeugen gefunden, die sagen, sie hätten einen Haai nach Süden fliegen sehen, aber jenseits des Flusses verliert sich die Spur.« Gaedalu neigte stumm den Kopf. Alsan fing ihren vorwurfsvollen Blick auf. »Glaubt Ihr, ich tue nicht genug, ehrwürdige Mutter?«, fragte er ruhig. »Alles deutet darauf hin, dass sie sich mit Gerde getroffen haben. Und Gerde hat eine gewaltige Streitmacht um sich geschart. Bald schicken wir unser eigenes Heer, um gegen sie zu kämpfen, aber noch sind wir nicht bereit. Außerdem«, fügte er mit einem entspannten Lächeln hinzu, »braucht Ihr Euch um den Shek nicht zu sorgen. Wenn er noch nicht tot ist, dann ist es nur noch eine Frage von Tagen.«

Gaedalu sog scharf die Luft durch die Kiemen. *Ich weiß*, erwiderte sie, *aber ich hätte ihn gern mit eigenen Augen sterben sehen. Wenn sie Euch nicht entkommen wären*, fügte sie anklagend hinzu, *müssten wir dieses Gespräch jetzt gar nicht führen.*

Alsan wandte sich ihr zu. Er wirkte weder verärgert noch gekränkt, sondern klang entschlossen und selbstbewusst, als er sagte: »Wir wussten bisher nicht, wie weit Victorias Macht reicht. Jetzt wissen wir Bescheid, für die Zukunft sind wir also gewappnet.«

Für die Zukunft?, wiederholte die Varu. *Glaubst du, es wird ein zweites Mal geben?*

»Wenn der Shek stirbt, wird Victoria wiederkommen«, prophezeite Alsan, »vielleicht um zu Jack zurückzugehen oder um sich an mir zu rächen. Auf alle Fälle kommt sie zurück und dann kann sie nicht mehr entkommen.«

Außer, ein Himmelblauer ruft einen Haai für sie herbei, befand Gaedalu sarkastisch.

»Es gibt im Palast nur zwei Himmelblaue, ehrwürdige Mutter«, sagte Alsan langsam.

Zaisei hat nichts damit zu tun. Sie war die ganze Nacht in ihrem Zimmer.

Alsan verharrte einen Moment schweigend. Dann fragte er: »Habt Ihr mit ihm darüber gesprochen?« Sie beide hielten Ha-Din, den ehrwürdigen Vater, für Victorias Fluchthelfer.

Gaedalu nickte. *Er wollte sich nicht dazu äußern. Vielleicht war es wegen Victorias Baby,* fügte Gaedalu hinzu. *Die Himmelblauen haben ein weiches Herz. Vielleicht fand er, es solle nicht schon vor der Geburt den Vater verlieren.*

»Gut möglich«, pflichtete Alsan stirnrunzelnd bei. »Vielleicht übersehen wir aber auch das Offensichtliche, ehrwürdige Mutter – dass Ha-Din im Grunde ein Anbeter des Siebten ist.«

Es trat ein langes Schweigen ein. *Ha-Din ist das Oberhaupt der Kirche der drei Sonnen,* gab Gaedalu kühl zu bedenken.

»Raelam war auch ein Kirchenoberhaupt«, erwiderte Alsan lediglich. Raelam war in der Ära der Kontemplation der letzte ehrwürdige Vater gewesen und dabei ertappt worden, wie er im Untergeschoss des Orakels von Raden an einem verborgenen Altar den Siebten angebetet hatte, in einer Kammer voller Gegenstände und Bilder, aus denen die Verehrung der Schlangen sprach. Darüber war ganz Idhún entrüstet gewesen, es hatte die Rückkehr der Magier begünstigt, die Kirche in Verruf gebracht und zu ihrer Spaltung in die Kirche der drei Sonnen und die Kirche der drei Monde geführt.

Diesen bedauerlichen Zwischenfall übergehen wir gewöhnlich, versetzte Gaedalu würdevoll.

Alsan neigte den Kopf. »Gewiss, vielleicht war ich voreilig«, räumte er ein. »Eigentlich habe ich den ehrwürdigen Vater nicht im Verdacht. Aber wir müssen auch für diese Möglichkeit offen sein.«

Wie lange werdet Ihr ihn hier noch festhalten?

Alsan sah die Varu verblüfft an. »Ich halte ihn nicht zurück«, sagte er. »Ha-Din ist auf eigenen Wunsch hiergeblieben. Genau wie Ihr.«

Ich warte auf Victorias Rückkehr, die nach Euren Worten kurz bevorsteht. Ich warte auf Nachrichten vom Tod des Sheks. Und außerdem will ich persönlich die Heere segnen, die gegen die Schlangen in die Schlacht ziehen werden.

»Das wäre eine große Ehre für uns, ehrwürdige Mutter.«

Warum zögert sich der Angriff so lange hinaus?

Alsan zuckte die Achseln. »Ohne Drachen haben wir keine Chance. Und Tanawes Drachen fehlen noch immer zwei Dinge: Zauberer, die sie mit Magie auftanken, sowie eine Paste aus Drachenschuppen, die im Kampf die Sinne der Sheks verwirrt. Auf diese Schuppen aus Awinor warten wir schon lange und haben jetzt jemanden zu den Piloten geschickt, die mit der Beschaffung beauftragt sind. Und was die Magier angeht – ich weiß, dass Qaydar uns nicht gern Lehrlinge zur Verfügung stellt, aber ich habe ihm einen Vorschlag zu machen, den er nicht ablehnen wird. Wir sind bald so weit«, versicherte er. »Dann greifen wir Gerde mit allem an, was wir haben. Spätestens dann erledigen wir Kirtash.«

Victoria erwähnte er nicht und Gaedalu ließ es dabei bewenden. Zusammen beobachteten sie den Untergang der letzten Sonne am Horizont.

Was mache ich hier eigentlich?, fragte sich Jack. Erst vor wenigen Stunden hatte er den Ilvar überquert und damit die Grenze zu Kash-Tar überschritten, aber diese Frage hatte er sich mindestens schon zehn Mal gestellt.

Seine Begegnung mit Tanawe in Thalis stand ihm deutlich vor Augen. Sie hatte ihn ein wenig argwöhnisch angesehen, als könne sie einfach nicht glauben, dass der letzte Drache sich endlich zu einem Besuch in ihrem Stützpunkt herabließ. Jack hatte sich bemüht, freundlich zu ihr zu sein, aber es war ihm anzumerken, dass er mit den Gedanken woanders war. Tanawe hatte ihn durch die Einrichtungen der Neuen Drachen geführt und er hatte ihr neues Geschwader bewundern können: zweihundert startklare neue Drachen. »An Piloten fehlt es uns nicht«, hatte sie erklärt, »jeden Tag stehen neue Leute vor der Tür. Das Problem sind die Magier.« Qaydar und Tanawe machten sich praktisch seit der Awa-Schlacht die wenigen Zauberer von Idhún streitig. Nun, da Victoria neue Magier hervorbrachte, stürzten beide sich wie Hyänen auf sie.

»Wir können all diese Drachen am Tag der Schlacht unmöglich zum Funktionieren bringen«, klagte Tanawe und deutete mit einer ausgreifenden Handbewegung auf die Maschinen, »wenn wir nicht genug Magier haben. Es wäre dringend nötig, dass Lunnaris uns besucht und unter unseren Piloten diejenigen auswählt, die sie für die geeignetsten hält …«

»So funktioniert das nicht«, unterbrach Jack. »Sie geht dabei anders vor.« Er behielt für sich, dass Victoria mit Christian geflohen war und wahrscheinlich für lange Zeit nicht zurückkehren würde. Er brachte es nicht über sich zuzugeben, dass sie ihn wegen eines anderen verlassen hatte. *Oder habe ich sie verlassen?*, fragte er sich plötzlich.

Tanawe verschränkte die Arme vor der Brust. »Sie geht dabei anders vor?«, wiederholte sie. »Wie denn? Ich weiß, dass der Turm von Kazlunn sich allmählich mit Lehrlingen füllt. Wenn sie Qaydar Magier liefern kann, warum dann nicht mir?«

»Weil die Aufgabe der Einhörner darin besteht, die Magie in der Welt zu verteilen, nicht darin, am laufenden Band Zauberer zu produzieren, so wie du deine Drachen«, antwortete Jack unwirsch.

»Ohne meine Drachen wäre deine Rasse längst ausgestorben«, warf sie ihm an den Kopf.

»Meine Rasse *ist* längst ausgestorben, mit oder ohne deine Drachen.«

»Dann kannst du uns Menschen nicht vorwerfen, wenn wir andere Wege suchen, mit den Sheks fertig zu werden. Wenn ihr keine künstlichen Drachen wollt, hättet ihr die Schlangen ausrotten müssen, als ihr die Gelegenheit dazu hattet.«

Sie sprach mit Härte und einem kalten Hass, der Jack zum Widerspruch reizte. Doch er war das Wortgefecht leid. »Ich kann nicht für das Einhorn sprechen«, stellte er ruhig klar. »Nicht ich habe die Macht, jemandem die Magie zu gewähren.«

Dass er selbst auch ein Magier war, behielt er für sich. Dieser Gedanke war noch zu neu für ihn. Außerdem war unklar, ob er einen künstlichen Drachen überhaupt mit Magie auftanken konnte. Es konnte gut sein, dass er ihn dabei in Brand steckte.

»Wozu bist du dann gekommen?«, wollte Tanawe wissen.

Genau, wozu bin ich eigentlich gekommen? Weil Alsan es angeordnet hat?, fragte sich Jack. »Um die Herstellung des Geschwaders zu überwachen«, lautete seine Antwort. »Wenn euch Magier fehlen, gebe ich das an Alsan und Qaydar weiter, vielleicht lässt sich da etwas machen. Aber ich brauche konkrete Angaben«, fügte er hinzu und versuchte professionell zu klingen.

Tanawe entspannte sich ein wenig und setzte den Rundgang durch die Halle fort. »Hier in Thalis sind wir zu zweit«, sagte sie. »Jetzt haben wir noch jemanden in Vanissar. Dein Freund Shail hat sich uns angeschlossen, sagt Denyal.« Sie sah Jack erwartungsvoll an.

»Er hat uns im Kampf gegen Eissesh unterstützt«, erwiderte

Jack ausweichend. Er hatte nicht vor, ihr zu eröffnen, dass Shail nicht die geringste Absicht hatte, seine Zeit mit dem Auftanken künstlicher Drachen zuzubringen, sondern sich gerade im Turm von Kazlunn aufhielt – bei Qaydar.

Aber Tanawe gab sich mit der Auskunft zufrieden. »So wenige Magier«, sagte sie. »In Kash-Tar haben wir auch noch zwei, aber sie sind schon seit drei Monaten überfällig und …«

Jack blieb wie angewurzelt stehen. »Kimara ist nicht aus Kash-Tar zurück?«

Tanawe schüttelte den Kopf. »Neulich sind zwei der Drachen wiedergekommen«, erklärte sie, »aber alle anderen sind noch dort. Und trotz unseres ausdrücklichen Verbots haben sich ihnen mehrere unserer Piloten angeschlossen. Die Yan-Rebellen sind anscheinend sehr gewaltbereit und desorganisiert und das zieht viele unserer jungen Leute an. Für sie bedeutet Kash-Tar Action, Abenteuer und Freiheit.« Tanawe sah ihn lange an. »Wenn du wirklich etwas für uns tun willst … Es wäre sehr hilfreich, wenn du dich nach Kash-Tar aufmachen und sie alle zurückholen würdest. Die Magier wie auch die Drachen sind sehr wertvoll. Seinerzeit schien es uns eine gute Idee, sie in die Wüste zu schicken, aber jetzt brauchen wir sie an anderer Stelle.«

Die Vorstellung, nach Kash-Tar zurückzukehren, war verlockend für Jack und außerdem würde eine Luftveränderung ihm vermutlich guttun. Ganz abgesehen davon hatte er Lust, Kimara wiederzusehen, auch wenn er das nicht zugeben wollte. Schließlich willigte er ein. Nicht nur, weil Tanawe diese Magier wirklich brauchte, sondern auch aus Sorge um Kimara. Die Tatsache, dass der Aufstand von Kash-Tar so blutig geworden war, verhieß nichts Gutes.

Er flog aufs Geratewohl. Der rötliche Sand von Kash-Tar bot wenig Abwechslung und die brütende Hitze machte ihn müde.

Am ersten Tag fand er zum Glück eine Oase und landete, um seinen Durst zu stillen. Überrascht stellte er fest, dass sie verwaist war, obwohl die Lagune Wasser führte und die Bäume voller bläulicher Früchte hingen. Bei genauerem Hinsehen entdeckte Jack, dass hier offenbar eine Schlacht stattgefunden hatte. Viele der Bäume waren verkohlt oder geborsten und ein Stück weiter weg machte er eine bestürzende Entdeckung: gefallene Soldaten, deren Leichen aufgetürmt und verbrannt worden waren. Nun verstand er besser, warum dort niemand übernachten wollte. Auch er blieb nicht. Er trank reichlich Wasser und stopfte sich mit Früchten voll, dann schwang er sich wieder in die Luft.

Am nächsten Tag, als die Hitze schon fast unerträglich wurde, fing ihn ein Shek ab. Er schien etwas zu suchen oder vielleicht war er auf Patrouille. Als er den Drachen entdeckte, schoss er schnurstracks auf ihn zu und überrumpelte ihn. Jack verteidigte sich ein wenig ungeschickt, von Hunger, Durst und Müdigkeit gezeichnet. Ihn überraschte der blinde Zorn, mit dem der Shek ihn angriff. Die kalte Würde, mit der die geflügelten Schlangen ihren Hass sogar mitten im Gefecht maskierten, als wollten sie der Welt weismachen, sie hätten ihren Hass auf die Drachen unter Kontrolle und nicht umgekehrt – diese kalte Würde hatte er immer bewundert. Doch dieser Shek war außer sich, in seinen Augen funkelte ein mörderischer Wahn.

Jack versuchte den tödlichen Giftzähnen seines Gegners, seiner erstickenden Umklammerung, seinem eisigen Blick zu entkommen. Zum Angreifen hatte er keine Energie mehr. Als er schon alles verloren glaubte, kamen ihm Drachen zu Hilfe. Sie waren zu dritt. Mit derselben Wildheit, die ihm auch an seinem Gegner aufgefallen war, stürzten sie sich auf den Shek und zwangen ihn zu Boden, hielten ihn dort gepackt und ließen sich an ihm aus, bis er seinen letzten Atemzug tat.

Jack beobachtete all das überrascht, ohne einzugreifen. Das Verhalten der Drachen erinnerte ihn daran, wie er in den Bergen einmal eine Shek-Haut zerfetzt hatte. *Ich war vom Instinkt beherrscht*, sagte er sich, *aber diese Drachen hier sind nicht echt. Was haben sie für eine Ausrede?* Er ließ sich erschöpft in den Sand fallen und musterte die Drachen. Kimaras rotes Drachenweibchen war nicht dabei, wie er ein wenig enttäuscht feststellte.

Dann sprangen die Piloten aus den Drachen und liefen zu ihm. Sie hatten wilde Kriegsbemalung im Gesicht und trugen das Haar zu langen Zöpfen geflochten, die schmutzig und halb aufgelöst waren. Ihre Haut war dunkelbraun gebrannt. Sie waren bis zu den Zähnen bewaffnet und Jack fragte sich, wozu Männer, die an Bord von Drachen kämpften, so viele Waffen brauchten. Sie hießen ihn mit wildem Freudengeschrei willkommen, und sobald er sich wieder in einen Menschen verwandelt hatte, bestaunten sie ihn andächtig.

Bei Einbruch der Dunkelheit erreichten sie den Stützpunkt der Rebellen in den Bergen. Jack war ziemlich mitgenommen, und als sie ihm einen Schlauch mit frischem Wasser und etwas zu essen brachten, griff er dankbar zu.

Später hörte er Trommeln, Gejohle und das Prasseln der Lagerfeuer und musste an jene unvergessliche Nacht in Hadikah denken, in der er mit Kimara getanzt hatte. Lächelnd stand er auf und verließ sein Zelt. Doch der Anblick, der ihn erwartete, hatte nichts mit dem magischen Abend in seiner Erinnerung zu tun. Der Kadaver des Sheks lag entsetzlich verstümmelt mitten im Lager: Seine Augen waren ausgestochen und die Flügel abgeschnitten. Immer noch ließen einige Rebellen ihre Wut an ihm aus, indem sie ihm die Schuppen einzeln ausrissen oder mit Dolchen und Schwertern auf ihn einstachen.

Obwohl Jack die Schlangen hasste, wurde ihm übel. *Zum Glück ist er tot*, dachte er. Plötzlich wurde ihm klar, dass die

Rebellen all dies nicht zum ersten Mal taten, dass die Sache mit den Augen, den Flügeln und den Schuppen kein spontaner Einfall gewesen war. Und dass sie wahrscheinlich auch lebende Schlangen so gequält hatten. Vor Entsetzen lief es ihm kalt über den Rücken.

Er schnappte sich den Ersten, der an ihm vorbeikam: »Warte! Kennst du Kimara?«

»Kimaraistnochnichtzurück«, antwortete der Yan. »Wirerwartensiemitdemerstenmond.«

Jack nickte erleichtert und blickte zum Himmel auf. Nicht mehr lange, dann würde er mit Kimara sprechen und diesen Wahnsinn vielleicht besser verstehen können. Er kehrte der verstümmelten Schlange den Rücken und drehte eine Runde durchs Lager. In einiger Entfernung entdeckte er mehrere abgestellte künstliche Drachen. Zu seiner Überraschung war der von Kimara dabei. Ob der Yan sich vielleicht geirrt hatte und Kimara sich doch im Lager befand? Warum sollte sie ohne ihren Drachen aufbrechen? Als sich die erste Mondsichel hinter den Bergen hervorschob, kehrte er zu den anderen zurück.

Der Shek schien vergessen, denn nun waren sie unter wilden Kriegsgesängen dabei, vor dem Kadaver mehrere Haufen aufzutürmen und anschließend in jeden einen Pfahl zu rammen.

»Yandrak!«, rief jemand. Jack sah sich suchend um. Im Schein der Lagerfeuer erkannte er einen der Piloten, die ihn am Vormittag gerettet hatten. »Freut mich, dass du wieder auf dem Posten bist«, sagte der Rebell, der fast so schnell sprach wie Kimara. »Feierst du heute Abend mit uns?«

»Was feiert ihr denn?«, fragte Jack vorsichtig.

Der Pilot lachte. »Das kommt ganz darauf an, wie bei Goser und den anderen die Jagd gelaufen ist«, antwortete er lächelnd und bleckte dabei die Zähne. »Aber ich wette, die Beute kann sich sehen lassen.« Mit einer vagen Handbewegung deutete er auf die Pfähle und die Haufen. »Schöne Scheiterhaufen, stimmt's? Das wird gut brennen ...«

Jack wich einen Schritt zurück. Allmählich fand er diesen Typen unheimlich. Er wollte gerade etwas erwidern, als die Wachen plötzlich Laut gaben. Nach der freudigen Reaktion der Rebellen zu schließen, war es kein feindlicher Angriff.

Im Schein der Lagerfeuer hielt ein kleiner Trupp triumphierend Einzug und wurde von den anderen mit einem Trommelwirbel und großem Hallo willkommen geheißen. Sie hatten Gefangene dabei, acht Szish. Ungläubig beobachtete Jack, wie diese auf die Scheiterhaufen geführt und an den Pfählen festgebunden wurden. *Sie wollen sie lebendig verbrennen,* begriff er mit einem Schauder. Die Vorstellung, diese Szish-Soldaten vor dem verstümmelten Shek-Kadaver zu opfern, hatte etwas Groteskes und Geschmackloses.

Er musste diesen Wahnsinn stoppen. Gerade war jemand auf den Shek-Kadaver geklettert und stieß einen mächtigen Triumphschrei aus, eine Axt in die Luft gereckt. Alle skandierten seinen Namen: »Goser! Goser! Goser! Goser!«

Eine Frau trat neben ihn. Beide Silhouetten zeichneten sich gegen den Feuerschein ab und verschmolzen für einen Moment, bevor sie sich wieder voneinander lösten. Die Frau stieß einen Jubelschrei aus und hob zum Zeichen des Sieges die Fäuste. Die Rebellen jubelten ihr zu und die Trommeln dröhnten lauter.

Jack erkannte Kimara wieder. Da hielt er es nicht länger aus und bahnte sich einen Weg zu dem Shek-Kadaver. Er trat Kimara in den Weg, als sie vom Stummel des rechten Flügels heruntersprang. »Jack!«, rief die Halbyan erfreut aus. »Du bist gekommen, um dich uns anzuschließen!«

Jack wich einen Schritt zurück und musterte sie. Sie wirkte genauso verwildert wie ihre Gefährten. »Wenn du das hier meinst«, erwiderte er kühl und deutete auf den toten Shek und die Szish, die gerade an die Pfähle gebunden wurden, »damit will ich nichts zu tun haben.«

Kimaras Lächeln erlosch. »Verteidigst du die Schlangen immer noch? Wir haben Leute schon für weit weniger hingerichtet«, drohte sie.

Jack verengte die Augen. »Versuch's doch«, gab er rau zurück.

Kimara sah sich kurz um. Sie waren von Schaulustigen umringt. Die Halbyan winkte Jack beiseite. »Wozu bist du dann gekommen?«

»Tanawe verlangt, dass ihr nach Nandelt zurückkehrt.«

Kimara machte eine verärgerte Handbewegung. »Mal wieder. Ich will aber nicht zurück. Das hier ist meine Heimat und hier kämpfen wir wirklich! Ihr in Nandelt organisiert immer nur oder trefft Vorbereitungen. Nie geht es zur Sache.«

»Sollten wir so zur Sache gehen?« Jack schrie fast. »Indem wir Sheks verstümmeln?«

Kimara warf ihm einen kurzen Blick zu. »Wie ich sehe, bist du immer noch mit Kirtash befreundet.«

»Kirtash ist nicht ...«, begann Jack, biss sich jedoch auf die Zunge und sagte mit letzter Beherrschung: »Kirtash mag ein Verräter und Mörder sein, aber so tief wie ihr ist er noch nicht gesunken.«

»Was faselst du denn da?«, warf Kimara ihm mit zornig funkelnden Augen an den Kopf. »Du bist ein Drache! Du müsstest die Sheks hassen!«

»Das tue ich auch. Aber gleichzeitig achte ich sie. Sie sind vielleicht kalt oder erbarmungslos, aber nicht grausam. Sie verletzen und töten nicht aus Lust. Das ist ein Charakterzug der Warmblüter, fürchte ich. Dafür sollten wir uns schämen.«

Kimara lächelte finster. »Ich schäme mich nicht«, widersprach sie. »Ich bin stolz darauf, lebendig zu sein und Gefühle zu haben … hier!« Sie klopfte sich auf die Brust. »Ich bin stolz darauf, dass durch meine Adern Feuer fließt und nicht Eis! Und dass ich den Mut habe, die Grausamkeiten zu rächen, die die Sheks meinen Leuten Tag für Tag antun! Hast du etwa keine Gefühle? Oder ist dein Herz vielleicht schon gefroren?«

Sie kam ihm so nah, dass er ihren wilden Moschusduft riechen konnte. Zu nah. Jack wandte sich von ihr ab. Diesmal tat er es nicht für Victoria, sondern für sich selbst. »Nein, Kimara«, antwortete er. »Ich bin stolz auf meine Gefühle, aber nicht auf alle. Nicht auf die, die mich zu jemandem machen könnten, der dir ähneln würde.«

Sie lachte ihm ins Gesicht. »Wenn du gekommen bist, um mir eine Moralpredigt zu halten, bist du bei mir an der falschen Adresse, fürchte ich. Kehr nach Nandelt zu Victoria und deinem Shek-Freund zurück.« Sie drehte sich um. »Ich feiere jetzt weiter«, fuhr sie fort. »Ich glaube, das habe ich verdient, meinst du nicht? Ich riskiere beim Kampf gegen den Feind zumindest Kopf und Kragen. Ah, das Drachenweibchen kannst du Tanawe meinetwegen zurückbringen. Ich brauche es nicht mehr.«

»Tanawe will etwas anderes von dir und das weißt du auch.«

»Ja«, erwiderte sie. »Aber ihr Ärger wird verfliegen, wenn sie die Ladung sieht, glaub mir.«

»Was denn für eine Ladung?«, fragte Jack stirnrunzelnd.

»Wie, das hat sie dir nicht gesagt? Sie hat mich um Überreste von Drachen gebeten: Schuppen, Zähne, Krallen und so. Und ich habe mein Wort gehalten.«

Jack sah sie an, ohne seinen Ohren zu trauen. »Du warst in Awinor und hast dich an den Drachen vergriffen?«

»Ja, und zwar für deine bewunderte Tanawe. Ist sie nicht reizend?«, fügte sie spröde hinzu. »Und jetzt geh, bevor unsere Geduld zu Ende ist.«

Jack erwiderte nichts. Die Todesschreie und das verzweifelte Zischen der acht Schlangenmenschen begannen das Lager zu erfüllen. Ohne auf Kimara zu achten, zog Jack Domivat und bahnte sich einen Weg zu den Scheiterhaufen. Die Rebellen buhten ihn aus und mehrere versuchten ihn aufzuhalten, aber Jack wehrte sie mit seinem Feuerschwert ab. Dann ging er von Pfahl zu Pfahl, stieß den Szish Domivat ins kalte Herz und ersparte ihnen die Qual, bei lebendigem Leib verbrannt zu werden.

Als er vom letzten Scheiterhaufen heruntersprang, stand er vor Goser, der ihn mit seinen Feueraugen fixierte, die tätowierten Arme vor der Brust verschränkt. »Warumhastdudasgetan-Fremder?«, wollte er wissen.

Jack hielt seinem Blick stand. »Ich sehe nicht gern, wie Leute gequält werden«, antwortete er. »Ich finde, das ist kein Anblick für jemanden, der ein Herz hat«, fügte er vernehmlich genug hinzu, damit Kimara es auch hörte.

Goser verengte die Augen. »DieSzishsindkeineLeute«, versetzte er, »sondernUngeheuer.«

»Sie sind Leute«, widersprach Jack. »Auch wenn sie anders aussehen als wir.«

Der Yan schüttelte den Kopf. »Daswürdestdunichtsagen-wenndugesehenhättestwassieunsantun.«

Jack warf einen letzten Blick auf den Yan-Anführer, dann drehte er sich um und ging davon. Er kümmerte sich nicht um die aufgebrachten Schreie, sondern ging zu seinem Zelt, streckte sich auf der Matte aus und schloss verbittert die Augen.

Jack schlief nur kurz, gerade genug, um zu Kräften zu kommen. Als er aus dem Zelt trat, war die Feier immer noch im Gange. In diesem Moment führten die Yan, unter ihnen auch Goser und Kimara, den Fackeltanz auf. Jack sah ihnen von Weitem zu und bewunderte unwillkürlich die Kraft ihrer Bewegungen, die Energie, mit der sie so verschwenderisch umgingen, als wäre das, was in ihrer Brust schlug, das Herz eines Sterns. Er lächelte wehmütig: Auch er hatte diesen Tanz mit Kimara getanzt, aber Goser machte es viel besser, da gab es keinen Zweifel.

Jack schloss die Augen. In jener Nacht hatte er Victoria vermisst. Seither schien eine Ewigkeit vergangen zu sein. Nicht nur er, auch Kimara hatte sich verändert und jemand anderen gefunden, der ihr genug gefiel, um mit ihm ums Feuer zu tanzen. Aber manches änderte sich nie. Er vermisste Victoria immer noch. Verzweifelt. Jack schüttelte den Kopf und brach endlich auf. In einiger Entfernung vom Lager verwandelte er sich in einen Drachen, schwang sich in die Luft und verließ den Rebellenstützpunkt, ohne sich von jemandem zu verabschieden.

Victoria entdeckte die Hütte rein zufällig, als sie am Rand von Alis Lithban entlangflogen. Sie war halb verfallen. Das unmäßige Wachstum des Waldes hätte sie beinahe völlig zum Einsturz gebracht, aber mysteriöserweise hatten die Wände standgehalten und das Dach war noch nicht völlig eingesunken. Drinnen sah es jedoch erheblich schlimmer aus.

Mit einem resignierten Seufzer legte Victoria ihr Cape über einen Farnbusch, der sich in einer Ecke breitgemacht hatte, und bettete Christian mit größter Vorsicht darauf. Dann machte sie sich daran, die Hütte herzurichten, die Pflanzen zu entfernen und zu prüfen, welche Möbel und Gegenstände noch zu gebrauchen waren. Während sie von einem Baum aus das Unkraut entfernte, das eines der Fenster überwuchert hatte, bemerkte sie, dass Christian sie ansah. Vorsichtig stieg sie zu ihm hinunter. »Was ist?«, fragte sie ihn besorgt. »Alles in Ordnung?«

»Ja. Es ist nur … Ich beobachte dich so gern.«

Victoria lächelte. »Entdeckst du endlich deine menschlichen Sinne neu?«

»Du solltest da … nicht hoch«, stieß Christian hervor. »Du bekommst ein Kind.«

»Das Bett ist unbenutzbar«, sagte sie, ohne auf seine Bemerkung einzugehen. »Aber ich mache dir ein Lager aus Pflanzen und Blättern. Ich hoffe, dass es nicht zu feucht wird.«

»Das macht nichts. Ich bin nicht … an Komfort gewöhnt. Ich kann überall schlafen.«

Victoria ließ ihre Finger über Christians Gesicht gleiten, doch er packte sie am Handgelenk und sah ihr in die Augen. Wieder wurde sie von Traurigkeit überfallen, als sie darin nicht den gewohnten eisigen Schimmer entdeckte. »Was … was ist los, Victoria?«, fragte er. Er versuchte seiner Stimme einen festen Klang zu geben, war jedoch zu schwach, sodass nur ein Flüstern daraus wurde.

Sie holte tief Luft. »Ich habe dich hierhergebracht, um mich um dich zu kümmern. Das hier ist kein besonders angenehmer Ort, aber … ich wusste einfach nicht, wo ich dich sonst hinbringen sollte.«

»Ich muss mehr wissen«, sagte er. »Bitte … sei ehrlich.« In seiner Stimme schwang Panik mit.

Er kann meine Gedanken nicht lesen, dachte Victoria. *Er weiß nicht, was los ist.* Vorsichtig hob sie seinen Kopf, um ihn in ihren Schoß zu betten. »Ich weiß nicht, wie ich dich heilen soll, Christian«, flüsterte sie. »Niemand weiß es. Ich war bei Gerde, aber nicht einmal sie kann etwas für dich tun. Der Felsen, von dem dieser Stein stammt, wurde von den Sechs geschaffen, um den Siebten einzusperren. Ist dieser Stein erst einmal aktiviert, kann keine Macht der Welt ihn zerstören. Nur die Sechs könnten dich retten, aber ich fürchte, das werden sie nicht tun.«

»Wo ist Jack?«, fragte Christian unvermittelt.

Victoria biss die Zähne zusammen. »Er ist in Vanissar geblieben.«

»Warum … ist er nicht hier, bei dir?«

Victoria wusste nicht, was sie antworten sollte. Sie fand nicht, dass es der richtige Moment war, um über ihren Liebeskummer zu sprechen. »Weil … Er ist eben lieber dort geblieben.«

»Er sollte … bei dir sein. Du bekommst ein Kind.« Christian sah sie mit fiebrig glänzenden Augen an. »Wer … wird für euch sorgen, wenn ich nicht mehr da bin?«

»Sag so was nicht!« Victoria schrie fast. »Und hör bitte auf, davon zu reden, dass du für mich sorgen willst. Lass endlich zu, dass ich für dich sorge. Ich habe nicht aufgegeben, hörst du? Ich schwöre dir, ich finde einen Weg, dich zu retten.«

Christian sah sie kurz an, fast ohne sie wahrzunehmen, dann sank er wieder in die Bewusstlosigkeit zurück.

»Gib nicht auf …«, wisperte sie. »Wenn ich doch nur wüsste, was ich tun soll. Wenn ich doch nur …«

Shail traf Ymur dabei an, wie er aufmerksam ein riesiges Buch las. Er saß am Fenster, an einem der wenigen Spezialtische für Riesen, die es im Turm von Kazlunn gab, neben sich einen Stapel Bücher, die er noch durcharbeiten wollte, die meisten von beachtlicher Größe. Shail hatte seine eigenen, kleineren Bücher dabei und legte sie auf den Nachbartisch. Bei dem Geräusch zuckte der Riese zusammen.

»In dem Buch hast du doch gestern auch schon gelesen«, bemerkte Shail lachend. »Sitzt du immer noch daran, weil es wirklich interessant ist oder weil es große Buchstaben hat und deshalb leichter zu lesen ist als die anderen?«

Der Priester knurrte, ging jedoch nicht auf die Frage ein. »Und du, worauf bist du in diesen Büchern gestoßen?«, wollte er wissen und deutete auf die Bände auf Arkanisch, die Shail aus der Bibliothek der Eingeweihten geholt hatte.

Der Magier schüttelte den Kopf. »Man kann Teufel, Geister und sogar Elementargeister anrufen«, antwortete er, »aber hier steht nichts darüber, wie man einen Gott anruft.« Er setzte sich Ymur gegenüber und schlug ein Buch auf. Doch er konnte sich kaum konzentrieren.

Er musste immer wieder an Victorias Flucht denken. Sie konnte auf sich selbst aufpassen, das wusste er, war aber trotzdem besorgt. Auch Jacks und Victorias Trennung machte ihm zu schaffen. Vor seinem Aufbruch in den Turm von Kazlunn hatte er mit Zaisei darüber gesprochen. »Es war ein so schönes Band«, hatte sie traurig geseufzt. »Hoffentlich lassen sie es nicht ganz abreißen.« Shail bat sie, mit Jack zu sprechen, ihm zu sagen, was sie über ihrer beider Gefühle wusste, aber Zaisei hatte den Kopf geschüttelt. »Das ist etwas, das die beiden unter sich ausmachen müssen, Shail. Wenn Jack nach dieser langen Zeit noch an seinen eigenen und Victorias Gefühlen zweifelt, kann ich auch nichts ausrichten. Das wäre, als würde man ein Pflaster auf eine Wunde kleben, ohne sie vorher zu reinigen, verstehst du?«

Mittlerweile waren auch Qaydar und die übrigen Zauberer in den Turm von Kazlunn zurückgekehrt. Noch hatte niemand dem Erzmagier gesagt, dass Victoria fort war. Er wusste nur, dass Kirtash entkommen war, aber das beunruhigte ihn offenbar nicht. Einer der Lehrlinge war verschwunden und Qaydar war ernsthaft besorgt. Shail kannte ihn vom Sehen. Es handelte sich um einen verbitterten jungen Mann, der nie lächelte. Qaydar hatte gehofft, ihn im Turm von Kazlunn vorzufinden, aber es gab bislang keine Spur von ihm.

Ein dumpfer Schlag riss Shail aus seinen Gedanken. Erschrocken hob er den Kopf. Ymur hatte sein Buch gerade etwas heftig zugeklappt. »Alles Lügen«, sagte er empört. »Wie kann man das Verhalten der Zauberer in der Zweiten Ära auch nur im Geringsten rechtfertigen? Sie standen alle auf der Seite von Talmannon!«

»Das lag an Shiskatchegg …«, begann Shail, aber Ymur unterbrach ihn.

»Davon habe ich gelesen. Was für eine armselige Ausrede. Die ganze Welt weiß, dass Shiska-irgendwas nur eine Legende ist.«

Shail wollte keinen Streit anfangen. »Talmannon war ein mächtiger Zauberer«, gab er zu bedenken. »Dass es ihm gelang, die Macht über Idhún an sich zu reißen, war kein Zufall.«

»Natürlich nicht. Der Siebte stand auf seiner Seite, das wissen wir alle. Er und die Sheks …«

Er sprach nicht weiter, denn Shail war aufgesprungen. »Ich bin vielleicht dämlich!«, rief er. »Warum ist mir das nicht schon längst aufgefallen? Talmannon! Er war eine der ersten Inkarnationen des Siebten. Ashran muss es irgendwie geahnt haben! Er hat sich von ihm inspirieren lassen, wollte ihm nacheifern …«

Ymur starrte ihn an. »Talmannon, eine Inkarnation des Siebten?«, wiederholte er. »Das kann nicht sein. Wenn er ein Gott wäre, wie hätte Ayshel ihn dann besiegen können?«

»Genau wie Jack und Victoria Ashran besiegt haben: weil die Sechs ihnen ihre Macht verliehen. In Ayshels Fall vielleicht durch die Einhörner. Oder vielleicht gab es auch eine Prophezeiung …« Aber das war reine Spekulation. Verwirrt schüttelte Shail den Kopf.

»Das ist eine interessante Theorie, Magier«, knurrte Ymur. »Aber sie erklärt nicht, wie Ashran herausgefunden haben soll, wie man einen Gott anruft.«

Shail blinzelte verblüfft. »Er muss es irgendwo gelesen haben, da bin ich sicher. Aber wo nur?«

Ymur lachte freudlos auf. »Ich fürchte, das steht in keinem Buch, Shail. Sonst wüssten viel mehr Leute davon. Nicht nur Ashran, meine ich.«

Shail lehnte sich mit einem Seufzer zurück.

»Seit der Ära Talmannon bis heute«, sagte Ymur, »haben wir eine lange Phase des Friedens gehabt. Wenn deine Theorie zutrifft, verließ der Siebte Idhún, als Talmannon von der Jungfrau von Awa besiegt wurde, bis Ashran ihn wieder anrief.«

»Und wo war er in all dieser Zeit?«, murmelte Shail.

»Von Talmannon bis Ashran«, fuhr Ymur fort, »hat niemand sonst den Siebten angerufen. Dieses Wissen blieb geheim. Wie ist Ashran darauf gestoßen? Wo hat er es her?«

»Das müssten wir ihn wohl selbst fragen ...«, antwortete Shail niedergeschlagen.

»Ja«, knurrte Ymur verstimmt. »Ich bezweifle nicht, dass ihr Magier so etwas fertigbringen würdet. Die Toten in ihrer ewigen Ruhe zu stören, um ihnen absurde Fragen zu stellen.«

»Das kann nicht jeder«, protestierte Shail und richtete sich auf. »Das ist ein verbotener, gefährlicher Teil der Magie. Er heißt ...«

Plötzlich verstummte er und wurde kalkweiß. Ymur bemerkte es und legte die Stirn in Falten. »... schwarze Magie?«, half er ihm.

Shail hatte es die Sprache verschlagen. »Das kann nicht sein«, sagte er, als er sich gefangen hatte. »Ashran hat es fertiggebracht, Talmannon persönlich anzurufen, um ihn zu fragen, wie er Verbindung zum Siebten aufgenommen hatte!«

Ymur runzelte die Stirn. »Hm«, grübelte er. »Ja, warum eigentlich nicht? Schließlich sprechen wir von dem Mann, der die Drachen und die Einhörner ausgerottet hat.«

Zitternd vergrub Shail das Gesicht in den Handflächen.

»Es … wäre möglich«, sagte er. »Ich müsste noch weiter nachforschen. Ich müsste …« Er sprang auf und stürmte aus dem Zimmer zur Bibliothek der Eingeweihten.

Gerde wachte plötzlich auf. Sie befand sich allein im Baumhaus. Und doch spürte sie jemanden ganz in ihrer Nähe. Sie warf einen vorsichtigen Blick auf die Schale mit Wasser, die in einer Ecke stand. Das Wasser kräuselte sich und schimmerte seltsam. Shizuko wollte mit ihr sprechen. Als deren Abbild auf der Wasseroberfläche deutlich zu erkennen war, warf Gerde ihr an den Kopf: »Was willst du denn jetzt schon wieder, Ziessel? Ich habe dir doch gesagt, du sollst auf mein Zeichen warten.«

Diese hörte ihr gar nicht zu. Sie blickte zu Gerde auf und tiefes Leid spiegelte sich in ihrem elfenbeinfarbenen Gesicht. »Ich flehe dich an …«, sagte Shizuko mit erstickter Stimme. »Ich kann nicht mehr … Bitte … gib mir meinen Körper zurück.«

Gerde starrte sie verärgert an. »Und deshalb belästigst du mich?«

»Vor einiger Zeit hast du gesagt, ich soll Geduld haben. Wenn wir alle auf der Erde seien, würdest du etwas für mich tun … Aber ich bin am Ende … Ich kann so nicht weiterleben …« Als die Fee nicht reagierte, begriff Shizuko plötzlich, was los war. Sie wurde blass. »Du hast nicht die geringste Absicht, mir zu helfen, stimmt's?«

»Im Moment nicht.« Gerde warf ihr ein bezauberndes Lächeln zu. »Ich weiß, was du vorhast. Du willst nach Idhún zurück. Lass mich raten: Kirtash hat dir gezeigt, wie man das Tor zwischen den Dimensionen öffnet, stimmt's? Dieser Zwitter muss sich überall einmischen«, seufzte sie. »Seid ihr nicht auf die Idee gekommen, dass ich es dir nicht gezeigt habe, weil ich nicht wollte, dass ihr zurückkommt?«

Shizuko schien die Fassung zu verlieren. Ihre Schultern zuckten in lautlosem Krampf. »Ich kann nicht länger hierbleiben, meine Gebieterin. Ich flehe dich an, erlaube uns die Rückkehr.«

»Alles zu seiner Zeit, Ziessel. Es ist noch zu früh ...«

»Zu früh wofür?«, fragte sie verzweifelt. Dabei hatte sie wahrlich keinen Hang zur Verzweiflung. »Ich habe alles getan, was du mir befohlen hast! Alles ist bereit, ich bin sogar in Verhandlungen, um die großen Wälder zu erwerben, so wie du von mir verlangt hast! Ich investiere das ganze Vermögen meiner Familie ... Shizuko Ishikawas Familie«, korrigierte sie sich, »um diese Welt deinen Bedürfnissen anzupassen. Aber es ist zu viel für eine einzelne Person.«

»Oh, das Gefühl kenne ich«, zwitscherte Gerde. »Wie du sicher weißt, erfordert jede bedeutende Aufgabe Zeit. Die Erde entspricht noch nicht den Bedürfnissen der Sheks und auch nicht meinen eigenen. Du sagst, alles sei bereit, aber du wirst mit Sicherheit noch Jahre, vielleicht Jahrzehnte brauchen, bis du deine Aufgabe zu Ende geführt hast.«

Shizukos Mandelaugen weiteten sich vor Schreck. »Wirst du so lange warten?«

»Ich werde warten, solange es nötig ist«, antwortete Gerde spröde. »Und du wirst so lange bleiben, wo du bist. Deine Arbeit auf der Erde ist für uns alle sehr wichtig. Natürlich nur, solange du dich an den vorgegebenen Plan hältst. Und um mich dessen zu vergewissern, entziehe ich dir die Macht, Tore zu öffnen. Jetzt kannst du nur noch zurückkommen, wenn ich es dir gestatte.« Shizuko wollte protestieren, aber Gerde gab ihr keine Gelegenheit dazu. Sie brach die Verbindung ab und das Wasser in der Schale wurde wieder dunkel und stumm.

Unruhig richtete sie sich auf. Sie war nicht nur deswegen so brüsk zu Shizuko gewesen, weil sie sie gestört hatte. Da draußen war etwas, das ihre sofortige Aufmerksamkeit erforderte.

Vorsichtig spähte sie zwischen den Zweigen hindurch und sah zwei Drachen über der Schlucht kreisen. Sie befanden sich im Sinkflug – bestimmt hatten sie das rötliche Schimmern des Tores bereits entdeckt und wollten der Sache auf den Grund gehen.

»Habt Ihr das gesehen, Gebieterin?«, flüsterte Assher neben ihr.

Gerde nickte. Ihre Augen fixierten die Drachen. Plötzlich holte einer von ihnen tief Luft und spie Feuer auf das Tor zwischen den Dimensionen. Gerde schrie und versuchte mit einem Zauber gegenzusteuern, aber das Feuer erreichte sein Ziel dennoch. Die zarte Öffnung bebte unter dem Angriff und blinkte auf. »Verfluchte Drachen«, zischte Gerde. Sie lief zum Tor und stellte sich davor auf, bereit, es zu verteidigen. Die Piloten sahen sie. Offenbar erkannten sie sie wieder, denn sie machten Anstalten herabzustoßen.

Gerde errichtete eine magische Barriere um sich selbst und das Tor. Dann überlegte sie. Sie konnte auch die Macht einsetzen, die auf dem Grunde ihrer Seele pulsierte und weit über die Magie hinausging, die die Einhörner ihr einmal verliehen hatten. Damit konnte sie die Drachen augenblicklich zerstören. Das würde allerdings Aufmerksamkeit erregen. Es gab sechs Götter, die in anderen Dimensionen nach ihr suchten, aber bestimmt hatten sie keinen Augenblick aufgehört, Idhún zu überwachen.

Deshalb entschied Gerde sich für die Magie und griff den ersten Drachen mit einem Blitz an. Doch er hatte nicht die erwartete Wirkung. Diese Apparate waren aus feuerfestem Holz. Also schuf sie einen Wirbelsturm und hörte erfreut, wie der Drache brüllte, als er ins Trudeln geriet. Sie setzte einen Zauber ein, um alle Magie aufzusaugen, die in diesem Holzgestell steckte. Und plötzlich sah der Drache nicht mehr wie ein echter Drache aus. Er flatterte vergeblich mit den Flügeln und stürzte unaufhaltsam auf die Felsen zu, die die Schlucht säumten. Gerde führte einen letzten zerstörerischen Zauber aus, reine Energie, die sie entschlossen auf den gefallenen Drachen schleuderte. Beide, Maschine und Pilot, zerbarsten in einer spektakulären Explosion.

Die Fee lächelte in sich hinein. Doch dann bemerkte sie, dass der andere Drache den Rückzug angetreten hatte und davonflog. Sie verengte die Augen. Die Sheks waren zu weit entfernt, um ihn noch abzufangen, aber wenn sie zuließ, dass er nach Vanissar zurückkehrte und ihren genauen Aufenthaltsort verriet, würde sie bald alle künstlichen Drachen der Warmblüter am Hals haben. Sie schloss die Augen und traf eine Entscheidung.

Der Pilot hatte gesehen, was mit seinem Gefährten geschehen war. Er wusste, dass es jetzt wichtiger war, nach Nandelt zurückzukehren und Bericht zu erstatten, als zum Kämpfen dazubleiben und das Risiko einzugehen, dass diese Entdeckung mit ihm verloren ging.

Die Neuen Drachen schickten schon seit einiger Zeit Patrouillen in die Feuergipfel und kannten das Hauptquertier der feindlichen Bodentruppen. Aber noch nie waren sie auf Gerde gestoßen. Die Nachricht, dass sie sich nicht bei den Schlangenmenschen in der Nähe des Lavastroms befand, würde Denyal, Covan und König Alsan brennend interessieren.

Doch der Pilot sollte die Feuergipfel nie verlassen. Das Letzte, was er sah, war das Gesicht der Fee hinter der Luke, ein schreckliches, übernatürliches Gesicht, eingerahmt von einer wilden Mähne, die ein Eigenleben zu haben schien. Gerde sah ihn ohne jeden Ausdruck in ihrem Alabastergesicht an, mit einem Blick, der sein Bewusstsein zu durchbohren schien und jede Faser seines Körpers vor Entsetzen erzittern ließ. Dieses blanke Entsetzen war das Letzte, was er empfand, bevor er und sein Drache zerstoben wie eine Sandburg, die von der Hand eines Titanen hinweggefegt wird.

Gerde landete sanft wieder auf dem Boden und suchte den Himmel über sich ab. Da waren keine weiteren Drachen. Sie lächelte zufrieden – und erschauerte plötzlich. Besorgt hob sie den Kopf und wünschte sich, ihre Wahrnehmung hätte sie getäuscht. »Nein, noch nicht …«, stammelte sie. »Es ist noch zu früh …«

Was zum Teufel tue ich hier?, fragte sich Jack nun schon zum zweiten Mal innerhalb kurzer Zeit. *Ich bin ein Drache, das hier ist unter meiner Würde …*

Er hatte jedoch auch eine menschliche Seite und der war es beim Streifen durch die Straßen von Lumbak ganz natürlich vorgekommen, das erste Gasthaus zu betreten, das er gesehen hatte. Die Gäste waren in der Mehrzahl Yan. Von denen hatte er nach seinem Besuch im Rebellenlager erst einmal genug, deshalb setzte er sich auf einen freien Platz nicht weit von einem riesigen Menschen mit Vollbart. Er war auf den Tisch gesunken und schnarchte, vor sich einen Krug, der mit Sicherheit nicht sein erster war.

Jack seufzte in sich hinein. Das hier war eine stickige, laute, übel riechende Kaschemme, aber im Moment war ihm das egal. Wo hätte er sonst hingehen sollen? Nach Nandelt zu Alsan, Tanawe und den anderen wollte er nicht mehr zurück. Er hatte das sonderbare Gefühl, dass er in diesem Yan-Lager einen Blick in die Zukunft getan hatte. Wenn es so weiterging, würde der Krieg gegen die Schlangen überall auf dasselbe hinauslaufen wie in Kash-Tar.

Der Wirt riss ihn aus seinen düsteren Gedanken. »Was darf ich dir bringen, Junge?«

Jack sah ihn ein wenig unwillig an. »Was trinkt man denn hier so?«

»*Darkah*«, antwortete der Mann mit einem breiten Grinsen. »Aber das ist ein Yan-Getränk. Pures Feuer, du verstehst schon.«

Jack zuckte die Achseln. »Das Feuer kann mich nicht schrecken.«

»Wie du willst«, erwiderte der Wirt lachend.

Jack war nicht an Alkohol gewöhnt, bestimmt würde er ihm schlecht bekommen. Aber das kümmerte ihn nicht. Der Betrunkene neben ihm schlief wie ein Murmeltier und Jack beneidete ihn zutiefst. Der Wirt stellte ihm einen Krug mit einer rötlichen Flüssigkeit hin. Jack fragte lieber nicht, woraus *Darkah* hergestellt wurde. »Banzai«, sagte er und trank einen Schluck.

Es war schlimmer, als er gedacht hatte. Der Alkohol verbrannte ihm Mund, Zunge und Kehle und rann wie ein Lavastrom durch seine Speiseröhre. Jack wurde von einem wilden Hustenreiz gepackt, der den Betrunkenen aufweckte und im ganzen Lokal Gelächter auslöste.

»Bei Aldun, Junge, ich habe dich doch gewarnt!«

Jack wollte etwas sagen, brachte jedoch kein Wort heraus. Da dröhnte eine laute, raue Stimme neben ihm: »Zum Teufel mit dir, Orfet! Willst du ihn vergiften?«

Dann bestellte der betrunkene Hüne beim Wirt etwas, das Jack nicht verstand. Kurz darauf stand ein neuer Krug vor ihm. Noch nach Luft schnappend beäugte er ihn argwöhnisch.

»Trink ruhig, das hier wird dir guttun.«

Viel schlimmer konnte es nicht kommen, weshalb Jack schließlich zugriff. Es kam einem Wunder gleich: Das Getränk stillte seinen Durst und linderte das Brennen. Jack machte den Mund auf, um sich zu bedanken, aber plötzlich wurde ihm schwindlig und sein Kopf landete schwer auf dem Tisch. Er registrierte vage, wie der Bärtige ihn am Hemdkragen packte, ein Stück hochhob und dann wieder fallen ließ.

Jack atmete tief durch. Irgendwann gelang es ihm, den Kopf zu heben. Er blinzelte und fokussierte den Blick. Ihm war immer noch schwindlig, er fühlte sich aber schon besser. »Du meine Güte« war alles, was er herausbrachte.

Der Hüne klatschte ihm ein paarmal auf die Wangen. *Ziemlich treffsicher dafür, dass er betrunken ist,* dachte Jack. Er hatte wieder einen klaren Kopf. »Ist gut, ist gut. Alles in Ordnung.«

»Dein erster Schluck *Darkah,* oder? Das ist die übliche Wirkung. Sei das nächste Mal vorsichtiger und hör auf das, was man dir sagt.«

Jack war beleidigt. Er hätte am liebsten allen zugerufen, dass er kein Kind mehr war, dass er einen Swanit erlegt, mehrere Sheks getötet und einen Gott besiegt hatte. Aber die Miene des Hünen war freundlich, weshalb Jack sich ein Lächeln abrang. »Danke«, sagte er. »Ich heiße Jack.«

»Was für ein seltsamer Name«, erwiderte der Mann. »Ich bin Rando.«

Offenbar war er doch nicht so betrunken, wie Jack angenommen hatte. Als er ihn aufmerksam musterte, blickte er zu seiner Verblüffung in zwei verschiedenfarbige Augen. Um nicht unhöflich zu wirken, wandte er den Blick ab und starrte wieder in die Tiefen seines Kruges.

»Das da kannst du ruhig trinken«, sagte Rando. »Es wird dich ein bisschen aufheitern, aber es bringt dich nicht um. Zumindest nicht gleich«, fügte er mit einem Lachen hinzu.

Jack lächelte gequält.

»Probleme mit den Frauen, hm?«, fragte Rando dann.

»Warum meinen immer alle, es ginge um Frauen, wenn man ein Problem hat?«, fragte Jack gereizt zurück.

»Probleme mit den Frauen«, bestätigte Rando energisch nickend.

Jack konnte ein Grinsen nicht unterdrücken. »Eigentlich Probleme mit vielen Dingen«, sagte er.

»Na und?«, erwiderte Rando achselzuckend. »Nichts kann so schlimm sein, um sich mit dem wahrscheinlich übelsten *Darkah* von ganz Kash-Tar zu Tode saufen zu wollen«, fügte er lauter hinzu, damit der Wirt ihn hörte. Dieser wies ihm von der Theke aus die Tür.

Rando griff Jacks Krug mit *Darkah*, prostete dem Wirt zu und trank ihn in einem Zug leer. Jack starrte ihn entgeistert an. »Du musst ja in Problemen ersticken«, sagte er. »Wie kannst du bloß dieses Zeug da in dich reinkippen?«

»Eben weil ich mit mir im Reinen bin«, antwortete Rando grinsend. »Probleme sind eine Last, sie hindern einen daran, glücklich zu sein, findest du nicht?«

Jack lächelte. »Vermutlich schon«, erwiderte er. »Aber was ist, wenn man von ihnen verfolgt wird?«

»Irgendwann versucht man sie in *Darkah* zu ertränken. Aber erstaunlich viele Probleme lassen sich lösen, indem man einfach darüber redet. Vor allem, wenn es sich um Frauen handelt.«

»So simpel ist das nicht«, protestierte Jack. »Ich habe auch noch jede Menge andere Sorgen.«

»Wenn es so wäre, würdest du nicht hier herumsitzen, sondern versuchen, sie zu lösen«, argumentierte Rando. Er seufzte und schüttelte den Kopf. »Alles ist viel einfacher, wenn du eine Frau an deiner Seite hast. Kaum zu glauben, aber dann traut man sich alles zu. Und erst wenn man sie verliert, merkt man, was für eine große Stütze sie einem war. Und dann strandet man irgendwann in einer Kneipe.«

Jack sah ihn neugierig an. »Deswegen bist du hier? Weil du keine Frau hast, die dir eine Stütze ist?«

»Gewissermaßen. Aber ich hatte mal eine. Und was für eine«, erklärte er wehmütig und Jack merkte, dass das Getränk durchaus eine Wirkung auf ihn gehabt hatte: Es hatte ihm zumindest die Zunge gelöst. »Ich habe sie verloren, weil ich nicht mit ihr geredet habe.«

»Ich habe mit meiner immer geredet«, versetzte Jack.

»Und hast du ihr zugehört?«

»Natürlich. Ich war die Person, zu der sie am meisten Vertrauen hatte. Ich war ihr bester Freund …«

»Und du wolltest mehr, oder?«

»Ich war mehr. Wir waren ziemlich lange zusammen. Aber du hast recht, im Grunde befürchte ich, nur ein guter Freund für sie zu sein, trotz allem, was wir zusammen durchgemacht haben.«

»Oh«, bemerkte Rando. »Dann gibt es einen anderen.«

Jack lächelte müde. »Es hat immer einen anderen gegeben.« Er vergrub das Gesicht in den Händen. »Was sollte ich denn tun? Bis vor Kurzem kam ich einigermaßen damit klar. Aber jetzt haben sich die Ereignisse überstürzt.« Er seufzte. »Ich habe sie gefragt, ob wir unsere Verbindung segnen lassen sollen, und sie hat Nein gesagt. Was soll ich denn davon halten?«

»Gar nichts«, antwortete Rando unverblümt. »Du kannst dich noch so bemühen, du wirst nie verstehen, warum eine Frau dies oder jenes tut. Denn Frauen haben immer ihre Gründe, gewichtige Gründe, auch wenn wir das anders sehen. Im Zweifel fragt man also lieber. Immer. Anstatt von irgendetwas auszugehen.«

»Danke für den Rat«, sagte Jack und bereute bereits, sich auf dieses Gespräch eingelassen zu haben. Das Getränk hatte ihm offenbar ebenfalls die Zunge gelöst.

»Genau das ist mir passiert«, fuhr Rando ungerührt fort. »Ich hatte eine Frau. Yenna. Sie war wunderschön, klug, sanft, mutig, einfach vollkommen – oder zumindest kam es mir so vor. Yenna und ich waren glücklich. Es gab ein Band zwischen uns, die Priester hatten unsere Verbindung gesegnet. Damals war ich Soldat in König Kevanions Heer. Und zwar ein guter«, fügte Rando mit einem traurigen Lächeln hinzu, »denn ich habe etwas Shur-Ikaili-Blut und bin größer und stärker als die meisten anderen Männer. Aber für mich war es nur eine Arbeit. Deshalb hat sich für mich nichts geändert, als die Sheks Idhún überfielen und König Kevanion sich mit ihnen verbündete. Ich habe weitergekämpft, so wie immer, während manche meiner Kameraden desertiert sind. Aber mit der Zeit veränderte sich Yenna. Ich fand sie schweigsamer, ausweichender. Sie verheimlichte mir etwas und ich hatte den Verdacht, sie treffe sich mit einem anderen.« Jack hob interessiert den Kopf. »Eines Tages auf dem Nachhauseweg«, fuhr Rando fort, »sah ich sie zusammen. Sie flüsterten miteinander in einer dunklen Gasse. Ich wurde wütend. Ich ging nach Hause und wartete auf sie. Als sie kam, verlangte ich eine Erklärung. Ich fragte sie, wer dieser Mann war und was sie mit ihm machte.«

»Was hat sie dir geantwortet?«, wollte Jack wissen.

»Nichts«, erwiderte Rando. »Sie hat nichts gesagt. Sie hat mich nur angesehen, dann drehte sie sich um und verließ das Haus. Daraufhin habe ich mich zum ersten Mal in meinem ganzen Leben betrunken«, fügte er niedergeschlagen hinzu. »Ich ging in eine Kneipe und trank bis zum dritten Sonnenaufgang. Als ich nach Hause kam, war sie noch nicht zurück, aber ich war so betrunken, dass ich es kaum registrierte. Ich schlief den ganzen Tag. Beim Aufwachen wunderte ich mich, dass Yenna nicht da war, und dachte zuerst, sie wäre mit dem anderen fort. Aber dann merkte ich, dass etwas nicht stimmte.

Alle ihre Sachen waren noch da. Und es sah aus, als hätte es ein Handgemenge gegeben. Da begriff ich, dass jemand sie mit Gewalt abgeführt hatte, und machte mich auf die Suche nach ihr, aber vergeblich. Kaum zwei Tage später erreichte mich eine offizielle Nachricht aus dem Palast. Ich bräuchte Yenna nicht länger zu suchen, hieß es, denn sie sei des Verrats angeklagt … und hingerichtet worden.« Seine Stimme versagte. Jack war erstarrt. »Ich dachte, es wäre ein schlechter Scherz. Yenna, meine Yenna, hatte Umgang mit den Rebellen? Da erinnerte ich mich … Nach der Nachricht, die Sheks hätten Shia dem Erdboden gleichgemacht, hatte sie die ganze Nacht geweint. Ich hatte sie getröstet, so gut ich konnte. Da sie am nächsten Tag nicht mehr weinte, glaubte ich, sie hätte es schon vergessen.«

»Aber das stimmte nicht«, sagte Jack.

Rando schlug mit der Faust auf den Tisch. »Wenn ich es verstanden hätte, ihr richtig zuzuhören … Wenn ich gemerkt hätte, dass ihr Schmerz weit mehr war als Mitgefühl, wenn ich ihre shianischen Wurzeln ernst genommen hätte, dann hätte ich vielleicht früher gemerkt, was los war. Wir kämpften in gegnerischen Lagern und ich hatte keine Ahnung. Sie glaubte felsenfest an die Sache der Rebellen, so sehr, dass sie ihr Leben dafür gab. Aber sie wollte meins nicht aufs Spiel setzen und deshalb hat sie mir nie einen Ton gesagt. Und ich Dummkopf bekam einfach nicht mit, dass es in Yennas Leben auch noch anderes gab als uns beide. Als ich sie mit diesem Mann sah, dachte ich sofort, sie betrügt mich. Und deshalb verriet ich sie, ohne es zu merken.«

»Du hast sie verraten?«, wiederholte Jack verblüfft.

Rando nickte. »Als ich sie nach dem Mann in der Gasse fragte, schwieg sie nicht nur, um den anderen Rebellen zu schützen, sondern auch mich. Sie hätte mich einweihen können, aber das hätte mich in Gefahr gebracht. Sie fand es wichtiger, mein Leben zu retten als unsere Beziehung. Ich habe sie verraten, ohne es zu merken. In der Kneipe, als ich herumerzählte, ich hätte meine Frau mit einem anderen Mann gesehen und keine Erklärung oder Ausrede von ihr bekommen, gab es Szish-Ohren, die jedes einzelne Wort hörten. Die Schlangen sind clever und waren Yenna schon seit einiger Zeit auf der Spur. Ich lieferte ihnen die entscheidende Information. Ich habe sie verraten, ich bin schuld an ihrem Tod, und alles nur, weil ich nicht zuhören konnte.«

Als Rando das Gesicht in den Händen vergrub, sagte Jack beschwichtigend: »Es war nicht deine Schuld. Hingerichtet wurde sie von ihnen. Du konntest das alles nicht wissen.«

Rando hob den Kopf. »Ich war ihr Mann. Ich hätte es wissen *müssen*.« Er schüttelte den Kopf. »Danach konnte ich nicht länger in Kevanions Heer dienen. Ich desertierte … und hasste die Schlangen für das, was sie getan hatten. Aber nicht mehr, als ich mich selbst hasste.« Es trat ein langes Schweigen ein. »Aber eigentlich ging es doch gar nicht um mich«, sagte der Halbbarbar plötzlich aufgekratzt. »Das alles ist schon lange her. Und jetzt bist du derjenige, der lernen muss, seinem Mädchen zuzuhören, oder?«

»Ich brauche nicht länger zuzuhören, um zu wissen, dass sie mit einem anderen zusammen ist«, widersprach Jack. »Glaubst du, man kann zwei Menschen gleichzeitig lieben?«

»Aber sicher. Ich zum Beispiel habe zwei Lieben«, erklärte er mit einem spitzbübischen Grinsen. »Jede Frau, die etwas von mir will, muss akzeptieren, dass mein Herz ihr nicht allein gehören kann.« Jack sah ihn verblüfft an. Rando lachte schallend. »Meine erste Liebe«, zählte er auf, »ist Yenna und wird es bis an mein Lebensende bleiben. Auch wenn sie nicht mehr da ist. Aber es hat keinen Sinn, so zu tun, als hätte ich Yenna vergessen oder würde sie nicht mehr lieben. Einmal«, fügte er nachdenklich hinzu, »hat ein Mädchen mir erklärt, sie könne es nicht mit der Erinnerung an Yenna aufnehmen. Ich weiß nicht, ob sie wollte, dass ich diese Erinnerung aus meinem Herzen tilge, oder ob sie glaubte, mein Herz sei so tot wie Yenna und ich würde nie wieder jemanden lieben, jedenfalls kam sie nicht damit klar.«

»Aber in Wirklichkeit liebst du ja nicht beide gleichzeitig«, argumentierte Jack.

»Bist du dir sicher? Versetz dich in meine Lage. Stell dir vor, du liebst eine Frau mehr als alles andere auf der Welt, und dann verlierst du sie. Du weinst um sie, du vermisst sie, aber irgendwann arrangierst du dich und lebst weiter. Und triffst eine andere Person, die du liebst, nicht weil sie ein Abbild derjenigen wäre, die du verloren hast, und auch nicht, weil du eine Lücke füllen musst, sondern ganz einfach um ihrer selbst willen. Ihr beginnt ein gemeinsames Leben … aber … was würde geschehen, wenn die Frau, die du für tot gehalten hast, noch am Leben wäre und du sie wieder treffen würdest?« Jack wusste nicht, was er antworten sollte. »Ich werde es dir sagen«, fuhr Rando fort. »Wenn beide Bande echt sind – und es gibt eigentlich keinen Grund, daran zu zweifeln –, warum soll ich dann nicht glauben, dass man zwei Personen gleichzeitig lieben kann?«

»Aber würdest du bei beiden bleiben?«, fragte Jack.

Rando zuckte die Achseln. »Ich könnte beiden sagen, dass ich sie liebe, und es wäre die Wahrheit. Sie könnten mich aber reichlich unverschämt finden und hätten das Recht, mich sitzen zu lassen«, sagte er lachend. »Ich würde sie aber trotzdem weiterhin lieben.«

Jack lächelte verblüfft. »Dann hast du schon ein anderes Mädchen gefunden, das du mit der Erinnerung an Yenna teilen kannst?«, wollte er wissen.

»Na ja, fast. Im Moment warte ich.«

»Worauf?«

»Darauf, dass sie merkt, dass der Typ, mit dem sie jetzt zusammen ist, nur ein Abenteuer ist«, antwortete der Halbbarbar und leerte seinen *Darkah*-Krug.

Jack lachte. Randos Selbstvertrauen und Zuversicht wirkten ansteckend. »Und wann willst du ihr sagen, dass sie eine Kandidatin für deine zweite Liebe ist?«

»Was redest du denn da, eine zweite Liebe habe ich doch schon längst. Willst du ihn kennenlernen?«, fragte er augenzwinkernd.

»Ihn?«, wiederholte Jack verdutzt.

Rando stand auf und warf einige Münzen auf den Tisch. »Ich lade dich ein. Das lasse ich mir nicht nehmen, nachdem ich dich so gelangweilt habe.«

Gegen den rauen Charme des Halbbarbaren hatte Jack einfach keine Chance. Sie verließen die Gaststätte und liefen durch die engen Straßen von Lumbak. Die dritte Sonne war schon vor einer Weile untergegangen und die Monde tauchten die breiten, niedrigen Gebäude der Stadt in sanftes Licht. Am Stadtrand gelangten sie zu einer verlassenen Lagerhalle.

Als Jacks Augen sich ans Halbdunkel gewöhnt hatten, sah er ein Ungetüm, das mit einer Plane abgedeckt war. »Ein Drache!«, rief er sofort.

»Donnerwetter! Wie hast du das erraten?« Rando zündete eine Öllampe an und zog die Plane ein Stück zurück. »Ich stelle dir Ogadrak vor«, sagte er. »Ich versichere dir, wir sind zutiefst und aufrichtig ineinander verliebt. Da soll es ein Himmelblauer wagen, mir zu widersprechen.«

Aber Jack lachte nicht über den Scherz. Er sah Rando plötzlich argwöhnisch an.

»Ich weiß, er sieht nicht wie ein Drache aus«, sagte der Halbbarbar, etwas verwirrt von Jacks Reaktion. »Aber das liegt daran, dass seine Magie …«

»Du bist einer von Tanawes Piloten«, unterbrach Jack. »Aus dem Trupp, den sie nach Kash-Tar geschickt hat.«

Rando blinzelte verblüfft. »Was du alles weißt!«, sagte er und wurde plötzlich ernst. »Wer bist du eigentlich?«

»Ich wurde von Thalis aus auf die Suche nach euch geschickt. Aber nach dem zu urteilen, was ich gesehen habe«, fügte er hinzu und seine Stimme wurde härter, »hätte ich euch lieber nie gefunden.«

Rando warf ihm einen langen Blick zu. »Verstehe«, erwiderte er. »Genau aus diesem Grund habe ich mich abgeseilt.« Nachdenklich strich er über das Holz des Drachen. »Ich will nichts mehr mit den Rebellen zu tun haben. Ich wollte Yennas Beispiel folgen, aber es war ihr Krieg, nicht meiner. Und doch war ich an Bord eines Drachen zum ersten Mal nach langer Zeit wieder glücklich. Da ich nicht mehr mit den Neuen Drachen kämpfe, müsste ich ihn eigentlich zurückgeben, aber ich weigere mich. Ich habe ihn also vermutlich gestohlen«, fügte er hinzu und sah Jack herausfordernd an.

»Von mir aus kannst du ihn behalten«, erklärte Jack mit einem Lächeln. »Ich glaube, bei dir ist er besser aufgehoben als bei jedem anderen Piloten.«

»Natürlich behalte ich ihn. Ogadrak und ich sind füreinander geschaffen. Nichts und niemand kann uns trennen.«

»Würdest du auf ihn und aufs Fliegen aus Liebe verzichten? Wenn Yenna dich zum Beispiel darum gebeten hätte?«

»Aus Liebe macht man viel Unsinn, Jack. Wahrscheinlich könnte ich auf meinen Drachen verzichten, um einer Frau meine Liebe zu beweisen. Aber allein schon so eine Bitte würde gegen sie sprechen. Wenn man jemanden liebt, kann man kein solches Opfer von ihm verlangen. Das habe ich von Yenna gelernt. Wenn ich gewusst hätte, was sie tat, wenn ich von ihr verlangt hätte, den Kampf gegen die Schlangen aufzugeben, hätte ich ihr alles genommen. Auch wenn ich ihr dadurch das Leben gerettet hätte.« Jack schüttelte verwirrt den Kopf. Rando klopfte ihm auf den Rücken. »Du bist ein guter Junge«, sagte er. »Du musst dir nur über einiges klar werden.«

»Ja, vermutlich«, erwiderte Jack. »Mit der Zeit habe ich mich daran gewöhnt, dass meine Freundin zwei Lieben hatte, wie du es nennst. Aber bald wird sie drei haben«, stöhnte er. »Sie ist nämlich schwanger.«

Rando kratzte sich am Kopf. »Ach so. Machst du dir Gedanken, ob das Kind von dem anderen ist und du deshalb aus der Familie ausgeschlossen bist? Warum sprichst du nicht mit ihr darüber?«

»Zu spät, fürchte ich.«

»Wenn dir etwas wirklich am Herzen liegt, ist es nie zu spät.«

Jack schloss die Augen. Plötzlich war ihm danach, zu Victoria zu laufen, wo auch immer sie sich befand, und ihr zu sagen, wie sehr er sie liebte. Ihm fielen Randos Worte ein: *Sie fand es wichtiger, mein Leben zu retten als unsere Beziehung*. Er holte tief Luft. *Ich war ein Idiot*, dachte er. Victoria hatte sich gar nicht zwischen beiden entschieden. Sie hatte sich gezwungen gesehen, zu wählen, ob sie Christians Leben oder ihre Beziehung zu Jack retten wollte. *Und ich habe sie im Stich gelassen*, wurde ihm auf einmal klar, *im vierten Monat schwanger und mit einem sterbenden Shek im Schlepptau*. Er musste zu ihr und ihr helfen … ihnen helfen. Allen dreien, Victoria, Christian und dem Ungeborenen, das er im Grunde schon liebte wie ein eigenes Kind. *Es macht nichts, wenn es von Christian ist*, dachte er. *Ich liebe dieses Baby und ich liebe Victoria und ich will bei ihnen sein*. »Ich glaube, ich muss mit ihr reden«, sagte er.

Rando lächelte und wollte Jack gerade noch einmal auf den Rücken klopfen. Doch der drehte sich abrupt um. Er hatte am Eingang ein Geräusch gehört.

»Wer issst bei dir, Rando?«, zischte es gereizt.

Fast ohne zu überlegen zückte Jack Domivat. Rando wich alarmiert einen Schritt zurück. »He! Steck das weg! Ersha ist eine Freundin von mir!« Jack starrte ihn ungläubig an.

»Keine Freundin«, berichtigte das Szish-Weibchen. »Nur eine Bekannte.« Sie kam noch ein wenig näher, ohne Domivats Klinge aus den Augen zu lassen. »Ich habe Neuigkeiten, Rando«, sagte sie. »Dasss Flammenherzzz issst wieder da.«

Plötzlich ernst, verengte Rando die Augen. »Ich hatte gehofft, dieses Wort nie wieder zu hören.«

»Aber jetzzzt können sssie esss sssehen«, beharrte Ersha. »Dann werden sssie allesss verssstehen, wasss passssiert issst.«

»Um welchen Preis, Ersha? Wie viele Leute müssen noch verbrennen, bis dieses Phänomen endlich verstanden wird?«

»Verzeihung«, mischte Jack sich ein. »Ich weiß, es geht mich vermutlich nichts an, aber wovon redet ihr?«

Ersha sah ihn misstrauisch an, aber Rando antwortete: »Wir reden über das, was die Bewohner von Kash-Tar in den Wahnsinn getrieben hat. Aber es hat keinen Sinn, es dir zu erklären, du musst es mit eigenen Augen sehen.«

Plötzlich wurde Jack von einem Verdacht durchzuckt. »Bring mich hin«, bat er. »Ich glaube, ich weiß, worum es sich handelt.«

10

Heilige Macht

Erschrocken sah Shail von dem Buch auf, das er gerade las. Eben hatte jemand die Tür der Bibliothek der Eingeweihten zugeknallt. Die beiden Lehrlinge am Nachbartisch sprangen ängstlich auf, als Qaydar wütend durch den Saal stob. Shail erhob sich ebenfalls, langsam und mit resignierter Miene. Ihm war nicht recht klar, warum, aber er hatte den Verdacht, dass der Zorn des Erzmagiers ihm galt.

»Lasst uns allein«, befahl Qaydar den Lehrlingen, die erleichtert das Weite suchten. Shail klappte sein Buch zu und versuchte den Titel zu verbergen, aber Qaydar achtete gar nicht darauf. »Ich habe Nachricht erhalten, dass Victoria entkommen ist, dass sie mit dem Shek geflohen ist. Stimmt das?«

»Also …«, erwiderte Shail zögernd.

»Warum hast du mich nicht informiert?«, brach es aus Qaydar heraus. »Du weißt genau, dass sie für die Zukunft des Magierordens entscheidend ist! Jetzt hat der Feind zwei Einhorn-Hörner …«

»Bei allem Respekt, Victoria ist ein Mensch, kein Einhorn-Horn«, unterbrach Shail gereizt. »Sie hat Gefühle …«

»Und auch Verantwortung!«

»Ja, aber wenn sie jemandem Rechenschaft ablegen muss, dann nicht Euch, Erzmagier.«

Qaydar verengte die Augen. »Das Kind, das sie erwartet, soll Shek-Blut haben.«

»Wie erfahren die Leute bloß von diesen Dingen?«, fragte Shail fassungslos.

»Dann ist es also wahr!«

Der Magier hob beschwichtigend die Hände. »Wir wissen nicht, ob es wahr ist. Nicht einmal Victoria selbst ist sicher, wir sollten also keine voreiligen Schlüsse ziehen.«

Qaydar ließ sich zitternd auf einen der Stühle fallen. »Das ist unerhört«, sagte er. »Wie konnte sie nur …?«

»Sie versucht nur, Kirtash das Leben zu retten. Ob es uns passt oder nicht, es besteht ein Band zwischen den beiden. Wenn Ihr Victoria auf Eurer Seite haben wollt, Erzmagier, tätet Ihr gut daran, dieses Band zu respektieren.«

»Ein Band mit einem Shek«, wiederholte Qaydar kopfschüttelnd. »Das ist widerlich.«

Shail fiel ein, wie Victoria den tödlich verletzten Christian vor Alsan und Gaedalu geschützt hatte, und lächelte ein wenig traurig. »Ich finde es wunderschön«, sagte er.

Qaydar erhob sich ruckartig. »Wunderschön oder widerlich, fest steht, dass Victoria dieses Band nicht über ihre Verpflichtungen stellen sollte. Pack deine Sachen zusammen«, befahl er. »Wir gehen nach Vanissar. Es muss eine Suche organisiert werden. Wir holen sie zurück, ob sie will oder nicht.«

»Aber …«

»Keine Ausreden, Shail. Nichts von dem, womit du gerade beschäftigt sein magst, ist wichtiger als das letzte Einhorn, oder?«

O doch, dachte Shail niedergeschlagen, sagte jedoch nichts.

Es war das erste Mal, dass Jack in einem künstlichen Drachen flog, und er war nicht sicher, ob es ihm gefiel. Es war mit einem

Flugzeug zu vergleichen, schaukelte jedoch so, dass sogar er, der für sein Leben gern flog, nervös wurde.

»Ist es nicht fantastisch?«, fragte Rando ihn voller Euphorie, als sie abhoben.

»Ja ... fantastisch«, murmelte Jack, dem schwindlig wurde. Er hatte sich dafür entschieden, noch nicht zu enthüllen, wer er war, nicht weil er Rando misstraute, sondern weil ihm der Halbbarbar sympathisch war und er nicht wollte, dass er ihn anders zu behandeln begann.

Ersha wollte sich dem ›Flammenherz‹ nicht noch einmal nähern und war in Lumbak geblieben. Rando hatte ihm erzählt, was er vor drei Monaten in der Wüste gesehen hatte und was seiner Meinung nach Nin bis auf die Grundmauern niedergebrannt hatte. Jack hatte sich die Geschichte des Halbbarbaren mit ernster Miene angehört. »Willst du damit sagen, dass beide Seiten die jeweils andere eines Massakers beschuldigen, das Al... dem Feuerball zuzuschreiben ist?«, fragte er ungläubig.

»Mittlerweile spielt es keine Rolle mehr, wer angefangen hat«, erwiderte Rando, »denn beide Seiten haben so viele Grausamkeiten begangen, dass sie mehr Vorwände als genug haben, um sich noch viele Jahrhunderte lang zu bekämpfen.«

So setzen sich Kriege ewig fort, erinnerte sich Jack an Victorias Worte.

Es dauerte noch mehrere Stunden, bis sie die Gegenwart dessen bemerkten, was Ersha das ›Flammenherz‹ nannte. Die Temperatur im Drachen stieg und beide begannen zu schwitzen. »Wo ist es?«, fragte Jack und spähte durch alle Luken.

»Wir sind noch weit weg«, antwortete Rando.

Jack hatte eigentlich für den Rest seines Lebens genug von den Göttern und dennoch fühlte er sich von Aldun seltsam angezogen. In diesem Moment überwand Ogadrak eine riesige Düne und plötzlich stand das Flammenherz vor ihnen, Feuer speiend wie der Kern eines Sterns. »Vorsicht!«, schrie Jack alarmiert.

Rando fluchte vernehmlich und riss den Drachen höher. Sie wurden voll von einer Welle glühend heißer Luft getroffen und plötzlich brannte einer von Ogadraks Flügeln. »Nein, nein, nein!«, schrie Rando und riss hektisch an den Hebeln. Er machte eine Kehrtwendung und versuchte zu entkommen, aber der Drache reagierte nicht. »Ogadrak!«, rief er, als würde er selbst gequält.

»Du musst landen, Rando!«, schrie Jack.

»Ach was! Ich muss hier weg!«

»Hör auf mich! Lande!«, beharrte Jack, während der Drache sich in der Luft ein paarmal überschlug.

Schließlich stürzte Ogadrak in eine Düne. Rando und Jack wurden von ihren Sitzen geschleudert. Jack prallte an eine der Wände, aber sobald der Drache zum Stillstand kam, kletterte er hastig durch die obere Luke hinaus.

Bei Rando dauerte es ein wenig länger, bis er wieder bei sich war. Erst als er das Prasseln der Flammen hörte, die seinen Drachen verzehrten, schrak er hoch. Doch sogleich regnete Sand auf den Drachen herab, roter Sand, der in mehreren Schüben durch die Luke fiel, bis das Prasseln des Feuers verstummte. Rando kletterte ins Freie. Ihn empfing eine klare, drückend heiße Nacht und die stickige Luft brachte ihn zum Schnauben. »He!«, schrie er. »Wie hast du es geschafft, so viel Sand auf einmal …?« Er verstummte, als er sah, dass er einem großen goldenen Drachen gegenüberstand. »Bei allen …«, begann der Pilot, konnte jedoch nicht zu Ende sprechen. Er sprang mit einem Satz in den Sand hinunter und ging vorsichtig näher. »Jetzt weiß ich, wer du bist«, sagte er. »Ich habe schon viel von dir gehört.«

»Wie schön«, erwiderte Jack nicht sonderlich begeistert. Er

verwandelte sich wieder in einen Menschen und nahm Ogadraks Schäden in Augenschein. »Offenbar ist nur die äußerste Schicht verbrannt«, erklärte er. »Das Gestell ist nur ein wenig angekokelt.«

Rando starrte ihn mit offenem Mund an, aber dann richtete sich seine Fassungslosigkeit auf Ogadrak. »Er hätte das Feuer heil überstehen müssen«, sagte er. »Die Verkleidung der Drachen, der künstlichen Drachen, meine ich«, fügte er mit einem Seitenblick auf Jack hinzu, »ist magisch geschützt. Und das hier ist Olenko-Holz, es dürfte eigentlich nicht brennen. Nicht einmal kokeln.«

Jack deutete auf den großen Feuerball. »Ich bezweifle sehr, dass es etwas gibt, das in seiner Nähe nicht brennt«, erwiderte er. Seine Haut glühte und seine Kehle war ganz ausgetrocknet. »Wir müssen so schnell wie möglich fort«, sagte er. »Das hier ist ein echter Ofen.«

Rando, der ebenfalls stark schwitzte, war immer noch mit seinem Liebling beschäftigt. »Er ist zu retten«, sagte er mit einem erleichterten Lächeln. »Trotz allem sind die Schäden nur oberflächlich. Ich glaube, wenn ich den Flügel repariere, kommen wir hier weg.«

Jack stieß einen ungeduldigen Seufzer aus. »Ich weiß nicht, ob ich so lange warten kann«, gab er zu bedenken. »Hör mal, vielleicht kann ich mir den Drachen aufladen und euch beide von hier fortbringen. Übernachten möchte ich hier nämlich wirklich nicht«, fügte er hinzu und drehte sich nach dem Flammenherz um. Er wandte sich jedoch gleich wieder ab, weil er die Hitze nicht ertrug, und fächelte sich mit der Hand kühle Luft zu. »Ich habe nicht damit gerechnet, noch einmal einem von ihnen zu begegnen«, murmelte er.

Rando sah ihn verblüfft an. »Du hattest so etwas schon einmal gesehen?«

»Diesen hier nicht, aber mit anderen seiner Art hatte ich schon einmal zu tun.«

»Und … was ist es?«

Jack sah ihn lange an, antwortete jedoch nicht. »Gehen wir«, schloss er. »Hier ist kein Ort für ein Pläuschchen.«

Auch die Rückreise war lang. Der künstliche Drache wog schwerer, als Jack gedacht hatte, und der Halbbarbar, der auf seinem Rücken saß, war nicht annähernd so leicht wie Victoria. Als er die beiden endlich wieder neben der Lagerhalle absetzte, war es kurz vor Tagesanbruch und Jack war erschöpft.

»Du solltest dich ein wenig ausruhen, bevor du weiterfliegst«, sagte Rando.

Aber Jack schüttelte den Kopf. »Es gibt keine Zeit zu verlieren«, widersprach er, »ich muss Bescheid sagen, dass sie wieder da sind. Und ich muss Victoria ausfindig machen«, fügte er besorgt hinzu. »Wer weiß, was passiert, wenn sie noch einmal einem von ihnen begegnet.«

»Du sprichst von deiner Freundin, oder?«, fragte Rando lächelnd. »Tja, ich wünsche dir viel Glück mit ihr. Ich gebe zu, ich hätte mir nie träumen lassen«, fügte er hinzu, »dass ich in Orfets Kaschemme den letzten Drachen dabei antreffen würde, wie er seinen Liebeskummer in einem Krug *Darkah* ertränkt.«

»Einmal und nie wieder«, erklärte er schaudernd. »Alles Gute, Rando. Ich hoffe, wir sehen uns wieder. Bis dahin würde ich dich gern um einen Gefallen bitten.«

Rando lachte. »*Du* willst *mich* um einen Gefallen …?«, begann er, verstummte jedoch, als er Jacks ernste Miene sah. »Worum geht es?«

»Sorge für Kimara«, bat er ihn. »Sieh zu, dass du in ihrer Nähe bist, wenn ihr Abenteuer vorbei ist, ja? Es wird ihr guttun, jemanden wie dich an ihrer Seite zu haben«, fügte er mit einem Augenzwinkern hinzu. Dann drehte er sich um und ging auf die Tür der Lagerhalle zu.

»Warte!«, rief Rando, als er sich von seiner Überraschung erholt hatte. »Woher wusstest du das mit Kimara?«

Jack antwortete nicht. Er winkte zum Abschied, ohne sich umzudrehen, und brach wieder in die Wüste auf.

Victoria schreckte aus dem Schlaf hoch, als sie unter sich ein Kribbeln spürte. Erschrocken richtete sie sich auf. Christian lag reglos neben ihr. Besorgt vergewisserte sie sich, dass er noch atmete. Sein Puls war sehr schwach und sein Atem flach, aber er war noch am Leben. Die Strahlen des ersten Sonnenaufgangs fielen bereits durch die Fenster und die Ritzen der baufälligen Hütte. Victoria sah sich suchend nach der Wasserschale um. Der Shek konnte kaum schlucken, aber Victoria gab ihm trotzdem zu trinken. Sie hatte ihn auch mit Obst und Waldbeeren gefüttert, aber seit ein paar Tagen war er sogar zu schwach zum Kauen.

Plötzlich spürte sie wieder, wie etwas sich unter ihr bewegte, und sprang alarmiert auf. Sie hob vorsichtig das Cape hoch, das sie über ihr Pflanzenlager gebreitet hatte. Zunächst meinte sie einen Wurm oder eine kleine Schlange zu erkennen, die sich zwischen den Blättern wand. Aber als sie genauer hinsah, bemerkte sie, dass es sich um einen kleinen grünen Trieb handelte, der langsam auf das Sonnenlicht zuwuchs. »Das kann nicht sein«, sagte Victoria.

Vorsichtig schob sie Christian ein Stück zur Seite. Tatsächlich: Zwischen den Bodenbrettern wuchsen Pflanzen, langsam, aber unaufhaltsam. Victoria schloss die Augen, um sich zu konzentrieren. Sogleich spürte sie das eigenartige Vibrieren, das sie immer wahrnahm, wenn ein Ort sich mit Energie auflud. Es gab keinen Zweifel mehr. Die Götter waren zurückgekehrt.

Als sie die Augen wieder aufmachte, standen sie voller Tränen. Dies war das Wunder, auf das sie gewartet hatte. Hastig schleppte sie Christian ins Freie. Dort hielt sie nach dem Haai-Vogel Ausschau und stellte erleichtert fest, dass er nicht fort war, obwohl er nicht angebunden war. Sie hatte ihn jeden Tag gefüttert und offenbar hatte er Zuneigung zu ihr gefasst. Sie rief ihn mit dem sanften Pfeifen, das sie von Man-Bim gelernt hatte, und der Haai kam zutraulich näher. Victoria hievte Christian auf seinen Rücken und setzte sich dann hinter ihn. Kurz darauf erhoben sie sich in die Luft und überflogen die Baumwipfel von Alis Lithban.

Sie hatte Mühe, den Haai unter Kontrolle zu halten, dessen Nervosität stieg, je näher sie dem Ursprung des Wachstums kamen. Victoria war klar, dass sie sich eigentlich von den Göttern fernhalten musste, aber es ging um Christians Leben. Als sie meinte, nahe genug zu sein, ließ sie den Vogel landen und band ihn dann rasch mit einer Liane fest. Er warf Victoria einen flehentlichen Blick zu und gurrte dabei vorwurfsvoll. »Tut mir leid«, sagte Victoria, »aber ich brauche dich. Bitte bleib noch ein wenig bei mir. Danach lasse ich dich frei, das verspreche ich dir.«

Sie legte Christian unter einen Baum und musterte ihn erschrocken. Er sah elend aus. Ihre Fingerspitzen begannen zu kribbeln. Sie bekam Angst, doch sie zwang sich, ruhig zu bleiben. *Für Christian*, sagte sie sich. Sie bemühte sich, gleichmäßig zu atmen, während der Haai verzweifelt piepte und die Bäume immer schneller wuchsen. Nach einer Weile begannen ihre Hände, Funken zu sprühen. *Jetzt*, dachte sie.

Sie verwandelte sich in ein Einhorn. Es war entsetzlich. Ein brutaler Energiestrom zerriss sie fast. Vor lauter Schmerz ließ Victoria den Kopf sinken. Ihr Horn wog so schwer, dass sie dachte, es würde ihr den Hals brechen. Sie biss die Zähne zusammen und riss mühsam die Augen auf. Das Licht des Horns blendete sie. Sie kämpfte darum, den Kopf zu heben. Aber sie musste vorsichtig sein. Alles, was es jetzt berührte, würde in Millionen Stücke zerspringen. Alles …

Sie wusste, dass sie bersten konnte, wenn sie all diese Energie nicht entlud, doch sie hatte Angst, Christian dabei zu verletzen. Aber es war seine einzige Chance. Stöhnend vor Schmerz senkte sie den Kopf wieder, bemüht, die Bewegung auf den Millimeter genau auszuführen. Wenn sie jetzt einen Fehler machte und das Horn Christians Haut streifte, und sei es nur für eine Sekunde …

Langsam, ganz langsam, näherte die Spitze des Horns sich dem Stein, der in der Brust des Sheks pulsierte. Wenige Zentimeter vor dem Stein ging ein Zittern durch das Horn. Neben ihr kreischte der Haai-Vogel vor Entsetzen. *Noch ein kleines Stück,* sagte sich Victoria mit einem gequälten Keuchen. *Nur noch ein kleines Stück.* Die Spitze des Horns berührte den schwarzen Stein. Victoria spürte, wie sich die göttliche Energie entlud, wie sie gewaltsam durch sie hindurchströmte, ihre Seele zerriss und sie vor Schmerz aufschreien ließ, aber sie blieb standhaft. Wie ein Herz aus Obsidian sog der Stein die Energie auf und Victoria hielt durch … hielt durch …

Plötzlich zersprang der Stein in tausend Stücke. Victoria zog ihr Horn zurück und die Magie staute sich sofort in ihr, bis sie kurz vor dem Bersten war. In höchster Not verwandelte sie sich in einen Menschen. Sogleich ließ der Schmerz nach. Ihr war nach Weinen zumute, sie schluckte die Tränen jedoch hinunter und ließ sich neben Christian fallen. Ihre Hände schlugen noch Funken, aber nicht mehr so stark wie vorher. Sie holte tief Luft. Schnell fort …

Sie wagte nicht, Christian anzusehen. Das Dringendste war, in die Hütte zurückzukehren, an einen Ort, wo sie sicher sein konnten. Als sie sich aufrichtete, wurde ihr klar, dass etwas nicht stimmte. Nervös sah sie an sich hinunter und schrie verzweifelt auf, als sie bemerkte, wie ihr Bauch merklich anschwoll. Zu Tode erschrocken tastete sie ihn ab. Sie konnte spüren, wie das Kind in ihr größer wurde. »Was tust du denn da?«, schrie sie voller Panik. »Was ist los?«

Sie hatte eine flüchtige Vision, wie das Baby ihren Bauch sprengte und gewaltsam hinausdrängte. Wenn das Kind weiterwuchs, konnte die Fruchtblase platzen und sie zwingen, an Ort und Stelle zu gebären, mitten im Wald … Sie war wie gelähmt, wusste nicht, was tun.

Plötzlich schloss sich eine Hand um ihr Handgelenk. Christian hatte sich am Baumstamm aufgerichtet. »Du musst fort«, stieß er gequält hervor. Immerhin war er bei Bewusstsein. Mit letzter Kraft schleppten sie sich zu dem Haai-Vogel, der laut kreischte und verzweifelt flatterte. Victoria half Christian auf den Vogelrücken und anschließend musste er sie zu sich hinaufziehen, denn sie konnte sich kaum rühren. Als sie endlich die Liane löste, schrie der Haai befreit auf, breitete die Flügel aus und schwang sich in die Luft. Kurz darauf strebten die drei dem Himmel zu, an dem die drei Sonnen prangten.

Als sie die Hütte erreichten, stellte Victoria erleichtert fest, dass die Pflanzen aufgehört hatten zu wachsen: Wina zog gen Süden ab, nach Raden. Mit einigen Worten des Dankes ließ sie den Haai frei und brachte Christian dann zu ihrem Lager aus Pflanzen.

Der Stein in seiner Brust war verschwunden, doch die Spuren waren noch deutlich zu sehen: Ein runder, dunkler Fleck prangte an der Stelle, wo er gesessen und seine Haut versengt hatte. Auch die Striche, die von diesem Fleck ausgingen und sich wie die Beine eines unheimlichen Insekts über seine Brust zogen, waren noch da. Victoria berührte den Fleck mit der Fingerspitze. »Tut das weh?«, fragte sie. Christian antwortete nicht, doch sein Blick schien allmählich wieder den wissenden Glanz anzunehmen, der für ihn typisch war. »Tut das weh?«, wiederholte sie. Er schüttelte den Kopf, ohne sie aus den Augen zu lassen. Victoria lenkte ihre gesamte Heilkraft auf seine Wunden – vergeblich. Erschöpft zog sie die Hände zurück. Ihr war schwindlig, aber sie versuchte es trotzdem noch einmal.

»Ruh dich aus«, sagte Christian sanft und zwang sie aufzuhören. Er griff nach ihren Händen und legte sie ihr auf den Bauch. Victoria zitterte vor Angst und mied seinen Blick. »Das Baby ist auf einen Schlag gewachsen«, stellte er fest.

Victoria senkte den Kopf, um untröstlich die neue Rundung ihres Unterleibs zu betrachten. »Warum nur?«, flüsterte sie mit zittriger Stimme.

»Ich hätte es dir gesagt, wenn ich gekonnt hätte. Wina bringt nicht nur die Pflanzen zum Wachsen, sie beschleunigt auch die Entwicklung aller Lebewesen.«

Besorgt tastete Victoria ihren Bauch ab. »Es strampelt schon«, sagte sie mit einem schwachen Lächeln. »Ich habe gespürt, wie es sich bewegt! Meinst du … es geht ihm gut?«

Christian schloss sie in die Arme. »Das hoffe ich sehr. Theoretisch hat Wina dir bloß mehrere Monate Schwangerschaft erspart.« Er musterte sie kritisch. »Aber ich glaube, es ist noch zu klein. Du wirst es nicht heute Nacht zur Welt bringen«, fügte er lächelnd hinzu.

Victoria sah ihn ernst an. »Und wie geht es dir?«

»Ich bin erschöpft, aber auf dem Weg der Besserung, glaube ich.« Er schloss mit einem müden Seufzer die Augen. »Es ist, als wäre mein Blick unfokussiert gewesen und würde nach und nach wieder scharf.«

Sie hob die Hand und fühlte seine Stirn. »Ich glaube, du bist schon ein bisschen abgekühlt.« Sie kuschelte sich an ihn. Wenige Augenblicke darauf schlief sie bereits tief.

Christian lächelte. »Du hast mir das Leben gerettet«, flüsterte er ihr ins Ohr. »Das werde ich dir nie vergessen.«

Sie hatten das Licht gesehen. Das war das Einzige, was sie wussten, das Einzige, was sie stammeln konnten, als sie gefragt wurden, was geschehen sei und wer sie so zugerichtet habe.

»Sie kommen alle aus einem Dorf in der Nähe der Adir-Quellen, Majestät«, berichtete Covan. »Und viele weitere streifen dort noch ziellos im Tal herum. Die Soldaten versuchen sie einzusammeln, aber … ich weiß nicht, ob wir sie in ihre Häuser zurückbringen können.«

»Warum nicht?«, fragte Alsan unruhig. »Ist das, was sie angegriffen hat, noch dort?«

Covan schüttelte den Kopf. »Das Dorf ist nicht mehr auffindbar, Alsan. Die Gegend soll in ein so gleißendes Licht gehüllt sein, dass niemand hinkann, ohne sich die Augen zu verderben.«

Alsan runzelte nachdenklich die Stirn und beugte sich über jemanden, der sich stöhnend und mit den Händen vor dem Gesicht in eine Ecke gekauert hatte. »Vanissare, du befindest dich vor deinem König«, sagte er. »Sag mir, was ist euch zugestoßen?«

Der Mann ließ die Hände sinken. Alsan lief es kalt über den Rücken: Er war leichenblass und die Augenhöhlen völlig leer. »Das Licht … das Licht …«, wimmerte der Dorfbewohner.

»Warum ist er noch nicht behandelt worden?«, fragte Alsan.

»Die Heiler wissen nicht, was sie mit ihnen machen sollen«, antwortete Covan. »Sie können ihnen die Augen nicht zurückgeben und Schmerzen haben sie offenbar nicht. Dass dieses Licht sie blind gemacht hat, kümmert sie offenbar gar nicht. Einige danken sogar den Göttern dafür. Sie seien es nicht wert, das Licht zu erblicken, sagen sie, dabei sei ihre Seele zu Schaden gekommen. So in etwa.«

»Sie danken den Göttern …«, murmelte Alsan, von einer entsetzlichen Vorahnung überfallen.

In diesem Moment kam Shail hereingestürzt. »Alsan!«, rief er. »Was ist los? Wir sind gerade angekommen und im Palasthof haben wir all diese Leute gesehen. Was ist mit ihnen? Sie sehen aus, als wären sie alle …«

»… blind«, bestätigte Alsan. »Alle gleichzeitig.«

Covan trat Shail in den Weg. »Was sind denn das für Manieren, Magier? Du stehst vor dem König von Vanissar!«

Shail stutzte verblüfft. »Covan, ich bin's«, protestierte er.

Der Ritter kam nicht mehr dazu, etwas zu entgegnen, denn Qaydar war eingetreten.

»Erzmagier«, sagte Alsan mit einem Lächeln. »Ich freue mich, Euch so bald wiederzusehen. Wir werden Eure Hilfe benötigen.«

»Wir haben von Victorias Flucht erfahren und sind gekommen, um uns an der Suche nach ihr zu beteiligen«, erklärte der Erzmagier und verschränkte die Hände vor der Brust.

»Victoria wird warten müssen«, unterbrach Alsan. »Wir haben ein weit dringenderes Problem.« Er deutete auf den Blinden in der Ecke. »Im Palast befinden sich ein Dutzend Dorfbewohner im gleichen Zustand und offenbar irren noch weitere im Reich herum.«

Qaydar runzelte die Stirn. »Ein Angriff der Schlangen?«

»Das ist nicht ihr Stil.«

Qaydar ging neben dem Blinden in die Hocke und untersuchte besorgt dessen Gesicht.

»Könnt Ihr ihn heilen?«, fragte Shail.

»Seine Augen wiederherstellen?« Qaydar schüttelte den Kopf. »Das übersteigt meine Möglichkeiten. Ich glaube aber, dieser Verlust ist gar nicht das Entscheidende.« Er seufzte. »Dieser Mann hat den Verstand verloren.«

»Wie die Hörer in den Orakeln«, sagte Shail und warf Alsan einen vielsagenden Blick zu.

»Ja«, bestätigte dieser, »das habe ich auch schon überlegt. Aber so etwas ist auf Idhún schon eine ganze Weile nicht mehr vorgekommen. Ich dachte, sie wären fort.«

»Vielleicht sind sie zurückgekehrt, um ihren Plan zu Ende zu führen«, mutmaßte Shail. »Vielleicht wissen sie jetzt, wo sie Gerde finden können.«

»Dann wären sie nicht hier in Vanissar«, knurrte Alsan.

»Sie sind ja gar nicht *alle* hier. Wenn der, der nach Vanissar gekommen ist, als ›Licht‹ bezeichnet wird, kann ich mir schon denken, welcher es ist.«

Es entstand ein beklommenes Schweigen. »Diese Vorstellung gefällt mir gar nicht«, erklärte Alsan.

»Warum?«, fragte Shail, ohne die Stimme zu heben. »Dachtest du vielleicht, unsere Göttin wäre freundlicher als die anderen fünf?«

»Wovon redet ihr?«, mischte Covan sich ein. »Was hat Irial mit all dem zu tun?«

Alle beide warfen ihm einen unbehaglichen Blick zu. Doch die Antwort gab Qaydar: »Vor drei Monaten hat ein seltsamer Wirbelsturm die Grundmauern des Turms von Kazlunn erschüttert. Jack hat versichert, dahinter stecke der Besuch des Gottes Yohavir in unserer Welt.«

Covan wurde blass. »Wie kann man so einen Unsinn von sich geben?«

»So unsinnig ist es gar nicht«, widersprach Alsan. »Wir haben ein heftiges Erdbeben in Nanhai erlebt und zur selben Zeit hat eine Monsterwelle die Küste von Derbhad verwüstet. Es ist auch kein Geheimnis, dass Alis Lithban sich auf wundersame

Weise regeneriert hat. All das ist weder das Werk der Schlangen noch Gerdes.«

»Karevan, Neliam und Wina«, fasste Shail zusammen. »Wir haben sie immer als unseresgleichen dargestellt, aber warum sollten sie so aussehen wie wir?«

Covan wich einen Schritt zurück. »Ihr seid alle verrückt«, schimpfte er. »Ich will keine weiteren Gotteslästerungen hören.« Er drehte sich um, nicht ohne sich vorher kurz vor Alsan zu verbeugen, und verließ den Raum.

»Sieht ganz so aus«, sagte Alsan nach einer Weile, »als erweise die Göttin Irial mir die Ehre eines Besuches in meinem Reich.«

»Dann sind jetzt alle da«, fasste Shail zusammen. »Bis auf Aldun natürlich. Ich frage mich, warum er sich noch nicht gezeigt hat.«

Alsan schüttelte den Kopf. »Wer weiß? Vor drei Monaten hat Tanawe einen Trupp Drachen nach Kash-Tar geschickt, der bis heute nicht zurück ist. Und Jack, der sich auf die Suche nach ihnen gemacht hat, auch nicht«, fügte er hinzu.

Shail hob besorgt den Kopf. »Jack ist noch nicht zurück?«

»Am Vorabend einer entscheidenden Schlacht stehen wir also wieder einmal ohne den Drachen und das Einhorn da«, knurrte Qaydar.

»Uns fehlen nicht nur der Drache und das Einhorn, Erzmagier«, entgegnete Alsan. »Wir haben auch künstliche Drachen verloren: Der Trupp aus Kash-Tar ist nicht zurückgekehrt und ich befürchte, er wird es auch nicht mehr tun. Außerdem sind zwei Drachen verschwunden, die vor Kurzem durch die Feuergipfel patrouilliert sind. Gewiss, Tanawe verfügt über ein großes Geschwader, und eine stattliche Anzahl von Piloten befindet sich in der Ausbildung – aber diese Drachen werden nicht ohne Magie fliegen.«

Qaydars Blick wurde stechend. »Ich bin nicht bereit, meine Magier in einem Krieg aufs Spiel zu setzen.«

»Nicht einmal für Victoria? Oder um Gerdes Einhorn-Horn zu bekommen?«

Der Erzmagier runzelte die Stirn. »Wollt Ihr damit andeuten, dass im Falle eines Siegs über Gerde …?«

»Wir würden das Horn dem Magierorden zur Verfügung stellen«, bestätigte Alsan. »Eigentlich wollte ich es Victoria zurückgeben, aber unter diesen Umständen …«

Die Falte auf Qaydars Stirn wurde tiefer. »Verstehe. Ich werde mit Tanawe sprechen und sehen, was ich tun kann.«

»Dafür wäre ich Euch dankbar, Erzmagier. Wir haben Gerdes Hauptquartier schon vor einiger Zeit lokalisiert. Sobald die Neuen Drachen genügend Zauberer haben, wird die Schlacht beginnen.«

»Ich weiß nicht, ob das in dieser Situation eine gute Idee ist«, gab Shail zu bedenken.

»Was schlägst du dann vor? Dass wir gegen die Götter kämpfen?«

»Gegen die Götter kann man nicht kämpfen, Alsan, das weißt du so gut wie ich. Außerdem haben sie nichts gegen uns. Sie suchen den Siebten.«

»Hoffentlich finden sie ihn bald«, knurrte Alsan. »Wenn ich könnte, würde ich ihnen einen Tipp geben.« Plötzlich interessiert sah er Shail an. »Du warst doch in Kazlunn, um mehr über Ashran herauszufinden. Darüber, wie es ihm gelungen ist, den Siebten anzurufen, oder?«

Shail wand sich verlegen, weil er Qaydars inquisitorischen Blick auf sich spürte. »Nun ja … Ymur und ich haben da eine Theorie«, antwortete er. Er erzählte in wenigen Worten, zu welcher Schlussfolgerung sie gelangt waren.

»Das ist absurd«, befand Qaydar. »Um Talmannons Geist

anzurufen, hätte Ashran zumindest zwei Dinge benötigt: einen Gegenstand, der ihm gehört hat, sowie Überreste seines Körpers: Knochen, Asche, was auch immer. Wir sprechen von einem Zauberer, der in der Zweiten Ära lebte, Shail. Alles, was von ihm übrig geblieben sein mag, ist längst verloren gegangen.«

Shail strich sich nachdenklich übers Kinn. »Alles …?«, fragte er. »Wissen wir denn, was nach Ayshels Sieg über ihn passierte? Was wurde aus seinem Leichnam?« Qaydar sah ihn mit zusammengekniffenen Augen an. »Ashran wurde unter dem Turm von Drackwen begraben, als er einstürzte«, überlegte Shail. »Wir haben seine sterblichen Überreste geborgen und verbrannt. Ihr habt die Asche an Euch genommen. Was ist daraus geworden?«

»Soll das etwa heißen, man könnte Ashran anrufen?«, fragte Alsan alarmiert. »Wir müssen sofort seine Asche ins Meer streuen, um sicherzustellen, dass niemand …«

»Es ist nichts von Ashran übrig, das für eine Anrufung benutzt werden kann«, erklärte Qaydar kategorisch.

»Ashran wurde ›der Schwarzmagier‹ genannt«, beharrte Shail. »Wenn er auf irgendeine Weise an Talmannons Überreste gelangt ist …«

»Von Talmannon ist auch nichts übrig. Es ist absurd anzunehmen, jemand könnte seinen Geist anrufen.« Shail konnte sich des Eindrucks nicht erwehren, dass der Erzmagier log.

»Nur mal angenommen«, mischte sich Alsan ein, »man könnte Talmannon fragen, wie man sich mit einem Gott in Verbindung setzt …«

Es trat ein langes Schweigen ein. Qaydar und Alsan tauschten einen Blick. Shail fing ihn auf. »Ihr … ihr denkt doch nicht …«

»Wenn wir mit Irial sprechen könnten«, überlegte Alsan, »könnten wir ihr erzählen, was ihre Gegenwart und die der anderen Götter für uns bedeutet. Wir könnten ihr sagen, wo Gerde ist.«

»Wir könnten sie bitten, die Einhörner neu zu erschaffen«, fügte Qaydar hinzu.

Shail sah abwechselnd vom einen zum anderen. »Das kann nicht euer Ernst sein. Talmannon war der erste Dunkle Kaiser, Ashrans Vorgänger. Und ihr redet davon, ihn anzurufen, ihn zu fragen, wie er Verbindung zum Siebten aufgenommen hat, um anschließend dasselbe zu tun?«

»Nicht dasselbe, nein«, wehrte Alsan ab. »Wir würden einen der Sechs anrufen, nicht den Siebten. Das ist etwas anderes.«

Shail schüttelte entgeistert den Kopf. »Das ist Wahnsinn«, befand er. »Zum Glück haben wir keinen Gegenstand von Talmannon und auch keine Überreste seines Leichnams. Diese Überlegung ist also rein hypothetisch, richtig?«, vergewisserte er sich.

»Ja«, antwortete Qaydar nach einem kurzen Schweigen. »Ein Jammer.« Alsan sagte nichts, sondern verengte nur nachdenklich die Augen.

Als Christian in dieser Nacht aufwachte, lag Victoria nicht neben ihm. Doch er hatte das Gefühl, sie befände sich in der Nähe. Es handelte sich nicht um die absolute Gewissheit, die er früher gehabt hatte, sondern eher um eine Ahnung, eine Intuition. Aber das war besser als nichts. Er holte tief Luft, schloss die Augen und versuchte das telepathische Netz der Sheks zu orten, erhielt jedoch nur bruchstückhafte, ungenaue Informationen. *Alles braucht seine Zeit*, rief er sich in Erinnerung. Lautlos stand er auf und verließ die Hütte.

Victoria, die neben der Tür saß, zuckte zusammen, als sie ihn kommen sah, und trocknete sich hastig die Augen. Sie hielt ihren Anhänger, die Einhornträne, umklammert, als handelte es sich um den kostbarsten Talisman. »Ich konnte nicht schlafen«, sagte sie auf den fragenden Blick des Sheks.

»Du vermisst Jack, nicht wahr?«, fragte er lächelnd und setzte sich neben sie.

Victoria zuckte die Achseln. »Es ist besser so. Es war klar, dass ich ihn nicht glücklich machen kann, deshalb …«

»Denkst du das wirklich?«, fragte Christian und sah sie eindringlich an.

»Er hat ein Mädchen verdient, das nur ihn lieben kann«, erklärte Victoria. »Und das ist bei mir nicht der Fall.«

Christian hob eine Augenbraue. »Natürlich«, sagte er. »Und die Tatsache, dass du mehrmals dein Leben aufs Spiel gesetzt hast, um seines zu retten, zählt nicht, stimmt's?«

»Anscheinend nicht«, antwortete Victoria mit einem müden Lächeln. »Aber das werfe ich ihm nicht vor. Jeder hat andere Prioritäten. Vielleicht hätten wir das viel früher klären sollen … Aber zuerst einmal musste Idhún gerettet werden und wir kamen nicht dazu, uns auszusprechen. Ich glaube, im Grunde hat er darauf gewartet, dass wir, du und ich, unsere Beziehung abbrechen. Er dachte, es wäre nur eine Frage der Zeit. Ich hätte ihm sagen müssen …«

»Du hast es ihm gesagt«, unterbrach Christian, »auf hundert verschiedene Arten. Ich glaube, er hat es akzeptiert, aber offenbar war die Sache mit dem Baby zu viel für ihn.«

»Ich hätte ihm klar sagen müssen, dass ich ihn weiterhin lieben werde«, erwiderte Victoria, »auch wenn mein Kind von dir ist. Aber ich weiß nicht, ob das etwas genützt hätte. Nein«, schloss sie, »es ist besser so. Jetzt hat er die Möglichkeit, eine Frau zu finden, mit der er irgendwann eine Familie gründen kann, ohne eine dritte Person …«

»Glaubst du wirklich, er könnte irgendwann jemanden auf dieselbe Weise lieben wie dich? Ihr seid nicht nur Menschen, Victoria.«

»Ich weiß. Aber Jack ist liebevoll und offen. Ich glaube, er kann auch mit jemand anderem als mir glücklich werden. Vielleicht bin ich die große Liebe seines Lebens gewesen, aber die Leute bleiben nicht immer mit ihrer großen Liebe zusammen. Vielleicht wird er mit einer Frau glücklich, bei der er sich wohlfühlt und die ihm eine gute Gefährtin ist. Jemand, den er mit niemandem teilen muss.«

Christian schüttelte missbilligend den Kopf. »Das soll wichtiger sein als ein aufrichtiges Gefühl?«

»Für Jack vielleicht schon.«

»Dann zerbrich dir nicht länger den Kopf darüber. Wenn ihm wirklich mehr daran liegt, dich zu besitzen als dich zu lieben, dann hat er deine Liebe nicht verdient.«

»Es ist wegen des Babys«, versuchte Victoria ihn in Schutz zu nehmen. »Vermutlich hatte er Angst, ich könnte ihn verlassen, wenn das Kind von dir ist.«

»Und deshalb ist er dir zuvorgekommen?«

Sie versuchte die Tränen hinunterzuschlucken, es gelang ihr jedoch nicht. Christian zog sie an sich und Victoria weinte sich an seiner Schulter aus.

»Wenn dir nicht so viel an ihm läge«, sagte der Shek, als sie sich beruhigt hatte, »dann hätte ich ihn schon lange in Stücke gerissen, weil er so dumm ist, das schwöre ich dir.«

»Wehe, du krümmst ihm auch nur ein Haar«, flüsterte Victoria.

Christian lächelte, auch wenn er wusste, dass sie nicht scherzte. »Wahrscheinlich sollte ich ganz still sein«, sagte er. »Es regt mich auf, dass er dir wehtut, dabei habe ich dich auch nicht immer gut behandelt.«

»Oh, ich hab mich schon fast dran gewöhnt«, erwiderte sie, »an die Gleichgültigkeit des einen und die Eifersucht des anderen. Aber niemand ist perfekt, oder?« Stumm ließ Christian die Hand auf Victorias Bauch gleiten. »Hast du das gespürt?«, flüsterte sie mit glänzenden Augen. »Es hat sich bewegt.«

Christian nickte. »Hast du dir schon einen Namen überlegt?«

»Eigentlich brauche ich sogar vier Namen, zwei Jungen- und zwei Mädchennamen, je einen idhunischen und einen irdischen. Ist das sehr kompliziert?«

»Nein«, antwortete er. »Denn es wird ein Kind beider Welten.«

»Falls eine Welt übrig bleibt, in der es leben kann, wenn alles vorbei ist.«

Christian schüttelte den Kopf. »Sprich jetzt nicht davon. An welche Namen dachtest du denn?«

Victoria neigte den Kopf. »Die idhunischen Namen habe ich mir noch nicht überlegt. Uns sind fast nur irdische Namen eingefallen. Wenn es ein Junge wird, hat Jack vorgeschlagen, ihn Erik zu nennen.«

»Was bedeutet das?«

»Das weiß ich nicht. Jack gefällt der Name einfach. In Dänemark ist er wohl verbreitet und mehrere dänische Könige hießen so.«

»Dann wäre sein idhunischer Name vielleicht Kareth. So haben viele Könige von Nandelt geheißen.«

»Kareth«, wiederholte Victoria leise und lächelte. »Klingt schön. Wenn es ein Mädchen wird«, fügte sie hinzu, »würde ich sie gern Eva nennen. Was das bedeutet, weiß ich auch nicht. Der Legende nach hieß so die erste Frau.«

»Streng genommen hieß die erste Frau Lilith«, berichtigte Christian sie mit einem Lächeln. »Aber Eva ist ein guter Name. Die erste idhunische Frau soll kein Mensch, sondern eine Fee gewesen sein. Sie hieß Lune.«

Victoria schloss die Augen. »Erik oder Kareth, Eva oder Lune. Mir gefallen sie alle. Danke.«

Christian zuckte die Achseln. »Es freut mich, wenn ich etwas beitragen kann. Ob das Kind von mir ist oder nicht, ich fühle mich verantwortlich.«

Victoria sah ihn lächelnd an. »Du hast dich tatsächlich an die Vorstellung gewöhnt, Vater zu werden?«

»Von dem Moment an, als du mir gesagt hast, du wärst schwanger«, antwortete er. »Aber ich weiß nicht, ob ich ein guter Vater sein werde – zumindest bin ich sicher keiner von denen, die jeden Tag zu Hause sind.«

»Ich kann mir vorstellen, was für ein Vater du wirst«, sagte Victoria. »Zu den größten Opfern imstande, zum Kampf bis auf den Tod um die Personen, die du liebst, aber außerstande, dich an jemanden zu binden, im Alltag da zu sein, wenn man einen Mann als Stütze braucht. Ich kann das ertragen, mit oder ohne Jack. Aber für mein Kind wäre es nicht fair.«

»Es hat zwei Väter«, sagte Christian. »Beide gemein genug, dich öfter leiden zu lassen, als wünschenswert wäre, aber nicht gemein genug, dich mit einem Kind sitzen zu lassen. Das habe ich von Jack zumindest gedacht. Wie ich sehe, habe ich mich gründlich getäuscht.«

»Bitte, lass ihn in Ruhe«, sagte Victoria müde. »Ich weiß, es war nicht der beste Zeitpunkt, Schluss zu machen, aber mir ist lieber, dass jetzt klare Verhältnisse herrschen. Ich glaube nicht, dass es für das Baby gut gewesen wäre, einen Vater zu haben, der bei mir nicht glücklich ist. Oder noch schlimmer, der es schlecht behandelt, weil es das Kind eines anderen Mannes ist. Deshalb …« Sie zögerte.

»Deshalb hältst du es auch für keine gute Idee, dass ich mich darum kümmere, wenn es sich als Jacks Kind herausstellt?« Christian wiegte den Kopf. »Victoria, ich habe dir schon gesagt, dass mir das egal ist. Vielleicht kann ich nicht immer da sein, wenn du mich brauchst, aber ich versichere dir, wenn dein

Kind in Schwierigkeiten gerät, werde ich alles tun, um es da rauszuholen, auch wenn es zufällig nach Drache stinken sollte. Tue ich das mit Jack nicht auch schon?«

Eissesh beugte sich über das Nest. Eine der kleinen Schlangen hob den Kopf und sah ihn an. Sie wirkte erschöpft. Ihre Flügel waren nur zwei zarte, feuchte, zerknitterte Hautlappen, die ihm am Körper klebten. Es würde noch eine Weile dauern, bis sie sie ausbreiten würde, und noch länger, bis sie das Fliegen gelernt hatte.

Fünfzehn, erklärte die Mutter. *Sechs Männchen und neun Weibchen. Zwei weitere sind nicht ausgeschlüpft.*

Guter Nachwuchs, befand Eissesh anerkennend. *Meinen Glückwunsch.*

Die Shek-Mutter zischte leise. *Sie sind noch sehr klein. Werden sie die Reise überstehen?*

Der Shek richtete sich nachdenklich über seinem zusammengerollten Leib auf. *Das weiß ich nicht*, antwortete er. *Noch ist unklar, wann wir aufbrechen werden und wie sich die Reise in diese Welt gestalten wird, in der uns Ziessel und die anderen erwarten. Aber wir werden die Jungen natürlich so gut wie möglich schützen. Deine und auch alle anderen. Sie sind die Zukunft unserer Art.*

Das Weibchen senkte den Kopf, um ein Junges, das zu weit weggekrochen war, an seinen Platz zurückzuholen.

Vorläufig, fügte Eissesh hinzu, *sind sie hier besser aufgehoben. Fern von den Warmblütern und ihren wild gewordenen Göttern.*

Er wurde durch eine Nachricht unterbrochen. *Gerde möchte mit dir sprechen.*

Eissesh zischte verärgert. *Ich hoffe, es ist wichtig.*

Sie hat mir nicht gesagt, worum es geht, lautete die Auskunft. *Sie will dich persönlich sprechen.*

Eissesh verengte die Augen, ließ es jedoch dabei bewenden.

Er verabschiedete sich von der Shek-Mutter und schlängelte sich in den Haupttunnel hinaus. Wenig später befand er sich bereits im sogenannten ›Torraum‹, der großen Höhle, in der sich der Spalt zwischen den Dimensionen auftat, der sie mit Idhún verband. Die Hitze, der er bei jeder Reise ausgesetzt war, war ihm zutiefst verhasst, und er reiste viel in letzter Zeit. Mit einem gereizten Zischen schwang er sich in die Luft und nach ein paar Runden in der Luft fühlte er sich bereit, das Tor zu passieren.

Es war so unangenehm wie sonst auch, aber zu seinem Trost stellte er fest, dass es auf der anderen Seite Nacht war, eine sanfte, frische Nacht, die die Empfindung von Hitze milderte, die seine Schuppen durchdrungen hatte und sein Herz zu erreichen drohte. Er warf den Monden einen kurzen Blick zu, wie immer verwundert über ihre betörende Schönheit, klinkte sich dann ins Shek-Netz ein und fragte nach Gerde. Er bekam die Auskunft, sie sei nicht im Hauptquartier. Also erwartete sie ihn wohl in ihrem geheimen Unterschlupf, wo sie die letzten Vorkehrungen für das Exil der Schlangen traf. Eissesh war neugierig. Er wusste, dass die Sheks sich dort nicht blicken lassen sollten, um die Aufmerksamkeit nicht auf diesen Ort zu lenken, von dem das Überleben der Art abhing.

Der Himmel wurde schon hell, als er Gerdes Baum erblickte, der zwischen zwei Felswände eingezwängt war. Nicht weit davon verriet ein sanfter rötlicher Schimmer das Tor. Sanft ließ er sich in der Nähe des Baumes nieder und wartete. Kurz darauf tauchte Gerde am Eingang auf. »Eissesh«, sagte sie. »Schön, dass du so schnell kommen konntest.«

Der Shek neigte den Kopf, um sie mehr aus der Nähe zu betrachten. *Was gibt's?*

Das Gesicht der Fee verdüsterte sich. »Die Götter sind zurückgekehrt«, antwortete sie. »Sie tauchen wieder auf, einer nach dem anderen. Wir können nicht länger warten.«

Eissesh erschauerte. Er dachte an das Shek-Weibchen, das er gerade besucht hatte, an ihre frisch geschlüpften Jungen. *Wo sollen wir hin?*, wollte er wissen.

Gerde holte tief Luft. Zum ersten Mal, seit Eissesh sie kannte, wirkte sie unentschlossen. »Siehst du dieses Tor?«, fragte sie und deutete darauf. »Das ist das Tor zu unserer Zukunft, Eissesh. Aber diese Zukunft hat noch keine klaren Konturen. Jemand muss auf die andere Seite, um sich zu vergewissern, dass alles gut geht.«

Eissesh zischte leise. *Verstehe.*

»Sheks und auch Szish«, fuhr Gerde fort. »Nicht viele, insgesamt höchstens vier oder fünf. Wenn sie heil zurückkommen, weiß ich, dass ich euch alle auf die andere Seite führen kann.«

Du passierst dieses Tor oft, bemerkte Eissesh.

Gerde lachte. »Ja, aber ich bin keine Schlange«, gab sie zu bedenken.

Es ist gefährlich, nicht wahr?

»Wahrscheinlich. Streng genommen wäre Ziessel dafür zuständig, aber sie ist nicht hier. Deshalb musst du die Auswahl treffen. Ich erwarte euch spätestens morgen beim ersten Sonnenuntergang.«

Was passiert, wenn der Trupp nicht zurückkehrt?

»Dann greifen wir auf Plan B zurück. Wie auch immer, bald bringen wir alle Sheks wieder zusammen.« Nach einer Pause fügte sie hinzu: »Auch Sussh und seine Leute.«

Die Schlange neigte den Kopf zur Seite. *Du wirst Sussh nicht aus Kash-Tar loseisen können. Er hängt zu sehr an diesem Stück Wüste, warum auch immer.*

»Dann gehe ich ihn holen. Genau wie ich dich holen gegangen bin. Jetzt zieh dich zurück, Eissesh, und komm morgen mit deinen Leuten wieder.«

Vor Monaten hatte Winas Nähe Alis Lithban wiederauferstehen lassen. Nun war der Wald voller Leben und Farben, es war einfach, essbare Früchte zu finden, und Christian angelte sogar im Bach. Victoria hingegen musste feststellen, dass ihr neuer Zustand ihre Bewegungsfähigkeit einschränkte. Es fiel ihr schwer, sich daran zu gewöhnen, so von einem Tag auf den anderen.

»Du solltest dich nicht anstrengen«, sagte Christian, als er mit dem Fisch zurückkehrte und sie vor der alten Feuerstelle knien sah. »Du bist hochschwanger.«

»Du solltest dich auch noch schonen«, erwiderte Victoria. »Du bist noch nicht wieder ganz gesund. Aber sobald du so weit bist, reisen wir ab«, erklärte sie. »Als dauerhafte Wohnung lässt diese Hütte einiges zu wünschen übrig.«

Der Shek zuckte die Achseln. »Vielleicht«, erwiderte er, »aber für mich ist sie mit guten Erinnerungen verbunden.«

Victoria wandte sich ihm verblüfft zu. »Gute Erinnerungen? Bist du denn früher schon einmal hier gewesen?«

Christian nickte und ließ den Blick über die baufälligen Wände schweifen. »Ich habe hier mit meiner Mutter gelebt«, erklärte er, »bevor Ashran mich holen kam.«

Victorias Kinnlade klappte nach unten. »Das hier war dein Zuhause?«

»Oh ja«, bestätigte er lächelnd. »Ich habe nicht viele Erinnerungen an diese Zeit, aber sie sind alle mit dieser Hütte verbunden. Offenbar hat seither nie wieder jemand hier gelebt.«

Victoria blieb eine Weile stumm. Sie beobachtete Christian, wie er die Feuerstelle säuberte. »Christian«, sagte sie dann, »Jack und Shail haben sich über Ashran kundig gemacht und einiges über deine Mutter herausgefunden.«

Er erwiderte nichts, blickte nicht einmal auf, sondern konzentrierte sich ganz auf das Unkraut, als hätte er ihr gar nicht zugehört.

»Sie hieß Manua«, sprach Victoria leise weiter, »und war Hörerin im Großen Orakel.« Nach einer Pause fügte sie hinzu: »Dort hat sie deinen Vater kennengelernt, als er im Orakelsaal den Siebten angerufen hat. Und dort kamst du Monate später zur Welt.«

Schließlich hob Christian den Kopf. »Du sagst, er hat im Orakelsaal den Siebten angerufen?«, wiederholte er. »Das wusste ich nicht.«

»Anscheinend hat er sich einen Dolch in die Brust gestoßen und starb dort, um anschließend als der siebte Gott wiederaufzuerstehen.«

»So etwas habe ich mir schon gedacht«, bestätigte Christian mit einem leichten Lächeln. »Auch Gerde starb, bevor sie zur siebten Göttin wurde, das kann ich bezeugen. Stutzig macht mich allerdings, dass Ashran für die Anrufung den Orakelsaal brauchte. Das heißt, der Siebte befand sich nicht auf Idhún, sondern in einer dieser immateriellen Dimensionen, in denen sich die Götter aufhalten. Vermutlich irgendwo, wo die anderen Sechs ihn nicht finden konnten. Hm«, fügte er stirnrunzelnd hinzu. »Das hatte er mir gar nicht gesagt.«

»Macht es dich nicht stutzig, was ich dir über deine Mutter erzählt habe?«

»Das gehört der Vergangenheit an und hat keinerlei Bedeutung für die Gegenwart, Victoria.«

»Aber deine Mutter ...«

»Meine Mutter ist tot«, fiel er ihr ins Wort und in seiner Stimme waren weder Wut noch Schmerz.

Sie waren pünktlich mit dem ersten Sonnenuntergang eingetroffen, drei Sheks und vier Szish. Gerde musterte sie aufmerksam und äußerte sich beifällig zu Eisseshs Wahl. Einer der

Sheks war ein altes Weibchen, das seine Eier wahrscheinlich schon vor langer Zeit gelegt hatte und für das Fortbestehen der Art nicht mehr notwendig sein würde. Der andere war ein junges Männchen, das jedoch schwach aussah. Und der dritte war Eissesh selbst. Was die Szish betraf, so war keiner von ihnen ein Magier. Das genügte Gerde. »Wirst du den Trupp persönlich anführen?«

Ja, antwortete Eissesh. *Ich habe nach der Awa-Schlacht die Verantwortung für die Sheks in Nandelt übernommen. Ziessel ist nicht da und jemand muss sie vertreten.*

Gerde hob eine Augenbraue. »Und wenn ihr nicht zurückkehrt?«

Dann gibt es immer noch Ziessel. Irgendwann ist sie bestimmt in der Lage, alle Sheks anzuführen.

Gerde deutete ein Lächeln an, sagte jedoch nichts dazu. Sie öffnete ihr Bewusstsein und bot ihm Zugang zu allem, was er wissen musste. Als die Verbindung abbrach, kniff Eissesh nachdenklich die Lider zusammen. *Es ist nicht so, wie ich es mir vorgestellt hatte,* gab er zu.

»Das ist es nie«, versicherte Gerde. »Diese Welt entwickelt sich rasant, sie befindet sich in ständigem Wandel. Unter Umständen findet ihr heute schon nicht mehr vor, was ich gestern noch dort gesehen habe.«

Die Sheks tauschten skeptische Blicke, sagten jedoch nichts. Auf Eisseshs kurzen telepathischen Befehl an die Szish passierten diese das Tor als Erste, gefolgt von den beiden Sheks. Bevor Eissesh ihnen folgte, wandte er sich erneut Gerde zu. *Ich hoffe, du weißt, was du tust.*

»Ich auch«, erwiderte Gerde. Diesmal lächelte sie nicht. Sie hielt den Blick auf das Tor geheftet, auch noch lange nachdem die Schlangen fort waren. Sie bemerkte nicht einmal, dass Assher unruhig neben sie trat und Saissh zu ihren Füßen herumkrabbelte. »Wenn das schiefgeht«, flüsterte sie zu sich selbst, »mache ich diesen Halbshek ausfindig, wenn er noch am Leben ist, und lasse es ihn büßen, das schwöre ich.«

Einige Stunden später erwachte Christian und lauschte aufmerksam in die Dunkelheit. Er erhob sich lautlos und glitt zum Eingang, starrte hinaus, bis er eine leichte Bewegung wahrzunehmen meinte. Dann wandte er sich der Ecke zu, wo Victoria Haiass hingelegt hatte. Er zögerte einen Moment, bevor er ihn ergriff und sich auf den Rücken schnallte. Er hob den Kopf und versuchte sich auf das zu konzentrieren, was da draußen herumstrich. Die Tatsache, nicht zu wissen, was es war, beunruhigte ihn. Seine Shek-Sinne waren noch nicht ganz wiederhergestellt und er war nicht daran gewöhnt, nur ein Mensch mit einer überdurchschnittlichen Wahrnehmung zu sein. Dennoch trat er aus dem Haus und drang vorsichtig in den Wald ein.

Wenig später erwachte seine Shek-Seite, krank wie sie war, plötzlich wie auf Knopfdruck. Instinktiv zückte er Haiass. Das Eis brannte auf seiner Haut, aber nicht so sehr, dass es gefährlich für ihn wurde. Er verengte die Augen. Nur eins konnte so eine Reaktion in ihm auslösen.

Jack kam nicht dazu, Domivat zu ziehen. Aus der Tiefe des Waldes tauchte etwas auf, halb Schatten, halb Wirbel, das eine Klinge aus Eis schwang, die er sehr gut kannte. Überrumpelt wich der Drache zurück, stolperte und stürzte. Er landete mit dem Rücken am Stamm eines riesigen Baumes. Sogleich liebkoste Haiass' Klinge seinen Hals und löste einen Schauder in ihm aus. »Christian«, sagte Jack. »Wie ich sehe, geht es dir wieder gut, auch wenn … ich dich erst entdeckt habe, als du dich auf mich gestürzt hast. Wie hast du das gemacht?«

»Was tust du hier?«, fragte der Shek kalt zurück.

Jack registrierte seinen feindseligen Blick und ihm entging auch nicht, dass er das Schwert noch nicht zurückgezogen hatte. Er sah ihn vorsichtig an. »Ich habe euch gesucht.«

Christian neigte den Kopf zur Seite, nahm das Schwert jedoch nicht weg.

»Vermutlich bist du mir böse, weil ich Victoria nicht geholfen habe, dich zu retten«, sprach Jack weiter. »In Ordnung, es war verkehrt. Zu meiner Verteidigung kann ich sagen, dass ich hundertprozentig überzeugt war, dieser Stein könnte dir nichts anhaben. Und offenbar habe ich mich nicht geirrt, denn du bist ...« Er verstummte, als der Druck von Haiass' Klinge sich verstärkte und Kälte ihm bis ins Mark drang.

»Ich wäre beinahe gestorben.«

Jack machte Anstalten, tief Luft zu holen, doch Christians Schwert drückte ihm zu tief ins Fleisch, als dass das eine gute Idee gewesen wäre. »Eins kannst du mir glauben: Ich hätte nicht im Traum gedacht, irgendein Warmblüter, nicht einmal Alsan, hätte die Macht, dich zu verletzen, und schon gar nicht, dich zu töten«, sagte er und meinte es ganz ehrlich. »Aber das ist nicht alles. An dem Tag war ich wütend und ...«

»Verschwinde«, unterbrach Christian. »Verschwinde und komm nie wieder in unsere Nähe.«

Jack sah ihn an, als traute er seinen Ohren nicht. »Was!?«

Christian zog das Schwert ein Stückchen zurück. »Du hast richtig gehört. Aus Rücksicht auf Victorias Gefühle werde ich dich heute Nacht nicht töten, aber wenn du dich ihr noch einmal näherst ...«

»Moment mal!«, unterbrach Jack und in seinen grünen Augen züngelte Drachenfeuer. »Für wen hältst du dich eigentlich?«

»Ich bin der Mann, der jetzt mit ihr zusammen ist. Und du bist derjenige, der sie verlassen hat. Also geh.«

Jacks Augen verengten sich zu Schlitzen. Er spürte, wie Domivat auf seinem Rücken pulsierte und nach Shek-Blut gierte. Er musste an sich halten, um seiner Wut nicht freien Lauf zu lassen. »*Ich* soll sie verlassen haben? Und wie viel Zeit hast du fern von ihr verbracht, wie oft hast du sie in den letzten drei Monaten besucht, seit sie dir gesagt hat, dass sie ein Kind bekommt? Ein Kind, das vielleicht von dir ist!«

»Oh ja, ein Kind, das vielleicht von mir ist«, versetzte Christian lächelnd. »Bei der Vorstellung, ein Kind im Arm zu halten und zu spüren, dass es etwas von einem Shek hat, bekommst du Panik, hab ich nicht recht?« Jack machte den Mund auf, um zu antworten, brachte jedoch keinen Ton heraus. Christian zog ruckartig das Schwert zurück. »Geh«, sagte er. »Stell meine Geduld nicht auf die Probe.«

Jack hob den Kopf. Am Hals hatte er ein bläuliches Mal von Haiass' Kuss. »Ich gehe nicht, ohne vorher mit Victoria zu sprechen.«

»Ich lasse dich nicht in ihre Nähe.«

»Mit welchem Recht? Hast du ihr vielleicht gesagt, dass ich hier bin, und sie weigert sich, mich zu sehen?«

»Ich habe nicht vor, es ihr zu sagen. Das Beste für sie ist, wenn du endlich aus ihrem Leben verschwindest.«

»Was ist denn ...?«, brach es aus Jack heraus. »Sie bekommt ein Kind! Und vielleicht ist es von mir!«

»Das hättest du dir überlegen müssen, bevor du mit ihr gebrochen hast.«

»Das geht dich nichts an!« Jack wurde laut. »Wenn sie mich nicht wiedersehen will, werde ich das akzeptieren, aber du hast nicht das Recht, in ihrem Namen zu sprechen oder zu entscheiden, was sie tun oder lassen soll. Warst du nicht derjenige, der mir immer vorgeworfen hat, ich würde sie wie einen Besitz behandeln?«

»Eben deswegen. Ich hatte sehr viel Geduld mit dir, aber jetzt bin ich es leid, mit anzusehen, wie du mit ihr spielst. Ich werde nicht zulassen, dass du sie noch mehr durcheinanderbringst.«

Jack starrte ihn immer noch wie vom Donner gerührt an. Dann machte er einen Schritt auf ihn zu. »Ich gehe jetzt zu ihr.«

Christian hob Haiass, dessen Schimmern seine Züge sanft erhellte. »Nur über meine Leiche.«

Jack zückte Domivat und fühlte ihn mit wilder Freude pulsieren. Ohne Vorwarnung führte er den ersten Schlag. Erneut traten Haiass und Domivat gegeneinander an. Christians Bewegungen waren schwerfälliger als gewöhnlich. Die Bäume und das Unterholz waren im Weg und der Kampf war abgehackt, ganz anders als der geschmeidige, elegante Tanz bei anderen Gelegenheiten.

Bald bemerkte Christian auch, dass Haiass nicht mehr so mächtig war. Er trat zurück, um Jack auszuweichen. Wenn der Kampf sich in die Länge zog, würde er verlieren. Aber zu Victorias Wohl durfte er das nicht zulassen. Ruckartig drehte er das Handgelenk, um das Schwert zu kippen und einen Hieb auf halber Höhe zu parieren. Domivats Energie ließ Haiass einen kurzen Moment erzittern.

Auch Jack bemerkte es. »Du bist schwach«, sagte er. »Ich will nicht gegen dich kämpfen, Christian. All das ist unnötig.«

Anstatt etwas zu erwidern, zog der Shek das Schwert zurück und ließ es wieder auf Jack niedersausen. Dieser sprang zurück und wehrte Haiass mit seiner eigenen Klinge ab. Plötzlich verlor der Drache Christian aus dem Auge. Nach einer Schrecksekunde drehte er sich um. Doch dieses kurze Zögern war sein Verderben. Etwas glitt zwischen seine Füße und brachte ihn zu Fall. Kurz darauf lag er im Gras, Haiass' Spitze auf der Brust. »Du hast geschummelt«, knurrte er.

Christian zuckte die Achseln. »Es ging nicht anders. Steck

das weg«, sagte er und deutete auf Domivat, »bevor es Feuer auslöst.«

Das Eisschwert schwebte noch über Jacks Herz, während er Domivat langsam in die Scheide steckte. »Wirst du mich töten?«, fragte er ruhig.

»Heute nicht«, antwortete Christian. »Aber bevor ich dich gehen lasse, wirst du mir zuhören, und zwar ganz genau. Denn wenn mein Geduldsfaden reißt, ist es vielleicht vorbei mit all meinen guten Vorsätzen. Ist das klar?«

Jack holte tief Luft und nickte. »Schieß los«, sagte er.

»Ich habe diese Situation satt«, begann Christian. »Ich habe die Nase voll von deinen ständigen Forderungen, Vorwürfen und deiner schlechten Laune. Victoria hat keinerlei Verpflichtung, bei dir zu sein. Sie tut es, weil sie es will. Weil sie dich liebt.«

»Das weiß ich …«, begann Jack, aber der Shek würgte ihn ab:

»Ich weiß, du kommst aus einer Welt mit anderen Spielregeln, in der soziale Anerkennung wichtiger ist als wahre Gefühle. Und ich weiß auch, dass alle sich von Anfang an bemüht haben, Victoria und mich auseinanderzubringen und euch beiden einzureden, es sei euer Schicksal, eure *Pflicht*, zusammen zu sein. Mir ist klar, dass nichts von dem, was ich sage, deine Art zu denken ändern kann, weil du so erzogen bist, deshalb werde ich in deiner eigenen Sprache zu dir sprechen. Also hör lieber gut zu.« Christian fixierte ihn mit einem Blick, kalt wie Raureif. »Victoria ist meine Freundin. Ich habe sie als Erster geküsst. Als sie das erste Mal zu jemandem ›ich liebe dich‹ gesagt hat, war es für meine Ohren bestimmt. Wir waren zusammen, lange bevor du ihr zu sagen gewagt hast, was du für sie empfindest. Die Tatsache, dass sie fast von Anfang an auch etwas für dich empfand, ist nicht von Belang. Denn was letzten Endes zählt, sind die Spielregeln, nicht die Gefühle, oder?«

»Du weißt, dass ich nicht so denke«, widersprach Jack, aber als Christian den Druck auf das Schwert verstärkte, verstummte er.

»Wir haben Streitereien und Meinungsverschiedenheiten gehabt«, fuhr der Shek fort, »aber wir haben unsere Beziehung nie abgebrochen, wir haben nie beschlossen, getrennte Wege zu gehen. Nie. Nicht einmal, als sie erfuhr, dass ich ein Shek bin. Nicht einmal, als ich sie entführte, um sie in den Turm von Drackwen zu bringen. Sogar unter größten Qualen hat sie immer noch gesagt, sie liebt mich. Sogar als sie mich zu töten versuchte, steckte mein Ring noch an ihrem Finger.« Jack schloss die Augen, außerstande, länger zuzuhören. »Und mir liegt natürlich auch etwas an ihr«, fuhr Christian erbarmungslos fort. »Wir haben beide sehr gelitten, wir haben viel für diese Beziehung geopfert. Wir werden sie nicht nur deswegen abbrechen, weil du dir einbildest, du könntest über Victorias Leben bestimmen.«

»Du willst mir sagen, ich bin das fünfte Rad am Wagen«, erwiderte Jack. »Ich habe es schon kapiert.«

»Nein, Jack, du hast nichts kapiert. Mir macht es überhaupt nichts aus, dass sie auch in dich verliebt ist. Was sie tut, wenn sie nicht mit mir zusammen ist, ist ihre Sache. Du sollst nur begreifen, dass sie meine Freundin ist und du mit ihr zusammen bist, weil ich es dir erlaube.«

»Meinst du, das wüsste ich nicht?« Jack schrie fast. »Das war mir schon immer klar!«

»Ich weiß, dass du es weißt. Und ich weiß, dass du es verstehst. Ich will aber, dass du dich auch danach richtest. Sie liebt dich noch, sie vermisst dich und würde ihr Leben für dich geben. Aber sie wird dich nicht bitten, zu ihr zurückzukommen, weil sie findet, du hättest etwas Besseres verdient. Es ist abartig.«

Nun hatte sich Christian in Rage geredet. Jack bemerkte es

und aus irgendeinem Grund besänftigte es ihn ein wenig. »Was willst du denn eigentlich? Dass ich zu ihr zurückkehre oder sie in Ruhe lasse?«

Christian warf ihm ein gezwungenes Lächeln zu. »Zu sagen ›Sie ist meine Freundin und du bist mit ihr zusammen, weil ich es dir erlaube‹ ist einer der absurdesten und dümmsten Sätze, die ich jemals von mir gegeben habe. Aber wahrscheinlich ist es das einzige Argument, das dich zur Vernunft bringt. Sie ist zusammen, mit wem sie will, weil sie es will, und basta. Sie ist schwanger und ich werde für sie sorgen und mich um sie kümmern, weil mir etwas an ihr liegt. Weil das Kind, das sie gebären wird, ihr Kind ist. Und Babys muss man schließlich beschützen und versorgen, ganz gleich, wer ihre Eltern sind. Das weißt du«, fügte er hinzu. »Du hast einer Göttin gegenüber dein Leben riskiert, um ein Mädchen zu verteidigen, das nicht deine Tochter war und auch nicht Victorias. Und doch kannst du den Gedanken nicht ertragen, dich um das Kind eines anderen Mannes zu kümmern, selbst wenn es von einer Frau geboren wurde, die du mehr liebst als dein eigenes Leben. Verstehst du, wie absurd deine Gedanken sind?«

Jack ließ die Schultern fallen. »Das ist nicht der Punkt«, widersprach er. »Das ist nicht der Punkt.«

Beide tauschten einen Blick, forschend der von Christian, voller Angst der von Jack. Entgeistert wich der Shek einen Schritt zurück und ließ das Schwert sinken. »Du zweifelst immer noch an ihren Gefühlen für dich. Du glaubst immer noch, sie liebt dich nicht. Das gibt's doch gar nicht!«, fügte er gereizt hinzu. »Du hast genau wie ich gesehen, dass sie sich geopfert hat, um uns zu retten, dich und mich! Wie kannst du da noch zweifeln?«

»Das war früher«, antwortete Jack. »Vor der Sache mit dem Kind.«

Christian schüttelte den Kopf. »Das Kind wird sie nicht dazu bringen, eine Wahl zu treffen, die sie damals nicht hat treffen können. Glaubst du tatsächlich, wenn Victoria ein Kind von mir auf die Welt bringt, streicht sie dich für immer aus ihrem Leben?«

»Ich weiß nicht mehr, was ich glauben soll. Ich weiß nur, dass du nie bei ihr bist und sie trotzdem nicht aufhören kann, an dich zu denken.«

»Sie kann mich eben deshalb nicht vergessen, weil ich nicht bei ihr bin. Weil sie mich vermisst. Aber seit ich außer Gefahr bin, denkt sie pausenlos an dich, weil sie dich vermisst. So einfach ist das. Wenn du allerdings glaubst, es wäre besser, nicht bei ihr zu sein und von ihr vermisst zu werden …«

»Komm zur Sache«, unterbrach Jack verärgert. »Worauf willst du hinaus?«

Christians Schwert hob sich erneut. Argwöhnisch betrachtete Jack Haiass' Klinge, die seinem Kinn wieder gefährlich nahe war.

»Es ist ganz einfach«, antwortete der Shek ruhig. »Sie liebt dich noch. Wenn du ihr sagst, dass du wieder zu ihr zurückwillst, machst du sie zur glücklichsten Frau dieser und der anderen Welt – aber nur bis du sie wieder mit deinen Zweifeln und Ängsten quälst. Das zuzulassen bin ich nicht bereit. Also entscheide dich endlich. Finde dich ein für alle Mal damit ab, dass wir zu dritt sind und eine vierköpfige Familie sein werden – oder lass sie in Ruhe.«

»Das … das ist alles?«, fragte Jack erleichtert, aber Haiass kam noch näher.

»Ich meine es ernst, Jack. Gerade gestern hat sie mir erzählt, du hättest eine Frau an deiner Seite verdient, die nur Augen für dich hat. Frag dich selbst, ob du das auch so siehst. Sieh ein, dass Victoria nicht diese Frau ist. Und entscheide dich, ob du lieber bei ihr bist mit allem, was das bedeutet, oder frei sein willst. Die Entscheidung liegt bei dir. Was auch immer du tust, sie wird dich weiterhin lieben und dir nicht böse sein. Aber solltest du zu ihr zurückkehren, darfst du ihr nicht länger vorwerfen, dass sie mit mir zusammen ist.«

Jack biss sich auf die Lippe. »Ich bin zurückgekommen, weil ich mit ihr zusammen sein will. Ich glaube, dieser ganze Streit war nicht nötig.«

»Und ob er nötig war, Jack. Du lässt dich von deinen Impulsen hinreißen. Vermutlich hast du dich in einem Moment der Wut oder der Enttäuschung von ihr getrennt. Vielleicht ist es die Sehnsucht, die dich zu ihr zurücktreibt, und wenn du wieder bei ihr bist, wird dieses Gespräch schnell vergessen sein. Deshalb bitte ich dich nachzudenken. Und zwar nicht darüber, was du jetzt tun wirst, sondern was du in Zukunft tun wirst, von heute an. Es ist ein Kind unterwegs. Das war noch nie ein Spiel, aber jetzt noch weniger.« Er zog das Schwert zurück.

Jack senkte nachdenklich den Kopf. »Verstehe«, sagte er.

»Du hast Zeit bis zum ersten Sonnenaufgang«, bestimmte Christian ernst. »Wenn du zu dem Schluss kommst, dass du diese Beziehung nicht länger ertragen kannst, brauchst du nicht zurückzukommen. Ich werde Victoria nicht sagen, dass du hier warst. Und was das Kind angeht ... Du brauchst dich nicht darum zu kümmern. Ich werde es beschützen, ganz gleich, wer der Vater ist. Denn wenn du Victoria jetzt verlässt aus Angst, sie könnte das Kind eines anderen Mannes zur Welt bringen, dann hast du nichts zu bestimmen bei einem Kind, das du nie gewollt hast. Und wenn du Victoria oder ihrem Kind noch einmal nahekommst, bringe ich dich um. Wenn du beim ersten Sonnenaufgang hier bist, lasse ich zu, dass ihr euch aussprecht. Dann ist wieder alles beim Alten. Wenn du Victoria allerdings noch ein Mal wegen ihrer Beziehung zu mir auf die Nerven gehst oder sie womöglich nach der Entbindung verlässt, weil das Kind nicht deinen Erwartungen entspricht, bringe ich dich um. Die Wahl liegt bei dir, Jack.«

Jack stand langsam auf. Er warf Christian einen müden Blick zu.

»Überleg's dir gut«, fügte dieser hinzu, »es geht nicht mehr um Victoria, sondern um dich. Triff eine Entscheidung und sei einmal im Leben nicht voreilig.«

»Schon klar«, murmelte Jack. Sie warfen sich einen letzten Blick zu. Dann drehte Jack sich ohne ein weiteres Wort um und ging wieder in den Wald.

Christian kehrte ohne Eile zur Hütte zurück. Victoria schlief nach wie vor fest. Er konnte im Halbdunkel die Wölbung ihres Bauches sehen und musste lächeln. Er streifte Haiass ab, legte ihn jedoch nicht weit weg. Dann streckte er sich neben ihr aus und brachte den Rest der Nacht damit zu, ihr Gesicht zu betrachten, während sie schlief.

Als Victoria die Augen aufschlug, war Christian schon fort. Es dauerte einige Sekunden, bis sie wach genug war, um sich umzusehen. Aber die Hütte war leer. Sie richtete sich auf, voller Angst, er könne zu Gerde zurückgekehrt sein, ohne sich von ihr zu verabschieden. Unwillkürlich legte sie sich die Hand auf den Bauch. Dann versuchte sie sich zu beruhigen. Vielleicht hatte er sich auf die Suche nach etwas zum Frühstück gemacht. Mit ein wenig Mühe stand sie auf, schüttelte das Cape aus und hängte es zum Auslüften an einen Ast. Die Strahlen des ersten Sonnenaufgangs blendeten sie. Verschwommen sah sie jemanden am Baum lehnen. »Christian?«, fragte sie. Sie schirmte die Augen mit der Hand ab und sah genauer hin. Ihr Herz machte einen Satz und sie blieb wie angewurzelt stehen.

»Hallo, Victoria«, begrüßte Jack sie mit einem schüchternliebevollen Lächeln und hielt ihr den Blumenstrauß hin, den er für sie gepflückt hatte.

Victorias Herz schlug so heftig, als wollte es ihr gleich aus der Brust springen. Noch ungläubig machte sie einige Schritte auf Jack zu und sah ihn zögernd an, ohne entscheiden zu können, ob er wirklich war oder Einbildung.

»Ich war ein Idiot«, fuhr Jack fort, ein wenig besorgt, weil sie nicht reagierte. »Ich wollte dir sagen, dass ich dich wahnsinnig vermisse. Wenn du mich lässt und Christian nichts dagegen hat, will ich gern zu dir und dem Baby zurück. Für immer«, fügte er hinzu.

Victoria musste schlucken. Am liebsten wollte sie sich ihm in die Arme werfen. Aber sie holte tief Luft. »Das ist keine gute Idee«, widersprach sie. »Du wirst mit mir nicht glücklich, Jack. Denn ich bin mit Christian zusammen und werde mein Leben nie ausschließlich dir widmen können.«

»Das brauchst du auch nicht«, erwiderte er ernst. »Ich will nicht, dass du dein Leben auf mich ausrichtest. Ich will es nur mit dir teilen. Und wenn Christian zu deinem Leben gehört, genau wie dein Kind, solltest du das für mich nicht aufgeben müssen. Ich möchte dich nur darum bitten, mir wieder einen Platz in deinem Leben zu geben – so wie du längst einen Platz in meinem Leben hast.«

Nun konnte Victoria die Tränen nicht länger zurückhalten. Etwas schien sich in ihrer Brust Bahn zu brechen, ein so durchdringendes Glücksgefühl, dass sie richtig erschrak. Sie rannte zu Jack und schlang ihm die Arme um den Hals. Ein wenig verwirrt umarmte er sie und vergrub das Gesicht in ihrer braunen Mähne, glücklicher denn je in seinem Leben.

Plötzlich bemerkte er, dass ihr Bauch viel dicker war, als er ihn in Erinnerung hatte. Er löste sich von ihr und musterte sie fassungslos. »Victoria, was ist passiert?«, fragte er mit einem

Anflug von echter Angst in der Stimme. »Es waren doch nur neun Tage! Wie kann das sein?«

»Hast du … die Tage gezählt?«

»Jeden einzelnen«, versicherte er. »Geht es dir gut?«, fragte er nach. »Und dem Kind?« Verängstigt legte er ihr die Hände auf den Bauch.

Victoria lächelte gerührt. »Uns beiden geht es gut«, bestätigte sie. »Wir hatten eine Begegnung mit der Göttin Wina, das ist alles. Und jetzt werde ich anscheinend früher Mutter, als ich dachte.«

Verblüfft schüttelte Jack den Kopf. Ganz vorsichtig nahm Victoria sein Gesicht in die Hände. Jack hätte beinahe vor Schmerz aufgeschrien.

»Und was ist mit dir passiert?«, fragte sie. »Du bist ganz verbrannt. Deine Nase schält sich sogar.«

Jack zuckte die Achseln. »Aldun«, antwortete er nur.

Victoria seufzte besorgt. »In Augenblicken wie diesen vermisst man eine gute Hautcreme«, bemerkte sie mit einem Lächeln. »Macht nichts, ich versuche es mit meiner Magie.«

Jack vergrub die Finger in ihrem Haar, hob sanft ihr Kinn und dann küsste er sie. Es wurde ein langer, sehnsüchtiger Kuss. Beide stillten gierig ihren Durst aneinander wie Schiffbrüchige, die endlich ein wenig Süßwasser gefunden haben. »Ich habe dich so vermisst«, sagte er und schloss sie erneut in die Arme. »Ach, ich habe dich so vermisst.«

»Ich dich auch, Jack«, erwiderte sie mit erstickter Stimme. »Es tut mir leid, dass ich so plötzlich gegangen bin. Ich musste …«

»Ich weiß, Victoria. Es tut mir leid, dass ich es nicht verstehen konnte.«

»Danke, dass du zurückgekommen bist«, sagte sie, kurz davor, vor Rührung erneut in Tränen auszubrechen.

»Danke, dass du mich wieder zurücknimmst«, setzte Jack mit einem breiten Lächeln dagegen. Er küsste ihre Schläfe. Dabei entdeckte er über ihre Schulter hinweg eine Gestalt, die gelassen an der baufälligen Hütte lehnte. Er grinste. »Der Shek muss sich vermutlich erst wieder an meine Gegenwart gewöhnen«, bemerkte er spöttisch.

»Ich habe es schon kommen sehen«, erwiderte Christian heiter. »Du gehörst nicht zu denen, die sich leichten Herzens trennen. Schade. Aber das geht mich nun einmal nichts an. Alle, die Victoria schätzen, verdienen meinen Respekt, also sei wieder willkommen.«

Jacks Grinsen wurde breiter. »Setz das auf die Liste von Gefälligkeiten, die ich dir schulde, Shek.«

»Die wird allmählich zu lang«, versetzte Christian und richtete sich auf. »Ich mache einen Spaziergang und komme beim ersten Sonnenuntergang zurück. Wir haben viel zu besprechen.« Er warf Victoria ein halbes Lächeln zu und verschwand dann lautlos wie ein Schatten im Wald.

»Wie ich sehe, ist es dir gelungen, ihm das Leben zu retten«, sagte Jack leise. »Wenn du nicht gewesen wärst, wäre er jetzt wohl tot.«

»Ja«, flüsterte Victoria. Jack ahnte, wie sehr sie in den letzten Tagen gelitten hatte, und hasste sich selbst dafür, dass er nicht bei ihr gewesen war.

»Ich muss zugeben«, sagte er stirnrunzelnd, »wenn er gestorben wäre, würde ich es bedauern.« Victoria hob den Kopf und sah ihn an. »Nur ein bisschen«, fügte Jack hastig hinzu.

11

Bande

Während Jack und Victoria auf dem Rückweg zu Alsans Palast über Vanissar hinwegflogen, war es mit dem klaren, strahlenden Tag plötzlich vorbei. Über alles hatte sich ein eigenartiger Grauschleier gelegt und der Himmel war dunkel und seltsam matt.

»Was ist denn hier los?«, fragte Jack verblüfft.

»Das ist ein Zauber!«, rief Victoria.

Auch am Erdboden spielte sich Ungewöhnliches ab. Es sah aus, als seien alle Bauern und Dorfbewohner von Vanissar überstürzt in die Städte aufgebrochen. Manche zogen Karren hinter sich her, auf die sie einen großen Teil ihrer Habseligkeiten geladen hatten, andere gingen mit dem, was sie am Leib trugen.

Je mehr sie sich der Hauptstadt näherten, desto matter wurde das Sonnenlicht, als müsste es eine dichte Decke von Regenwolken durchdringen. Dabei war der Himmel nach wie vor völlig wolkenfrei. Als sie endlich Vanis erreichten und den Palast am Horizont aufragen sahen, war klar, dass dieser seltsame Schleier von dort ausging.

Was meinst du dazu?, fragte Victoria telepathisch.

Aus der Ferne erreichte sie Christians Antwort. *Ich habe es schon gesehen. Eine Art Schutz vor dem Licht, würde ich sagen.*

Irial, dachten beide gleichzeitig.

Unter großer Anstrengung war es Christian vor ein paar Tagen gelungen, sich wieder in einen Shek zu verwandeln. Es hatte ihn fast den ganzen Tag gekostet, aber endlich hatte er den Körper der geflügelten Schlange angenommen und seine Reptilienaugen hatten vor Erleichterung und Freude geglitzert. Heute war er bis zur Grenze von Nandelt mit Victoria und Jack geflogen. Dort hatte er sich wieder in einen Menschen verwandelt und war ihnen auf unauffälligere Weise gefolgt.

Die Ankunft des Drachen machte in der Stadt immer noch Eindruck. Als sie zum Palasthof hinabsegelten, wurden sie bereits erwartet. Jack landete, wo er Platz fand, klappte die Flügel zusammen und wartete, bis Victoria über eine seiner Klauen hinuntergeklettert war, bevor er wieder seine menschliche Gestalt annahm. Hier, im Hof, erzeugte der magische Filter ein seltsames, irreales Zwielicht wie bei einer Sonnenfinsternis. »Was ist los?«, fragte Jack Alsan, der sie forschend ansah, die Arme vor der Brust verschränkt. »Hat Irial sich gezeigt?«

»Das Licht ist so gleißend, dass es allen, die ihm ausgesetzt sind, im wahrsten Sinne des Wortes die Augen verbrennt«, erklärte Shail. »Wir sind dabei, in allen Städten Schutzglocken zu schaffen, aber ich weiß nicht, ob es etwas nützt. Im Moment ist Irial noch weit weg und trotzdem ist ihr Licht schon so mächtig, dass es durchdringt. Seht ihr diesen Halbschatten? Hier müsste es eigentlich stockfinster sein. Vielleicht …«

»Wie kannst du es wagen, hierher zurückzukommen?«, unterbrach Alsan und starrte Victoria feindselig an.

Sie wollte etwas antworten, aber Jack legte ihr einen Arm um die Schultern und kam ihr zuvor. »Sie begleitet mich. Wo ist das Problem?«

»Davor war sie bei Kirtash. Hast du sie ihm etwa entrissen oder ist er jetzt tot und sie weiß nicht mehr, wo sie nun hinsoll?«

»Er ist nicht tot«, widersprach Victoria ruhig. »Und darüber kannst du froh sein.«

Alsans Miene verhärtete sich. »Du hast dich sehr verändert«, befand er. »Wachsen Schlangen im Mutterleib schneller als Menschen?«

»Alsan, es reicht«, schnitt Jack ihm das Wort ab.

»Ich werde nicht zulassen, dass sie das Kind dieses Bastards in meinem Palast zur Welt bringt«, konterte er.

»Kein Problem«, sagte Victoria. »Dann gehe ich …«

»Nein, Victoria, ich fürchte, du wirst nicht gehen. Nehmt sie fest«, befahl er den Soldaten.

»Was!«, rief Shail fassungslos. »Bist du verrückt geworden?«

Jack hatte sich vor Victoria gestellt, bereit, sie zu verteidigen.

»Entschuldigt«, ließ sich da Ha-Dins friedliche Stimme vernehmen. »Ich weiß nicht, was los ist, aber bestimmt ist es nicht nötig, zu den Waffen zu greifen.« Der ehrwürdige Vater bahnte sich einen Weg bis zu ihnen. »Jack«, sagte er mit einem sanften Lächeln. »Victoria. Mögen die Götter euch segnen. Ich freue mich, euch gesund und munter wiederzusehen.«

»Ehrwürdiger Vater«, knurrte Alsan. »Ihr behindert die Arbeit meiner Soldaten.«

»Es liegt nicht in meiner Absicht, mich in Angelegenheiten zu mischen, die mich nichts angehen, ich bin nur neugierig. Mir schien, Ihr wolltet eine schwangere Frau festnehmen.«

»Es ist *offensichtlich*, dass sie schwanger ist. Allzu offensichtlich, würde ich sagen. Es ist auch offensichtlich, dass sie allzu sehr mit dem Feind geliebäugelt hat.«

Ha-Din sah ihn unschuldig lächelnd an. »Und das hebt die Tatsache auf, dass es sich um eine junge Schwangere handelt? Wolltet Ihr sie vielleicht in eins Eurer finsteren Verliese werfen, Majestät?«

»Ich danke Euch, ehrwürdiger Vater, aber ich bin nicht aus Porzellan«, sagte Victoria lächelnd und sah dann Alsan wieder ernst an. »Du kannst mich einsperren, wenn du willst, aber das wird nichts an der Tatsache ändern, dass es weit Wichtigeres gibt, als über die Herkunft meines Kindes zu debattieren, und auch weit Gefährlicheres als ein Baby, das noch nicht einmal geboren ist. Ihr habt Irials Auftauchen in Nandelt miterlebt, Jack hat Aldun in Kash-Tar gesehen und Wina streift wieder durch Alis Lithban. Wir werden auch sicher bald erfahren, wo die drei anderen sind. Die Götter sind zurückgekehrt und ich fürchte, diesmal sind sie alle hier. Es sind neue Wirbelstürme, Seebeben und Erdrutsche zu erwarten. Sie sind wegen des siebten Gottes gekommen«, fuhr Victoria fort, »der sich jetzt in einem materiellen Körper verbirgt. Wenn dieser Körper zerstört wird, wenn der Siebte wieder freigesetzt wird, werden die Götter gegen ihn kämpfen und uns dabei alle vernichten.«

Alsan zog die Augenbrauen zusammen. »Diese Geschichte höre ich nicht zum ersten Mal. Wie kannst du so sicher sein, dass sie den Siebten nicht ein für alle Mal aus dem Weg räumen und anschließend dorthin zurückgehen, wo sie hergekommen sind?«

»Weil Götter nicht vernichtet werden können«, antwortete Jack. »Sie sind die Energie, die am Ursprung der Welt stand. Sie können ewig gegeneinander kämpfen, ohne dass es einen Sieger gibt. Aber dabei wird alles andere verwüstet. Das ist schon einmal passiert – in der ersten Welt, die sie vor Idhún schufen. Sie haben sie bei ihren Streitigkeiten zerstört, dabei gab es den Siebten da noch gar nicht.«

»Den Siebten hat es noch nicht gegeben? Willst du damit sagen, dass er erst später geschaffen wurde? Wenn er geschaffen wurde, kann er auch zerstört werden.«

Jack holte tief Luft, nahm seinen ganzen Mut zusammen und sprach es aus: »Der Siebte stammt von den anderen Sechs ab. Sie haben ihre gesamte negative Energie abgespalten und sie wie Müll auf Idhún geschleudert.«

Eine derartige Gotteslästerung ist mir noch nie zu Ohren gekommen, erdröhnte Gaedalus Stimme in ihren Köpfen. Niemand hatte sie kommen hören. Zusammen mit Zaisei stand sie neben ihnen und musterte Jack missbilligend.

Ha-Din neigte den Kopf zur Seite und sah sie freundlich an. »Meinst du? Ich finde es eine interessante Theorie.«

»Deshalb muss Gerde geschützt werden, und nicht bekämpft«, fügte Jack hinzu. »Denn wenn die Sechs sie finden und töten, setzen sie den Siebten frei, lösen einen Krieg aus und dann ist für uns Sterbliche alles zu Ende. Seit wir Ashran besiegt haben, spielen wir in dieser Geschichte keine Rolle mehr. Jetzt liegt alles in der Hand der Götter und sie handeln in ihrem Interesse und nicht in unserem. Wenn alles gut geht, brechen Gerde und die Sheks in eine andere Welt auf, wo die Götter keinen Zugriff auf sie haben, und dann kehren die Sechs in ihre eigene Dimension zurück.«

»Sie kehren in ihre eigene Dimension zurück?«, wiederholte Alsan sarkastisch. »Das kannst du nicht wissen. Vielleicht bleiben sie auch hier und setzen ihre Zerstörung fort. Wie kannst du uns ernsthaft vorschlagen, Gerde und den Sheks Rückendeckung zu geben, sie fliehen zu lassen? Wie kannst du diesen Bluff glauben? Es ist doch sonnenklar, dass die Sheks sich das alles ausgedacht haben, damit wir nicht gegen sie kämpfen! Weil sie wissen, dass sie nicht siegen können!«

Jack tauschte einen Blick mit Victoria. »Ich habe dir ja gesagt, es ist keine gute Idee, es ihm zu erzählen«, bemerkte er.

»Ich weiß«, erwiderte sie sanft, »genau deshalb hatte Christian alles für sich behalten. Aber sie müssen die Wahrheit erfahren.«

»Die Wahrheit«, höhnte Alsan. »Die Wahrheit, die dir Kirtash erzählt hat? Oder vielleicht Gerde?«

Ich weiß nicht, was das alles soll, mischte Gaedalu sich ein. *Es ist doch klar, dass sie eine von ihnen ist …*

»Und ich?«, unterbrach Jack. »Bin ich auch einer von ihnen?«

Du lässt dich von deinen Gefühlen blenden, antwortete Gaedalu. *Du willst nicht einsehen, dass sie dir etwas vormacht und dich nur benutzt. Sie hat schon mehrfach ihre Liebe zu Ashrans Sohn bewiesen.*

»Allerdings«, bestätigte Alsan. »Ich sage es nicht gern, Jack, aber ich glaube nicht, dass Victoria so viel an dir liegt, wie sie dir weismachen will.«

»Zwischen uns besteht ein Band«, erklärte Jack unverblümt.

Alle Augenpaare wanderten zu Ha-Din und Zaisei. Die Priesterin wandte verwirrt den Blick ab und der Ehrwürdige sagte: »So geht das nicht.« Er sah Victoria an, die seinem Blick ohne zu blinzeln standhielt. »Sie will nicht, dass es bekannt wird«, erklärte er. »Solange sie nicht das Gegenteil sagt, dürfen wir das Vorhandensein oder Fehlen eines Bandes nur den Betroffenen mitteilen, niemandem sonst.«

»Aber ich kann es bezeugen!«, sagte Jack.

»Du bist verrückt nach ihr«, knurrte Alsan. »Du würdest alles für sie tun, sogar lügen, um sie zu schützen.«

Jack seufzte und sah Victoria an, aber sie blieb fest. »Ich hätte nicht gedacht, dass du so dickköpfig sein kannst«, sagte er vorwurfsvoll. Sie lächelte nur.

»Ich vertraue den beiden«, mischte sich da Shail ein. »Sie haben gegen Ashran gekämpft und der hat Victoria vor nicht allzu langer Zeit brutal gequält. Denk logisch, Alsan. Glaubst du wirklich, sie würde diese Ansichten vertreten, wenn sie sie nicht für wahr hielte?«

»Ich habe das Streiten satt«, unterbrach Jack. »Wir kommen aus Alis Lithban und sind müde. Entscheide dich also, Alsan, ob du uns hinauswirfst, uns aufnimmst oder uns einsperrst, vor Gericht stellst und als Verräter hinrichten lässt.«

»Von dir ist gar nicht die Rede …«

»Oh doch, denn ich werde nicht zulassen, dass du Victoria oder mein Kind anrührst, ist das klar?« Er hatte die Stimme erhoben.

Alsan hielt seinem Blick nur einen Moment stand. Er versuchte seiner Stimme einen festen Klang zu geben, als er sagte: »Wir sprechen später weiter. Fürs Erste könnt ihr eure alten Zimmer beziehen. Den Weg kennt ihr ja.«

Der Berg Lunn war der Ort, wo den Legenden zufolge das erste Einhorn die Macht der Götter erhalten hatte. Dort pilgerten fast alle Magier irgendwann einmal in ihrem Leben hin, nicht nur wegen seiner symbolischen Bedeutung, sondern weil von dieser Energie auch nach mehr als fünfzehntausend Jahren noch etwas vorhanden war – so hieß es zumindest. Doch auch viele andere hatten sich zu dem kleinen Tempel aufgemacht, der auf seinem Gipfel errichtet worden war: Halbmagier aller Rassen aus ganz Idhún flehten dort die Götter an, sie zu richtigen Magiern zu machen. Denn dort, auf dem Berg Lunn, waren Magisches und Heiliges nicht voneinander zu trennen. Kein Zauberer wäre von seinem Gipfel gestiegen, ohne ein inbrünstiges Gebet an die Sechs zu richten, und kein Priester hätte sich nach dem Besuch nicht gewünscht, ein Einhorn gesehen zu haben.

Der Tempel auf dem Berg Lunn war eher eine Pilgerherberge als ein richtiges Gotteshaus. Dort lebte seit langen Jahren ein Einsiedler, ein betagter Himmelblauer. Wenn man ihn gefragt hätte, ob er je einem besonders berühmten Zauberer Obdach gewährt hatte, hätte er geantwortet, er könne sich nicht erinnern. Und doch suchten seit vielen Generationen die mächtigsten Magier den Berg Lunn auf, weil er eines der größten Geheimnisse des Magierordens barg, ein Geheimnis, das seit Beginn der Vierten Ära den Erzmagiern vorbehalten gewesen war und das derzeit nur Qaydar kannte.

Der Erzmagier ging einen langen Gang entlang, der ins Innere des Berges führte, nur in Begleitung eines magischen Lichts, das vor ihm hertanzte. Er wusste, was ihn erwartete, denn er suchte diesen Ort nicht zum ersten Mal auf. Doch sein letzter Besuch lag gut zweihundert Jahre zurück, wenn sein Gedächtnis ihn nicht trog. Damals hatte der Turm von Drackwen eine blühende Zauberschule beherbergt, bevor die Priester die Magier gezwungen hatten, ihn aufzugeben. Nach dem Sieg über Talmannon war die Ära der Kontemplation angebrochen und die Magier waren verfolgt und systematisch ausgerottet worden. Von daher war es nicht verwunderlich, sagte sich Qaydar, dass die Magier seit der Dunklen Ära Geheimnisse wahrten, von denen niemand je erfahren durfte. Am allerwenigsten die Priester.

Er seufzte in sich hinein. Die Vierte Ära, die sogenannte Ära der Erzmagier, strebte ihrem Ende entgegen, denn er war der letzte. Was würde danach kommen? Kein Priester hatte je Hand an ein Einhorn legen können. Aber seit Ashran die Einhörner an einem einzigen Tag ausgerottet hatte, war der Magierorden zum Aussterben verurteilt. Sie hatten recht. Dieser verfluchte Magier *musste* der Siebte gewesen sein. Und wenn ein Gott dahintersteckte, konnte nur ein anderer Gott Abhilfe schaffen. Den Legenden zufolge hatte die Göttin Irial immer eine Vorliebe für die Einhörner gehabt.

Schließlich gelangte Qaydar in einen großen sechseckigen Saal, in dem sechs Fackeln ein unheimliches Licht verbreiteten. Diesem Ort wohnte nichts Magisches inne. Die Fackeln wurden von dem wahrscheinlich unglückseligsten Geschöpf Idhúns am Brennen gehalten, jemandem, der bedeutend länger hier unten lebte als der Einsiedler auf dem Gipfel, jemandem, der mehr als zweitausend Jahre lang das Sonnenlicht nicht gesehen hatte.

Er wurde ›der Wächter‹, aber auch ›der Unvergängliche‹ oder ›der Immerwährende‹ genannt. Niemand erinnerte sich an seinen wahren Namen. Er lebte seit der Nacht von Talmannons Sturz dort und war nie entdeckt worden. Talmannons treueste Diener hatten ihn versteckt, zusammen mit Schätzen, die sie aus dem Palast gerettet hatten. Später, während der religiösen Repression, hatte man diesen Ort auserkoren, um die kostbarsten Schätze des Magierordens vor dem strengen Blick der Priester zu bewahren. Der Wächter hütete sie, so wie er es immer getan hatte und bis in alle Ewigkeit tun würde, denn ihm war vor langer Zeit der Segen oder der Fluch der Unsterblichkeit zuteilgeworden.

Qaydar beobachtete ihn überrascht, als er mit einer Öllampe auf ihn zukam, das Gesicht unter einer weiten Kapuze verborgen. »Ich bin Qaydar, der Erzmagier«, sagte er feierlich.

»Oh«, erwiderte der Wächter nicht sonderlich begeistert. »Ich hatte jemand anderen erwartet. Weshalb bissst du hier?«

Qaydar lief es kalt über den Rücken. Gelegentlich zischte der Wächter, ohne es zu merken. Angeblich hatte er eine gespaltene Zunge. »Ich bin gekommen, um dir das hier zu überbringen«, antwortete er und zeigte ihm eine kleine Urne, die mit dem Zeichen des siebten Gottes versehen war. »Ashran«, fügte er hinzu.

Der Wächter wich einen Schritt zurück.

»Du kanntest ihn, nicht wahr?«, fragte Qaydar. »Er war vor langer Zeit einmal hier.«

Der Wächter gewann die Fassung wieder und straffte sich, bevor er sagte: »Folg mir.«

Sie passierten sieben verschiedene Türen, die der Wächter mit den sieben Schlüsseln öffnete, die er um den Hals trug, bis sie zum Reliquiensaal gelangten. Qaydar wurde mulmig, als sie den Raum betraten. Dieses Heiligtum war zu Ehren des Siebten erbaut worden und Talmannons Anhänger, diejenigen, die ihm auch noch dienten, nachdem Shiskatchegg keinen Einfluss mehr ausübte, hatten dort all seine Schätze verborgen, auch seine sterblichen Überreste, eine Urne mit Asche, die in der tiefsten Nische des Saals stand. Der Ort war nur deshalb noch nicht zerstört worden, weil er in den finstersten Jahren der Ära der Kontemplation die einzige Zuflucht für die Magier gewesen war. Zum Dank gestatteten sie dem Wächter, seine Aufgabe fortzuführen, und machten es sich zur Gewohnheit, ihm die Asche aller großen Zauberer zu bringen.

Der Wächter führte ihn zu einer freien Wandnische und streckte die Arme aus, um das Behältnis mit Ashrans Asche in Empfang zu nehmen. Seine Hände waren mit einer feinen Schicht durchscheinender Schuppen bedeckt. Qaydar reichte ihm die Urne und der Wächter stellte sie an ihren Platz. Der Erzmagier sprach einen Schutzzauber. Das Gefäß leuchtete kurz bläulich auf, bevor es wieder sein normales Aussehen annahm. Einen Augenblick verharrten die beiden schweigend.

»Sind wir fertig?«, fragte der Wächter.

»Noch nicht«, antwortete Qaydar. »Du musst mir einige Fragen beantworten.«

Sein Gegenüber lachte bitter. »Was kann ich schon wissen, wo ich diese Räume doch so lange nicht verlasssen habe?«

»Dinge, die hier geschehen sind« – Qaydar machte eine Pause – »vor gut zwanzig Jahren.«

Der Wächter erwiderte nichts, drehte sich um und wollte auf die Tür zusteuern. Qaydar hielt ihn am Arm zurück. »Warte!

Damals suchte dich ein junger Zauberer namens Ashran auf, nicht wahr? Wie ist er hereingekommen?«

»Das weiß ich nicht. Es ist euch Magiern überlassen, diesen Ort zu schützen und den Zugang zu regeln. Seit ich hier bin, ist es jedenfalls nur mächtigen Zauberern gelungen, die Pforten zu passieren.«

Qaydar überlegte. »Nun gut«, erwiderte er. »Es ist unwahrscheinlich, dass Ashran die Existenz dieses Ortes in Erfahrung gebracht hat, und noch unwahrscheinlicher, dass er den Eingang ausfindig gemacht hat … aber es ist nicht völlig ausgeschlossen. Was hat er zu dir gesagt? Hat er dich um Asche für eine Anrufung gebeten?«

»Wozu sonst kommen die Magier hierher?«

»Welchen Zauberer hat er angerufen? Weißt du das noch, Wächter?«

Das Geschöpf erschauerte. »Das könnte ich nie vergessen«, antwortete es. »Er bat mich, den größten Zauberer aller Zeiten anzurufen, meinen Herrn und Gebieter Talmannon. Noch nie hatte es jemand gewagt, mich um etwas Derartiges zu bitten. Niemand hätte den Mut gehabt, seine Asche zu entweihen.«

»Dann hast du es ihm abgeschlagen?«

Der Wächter sah zu ihm auf. »Ich habe mich dazzzu bereit erklärt. Aber ich habe ihm nicht erlaubt, die Urne mitzunehmen, nicht einmal ein Säckchen mit Asche. Wir haben die Anrufung hier durchgeführt.«

Entgeistert wich Qaydar einen Schritt zurück. »Du hast zugelassen, dass er Talmannon anruft? Warum?«

»Warum rufen die Zauberer jemanden an, der vor langer Zeit gestorben ist? Um Fragen zu stellen. Um Dinge in Erfahrung zu bringen. Nichts von dem, was eure toten Zauberer zu sagen haben, interessiert mich im Mindesten. Aber mein Gebieter … ich musste ihn fragen … ich wollte wissen …«

»Was denn?«, fragte Qaydar ungeduldig.

Der Wächter riss sich die Kapuze vom Kopf. »Dasss hier will ich wissen! Ob es zu etwas gut ist! Ob mein Leben irgendeinen Sinn hat! Wie lange … ich noch in der Dunkelheit ausharren muss … als Einziger … als Ssscheusssal!«

Qaydar verschlug es vor Entsetzen die Sprache. Der Wächter war kein Szish, aber er war auch kein Mensch. Er war vielleicht der einzige Schlangenmensch von Idhún, der diesen Namen wirklich verdiente. Sein Gesicht erinnerte mehr an einen Menschen als an ein Reptil und er hatte Augen mit Iris, Pupillen und einem Widerschein von menschlichen Gefühlen. Doch seine gesamte Haut war mit einer feinen Schuppenschicht bedeckt und Qaydar wusste, dass sich unter seiner Tunika ein geringelter Schwanz verbarg, so wie bei allen Szish.

»›Laublüter‹ pflegte er mich zu nennen«, sprach der Wächter weiter und diesmal sah Qaydar deutlich, dass seine Zunge eine kleine Kerbe aufwies, sie war nicht wirklich gespalten, aber auch nicht ganz rund. »Er war stolz auf mich, sagte, mir gehöre die Zukunft. Aber für den Rest der Welt war ich nur eine Missgeburt, ein Ungeheuer. Um mich vor den anderen zu schützen, machte mein Gebieter mich unsterblich. Nichts und niemand sollte mir etwas anhaben können, nicht einmal die Zeit … Ich würde ewig leben … bis zu dem Tag, an dem es auf Idhún weitere Geschöpfe wie mich geben würde. Aber jetzt warte ich seit mehr als zweitausend Jahren und hier tauchen nach wie vor nur warmblütige Magier auf.«

Qaydar fiel ein, was er über Kirtash wusste: dass Ashran ihn erschaffen hatte, indem er die Seele eines Menschen mit der eines Sheks verschmolzen hatte. Hatte Talmannon schon vor Jahrhunderten Ähnliches getan? »Du wolltest ihn fragen, warum er dich erschaffen hat, nicht wahr?«

»Erschaffen? Mich?« Der Mischling lachte freudlos. »Ich bin keins seiner Geschöpfe. Ich bin ein Kind der Liebe zwischen einer menschlichen Zauberin und einem Szish-Kapitän. Ich kam auf natürliche Weise zur Welt und der Gebieter hat mich adoptiert.«

»Liebe?«, wiederholte Qaydar und verzog vor Abscheu unwillkürlich das Gesicht. »Zwischen einer Menschenfrau und einer Schlange?« Wieder dachte er an Kirtash … und an Victoria.

»Ich bin weder der Gewalt noch der Leidenschaft einer Nacht entsprungen«, erklärte der Wächter weiter. »Meine Eltern liebten sich. Wir waren eine Familie. Aber jetzt ist niemand mehr übrig. Weder mein Vater noch meine Mutter noch der Gebieter sind hier. Als Ashran mir sagte, er wolle Talmannon anrufen, musste ich unbedingt dabei sssein. Um ihn zu bitten, die Gabe, die er mir gewährt hatte, zurückzunehmen und mir zu erlauben zu sterben.«

»Dann habt ihr also Talmannon angerufen. Was hat Ashran ihn gefragt?«

»Das weiß ich nicht mehr. Nachdem ich mit meinem Gebieter gesprochen hatte, ging ich aus dem Raum und ließ sie allein.«

»Warum? Was hat er zu dir gesagt?«

Es dauerte ein wenig, bis der Wächter antwortete. »Er sagte, er hätte nicht mehr die Macht, mir die Gabe zu nehmen. Er hätte diese Macht eingebüßt, als er seinen Körper verließ. Und nur jemand mit derselben Macht könne mir meinen Wunsch erfüllen.«

Qaydar sah ihn lange an. »Ashran ist es vor fast zwanzig Jahren gelungen, diese Macht zu erringen«, erklärte er sanft.

Der Halbszish neigte den Kopf. »Er hatte versprochen wiederzukommen. Und jetzt ist er tot«, schloss er.

»Tut mir leid«, sagte Qaydar. »Vielleicht hat der siebte Gott andere Pläne mit dir.«

»Wenn es so issst, dann hat er sie mir nicht mitgeteilt.« Der Mischling zog sich die Kapuze wieder über den Kopf, wandte sich ab und setzte seinen Weg zur Tür fort.

In diesem Moment bebte der Boden ein wenig, doch Qaydar maß dem keine Bedeutung bei. »Warte, Wächter«, rief er. »Ich bin noch nicht fertig. Ich möchte eine Anrufung durchführen.« Er sah den Halbzish an. »Ich möchte Talmannon anrufen. Ich brauche etwas von seiner Asche.«

Der Wächter schüttelte den Kopf. »Nein, Erzmagier. Die Überreste des Gebieters bleiben dort, wo sie sind. Ich werde sie niemandem mehr überlassen.«

Qaydar runzelte die Stirn. »Wie willst du mich daran hindern, die Urne mitzunehmen?«

»Indem ich sie mit meinem Leben schütze. Und wie du weißt, ist mein Leben etwas, das mir niemand nehmen kann. Nicht einmal du.«

Der Boden bebte erneut, diesmal heftiger. Beide blickten sich unruhig um. »Offenbar ein Erdbeben«, sagte Qaydar. Er hatte noch nicht zu Ende gesprochen, als die nächste Erschütterung der ganzen Höhle einen Laut entlockte, der an das Gähnen eines Titanen erinnerte. Beide, Mischling und Zauberer, verloren das Gleichgewicht und stürzten zu Boden.

»Etwas kommt auf uns zu«, sagte der Wächter nervös.

Der Erzmagier rappelte sich auf. Von der Decke lösten sich kleine Felsbrocken. »Wir müssen hinaus!«, drängte Qaydar, aber der Halbszish sah ihn nur verwirrt an.

Ein weiterer Erdstoß, noch heftiger als die vorhergehenden, spaltete eine der Wände, sodass eine Urne zu Boden fiel. Der Schutzzauber verhinderte, dass sie zerbrach, aber das Geräusch rüttelte den Wächter auf und er fuhr erschrocken herum. Erneut schienen die Eingeweide der Erde zu ächzen, als erwachten sie aus einem Schlaf von Millionen von Jahren. Qaydar brach der Schweiß aus. Er hatte in den letzten Monaten zu oft mit Shail gesprochen, um nicht zu begreifen, was los war. »Steh auf!«, schrie er den Wächter an. »Die ganze Höhle wird einstürzen!«

Der Mischling starrte ihn entgeistert an. »Das kann nicht sein. Deine Magie …«

»Meine Magie kann nichts gegen das ausrichten, was auf uns zukommt! Steh auf, wir müssen fort!«

Der Wächter schüttelte den Kopf. »Ich kann nicht … ich kann nicht … der Gebieter … die Urnen …« Er sprang auf und lief ungeachtet des Erdbebens tiefer in die Höhle hinein.

Qaydar verwünschte ihn innerlich, doch da kam er schon zurück, eine Urne an die Brust gedrückt, als wäre sie sein kostbarster Besitz – Talmannons Asche.

Ein neuer Erdstoß löste mehrere Felsbrocken von der Decke. Qaydar zog den Wächter hinter sich her aus dem Reliquiensaal. Vor ihnen lag der lange Tunnel, dessen Wände zum Teil schon eingestürzt waren. »Ich werde uns beide ins Freie teletransportieren«, rief er.

Der Halbszish sah ihn erschrocken an. »Ins … Freie? In die Sonnen?« Er begann zu zittern.

»Du musst hinaus!«, schrie Qaydar. »Wenn du hierbleibst, werden die Felsbrocken dich begraben! Nicht einmal du wirst die Nähe eines der Sechs überleben können, fürchte ich!«

Plötzlich hellte ein breites Lächeln das Gesicht des Wächters auf. Er hielt Qaydar die Urne hin. »Hier«, sagte er, »nimm sie mit. Das ist das Einzzzige, was ich von diesem Ort retten will.«

Bedrückt griff der Erzmagier nach dem Gefäß. »Du kannst doch nicht hierbleiben!«

Der Wächter schüttelte den Kopf. »Führ die Anrufung durch, wenn du willst. Sag dem Gebieter, ich hoffe ihn bald wiederzusehen. Und vernichte danach den Rest seiner Asche, damit niemand ihn noch einmal stört.« Er machte kehrt und lief wieder in den Reliquiensaal.

Einer der Bögen, die die Decke abstützten, hatte Risse bekommen und brach mit Getöse zusammen. Das Schicksal des Wächters war für immer besiegelt. Betroffen führte Qaydar den Teletransportationszauber aus, die Urne mit Talmannons Asche unter dem Arm.

Irials Nähe ließ Victorias möglichen Verrat vorübergehend in Vergessenheit geraten: Es gab jede Menge zu tun und viele andere Probleme zu lösen. Das Dringendste war die Versorgung all derjenigen, die im künstlichen Dämmerlicht der Stadt Zuflucht suchten. Bald bestätigten Boten Victorias Angaben über Alis Lithban, sie berichteten vom Einsturz des Berges Lunn und dass Karevan sich langsam auf die Gebirgskette von Nandelt zubewegte. Wenn er seine Richtung nicht änderte, würden die Riesen erneut aufbrechen müssen. Die Boten sprachen auch von Überschwemmungen in Raden und den anderen Aufenthaltsorten der Götter. Allerdings hatten sie noch keine Nachricht von Zyklonen, Wirbelstürmen oder orkanartigen Winden erhalten. Wo mochte Yohavir stecken?

Unterdessen schufen die Magier überall Schutzglocken. Nur Qaydar fehlte. Niemand wusste, wohin er gegangen war oder wann er zurückkehren würde, aber in der allgemeinen Geschäftigkeit machte sich niemand darüber Gedanken. Die bevorstehende Schlacht gegen Gerde wurde bis auf Weiteres verschoben. Alle suchten fieberhaft nach einer Lösung und die Priester hielten endlose Versammlungen ab, in denen sie zum ersten Mal über theologische Dogmen debattierten, die seit Jahrtausenden unangetastet geblieben waren.

Als Ha-Din mit offensichtlich schrecklichen Kopfschmerzen aus einer seiner Versammlungen mit Gaedalu und anderen

Priesterinnen und Priestern kam, traf er Jack auf dem Flur an. Er bat Jack, ihn auf die Zinnen zu begleiten. »Diese Konzile sind äußerst langwierig«, meinte der Ehrwürdige erschöpft. »Und ganz gleich, wie heftig wir debattieren, wir werden immer zu denselben Schlüssen gelangen, fürchte ich: dass wir keinen blassen Schimmer haben, was los ist. Doch nicht darüber wollte ich mit dir sprechen. Als Victoria Kirtash aus dem Verlies holte, um ihm das Leben zu retten, bat ich sie, mehr über diesen Gegenstand herauszufinden, den die ehrwürdige Mutter aus den Tiefen des Meeres geholt hat und der zugleich das Tier in Alsan zu unterdrücken und einen Shek zu unterjochen vermag. Ich hatte noch keine Gelegenheit, mit ihr zu sprechen. Weißt du etwas davon?«

Jack erzählte Ha-Din, wie die Götter sich vor Tausenden von Jahren des Teils ihrer selbst, der sie gegeneinander aufbrachte, entledigt hatten, all des Destruktiven, das auch zu jedem Schöpfungsprozess gehört.

»Sie sperrten ihn in einen Felsen«, fuhr Jack fort. »Dieses steinerne Gefängnis war dazu ausersehen, ihre chaotische, zerstörerische Seite zu unterdrücken, das, woraus der Siebte besteht und was auch bei den Sheks Pate gestanden hat. Aus diesem Grund stößt der Stein sie ab und blockiert ihre Sinne. Aber er unterdrückt auch alles, was vom Wesen her chaotisch und zerstörerisch ist. Deshalb hat er das Tier in Alsan zurückgedrängt.«

»Aber er hat es nicht vernichtet«, merkte Ha-Din an.

»Ich glaube nicht, dass es vernichtet werden kann, ehrwürdiger Vater. Der Geist des Wolfs ist bereits Teil von Alsan. Ihn zu entfernen würde bedeuten, seine Seele zu zerreißen. Ihm blieb nichts anderes übrig, als ihn zurückzudrängen, ihn in sich einzusperren. Das könnte bei Alsan gut funktionieren, weil seine beiden Seelen nicht harmonisch in ihm zusammenleben, sondern ständig um die Vorherrschaft kämpfen. Aber in Kirtashs Fall wäre es beinahe tödlich ausgegangen, denn bei ihm sind der Mensch und der Shek miteinander verschmolzen.«

»Es mag seltsam erscheinen«, sagte Ha-Din, »aber seit Alsan dieses Armband trägt, habe ich das Gefühl, er ist zu einem noch schrecklicheren Ungeheuer geworden als das, was er zu vernichten versucht. Er hat alles Wilde und Ungebändigte in sich getilgt. Das bringt ihn dazu, in seiner Umgebung Ordnung schaffen zu wollen, damit alles den bestehenden Regeln folgt. Er kämpft mit allen Kräften gegen das Chaos, und zwar aus demselben Grund, aus dem unsere Götter sich von dieser dunklen Seite befreien wollten – ohne zu merken, dass sie dabei genau das reproduzieren, was ihnen so sehr missfällt.«

»Es ist ein Teufelskreis«, fasste Jack zusammen.

»Ja«, pflichtete Ha-Din bei, »und das bringt mich zu der Annahme, dass man diese dunkle Seite nicht so leicht loswird. Ich bezweifle nicht, dass dein Freund Alsan glaubt, das Richtige zu tun. Er ist ein Nurgon-Ritter, er wurde zum Kämpfen erzogen, er kennt nichts anderes. Er braucht einen äußeren Feind, gegen den er sein gerechtigkeitsliebendes Schwert schwingen kann. Wenn man ihm erklärt, dass die Schlangen gar nicht so böse sind, kann er dem keinen Glauben schenken, denn dann müsste er einsehen, dass sein Lebensentwurf verfehlt ist.«

»Aber er hat dieses Chaos doch am eigenen Leib erlebt. Er war selbst einmal einem zerstörerischen Geschöpf ausgeliefert und eine Zeit lang hat er es sogar akzeptiert, glaube ich.«

»Das hasst er an sich selbst am meisten: dass er zu einem der Geschöpfe geworden ist, die zu bekämpfen er sich geschworen hat. Und weil er ein Opfer des Chaos war, wird er es jetzt suchen und dagegen angehen, wo immer es anzutreffen ist. Sogar bei einer jungen Frau, die er früher geschätzt hat.«

Jack schluckte. »Genau darüber wollte ich mit Euch sprechen. Er hat Victoria aufwachsen sehen, hat sie zusammen mit Aile und Shail erzogen und war zu ihr wie ein großer Bruder. Er wäre nicht imstande, ihr oder ihrem Kind etwas zu tun, nicht wahr?«

Ha-Din wiegte den Kopf und auf seine Miene legte sich ein Schatten des Zweifels. »Für Männer mit Idealen, die über allen Menschen stehen, sogar über ihnen selbst, sind Bindungen nicht so wichtig wie die Pflicht. Ich bezweifle nicht, dass es ihn schmerzen wird, Victoria anzugreifen, aber er wird es tun, wenn er glaubt, dazu verpflichtet zu sein.«

Jack neigte den Kopf. »Aber wenn es ein Band aufrichtiger Liebe zwischen Victoria und mir gäbe, würde er ihr vielleicht mehr vertrauen, oder?«

Ha-Din sah ihn an. »Soll ich dir sagen, ob ein Band zwischen euch beiden besteht?«

Jack schüttelte den Kopf. »Nicht nötig. Das ist mir mittlerweile klar. Allerdings wüsste ich gern, warum Victoria ihre Verbindung mit mir nicht segnen lassen will. Was hindert sie daran? Es ist in ihrem eigenen Interesse, dass die Zeremonie durchgeführt wird, öffentlich oder privat, das ist mir egal. Aber ich muss sie vor Alsan schützen. Sie und mein Kind.«

Ha-Din lächelte. »Ich kann erkennen, was die Personen empfinden, Jack, nicht, was sie denken.«

In dem Moment trat Alsan auf die Zinnen hinaus. »Ehrwürdiger«, grüßte er. »Jack, ich habe dich gesucht. Ich muss mit dir reden.«

»Und ich muss zu meiner Versammlung zurück«, seufzte Ha-Din. »Wir sehen uns beim Abendessen.«

Die beiden warteten, bis der Himmelblaue gegangen war. »Ich wollte dich nach den Drachen fragen«, sagte Alsan dann, »die du in Kash-Tar suchen wolltest.«

»Sie wurden in einen blutigen Krieg gegen den örtlichen

Shek-Führer verwickelt und haben nicht die geringste Absicht zurückzukommen.«

Alsan runzelte die Stirn. »Aber du hast sie zurückbeordert, oder? Warum haben sie dir nicht gehorcht?«

»Waren sie etwa verpflichtet, mir zu gehorchen?«, fragte Jack verblüfft.

»Selbstverständlich! Jack, verstehst du es denn immer noch nicht? Du bist der letzte Drache. In nicht allzu ferner Zukunft, wenn wir alle Schlangen beseitigt haben, wirst du über alle Völker Idhúns herrschen.«

Jack starrte ihn an. »Was? Bist du verrückt geworden?«

»Nein. Du bist derjenige, der seinen Verstand nicht gebraucht. Wie lange willst du dich noch deiner Verantwortung entziehen?«

Jack lachte ungläubig auf. »Dafür haben wir Kopf und Kragen riskiert? Wir haben einen Diktator besiegt, damit du einen anderen an seine Stelle setzt?«

»Wie kannst du unterstellen, es wäre dasselbe? Du bist ein Drache und Ashran war die Verkörperung des Siebten!« Jack hatte es die Sprache verschlagen. Alsan nutzte sein Schweigen, um hinzuzufügen: »Verstehst du jetzt, warum es so wichtig ist, dass du deinen Umgang mit den Schlangen einstellst? Das gehört sich nicht für den zukünftigen Herrscher Idhúns! Ich habe Victoria zu erklären versucht, dass ihre Beziehung zu Kirtash ein Fehler war, dass sie nicht angemessen war. Ich habe gehofft, du würdest sie zur Vernunft bringen, sie dazu überreden, den Shek zu vergessen und sich endlich auf ein richtiges Band einzulassen. Aber dazu müsstest du …«

»Warte«, unterbrach Jack mit belegter Stimme. »Hast du ›ein richtiges Band‹ gesagt?«

»Ein Band zwischen denen, die die Kaiser von Idhún werden sollten, Jack«, antwortete Alsan feierlich.

Aber Jack hörte gar nicht zu. »Jetzt verstehe ich«, sagte er nur, drehte sich um, rannte in den Palast hinein und ließ Alsan einfach stehen.

Nach dem Abendessen trat Zaisei auf Ha-Din zu. »Ehrwürdiger Vater, ich brauche Euren Rat, wenn Ihr einen Moment Zeit habt.«

Ha-Din hielt inne. »Ich höre.«

Zaisei ließ Ha-Din ihre Besorgnis, Zweifel und Schuldgefühle aufnehmen. »Es ist nicht recht, wenn ein Priester sich weigert, eine Verbindung zu segnen, oder?«

»Wenn kein Band besteht …«

»Ich meine die Art von Verbindung, in der das Band über jeden Zweifel erhaben ist«, stellte Zaisei klar.

»Ich nehme an«, erwiderte Ha-Din vorsichtig, »wenn der Priester sich weigert, hat er seine Gründe. Was für Gründe könnten das sein? Dass die Verbindung nicht passend oder inakzeptabel ist?«

Zaisei schüttelte den Kopf. »Die Vorurteile des Priesters sind nie ein Grund, ein bestehendes Band nicht zu segnen, Vater. Selbst wenn er nicht recht wüsste, welche Götter er genau um den Segen bitten sollte«, fügte sie ein wenig leiser hinzu. »Aber was wäre, wenn er sich von einem der beiden bedroht fühlen würde?«

»Der Priester ist ein Himmelblauer, zweifellos würde er die Gründe dafür verstehen.«

»Es könnte schwierig sein, sich in den Betreffenden hineinzuversetzen«, erwiderte Zaisei. »Und was ist, wenn es nicht um das Paar geht, sondern um einen Angehörigen, den der Priester nicht kennt?«

Ha-Din lächelte. »Komm zur Sache, Zaisei. Es ist sehr kompliziert, so zu tun, als handelte es sich hier um ein abstraktes theologisches Problem.« Er senkte die Stimme. »Ich weiß, dass Kirtash viele offene Rechnungen hat und sein Vater noch mehr …«

»Ich meine nicht seinen Vater, sondern seine Mutter, Ehrwürdiger.«

Es trat ein kurzes Schweigen ein. »Was hat Gaedalu dir erzählt?«, wollte Ha-Din wissen.

Zaisei flüsterte fast. »Dass Kirtashs Mutter meine vergiftet hat. Ich weiß, es sollte mir nichts ausmachen, und wenn seine Gefühle aufrichtig sind, dürften meine nicht …«

»Warte«, bremste Ha-Din sie. »Das stimmt so nicht.«

Zaisei starrte ihn mit weit aufgerissenen Augen an. »Kanntet Ihr …?«, begann sie. »Dann hat die ehrwürdige Mutter mich angelogen?«

»Nur teilweise.« Ha-Din blinzelte. »Ja, Zaisei, ich kannte deine Mutter, wenn auch nur vom Sehen. Wir haben zusammen die erste Prophezeiung vernommen. Kirtashs Mutter war auch dabei. Ich habe sie einige Jahre später näher kennengelernt, nach der zweiten Prophezeiung und dem Tod deiner Mutter.«

»Stimmt es, dass Kirtashs Mutter sie vergiftet hat, um ihre Stelle im Orakelsaal einzunehmen?«

»Es stimmt, dass Manua die Stelle deiner Mutter im Orakelsaal einnehmen wollte, um eine Prophezeiung zu hören, in der es, wie sie ganz richtig glaubte, um ihr Kind gehen würde, den Jungen, den Ashran ihr entrissen hatte. Aber sie hatte nie die Absicht, deiner Mutter etwas zuleide zu tun. Nachdem sie festgenommen und eingesperrt wurde, besuchte ich sie. Ihr Schmerz und ihre Verwirrung waren echt. Sie hatte Kanei nicht töten wollen, sondern ihr nur ein Schlafmittel verabreicht. Die arme Frau hatte nicht bedacht, dass die Himmelblauen einen anderen Stoffwechsel haben als die Menschen. Die Dosis, die einen Menschen nur für mehrere Stunden in Tiefschlaf versetzt hätte, stellte sich für deine Mutter als tödlich heraus.«

Zaisei lehnte sich zitternd an die Wand, die Augen voller Tränen.

»Anders als Kirtash«, fuhr Ha-Din fort, »hatte seine Mutter nie die Absicht, jemandem etwas zuleide zu tun. Und ihre Liebe zu Ashran – zu der Person, die Ashran war, bevor er zu dem wurde, mit dem wir es dann zu tun bekamen – war aufrichtig. Ich habe sie aus dem Orakel geholt und einen abgelegenen Ort für sie gefunden, fern vom Blick Ashrans und einer Welt, die ihr auch nicht wohlgesinnt war. Ich weiß, dass sie dort viele Jahre unerkannt gelebt hat, bis Ashran eines Tages einen Trupp Szish schickte, um sie zu töten. Damals muss Kirtash fünfzehn oder sechzehn gewesen sein, wenn ich richtig gerechnet habe.«

Zaisei senkte den Kopf. »Weiß er das?«, fragte sie.

»Das bezweifle ich sehr«, antwortete Ha-Din freundlich. »Wir haben alle gesehen, was aus diesem Jungen im Laufe der Jahre geworden ist. Ashrans Erziehung hätte nicht so gut angeschlagen, wenn die Erinnerung an seine Mutter auch nur den geringsten Einfluss auf ihn gehabt hätte.«

Zaisei verharrte lange Zeit schweigend. Dann hob sie den Kopf und sagte: »Vielen Dank, Vater. Danke, dass Ihr meinen Geist vom Nebel befreit habt.«

»Nein«, widersprach Christian. »Kommt nicht infrage.«

»Aber Christian«, protestierte Jack, »was hast du dagegen? Es bleibt ganz unter uns, wir werden nur zu viert sein und der Rest der Welt wird nichts davon erfahren.«

»Mir braucht keiner von euren Priestern etwas zu bestätigen, das für mich offensichtlich ist«, wandte der Shek ein.

Jack holte tief Luft und wappnete sich mit Geduld. Victoria

hatte Christian telepathisch ausgerichtet, Jack wolle an diesem Abend mit ihm sprechen. Eigentlich war der Shek schon im Aufbruch begriffen und verschob seine Rückkehr in die Feuergipfel nur für dieses Treffen. »Alsan traut ihr nicht über den Weg«, erklärte Jack. »Seit sie mit dir geflüchtet ist, ist er überzeugt, sie wäre eine Art Spion für die Sheks. Aber mir trauen sie noch. Wenn sie sehen, dass ein aufrichtiges Band zwischen uns beiden besteht …«

»Das hat doch nichts mit mir zu tun. Ihr braucht meine Erlaubnis nicht, um eure Verbindung segnen zu lassen, oder wie auch immer man dazu sagt.«

»Es hat sehr wohl mit dir zu tun, Christian. Denn Victoria will nicht, dass die Feier unserer Verbindung dazu benutzt wird, um der Welt einzureden, sie würde dich nicht lieben. Sie will damit nicht länger hinter dem Berg halten. Sie ist stolz, dich zu lieben. Es bestehen Bande, Christian. Ein Band zwischen ihr und mir und eines zwischen dir und ihr. Beide sind ihr gleich wichtig, deshalb wird sie nicht akzeptieren, dass die Priester ihre Verbindung mit mir segnen und die mit dir nicht. Sie hat alles aufs Spiel gesetzt, als sie dich aus dieser Zelle geholt hat und mit dir geflohen ist. Weil sie ihre Gefühle für dich mit Zähnen und Klauen verteidigt. Das kann sich sehr zu ihrem Nachteil auswirken. Mehr, als du denkst.«

Christian überlegte. »Und wäre es nicht schlimmer für sie, wenn bekannt würde, dass sie tatsächlich eine ernsthafte Beziehung zu mir hat?«

»Vielleicht. Aber das ist ihr egal. Wir haben sie zu schützen versucht, du, indem du dich von ihr ferngehalten hast, ich, indem ich so getan habe, als wäre ich davon überzeugt, dass ihr Kind von mir ist, aber darum geht es ihr nicht. Sie will nicht, dass wir sie beschützen, sie will für sich selbst entscheiden. Und sie hat beschlossen, nicht weiter Theater zu spielen. Sie liebt dich, Christian, und es ist ihr egal, was die Leute dazu sagen. Sie ist bereit, die Konsequenzen zu tragen.«

Als Christian stumm blieb, stellte Jack klar: »Ich bitte dich ja nicht darum, an einer öffentlichen Zeremonie teilzunehmen, das wäre Selbstmord. Alsan und Gaedalu wären zweifellos begeistert über eine weitere Gelegenheit, dich dingfest zu machen. Ich meine etwas Intimeres. Sie und du, ein Priester und ein Zeuge. Ich habe nichts dagegen, dieser Zeuge zu sein, und Zaisei hat schon eingewilligt, die Zeremonie abzuhalten. Das wird Victoria genügen. Von ihr aus muss nicht die ganze Welt erfahren, was ihr füreinander empfindet, sondern nur die Götter, zumindest symbolisch.«

Christians Augen funkelten seltsam. »Die Götter also?«, fragte er, überlegte kurz und fügte dann hinzu: »Das letzte Einhorn wagt es, den Sechs die Stirn zu bieten, es klagt sein Recht ein, zu lieben, wen es will, und verlangt, dass ihre Liebe zu einem bösen Shek geduldet wird, der außerdem der Sohn einer Inkarnation des siebten Gottes ist. Wie ärgerlich für die Warmblüter.«

Jack sah ihn an. »Christian, du willst doch nicht etwa …«

Der Shek lächelte ein wenig finster. »Einverstanden«, sagte er. »Nenn mir einen Tag, eine Uhrzeit und einen Ort und ich werde da sein.«

Qaydar stellte das Gefäß auf den Tisch und sah Alsan lange an. »Hier ist sie«, sagte er feierlich. »Talmannons Asche.«

Der König von Vanissar runzelte die Stirn. »Es fällt mir schwer zu glauben, dass der Magierorden etwas so Abartiges aufbewahrt. Bei euch Zauberern ist wohl alles möglich, was?«

»Das Erste, was wir unseren Lehrlingen beibringen«, erwiderte der Erzmagier, »ist, dass alles auf der Welt wertfrei ist, weder gut noch schlecht. Es kommt nur darauf an, wozu man es benutzt. Genau wie die Magie«, fügte er nach einer Pause hinzu.

Alsan neigte den Kopf. »Ihr meint also wirklich, dass die Asche, mit der Ashran den siebten Gott nach Idhún zurückholte, etwas Neutrales ist?«

»Ja. Denn mit derselben Asche können wir eine Verbindung zu den Sechs herstellen und ihnen mitteilen, wo sich eben dieser siebte Gott aufhält. Für jeden Zauber gibt es einen Gegenzauber, Majestät. In diesem Fall allerdings nur«, fügte er mit einem Seufzer hinzu, »wenn ich irgendeinen persönlichen Gegenstand Talmannons beschaffen könnte. Deshalb ist der Inhalt dieses Gefäßes im Grunde nutzlos.«

Nachdenklich strich Alsan sich übers Kinn. »Vielleicht nicht«, sagte er. »Wenn ich Euch einen Gegenstand von Talmannon besorge, könntet Ihr seinen Geist dann wirklich anrufen?«

»Das könnte ich«, bestätigte Qaydar.

Alsan lächelte. Er wollte noch etwas bemerken, als plötzlich die Tür aufschwang und Jack eintrat. »Alsan, hier bist du! Ich habe dich gesucht.« Er bemerkte den Erzmagier und grüßte ihn mit einem Lächeln. »Wann bist du zurückgekommen, Qaydar? Shail hat nach dir gefragt …«

»Jack«, unterbrach Alsan. »Du solltest anklopfen, bevor du hereinkommst.«

»Ich weiß, tut mir leid«, erwiderte dieser. »Ich wollte euch nur zur Segnung der Verbindung einladen.«

Alsan hob eine Augenbraue. »Von wem?«

Jack lächelte breit. »Was soll das heißen – von wem? Von Victoria und mir natürlich. Ha-Din wird sie abhalten, und zwar morgen Mittag.«

Alsan zuckte zusammen. »Morgen! Aber das muss organisiert werden …!«

»Es gibt nichts zu organisieren«, beruhigte ihn Jack. »Halb

Vanissar hält sich in der Hauptstadt auf. Gib bekannt, dass Pasteten verteilt werden, dann kommen alle, du wirst schon sehen«, scherzte er. »Nein, im Ernst. Es ist kein guter Moment für ein großes Fest, ich weiß. Aber immerhin sind viele Würdenträger anwesend: Die Kirchenoberhäupter sind hier, sogar der Erzmagier kann dabei sein. Wir werden allen beweisen, dass zwischen uns beiden ein Band besteht, und das wird ihnen in diesen turbulenten Zeiten Vertrauen und Sicherheit geben. Ist es nicht das, was du wolltest?«

Alsan schüttelte den Kopf. »Sie ist doch mit dem Shek geflohen«, rief er ihm in Erinnerung.

»Weil ihr auch an ihm etwas liegt, Alsan, mehr als du wahrhaben willst. Aber das tut ihren Gefühlen für mich keinen Abbruch. Wenn sie mich wirklich liebt, wird sie mich nicht verraten und sich auch nicht gegen mich wenden. Würde dir das nicht genügen?«

Alsan war immer noch verblüfft. »Doch, ich glaube schon. Aber ... wenn Ha-Din eingewilligt hat ... bedeutet das ...«

»... er hält die Liebe zwischen beiden für echt«, beendete Qaydar mit einem Lächeln den Satz.

»Ich habe dir doch gesagt, dass ein Band besteht, Alsan. Du wolltest mir nicht glauben, aber ab morgen sind deine Zweifel ausgeräumt.«

Alsan schloss kurz die Augen. »Den Göttern sei Dank«, erwiderte er.

Jack lächelte. »Ich wusste, dass du dich über die Nachricht freuen würdest«, bemerkte er ein wenig sarkastisch.

Einer nach dem anderen kehrten die Sheks durch das Tor zurück. Eissesh war der Letzte. Gerde wartete noch ein wenig, aber die Szish tauchten nicht auf.

Sie sind alle tot, meldete Eissesh. *Wir glauben, dass es am Was-*

ser lag. Es ist uns auch nicht gut bekommen, aber für sie war es tödlich.

»Das Wasser!«, wiederholte Gerde aufgebracht. »Es sind tausend Dinge, so viele Kleinigkeiten!«

Dieser ganze Plan ist irrsinnig, befand Eissesh. *Auf den ersten Blick schien es eine gute Idee, aber im Grunde ist es eine Falle. Wir könnten seit Wochen weit weg von hier sein, stattdessen hältst du dich mit diesem Mammutprojekt auf und zwingst uns alle zum Warten. Irgendwann ist es zu spät. Ich frage mich, ob der Zwitter nicht von Anfang an darauf spekuliert hat.* Die übrigen Sheks zischten zustimmend.

»Willst du etwa andeuten, Kirtash könnte mich hinters Licht führen?«, fragte sie gefährlich gelassen.

Es wäre nicht das erste Mal, antwortete Eissesh.

Gerde fixierte ihn. Die große Schlange verengte die Augen. »Geht«, sagte die Fee schließlich mit einem Seufzer. »Ihr müsst euch ausruhen. Ich werde versuchen, das Problem mit dem Wasser zu regeln.«

Nacheinander schwangen sich die Sheks in die Luft und flogen davon. Nur Eissesh blieb noch.

Es ist ein schöner Traum, Gerde. Aber eben nur ein Traum. Seine schillernden Augen waren auf die Fee gerichtet. *Opfere uns nicht für ein Luftschloss.*

Gerde lächelte bitter, erwiderte jedoch nichts. Eissesh breitete die Flügel aus und erhob sich in die Luft. *Übrigens,* flüsterte er in ihrem Bewusstsein, bevor er sich entfernte, *fand ich es wirklich sehr schön.*

Gerde wartete, bis sie die Sheks aus den Augen verloren hatte, und machte dann mit einem Seufzer Anstalten, das Tor erneut zu passieren. Jemand hielt sie zurück. Gerde drehte sich um und begegnete Asshers Blick. »Probleme?«

»Lass mich mit dir gehen, Gebieterin«, bat der Szish.

Gerde schüttelte den Kopf. »Das ist keine gute Idee. Du bleibst hier und passt auf Saissh auf, so wie immer.«

»Aber deine Reisen sind gefährlich«, beharrte Assher. »Sie tun dir nicht gut, du kommst jedes Mal ausgelaugt und verwirrt zurück. Du könntest doch auch im Geist hinreisen, so wie wenn du in Trance fällst, das würde dir nicht so zusetzen. Wozu brauchst du eigentlich dieses Tor?«

Gerde seufzte, legte ihm die Hände auf die Schultern und erklärte geduldig: »Es gibt viele Welten, Assher, und sie sind weiter voneinander entfernt, als du dir vorstellen kannst. Jede einzelne dieser Welten hat mehrere Dimensionen, die sich überlagern. Die physische Dimension ist die, in der sich alle materiellen Wesen bewegen: Hier existierst du und alles, was man sehen und anfassen kann. Aber es gibt auch noch andere Dimensionen, nämlich die spirituelle, und darüber sogar noch eine – die der Götter. Dort haben sie sich bis vor Kurzem aufgehalten. Aber jetzt sind sie in die materielle Dimension herabgestiegen und treten als gewaltige Mächte in Erscheinung, mit denen es kein Sterblicher aufnehmen kann.«

»Das weiß ich«, bekräftigte Assher. »Und ich verstehe es auch.«

»In der Dimension der Gottheiten gibt es keine Entfernungen. Wenn ich in Trance falle, kann ich an jeden beliebigen Punkt des Universums gelangen. Aber nur auf seiner immateriellen Ebene. Um diese Welt auf der anderen Seite meines Tores zu verändern, muss ich mich körperlich hinbegeben. Und dazu brauche ich das Tor, denn damit bin ich in der Lage, die Barriere zwischen den Dimensionen zu überwinden und augenblicklich von einer Welt in die andere zu reisen. Früher besaßen auch Sheks, Einhörner und Drachen diese Macht und reisten relativ häufig zur als Erde bekannten Welt. Deren Bewohner erzählen sich noch Legenden um Einhörner und Drachen. Die Sheks waren offensichtlich erheblich diskreter.« Gerde lächelte. »Doch die Sechs haben die Verbindungen zwischen beiden Welten eingeschränkt. Aber das ist eine lange Geschichte«, fügte sie plötzlich gelangweilt hinzu, »und außerdem habe ich diese Einschränkungen nach Ashrans Tod aufgehoben. Nun steht es den Sheks frei, das Tor zur Erde zu passieren, ohne ihren Körper zu verlieren.«

»Warum brechen sie dann nicht auf?«, fragte Assher.

»Es sind noch ... Kleinigkeiten zu regeln.«

»Wie das Wasser«, erriet Assher.

Gerde lachte, als hätte er etwas sehr Lustiges gesagt. »Na ja, so ähnlich. Und jetzt geh nachsehen, was Saissh macht. Ich bin bald wieder da.«

Bevor der Szish sie aufhalten konnte, sprang die Fee ins Tor zwischen den Dimensionen.

Jack fand Victoria in ihrem Zimmer. Sie war nicht allein. Shail war bei ihr und auf dem Bett lag ein Mann, dessen Gesicht teilweise mit einem Verband bedeckt war. Er schien tief zu schlafen. Victoria saß neben ihm und hielt die Hände dicht über das Gesicht des Kranken, ohne es zu berühren. Von der Tür aus sah Jack zu. »Was macht sie da?«, fragte er Shail leise, der zu ihm getreten war. »Ich dachte, nicht einmal Qaydar kann etwas für diese Pechvögel tun.«

Shail zuckte die Achseln. »Qaydar ist kein Einhorn.«

»Trotzdem, welcher Zauber ist einem Erzmagier verwehrt und einem Einhorn nicht?«

»Es ist eigentlich kein Zauber. Sie stärkt nur die Selbstheilkräfte des Körpers. Wenn man dem Körper genügend Energie zur Verfügung stellt, wenn man ihn anregt, sich schneller zu regenerieren, kann theoretisch fast alles verheilen. Das Problem ist nur, dass die magische Energie der Zauberer begrenzt ist.

Auch bei Qaydar. Nur bei Victoria nicht, denn sie übermittelt nicht ihre eigene Magie, sondern die Energie der Welt, und die ist unerschöpflich. Wenn sie also lange genug Energie bündelt …«

»… könnte sie bewirken, dass seine Augen sich regenerieren?«

»Das ist ein langsamer, mühseliger Prozess. Aber Victoria glaubt, dass sie es schaffen kann.«

»Aber es gibt Dutzende von Betroffenen«, sagte Jack. »Es würde Jahre dauern, sie alle zu heilen.«

»Das macht nichts.« Victoria war aus ihrer tiefen Konzentration aufgetaucht. »Ich habe ja jede Menge freie Zeit. Alsan erlaubt mir nicht, diese Räume zu verlassen. Hast du nicht die Wachen im Flur gesehen?«

Jack erstarrte. »Was? Das kann er doch nicht machen! Ich habe ihm gesagt …«

»Du hast ihm gesagt, dass unsere Verbindung gesegnet wird«, unterbrach ihn Victoria und richtete den Blick wieder auf den Blinden. »Du hättest mich zuerst fragen können.«

Jack sah sie betreten an. »Deswegen bin ich hier. Ich hätte es dir so gern selbst gesagt. Wer hat es ausgeplaudert?«

»Ha-Din war vor einer Weile bei mir«, erwiderte Victoria. »Um eine Verbindung zu segnen, müssen beide einverstanden sein, und offenbar hast du ihm vergessen zu sagen, wie ich darüber denke.«

»Äh … ich lasse euch allein«, sagte Shail. Keiner von beiden achtete auf ihn, als er hinausging.

»Ich habe es nicht vergessen«, widersprach Jack ernst und setzte sich neben sie. »Was hat er dir sonst noch erzählt?«

»Dass die Zeremonie für morgen geplant ist.« Victoria sah besorgt zu ihm auf. »Jack, wie konntest du mir das antun? Hast du eine Ahnung, was es für mich bedeutet …«

»Ich weiß, nur die Ruhe.« Jack umarmte sie und einen Augenblick lang spürte er ebenfalls die Energie, die durch sie hindurchströmte. »Ich habe an alles gedacht. Alles in Ordnung.«

Victoria schüttelte den Kopf. »Nein, Jack, nichts ist in Ordnung. Du verstehst nicht …«

»Doch«, sagte er und strich ihr beruhigend übers Haar. »Ich verstehe alles ganz genau. Wirklich. Vertraust du mir?«

»Natürlich, Jack. Voll und ganz, das weißt du doch. Aber …«

»Ich verspreche dir, dass ich alles, was dir wichtig ist, genau bedacht habe und du es nicht bereuen wirst. Also … wärst du unter diesen Umständen bereit, morgen unsere Verbindung segnen zu lassen?«

Victoria sah ihn einen Moment voller Zweifel an. Dann nickte sie langsam. Jack war so glücklich und erleichtert, dass er sie fest umarmte und stürmisch küsste.

Mitten in der Nacht weckte Jack Victoria. Benommen schlug sie die Augen auf. »Was ist los?«

»Alles ist gut«, flüsterte er ihr ins Ohr. »Ich will dir etwas zeigen. Komm. Wir haben nicht viel Zeit.«

Als sie bereits nach dem Cape griff, das Jack ihr reichte, hielt sie inne. »Warte, ich kann hier nicht raus. Ich bin doch gefangen.«

»Ich habe die Wachen fortgeschickt«, erklärte er lächelnd. »Erst gestern hat mich Alsan ermuntert, Befehle zu erteilen, und ich fand es einen guten Moment, um damit anzufangen.« Er nahm sie an der Hand und zog sie in den Flur. »Mach keinen Lärm«, bat er, während sie zusammen durch den Palast liefen. »Es ist besser, wenn niemand etwas mitbekommt.«

»Wo gehen wir denn hin?«, fragte sie flüsternd.

Er lächelte sie geheimnisvoll an. »Das wirst du schon sehen.«

Als sie in den Hof hinaustraten, bemerkten sie, dass die

Nacht wieder so dunkel war wie sonst auch. »Das liegt daran, dass Qaydar zurück ist«, erklärte Jack leise. »Er hat die Schutzglocke der Magier verstärkt. Aber außerhalb der Stadtmauern ist es fast so hell, als wäre es Tag.«

Im Hof waren Leute und auf den Mauern patrouillierten Wachen und Soldaten, aber Jack schlich sich mit Victoria in den hinteren Teil des Palastes. Dort befanden sich nur die Ställe sowie ein aufgegebenes Gewächshaus.

»Das Gewächshaus von Königin Gainil«, flüsterte Jack. »Es wurde nach ihrem Tod vernachlässigt und ist ziemlich verwildert, aber ich glaube, es wird gehen.«

Die Tür gab ein Kreischen von sich, als Jack sie aufstieß. Sie gingen zwischen hohen Pflanzen und Blumen von betörender Schönheit bis zu einem Brunnen, dessen plätschernde Wasserfontänen in die Luft schossen. Neben Zaisei wartete dort auch Shail auf sie.

»Ich wollte sie um diese Zeit nicht allein hinausgehen lassen«, erklärte er angesichts von Jacks vorwurfsvollem Blick, »und habe sie quasi gezwungen, mir zu sagen, wo sie hinwill. Tut mir leid, wenn ich mich einmische. Zur Entschädigung habe ich den Brunnen mit meiner Magie wieder in Gang gebracht«, fügte er hinzu. »Er ist seit Jahren kaputt und ich fand …«

»Moment mal«, unterbrach Victoria. »Kann mir jemand erklären, was hier eigentlich los ist?«

Zaisei reagierte verblüfft. »Was, du weißt gar nicht Bescheid? Ich werde eure Verbindung segnen! Natürlich nur, wenn du einverstanden bist. Oh, ich hätte zuerst mit dir reden sollen, aber Jack hat mir versichert, dass …«

»Ist die Zeremonie nicht morgen?«, fragte Victoria ungeduldig.

Jack wandte verlegen den Blick ab. »Nein, eigentlich nicht …«

»Sie weiß nicht einmal …« Zaisei war völlig verwirrt.

»Es sollte eine Überraschung werden …«, begann Jack, verstummte jedoch plötzlich.

Victorias Herz machte einen Satz. Shail und Zaisei bemerkten zunächst nicht, dass es ein wenig kühler geworden war, aber sogleich sahen sie eine elegante Gestalt aus der Dunkelheit des Gewächshauses auf sie zukommen.

Jack hielt Victoria an den Schultern fest und schob sie sanft nach vorn. »Zaisei wird deine Verbindung mit Christian segnen«, flüsterte er ihr ins Ohr. »Natürlich nur, wenn du einverstanden bist. Und morgen findet dann unsere Zeremonie statt. Meinst du nicht, so ist es besser?«

»Meine Verbindung mit Christian?«, wiederholte sie. Plötzlich wirkte sie ein wenig verschüchtert. »Und was sagt er dazu?«

»Wenn er nicht einverstanden wäre, wäre er heute Nacht nicht hergekommen«, antwortete Christian ruhig.

Die beiden sahen sich an. Victoria wusste nicht, was sie sagen sollte, und Jack hätte geschworen, dass sogar der Shek ein wenig verlegen war.

»Und du, Victoria?«, fragte Zaisei behutsam. »Bist du einverstanden?«

Victoria wandte sich Jack zu und sah ihn verunsichert an.

»Morgen bin ich dran«, rief er ihr lächelnd in Erinnerung.

Victoria antwortete mit einem glücklichen Lächeln und drehte sich dann zu Christian um. »Ja, ich bin einverstanden«, antwortete sie.

Zaisei trat neben sie. »Fangen wir an«, sagte sie. »Es handelt sich um eine ganz schlichte Zeremonie, aber die Vorbereitungen sind notwendig, damit ihr euch entspannt und eure wahren Gefühle in Fluss kommen. Fasst euch an den Händen.«

Christian ergriff Victorias Hände. Sie erschauerte und hob den Kopf, um ihn ein wenig scheu anzusehen.

»Nennt eure Namen«, forderte Zaisei sie auf.

»Ich heiße Kirtash«, sagte Christian. »Manche nennen mich auch Christian.«

»Ich bin Victoria d'Ascoli«, erklärte sie. »Ich bin auch als Lunnaris bekannt.«

»Wie lange kennt ihr euch schon?«

Victoria runzelte die Stirn und versuchte nachzurechnen, wie viele Jahre seither vergangen waren. Aber Christian kam ihr zuvor: »Sechs Jahre«, antwortete er gelassen.

Sie sah ihn überrascht an. »So viele?«

»Ich habe dich zum ersten Mal in der Schweiz gesehen«, antwortete er. »Da warst du zehn oder elf. Du warst mit deiner Großmutter in einem Kurort.«

Victoria erinnerte sich, wie sie sich im Wald verfolgt gefühlt hatte. »Aber damals warst du für mich nur ein Schatten«, gab sie zu bedenken.

»Dann vier Jahre. Seit dem Tag, als wir uns in der U-Bahn gesehen haben.« Die Erinnerung an jede ihrer Begegnungen stand ihm kristallklar vor Augen.

»Was ist an diesem Tag geschehen?«, fragte Zaisei.

Victoria musste schlucken. »Damals waren wir Feinde«, erzählte sie. »Er war ausgebildet worden, um alle Mitglieder der Verschwörung aufzuspüren und zu töten. Insbesondere den Drachen und das Einhorn. An diesem Tag hat er mich gefunden. Er verfolgte mich, aber ich konnte entkommen. Da sahen wir uns zum ersten Mal in die Augen. Und ich dachte ... ich weiß nicht, was ich dachte«, schloss sie ein wenig befangen. Sie erinnerte sich vage, dass sie sich Kirtash anders vorgestellt hatte und etwas an ihm auf beunruhigende, mysteriöse Weise anziehend fand.

»Ich weiß genau, was ich dachte«, erklärte Christian da halblaut. »Ich dachte: *Ein Jammer, dass sie sterben muss.*«

Es trat überraschtes Schweigen ein. »Ist das wahr?«, fragte Victoria schließlich schüchtern.

Der Shek nickte. »Das weiß ich noch«, antwortete er, »weil ich diesen Gedanken zum allerersten Mal hatte. Das hat mich ziemlich beunruhigt.«

Die beiden tauschten einen tiefen Blick. Zaisei nahm ihre Erinnerungen und Gefühle dieser ersten Zeit auf. Dann fragte sie freundlich: »Seit wann seid ihr ein Paar?«

Victoria schloss einen Moment die Augen und erlebte noch einmal jenen elektrisierenden ersten Kuss. Sie erinnerte sich an ihr heimliches Treffen, den Dolch, die Bitten und die Drohungen … Für ein erstes Rendezvous war es ziemlich sonderbar gewesen, aber ihre ganze Beziehung war ja ziemlich sonderbar. Diesmal übernahm sie die Antwort: »Seit etwa zwei Jahren.«

»Und würdet ihr gern noch länger zusammenbleiben?«

Christians Augen waren auf Victoria geheftet, ein eindringlicher, forschender Blick. Sie spürte, wie die Schüchternheit sie wieder überfiel, gab sich jedoch einen Ruck und flüsterte: »Ja.«

»Aber es gab bestimmt auch schwierige Momente, nicht wahr?«, fragte Zaisei sanft.

Ja, es hatte sogar sehr schwierige Momente gegeben. Sie schossen Victoria durch den Sinn, alle gleichzeitig, wie eine Zusammenballung dunkler Gewitterwolken. »Allerdings«, räumte sie ein.

»Und du willst trotz allem mit ihm zusammenbleiben?«

Victoria seufzte. »Ja«, antwortete sie, diesmal lauter.

Zaisei wandte sich Christian zu. »Und du … Christian?«, fragte sie.

Der Shek antwortete nicht sofort, sondern ließ den Blick fest auf Victoria ruhen. Die Sekunden, die er stumm blieb, kamen ihr ewig vor. »Ja«, sagte er schließlich.

Zaisei machte einen Schritt zurück und musterte beide, wie

sie sich ansahen und dabei an der Hand hielten. Es fiel ihr nicht schwer, das Gefühl zwischen ihnen aufzuspüren. Sie lächelte. »Es besteht ein Band zwischen euch«, erklärte sie. »Ein schönes, starkes, aufrichtiges Band. Das entnehme ich nicht nur euren Worten, sondern auch euren Gefühlen. Ich bezeuge vor den Göttern, dass ihr euch liebt, und bitte die Sechs ... die Sieben«, korrigierte sie sich errötend, das Wort kam ihr allerdings nicht leicht über die Lippen. »Ich bitte sie, euch mit ihrem Segen zu überschütten, damit euer Band von Dauer sein und euch beide glücklich machen möge.«

Victoria blinzelte, vor Rührung waren ihr Tränen in die Augen getreten. Christian hob eine Hand, um ihr über die Wange zu streichen. Victorias Herz begann heftiger zu schlagen, weil sie dachte, er würde sie vor Jack, Shail und Zaisei küssen. Aber dann wandte Christian sich abrupt der Himmelblauen zu und fixierte sie mit seinem eisblauen Blick. »Es besteht ein Band zwischen uns, nicht wahr?«, fragte er, ohne die Stimme zu heben.

Zaisei zögerte. »Das ... habe ich doch gerade gesagt.«

Christian zog Victoria an sich und legte ihr den Arm um die Taille. »Ein Band zwischen einem Einhorn und einem Shek«, sagte er. »Zwischen dem Lieblingsgeschöpf der Sechs und einem Sohn des Siebten. Und dieses Band existiert wirklich?«

Zaisei vermochte nicht zu antworten. Der stechende Blick des Sheks ließ sie vor Entsetzen zittern. »Es reicht«, mischte Jack sich ein. »Ich glaube nicht, dass es nötig ist ...«

»Existiert es wirklich?«, beharrte der Shek.

Trotz ihrer Gänsehaut hob Zaisei den Kopf. »Ja, es existiert wirklich«, antwortete sie.

Christian lächelte. Es war kein angenehmes Lächeln. »Gut«, erwiderte er. »Dann fordere ich deine Götter dazu heraus, das Gegenteil zu beweisen und mir den Teil von Victorias Herz zu entreißen, der mir gehört.«

Es herrschte entsetztes Schweigen. »Ich … äh …«, stammelte Zaisei.

Schließlich schien Christian sich ein wenig zu entspannen. »Sag das deinen Göttern, Himmelblaue«, forderte er sie auf. »Sag ihnen, dass ein Band existiert.« Er schloss die Augen und umarmte Victoria. Einen Moment lang wirkte er müde und niedergeschlagen. Victoria schlang dem Shek den Arm um die Taille und bettete mit einem Seufzer den Kopf an seine Brust.

»Also …«, sagte Zaisei. »Ich nehme an, wir können die Zeremonie für beendet erklären. Glückwunsch euch beiden.«

Victoria machte die Augen auf. »Danke, dass du unsere Verbindung gesegnet hast, Zaisei«, erwiderte sie. »Ich weiß, dass es dir nicht leichtgefallen ist.« In ihren Augen lag jedoch eine Spur von Traurigkeit.

Ganz in der Nähe hatten sich drei Gestalten um eine große Schale mit Wasser geschart, auf dessen Oberfläche sich das widerspiegelte, was gerade im Gewächshaus geschah. Alsan beobachtete finster, wie Christian und Victoria noch Arm in Arm vor Zaisei standen. Er hatte jedes einzelne ihrer Worte gehört.

Die Arroganz dieses Sheks kennt keine Grenzen, sagte Gaedalu verdrossen.

»Habt Ihr das genehmigt, ehrwürdige Mutter?«, fragte Alsan angespannt.

Natürlich nicht.

»Diese Zeremonie wurde von Eurer Schülerin durchgeführt. Und sie hat den Siebten Gott erwähnt, wir haben es alle gehört.«

Organisiert wurde diese Zeremonie von Eurem Schüler, Majestät, versetzte Gaedalu trocken. *Von dem Drachen, der Eure Heere in die Schlacht gegen die Sheks führen sollte. Und einer Eurer Magier,* fügte sie hinzu und wandte sich zu Qaydar um, *ist auch anwesend. Er hat Zaisei verführt und sie mit den Verbündeten des Siebten in Verbindung gebracht.*

»Das sollte Grund genug sein, sie als Verräter festzunehmen, alle vier«, sagte Alsan, »denn offenbar hat die faule Frucht den ganzen Baum verdorben. Und nebenbei sollten wir diesen verfluchten Shek töten. Das letzte Mal ist er uns durch die Lappen gegangen, aber das wird nicht noch einmal vorkommen.«

Das will ich hoffen, fauchte Gaedalu. *Wie kann es überhaupt sein, dass er noch am Leben ist?*

»Bestimmt hat Gerde nachgeholfen«, antwortete Alsan. »Ich glaube, wir waren zu großzügig mit ihnen. Ich werde sie augenblicklich festnehmen lassen.«

»Wartet«, bremste Qaydar ihn. »Der ehrwürdige Vater wollte morgen die Verbindung zwischen Jack und Victoria segnen, nicht wahr?«

»Zaisei hat gerade eine andere Verbindung gesegnet – eine ungeheuerliche, gotteslästerliche Verbindung. Danach liegt für mich auf der Hand, dass die Sache morgen nur eine Farce sein wird.«

»Und wenn es zwei Bande geben sollte?«

Alsan warf ihm einen fragenden Blick zu. »Ist das möglich?«

Was Bande angeht, so gibt es für die Himmelblauen nichts Unmögliches, das behaupten sie zumindest, räumte Gaedalu widerwillig ein.

Versonnen runzelte Alsan die Stirn. »Wir werden bis morgen warten«, entschied er. »Wenn wir jetzt eingreifen, verlieren wir Jack endgültig, aber wenn wir bis zur Zeremonie warten und Ha-Din verkündet, dass kein echtes Band besteht, zumindest auf ihrer Seite, können wir ihn noch für unsere Sache gewinnen.«

Und was geschieht, wenn der ehrwürdige Vater ihre Verbindung trotz allem segnet?

Alsan schwieg lange. »Unsere Leute sollen es miterleben, das wird ihnen Mut machen, gegen den Feind zu kämpfen«, erklärte er schließlich. »Wenn Victoria dann in der Schlacht fällt – oder irgendwie sonst ums Leben kommt –, werden alle sie als Heldin in Erinnerung behalten. Das ist mehr, als sie verdient hat. Lieber ehrenvoll sterben als wie eine Verräterin leben.«

Qaydar wich einen Schritt zurück. »Ich kann nicht glauben, dass Ihr ernsthaft …«

In Alsans dunklen Augen spiegelte sich eine unergründliche Ruhe. »Ich habe nur laut gedacht, Erzmagier«, sagte er.

Trotz allem besteht nach wie vor die Möglichkeit, dass Jack der Vater ihres Kindes ist, mischte Gaedalu sich ein. *Würdet Ihr das Risiko eingehen, dass das letzte Einhorn stirbt, in der Schlacht oder sonst wie, ohne dass es sein Erbe weitergegeben hat? Würdet Ihr auch Jacks Kind opfern?*

Alsan warf ihr einen kurzen Blick zu. »Würdet Ihr das Risiko eingehen, dass sie das Kind eines Sheks zur Welt bringt? Kirtashs Kind?«

Gaedalu erschauerte sichtlich und wandte den Blick ab.

Der Erzmagier schüttelte den Kopf. »Das kann ich nicht zulassen. Zum Wohle der Magie werde ich Victoria schützen …«

»Wenn es mehr Einhörner gäbe«, unterbrach Alsan, »reine Einhörner, die nichts mit den Sheks zu tun haben, die ihrer Aufgabe nachkommen, statt mit dem Feind anzubändeln, wäre Victoria dann für den Magierorden noch genauso wichtig?«

Qaydar starrte ihn an. »Seid Ihr so sicher, dass die Götter meine Bitte erhören werden?«

»Sie sind seit Monaten auf der Suche nach dem Siebten. Wenn wir ihnen sagen, wo er sich befindet, werden sie dankbar sein …«

Falls die Götter so etwas den Sterblichen gegenüber überhaupt empfinden können, gab Gaedalu zu bedenken.

»Wenn es ihr Wille ist, dass die Magie fortbesteht, werden sie Qaydars Bitte erfüllen. Außerdem sind sie bestimmt nicht erfreut, wenn sie erfahren, dass ihre Auserwählte mittlerweile in die Reihen des Siebten gewechselt hat. Sie werden uns einen Ersatz schicken, jemanden, der die Magie gewähren kann, jemanden, dem wir vertrauen können.«

Qaydar war nicht recht überzeugt. »Ihr scheint sehr sicher zu sein, dass wir mit den Göttern sprechen können«, bemerkte er. »Mir wäre es hingegen lieber, Victoria und ihrem Kind nichts zu tun, bis die ganze Sache geklärt ist. Ich habe Aile versprochen, mich um sie zu kümmern. Das war ihr letzter Wunsch, bevor sie in Awa ihr Leben gegeben hat, um uns alle zu retten.«

»Ja«, knurrte Alsan. »Aile hat sich für uns alle geopfert und so dankt ihr Schützling es ihr – indem er uns verrät.«

Qaydar war unbehaglich zumute. »Vielleicht hat sie uns ja gar nicht verraten …«, begann er, aber Alsan fragte mit strengem Blick: »Sagt Euch das Wort ›Shiskatchegg‹ etwas, Erzmagier?«

Qaydar sah ihn argwöhnisch an, erwiderte jedoch nichts.

»So nennt Victoria den Ring, den sie am Finger trägt«, fügte Alsan hinzu. »Den Ring, den Kirtash ihr geschenkt hat.«

Der Erzmagier wirkte entsetzt. Er schüttelte den Kopf. »Das muss ein Irrtum sein«, sagte er, blass geworden.

»Vielleicht. Aber wenn nicht, wäre ein für alle Mal bewiesen, dass wir Victoria nicht mehr vertrauen können. Und außerdem hätten wir dann den Schlüssel zur Lösung des ganzen Problems …«

12

Die Anrufung

Sie tauchte wie eine Fata Morgana in der flirrenden Wüste auf und schritt barfuß über den glühend heißen Sand, ohne dass die extreme Temperatur ihrer zarten olivgrünen Haut im Geringsten anzusehen war. Das konnte ihr keine Fee nachmachen. So fern von jedem Wald würde jede andere in der endlosen Weite der Wüste zugrunde gehen.

Sussh hatte auf einem Hügel Zuflucht gesucht und seinen riesigen Leib so geschickt hinter den Felsen versteckt, dass er praktisch unsichtbar war. Doch Gerde kam geradewegs auf ihn zu, ohne zu zögern. Als sie endlich vor ihm stand, sahen beide sich einen Moment an – der alte, in tausend Schlachten gestählte Shek, und die Fee, die vom Tod auferstanden war. Sie ergriff zuerst das Wort: »Du machst dich rar, Sussh.«

Die gespaltene Zunge der großen Schlange glitt durch die Luft. *Dachtest du vielleicht, du findest mich in Kosh?*

»Jeder andere hätte erwartet, dich in Kosh zu finden. Ich nicht. Ich wusste, dass du hier bist.«

Sussh erwiderte nichts, sondern legte den Kopf auf seinem zusammengerollten Leib ab und starrte zum Fuß des Hügels. Dort hatte sich eine große Gruppe gebildet. Die meisten waren Yan, was man daran erkennen konnte, dass sie kopflos hin und her rannten, außerstande, auch nur einen Moment untätig zu sein. Sie sprachen schnell, gestikulierten viel und konnten es offensichtlich kaum erwarten, in Aktion zu treten. Aber es waren auch Menschen unter ihnen, die von der Begeisterung der Yan angesteckt zu sein schienen, denn sie unterhielten sich lautstark und trugen ihren Teil zu dem chaotischen Gewimmel bei.

Gerde seufzte in sich hinein. Fast alle Völker von Idhún begnügten sich mit ihrem angestammten Terrain, nur die Menschen nicht. Die Menschen waren überall.

An diesen Menschen und Yan im Besonderen fiel auf, wie zerlumpt sie herumliefen. Einige hatten sich um zwei Männer geschart, die neben ihrem Drachen standen. Diese hatten sich zum Ausruhen in den Sand gelegt und ihre Schuppen funkelten in der Sonne.

»Ahnen sie nicht, dass du sie ausspionierst?«

Das sind Warmblüter, versetzte Sussh, als erklärte das alles. *Sie halten uns für ahnungslos, aber wir sind über all ihre Bewegungen auf dem Laufenden. Sie sind dabei, alle Wüstenstämme zusammenzutrommeln und in den angrenzenden Städten Verbündete zu rekrutieren. Jetzt sind es genug für einen Angriff auf Kosh, also schlagen sie morgen los.*

»So bald schon? Ohne sich einen Plan zu überlegen?«

Es sind Yan, rief Sussh ihr in Erinnerung.

Gerde wiegte den Kopf. »Warum machst du dir so viel Mühe mit ihnen? Warum kämpfst du so hartnäckig um dieses Stück Wüste?« Sussh zischte sanft, antwortete jedoch nicht. »Wir sind bereit zum Aufbruch«, sprach Gerde weiter. »Ich bin dabei, das Tor zwischen den Dimensionen zu vergrößern, damit unsere Reise beginnen kann …«

Unser Exil, berichtigte Sussh.

Gerde sah ihn an. »Das glaubst du also? Dass sie uns vertreiben?«

Die Schlange bedachte sie mit einem langen Lächeln. *Ist es etwa nicht so?*

Gerde zuckte die Achseln. »Nein. Wir könnten bleiben und bis zum Ende kämpfen, aber das wäre Zeitverschwendung. Es wäre unlogisch und unvernünftig, Sussh, das weißt du.«

Mag sein. Aber sag mir, Fee, gibt es Drachen an dem Ort, an den du uns führen willst?

»Nein«, räumte Gerde ein. »Aber hier auch nicht.«

Es gibt die Apparate der Warmblüter. Ein blasser Abklatsch der Drachen von früher, ein armseliger Ersatz, um unseren unbefriedigten Hass anzustacheln. Aber das ist besser als nichts.

»Du willst weiterkämpfen? Ist das alles, was du von der Zukunft erwartest?«

Sussh fixierte sie. *Genau das hast* du *doch von uns gewollt, oder etwa nicht?*, fragte er.

Gerde deutete ein Lächeln an. »Das hast du gewusst?«

Müde schloss Sussh die Augen. *Ich habe es mir gedacht.*

»Dann ist dir bestimmt auch klar, dass du keine andere Wahl hast, als uns ins Exil zu folgen.«

Nein, erwiderte Sussh. *Wir Sheks wurden geschaffen, um bis in alle Ewigkeit gegen die Drachen zu kämpfen. Wenn du gewollt hättest, dass wir das Kämpfen irgendwann einstellen, hättest du uns den Hass und den Instinkt ersparen sollen. Solange ich den Drang habe, gegen einen Drachen zu kämpfen, und sei es gegen einen künstlichen, bleibe ich dort, wo es Drachen gibt, und gehorche damit dem Befehl, den mein Gott unserer Rasse erteilt hat. Wir Sheks wurden für den Krieg geschaffen.*

»Du wirst nicht hier sein wollen, wenn die Sechs kommen.«

Nur wenn du den Hass aus unserem Blut tilgst, konterte Sussh.

Gerde lachte. »Nun ja. Dann lass mich dir die Arbeit abnehmen. Wenn keine Feinde mehr übrig sind, gegen die ihr kämpfen könnt, überlegst du es dir vielleicht anders.« Sie hob nur einmal die Hand. Die Landschaft schien sich einen Moment lang zu wellen, als erschauere sie. Kurz darauf zerbarsten alle Rebellen und die künstlichen Drachen in Myriaden von Staubkörnern, die in den Wüstensand sanken.

Wenn Sussh beeindruckt war, zeigte er es nicht. *Das war nur eine kleine Gruppe*, bemerkte er, *es gibt noch viele andere.*

Die Fee zuckte die Achseln. »Ich könnte sie alle vernichten«, erwiderte sie, »aber ich habe Wichtigeres zu tun. Außerdem ging es mir nicht darum, sie dir vom Hals zu schaffen, Sussh. Ich bin der Meinung, auch du hättest Wichtigeres zu tun. Das wirst du verstehen, sobald hier jemand auftaucht, der weit mächtiger und gefährlicher ist als ein Trupp Warmblüter.«

Der Shek verengte die Augen. *Ich kenne die Gerüchte um das Phänomen, das die Wüste versengt.*

»Es sind weit mehr als Gerüchte«, widersprach Gerde lachend. »Davon kannst du dich bald selbst überzeugen. Er hat meine Fingerübung mit Sicherheit schon registriert und wird nicht auf sich warten lassen.«

Hast du etwa die Absicht, gegen ihn anzutreten?

»Nein, das weißt du doch. Deshalb habe ich ja ein Tor in die Freiheit geöffnet.«

Freiheit?, fragte Sussh. *Nicht, solange ich dem Instinkt gehorchen muss. Bring mich in eine Welt mit Drachen oder nimm mir den Hass, dann folge ich dir.* Er sah sie mit glitzernden Augen an. *Die Wüste bekommt dir nicht*, stellte er fest.

Gerdes Haut sah tatsächlich welker aus. Der stählerne Glanz ihrer Augen schien schwächer zu werden. »Wie du siehst«, erwiderte sie schlicht, »müssen wir alle mit Dingen fertig werden, gegen die wir nichts ausrichten können. Das ist der Nachteil, wenn man einen Körper hat, findest du nicht?«

Sussh antwortete nicht. Er schloss müde die Augen. Als er sie wieder aufmachte, war Gerde bereits verschwunden.

Victoria hielt das lange, blaue Kleid hoch, musterte es kritisch, sah dann an sich hinunter und seufzte.

»Dieses Kleid hat meiner Mutter gehört«, ließ sich von der Tür her eine Stimme vernehmen. »Sie trug es an dem Tag, als die Priester ihre Verbindung mit meinem Vater segneten.«

Victoria wandte sich zu Alsan um. Der König von Vanissar lehnte ungeniert am Türrahmen, obwohl sie noch die leichte Tunika trug, in der sie immer schlief. »Das wurde mir schon gesagt«, erwiderte sie. »Ich danke dir sehr dafür, aber ich fürchte, ich werde es heute nicht tragen können, es ist mir zu eng.«

Alsan zuckte die Achseln. »Vor ein paar Tagen hätte es dir noch gepasst«, gab er zurück. »Wie kommt's?«

Victoria freute sich, dass Alsan offenbar endlich gesprächsbereit war. »Ich bin Wina zu nahe gekommen. Du weißt ja, diese Göttin bringt alles Lebendige zum Wachsen.«

Alsan sah sie verwundert an. »Und was wäre geschehen, wenn du ihr *noch* näher gekommen wärst?«, wollte er wissen.

Victoria lief es kalt über den Rücken. »Daran will ich lieber gar nicht denken.«

Sie sah den Inhalt einer Truhe durch, die in einer Ecke des Raumes stand. Fast nichts davon gehörte wirklich ihr. Auf ihre erste Reise nach Idhún hatte sie nur das Nötigste mitgenommen und beim zweiten Mal, mit Christian, hatte sie sich auch nicht die Mühe gemacht, einen Koffer zu packen. Die Kleidung, die sie auf der Erde getragen hatte, passte nicht hierher. Nun hielt sie eine weite, weiße Tunika hoch und betrachtete sie prüfend. Nicht gerade reizvoll, aber sie würde ihr zumindest passen. »Wenn ich doch nur Zeit gehabt hätte, mir ein passendes Kleid zu besorgen«, sagte sie.

»Liegt dir wirklich etwas daran?«

Alsans Stimme von der Tür her ließ sie zusammenzucken. Bei seinem Blick wurde ihr ganz unbehaglich zumute. »Nicht besonders viel. Ich meine, ich hätte es gern gehabt, wenn heute alles wunderschön und perfekt gewesen wäre. Aber ich glaube, im Grunde kommt es nicht darauf an, denn an diesen Tag werde ich so oder so für den Rest meines Lebens voller Liebe denken.«

Alsan ließ sich mit seiner Erwiderung Zeit. »Ihr wart beide fast noch Kinder, als wir euch in Limbhad aufgenommen haben«, sagte er schließlich halblaut. »Ich weiß noch, dass ich manchmal dachte, ihr würdet ein gutes Paar abgeben. Und als sich herausstellte, wer ihr wirklich wart, wusste ich, das kann nur ein Zeichen der Götter sein: der letzte Drache und das letzte Einhorn in menschlichen Körpern inkarniert, einem männlichen und einem weiblichen. Es war klar, was sie wollten: dass ihr ein Paar werdet und Nachkommen zeugt, Kinder, die einen Teil eurer Anlagen erben würden. Und ich träumte von dem Tag, an dem dieser göttliche Plan in Erfüllung gehen würde, dem Tag, an dem wir die Schlangen ein für alle Mal besiegt hätten und Idhúns Befreiung mit der prachtvollsten, strahlendsten Verbindungszeremonie aller Zeiten feiern würden. Ich hätte euch voller Stolz vor den Altar geführt, Victoria. Es wäre auch für mich der glücklichste Tag meines Lebens gewesen. Wie gerne hätte ich mit der Zeremonie bis zu unserem Triumph gewartet. Das wäre ideal gewesen, meinst du nicht?«

Victoria wandte den Blick ab und begann die Kleider zusammenzulegen.

»Wir hätten gewartet, wenn ich dir hätte trauen können«, fuhr Alsan trocken fort. »Wenn du durch deine unrühmliche Beziehung zu einem Shek nicht die Absichten der Götter durchkreuzt hättest.«

Gelassen räumte Victoria die Kleider in die Truhe.

»Von wem ist das Kind, das du erwartest, Victoria?«, fragte Alsan unumwunden.

Sie hob den Kopf. »Ich weiß es nicht«, antwortete sie freimütig. »Es kann von Jack sein oder auch von Christian. Ich weiß, du hasst mich dafür, aber mir ist egal, wer von beiden der Vater ist.«

Alsans Nägel bohrten sich in den Türrahmen. Das war seine einzige Äußerung von Zorn. »Es sollte dir aber nicht egal sein. Ist dir klar, dass du möglicherweise Ashrans Enkel zur Welt bringst?«

Victoria lächelte ein wenig bitter. »Ja, es ist grotesk«, gab sie zu.

»Es ist weit mehr als grotesk. Hast du einen blassen Schimmer, was das für alle bedeuten würde?«

»Ich kann es mir denken. Hör zu, ich weiß, dass ich dich enttäuscht habe, dass ich deine Erwartungen nicht erfüllt habe. Du kannst mich dafür hassen, dass ich einen Shek liebe, dass ich nicht die Rolle spiele, die du für mich vorgesehen hattest, aber es gibt drei Dinge, die du wissen solltest und die dir klar sein sollten, ganz gleich, was geschieht. Erstens tut es mir aufrichtig leid, nicht so zu sein, wie du es von mir erwartet hast. Du hast recht, es wäre so schön und perfekt gewesen, wenn diese Geschichte nur von Guten und Bösen handeln würde und wenn das Mädchen und der Junge die böse Schlange umgebracht und die Welt gerettet hätten und dann bis an ihr Lebensende glücklich gewesen wären. Dann wäre alles unendlich viel einfacher und bequemer gewesen. Du kannst dir nicht vorstellen, wie oft ich mir das gewünscht habe. Aber die Dinge sind nun einmal nicht so und sind es auch nie gewesen.«

Alsan sah sie stumm an, fast ohne sie wahrzunehmen.

»Zweitens sollst du wissen«, sprach Victoria weiter, »dass ich mein Kind verteidigen und es mit meinem Leben schützen werde, ob es dir passt oder nicht. Ich weiß, alle werden erleichtert sein, wenn es sich als Jacks Kind herausstellt, aber wenn es das nicht ist, werde ich mich seiner nicht schämen und es schon gar nicht verstoßen. Mach dir also nicht die Mühe, mich darum zu bitten.«

Alsan verengte die Augen, blieb jedoch weiterhin stumm.

»Und als Letztes«, fuhr Victoria fort, »möchte ich dich bitten, mir zu glauben, dass ich Jack von Herzen liebe, dass ich aufrichtig in ihn verliebt bin und dass ich ihn in dieser Hinsicht nie angelogen oder hinters Licht geführt habe. Ich weiß, du magst ihn sehr und befürchtest, ich könnte ihm wehtun. Diese Beziehung ist manchmal schmerzhaft, das stimmt, aber nicht nur für ihn. Ich spiele nicht mit seinen Gefühlen und wecke keine falschen Hoffnungen in ihm. Es ist wahr, dass ich ihn liebe. Ich würde ohne zu zögern mein Leben für ihn geben.«

Alsan durchbohrte sie mit dem Blick. Dann wanderten seine Augen langsam zu dem Ring, der an ihrem Finger funkelte. »Wirst du den in der Zeremonie tragen?«, fragte er sie kühl.

Victoria sah den Ring an. Sie hatte nicht die Absicht, ihn abzulegen, verstand jedoch, dass Alsan das nicht passend fand. Da fiel ihr ein, dass sie bei der Segnung ihrer Verbindung mit Christian Jacks Anhänger getragen hatte und dass der Shek dem nicht die geringste Bedeutung beigemessen hatte. »Ja«, antwortete sie nur.

Alsan erwiderte nichts. Er sah sie nur noch einmal an, als wäre sie kein Mensch, sondern ein Fleck, den man entfernen musste, weil er einen sauberen, makellosen Boden verdirbt. Schließlich wandte er sich zum Gehen.

»Tut mir leid«, sagte Victoria und meinte es auch so. Es tat ihr für Alsan leid, auch wenn sie ihre Entscheidungen nicht bereute.

Der König von Vanissar neigte den Kopf. »Ich werde dafür sorgen, dass du ein Kleid bekommst, das dir passt«, sagte er kühl, bevor er den Raum verließ.

Die Zeremonie würde im Palasthof stattfinden, wo Alsan sich vor Kurzem der Prüfung des dreifachen Vollmonds unterzogen hatte. Die Stühle waren wieder fast genauso aufgestellt worden, nur dass statt des Throns mit Ketten nun ein kleiner sechseckiger Altar dastand. Der Boden war mit weißen Blumen übersät und kleine, bunte Funken, die herumtanzten wie Glühwürmchen, lockerten die Atmosphäre auf. Diese kleinen Details waren ein Geschenk von Shail.

Victoria und Jack standen noch unter dem Eingangsportal und scheuten sich, in den Hof hinauszutreten. Dort befanden sich hohe Persönlichkeiten wie Gaedalu, Qaydar, Covan und weitere Ritter und Adlige aus Vanissar, ihre Freunde Alsan, Shail und Zaisei sowie viele Unbekannte. »Dafür, dass die Feier so kurzfristig bekannt gegeben wurde«, sagte Jack plötzlich nervös, »sind viele Leute gekommen, findest du nicht?«

»Ein Hoch auf unseren hervorragenden Organisator«, erwiderte sie bedrückt. Jack sah sie an und bemerkte, dass sie zitterte wie ein Pudding.

»Hast du Angst? Das brauchst du nicht, schließlich hast du hierin mehr Übung als ich«, scherzte er.

»Die Feier heute Nacht war völlig anders«, widersprach Victoria. »Außerdem ist es trotzdem etwas Neues für mich.« Sie lächelte. »Mit dir ist es das erste Mal. Und ich ...« Sie musste schlucken und wurde ein wenig rot. »Ich freue mich wirklich sehr darüber.«

»Ich mich auch«, versicherte Jack bewegt. »Auch wenn mir ein kleinerer Rahmen lieber gewesen wäre.« Er räusperte sich. »Da ist noch etwas, das ich dir sagen wollte«, flüsterte er. »Auch wenn es nicht besonders wichtig ist.«

»Was denn?«

»Gestern Nacht, während eurer Zeremonie, hast du deinen Namen genannt. Den Namen, den du auf der Erde hattest.

Victoria d'Ascoli. Für mich bist du immer einfach Victoria gewesen.«

Sie lächelte. »Worauf willst du hinaus?«

Jack sah sie ernst an. »Weißt du eigentlich, wie ich heiße? Kennst du meinen Nachnamen?«

Victoria machte den Mund auf, schloss ihn jedoch sofort wieder und schüttelte den Kopf. Jack grinste. »Ich heiße Jakob Redfield.« Er lachte, als er ihr verblüfftes Gesicht sah. »Jakob ist ein dänischer Name, den hat mir meine Mutter gegeben. Aber mein Vater war Engländer und hat mich einfach Jack genannt.«

»Jakob Redfield«, wiederholte Victoria leise. »Hört sich seltsam an. Es ist, als würdest du über eine andere Person sprechen.«

Jack lächelte breit. »Eben. Deshalb dachte ich, du solltest meinen Namen kennen, bevor ich ihn vor dem Priester ausspreche und du aus allen Wolken fällst.«

»Eigentlich ist es nicht so wichtig«, befand Victoria. »Letzten Endes ist es nur ein Name, oder?« Sie lachte. »Außerdem heiße ich auf dem Papier zwar Victoria d'Ascoli, aber meine Eltern hießen anders. Ich bin adoptiert, weißt du?«

»Victoria d'Ascoli klingt sehr schön«, bemerkte Jack. »Elegant.«

»Meine Großmutter war immer sehr elegant«, erwiderte Victoria lächelnd. »Wenn sie doch heute nur hier sein könnte«, fügte sie mit belegter Stimme hinzu.

Jack ergriff tröstend ihre Hände und sah sie liebevoll an. »Du bist heute wunderschön.«

Victoria raffte verlegen den Saum ihres Kleides. Es hatte eine hohe Taille, direkt unter der Brust lag es an und fiel dann locker über den Bauch. Die unterste Stofflage war weiß, über Rücken und Taille schwangen zarte Schleier aus grüner Gaze, und feine

Silberstickereien zierten den Saum. Das Haar fiel ihr offen über die Schultern.

Jack musste sie immerzu ansehen und sie versank in seinem Blick. Einen Moment lang schien das ganze Universum um sie herum stillzustehen. »Ich liebe dich«, sagte er und küsste sie zärtlich.

»Ich dich auch«, flüsterte sie zitternd und ließ den Kopf an seine Schulter sinken.

Er lächelte, als er sich zart von ihr löste. »Alle sollen es erfahren«, erklärte er. »Bist du bereit?«

Victoria nickte. Jack ließ eine Hand auf ihren Bauch gleiten. »Und du, Kleiner? Fertig?« Ein energischer Fußtritt schien die Antwort zu sein. Jack nahm Victoria an der Hand. Beide holten tief Luft und traten in den Hof hinaus.

Als ihre Anwesenheit bemerkt wurde, wandten alle sich ihnen zu. Jack hob selbstbewusst den Kopf. Gemeinsam schritten sie zum Altar, wo Ha-Din sie erwartete. »Willkommen«, sagte der ehrwürdige Vater lächelnd. »Ich freue mich, euch wieder zusammen zu sehen. Die Segnung der Verbindung«, fuhr er fort, »ist für das Paar und alle, die ihm nahestehen, ein Grund zur Freude. Sie dient dazu, allen mitzuteilen, dass ihr etwas füreinander empfindet, ein echtes, tragfähiges Band, das von Dauer sein und euch beiden Frieden und Glück bescheren möge. Das Band ist Teil eurer selbst. Es ist etwas Privates und wir Priester können es nicht stiften oder lösen, wir können nur bezeugen, dass es existiert … oder auch nicht. Euer Fall ist besonders. Soweit man weiß, hat es nie zuvor ein Band zwischen einem Drachen und einem Einhorn gegeben. Fest steht aber auch, dass es nie zuvor Drachen und Einhörner mit menschlichen Körpern und Seelen gegeben hat. Aus diesem Grund ist eure Beziehung so wichtig für alle. Ihr seid das Symbol von Idhún. Ihr seid der letzte Drache und das letzte

Einhorn. Und die Götter haben euch menschliche Körper gegeben, die sich fortpflanzen können.«

Victorias Gesicht hatte sich verdüstert. So etwas hatte sie nicht erwartet.

»Dennoch«, fuhr der ehrwürdige Vater fort, »ist das hier eine Segnung der Verbindung. Eine Zeremonie, die einem privaten, persönlichen Band gilt, das sonst niemanden etwas angehen sollte. Deshalb muss ich mich, bevor ich fortfahre, vergewissern, dass ihr aus eigenem Antrieb gekommen seid, weil es eurem Herzenswunsch entspricht, und nicht, weil ihr dazu gedrängt worden seid oder es für eure Pflicht haltet.«

Im Publikum erhob sich gedämpftes Gemurmel. Ha-Din lächelte, als er die Verblüffung der beiden jungen Leute wahrnahm. Er bemerkte auch, dass Alsan ihn mit Blicken durchbohrte, blieb jedoch gelassen.

Victoria ergriff das Wort als Erste. »Ich bin gekommen, weil ich es wollte«, erklärte sie. »Es wäre mir vielleicht lieber gewesen, wenn die Zeremonie in einem anderen Rahmen abgehalten worden wäre, aber gegen die Zeremonie an sich habe ich nichts. Ich bin damit einverstanden. Von ganzem Herzen.«

Sie drückte Jacks Hand. Er lächelte. »Ich bin auch freiwillig hier«, sagte er.

Ha-Din nickte erfreut. »Sagt eure Namen.«

»Mein menschlicher Name ist Victoria d'Ascoli«, erklärte Victoria. »Mein Einhornname ist Lunnaris.«

Jack fragte sich, ob sie sich diese Formulierung nach ihrer Verbindung mit Christian zurechtgelegt hatte oder ob sie ihr spontan in den Sinn gekommen war. Jedenfalls gefiel sie ihm. »Mein menschlicher Name ist Jakob Redfield, für meine Freunde Jack«, sagte er. »Mein Drachenname ist Yandrak.«

Ha-Din lächelte. »Erzählt von eurer Beziehung und euren Gefühlen«, forderte er sie auf.

Diesmal begann Jack. Er beschrieb den Moment, als er Victoria kennengelernt hatte, erinnerte sich daran, wie er sich von ihr angezogen gefühlt hatte, als er älter wurde. Er vergaß, was um ihn herum geschah, und dachte nur noch an Victoria. Sie wiederum erzählte, wie sie sich nach zwei Jahren Trennung am Tor von Victorias Schule wiedergetroffen hatten. Beide lachten, als sie sich daran erinnerten. Sie waren so glücklich gewesen, sich wiederzusehen, aber zu schüchtern, um es zu zeigen. Im Stillen dachten sie an ihren ersten Kuss zurück, ihre ersten Momente zusammen, jeden Augenblick, der nur ihnen beiden gehört hatte.

Ha-Din lächelte, als er ihre Gefühle wahrnahm. Er spürte bereits ganz deutlich, wie viel Zärtlichkeit und Leidenschaft von ihnen ausging. »Eine wunderschöne, aufrichtige Beziehung«, befand er und holte damit beide in die Gegenwart zurück. »Aber was ist mit den schweren Momenten?«

Victoria schloss die Augen, als ihr die Streitereien, die Eifersucht und die Verdächtigungen einfielen. Jack holte tief Luft und durchlebte noch einmal die qualvolle Gewissheit, Victoria würde ihn jeden Moment verlassen und mit dem Shek gehen. »Unsere Beziehung ist manchmal schwierig«, räumte Victoria ein.

Ha-Din nahm beider Schmerz, Argwohn, Angst und Verunsicherung wahr. Natürlich war es eine schwierige Beziehung. Victoria war noch in einen anderen Mann verliebt, aber Jack dachte nicht daran, auf sie zu verzichten. Ha-Din wog ab. Er bewertete die guten und die schweren Momente, die positiven und die negativen Gefühle. Dann fragte er langsam: »Wollt ihr trotz allem zusammenbleiben?«

»Ja«, antwortete Jack ohne Zögern.

»Ja«, sagte Victoria selbstbewusst.

Ha-Din trat einen Schritt zurück und musterte sie. Ja, da war das Band. Unzählige Male hatte er diesen Energiefluss zwischen ihnen gesehen, der glitzerte, als wäre er aus Strahlen der drei Sonnen geflochten. »Es besteht ein Band zwischen euch«, verkündete er schließlich. »Ein schönes, starkes, aufrichtiges Band. Das entnehme ich nicht nur euren Worten, sondern auch euren Gefühlen. Ich bezeuge vor den Göttern, dass ihr euch liebt, und bitte die Sechs, euch ihren Segen zu gewähren, damit euer Band von Dauer sein und euch beide glücklich machen möge.«

Victoria lächelte gerührt, während das Publikum in Hochrufe, Applaus und Glückwünsche für das Paar ausbrach. Flüchtig bemerkte sie einen Schatten auf den Zinnen und lächelte. Christian hatte der Versuchung nicht widerstehen können, teilzunehmen … auf seine Art. Jack umarmte sie stürmisch und küsste sie leidenschaftlich. Er wusste nicht, ob das in so einer Zeremonie angebracht war, aber das war ihm gleich.

Bald wurden sie von Leuten umringt, die ihnen gratulieren wollten. Victoria hatte das Gefühl, fast in der Menge unterzugehen. *Zu viele Unbekannte,* dachte sie verwirrt und vermisste die Abwesenden: Christian, Kimara, Allegra … den Alsan, den sie vor langer Zeit in Limbhad kennengelernt hatte. Sie hielt nach ihm Ausschau und entdeckte ihn in einiger Entfernung, wie er sie ansah. Sein Gesicht war zu einer ausdruckslosen Maske erstarrt, aber seine Augen blitzten und Victoria bekümmerte es, nicht die geringste Spur von Zuneigung in ihnen zu sehen.

Ein Stück weiter weg stand Shail. Er flüsterte Zaisei etwas ins Ohr, das sie erröten ließ. Doch dann bemerkte er Gaedalu, die ihn entrüstet anstarrte, und rückte ein Stück von Zaisei ab. Er sah zu Victoria hinüber und ihre Blicke kreuzten sich. Er winkte ihr mit einem warmherzigen Lächeln zu, sodass Victoria sich gleich ein wenig besser fühlte.

Jack nahm sie an der Hand und zog sie aus dem Kreis von Menschen. Auf dem Weg zum Portal blieb Victoria plötzlich stehen und sah sich befremdet um. »Was ist?«, fragte er unruhig.

»Merkst du nicht, dass das Licht abgenommen hat? Es ist, als hätte der Zauber der Magier plötzlich mehr Kraft.«

Einen Augenblick lang flammte in ihren Herzen die Hoffnung auf, Irial hätte sich zurückgezogen. Aber ein Blick zum Himmel genügte, um diese Hoffnung in tiefes Entsetzen zu verwandeln. Über ihren Köpfen war plötzlich eine riesige Wolkenspirale aufgetaucht, die sich langsam drehte und die Sonnen vollständig verdeckte. Sogar durch die magische Glocke konnten sie deutlich das übernatürliche Strahlen sehen, das von diesem Wirbel ausging, als tanzten darin Hunderte von Blitzen durcheinander. Das grelle Violett dieser Wolkenmasse färbte für einen Moment ihre erschrockenen Gesichter und verlieh ihnen etwas Gespenstisches. Plötzlich stieß der gesamte Himmel ein entsetzliches Ächzen aus und es erhob sich ein orkanartiger Wind, der alle Kleider zum Flattern brachte. Alle starrten bestürzt zum Himmel, aber eine neue Windbö warf Stühle um und brachte einige ältere Gäste aus dem Gleichgewicht. Jack reagierte. »In Deckung!«, schrie er. »Alle in Deckung!«

Panik griff um sich. Die Leute begannen zu kreischen und stoben auseinander, manche aufs Haupttor des Palastes zu in Richtung Stadt, andere zum Eingangsportal. Niemand verstand, was vor sich ging und was es mit diesem seltsamen Sturm auf sich hatte, aber seine bloße Gegenwart füllte ihre Herzen mit einer unerklärlichen Angst.

Jack verstand den Grund für dieses Gefühl: das Entsetzen angesichts des Gewaltigen, des Unermesslichen, die beängstigende Faszination, sich plötzlich vorzukommen wie ein

Staubkorn. *Aber auch Staubkörner haben eine Existenzberechtigung*, sagte er sich. Er versuchte Victoria von dort wegzuziehen, bekam sie jedoch nicht zu fassen. Sie hatte sich so schnell und brutal mit Energie aufgeladen, dass in ihren Augen eine Mini-Galaxie von Sternen tanzte.

»Der Baculus!«, schrie Jack. »Wo hast du den Baculus?«

»Du denkst doch wohl nicht, ich trage ihn auch an meinem Hochzeitstag bei mir!«, stieß sie hervor.

»Was ist denn los? Was geht vor sich?«, schrie Alsan, der gerade bei ihnen angelangt war.

»Alle müssen in Deckung!«, sagte Jack. »In einen Keller, in die Verliese, ganz egal!«

»Aber wir müssen versuchen es aufzuhalten!«

»Yohavir kann man nicht aufhalten, er ist ein Gott! Wir müssen uns schützen!«

Alsan sah die beiden einen Moment verwirrt an. »Du kannst jetzt doch nicht einfach davonlaufen!«, warf er ihm vor. »Wir müssen die Leute hier wegbringen!«

Jack schnaubte entnervt. »Sieh dir doch Victoria an! Ich muss mit ihr den Baculus holen, das ist das Einzige, was ihr jetzt helfen kann!«

»Ich gehe mit ihr.« Qaydar war neben ihnen aufgetaucht.

»Aber …«, begann Jack.

Alsan unterbrach ihn. »Hervorragend. Ich vertraue sie Euch an, Erzmagier.« Er zog Jack mit sich fort.

Victoria entging nicht der vielsagende Blick, den Alsan und Qaydar getauscht hatten, doch eine Windbö zwang sie, den Arm schützend vors Gesicht zu legen, und als sie wieder sehen konnte, strebten Alsan und Jack gegen den Sturm an auf die Mitte des Hofs zu.

»Gehen wir!«, schrie Qaydar und steuerte auf den Palast zu. Victoria folgte ihm. Sie mussten sich beeilen. Ihr Herz raste und pumpte Energie in jede Zelle. Sie wusste, dass sie gleich bersten würde, und fürchtete, ihr Kind werde nicht durchhalten.

Beide hasteten die Wendeltreppe zu Victorias Zimmer hinauf. Kaum hatte sie den Baculus in der Hand, spürte sie, wie er ihre Energie aufnahm. Sie war unendlich erleichtert. »Geh zur Seite, Qaydar«, sagte sie mit einem Schauder, als die Spitze des Baculus hell zu funkeln begann.

Der Erzmagier tat wie geheißen. Fasziniert beobachtete er, wie Victoria sich zum Fenster schleppte und dort all diese Energie freisetzte. Ein mächtiger Blitz schoss aus dem Baculus zum Fenster hinaus und verlor sich am Himmel. Erschöpft, aber noch mit dem Zauberstab in der Hand ließ sie sich zu Boden sinken. Qaydar beugte sich über sie. »Alles in Ordnung?«, fragte er freundlich.

»Ich glaube schon«, keuchte Victoria. »Aber ich bin sehr müde und ...« Unruhig legte sie eine Hand auf den Bauch. Hoffentlich ging es dem Kind gut. Als sie den Kopf wieder hob, sah sie zu ihrer Überraschung das Gesicht des Erzmagiers dicht vor sich. Er sah sie seltsam an. »Qaydar ...?«

»Tut mir leid, Victoria«, sagte er. Er hob eine Hand und streckte sie in ihre Richtung.

Alarmiert bemerkte Victoria ein unheimliches bläuliches Schimmern auf seiner Handfläche und wich zurück, aber der Erzmagier war schneller. Kaum berührte seine Hand ihre Stirn, erlosch ihr Bewusstsein wie eine Kerze, die ausgeblasen wird.

Christian hatte die Verbindungszeremonie von seinem Versteck hoch oben auf der Ringmauer aus beobachtet, sich jedoch hastig in einen der Türme geflüchtet, sobald der Orkan aufkam. Nun sah er von einem Fenster aus, wie der Wolkenschlauch des Wirbelsturms sich langsam auf die Erde herabsenkte und alles aufsog, was ihm in den Weg kam – Stühle, Tische, Menschen. Christian selbst spürte, dass der Druck ihm das Atmen schwerer machte, obwohl er hinter der dicken Steinmauer geschützt war. Er klammerte sich mit aller Kraft an den Fensterrahmen.

Unten entdeckte er Alsan und Jack, beobachtete, wie Shail versuchte, Zaisei und die Kirchenoberhäupter in Deckung zu bringen. Nur Victoria sah er nicht. Er spürte sie jedoch mithilfe seines Rings auf und ließ sich von ihm durch die Flure des nun wie leer gefegten Palastes führen. Als er den vom Baculus entladenen Energieblitz sah, rannte er schneller. Doch als er in Jacks und Victorias Zimmer ankam, fand er es leer. Nur der Baculus war noch dort, auf dem Boden, achtlos hingeworfen.

Jack versuchte sich einen Weg durch die Menschenmenge zu bahnen, die sich durch die Keller des Palastes wälzte. An der Tür stieß er auf Shail. »Hast du Alsan gesehen?«, fragte er ihn.

»Nein«, antwortete Shail. »Vielleicht ist er weiter hinten. Warum gehst du nicht nachsehen?«

»Ich warte auf Victoria und Qaydar.« In Jacks Stimme schwang Besorgnis mit. »Sie müssen längst hier unten sein.«

In diesem Moment gesellten sich Ha-Din und Zaisei zu ihnen. »Hat jemand die ehrwürdige Mutter gesehen?«, fragte Ha-Din unruhig.

Beide schüttelten den Kopf. »Ich gehe Victoria suchen«, verkündete Jack.

Ha-Din hielt ihn zurück. »Sei auf der Hut, Jack«, sagte er. »Möglicherweise ist Yohavir heute nicht die einzige Gefahr hier.«

Jack sah ihn kurz an, nickte und stürmte zur Treppe. Er wich den letzten Nachzüglern aus, die in den Palastkeller drängten, auf der Flucht vor dem ungeheuren Wirbelsturm, der über ihren Köpfen stöhnte und brüllte.

In seinem Zimmer traf er weder Victoria noch Qaydar an. Beinahe hätte er den Baculus aufgehoben, als ihm gerade noch rechtzeitig einfiel, dass er ja kein Halbmagier mehr war, sondern ein richtiger Magier und der Stab seine Energie nun aufsaugen würde. Er ließ den Baculus also, wo er war, und griff nach Domivat. In dem Moment bemerkte er jemanden hinter sich und schnellte herum, die Hand am Schaft des Schwertes. Er sah in Christians blaue Augen. »Wo ist Victoria?«, fragte er ihn sofort.

»Genau das wollte ich dich auch fragen«, erwiderte dieser. »Vor wenigen Minuten hat sie noch den Baculus benutzt. Aber als ich kam, war sie nicht mehr da. Nur warum hat sie ihn nicht mitgenommen? Weißt du, ob jemand bei ihr war?«

»Qaydar«, antwortete Jack, »aber er wusste, dass wir unten auf sie wart…«

»Der Erzmagier?«, unterbrach Christian und die Falte auf seiner Stirn vertiefte sich. »Du hast sie mit ihm allein gelassen?«

Jack hörte den Alarm, der in seinen Worten mitschwang. »Ich sah keinen Grund, ihm zu misstrauen! Er hat uns monatelang im Turm aufgenommen, sich um Victoria gekümmert, als sie krank war …«

»Victoria ist ein Einhorn, Jack«, unterbrach Christian ungeduldig. »Das letzte Einhorn. Mittlerweile sollte dir klar sein, dass viele Leute sie benutzen und zwingen wollen, ihre Gaben zu übermitteln. Und du hättest ahnen müssen, dass es mit Qaydars Freundlichkeit zu Ende sein würde, als er begriff, dass sie sich nicht an seine Regeln halten würde.«

Jack holte tief Luft, um nicht die Nerven zu verlieren. Jetzt war nicht der beste Moment für einen Streit. »Kannst du sie über deinen Ring wahrnehmen?«

»Ja«, antwortete er. »Sie ist nicht weit weg … noch nicht.«

»Worauf warten wir dann?«

Trink. Verwirrt machte Victoria den Mund ein Stück auf, schloss ihn dann jedoch wieder.

Trink, beharrte die Stimme in ihrem Kopf. Victoria löste die Lippen voneinander und spürte eine Flüssigkeit in ihren Mund sickern. Mit einem Stöhnen schüttelte sie den Kopf und hustete, aber es war schon zu spät: Das Getränk rann ihre Kehle hinab. Der Husten rüttelte sie wach und sie machte die Augen auf. Licht traf auf ihre Pupillen und brachte sie zum Blinzeln.

Drei Gestalten waren über sie gebeugt. Sie brauchte einige Sekunden, bis sie Alsan, Qaydar und Gaedalu wiedererkannte. Sie versuchte sich aufzurichten, war aber mit Fußeisen an die Wand gekettet. »Was habt ihr mit mir gemacht?«, stieß sie mit einem Anflug von Panik hervor. Ihr Mund fühlte sich pelzig an. Zusehends bemächtigte sich eine bleierne Schwäche ihres Körpers, ihr Kopf schien Tonnen zu wiegen.

Dafür gesorgt, dass du dich nicht rühren kannst, antwortete Gaedalu. *Bei einem Geschöpf wie dir weiß man nie.*

Alsan sah mit einem bekümmerten Seufzer auf sie herab. »Die Götter wissen, dass ich dir vertraut habe, dass ich dich ins Herz geschlossen hatte wie eine Schwester«, sagte er. »Aber Pflicht und Ehre haben Vorrang vor den Gefühlen. Das ist die einzige Lehre, die du nie begriffen hast, und die wichtigste.«

Victoria sah ihn verständnislos an. Gerade hatte sie der Welt bewiesen, dass ihre Gefühle für Jack aufrichtig waren. Hatte Alsan nicht genau das von Anfang an gewollt?

Gaedalu konnte nicht länger an sich halten. *Du hast die Stirn gehabt, deine abscheuliche Verbindung mit einem Shek segnen zu lassen. Mit Ashrans Sohn. Wo du obendrein glaubst, Ashran sei der siebte Gott gewesen. Deine Seele ist von ihm und seinen Geschöpfen verdorben worden und deshalb sind die Götter heute zurückgekehrt, um dich zu holen.*

Victoria deutete ein bitteres Lächeln an. »Wir sind nicht so wichtig«, stieß sie hervor. »Yohavir ist nicht wegen mir gekommen, sondern wegen Irial.«

Du lügst. Gaedalus Stimme klang schrill. *Wir haben alle gesehen, wie seine Nähe dich gequält hat!*

»Ich bin ein Einhorn«, unterbrach Victoria kraftlos. »Ich sauge Energie auf.«

»Vielleicht hast du … ungeeignete Energie aufgesogen«, versetzte Alsan kühl. »Aber für Reue ist es zu spät. Du hast reichlich Gelegenheit gehabt, es dir anders zu überlegen.« Er trat auf sie zu.

Victoria versuchte zurückzuweichen. »Was hast du vor? Mein Kind …«

Alsan deutete ein finsteres Lächeln an. Er streckte die Linke aus, die mit den drei Fingern, und hob ihr Kinn. »Heute bin ich nicht wegen deines Kindes gekommen, Victoria. Aber du kannst sicher sein, wenn es eine Schlange ist, werde ich ihm am Tag der Geburt Sumlaris in sein kaltes Herz stoßen.«

Victoria wurde blass. Sie schüttelte den Kopf, um Alsans Berührung zu entgehen. »Es ist ein Baby«, flüsterte sie.

»Aber ich kann nicht dulden, dass das letzte Einhorn eine Missgeburt zur Welt bringt. Das hättest du wissen müssen, bevor du dich mit Kirtash einlässt.«

Seine Verachtung traf sie tief. Sie sagte jedoch nichts, sondern hob nur den Kopf und sah ihn herausfordernd an.

»Wir sollten keine Zeit verlieren«, drängte Qaydar. Alsan nickte. Gaedalu kam mit einem Felsbrocken in der Hand näher und Victoria wand sich ängstlich.

Alsan lächelte und nahm Gaedalu den Felsbrocken aus der Hand. »Steckt so viel Schlange in dir, dass du dich vor dem Stein der Götter fürchtest? Mal sehen, ob er dir etwas anhaben kann«, fügte er kalt hinzu und näherte den Felsbrocken Victorias Bauch.

Sie schrie auf und versuchte auszuweichen, hatte jedoch

keine Kraft mehr. »Bei allen Göttern, Alsan!«, rief sie verzweifelt. »Bist du verrückt geworden? Ich bin schwanger! Warum ist es wichtiger, wer der Vater meines Kindes ist, als die Tatsache, dass ich seine Mutter bin?«

Alsan wusste nicht, worauf sie hinauswollte, und sah sie verständnislos an.

»Ich bin's, Alsan«, beharrte sie. »Victoria. Du hältst mich gefangen. Warum tust du mir das an?«

Alsan holte tief Luft und wirkte auf einmal sehr müde. »Weil es meine Pflicht ist, Victoria. Die Götter verlangen, dass wir gegen die Kinder des Siebten kämpfen. So ist es immer gewesen und so muss es auch sein. Und ich … habe an ihnen gezweifelt, als ich dachte, Jack wäre tot und die Prophezeiung würde nicht in Erfüllung gehen. Sie haben mir bewiesen, wie sehr ich mich getäuscht habe, und haben mich zum Licht Irials zurückgeführt«, fügte er hinzu und fasste an sein Armband.

»Es war Jack, der dich gerettet hat«, keuchte Victoria. »Er hat dich von Nanhai hergebracht. Er hat dich aus deiner Höhle geholt. Wenn du nicht auf mich hören willst, denk an ihn. Überleg, ob es ihm gefallen würde, dass du das Leben seines Kindes in Gefahr bringst.«

Für Sekunden spiegelte sich Zuneigung in seinem Blick. Doch dann schüttelte Alsan den Kopf und erwiderte kalt: »Jack kann es nicht verstehen. Sosehr er es auch versucht, er ist nicht von dieser Welt.«

»Warum«, fragte Victoria, »hast du es ihm dann so hartnäckig eingeredet?«

Er antwortete nicht. *Majestät*, drängte Gaedalu. Alsan richtete sich ein wenig auf und ergriff Victorias Hand. Er musterte halb neugierig, halb angewidert ihren Ring.

Auch Qaydar starrte ihn mit einer Mischung aus Furcht, Neugier und Faszination an. »Das ist er also«, sagte er. »Wie können wir sicher sein, dass es sich um das echte Schlangenauge handelt?«

»Das werden wir gleich feststellen.«

Können wir ihn ihr nicht einfach abnehmen?, fragte Gaedalu.

Alsan schüttelte den Kopf. »Durch diesen Ring wacht Kirtash über Victoria. Außerdem ist er gefährlich, denn er kann sich selbst schützen. Aber in ihm steckt etwas vom Wesen dieses Sheks und wir wissen ja, wie man mit einem Shek fertig wird.«

Victoria nahm alle Kraft zusammen und wand sich zornig schreiend. Es nützte nichts. Alsan hielt sie einfach fest, bis sie durch die Wirkung von Gaedalus Trank in seinen Armen zusammenbrach. Dann legte er den Stein auf das Schlangenauge. Victoria stöhnte. Wenig später spürte sie, wie der Ring immer schwächer wurde, wie Christians Bewusstsein sich hastig zurückzog, vom Teufelsfels vertrieben. Shiskatcheggs Stein blinkte ein letztes Mal auf und erlosch dann.

Victoria fühlte sich allein und leer, mehr als sie es jemals gewesen war. Als Alsan ihr den Ring vom Finger zog, keuchte sie auf, ohne dass sie etwas dagegen tun konnte. Sie schloss die Augen und zwei Tränen liefen ihr über die Wangen.

Christian blieb so abrupt stehen, dass Jack mit ihm zusammenprallte. »Der Ring …«, sagte er. »Der Ring!«

»Was?«, fragte Jack besorgt. Christian schien außer sich zu sein. Als Jack ihn das letzte Mal in diesem Zustand gesehen hatte, war Victoria Ashran in die Hände gefallen und sie hatten in Limbhad festgesessen.

»Ich habe die Verbindung zu ihr verloren«, antwortete der Shek niedergeschmettert. »Es ist, als wäre sie nicht mehr da.«

»Was soll das heißen? Dass ihr etwas zugestoßen ist?«

Christian holte tief Luft und versuchte sich zu konzentrieren. »Nicht unbedingt. Vielleicht hat sie ihn abgenommen, aber …«

»Sie würde ihn nicht aus freien Stücken abnehmen, unter keinen Umständen.«

Christian wirkte völlig verstört. »Ich habe etwas sehr Unangenehmes verspürt. Kurz bevor die Verbindung abbrach, hat mich etwas gezwungen, mein Bewusstsein aus dem Ring zurückzuziehen. Etwas, das mir bekannt vorkam.«

»Der Teufelsfelsen?«

»Vielleicht haben sie ihn benutzt, um ihr den Ring zu entreißen und uns zu isolieren. Victoria kann der Stein vermutlich nichts anhaben, aber …«

Beide tauschten einen Blick. »Das Kind«, sagten sie wie aus einem Mund. Sie hasteten den Flur entlang, immer weiter in die Richtung, der sie gefolgt waren, bevor Christian den Kontakt verloren hatte. Sie gelangten in einen Saal, den der König für private Besprechungen nutzte. Er hatte keinen anderen Ausgang. An den Wänden hingen dicke Teppiche und Christian war schon dabei, sie herunterzureißen. Jack half ihm. Binnen Kurzem hatten sie die Wände bloßgelegt, stießen jedoch nur auf soliden, kalten Stein. Draußen heulte der Wind.

Es muss einen Geheimgang geben, sagte Christian telepathisch. *Irgendwo hier.*

Jack beobachtete, wie er verzweifelt die Wände abtastete. *Wenn das stimmt,* erwiderte er in Gedanken, *würde es bedeuten, dass Alsan hinter all dem steckt. Ich bezweifle sehr, dass Qaydar die Geheimnisse dieses Palastes so gut kennt.*

Christian warf ihm einen kurzen Blick zu. *Und das wundert dich?*, fragte er nur.

Jack schloss die Augen. Alsan und er waren in vielen Dingen unterschiedlicher Auffassung, aber der Gedanke, dass er Victoria entführt hatte, dass er ihr absichtlich wehtat, obwohl er wusste, dass in ihr vielleicht ihrer beider Kind heranwuchs, war fast zu viel für ihn. *Wir waren Freunde,* antwortete er nur.

Victoria gelang es, sich ein wenig aufzurichten. Qaydar und Alsan achteten nicht mehr auf sie. Sie befanden sich in einem geräumigen, von einigen Fackeln kaum erhellten Verlies, das so gut wie leer war. Der Erzmagier war dabei, mit einem hellen Pulver aus einem alten Gefäß arkanische Runen auf den Boden zu malen. Victoria entdeckte das Zeichen des Siebten auf dem Gefäß.

Gaedalu, die neben ihr stand, bemerkte ihren Blick. *In den letzten Jahren,* sagte sie, *haben die Kinder des Siebten uns benutzt und nach Belieben manipuliert. Es wird Zeit, dass wir zurückschlagen.*

Victoria war außerstande zu sprechen oder sich zu rühren. Verwundert beobachtete sie, wie Qaydar seine Vorbereitungen zu Ende führte. In die Mitte des Sechsecks aus Asche legte er Shiskatchegg.

Alsan wich zurück, um dem Erzmagier Platz zu machen, der die Hände hob und langsam und feierlich eine lange Litanei auf Arkanoidhunisch herzusagen begann. Victoria kannte die Sprache der Magier ein wenig, aber diese Worte waren ihr unverständlich. Langsam, ganz langsam begann das Sechseck aus Asche zu leuchten.

Plötzlich spürte Victoria, dass etwas bei ihnen im Raum war. Etwas, das nicht nur unsichtbar war, sondern gar keinen Körper besaß. Aber es existierte und hatte ein Bewusstsein. Ein spirituelles Geschöpf. Dieses Wesen war Qaydars Ruf gefolgt. Ring und Asche hatten es hergelockt. Eine Anrufung. Victoria sog scharf die Luft ein und heftete den Blick auf das Gefäß mit dem Symbol des siebten Gottes. Es konnte nicht sein, dass Qaydar Ashran anrief. Oder doch?

Die Temperatur in der Zelle sank immer weiter und es machte sich eine übernatürliche Ruhe breit, als wäre die Zeit stehen geblieben. Alle vier wurden von blankem Entsetzen überfallen.

Die bloße Tatsache, dass sie atmeten, verwandelte sie in Eindringlinge, in beleidigend lebendige Wesen auf der Schwelle einer Tür, die sie noch nicht passieren durften. Im Inneren des Sechsecks nahm etwas Gestalt an, ein grauer Nebel, der mit jedem neuen Wort Qaydars konsistenter wurde, bis sich die Züge eines Feenwesens abzeichnen, ein zartes, harmonisches, aber ungerührtes Gesicht.

Schließlich verstummte Qaydar. Alle hielten den Atem an. Der Geist wandte sich dem Erzmagier zu und sein Gespenstermund bog sich zu einem ironischen Lächeln. »Du bist neu«, sagte er. Sein Flüstern klang weit entfernt, kalt und gefühllos. »Wo ist der junge Mann, der mich das letzte Mal angerufen hat?«

»Tot«, antwortete Qaydar. Er wirkte erschöpft, richtete sich aber dennoch auf und fixierte den Geist, als er sagte: »Ich grüße dich, Talmannon, Herr der Schlangen. Ich danke dir, dass du meinem Ruf gefolgt bist …«

»Als hätte ich eine andere Wahl«, versetzte dieser sarkastisch.

Qaydar ließ sich nicht abschrecken. »Ich bin Qaydar, der Erzmagier. Bei mir befinden sich König Alsan von Vanissar und Gaedalu, die ehrwürdige Mutter. Du wurdest angerufen …«

»Was für eine große Ehre«, unterbrach Talmannon. »Und wer ist die junge Gefangene?«

Die Erscheinung heftete ihre gespenstischen Augen auf Victoria. Sie konnte es immer noch nicht fassen. Talmannon hatte Idhún vor langer Zeit regiert, in der Zweiten Ära, auf dem Höhepunkt des Kriegs zwischen Sheks und Drachen. Nie hätte sie sich träumen lassen, jemand könnte seinen Geist anrufen und mit ihm sprechen. Sie erschauerte plötzlich, als sie begriff, dass Christians Ring wirklich Talmannon gehört hatte. Shiskatchegg, das Schlangenauge, war die kostbarste Waffe des Herrn der Schlangen, des Dunklen Kaisers gewesen. Victoria hatte das zwar alles gewusst, Talmannon aber immer für eine Legende gehalten. Nun war klar, dass er weit mehr war.

Qaydar versuchte die Aufmerksamkeit des Geistes wieder auf sich zu lenken. »Du wurdest angerufen …«

»Wer ist sie?«, fragte der Geist herrisch. Ohne recht zu wissen, warum, rollte Victoria sich zusammen.

»Sie ist Lunnaris«, warf Alsan ruhig ein, »ein …«

»… Einhorn!«, heulte Talmannon plötzlich aufgebracht. Es schien, als versuche er das Sechseck zu verlassen, aber Qaydar hatte gute Arbeit geleistet und es gab keine Lücke. »Was macht sie hier? Wie konntet ihr es wagen, mir ein derartiges Geschöpf unter die Augen zu bringen?«

»Wir haben ihr gerade das Schlangenauge vom Finger gezogen«, teilte Qaydar sachlich mit.

»Shiskatchegg ist den Einhörnern in die Hände gefallen«, begriff der Geist.

Ich fürchte, er wurde ihr von einem Shek ausgehändigt, mischte sich Gaedalu mit einem bitteren Lächeln ein.

»In allen Lagern gibt es Verräter, nicht wahr?«, bemerkte Alsan, als er Talmannons Verblüffung bemerkte.

»Die Einhörner sind von Natur aus Verräter«, erwiderte Talmannon. »Sie hätten sich nicht einmischen dürfen und doch haben sie sich mit Ayshel gegen uns verbündet. Die Einhörner waren nicht für den Krieg vorgesehen, aber ihr habt den Baculus geschaffen«, sagte er an Lunnaris gewandt, »euch den Drachen angeschlossen und das Gleichgewicht gestört. Sag mir, Geschöpf, warum?«

Victoria begriff, dass diese Niederlage trotz der Jahrhunderte, die seither vergangen waren, für Talmannon noch ganz frisch war. »Es war wegen der Magier«, stieß sie hervor. Gewiss, sie hatte diesen Krieg nicht miterlebt, war noch nicht mal geboren, als es geschah, aber in diesem Moment ging ihr ein

Licht auf, warum sich die Einhörner damals eingemischt hatten. »Du hast alle Magier versklavt. Unsere Auserwählten. Die Einhörner kämpften nicht gegen die Sheks. Sie kämpften nicht, um den Siebten zu besiegen, sondern nur, um die Magier zu befreien. Damit sie wieder die Wahl hatten …« Vor Anstrengung ließ sie den Kopf fallen und schloss die Augen. Dennoch nahm sie Talmannons eisigen Blick wahr, der auf sie geheftet war und ihr Wesen bis in den letzten Winkel durchdrang. Es lief ihr kalt über den Rücken.

»Wenn die Einhörner nicht gewesen wären«, gab Talmannon zurück, »wären wir nie besiegt worden.«

»Und deshalb hat Ashran sie ausgerottet?«, fragte Qaydar mit verhohlenem Zorn.

Talmannon lachte sanft. »Oh, er hat es also tatsächlich getan? Ich hatte ihn vor den Biestern gewarnt. Natürlich auch vor den Drachen. Ich wusste, dass die Götter sie ihm auf den Hals hetzen würden, aber ich sagte ihm, er solle auch die Einhörner nicht aus den Augen verlieren.«

»Du hast also mit Ashran gesprochen«, sagte Qaydar. »Er hat dich angerufen, um dich über die Götter zu befragen. Über den Siebten.«

Talmannon warf ihm einen verächtlichen Blick zu. »Glaubst du wirklich, ich würde euch, den Anbetern der Sechs, die Geheimnisse des siebten Gottes mitteilen … Erzmagier? So nennt ihr mächtigen Zauberer euch doch jetzt, nicht wahr? Zu meiner Zeit wurde ein mächtiger Zauberer ›Gebieter‹ oder ›Herr‹ genannt.«

»Deine Zeiten sind vorbei«, sagte Alsan schneidend. »Du magst einmal der mächtigste lebende Magier und sogar ein Gott gewesen sein, aber jetzt bist du nicht mehr als ein toter Schatten.«

Der Geist lachte. Es war kein angenehmes Lachen. »Mein

Erbe ist nach wie vor lebendig. Viele meiner Schöpfungen haben bis zu eurer Zeit überdauert. Ashran brachte die Sheks wieder an die Macht. Der siebte Gott kehrte durch ihn nach Idhún zurück, genau wie seinerzeit durch mich.«

»Und wie?«, hakte Qaydar nach.

Talmannon fixierte ihn mit einem eiskalten Blick. »Glaubt ihr Anbeter der Sechs, ich wüsste nicht, was los ist? Die Götter stiften Chaos. Alle sieben. Wenn ihr euch die Mühe gemacht habt, mich anzurufen, dann weil ihr mit ihnen reden wollt, genau wie vor euch Ashran. Glaubt ihr wirklich, ich würde euch dieses Geheimnis enthüllen? Ich habe meinen Gott nie verraten.«

Du bist ein Sylphe, versetzte Gaedalu kühl. *Deine Göttin ist Wina.*

»Aufgrund meiner Geburt«, erwiderte er, »aber nicht durch freie Entscheidung. Ich bete den siebten Gott an und alles, was er geschaffen hat. Man muss blind sein, um die Schönheit und überlegene Intelligenz der Sheks nicht zu schätzen. Sie weiß es«, fügte er hinzu und wandte sich erneut Victoria zu. »Nicht wahr, Einhorn?« Victoria erwiderte nichts.

»Du warst der siebte Gott«, sagte Qaydar, »bis Ayshel dich getötet hat ...«

»Macht euch nichts vor, Anbeter der Sechs«, schnitt Talmannon ihm unwillig das Wort ab. »Eine Halbmagierin allein hätte mich nicht besiegen können. Sie hatte alle Einhörner auf ihrer Seite und außerdem diesen Stab, diesen Baculus. Ach ja, und eure Götter ... Ayshel wurde nicht zufällig ausgewählt. Die Einhörner kamen auf sie, weil die Götter den Drachen befohlen hatten, mich aus dem Weg zu schaffen. Mich und nicht Esshian, die damalige Anführerin der Sheks. Die Götter wussten Bescheid. Sie begünstigten Ayshels Sieg und die Einhörner gewährten ihr all ihre Macht. Ayshel war nur ein Spielzeug in der

Hand höherer Mächte und doch schreibt ihr ihr nach wie vor allen Verdienst zu.« Er stieß ein sarkastisches Lachen aus. »Als könnte eine Halbmagierin einen Gott besiegen.«

»Was warst du, bevor du zum Gott wurdest?«, wollte Qaydar wissen. »Ein gewöhnlicher Zauberer? Musstest du dein Leben opfern, damit dein Gott durch dich nach Idhún zurückkehren konnte?«

»Wir verschwenden nur Zeit, ihr und ich«, versetzte Talmannon gelangweilt. »Ihr stellt mir Fragen, deren Antworten ihr zur Genüge kennt. Und eure wahren Fragen werde ich nicht beantworten.«

»Du hast keine Zeit zu verlieren«, erklärte Qaydar schneidend. »Du bist ein Geist, ein ewiges Wesen. Und du bist in meinem magischen Sechseck gefangen. Ob du willst oder nicht, du musst mir gehorchen. Und je länger du in dieser Welt bleibst, desto schwächer wird deine Essenz. Wie viele weitere Anrufungen kannst du noch durchstehen?«

Eisige Blicke schossen durch den Raum. Talmannons Gegenwart war furchterregend und einschüchternd, aber der Erzmagier blieb fest. Schließlich erwiderte der Geist: »Ich habe mit dem siebten Gott gesprochen. Ich habe ihm mein Leben als Gegenleistung für seine Essenz gegeben. Der Preis, den ich zahlen musste, war lächerlich im Vergleich zu dem, was er mir ermöglicht hat.«

»Wie bist du mit ihm in Verbindung getreten?«

Talmannon lachte. »Wie treten wir mit den Göttern in Verbindung? Durch die Orakel natürlich.«

»Genau das hat Ashran getan«, warf Alsan halblaut ein. »Er hat sich im Kuppelsaal des Orakels von Nanhai geopfert. Aber da … hatte er bereits mit dem Siebten gesprochen.«

»Wie?«, wollte Qaydar wissen.

Talmannon deutete ein hämisches Grinsen an. »Die Götter

sprechen«, antwortete er, »aber normalerweise nicht zu uns. Einst lernten wir Kuppeln zu errichten, um ihre Stimme aufzufangen, und dieses Geheimnis wurde von den Priestern sorgfältig gehütet. Ihre Macht basierte darauf, dass nur sie mit den Gottheiten kommunizieren konnten, wie sie sagten. Aber das stimmte nicht ganz. Sie konnten die Götter hören, aber nicht mit ihnen sprechen. Und manche hörten besser als andere.«

»Die Hörer«, sagte Qaydar.

»Es gibt eine Formel, um den Vorgang umzukehren. Eine Formel, die bewirkt, dass die Götter uns hören, anstatt wir sie. Aber die Beschwörung muss an einem besonderen Ort durchgeführt werden. Mit einer besonderen Person.«

Er trat ein langes Schweigen ein. *Verstehe*, erwiderte Gaedalu dann.

»Ich auch«, fügte Qaydar hinzu.

Plötzlich glitt einer der Steinquader nach hinten und dann zur Seite und gab einen dunklen Schacht frei. »Hier entlang«, sagte Christian und kletterte hinein. Er schien seine Kaltblütigkeit wiedererlangt zu haben, hatte alle seine Sinne auf das gerichtet, was er gerade tat. Jack folgte ihm unruhig.

Vor ihnen lag eine abwärtsführende Treppe, die sich in der Dunkelheit verlor. Christian, der vorausging, zückte Haiass, um den Weg zu erhellen. Schweigend stiegen beide die Treppe hinunter, bis sie in einen langen Tunnel mündete. Christian blieb stehen und sah sich um.

»Ich dachte, wir landen in dem Keller«, sagte Jack, »in den alle sich vor Yohavir geflüchtet haben. Aber offenbar gibt es keine Verbindung.«

»... und das hier ist ein Labyrinth«, fügte der Shek hinzu und hob das Schwert. In dessen Schein konnten sie sehen, dass sich zu beiden Seiten weitere Gänge auftaten. »Und jetzt?«

»Kannst du Victoria nicht entdecken?«

»Ohne den Ring nicht. Sie ist zu weit weg. Aber ihr beiden habt eine sehr enge spirituelle Verbindung. Du könntest sie überall ausfindig machen, wenn du wolltest.«

Jack starrte ihn verblüfft an. ›Machst du Witze?‹, wollte er schon fragen, aber Christians Augen waren ernst. »Na gut, ich versuche es«, seufzte er schließlich. Er zog Domivat aus der Scheide, damit er ihm in der Dunkelheit leuchtete, überholte den Shek und bog in einen der Gänge ein.

Shail machte sich allmählich Sorgen. Jack war auch nicht zurückgekehrt und draußen, über ihnen, brüllte und tobte der Wind und drohte den gesamten Palast davonzuwehen. »Ich gehe mal nachsehen«, sagte er zu Zaisei.

»Sei vorsichtig«, bat sie.

Sie gaben sich einen flüchtigen Kuss. Der Magier stieg ins Erdgeschoss hinauf und stieß dort auf Covan, der hinter einer der Säulen verschanzt durch ein Fenster den wütenden Sturm beobachtete. »Hast du Jack und Victoria gesehen?«, fragte er mit erhobener Stimme, um sich Gehör zu verschaffen.

»Hier ist niemand vorbeigekommen!«, erwiderte Covan. »Alle sind in den Keller geflüchtet!«

»Nicht alle! Wir können auch die Ehrwürdige, den Erzmagier und den König nicht finden!«

Der Fechtmeister schnellte herum. »Alsan ist nicht unten?«

Shail schüttelte den Kopf. Covan zögerte. »Der Wirbelsturm lässt schon nach«, sprach er weiter, »aber es ist noch zu riskant, nach draußen zu gehen. Kannst du nicht versuchen, sie mit deiner Magie zu orten, Zauberer? Das wäre schneller, als auf gut Glück durch den Palast zu laufen.«

»Ich kann es mit einem Findezauber versuchen«, bot Shail an. »Ich brauche dazu nur einen ruhigen Ort.«

Covan deutete ein ironisches Grinsen an.

»So ruhig wie möglich ... unter diesen Umständen«, stellte Shail klar.

Sie hatten sie allein gelassen. Von der gruseligen Anrufung waren nur noch Aschespuren auf dem Boden übrig und es lag etwas Eigenartiges in der Luft, als wäre Talmannons Geist noch nicht ganz fort. Alles andere hatten sie mitgenommen: das Gefäß mit der restlichen Asche, die Bruchstücke des Teufelsfelsens und das Schlangenauge.

Und sie selbst hatten sie an die Wand gekettet gelassen, in diese feuchte Zelle gesperrt. Alsan hatte noch sein Cape abgestreift und sie damit zugedeckt. Währenddessen hatte Gaedalu den Ring in einem kleinen Kästchen verwahrt, auf dessen Deckel sie ein Stück Teufelsfels hatte einarbeiten lassen. Zum Glück barg dieses Kästchen nur Christians Ring. Aber Victoria zweifelte nicht daran, dass die Ehrwürdige auch Christian selbst in so einem Kästchen eingesperrt hätte, wenn sie gekonnt hätte. *Wie die Götter, denen sie dient*, dachte sie bitter.

Victoria hatte eine ungefähre Ahnung davon, was die drei mit der Anrufung bezweckten. Sie wollten den Sechs enthüllen, wer der siebte Gott war, ihnen sagen, wo Gerde sich aufhielt. Nun fiel ihr wieder ein, dass Alsan dies in einer Versammlung einmal angesprochen hatte. Damals hatte Jack es eine gute Idee gefunden. Aber nachdem sie mit Christian gesprochen hatten, war ihnen klar geworden, warum die Sechs nicht erfahren durften, wo Gerde war.

»Die Götter sind nicht in schöpferische und zerstörerische aufgeteilt«, hatte Christian ihnen in der Abgeschiedenheit der halb zerfallenen Hütte in Alis Lithban erzählt, »denn alle entstammen demselben schöpferischen Chaos, einem Willen, der beides zugleich ist. Ordnung und Chaos, Licht und Dunkelheit,

Tag und Nacht sind ein und dasselbe und nicht voneinander zu trennen. Sie spiegeln sich auch im Wesen aller Dinge und Geschöpfe wider.«

»Aber die Sechs haben es getan«, hatte Jack eingewandt. »Sie haben diesen destruktiven Teil abgespalten und ihn in einen Felsblock gesperrt.«

»Deshalb war der Siebte anfangs ein dunkler, bösartiger Gott«, bestätigte Christian, »und die ersten Generationen von Schlangenmenschen waren grausame Ungeheuer. Aber man kann beide Seiten nicht für immer voneinander trennen. Wenn die Sechs ihre chaotische Seite tatsächlich los wären, würden sie bei ihrem Auftauchen kein Unheil anrichten. Dann könnten ihre Drachen nicht hassen. Und wenn der Siebte nur Chaos und Zerstörung wäre, hätte er niemals neue Wesen erschaffen können. Und er hätte Idhún mit seinen Sheks zugrunde gerichtet, nachdem er die Drachen ausgerottet hatte«, fügte er hinzu. »Das Groteske daran ist, dass den Sechs nicht bewusst ist, dass sich diese destruktive Seite in ihnen allmählich wieder aufgebaut hat, sie bemerken nicht, wie sie Idhún verwüsten. Genau wie dem Siebten seine schöpferische Seite nicht bewusst war.«

»War?«, wiederholte Victoria ungläubig. Christian begnügte sich mit einem Lächeln.

»Die Sechs werden den Siebten nie besiegen können«, sprach er weiter, »denn mittlerweile ist er wieder genauso vollständig wie sie selbst, sie wissen es nur nicht. Sie wissen nur, dass er unzerstörbar ist, und deshalb haben sie ihn eingesperrt. Genau das wollen sie wieder tun. Und sobald die Schlangen von der Energie ihres Gottes abgeschnitten sind, werden sie an Kraft verlieren und sterben. Und zwar alle«, fügte er hinzu.

»Dich eingeschlossen, nehme ich an«, erwiderte Jack. »Jetzt verstehe ich, warum du Gerde so vehement verteidigst.«

»Mich eingeschlossen oder zumindest einen Teil von mir.

Aber ich tue es nicht nur für mich. Der Siebte ist seit Jahrtausenden vor den Sechs auf der Flucht. Wenn er entdeckt wird, wenn Gerde stirbt und der Siebte in Erscheinung tritt, wird er sich nicht ergeben, ohne Widerstand zu leisten. Danach wird von uns nicht mehr viel übrig sein, aber das ist den Sechs egal. Sie sind schöpferische Götter, sie können eine neue Welt schaffen, ohne den Siebten. Sie werden es immer wieder versuchen, denn das macht ihr Wesen aus, das Wesen des Universums: Dinge zu schaffen und sie anschließend zu zerstören, um wieder Neues zu schaffen. Wir merken davon nichts, denn unser Leben ist zu kurz. Aber früher oder später gehen alle Welten zugrunde. Entweder werden sie gewaltsam zerstört oder sie erlöschen, nachdem sie lange Zeit ohne Veränderung, ohne Energie zur Weiterentwicklung dahingesiecht sind. Deshalb schufen die Götter die Einhörner, damit Idhúns Energie in Bewegung blieb.

Gerdes Hauptplan war ursprünglich die Flucht auf die Erde. Sie wusste von Shizuko, wie schwierig die Eroberung der Erde werden würde, und machte langfristige Pläne. Das schloss das Heranziehen einer zukünftigen menschlichen Inkarnation ein, mit deren Hilfe sie sich unauffällig durch diese neue Welt würde bewegen können. Sie musste sich ja erst einmal vergewissern, dass die Schlangen mit den Menschen auf der Erde fertig werden würden und ihr keine aufgebrachte irdische Gottheit in die Quere kommen würde. Aber dieser Plan wurde zu Plan B, als Gerde begriff, dass sie auch schöpferisch sein kann.«

Jack und Victoria starrten Christian fassungslos an. »Ja«, bestätigte er. »Es ist das gewaltigste Vorhaben, das der Siebte und seine Geschöpfe je in Angriff genommen haben. Aber wenn die Sechs Gerde aufspüren, wenn sie herausfinden, dass sie die derzeitige Inkarnation des Siebten ist, ist alles zu Ende. Deshalb müssen wir Gerde Zeit geben. Deshalb muss sie geschützt werden. Wenn wir Schlangen fortgehen, wird es nicht zur Konfrontation kommen und Idhún überlebt als Welt vielleicht noch mehrere Zehntausend Jahre. Wenn wir bleiben und entdeckt werden, ist es vorbei – und zwar für alle.«

Victoria schloss die Augen. Die Vorstellung, dass die Sechs durch Idhún streiften und alles zerstörten, gefiel ihr nicht. Aber wenn sie Gerde fanden und den Siebten zwangen, sich ihnen zu stellen, würde es noch viel, viel schlimmer werden. Und genau darauf steuerte Alsan zu.

Man muss ihn aufhalten, dachte Victoria. Aber sie konnte sich nach wie vor nicht rühren. Sie neigte den Kopf ein wenig und versuchte sich in ein Einhorn zu verwandeln. Es gelang ihr nicht. Ihr Körper gehorchte ihr nicht. Der Trank, den Gaedalu ihr eingeflößt hatte, hinderte sie daran, sich zu verwandeln, genau wie er sie daran hinderte, sich zu bewegen. Sie seufzte. Sie selbst war stark genug, all das zu ertragen, aber ihr Kind?

Sie musste sich befreien. Victoria konzentrierte sich und suchte geduldig Zugang zu ihrem anderen Wesen. Auf ihrer Stirn flackerte ein Licht auf, während das Einhorn in ihr immer stärker wurde. Sie versuchte noch einmal, sich zu verwandeln, und nach mehreren Versuchen gelang es ihr. Die zarten Einhornbeine glitten problemlos aus den Fußeisen. Victoria setzte die Hufe auf den Boden und schüttelte den Kopf, spürte das Gewicht ihres langen Horns und die seidenweiche Berührung ihrer Mähne. Sie versuchte aufzustehen, aber ihre Beine zitterten. Mit letzter Kraft schleppte sie sich zur Tür. Sie war von außen abgeschlossen.

... Einhorn ...

Das Flüstern, das von überall und nirgends zu kommen schien, ließ sie zusammenzucken. Sie sah sich um und entdeckte etwas, das sie vorher, mit ihren menschlichen Augen, nicht hatte sehen können. Etwas Zartes, Silbriges, eine Art feiner Nebel, der rastlos durch die Zelle irrte. »Talmannon?«, fragte sie unruhig.

Nein, nicht Talmannon, flüsterte die Stimme in einem Winkel ihres Bewusstseins. *Ich bin nur sein Rest.*

»Sein Rest?«, wiederholte Victoria.

Jedes Mal, wenn ein Geist in die Welt der Lebenden geholt wird, erklärte das Wesen, *hinterlässt er dort eine Spur. Einen Teil seiner Essenz. Ich bin nicht Talmannon. Er ist in seine Dimension zurückgekehrt. Ich bin die Spur, die seine Anwesenheit in der Welt der Lebenden hinterlassen hat.*

»Und … was bist du genau?«

Nichts, antwortete er. *Was kann der Schatten eines Geistes sonst sein?*

Victoria bemerkte seinen bitteren Ton. »Tut mir leid«, sagte sie.

Es braucht dir nicht leidzutun. Deine Welt ist voller solcher Geschöpfe, die verantwortungslose Sterbliche hinterlassen, wenn sie mit Leben und Tod spielen. Deshalb ist die schwarze Magie eine verbotene Kunst. Aber das hat die Magier nicht daran gehindert, die Asche all ihrer großen Zauberer aufzubewahren, um diese hin und wieder mit Problemen zu behelligen, die sie selbst nicht lösen können.

Victoria wusste nicht, was sie sagen sollte.

Geh, sprach der Schatten weiter. *Geh fort und verhindere, dass die Götter gegeneinander antreten. Wenn sie wieder aneinandergeraten, bedeutet es das Ende für alle Lebewesen – und den Beginn einer neuen Welt und einer neuen Geschichte. Wer weiß, ob ihre dritte Welt nicht vollkommen sein wird.*

»Vielleicht vollkommen, aber ohne uns«, erwiderte Victoria. »Und ich bekomme ein Kind. Ich will, dass mein Kind geboren wird, ich will, dass es das Licht der Sonnen erblickt.«

Ah, ein seltsames Geschöpf, dein Kind, bemerkte der Schatten. *Von hier aus kann ich seine Seele sehen. Willst du wissen, wie es ist?*

»Nein«, antwortete Victoria entschlossen. »Ich warte lieber, bis ich ihm das erste Mal in die Augen sehen kann.«

Beim sanften Schimmern ihres Horns hatte sie die Angeln der Tür untersucht und sich gefragt, was geschehen würde, wenn sie ihnen Energie übermittelte. Sie musste es wohl auf einen Versuch ankommen lassen. Sie senkte den Kopf und legte die Spitze ihres Horns auf eine der Angeln. Und sie bemühte sich, ihr Magie zu übermitteln. Anfangs war es, als stieße sie auf eine unüberwindliche dicke Mauer. Aber Victoria ließ nicht locker. Direkt über ihnen tobte ein Gott mit der Macht aller Winde. Ein kleiner Teil dieser Energie drang bis zu Victoria durch und strömte durch ihren Körper.

Bald begann das Metall zu schmelzen, bis es schließlich auf den Boden tropfte. Victoria erhob sich auf ihre Hinterbeine, um dasselbe mit der oberen Angel zu machen, dann stemmte sie sich gegen die Tür, bis diese nachgab. Sie lief in den Gang hinaus. Dort war es dunkel, aber ihr Horn leuchtete und ihr Instinkt würde sie ins Freie führen. Zuvor wandte sie sich noch einmal zu dem Schatten um, der in einer Ecke der Zelle schimmerte. »Bist du dort gut aufgehoben?«, fragte sie ihn.

Ich werde überall gut aufgehoben sein, antwortete das Wesen schwermütig. *Mach dich rasch auf den Weg und tu, was du zu tun hast. Und hol dir diesen Ring zurück. Ich habe nichts für Einhörner übrig, aber wenn du ihn wirklich von einem Shek bekommen hast, ist es mir lieber, er ist bei dir.*

Victoria neigte den Kopf, erwiderte jedoch nichts. Leicht wie ein Mondstrahl lief sie den Tunnel entlang, ihrer Freiheit entgegen.

»Shail! Shail!«, schrie Covan über das Sturmgeheul hinweg. Der Magier hatte die Augen geschlossen und sein Zustand tiefster Konzentration war ihm deutlich anzusehen. Dennoch schüttelte der Fechtmeister ihn heftig. Sie hatten sich in die Speisekammer zurückgezogen, einen kleinen, fensterlosen Raum neben der

Küche. Das ohrenbetäubende Tosen des Wirbelsturms war hier nur gedämpft zu hören.

Endlich schlug Shail die Augen auf und sah sich verwirrt um. »Was ist los? Was ist das für ein Lärm?«

»Der Lärm ist im Moment nicht das Entscheidende!«, rief Covan. »Sieh mal!«

Noch benommen drehte Shail den Kopf in die Richtung, in die der Ritter deutete. Die Tür der Speisekammer war verschlossen, aber durch den Türspalt drang gleißendes Licht herein. Zu viel Licht, begriff Shail plötzlich. »Die Schutzglocke!«, rief er. »Was ist los? Warum funktioniert sie nicht mehr?«

»Ich hoffte, das könntest du mir sagen.«

Shail überlegte. »Vielleicht ist das Licht noch näher gekommen. Oder die Magie des Zaubers lässt nach. Vielleicht ...« Er zögerte, bevor er hinzufügte: »Vielleicht liegt es daran, dass Qaydar fort ist.«

»Dass Qaydar fort ist?«, wiederholte Covan erregt.

Shail hob beschwichtigend die Hände. »Oder mein Findezauber hat versagt. Ich habe nach Alsan, Gaedalu, Qaydar, Jack und Victoria gesucht.« Er holte tief Luft. »Und nur Jack gefunden. Er ist tief unter uns. Sogar noch unter dem Kellergeschoss. Ich weiß, das kann nicht sein«, fügte er hinzu. »Bestimmt hat der Wirbelsturm mit seiner Energie dazwischengefunkt ...«

»Nein«, unterbrach Covan, »ich kann es mir durchaus erklären. Ich habe Geschichten über ein Gewirr von Tunneln unter der Stadt gehört. Angeblich haben die ersten Könige von Vanissar sie damals anlegen lassen.«

»Jack könnte auf einen Eingang gestoßen sein und dort Zuflucht gesucht haben«, überlegte Shail, »aber wo sind die anderen?«

»Das Licht ist jetzt wichtiger!«, drängte Covan.

»Der Zauber muss von allen Magiern der Stadt gemeinsam wieder aktiviert werden. Ich allein kann nichts ausrichten.«

Covan runzelte die Stirn. »Dann willst du hier in diesem Versteck bleiben?«

»Nein.« Shail stand auf. »Ich werde eine Variante des Findezaubers einsetzen, um zu Jack zu gelangen. Vielleicht weiß er, wo Qaydar ist. Du solltest zu den anderen zurück und dich vergewissern, dass ihre Augen gut geschützt sind und dass ihr alle Spalte abdeckt, durch die das Licht eindringen kann. Je dunkler der Keller ist, desto besser. Und die anderen Magier sollen versuchen, den Zauber aufzufrischen.«

»Ich werde tun, was ich kann, aber der König …«

»Der König ist jetzt nicht da«, schnitt Shail ihm das Wort ab. »Alsan vertraut dir, deshalb musst du in seiner Abwesenheit die Entscheidungen treffen.«

Der Fechtmeister sah ihn nachdenklich an. Schließlich nickte er. Bevor er ging, legte Shail ihm die Hände aufs Gesicht und sprach leise eine Formel aus. Als er sie zurückzog, waren Covans Augen mit einem dunklen Schleier überzogen. »Was hast du getan?«, rief der Ritter erschrocken. »Ich kann nichts sehen!«

»Das ist zum Schutz deiner Augen«, erwiderte Shail. »Aber nicht einmal meine Magie kann Irials Licht ganz blockieren, deshalb empfehle ich dir, sie noch irgendwie anders abzudecken. Man kann gar nicht vorsichtig genug sein.«

Covan zerriss mit einem Ruck seinen linken Ärmel und verband sich damit die Augen. Dann tastete er sich zur Tür. Shail deckte sich die Augen mit beiden Armen ab und wandte den Dunkelheitszauber auf sich selbst an. Kaum war er fertig, als gleißendes Licht den ganzen Raum überflutete und ihn trotz all seiner Vorsichtsmaßnahmen blendete. Er hörte Covans verwunderten Ausruf, das Geräusch der sich schließenden Tür, dann kehrte das angenehme Zwielicht zurück. Langsam ließ er die Arme sinken. Seine Augen brauchten noch eine Weile, bis sie sich wieder ans Halbdunkel gewöhnt hatten.

Irgendwann war der Tunnel zu Ende. Victoria war auf ein grelles Licht zugegangen und stellte nun zu ihrer Überraschung fest, dass es von einer Tür herrührte. Einer Tür, die fest verschlossen war. Das Licht drang durch die Ritzen zwischen Füllung und Rahmen. Victoria nahm wieder ihre menschliche Gestalt an und drückte auf die Klinke. Offenbar war der Ausgang durch irgendein schweres Möbelstück verstellt. Sie stemmte sich dagegen. Es war sehr, sehr schwer. Victoria keuchte, ließ jedoch nicht locker. Millimeter um Millimeter wich es zurück.

Irgendwann, als ihre Arme und Schultern schon schmerzten und sie völlig durchgeschwitzt war, konnte sie hinausschlüpfen. Sie fand sich in einem kalten, feuchten, aber überhaupt nicht dunklen Keller wieder. Gegenüber war eine Treppe und an deren Ende eine weitere verschlossene Tür, durch deren Ritzen gleißendes Licht drang. Es war so hell, als befände sie sich im Freien. Victoria stieg die Treppe hinauf. Oben blieb sie stehen, riss nicht ohne Bedauern einen der Schleier ihres Kleides ab und verband sich damit die Augen. Dann machte sie die Tür auf.

Das Licht drang grell durch die Binde und durch ihre geschlossenen Lider. Sie tastete sich weiter, bis sie auf eine Wand stieß und dann auf ein klappriges, staubbedecktes Möbelstück. Sie befand sich also in einem Gebäude und trotzdem war es so hell! Bestimmt war ein Fenster offen geblieben.

»Wer bist du?«, ertönte plötzlich eine Stimme neben ihr, eine männliche Stimme, die langsam sprach. »Ich kann dich nicht sehen, ich habe mir die Augen verbunden, um sie vor dem Licht zu schützen.«

»Ich kann auch nichts sehen«, erwiderte Victoria. »Tut mir leid, dass ich in dein Haus eingedrungen bin. Ich bin durch den Keller gekommen und suche einen Unterschlupf.«

»Das hier ist nicht mein Haus, sondern ein alter, verlassener Gasthof. Aber ich kenne den Keller«, fügte er hinzu. Das Sprechen schien ihm schwerzufallen. »Er hat keinen Ausgang.«

»Doch, er war hinter einem schweren Schrank versteckt. Von dort aus gelangt man in ein Netz von unterirdischen Tunneln.«

»Wirklich? Und wo führen sie hin?«

»In den Palast, glaube ich.«

»Zeig es mir bitte.«

Anhand ihrer Stimmen tasteten sie sich aufeinander zu. Als Victorias Hände die des Unbekannten zu fassen bekamen, spürte sie etwas Seltsames, Unangenehmes. Auch der andere schien bei der Berührung irritiert. »Etwas ist mit deinen Händen«, sagte er. »Ich spüre ein Kribbeln.«

Ich bündle die Energie der Götter, dachte Victoria. »Fass mich lieber nicht an«, erwiderte sie. »Wir kommen auch so zum Keller.« Sie brauchten eine ganze Weile, bis sie die Tür erreicht hatten. Als Victoria sie aufmachte, hielt sie sich am Geländer fest und ertastete die ersten Stufen mit dem Fuß. »Wir sind da«, sagte sie.

Sie spürte, wie der andere hinter ihr die ersten Stufen hinabstieg, und hörte das Geräusch einer sich schließenden Tür. Plötzlich erschien ihr das Licht hinter der Binde weniger grell. Sie holte tief Luft, nahm sie ab und sah sich blinzelnd um. Der Unbekannte tat dasselbe. Es dauerte einige Sekunden, bis sie sich wiedererkannten. »Du!«, rief Yaren und verengte die Augen.

Jack drehte sich nach allen Seiten um. »Wir sind wieder zu spät gekommen!«

Sie standen in einer leeren Zelle. Christian nahm die Überreste eines Sechsecks in Augenschein, das offenbar mit Asche auf den Boden gemalt worden war. Jack hingegen war vor den Fußeisen an der Wand stehen geblieben und zitterte vor Zorn. »Wenn er sie angekettet hat …«, sagte er. »Wenn er ihr diese Fußeisen angelegt hat, wird ihn das teuer zu stehen kommen, das schwöre ich.«

Christian wandte sich ihm zu. »Wer denn?«

Jack hob ein Cape vom Boden. »Das hier gehört Alsan.«

Christian verkniff sich ein ›Ich hab's dir ja gesagt‹ und deutete auf die Aschereste. »Die sind frisch«, erklärte er. »Damit wurde irgendein Zauber durchgeführt. Ich bin mir nicht sicher, aber es könnte sich um eine Anrufung handeln.«

»Was für eine?«

Christian wollte gerade antworten, als sie draußen Schritte hörten. Sie stürzten hinaus. Ein Licht kam durch den Tunnel auf sie zugetanzt.

»Jack!«, ertönte Shails unverwechselbare Stimme. »Jack, bist du das?«

»Shail! Wir sind hier!«

»Wir? Wer ist bei dir?« Aber da war Shail bereits bei ihnen angelangt und hatte Christian entdeckt.

»Alsan hat Victoria mitgenommen«, stieß Jack als Erstes hervor. »Er hat sie entführt.«

Shail starrte ihn verblüfft an. »Aber woher …?«

Jack verlor keine Zeit mit Erklärungen, sondern führte ihn in die Zelle hinein. »Sie muss aus eigener Kraft entkommen sein«, antwortete Christian und deutete auf die Tür. »Wenn wir uns beeilen, haben wir sie bald gefunden.«

»Ja«, pflichtete Jack bei, »gehen wir. Mir stehen die Haare zu Berge. Irgendetwas ist hier seltsam, findet ihr nicht auch?«

Christian nickte nur. Bevor er hinter den anderen die Zelle verließ, warf er beunruhigt einen letzten Blick zurück.

»Du …«, sagte Yaren. »Das hätte ich mir ja denken können.« Er versetzte Victoria einen heftigen Stoß.

Sie verlor das Gleichgewicht und wäre beinahe die Treppe hinuntergestürzt. Zum Glück konnte sie sich in letzter Sekunde am Geländer festhalten. »Bist du verrückt geworden?«, herrschte sie ihn zitternd an. »Ich bin schwanger!«

»Ich weiß«, erwiderte Yaren mit einem unheimlichen Grinsen. »Meinst du, dein Kind ist zu Schaden gekommen? Dann wollen wir es heilen.« Er legte die Hände auf Victorias Bauch und begann mit dem Heilzauber.

Eine Welle dunkler Energie brach über Victoria herein. Sie spürte, wie ihr Kind sich in ihr wand, schrie auf und stieß Yaren von sich. Sie war blass vor Zorn, aber ihr Herz erschauerte vor Angst bei der bloßen Vorstellung, ihr Kind verloren zu haben. »Du kannst mich bestrafen, wenn du willst. Aber ich lasse nicht zu, dass du meinem Kind etwas antust.«

Yaren grinste immer noch. »Das wirst du nicht verhindern können.«

Aber sicher, dachte Victoria und verwandelte sich in ein Einhorn. Der Magier starrte sie verblüfft an. Diesen Moment nutzte Victoria, um ihn die Treppe hinunterzustoßen. Mit einem erstickten Schrei rollte Yaren bis zum Kellerboden. Victoria setzte ihm nach. Als der Magier sich aufzurappeln versuchte, zeigte ihr Horn auf seine Brust.

»Damit übermittle ich normalerweise die Magie«, sagte sie, »aber im Moment befinden sich ganz in der Nähe ein oder zwei Götter, deren Energie ich aufsauge wie ein Schwamm. Wenn ich dich jetzt also berühre, übermittle ich dir wahrscheinlich keine Magie, sondern einen so gewaltigen Energiestrom, dass dein Körper bersten könnte. Also provozier mich nicht.«

Das Horn strahlte so außergewöhnlich hell, dass Yaren den Blick abwenden musste. »Ist gut. Was willst du?«

Victoria holte tief Luft. »Es geht darum, was *du* willst. Du siehst jämmerlich aus. Wie lange lebst du schon hier?«

Yaren zögerte. »Schon ein paar Tage … Ich weiß nicht. Nach allem, was nach Alsans Krönung geschah, konnte ich nicht zu Qaydar zurück. Und zu Gerde auch nicht«, fügte er hinzu. »Ich wusste nicht mehr weiter und wollte mir das Leben nehmen. Ich hatte aber nicht den Mut dazu.« Seine letzten Worte waren nur ein Flüstern.

Betroffen sah Victoria ihn an. »Ich weiß nicht, was ich für dich tun könnte«, erwiderte sie. »Ich weiß nur, dass ich deine Bitte damals am Turm von Kazlunn nicht hätte erfüllen dürfen.«

Völlig geknickt schloss Yaren die Augen. »Ich habe nicht lockergelassen«, stieß er mit Mühe hervor. »Ich dachte immer, man müsste seine Träume verfolgen bis zum Ende. Und wohin hat mich das gebracht?« Er schlug sich die Hände vors Gesicht. »Ich kann nicht mehr«, flüsterte er. »Ich war vom falschen Traum besessen. Bestimmt hatte das erste Einhorn, das ich als Kind sah, seine Gründe, mir die Magie nicht zu übermitteln …«

»Da täuschst du dich«, widersprach Victoria. »Das Übermitteln der Magie ist etwas, das von Herzen kommt. Womöglich war diesem Einhorn nicht danach, dich zum Magier zu machen. Einem anderen aber sehr wohl …« Sie machte eine Pause. »Ich hätte es durchaus getan. Ich habe es dir nur so oft abgeschlagen, weil ich genau wusste, was passieren konnte. Aber zu jedem anderen Zeitpunkt hätte ich es getan.«

Yaren hob den Kopf. »Du bist wunderschön«, sagte er zum Einhorn. »Ich hätte mich damit begnügen sollen, dich zu sehen. Ich habe es mir in den Kopf gesetzt, eine Blume zu pflücken, und sie ist mir in den Händen verwelkt.«

Victoria neigte den Kopf. Yaren hob die Hand und streichelte langsam ihre Mähne. Victoria spürte die dunkle Energie, die seine Seele verströmte. Sie tat ihr weh, aber Victoria rührte sich nicht. Auch Yaren nahm ihre magische Energie an seinen Fingerspitzen wahr und sie quälte ihn unsäglich, aber er ertrug es. Schließlich zog er die Hand zurück. »Du könntest etwas für mich tun«, stieß er hervor.

Victoria las ihm an den Augen ab, worum er sie bitten wollte. Entsetzt verwandelte sie sich in einen Menschen, damit er ihr die Furcht und die Bestürzung ansah. »Das kannst du nicht von mir verlangen«, flüsterte sie.

Yaren deutete ein bitteres Lächeln an. »Das ist das Letzte, worum ich dich bitten werde. Du weißt, dass du es mir nicht abschlagen kannst. Du bist es mir schuldig.«

Victoria blinzelte. Sie hatte feuchte Augen und einen Kloß im Hals.

»Du bist es mir schuldig«, beharrte Yaren. »Beweis mir, dass es die Mühe wert war, einem Einhorn nachzujagen. Beweis mir, dass dein Herz stärker ist als meins.«

Nachdem Covan sich immer an der Wand entlang durch das Untergeschoss des Palasts getastet hatte, gelangte er zum Kellereingang. Er fand die Tür verschlossen und hämmerte mit den Fäusten dagegen. »Aufmachen!«, rief er. »Ich bin's, Covan!«

Auf der anderen Seite hörte er warnende Schreie. »Wir machen einen Spaltbreit auf!«, riefen sie ihm kurz darauf von drinnen zu. »Komm rein und mach die Tür gleich wieder zu!«

Covan wartete, bis er das Schloss knacken und die Angeln quietschen hörte, schob sich entschlossen hinein und schlug die Tür hinter sich zu. »Du kannst die Binde abnehmen«, ertönte eine Stimme neben ihm. »Hier ist das Licht erträglich.«

Nach kurzem Zögern tat der Fechtmeister wie geheißen. Als er sich an das Halbdunkel gewöhnt hatte, sah er sich um. Schluchzen und Stöhnen waren zu hören. »Was ist denn los?«, fragte er besorgt.

»Die Schutzglocke hat ganz plötzlich versagt«, antwortete einer der Magier neben ihm. »Einige wurden vom Licht überrascht und konnten sich nicht mehr die Augen bedecken.«

»Wie kann das sein? Warum hat der Zauber versagt?«

Der Magier schüttelte den Kopf. »Er ist auf einmal zusammengebrochen«, antwortete er. »Das Licht wurde noch viel greller, als wäre der Lichtkegel direkt über uns. Wir sind dabei, den Zauber aufzufrischen, aber das dauert noch ein bisschen. Die gute Nachricht ist, dass der Wirbelsturm offenbar abzieht. Und jetzt entschuldige mich bitte, ich muss wieder an die Arbeit«, fügte er hinzu und hastete die Treppe hinunter.

Unruhig folgte Covan ihm. In einer dunklen Ecke, im Schutz eines Bogens, rief eine weibliche Stimme verzweifelt: »Was ist mit mir? Was ist passiert? Ich kann nichts sehen!«

Bedrückt ging er näher und erstarrte, als er Zaisei erkannte. »Zaisei ...«, stammelte er.

»Covan ...? Bist du's? Wo ist Shail?«, flehte die Himmelblaue, die das Entsetzen und Mitgefühl in Covans Herz wahrgenommen hatte. »Was ist mit mir?«

Zunächst konnte der Fechtmeister nichts sagen und ergriff ihre Hand, um sie zu trösten. »Es geht ihm gut«, antwortete er schließlich. »Ich bin auf der Suche nach Jack.«

»Zaisei war ins Erdgeschoss hinaufgegangen, um auf Shail zu warten«, erklärte die Priesterin neben ihr leise. »Dort überraschte sie das Licht.«

Zaiseis weit aufgerissene, wunderschöne Augen blickten ins Leere. Ihre blauen Iris hatten die Farbe verloren und sahen nun seltsam durchscheinend aus. Covan erschauerte vor Entsetzen.

Als Jack, Christian und Shail in den Keller gestürzt kamen, bot sich ihnen ein sonderbarer Anblick. Victoria kniete tränenüberströmt auf dem Boden. Sie wiegte einen bleichen, reglosen

Körper in den Armen. Jack wollte zu ihr, aber Christian hielt ihn zurück.

»Was …?«, flüsterte Shail. Er konnte den Satz nicht zu Ende sprechen.

Victoria sah zu ihnen auf. »Ich habe ihn getötet«, wisperte sie mit rauer Stimme. Der junge Mann in ihren Armen hatte ein blutiges Mal auf der Brust, direkt über dem Herzen.

»Warum?«, fragte Jack überwältigt.

Victoria schüttelte den Kopf. »Weil er mich darum gebeten hat«, antwortete sie. »Weil es das Einzige war, das ich für ihn tun konnte.«

Das ist Yaren, erklärte Christian. Er ging zu Victoria und umarmte sie.

Victoria trocknete sich die Tränen. »Wir dürfen keine Zeit verlieren«, sprach sie weiter. »Wir müssen Alsan aufhalten.«

Christian runzelte die Stirn. »Warum hat er dich entführt? Um dir den Ring abzunehmen?«

Vorsichtig lehnte Victoria Yaren an die Wand und stand auf. »Er brauchte den Ring für eine Anrufung und anschließend hat Gaedalu ihn mitgenommen. Es tut mir sehr leid. Ich wollte es verhindern, aber …«

»Mach dir keine Sorgen«, beruhigte Christian sie. »Wir holen ihn uns zurück.« Er strich ihr tröstend über die Wange.

»Was für eine Anrufung?«, wollte Shail wissen.

Victoria holte tief Luft und schilderte in kurzen Worten, was geschehen war. Shail fiel aus allen Wolken, als er erfuhr, dass Victorias Ring der mythische Shiskatchegg war, die Waffe, die Talmannon einst benutzt hatte, um sich alle Magier gefügig zu machen. »Warum hast du mir das nicht früher gesagt?«, fragte er verwundert.

»Wärst du ruhiger gewesen, wenn du es gewusst hättest?«

Shail sah aus den Augenwinkeln nach Christian, der sie ernst beobachtete. »Ehrlich gesagt nein«, gab er zu. »Aber wenn nicht einmal ich es wusste, wie hat Alsan es dann erfahren?«

»Ich glaube, ich habe mich einmal verplaudert«, antwortete Jack zutiefst beschämt. »Ich muss ihm gegenüber den Namen des Rings erwähnt haben. Ich hatte allerdings völlig vergessen, dass er Talmannon gehört hat. Für mich ist er immer Christians und Victorias Ring gewesen.«

»Passiert ist passiert«, befand Christian. »Aber wie geht es jetzt weiter? Wo sind Alsan und die anderen hin?«

»Sie sind ins Orakel von Gantadd aufgebrochen. Sie wollen dort im Kuppelsaal die Götter anrufen.«

Jack runzelte die Stirn. »Das müssen wir verhindern. Zum Glück ist das Orakel weit weg und es wird dauern, bis sie dort sind …«

»Qaydar ist dabei«, rief ihm Victoria in Erinnerung. Der Erzmagier war problemlos in der Lage, sie alle drei dorthin zu teletransportieren.

Ratlos und verzweifelt sahen sie sich an. In diesem Augenblick kehrte im hell erleuchteten Keller wieder Dunkelheit ein.

13

Die Stimme der Götter

Ehrwürdige Mutter!«, rief Schwester Karale bei Gaedalus Anblick. »Wir haben Eure Rückkehr erst …« Sie unterbrach sich, als sie Qaydar und Alsan entdeckte.

Schwester, sagte die Varu ernst, *ich glaube, Alsan, den König von Vanissar, kennst du bereits.*

Überrascht riss die Fee die Augen auf. Sie hatte ihn kennengelernt, als Neliams Zorn über dem Orakel getobt hatte. Doch damals hatte er anders ausgesehen und auf einen anderen Namen gehört. Und er hatte nie erwähnt, dass er König war.

»Wir kennen uns, ja«, bestätigte Alsan mit einem heiteren Lächeln.

Von Qaydar, dem Erzmagier, fuhr Gaedalu fort, *hast du bestimmt schon gehört.*

Karale zögerte. »Ja … sicher … natürlich.« Die ehrwürdige Mutter hatte ihnen immer eingeschärft, den Magiern, insbesondere den mächtigen, zu misstrauen, Karale überwand jedoch ihre Verwunderung und stammelte: »Es ist mir eine Ehre.«

Wir sind gekommen, um im Orakelsaal eine Auskunft einzuholen, sagte Gaedalu.

Karale wurde blass. »Aber Mutter, das kann nicht Euer Ernst sein! Dieser Saal ist abgesperrt, wie Ihr wisst. Wir sind gerade dabei, die Kuppel einzureißen, denn sosehr wir uns auch bemühen, den Raum zu isolieren – der Lärm wird immer lauter und erlaubt uns nicht …«

Wir gehen trotzdem hinein, Schwester, unterbrach Gaedalu unnachgiebig. *Der Erzmagier wird dafür sorgen, dass unsere Ohren gut geschützt sind.*

Karale brachte ein zustimmendes Murmeln zustande und begleitete sie durch die Flure. Das Orakel hatte sich ziemlich gut vom Ansturm der Wellen erholt. Normalerweise wäre Gaedalu auf ihre Priesterinnen und deren Arbeit stolz gewesen. Aber in diesem Moment nahm sie all dies kaum wahr. Sie hatte nur eins im Kopf. *Schwester,* sagte sie auf dem Weg zum Orakelsaal, *geh die kleine Ankira holen. Heute werden wir die heilige Gabe, die die Götter ihr verliehen haben, mehr denn je brauchen.*

Zaisei konnte immer noch nicht sehen. Mittlerweile war der Palast wieder bewohnbar und so war sie zusammen mit anderen Betroffenen in einen der oberen Räume verlegt worden. Die meisten genasen allmählich wieder, aber ihre Augen waren zu sehr beschädigt worden.

Der Wirbelsturm war gen Süden abgezogen und die magische Schutzglocke funktionierte wieder. Die Stadtbewohner wagten sich einer nach dem anderen langsam aus ihren Verstecken und kehrten in ihre Häuser oder ihre Zimmer im Palast zurück. Der ehrwürdige Vater hingegen war bei Zaisei geblieben, die stumm und mit geschlossenen Augen auf Shail wartete.

Der wurde in dem Durcheinander nicht als Einziger vermisst. Covan hatte Alsan im ganzen Palast gesucht, aber der König war wie vom Erdboden verschluckt. Auch Jack, Victoria, Qaydar und Gaedalu tauchten nicht auf. »Der Magier sagte, Jack sei in die unterirdischen Tunnel hinuntergestiegen«, berichtete Covan Ha-Din, »aber die anderen seien nicht bei ihm.

Ich hoffe von ganzem Herzen, der Wirbelsturm hat sie nicht mitgenommen.«

Der Himmelblaue seufzte. »Ich neige mehr zu der Annahme, dass sie freiwillig fort sind.«

»Freiwillig fort?«, wiederholte Covan. »Wohin denn?«

Ha-Din kam nicht zum Antworten, da gemeldet wurde, ein Neuankömmling frage nach König Alsan. Der Fechtmeister verabschiedete sich mit einer Verneigung des Kopfes von Ha-Din und eilte davon. Der Besucher wartete im Hof. Es war ein großer, junger Mann, der neben einem künstlichen Drachen stand. »Denyal und Tanawe schicken mich, um mit dem König zu sprechen«, erklärte er.

»Der König kann dich nicht empfangen, er befindet sich im Moment nicht im Palast und wir wissen nicht, wann er zurückkehrt.«

Diese Auskunft erschütterte den Piloten sichtlich. »Aber wir können nicht länger warten«, sagte er verzweifelt. »Ich hätte eigentlich schon vor Stunden hier sein sollen, aber ich musste mich vor dem Wirbelsturm in die Berge flüchten. Meine Botschaft ...«

»Wirbelsturm?«, unterbrach Covan. »Und was ist mit dem Licht?«

»Tanawe hat den Drachen vor meinem Aufbruch mit einem Dunkelheitszauber versehen. Aber hört zu, Ritter, das ist jetzt nicht das Entscheidende. Gestern sind die von Qaydar versprochenen Zauberer in Thalis angekommen. Vor drei Tagen hat auch endlich einer der Piloten aus Kash-Tar mitgebracht, was Tanawe zur Fertigstellung der Drachen brauchte. Jetzt ist das Geschwader startklar. Die Heere von Nanetten, Dingra und Raheld warten auch auf uns. Wir brauchen dringend König Alsans Einsatzbefehl.«

Covan überlegte. Der Angriff in den Feuergipfeln stand unmittelbar bevor und Alsan hatte alles sorgfältig geplant. Ein weiterer Aufschub war denkbar ungünstig. Das Reich brauchte eine Hand, die es in diesen schwierigen Zeiten lenkte. Shail hatte recht. Er musste Alsan in dessen Abwesenheit vertreten. »Sag Denyal, er soll den Aufbruch des Geschwaders befehlen«, erwiderte er schließlich. »Die Heere von Vanissar werden unverzüglich abmarschieren. Wir sehen uns in den Feuergipfeln.«

Der junge Pilot neigte den Kopf und kletterte wieder in seinen Drachen. Kurz darauf flog er über die Dächer von Vanis hinweg in Richtung Thalis davon.

»Ich will da nicht wieder rein!«, schrie Ankira und versuchte sich am Türrahmen festzuhalten, während Alsan sie zum Orakelsaal schleppte. »Ich will nicht!«

Ihrem letzten Wort folgte ein entsetztes Heulen, als Alsan sie losriss und sie sich trotz ihres Strampelns auf den Rücken lud. Schwester Karale beobachtete die Szene erschrocken. »Muss das sein, Mutter?«

Leider ja, antwortete Gaedalu. *Mir wäre es auch lieber, wenn es ohne das Mädchen ginge, aber die beiden anderen Hörer sind nicht in der Verfassung, uns behilflich zu sein. Wir brauchen Ankira, Schwester. Die ganze Welt braucht sie jetzt.*

Ankira weinte und flehte unter Tränen, sie gehen zu lassen, bat auch Schwester Karale um Hilfe, aber dieser blieb nichts anderes übrig, als ohnmächtig zuzusehen und sich für ihre Feigheit zu verfluchen. Der Erzmagier schützte die Ohren aller vier mit einem Zauber. Anschließend räumten sie die Matratzen, Decken und Kopfkissen, die den Eingang blockierten, beiseite und bald wurde der Lärm so unerträglich, dass Karale davonlief.

Die anderen vier hörten ihn gedämpft. Es klang wie sinnloses Gebrabbel, ein Flüstern, das mit der Wucht eines Orkans widerhallte. »Sie werden uns töten, sie werden uns töten«, stöhnte Ankira.

Das sind unsere Götter, Kleine, versuchte Gaedalu sie zu beruhigen. *Denjenigen, die ihnen vertrauen, werden sie nichts tun.*

»Sie wissen doch gar nicht, dass wir hier sind!«, schrie Ankira verzweifelt. Niemand hörte auf sie.

Sie öffneten die Saaltür und gingen hinein. Qaydar verschloss sie mit seiner Magie, damit sie nicht gestört wurden. Ankira wimmerte in Alsans Armen und vergrub das Gesicht an seiner breiten Brust. »Hab keine Angst, Kleine«, sagte er. »Du bist die Auserwählte der Götter. Sie werden nicht zulassen, dass dir etwas zustößt – und ich auch nicht.«

Sie erwiderte nichts. Sie zitterte, stumm vor Entsetzen.

Shail stürzte in den Raum. »Zaisei!«, rief er.

Sie wandte ihm ihre leblosen Augen zu. »Shail?«, fragte sie und schon umarmte der Magier sie so fest, dass es ihr fast den Atem nahm.

»Was ist passiert?«

»Das Licht hat sie geblendet«, antwortete Ha-Din leise. »Sie kann nichts sehen. Vielleicht kehrt ihr Augenlicht in den nächsten Stunden zurück, aber …«

Shail nahm ihr Gesicht zwischen die Hände und untersuchte ihre Augen. »Götter«, flüsterte er und bereute dieses Wort sogleich wieder. Aufgebracht knirschte er mit den Zähnen.

Zaisei erfasste diese Gefühle. »Sei nicht …«, begann sie, aber Shail unterbrach: »Doch, ich bin wütend und empört, Zaisei. Ich weiß, diese Emotionen beeinträchtigen meinen seelischen Frieden, aber ich bin ein Mensch und kann nicht anders.« Seine Stimme versagte. Er schloss sie wieder in die Arme.

»Vielleicht kann Victoria etwas für sie tun«, sagte Jack hinter ihm. Victoria war noch unterwegs, um den Baculus zu holen.

Shail schluckte. »Nein«, sagte er dann entschieden. »Ihr müsst versuchen Alsan aufzuhalten. Das ist wichtiger. Danach kann Victoria vielleicht …«

»Ihr? Kommst du nicht mit uns?«

Shail schüttelte den Kopf, ohne Zaisei aus den Augen zu lassen. »Ich bin kein Held, Jack. Mein Platz ist hier, bei ihr. Geh Victoria suchen«, sagte er, »und macht euch sofort auf den Weg. Lass nicht zu, dass sie herkommt, sonst wird sie hierbleiben wollen, um all diese Leute zu heilen.«

Jack biss sich auf die Unterlippe. »Glaub nicht, ich wäre nicht versucht, sie hierzulassen«, gab er zu. »In ihrem Zustand …«

»Aber ohne sie kommst du nicht rechtzeitig zum Orakel, Jack.« Der starrte ihn verständnislos an. »Geh!«, drängte Shail ihn ungeduldig.

Jack holte tief Luft, nickte und verließ den Raum. Wenig später flog er mit Victoria auf dem Rücken über den Palast hinweg in Richtung Gantadd.

Qaydar sprach die Worte langsam aus. In der Mitte des Sechsecks schluchzte Ankira vor blankem Entsetzen. Ein wenig abseits warteten Alsan und Gaedalu schweigend. Als das mit feinen Linien aus goldenem Pulver gezeichnete Sechseck kurz aufleuchtete, tauschten beide einen Blick. Alsan, der Nurgon-Ritter, und Gaedalu, die Priesterin, gaben nichts auf die Magie, aber keiner von beiden hielt Qaydar auf. Die Not zwang sie zu seltsamen Bündnissen.

Als das Sechseck hell strahlte, hob Qaydar die Stimme. Die Zauberworte erklangen laut und deutlich in der Glocke, mit der der Erzmagier sie alle vom ohrenbetäubenden Lärm im Saal abschirmte. Ankira schrie vor Angst, ließ sich auf die Knie fallen und hielt sich den Kopf. Qaydar sprach die letzten Worte, trat einen Schritt zurück und wartete. Ankira wimmerte und schüttelte den Kopf.

»Was ist mit ihr?«, fragte Alsan beunruhigt.

»Ich öffne ihr Bewusstsein«, antwortete Qaydar, »genauer gesagt ihre Verbindung zu den Göttern, damit diese Verbindung in beide Richtungen funktioniert.«

Tut es ihr weh?, fragte Gaedalu.

»Möglicherweise. Aber das ist gleich vorbei.«

Nach einem letzten Aufschrei hob das Mädchen den Kopf und riss die Augen sperrangelweit auf. Alsan musste schlucken. Von Ankiras Augen war nur noch das Weiße zu sehen und ihr dunkles Gesicht war so kalt und ausdruckslos geworden wie das einer Statue aus Ebenholz. »Ankira?«, fragte er besorgt, aber sie antwortete nicht, gab nicht einmal zu erkennen, ob sie ihn gehört hatte. Sie war in Trance.

»Ist jemand … auf der anderen Seite?«, fragte Qaydar.

Ankira löste die Lippen voneinander. Ein sonderbares Gemurmel drang aus ihrem Mund, als sprächen mehrere Stimmen gleichzeitig aus ihr.

»Ist da jemand?«, fragte Qaydar noch einmal.

Endlich sprach Ankira Idhunisch, und zwar mit sechs verschiedenen Stimmen, die zu einer einzigen verflochten schienen: »›Sterbliche‹«, sagte Ankira ausdruckslos. »›Was wollt ihr?‹«

»Wir schaffen es nicht rechtzeitig!«, schrie Jack und schlug mit den Flügeln, so kräftig er konnte.

Victoria reagierte nicht sofort. Sie machte sich Sorgen um Christian, der in die Feuergipfel aufgebrochen war, um Gerde und die Sheks über Alsans Absichten zu unterrichten. Auch er würde zu lange brauchen, denn wahrscheinlich würde er unterwegs einem Gott begegnen und einen Umweg machen müssen. Aber am meisten bedrückte sie, dass sie mit dem Ring die Verbindung zu ihm verloren hatte.

»Victoria!«, beharrte Jack. »Shail hat gesagt, du kennst ein Mittel, um schneller voranzukommen!«

»Ja«, erwiderte sie und nahm wieder von ihrer Umwelt Notiz. »Ich kann mich mit Lichtgeschwindigkeit fortbewegen. Aber das ist nicht besonders sicher.«

»Warum? Ist es so etwas wie die Teletransportation?«

»Nein, das einzige Risiko bei der Teletransportation ist, dass man an einem unpassenden Ort wieder auftaucht, zum Beispiel im Inneren einer Wand, deshalb muss man sich sein Ziel vorher genau vorstellen. Das Problem bei der Lichtgeschwindigkeit ist, dass man nicht alle Hindernisse auf dem Weg vorhersehen kann. Stell dir vor, du würdest mit Lichtgeschwindigkeit an einen Berggipfel prallen!«

Jack standen die Schuppen zu Berge. »Hast du diese Fähigkeit denn schon einmal eingesetzt?«

Victoria dachte an ihren Flug mit Sheziss zum Turm von Drackwen zurück. »Ja, aber es war ein Notfall.«

»Das hier ist auch einer!«

»Damals war ich nicht schwanger.« Ihr Herz raste vor Angst. Doch es stand mehr auf dem Spiel als ihr Leben und das ihres Kindes. Sie biss die Zähne zusammen und rief: »Jack, flieg weiter, und zwar so hoch du kannst! Wir werden mit Lichtgeschwindigkeit reisen!«

Jack bog seinen langen Hals nach hinten, um ihr einen liebevollen Blick zuzuwerfen, und schwang sich dann höher in die Kuppel des idhunischen Firmaments.

»›Sterbliche‹«, sagte Ankira noch einmal, »›was wollt ihr?‹« Diese sechsfache Stimme klang kalt und unmenschlich und zugleich so tief und furchterregend, dass König, Erzmagier und

Kirchenoberhaupt zu Tode erschrocken vor dem Mädchen auf die Knie sanken.

Nach einigen Augenblicken verzagten Schweigens wagte Gaedalu schließlich einige telepathische Worte an Ankiras Bewusstsein zu richten, in dessen unermesslicher Weite sie sich fast verlor. *Göttliche Hoheiten …*, begann sie und fragte sich, ob das wohl die passende Anrede für die Götter war, *Ihr gewährt uns eine große Ehre, wenn Ihr unseren unbeholfenen Worten Gehör schenkt. Mein Name …*

»›Sterbliche‹«, wiederholte Ankira. »›Was sucht ihr?‹«

Erneut ließ die Stimme sie vor Entsetzen ganz klein werden. Gaedalu beschloss, die Formalitäten zu überspringen. *Göttliche Hoheiten*, flüsterte sie, *wir haben es gewagt, Euch anzurufen, um Euch die Identität der letzten Inkarnation des siebten Gottes zu enthüllen.*

»›Sorgt euch nicht, Sterbliche‹«, erwiderte Ankira, »›er und seine Geschöpfe werden bald ausgerottet sein.‹«

Das war eine gute Nachricht, dachte Alsan erleichtert. Wie tröstlich, dass da endlich jemand Weiseres und Mächtigeres als er war, der Idhún vom Siebten und seinen Schlangen befreien wollte. Doch wieso wussten die Götter nicht, dass sie dabei waren, die Welt zu zerstören, die sie eigentlich retten wollten? Er räusperte sich und stieß nach mehreren Versuchen mit bebender Stimme hervor: »Göttliche Hoheiten, ich möchte nicht respektlos sein, aber ich würde gerne anmerken, dass Euer Aufenthalt in dieser Welt ziemliche Schäden anrichtet. Wenn Ihr so freundlich wärt …«

»›Wir sind dabei, die Energie Idhúns aufzufrischen‹«, erwiderten die Stimmen und klangen einen Augenblick lang wie ein geduldiger Vater, der einem begriffsstutzigen Kind etwas sehr Kompliziertes erklärt.

Alsans Herz raste vor blankem Entsetzen, weil er es gewagt

hatte, die Götter infrage zu stellen. Er schloss die Augen und versuchte sich zu beruhigen, bevor er tonlos einwandte: »Aber dabei sterben Leute …«

»›Das ist nicht von Belang. Die Leute sterben und neue werden geboren. Das tun sie seit der Erschaffung der Welt. Eure Generation ist nicht wichtiger als die vorhergehenden.‹«

Alsan wusste nicht, was er darauf erwidern sollte. Sein Kopf war vollkommen leer.

Der Siebte lebt unter uns, mischte sich Gaedalu ein, *und bringt unser Leben durcheinander, das dem Ruhm und der Verehrung Eurer Hoheiten gewidmet ist. Er heißt jetzt Gerde und ist eine Fee.* Diese beiden Sätze hatte sie sich zurechtgelegt und in Gedanken ein ums andere Mal wiederholt. Nun hatte sie sich doch fast verhaspelt, erschrocken über ihren eigenen Mut und zugleich erleichtert darüber, sie loszuwerden.

Die Götter blieben stumm. Alsan dachte, das Ansinnen, den Siebten aus dem Weg zu räumen, hätte ihnen missfallen, und versuchte die Wogen zu glätten. »Wir können natürlich auch weiterkämpfen, ohne Euch Götter zu belästigen«, stammelte er. »Wenn die Drachen zurückkehren würden«, fügte er leiser hinzu, »könnten wir Gerde und die Sheks besiegen und sie alle ausrotten.«

»Und wenn die Einhörner wieder da wären, würde der Magierorden im alten Glanz erstrahlen«, schloss Qaydar sich an, zitternd und ohne es zu wagen, Ankira in die Augen zu sehen, »und wir Zauberer würden unser Leben und unsere Magie dem Kampf gegen die Schlangen widmen.«

… zum größeren Ruhm der Sechs, stellte Gaedalu hastig klar, empört über so viele Bitten.

»›Wenn wir das Wesen gefangen haben, das ihr den Siebten nennt‹«, gab Ankira das sechsfache Flüstern wider, »›werden alle Schlangen mit ihm zugrunde gehen und die Drachen nicht mehr nötig sein. Auch die Einhörner nicht‹«, fügte sie hinzu, »›denn durch unsere Nähe lädt sich die Welt mit Energie auf. Erst in vielen Generationen wird sie wieder ermatten.‹«

Qaydar wurde blass. »Aber der Magierorden …«, flüsterte er, verstummte jedoch sofort wieder, weil er den Zorn der Sechs fürchtete.

Doch die Götter brausten nicht auf. »›All das ist nicht wichtig‹«, erwiderten die Stimmen. »›Die Sterblichen werden geboren, leben und vergehen. Wir haben das Interesse am Leben der Sterblichen und all ihren Unternehmungen schon lange verloren. Sie vergehen so schnell wie das Aufleuchten eines Sterns.‹«

Die drei waren entgeistert und wussten nicht, was sie erwidern sollten. Auch die Götter blieben stumm, bis Gaedalu in Ankiras Bewusstsein flüsterte: *Ich flehe Euch an, straft unsere Dummheit nicht mit Eurem Schweigen. Wir wollten Euch nicht …*

»›Wir suchen eine Sterbliche namens Gerde‹«, erklärten die sechs Stimmen durch Ankiras Mund ungerührt.

»Wenn es nicht zu gewagt von mir ist«, sagte Qaydar zögernd, »mich würde interessieren, wie Ihr sie aufzuspüren gedenkt.«

»›Alle Sterblichen tragen ihren Namen im Bewusstsein. Das Ganze ergibt ein Gewirr von Namen, Stimmen und Gesichtern, einander so ähnlich, so klein und unbedeutend, dass sie schwer auseinanderzuhalten sind. Aber mit ihrem Namen können wir ihr Bewusstsein unter Millionen von anderen ausfindig machen.‹« Dabei ließen sie es bewenden und die drei Sterblichen wagten nicht weiterzufragen.

Plötzlich leuchteten Ankiras vollkommen weiße Augen seltsam auf. »›Sieh an‹«, flüsterten die sechs Stimmen.

Qaydar trat unruhig von einem Bein aufs andere. »Habt Ihr … Habt Ihr sie schon gefunden?«, stammelte er.

Im Gesicht des Mädchens spiegelte sich nicht die geringste Emotion und doch klangen die Stimmen unheimlich, als sie antwortete: »›Ja.‹«

Gerde erschauerte von Kopf bis Fuß und sah sich erschrocken um. »Nein«, sagte sie flehend. »Nein, noch nicht … Es ist noch zu früh.«

Hinter ihr, in der Schlucht, warteten Dutzende von Szish in Reih und Glied, stoisch, ohne einen einzigen Klagelaut. Gerde war stolz auf sie. Sie wusste, dass die Reihen auch hinter der Kurve weitergingen und sich ständig neue Szish dazugesellten, alle bereit zum großen Sprung, zum Aufbruch in eine neue Welt. Es waren auch viele Frauen und Kinder dabei. Sie hatten sich zuerst aufstellen dürfen und dennoch herrschte in der Schlucht fast Grabesstille. Wenn Szish-Babys weinten, dann nur ganz leise, mehr brauchte es beim feinen Gehör ihrer Mütter gar nicht.

Gerde seufzte in sich hinein. Das Tor zwischen den Dimensionen lag leuchtend vor ihr und wartete darauf, passiert zu werden. Noch waren nicht alle Probleme gelöst. Noch musste gefeilt werden. Aber sie konnten nicht länger warten. Sie blickte zu Eissesh auf, der ganz ruhig neben ihr lag. »Sie haben mich gefunden«, teilte sie ihm mit. »Es wird noch ein wenig dauern, bis sie hier sind«, sprach Gerde weiter. »Vielleicht bleibt uns genug Zeit, alle Szish zu evakuieren, aber ihr …«

Sie sprach den Satz nicht zu Ende, denn es war nicht nötig. Eissesh wusste, dass das Tor zwischen den Dimensionen noch zu klein war, um mehrere Sheks gleichzeitig aufzunehmen. Es zu vergrößern würde ein wenig Zeit in Anspruch nehmen, aber das durfte erst im letzten Moment geschehen. Je länger die Barriere zwischen beiden Realitäten eine so große Öffnung aufwies, desto labiler war deren Gleichgewicht.

Dann ist keine Zeit zu verlieren, befand Eissesh. Er wandte sich den Szish zu und übermittelte ihnen einen kurzen telepathischen Befehl. Die Ersten zögerten nur einen Sekundenbruchteil und setzten sich dann langsam in Bewegung. Als die ersten Schlangenmenschen das Tor zwischen den Dimensionen passierten, gab es kein Zurück mehr. Gerde war unruhig, zugleich aber voller Jubel und seltsam traurig.

Gaedalu weinte. Große Tränen rollten aus ihren riesigen wässrigen Augen, während sie den Körper der kleinen Ankira in den Armen hielt. Ihre Haut trocknete zusehends aus, aber das kümmerte sie nicht. Kaum hatten die Götter Gerde geortet, hatten sie sich aus dem Bewusstsein des Mädchens zurückgezogen und diese war wie ein Herbstblatt träge zu Boden gesunken. Von ihren Augen war nach wie vor nur das Weiße zu sehen. Ihr Herz schlug noch, aber angestrengt, als zweifelte es daran, ob es die Mühe überhaupt wert war.

Qaydar saß mit eingesunkenen Schultern und gesenktem Blick wie ein lebensmüder Greis auf dem Boden. Alsan hatte das Gesicht in den Händen vergraben und schluchzte, ohne zu wissen, warum. Über ihren Köpfen hallten die Stimmen der Götter noch als unverständliches Flüstern wider, aber sie sprachen nicht mehr mit ihnen und hatten auch nicht die geringste Absicht, ihnen weiter zuzuhören.

So fanden Jack und Victoria sie vor, als sie kurz darauf in den Orakelsaal stürmten. Victoria blieb wie angewurzelt stehen und hielt sich stöhnend die Ohren zu, aber Jack zog sie in die Schutzglocke. Alsan hob nicht einmal den Kopf. Jack packte ihn am Hemd und zerrte ihn gewaltsam hoch. Dann ballte er die andere Hand und versetzte ihm einen Kinnhaken. »Dafür, dass du Victoria und mein Kind angerührt hast«, warf er ihm aufgebracht an den Kopf.

Er wollte noch einmal zuschlagen, aber Victoria bremste ihn. »Dafür ist jetzt keine Zeit, Jack!«

Dieser beherrschte sich mit Mühe. »Darüber reden wir noch«, versprach er ihm. »Glaub nicht, damit wäre die Sache aus der Welt.«

Alsan erwiderte nichts. Er hatte sich die Hand an die Stelle gelegt, wo Jack ihn geschlagen hatte. Zweifellos hatte es ihm wehgetan, aber er schien es kaum zu bemerken. Mit stierem Blick hob er den Kopf. Jack schüttelte ihn erbarmungslos. »Habt ihr es getan? Habt ihr den Göttern gesagt, wo sich der siebte Gott befindet?«

Alsan rang sich ein Nicken ab. Jack fluchte. »Hast du eine Ahnung, was du angerichtet hast?«, schrie er. »Wenn sie Gerde töten, setzen sie den Siebten frei und dann werden sie so heftig kämpfen, dass wir alle dabei draufgehen!«

Alsan sah ihn an, reagierte jedoch nicht. Jack schüttelte ihn wieder: »Du hast alles kaputt gemacht!«, schrie er ihn an. »Gerdes Pläne, den Aufbruch der Sheks, alles! Sie hatten eine neue Welt gefunden, eine leere Welt, um fortzugehen und uns ein für alle Mal in Frieden zu lassen! Gerde versucht seit Monaten, sie bewohnbar zu machen. Warum wollte dir nicht in den Kopf, dass wir diesen Krieg nur gewinnen können, wenn wir den Feind fliehen lassen? Wenn die Götter aufeinander losgehen, ziehen wir Sterbliche den Kürzeren, auf beiden Seiten! Warum verstehst du das nicht?«

»Ich verstehe es«, antwortete Alsan da leise. Jack ließ ihn los. »Ich verstehe es«, wiederholte Alsan. »Die Götter haben ihre eigenen Pläne mit Idhún. Wir sind unwichtig für sie. Verglichen mit der Größe und Unermesslichkeit ihrer Vorhaben bedeutet das Leben der Sterblichen nicht viel. Das habe ich verstanden.«

Jack wusste nicht, was er erwidern sollte. Den Göttern von

Angesicht zu Angesicht gegenübergestanden zu haben hatte Alsan die Augen geöffnet … vielleicht zu spät.

»Was kann ich tun?«, fragte Alsan und zum ersten Mal in seinem Leben erlebte Jack ihn verwirrt und ratlos.

Victoria hatte währenddessen Ankira in die Arme genommen und versuchte sie mit ihrer Magie zu heilen. Bald entspannte sich das Gesicht des Mädchens und ihre Augen schlossen sich. Kurz darauf stieß sie einen Entsetzensschrei aus und riss die Augen erschrocken wieder auf. Nun sahen sie wieder wie immer aus. Ankira begann zu weinen und Victoria strich ihr übers Haar, um sie zu trösten.

Nach einer Weile hob Victoria den Kopf und sah Gaedalu ernst an. Langsam streckte sie ihr die flache Hand entgegen. Die Varu stierte sie an, als sähe sie sie gar nicht wirklich. Dann senkte sie den Kopf, suchte zwischen den Falten ihrer Tunika und zog ein kleines Kästchen mit einem schwarzen Stein im Deckel hervor. Nach kurzem Zögern legte sie es auf Victorias flache Hand. Diese öffnete es und griff nach dem Schlangenauge. Als sie es auf ihren Finger schob und spürte, wie Christians Gegenwart sich wieder sanft durch ihr Bewusstsein tastete, schloss sie mit einem Seufzer der Erleichterung die Augen.

Jack stand auf. »Ich gehe zu Kirtash«, verkündete er. »Ich hätte nie gedacht, dass ich das einmal sagen würde, denn ich hasse Gerde zutiefst, aber ich muss ihr den Rücken freihalten. Ihr und den restlichen Sheks«, fügte er düster hinzu.

Victoria legte die zitternde Ankira sanft auf den Boden und rappelte sich, auf den Baculus gestützt, angestrengt auf. »Ich auch. Und ich lasse mich nicht von dir überreden, hierzubleiben«, fügte sie hinzu, bevor Jack den Mund aufmachen konnte.

»Wie wollt ihr denn rechtzeitig in den Feuergipfeln sein?«, fragte Alsan verblüfft.

»Die Götter bewegen sich langsam fort«, antwortete Jack, »sie haben ein anderes Zeitgefühl als wir. Schließlich sind sie unsterblich und haben keine Eile. Mit ein bisschen Glück überholen wir sie.«

Alsan nickte. Er stand auf und riss sich mit energischer Geste das Armband ab. Es fiel Gaedalu vor die Füße, sie reagierte jedoch nicht. »Ich komme mit«, sagte er entschlossen. »Ich glaube nicht, dass es etwas nützt, aber wenn ich irgendwie helfen kann, um meinen Fehler wiedergutzumachen, werde ich es tun. Das bin ich euch schuldig … und besonders dir«, fügte er mit Blick auf Victoria hinzu. Sie neigte den Kopf, erwiderte jedoch nichts.

Jack sah Qaydar und Gaedalu an, aber keiner von beiden rührte sich. Auch Alsan war noch blass, ließ jedoch keinen Zweifel an seinem Entschluss zu. »Gut«, sagte Jack zur Bestätigung. »Dann gibt es keine Zeit zu verlieren.«

Ankira wollte nicht zurückbleiben. Als Jack, Victoria und Alsan aus dem Orakelsaal eilten, nahm das Mädchen Victorias Hand.

Die Götter brachen auf. Alle sechs setzten sich gleichzeitig in Bewegung, ohne Eile, auf den Ort zu, wo sie Gerde ausgemacht hatten. Die war für sie bislang nur ein Staubkorn inmitten der unzähligen Lebewesen gewesen, die Idhún bewohnten. Sie lebten und starben zu schnell, als dass die Sechs sie alle kennen konnten. Sogar die langlebigeren Exemplare wie die Feen oder die Riesen waren für sie nur kurze Existenzen, die genauso leicht erloschen wie eine Kerze im Wind.

Neliam setzte sich vom Ozean im Süden aus in Bewegung, wühlte das Wasser auf und löste eine neue Flutwelle aus, wie sie auf Idhún noch nie da gewesen war. Die Riv-Arneth-Inseln wurden vollständig überspült, sodass sie erst Stunden später wieder auftauchten. Die Flutwelle prallte gegen die Küsten von Awinor, schlug an die Berge, drang in die Schluchten ein und riss dabei die stummen Skelette der Drachen mit. Die Sumpfgebiete von Raden wurden völlig unter Wasser gesetzt. Die Stadt Sarel verschwand im Meer. Langsam, ganz langsam glitt Neliam flussaufwärts auf das Raden-Meer zu. Hochwasser und Überschwemmungen waren die Folge. Aber die Einwohner von Kosh, der an diesem kleinen Binnenmeer gelegenen Stadt, waren allzu sehr mit ihrem Krieg beschäftigt, um zu bemerken, was da auf sie zukam.

Karevan hatte die Bergkette von Nandelt erdröhnen lassen, aber nun arbeitete er sich gen Süden vor, in die Ebene von Nangal. Dabei ließ er den Fels erzittern, löste Steinschlag aus und riss Abgründe und Schluchten auf. Gleichzeitig wölbte sich die Erde zu neuen Erhebungen. Berge quollen aus dem Boden und wuchsen auf der Ebene von Nangal wie Bäume in die Höhe.

Wina hatte nach Derbhad gewollt, aber die Feuergipfel versperrten ihr den Weg. Deshalb bewegte sie sich in südlicher Richtung, um die Berge zu umgehen. Wo immer sie einen Spalt mit Erde fand, durch den sie schlüpfen konnte, einen Streifen, auf dem der Boden nicht aus hartem Fels bestand, breitete sie dort den grünen Mantel des Lebens aus und vergrößerte Alis Lithban. Aber jetzt machte sie kehrt und zog wieder nach Norden durch den Wald.

Yohavir war in Vanissar in Erscheinung getreten, aber auch er hatte sich nach Süden aufgemacht, denn Celestia zog ihn an wie ein Magnet. Auf seinem Weg durch Nandelt zerstörte er Dörfer und Felder. Er deckte Dächer ab und riss in den Städten Les und Kes Karren, Tiere und einige Personen mit sich, löste auch im Fluss starken Wellengang aus, der gegen die Stadtmauern donnerte und beinahe die Brücke zum Einsturz gebracht hätte. Dann korrigierte er seinen Weg ein wenig in Richtung Feuergipfel, ohne zu bemerken, dass ihm in sicherem Abstand ein ganzes Heer folgte, dessen Anführer sich fragten, wie es sein konnte, dass dieser seltsame Wirbelsturm genau dieselbe Richtung einschlug wie sie.

Aldun war kein Gott, der sich durch besonders große Beweglichkeit auszeichnete. Wenn er in die materielle Welt hinabstieg, pflegte er sich so kompakt wie möglich zu machen. In seiner maximalen Ausdehnung konnte er die Größe einer der Zwillingssonnen erreichen, aber das hätte ganz Idhún augenblicklich zum Schmelzen gebracht. Er hatte sich damit begnügt, in der Kash-Tar-Wüste umherzustreifen, denn vor langer Zeit hatte er sich mit Wina über die Grenzen seines Einflussgebietes geeinigt. Aldun konnte alles Leben auf Idhún auslöschen, wenn er nicht aufpasste, und eine tote Welt ist für jeden Gott ein Fiasko. Aber der Siebte war zu nahe, um einfach abzuwarten, weshalb Aldun sich von den Ausläufern der Berge von Awinor aus nach Norden wandte. Er hatte den vagen Eindruck, dass sich ganz in der Nähe eine große Anzahl von Sterblichen aufhielt und bei ihnen eine Manifestation der Macht des Siebten. Er schärfte seine Aufmerksamkeit und entdeckte kalte Geschöpfe in der Nähe: Schlangen. Aufgrund seiner Feuernatur war Aldun unter den Sechs derjenige, dem die Existenz der Sheks am meisten missfiel. Er war viel zu groß und unermesslich, um all diese kleinen Sheks wirklich versengen zu wollen. Aber sie waren ihm über den Weg gelaufen und er wich ihnen nicht aus.

Irial war ebenfalls in Vanissar in Erscheinung getreten. Von dort aus hatte sie gleich nach ihrer Ankunft Yohavir, den letzten Nachzügler, herbeigerufen. Irial war eigentlich an den Grenzen von Vanissar in der Nähe der Berge umhergestreift. Aber ihr Licht war so gleißend, dass es im ganzen Königreich zu sehen gewesen war. Als sie sich in Bewegung setzte, zog sie sich ein wenig zusammen und reduzierte ihren Einflussbereich. Sie schlug dieselbe Richtung wie Yohavir ein, in gerader Linie, aber weiter westlich, sodass sie Shur-Ikail durchquerte. Niemand hatte die Barbaren vorgewarnt. Sie versuchten zu fliehen, aber in den weiten Wiesen von Shur-Ikail gab es nicht gerade viele Orte, um sich zu verstecken. Der Zufall wollte es, dass sich zwei der Stämme gerade in den Bergen aufhielten und in deren tiefen Höhlen und Spalten Zuflucht suchten. Die überwältigende Mehrheit der anderen verlor bei Irials Auftauchen das Augenlicht.

Die Sechs bewegten sich langsam vorwärts, ohne Eile, aber unaufhaltsam. Auf ihrem Weg lösten sie Chaos, Schrecken und Verderben aus. Doch das Schlimmste stand erst noch bevor, sobald sie auf den Siebten trafen und ihn aus seiner fleischlichen Hülle drängten. Den Göttern würde nichts geschehen. Die Götter waren ewig. Aber die Sterblichen nicht.

Beim dritten Sonnenuntergang erreichte Christian die Schlucht mit dem Tor zwischen den Dimensionen. Die Sheks fletschten die Zähne und zischten drohend, als er auftauchte, aber Gerde achtete kaum auf ihn. Sie ließ das Tor nicht aus den Augen, durch das ein Szish nach dem anderen Idhún verließ. Christian trat zu ihr. »Bald werden die Götter wissen, dass du hier bist«, sagte er. Er war nach einem überstürzten Flug ohne Pause erschöpft und verlor weder Zeit noch Energie mit unnötigen Umschweifen.

»Du kommst zu spät«, versetzte sie ungerührt. »Sie wissen es schon seit Stunden. Und ich weiß schon seit Stunden, dass sie es wissen.«

»Warum seid ihr dann noch hier? Ich komme aus Vanissar und Yohavir war mir auf den Fersen! Er wird bald hier sein!«

Gerde löste den Blick von den Szish und wandte sich ihm zu. Ihre Augen, silbrig grau, so wie damals Ashrans, fixierten seine und lösten einen Schauer des Entsetzens in ihm aus. »Wie ich sehe, bist du auch Irial begegnet«, schloss sie aus dem magischen Schleier, der seine Augen schützte, Shails Werk.

Christian wiegelte mit einer Handbewegung ab. »Nicht direkt. Sie war ziemlich weit weg, aber ihr Licht reicht sehr weit. Ich bin gekommen, um ...« Verwirrt verstummte er. Eigentlich wusste er gar nicht, warum er hier war. Er hatte sie informieren wollen, dass sie in Gefahr war, doch das wusste sie bereits. Und vor dem, was auf sie zukam, konnte er sie nicht schützen. *Ihren Rückzug absichern?*, fragte er sich plötzlich. *Wie soll ich das denn anstellen?*

Gerde grinste. »Du bist gekommen, um das Tor mit uns zu passieren«, sagte sie sanft. »Du bist doch ein Shek, oder?«, fügte sie hinzu, als sie seine Verblüffung bemerkte. »Dachtest du etwa, du könntest den Ruf deiner Göttin ignorieren? Dachtest du auch nur einen Augenblick lang, du könntest mir ungehorsam sein?«

»Aber ...«, stammelte Christian, während ihn eine Welle kalter Panik überfiel. »Aber ich kann nicht mitkommen. Ich will hierbleiben ... bei Victoria ... und bei meinem Kind ...«

Gerdes Grinsen wurde breiter. »Ja«, erwiderte sie nur. »Ich weiß.«

Um Kosh zu schützen, plante Sussh, dem Angriff der Yan-Rebellen zuvorzukommen. Er wusste, wo sie sich versammelt hatten, dass sie noch nicht gewappnet und schon gar nicht organisiert waren. Also scharte er seine Leute um sich, die Szish und die Sheks, die ihm noch treu waren, und suchte die Konfrontation.

Kurz vor dem Zusammenstoß beider Heere erhielt Sussh

Gerdes Ruf. In jeder anderen Situation hätte er ihr ohne Wenn und Aber gehorcht. Aber in diesem Moment fiel einer der künstlichen Drachen über ihn her. Am Vortag hatte dessen Pilot sein Tier kräftig mit einer Paste aus Drachenresten eingerieben und der Apparat stank so sehr nach Drache, dass Sussh vor Sehnsucht nach den alten Zeiten, als die Sheks ihren Hass noch mit echten Drachen hatten stillen können, zu vergehen glaubte. In jeder anderen Situation hätte Sussh den Befehl seiner Göttin befolgt, aber in diesem Moment war der Instinkt stärker.

Die beiden Heere kämpften wie entfesselt – Wüstenbewohner gegen Szish-Soldaten, künstliche Drachen gegen echte Sheks –, als Aldun eintraf. Anfangs bemerkten sie nur ein Ansteigen der Temperatur, aber im Eifer des Gefechts, bei all den Schwertern, Lanzen, Schleudern, Äxten und Dolchen und beim Feuer der Drachen maß dem niemand Bedeutung bei. Bis auf Kimara.

Es war eine Vorahnung, vielleicht ein siebter Sinn. Rücken an Rücken mit Goser schnitten ihr Kurzschwert und ihr Dolch mit tödlicher Schnelligkeit durch die Luft. Unter wildem Kriegsgeschrei stieß sie die Klingen den Szish ins geschuppte Fleisch, trennte Gliedmaßen ab, durchbohrte innere Organe. Solche Blutbäder beeindruckten sie schon lange nicht mehr. Wenn sie kämpfte, vergaß sie alles andere, ließ ihrem Hass, ihrer Wut und Angst freien Lauf. Sie setzte in jeder Schlacht leichtfertig ihr Leben aufs Spiel, ein nicht aufzuhaltender Wirbelwind aus Feuer und Stahl, der nicht ruhen würde, bis er den Waffen seines Feindes unterlag oder der letzte Feind ihm tot zu Füßen fiel.

Aber in diesem Moment hielt sie inne. Es war nur eine Sekunde. Mitten in der Hitze des Gefechts, im Blutrausch, blickte Kimara sich um und hatte einen seltsamen Gedanken:

Was mache ich eigentlich hier? Als Nächstes dachte sie: *Es ist sehr heiß hier.* Dieser Gedanke war noch seltsamer, denn Kimara war ein Kind der Wüste und litt nie unter Hitze.

Plötzlich zuckte sie zusammen, denn eine von Gosers Äxten sauste direkt vor ihr in die Brust eines angreifenden Szish. Verwirrt beobachtete sie, wie der mächtige Yan die Axt ziemlich brutal wieder herauszog, und hörte seine aufgebrachte Stimme: »Washastdudenn? Passdochbesserauf! FastwärstdudraufgegangenichkanndirnichtimmerRückendeckunggeben!«

Beschämt hob Kimara ihre Waffen. »Es ist zu heiß …«, sagte sie.

Sie war zerstreut und wäre wahrscheinlich getötet worden, wenn nicht jemand Alarm gegeben hätte, einen so schaurigen Schrei, dass er die Schlachtrufe übertönte. Einige hörten ihn und hielten verwirrt inne. Dies kostete mehr als einen das Leben. Aber bald griff die Angst in diesem Gewimmel von hasserfüllten Kriegern wie eine anstreckende Krankheit um sich und einer nach dem anderen richtete den Blick auf den Horizont, an dem eine einzige Sonne stand, die sich mit erschütternder Entschlossenheit auf sie zubewegte. Kimara konnte sich nicht rühren. Obwohl es immer heißer wurde und ihr dicke Schweißtropfen über den ganzen Körper liefen, obwohl ihre Haut brannte und ihre Augen juckten, konnte sie den Blick nicht von diesem Feuerball lösen.

Auch Goser floh nicht. Aber er blieb nicht untätig wie Kimara. Seine Äxte jagten weiter nach Feinden, obwohl diese bereits das Weite suchten, von einem irrationalen Entsetzen ergriffen. Der Yan-Anführer war nicht der Einzige. Am Himmel versuchten die künstlichen Drachen sich zurückzuziehen, wurden aber von den Sheks daran gehindert. Ohne auf den todbringenden Feuerball zu achten, kämpften die Sheks verbissen weiter. Doch langsam realisierten sie, was da auf sie zukam.

Nichts auf der Welt machte ihnen so viel Angst wie das Feuer. Und so entzogen sie sich einer nach dem anderen dem Sog der Schlacht und traten den Rückzug an. Nur Sussh nicht. Sussh griff den Drachen, den er gerade am Wickel hatte, immer wieder an und hinderte ihn an der Flucht, zwang ihn, sich ihm zu stellen. Dies würde sein letzter großer Kampf sein. Er wollte auf dem Schlachtfeld sterben.

In diesem Augenblick wusste Kimara mit absoluter Gewissheit, dass sie fortmusste. Sie fand die Kraft, sich zu rühren, und versuchte Goser zum Gehen zu bewegen. Der Yan hörte nicht auf sie. Kimara packte ihn am Arm, aber Goser riss sich los, hob die Äxte über den Kopf und stieß einen wilden Schlachtruf aus. Als er sie angrinste, sah sie in seinen rötlichen Augen einen Funken Wahnsinn aufblitzen.

Keiner von beiden sagte etwas. Die Temperatur stieg weiter an. In der Ferne war schmerzerfülltes Geschrei zu hören: Die ersten Unglücklichen hatten die todbringende Hitze dieser Erscheinung zu spüren bekommen. Ihre Haut verbrannte wie Papier. Für diesen entsetzlichen Anblick waren Kimara und Goser zu weit weg, aber die Schreie drangen mit erschreckender Klarheit bis zu ihnen. Kimara bedeutete Goser wortlos, sie zu begleiten. Das Grinsen des Yan wurde breiter. Dann kehrte er ihr den Rücken, riss mit einem neuen Schlachtruf heftig die Äxte in die Höhe und schlug einem Szish, der auf der Flucht vor der Sonne an ihm vorbeilief, den Kopf ab. Entsetzt wandte Kimara sich ab und rannte davon, ohne sich noch einmal umzudrehen.

Endlich passierte der letzte Szish das Tor zwischen den Dimensionen. Gerde atmete auf. »Die Szish sind komplett«, sagte sie.

Eissesh sah sie verständnislos an. *Komplett …?*, wiederholte er. *Und was ist mit Susshs Leuten?*

»Die werden nicht kommen. Sussh ist in Kash-Tar gefallen.«

Wenige Sekunden nachdem sie diese Worte ausgesprochen hatte, nahm Eissesh wahr, dass der Stern von Susshs Bewusstsein am Himmel des telepathischen Shek-Netzes erloschen war.

Gerde drehte sich um. Assher stand neben ihr, Saissh auf dem Arm. »Setz das Mädchen ab und geh durchs Tor«, befahl Gerde.

»Aber was wird dann aus ihr?«, fragte er besorgt.

Gerde musterte Saissh ein wenig gleichgültig. »Der Ort, der uns erwartet, ist ungeeignet für sie.«

Der Szish starrte sie verwirrt an. »Aber meine Gebieterin! Du hast sie doch hergeholt, um sie mit dir zu nehmen!«

»Um sie mit auf die Erde zu nehmen«, präzisierte Gerde. »Aber jetzt gehen wir doch woandershin. Lass sie also hier und lauf zu den anderen durchs Tor, Assher.«

Assher zitterte. »Nein, meine Gebieterin, ich flehe dich an. Erlaub mir, hier bei dir zu bleiben. Erlaub mir, bis zum letzten Moment zu warten. Ich …« Die Worte erstarben auf seinen Lippen. Verwirrt senkte er den Blick.

Er konnte nicht sehen, dass Gerde ihn aufmunternd anlächelte. »Wie du willst«, sagte sie und wandte sich dann Christian zu, der mit finsterer Miene wartete. »Komm«, befahl sie.

Der Shek versuchte Widerstand zu leisten, aber ehe er sich's versah, stand er neben ihr. Einmal mehr wurde ihm klar, dass er nur ein Spielzeug in den Händen seiner Göttin war. Gerde hatte sich mit ausgebreiteten Armen vor das Tor gestellt. Ihre Augen blitzten und nach einem kurzen Ruck wurde die Öffnung langsam größer.

Plötzlich spürte Christian ein leichtes Beben unter seinen Füßen. *Gleich sind sie da,* dachte er. Dieser Gedanke schwebte einen Moment in seinem Bewusstsein und traf auf einen ähnlichen. Er tauschte einen Blick mit Eissesh. Sie hatten sich nie besonders gut vertragen, aber in diesem Moment spürten sie dasselbe.

Ich will nicht fort, dachte Christian.

Sussh wollte auch nicht fort, bemerkte Eissesh knapp.

Christian erwiderte nichts. Die Sheks gingen, alle oder jedenfalls fast alle. Jetzt war Umadhun völlig leer. Hunderte von Sheks kreisten in unmittelbarer Nähe oder warteten in den Höhlen und Schluchten der angrenzenden Berge auf den Aufbruch in die Welt, die Gerde für sie geschaffen hatte. Wenn sie fort waren, würde Christian unwiderruflich allein sein. Ein Teil von ihm verspürte den Drang, ihnen zu folgen. Dieser Teil schüttelte sich vor Entsetzen bei der bloßen Vorstellung, so mutterseelenallein zu sein. Der Letzte seiner Art zu sein. Aber wenn er sich ihnen anschloss, würde er Victoria nie wiedersehen. Auch sein Kind würde er nicht auf die Welt kommen sehen.

»Bemüh dich nicht, eine Entscheidung zu treffen«, sagte Gerde. »Du hast keine Wahl.« Sie hatte ihre Arbeit am Tor beendet, das nun viel breiter und höher vor ihnen schwebte. Dahinter war nur ein rötlicher Widerschein zu sehen. Aus irgendeinem Grund verschleierte Gerde den Sheks den Anblick ihrer zukünftigen Heimat.

Christian schloss die Augen. Plötzlich war ihm klar, dass er im Grunde in Idhún bleiben wollte, auch wenn er dann in der Welt der drei Sonnen die letzte Schlange war. Er lächelte bitter. Gerde tat ihr Möglichstes, um ihn unglücklich zu machen. Garantiert hätte sie ihn zum Bleiben gezwungen, wenn er wirklich hätte gehen wollen.

»Steh nicht herum«, sagte sie. »Du musst es stabilisieren.« Christian bemerkte, dass die Ränder der Öffnung die Tendenz hatten, sich wieder zusammenzuziehen. Er ging zum Tor, hob die Hände und setzte seine Macht ein, um es ganz offenzuhalten. Gerde wandte sich Eissesh zu. »Es ist so weit«, sagte sie.

Der Shek nickte und gab die Information an alle Sheks von Idhún weiter. Bald schwebten sie über der Schlucht ein und steuerten nacheinander auf das Tor zwischen den Dimensionen zu. Als der erste Shek es passierte, um sich in diese neue, unbekannte Welt aufzumachen, spürte Christian, dass ein Teil seiner Seele mit ihm ging.

Kimara bekam keine Luft inmitten der Menge. Sie wurde von der Flut von Leuten mitgerissen, Menschen, Yan, Szish, die alle durcheinander in dieselbe Richtung rannten. Nach allem, was geschehen war, nach dem Hass, nach den blutigen Schlachten, war es grotesk, dass sie sich mit einem Mal so einig waren.

Plötzlich trieb es sie fort. Sie bahnte sich Stück für Stück einen Weg durch die panische Menge und rannte in anderer Richtung davon, allein über den glühenden Wüstensand, bis sie stolperte und der Länge nach stürzte. Sie schrie vor Schmerz, als die Sandkörner sich ihr grausam in die gereizte Haut bohrten, und versuchte sich aufzurappeln, doch vergeblich. Am liebsten hätte sie geweint, doch auch dies gelang ihr nicht. In der Hitze waren all ihre Tränen verdampft.

Kurz bevor sie vom Feuer ergriffen wurde, schob sich etwas vor das Flammenherz und bescherte ihr einen kurzen, glorreichen Moment lang Schatten. Blinzelnd hob Kimara den Kopf und spürte, wie die Hoffnung wieder in ihrem Herzen erwachte. Es war ein Drache. Er zog Kreise über ihr. Einen Moment lang glaubte sie seine Schuppen golden glitzern zu sehen, aber es war nur eine optische Täuschung. Denn der Drache war schwarz wie Ebenholz. Das erkannte sie, kurz bevor er zu ihr herabstieß und sie mit seinen Krallen packte.

Nur dunkel registrierte sie, wie der Drache sie von dem furchterregenden Feuerball forttrug. Dann verlor sie wohl das Bewusstsein. So blieb ihr der trostlose Anblick von Kosh erspart, das nach einem plötzlichen Anstieg des Raden-Meeres unter Wasser stand. Sie wachte erst auf, als der Drache außerhalb der Stadt landete und sie sanft in einen seichten Tümpel fallen ließ. Das Wasser war trüb, kühlte jedoch ihre Haut und erfrischte sie. Noch benommen robbte sie bis zur tiefsten Stelle, um bis zum Hals einzutauchen.

Der schwarze Drache ruhte in ihrer Nähe. Plötzlich schwang die obere Luke auf, Rando sprang heraus und kam auf sie zu. Kimara hob den Kopf, noch ohne recht zu wissen, was geschehen war. Sie blickte in die zweifarbigen Augen des Halbbarbaren, in denen ernsthafte Besorgnis schimmerte. »Zum Glück habe ich dich rechtzeitig gefunden«, sagte er.

Da konnte Kimara nicht mehr. Ein Sturzbach von Gefühlen brach sich in ihr Bahn. Rando schloss sie ein wenig ungeschickt in die Arme. Die Halbyan ließ den Kopf an seine Brust sinken und weinte sich alle Anspannung, Angst und allen Schmerz von der Seele. Jede Berührung mit dem Halbbarbaren tat ihr weh, denn Alduns Feuer hatte ihre Haut versengt, aber das war ihr egal. Randos bloße Gegenwart war Balsam für alle Wunden in ihrer Seele.

Die Erde bebte erneut, diesmal heftiger. Karevan kam näher. Christian beobachtete die Sheks, die über der Schlucht kreisten. Einer nach dem anderen passierte das Tor auf dem Weg in eine neue Welt, schnell und zielstrebig, aber trotzdem waren immer noch viele hier und seine Kräfte erlahmten.

Gerde schien seine Gedanken zu lesen. »Mach Platz, ich übernehme«, befahl sie und stellte sich neben ihn, um das Tor zu sichern.

Christian nickte wortlos. *Wie viele sind es noch?*, fragte er Eissesh.

Dreihundertachtundfünfzig, antwortete er. Dann verengte er plötzlich die Augen und hob mit einem bedrohlichen Zischen den Kopf. Kurz darauf schlug Christians Instinkt Alarm. Drachen.

Die Drachen hatten einen Bogen um den Wirbelsturm gemacht, als er Shia verließ und sich auf die Bergkette von Nandelt zubewegte. Nun flogen sie über den Stützpunkt der Szish hinweg: Er war leer. Nicht entgangen waren ihnen hingegen die Sheks, die in der Ferne dicht gedrängt über den Bergen kreisten. Denyal und Tanawe befanden sich an Bord desselben Drachen. Es war ein besonders großer, in den drei Personen passten, den Piloten eingeschlossen. Die Geschwister spähten durch die Luken auf das leere Lager hinunter. »Wir sollten auf Alsan und die Bodentruppen warten«, meinte Tanawe.

Denyal schüttelte den Kopf. Die Bodentruppen waren wegen des Wirbelsturms noch weit zurück. »Ich glaube, die Sheks wissen schon, dass wir da sind«, widersprach er. »Wir können nicht länger warten. Bald holt uns dieser seltsame Sturm ein. Je schneller wir die ganze Sache hinter uns bringen, desto besser.«

Tanawe nickte finster. Auf Denyals Anweisungen ließ der Pilot den Drachen ein paar Schleifen drehen, um die anderen auf sich aufmerksam zu machen, und steuerte auf die Sheks zu. Die anderen Piloten folgten ihm, begeistert über die Aussicht auf ein wenig Action.

Die Sheks kämpften gegen ihren inneren Drang an. Manchen gelang es, sie ließen sich nicht vom Tor zwischen den Dimensionen ablenken. Andere, die jüngeren, beobachteten die näher kommenden Drachen, fletschten die Zähne und zischten leise.

Gerde befahl allen stumm, die Drachen zu ignorieren, und die Schlangen versuchten es. Aber der Hass war stärker. Als der erste Shek sich dem Instinkt überließ und den künstlichen Drachen entgegenflog, schlossen sich ihm mehrere andere an.

Die Fee wandte sich Christian zu, der mit finsterer Miene den Himmel beobachtete. Auch er sehnte sich danach, sich als Shek dem Kampf anzuschließen. »Ich habe dir ausdrücklich gesagt, ich will die Warmblüter hier nicht sehen«, fauchte Gerde.

Christian zuckte die Achseln. »Ich habe dir doch erklärt, ich würde sie nicht allein zurückhalten können«, erwiderte er, aber eigentlich hatte er sich seit seinem Erlebnis mit dem verhängnisvollen Stein nicht weiter darum gekümmert.

Gerde seufzte ungeduldig. »Übernimm das Tor«, befahl sie. Sie beobachtete die künstlichen Drachen, die die Sheks wie Magnete anzogen. Die Menschen waren schlau, dachte die Fee. Diese Apparate weckten den Instinkt der Sheks und verwickelten sie in einen absurden Kampf, während die Piloten im Gegensatz zu den echten Drachen nicht diesem Hass unterlagen. In Kriegszeiten hatte der Hass beiden Seiten genützt, doch nun brachte er die geflügelten Schlangen ins Hintertreffen. Dieses eine Mal in der Geschichte ihrer Geschöpfe wollte die siebte Göttin nicht, dass sie kämpften. Sie durften ihre Zeit nicht damit vergeuden. Doch die Zahl der ausscherenden Sheks wurde immer größer.

»Nimm ihnen den Hass!«, rief Christian da. »Anders sind sie nicht zur Vernunft zu bringen!«

Gerde lachte. »Dazu müsste ich mir jeden einzeln vornehmen oder alle vernichten und die Art neu erschaffen. Nein, es gibt eine schnellere Methode.«

Sie hob die Hand und richtete sie auf den vordersten Drachen, einen kleinen, schnellen, der vor lauter Begeisterung das Leittier überholt hatte. Eine Art Wellenbewegung schoss durch die Luft auf den Drachen zu und mitsamt seinem Piloten zerbarst er in Millionen von Partikeln.

Gerde hob erneut die Hand. Diesmal zielte sie auf das gesamte Geschwader. Doch da geriet ein goldener Blitz in ihr Blickfeld. Der letzte echte Drache Idhúns raste auf seine künstlichen Brüder zu und schob sich zwischen sie und die Sheks. Christian hatte ihn auch gesehen. »Nein!«, schrie er und rannte zu Gerde. »Tu's nicht!«

Gerde ließ die Hand sinken und grinste Christian schief an. »Dein Freund, der Drache, kann sich einfach nicht raushalten«, frotzelte sie. »Und das kleine Einhorn auch nicht, stimmt's?«

Christian war erstarrt, als er Victoria auf Jacks Rücken erkannte. Er wurde blass. »Lass sie«, bat er. »Sie sind gekommen, um die Drachen aufzuhalten, nicht um gegen uns zu kämpfen.«

»Am schnellsten geht es, wenn ich sie alle auf einen Schlag töte«, erwiderte Gerde ungerührt. »Geh zum Tor zurück, es muss offen bleiben.«

Christian sah ihr in die Augen. Die Macht von Gerdes Blick duldete keinen Widerspruch. Wenn sie wollte, dass er das Tor offen hielt, hatte er keine andere Wahl. Oder doch?, fragte er sich plötzlich, als ihm Sussh einfiel. Er hatte noch eine andere Möglichkeit. Nur eine einzige, aber das genügte. Es gab noch einen zweiten Auftrag seiner Göttin, einen mit Feuer in seine Seele eingebrannten Befehl. Er verwandelte sich in einen Shek.

»Kirtash!«, rief Gerde. »Das Tor!«

Christian stellte sich taub. Mit einem zornigen Kreischen schwang er sich in die Luft, auf die Drachen zu, und folgte damit dem uralten Auftrag seiner Göttin.

Gerde versuchte ihn aufzuhalten, aber es war zu spät: Christian entfernte sich bereits in Jacks Richtung. Die Fee hätte sie alle mit einer einzigen Bewegung töten können, aber das Tor drohte sich zu schließen. Entnervt wandte sie sich um und öffnete es wieder ganz, damit die Sheks hindurchpassten.

In diesem Moment bebte der Boden. In der Ferne dröhnte ein Gebirge. Da wurde Gerde bewusst, dass es zu hell war, unnatürlich hell. Die letzte Sonne war schon lange untergegangen und eigentlich hätten die Monde bleich am Nachthimmel leuchten sollen. Aber die Helligkeit stellte sie in den Schatten. Eine Windbö zerrte an Gerdes Kleidern.

Die Fee schloss die Augen und befahl den Sheks telepathisch, sich zu beeilen. *Auch gut*, dachte sie. *Die Sheks, die ihren Instinkt nicht zügeln konnten, werden die neue Welt nie erreichen. Aber in einer Welt ohne Drachen werden die Schlangen den Hass sowieso nicht brauchen.*

Alsan traute seinen Augen immer noch nicht. Das gesamte Heer der Neuen Drachen war da, bereit, sich gegen die Sheks in die Schlacht zu stürzen. »Warum zum Teufel sind sie hier?«, fragte er sich laut. »Ich habe nie den Befehl erteilt!« Plötzlich begriff er. »Covan«, sagte er. »Der Angriff sollte heute stattfinden und er wusste es.«

»Verflucht!«, brach es aus Jack heraus. »Sie werden die Sheks ablenken und ihren Aufbruch stören! Ganz zu schweigen von der Ankunft der Sechs! Sie werden sie alle töten!«

»Nur wenn Gerde ihnen nicht zuvorkommt«, sagte Victoria düster.

Alsan begann wie ein Verrückter mit den Armen zu rudern und den Drachen zuzuschreien, sie sollten kehrtmachen, aber keiner konnte ihn hören. Hinter ihnen tauchte plötzlich eine Schlange auf und er rief: »Achtung, Jack!«, aber Victoria unterbrach ihn: »Das ist Christian.«

Sogleich meldete sich die Stimme des Sheks in ihren Köpfen: *Was wollt ihr hier? Seid ihr verrückt geworden?*

Wir wollten …, setzte Jack an, brach jedoch plötzlich verwirrt ab. Er wusste eigentlich nicht recht, warum sie überhaupt hergekommen waren. Um Gerde zu helfen? Und wie wollten sie sie vor den Göttern verteidigen?

Wir müssen dich hier rausholen, dachte Victoria.

Ihre Besorgnis tat Christian gut. Doch er erwiderte: *Bring das Leben deines Kindes wegen mir nicht wieder in Gefahr.*

Victoria verschluckte sich fast. Seit sie sich auf den Weg hierher gemacht hatte, hatte sie tatsächlich nicht an ihr Baby gedacht. Und Jack offensichtlich auch nicht. Er war es nun, der den Grund begriff. *Diese Entscheidung haben nicht wir getroffen. Die Götter haben uns für die letzte Schlacht zusammengerufen. Wir sind hier, um gegen die Sheks zu kämpfen, ob wir wollen oder nicht.*

Gut, erwiderte Christian nach einem Moment des Schweigens. *Das kann ich verstehen. Aber was machen diese Drachen hier? Sind sie auch von den Göttern hergeholt worden?*

Nein, antwortete Victoria. *Das war offensichtlich ein Missverständnis.*

Die schillernden Augen des Sheks hefteten sich anklagend auf Alsan. *Und was machst* du *hier?*

Dazu ist keine Zeit, dachte Jack. *Wir müssen die Drachen aufhalten und zur Umkehr bewegen …* Weiter kam er nicht. Die aufgebrachten Sheks hatten sie erreicht und bleckten zischend die Zähne. Denn natürlich roch nichts mehr nach Drache als einer aus Fleisch und Blut. »Verdammt!«, rief Jack und spürte, wie der Instinkt in ihm erwachte, hungrig und wild, und ihn drängte, die Schlangen zu vernichten.

»Das ist der Drache!«, rief Denyal verblüfft. »Der echte!«

»Und Alsan und das Einhorn sind bei ihm«, fügte Tanawe hinzu. »Was haben sie wohl vor?«

»Sie haben sich uns angeschlossen«, frohlockte der Pilot. »Yandrak wird uns in der letzten Schlacht anführen!«

Das Auftauchen des goldenen Drachen erleichterte Tanawe. Gerade hatte sich einer ihrer künstlichen Drachen vor ihren Augen aufgelöst. Yandrak würde den restlichen Piloten wieder Mut machen. Aber Victorias Anwesenheit fand sie ungeheuerlich. »Ich dachte, sie ist schwanger«, sagte sie, »das hatte ich zumindest gehört.«

»Und?«, fragte ihr Bruder.

»Eine Schwangere zieht nicht in den Krieg. Es macht den Eindruck ... Sieh mal, Alsan gibt uns Zeichen. Sie haben etwas anderes vor.«

Denyal wollte etwas erwidern, kam jedoch nicht dazu, denn inzwischen waren die Sheks da und stürzten sich alle auf Jack, ohne die künstlichen Drachen eines Blickes zu würdigen. »Wir müssen ihm helfen!«, rief der Pilot. Mit einem Schlachtruf steuerte er seinen Drachen auf Yandrak zu. Alle Neuen Drachen schlossen sich ihm an.

Christian wusste nicht, was er tun sollte. Gleich würden die Sheks und die Drachen zusammenprallen und Jack war mittendrin ... mit Victoria. Wenn Jack clever genug war, würde er die Auseinandersetzung meiden. Aber leider handelte es sich dabei nicht um eine Frage der Intelligenz. Der Instinkt konnte Jack um jede Spur von Besonnenheit bringen und dadurch Victorias Leben gefährden.

Ihn selbst drängte es auch zum Kämpfen, aus tiefster Seele. Das war ein echtes Problem. Er konnte versuchen, seinen Instinkt zu unterdrücken, aber dann würde Gerdes anderer Auftrag, das Tor betreffend, an Gewicht gewinnen und ihn zur Umkehr zwingen. Und wenn er das Tor offen hielt und Gerde dadurch freie Hand verschaffte, würde nichts sie daran hindern, alle störenden Elemente auszuschalten: künstliche Drachen, echte Drachen, Einhörner, Menschen und auch den einen oder anderen Shek, der zu dicht bei seinen Feinden war.

Christian rang mit sich selbst und entschied sich schließlich dafür, sich an den Teil seiner Seele zu halten, der noch ihm gehörte. Er konzentrierte sich auf seine Verbindung zu Victoria und klammerte sich an sie, denn sie war frei von dem uralten Hass. Victoria verstand Christians Dilemma sehr gut, und auch wenn sie damit beschäftigt war, die Schlangen mit dem Baculus fernzuhalten, bot sie dem Bewusstsein des Sheks bei sich Zuflucht, wie einem Verfolgten, der an die Tore einer Kirche klopft.

Nun hatte Christian seinen Hass besser unter Kontrolle. Gerdes Befehl durchdrang zwar jeden Winkel seines Wesens, aber jetzt konnte er sich den Luxus erlauben, ihn zu ignorieren. *Wir müssen Jack da rausholen*, signalisierte er Victoria.

Auch der Drache war hin- und hergerissen zwischen dem Hass, den die erbarmungslos angreifenden Sheks in ihm auslösten, und dem Wunsch, diesem Wahnsinn zu entkommen und einen sicheren Ort für Victoria zu suchen. Da nahm er Christians Ruf in seinem Bewusstsein wahr. *Jack, komm da raus.*

Ich versuche es ja, dachte er verzweifelt, während er erneut Feuer auf einen Shek spie, der ihm zu nahe gekommen war. Er begnügte sich damit, seine Gegner in Schach zu halten, denn wenn er sich auf einen Nahkampf einließ, würden Alsan und Victoria nicht überleben.

Versuch es nicht, tu es, befahl Christian.

Plötzlich erreichte ihn eine Sturzflut von Bildern von Victoria, bruchstückhafte Erinnerungen, in denen ihr Gesicht zu erkennen war, ihr Lächeln, das Strahlen ihrer Augen. All das kam von Christian und anfangs keuchte der Drache verwirrt, aber bald konnte er nur noch an Victoria denken. Christian baute ihm eine Brücke, begriff er und nutzte diesen Moment, um sie zu überqueren. Mit letzter Willensanstrengung schlug er mit den Flügeln und schwang sich ein Stück höher, um seine Verfolger abzuschütteln. Eine heftige Windbö wehte die Sheks davon und nach einigen ruckartigen Bewegungen setzte Jack hart auf dem Boden auf.

Christian ließ nicht auf sich warten und wurde, bereits wieder in seiner menschlichen Gestalt, von Victorias Umarmung fast erdrückt. Jack verwandelte sich auch und sah zum Himmel auf, der so unnatürlich klar war, dass die Augen schmerzten. Über ihnen hatten sich künstliche Drachen und geflügelte Schlangen in einen erbarmungslosen Kampf verstrickt. Einige der Sheks warfen ihnen giftige Blicke zu. Sie wussten, dass Jack der echte Drache war, ihr Instinkt sagte es ihnen, aber in diesem menschlichen Körper war er nicht so interessant.

»Wir sind zu spät gekommen«, sagte er entmutigt. »Ich glaube nicht, dass wir noch etwas tun können.«

Der Wind blies immer stärker. Außerdem spürten sie hier am Boden deutlich das Erdbeben. Erneut dröhnten die Erschütterungen des Gebirges schaurig nah.

Nervös drehten die vier sich nach allen Seiten um. In der Ferne näherte sich Wina – die wenigen fruchtbaren Stellen zwischen den Felsen überzogen sich allmählich mit Grün. Sie bemerkten auch, dass es wärmer wurde. Und Victoria deutete auf einen Sturzbach in einer nahen Schlucht. Bisher war er nur ein Rinnsal gewesen, aber nun war er auf ein Vielfaches angeschwollen – sogar die Göttin Neliam hatte einen Weg hierher gefunden.

Christian drehte sich zum Tor zwischen den Dimensionen um. Die Sheks passierten es nach wie vor, einer nach dem anderen, aber etwas an der Gestalt der Fee war seltsam. Sie leuchtete, als wäre ein Scheinwerfer auf sie gerichtet. »Nein«, begriff er plötzlich. »Sie haben sie gefunden.« Er rannte zu ihr.

Die anderen drei blieben stehen, ohne zu wissen, was sie tun sollten. Mit einem Mal wurde das Licht blendend hell und alle mussten sich die Augen abschirmen. Victoria hob den Baculus und begann das Licht aufzusaugen, sodass sich um sie herum eine Schutzglocke bildete. Die Macht der Götter strömte durch Victorias Körper, aber der Baculus absorbierte den größten Teil. Verängstigt beobachteten sie, wie Christian trotz der Erdstöße auf Gerde zulief.

In der Luft herrschte Chaos. Sheks und Drachenpiloten waren von Irials Licht geblendet und flogen aufs Geratewohl. Aber während die Drachen völlig im Dunkeln tappten, ließen sich die Sheks vom Instinkt leiten und orteten ihre Feinde mühelos. Verwirrt versuchten die Drachen zu entrinnen. Die Sheks aber setzten ihnen nach, trotz der Orkanböen, die an ihnen zerrten.

Gerde hielt das Tor noch offen. Ihr war klar, dass die Götter sie gefunden hatten. *Ich muss hinüber,* sagte sie sich. Nur eine Sekunde trennte sie von der anderen Seite, wo sie in Sicherheit war und niemand sie würde einholen können. Sie würde zwar alle noch fehlenden Sheks für immer hinter sich lassen …

Lautes Kindergeschrei lenkte sie ab. Assher, vollkommen verängstigt, hielt Saissh in den Armen und versuchte sie vor dem Sturm und dem Licht zu schützen. »Meine Gebieterin!«, schrie er, um den Lärm zu übertönen. »Was ist los?«

Gerde sah ihn einen Moment an. Sollte sie das Tor passieren und sie alle ihrem Schicksal überlassen oder noch abwarten, auch wenn sie wusste, was dann geschehen konnte? Dieser Moment des Zögerns entschied für sie.

Christian sah es kommen. Er schrie Gerdes Namen, lief, so schnell er konnte, aber ein heftiger Erdstoß warf ihn zu Boden. Der Lichtstrahl, der auf Gerde gerichtet war, wurde noch gleißender und Christian, so geblendet, dass er kaum noch etwas sehen konnte, legte sich schützend die Hände aufs Gesicht. Zwischen den Fingern konnte er Gerdes schlanken Körper in dieser Lichtsäule erkennen, eine anfällige, sterbliche Hülle, die dem Zorn der Götter ausgeliefert war. Er sah Gerde ein letztes Mal, einen Sekundenbruchteil bevor das Licht der Götter sie für immer zerbersten ließ.

Ihr letzter Blick hatte Assher gegolten. Der junge Szish hätte nicht sagen können, was sich im Gesicht der Fee gespiegelt hatte, kurz bevor sie in Irials Licht verschwand: Entsetzen, Kummer, Schmerz, Zärtlichkeit … vielleicht all das, vielleicht aber auch mehr, vielleicht weniger. Das würde er nie erfahren.

Er brauchte eine Weile, bis ihm klar wurde, dass Gerde nicht mehr da war, dass er sie nie wiedersehen würde, dass er sie für immer verloren hatte. Er sank auf die Knie, ungeachtet der Tatsache, dass der Boden bebte und dröhnte, ungeachtet des Sturms, der ihn taub machte, des Lichts, das ihn blendete, der Hitze, die seine Haut versengte. Er schloss die jammernde, erschrockene Saissh in die Arme und weinte um Gerde. »Meine Gebieterin …«, schluchzte er. »Ich war dein Erwählter … und habe versagt …« Das Weinen erstickte seine Worte.

Plötzlich schien das Licht nachzulassen. Christian richtete sich ein wenig auf und riskierte einen Blick. Gerde war nicht mehr da und er begriff sofort, was geschehen war. *Das Tor ist dabei, sich zu schließen,* sagte da eine Stimme in seinem Kopf. Christian erkannte Eissesh.

Die Sheks schwirrten nervös vor dem Tor umher. Er rappelte sich auf und schleppte sich bis zur Öffnung zwischen den Dimensionen, an Assher vorbei, der immer noch schluchzte und Saissh schützend umarmt hielt. Christian stellte sich vor das Tor und hielt es für die Sheks offen. *Geh, Eissesh,* sagte er. *Geht alle, bevor es zu spät ist.*

Er spürte den Blick des Sheks auf sich. *Wenn du hierbleibst, wirst du sterben,* warnte Eissesh.

Ich weiß. Aber das hier ist meine Welt. Ich kann nirgendwo anders hingehen.

Victoria löste die Schutzglocke auf und tastete sich auf dem bebenden Boden vorwärts. Jack hielt sie am Arm, um zu verhindern, dass sie stürzte. »Wo willst du hin?«

»Zu Christian. Dort ist er in Gefahr.«

»Du aber auch. Ich werde nicht zulassen ...«

»Willst du mich etwa daran hindern, ihm zu Hilfe zu kommen?«

»Nein«, antwortete Jack seufzend. »Ich gehe mit dir.«

»Seht euch das an«, sagte Alsan da und deutete zum Himmel.

Etwas hatte Irials Licht verfinstert, eine Art elektrisch geladene Gewitterwolke, etwas Unförmiges, das Zielscheibe der Energien der sechs Gottheiten war. Alle, die die Wolke ansahen, erschauerten vor Entsetzen, und diejenigen, die ihr am nächsten standen, spürten, wie sich etwas Undefinierbares, Mächtiges und Dunkles in ihre Seele schlich, sie erzittern ließ und dazu brachte, sich klein, unbedeutend und zugleich beunruhigend lebendig zu fühlen. Alle Sheks beobachteten sie ehrfürchtig. Sogar Christian sah zu ihr auf und wurde von einem Gefühl freudigen Wiedererkennens erfüllt. Das da war der siebte Gott.

Es war nicht sein bester Moment. Die Sechs hatten ihn umzingelt und waren offenbar dabei, ihn in einer Art Lichtkäfig einzukesseln. Alle Schlangen zischten entsetzt. »Sie werden ihn wieder einsperren«, rief Victoria. Aber niemand hörte sie, denn der Fels dröhnte, der Sturm heulte und der Sturzbach war zu einem ohrenbetäubenden Wasserfall angeschwollen, der auf die Felswand prasselte.

Jack konnte seinen Blick nicht von Christian lösen. Etwas Seltsames ging in ihm vor. Der Drang, Christian zu vernichten, wuchs ins Unermessliche. Er wehrte sich gegen diesen übermächtigen Wunsch, so gut er konnte, und in einem klaren Moment begriff er, dass seine Götter ihm befahlen, dem Leben des Sheks, der den Schlangen das Tor offen hielt, ein Ende zu machen. Er wollte gegen diesen Befehl rebellieren, aber die Stimme der Götter war stärker als sein Wille: Mit einem Schrei zückte er Domivat und stürmte auf Christian zu.

Der Shek sprang verwirrt zurück, zog aber sogleich Haiass und wehrte Jacks Angriff ab. Das Tor überließ er seinem Schicksal. »Jack!«, schrie Victoria. »Was tust du denn da?«

Jack hörte sie nicht. Wieder einmal prallten die legendären Schwerter zusammen und ihre Klingen erschauerten vor Hass und Wonne. Victoria wollte zu ihnen, aber Alsan hielt sie auf. »Komm ihnen nicht zu nahe! Sie könnten dir wehtun!«

»Ich kann mich um mich selbst kümmern!«, protestierte sie.

»Dann benutz deinen gesunden Menschenverstand. Du bist schwanger!«

Victoria hörte ihm kaum zu. Zwischen Jack und Christian hatte immer Rivalität bestanden, ja sogar offene Feindschaft, aber so hatten sie sich noch nie angestarrt, so hasserfüllt, dass sie ihren Gegner gar nicht wirklich sahen. Trotz ihrer menschlichen Gestalt waren sie in diesem Augenblick nur Drache und Shek. Dabei schien es ihnen nichts auszumachen, dass der

Boden unter ihren Füßen dröhnte oder der Sturm ihre Bewegungen behinderte. Nichts von all dem war wichtig. Nichts außer dem Drang, einander zu töten. »Was ist mit ihnen?«, fragte Victoria verängstigt.

Ein mächtiges Donnergrollen übertönte ihre Worte. Über ihren Köpfen versuchte sich die unheimliche, wabernde Gewitterwolke dem Licht zu entziehen. Das ganze Firmament schien die letzte Schlacht der Sieben zu beobachten. »Die Götter kämpfen miteinander!«, schrie Alsan. »Und ihre Geschöpfe auch!«

Die künstlichen Drachen hatten den Kampf abgebrochen. Diejenigen, die nicht in der Schlacht gegen die Sheks gefallen oder vom Wirbelsturm fortgeschleppt worden waren, hatten entkommen können. Die überlebenden Sheks kehrten in die Nähe des Tores zurück, das sich zusehends zusammenzog. Doch das schien niemanden zu kümmern. Alle beobachteten wie gebannt den doppelten Kampf zwischen den Sechs und dem Siebten sowie zwischen einem Drachen und einem Shek.

Jack stieß zu, aber Christian sprang zur Seite und wurde nur an der Hüfte getroffen. Hinkend parierte er einen neuen Hieb. Trotz der Schmerzen ging er zum Gegenangriff über. Er war drauf und dran, Jack Haiass in den Magen zu stoßen, aber Jack sprang zurück, strauchelte und wurde von einem Beben rücklings zu Boden geworfen. Er rollte zur Seite, doch Christians Attacke bescherte ihm eine kalte Wunde am linken Unterarm. Jack schrie, aber kurz darauf war er wieder auf den Beinen und griff erneut an.

»Wir müssen sie trennen!«, beharrte Victoria. »Sie können sich jeden Moment verwandeln, und wenn Jack wieder ein Drache ist, werden sich alle Sheks auf ihn stürzen!«

Alsan runzelte die Stirn. Er sah sich suchend nach den Sheks um und entdeckte mehrere Dutzend an die Felswände gepresst, ohnmächtig beobachtend, wie ihr Gott gegen die anderen sechs um seine Freiheit kämpfte. Er ließ Victoria abrupt los und lief Richtung Tor, den Elementen und dem wankenden Boden trotzend, an Jack und Christian vorbei, die blind für die Welt miteinander kämpften. Er kam auch an Assher vorbei, der immer noch auf dem Boden kniete und die brüllende Saissh in den Armen wiegte, und blieb wie angewurzelt vor dem Tor stehen.

Mit zusammengekniffenen Augen starrte er auf die rötliche Öffnung, die zusehends schrumpfte. Ihm wurde bewusst, dass er keinen blassen Schimmer hatte, wie er sie offen halten sollte. Er tat das Erste, was ihm in den Sinn kam: Er zog Sumlaris aus der Scheide und stieß ihn in diesen wallenden Spalt. Es war, als hielte er das Schwert in eine Pfütze. Doch die Öffnung schien die Waffe anzusaugen und Alsan lehnte sich keuchend zurück, um nicht hineingezogen zu werden. Plötzlich spürte er, wie eine große Energiewelle durch das Schwert flutete, bis zum Schaft hinauf. Sie versengte ihm die Handflächen, er schrie auf, aber er hielt durch.

Die Ränder der Öffnung zogen sich noch ein paar Sekunden lang zusammen, dann stabilisierten sie sich. Alsan stemmte die Füße in den Boden und packte den Schaft des Schwerts noch fester. Er biss die Zähne zusammen und schloss die Augen, um den Schmerz zurückzudrängen. Die Öffnung war nach wie vor groß genug. Einer der Sheks schlängelte sich auf sie zu, legte die Flügel an und schlüpfte auf die andere Seite. Langsam folgten ihm die anderen, an Alsan vorbei, der das Tor offen hielt und damit den Schlangen eine Brücke in die Freiheit baute.

Mit einem wilden Schrei gingen Jack und Christian erneut aufeinander los. Fast hätten sich die Schwerter über ihren Köpfen getroffen, aber wieder einmal schob sich etwas dazwischen: Ayshels Baculus, leuchtend, kristallklar und strotzend vor Energie. Der Zusammenstoß der drei Waffen war brutal. Die vom Baculus freigesetzte Energie schleuderte sie zurück und brach die Spirale des Hasses. Shek und Drache stürzten zu Boden. Jack schüttelte den Kopf und versuchte wieder in die Wirklichkeit zurückzukehren. Aber die gefiel ihm nicht.

Über ihnen tosten die Winde. In der Ferne grollten die Vulkane. Die gesamte Bergkette bebte und der Kamm der Schlucht begann zu bröckeln. Der Wasserfall war kurz davor, die gesamte Felswand zu spalten. Es war so heiß, dass Jack kaum atmen konnte. Und Schlingpflanzen wucherten von überall her. Außerdem war es taghell, obwohl über ihren Köpfen Nebel hin und her waberte, eine Art dunkle Klaue, die ihre Krallen in alle Richtungen ausstreckte auf der Suche nach einem Ausweg aus dem Blitzgewirr, in dem die Götter sie einpferchten. Das Gespinst aus Licht wurde immer dichter, glich immer mehr einer Art Kokon. Bald würde der Siebte in dem neuen Teufelsfelsen eingezwängt sein.

Nun hatte sich auch Christian wieder aufgerappelt und schüttelte benommen den Kopf. Victoria kniete ganz in seiner Nähe, den Baculus in der Hand. Sie war in einen Funkenreigen gehüllt und versuchte zitternd, all die Energie abzuleiten. Die Spitze des Baculus schien kurz vor dem Bersten. Ihr Bauch sah noch dicker aus als vorher, fand Jack.

Besorgt lief er zu ihr und legte ihr eine Hand auf den Unterleib. Es fühlte sich tatsächlich so an, als würde das Kind merklich weiterwachsen. »Du musst hier weg«, sagte er, aber sie hörte ihn nicht.

Christian wollte zu ihnen, aber jemand packte ihn am Arm. Als er sich umdrehte, begegnete er Asshers außergewöhnlich ernstem Blick. Der Szish sagte etwas, aber Christian konnte ihn in dem Getöse nicht hören. Er nahm jedoch Saissh entgegen, als Assher sie ihm hinhielt. *Was soll das?*, fragte er.

Du wirst für sie sorgen müssen, antwortete Assher. *Ich bin Gerdes Auserwählter. Ich habe zu tun, was sie von mir erwartet.*

Dann ging alles ganz schnell. Haiass war neben Christian zu Boden gefallen. Ehe dieser begriff, was geschah, fiel Assher auf die Knie und packte das Eisschwert mit beiden Händen. Er schrie vor Schmerz, als ihm die Finger gefroren, hob die Waffe jedoch unbeirrt hoch und stieß sie sich mit einer treffsicheren Bewegung ins Herz.

Christian erstarrte. Kein Zweifel, er hatte Assher unterschätzt. Der junge Szish kannte seine Rolle in Gerdes Plänen ganz genau und ahnte vielleicht schon lange, wozu sie ihn brauchte. Ungerührt beobachtete Christian Asshers Selbstopfer, ohne auf Jacks und Victorias Alarmrufe zu achten. Assher schrie, als seine inneren Organe gefroren. Aber Christian wartete tatenlos ab, bis Asshers Herz aufhörte zu schlagen und sich in eine Eisblume verwandelte. Dann nahm er die weinende Saissh auf den linken Arm und holte sich mit der Rechten sein Schwert zurück. Assher lag zu seinen Füßen, starr, kalt, tot.

Jack und Victoria hatten sich durch den Sturm herangekämpft und waren bei Asshers Anblick fassungslos. *Ein Tod,* erklärte Christian telepathisch. *Ein Neuanfang.*

Er reichte die schreiende Saissh an Jack weiter, als plötzlich ein kurzer Ruck durch den Leichnam ging. Der Tote schien sich rasend schnell zu regenerieren. Jack wich erschrocken zurück, als dichter, dunkler Nebel geschmeidig wie Quecksilber durch die Nasenhöhlen in den Szish schlüpfte.

Das Gebrüll der Götter wurde noch lauter. Ein Berggipfel zerbarst und Geröll prasselte auf sie nieder. Als sie die zum Schutz erhobenen Arme sinken ließen, war Assher wieder lebendig. Er hatte sich aufgerichtet und sah sie mit einem unergründlichen silbrigen Blick an. Die dunkle Wolke, die sich über ihnen in dem Blitzkokon gewunden hatte, war verschwunden.

Assher lächelte. Es war ein kaltes, distanziertes Lächeln, das sie erschauern ließ. »Esss issst ssso weit«, verkündete er und war trotz der entfesselten Elemente deutlich zu hören. »Nehmt Absssschied von unsss, Warmblüter. Ihr werdet unsss nie wiedersssehen und ich versssichere euch, ihr werdet unsss vermissssen.«

Er warf Victoria einen langen Blick zu und ihr wurde unbehaglich zumute, als würde ihre Seele entblößt. Der Szish begnügte sich mit einem Lächeln. *Er weiß es*, dachte Victoria entsetzt. *Er weiß, wer der Vater meines Kindes ist.* Bange wich sie einige Schritte zurück. Doch Assher unternahm nichts gegen sie, versuchte weder, sie zu entführen, noch, ihr etwas zu tun, sondern drehte sich nur um und ging aufs Tor zu, das Alsan immer noch mit größter Mühe offen hielt.

»Wer … was ist er?«, fragte Jack mit einem Schauder.

Der siebte Gott, antwortete Christian.

Alsan hielt Sumlaris fest umklammert, obwohl die Energiestöße zunehmend schmerzhafter wurden. Doch es wäre ihm nicht in den Sinn gekommen, ihn loszulassen. Er konnte es kaum fassen, dass ausgerechnet er den Sheks Rückendeckung gab, den Geschöpfen des Siebten, aber er hatte einen Fehler begangen, einen schrecklichen Fehler, der alle das Leben kosten konnte. All dies Chaos, all diese Zerstörung, der Untergang von über hundert künstlichen Drachen, die der Macht der Elemente ausgeliefert gewesen waren wie Blätter im Wind, war seine Schuld gewesen. Wenn er noch etwas retten konnte, indem er den Sheks bei der Flucht half, musste er es versuchen.

Während die gewundenen Leiber der Sheks einer nach dem anderen durch das Tor glitten, spürte er etwas Düsteres neben sich und erschauerte unwillkürlich. Sehen konnte er jedoch nichts: Irials Licht war so gleißend, dass er die Augen geschlossen halten musste. »Gutesss Ssschwert«, ließ sich eine zischende Stimme vernehmen, bei der sich ihm vor Entsetzen der Magen verkrampfte. »Eine legendäre Waffe, die die Energie desss Toresss bündelt und ssso zzzu einer Brücke zzzwissschen beiden Welten wird. Sssobald du sssie lossslässsst, ssschließßßt sssich dasss Tor.«

Alsan war zu keiner Erwiderung imstande. Er war gelähmt vor Angst. In diesem Moment passierte der letzte Shek das Tor. Der Szish lächelte. »Leb wohl, Warmblüter«, sagte er nur.

Dann entschwand er durch das Tor, wenige Augenblicke bevor die Sechs ihre ganze Macht auf die Stelle richteten, durch die ihnen der Siebte und seine Geschöpfe entkommen waren. Alsan konnte gerade noch sein Schwert zurückziehen und sah, wie das Tor sich hinter den Sheks schloss, bevor der ganze Zorn der Götter sich über ihn entlud.

Die Berge bebten ein letztes Mal, bevor sie einstürzten, alle Vulkane brachen aus, ein entfesselter Sturzbach überschwemmte die Schlucht, dornige Triebe überwucherten alle Wände wie unheimliche Tentakeln, untermalt vom Heulen eines wütenden Orkans. Zugleich gleißte ein Lichtstrahl auf … und das Tor zerbarst mit unglaublicher Wucht.

Dann Stille.

Das Wasser floss langsam ab und die Berge kamen zur Ruhe. Das Licht erlosch. Endlich kehrte die Nacht zurück und der Wind legte sich. Nach und nach hörten die Pflanzen auf zu wachsen.

Nach einer kleinen Ewigkeit machte Jack die Augen auf. Er sah gerade noch, wie sich die Schutzglocke auflöste, die sie vor der Gewalt der Elemente geschützt hatte. In diesem Moment regte sich etwas in seinen Armen und verlangte lautstark nach seiner Aufmerksamkeit. Um Saissh zu beruhigen, setzte er sich auf. Victoria hatte sich schützend über Christian geworfen. Der

Baculus lag neben ihr auf dem Boden. »Victoria?«, fragte er. »Alles in Ordnung?«

Sie machte die Augen auf und sah ihn ein wenig benommen an. Da wachte auch Christian auf und legte reflexartig die Hand ans Schwert. Als er Jack und Victoria sah, entspannte er sich ein wenig. »Was ist passiert?«, fragte er. »Mir kam es so vor, als wären sechs Götter über uns hinweggefegt, aber wir sind noch am Leben. Wie kann das sein …?«

Victoria schüttelte den Kopf und richtete sich ein Stück auf. »Ich … Es ging alles sehr schnell. Die Götter haben sich auf uns gestürzt und da habe ich mit dem Baculus einen Schutzschild geschaffen … Ich hätte nie gedacht, dass er tatsächlich funktionieren würde.«

Christian runzelte nachdenklich die Stirn. »Je mehr Energie im Spiel ist, desto besser funktioniert alles, was du mit dem Baculus machst. Er hat die komplette Energie der Götter gebündelt. Dieser Schild muss unverwüstlich gewesen sein.«

Vorsichtig streckte Victoria sich und tastete sanft ihren Bauch ab. Ihr Kind bewegte sich in ihr. »Es ist noch am Leben«, sagte sie erleichtert und Tränen liefen ihr über die Wangen. »Ich kann es kaum glauben. Nach allem, was geschehen ist … ist es noch am Leben.« Doch plötzlich hob sie den Kopf, das Gesicht zu einer Maske des Entsetzens erstarrt. »Alsan …«

»Was ist mit Alsan?«, fragte Jack beklommen.

»Ich habe versucht, den Schild bis zu ihm auszudehnen, aber er war zu weit weg. Ich weiß nicht, ob ich noch etwas für ihn tun konnte.«

Jack setzte Saissh auf den Boden, sprang auf und rief: »Alsan! Hörst du mich?«

Nur das Echo warf seine Worte zurück. Eine leichte Brise fuhr Jack durchs Haar, aber er bemerkte es kaum. Er suchte verzweifelt nach seinem Freund, während Victoria das Gesicht in den Händen begrub und leise zu schluchzen begann. Christian umarmte sie. Saissh kauerte sich erschöpft in eine Ecke und fiel in tiefen Schlaf.

Jack rief unermüdlich weiter nach Alsan, bis die Strahlen des ersten Sonnenaufgangs den Kamm der Schlucht trafen. Doch schließlich konnte er sich der Wahrheit nicht verweigern: So etwas konnte niemand überleben. Mit einem Kloß im Hals kehrte er zu Christian und Victoria zurück, die sich immer noch umarmt hielten. Beide waren völlig erschöpft, verwirrt und verängstigt. Victoria sah zu ihm auf. Da sackte Jack zusammen, fiel neben Victoria auf die Knie und schlang die Arme um sie. Er vergrub das Gesicht an ihrer Schulter und weinte wie an dem Tag, als sie sich in Limbhad kennengelernt hatten. Er weinte um seinen verlorenen Freund Alsan, der gestorben war, um zur Rettung der Welt beizutragen, der sich geopfert hatte, um seinen schrecklichen Fehler wiedergutzumachen, um Alsan, den König von Vanissar, in dessen Brust das Herz eines Helden geschlagen hatte.

So verharrten alle drei lange, fest umschlungen. Die Welt kam ihnen überraschend ruhig und leer vor. Sie waren noch nicht an die Stille gewöhnt, an das Gefühl, dass alles vorbei war, dass sie sich endlich ausruhen konnten.

Der Siebte und die Sheks waren in eine andere Welt entkommen. Nun hatten die Sechs auf Idhún nichts mehr zu tun und waren in ihre Dimension zurückgekehrt. Idhún gehörte wieder den Sterblichen.

14

Die Geburt

Es war schon sehr spät, als einer der Novizen Ha-Din aus dem Bett holte: Zwei Unbekannte wollten ihn sprechen. Der Himmelblaue zog sich rasch an und eilte durch die Flure des Orakels von Awa, dieses überraschend organischen Gebäudes aus lebenden Bäumen. Ihm schwante, wer die Besucher waren, obwohl seit fast einem Monat niemand etwas von ihnen gehört hatte – seit dem Tag, an dem der Zorn der Götter sich über Idhún entladen hatte und die Schlangen verschwunden waren.

Es war sehr schwer gewesen, danach zur Tagesordnung zurückzukehren. Hunderte von Toten, ganze Städte zerstört, zahllose Geschädigte. Ha-Din war klar, dass nach diesen Katastrophen auf beide Kirchen schwere Zeiten zukamen. Dennoch hatte er sich seinen Glauben bewahrt. Gewiss, die Götter hatten sich nicht als die weisen, verständnisvollen Eltern entpuppt, für die er sie immer gehalten hatte, aber er konnte nicht anders, als sie für ihre Größe zu bewundern. Das Dasein hatte chaotische und grausame Seiten und konnte manchmal ungerecht und sinnlos erscheinen. Dennoch war die Mehrheit der Sterblichen froh, auf der Welt zu sein, und kämpfte um jede Sekunde Leben. Deshalb war Ha-Din den Göttern trotz allem dankbar. Sie hatten nicht nur die Welt geschaffen – sie *waren* die Welt.

Eine unvollkommene Welt, die ihren eigenen Regeln folgte und in der die Sterblichen nicht die Hauptrolle spielten, aber immerhin eine Welt. Ha-Din machte es nichts aus, dass sie sich nicht um ihn drehte, sondern schätzte sich ganz einfach glücklich, auf ihr zu leben.

Schließlich war er am Portal angelangt, zwei riesigen Bäumen, deren Äste sich zu einem grazilen, spitzbogenförmigen Dach verflochten hatten. Am Fuß des einen Stammes erwartete ihn das Paar. Die beiden hatten sich in eine dunkle Ecke zurückgezogen und verbargen ihre Gesichter unter den Kapuzen ihrer Reisecapes, aber Ha-Din erkannte Jack und Victoria sofort.

Nachdem der Novize sich zurückgezogen hatte, ergriff Jack das Wort: »Es tut uns leid, dass wir so spät stören, aber die Sache ist …«

»… wir wussten nicht, wo wir hinsollten«, ergänzte Victoria.

Ha-Din spürte ihre Unruhe, Angst und Müdigkeit. »Folgt mir«, sagte er, »ich bringe euch in ein abgelegenes Zimmer. Wir sprechen dort weiter.«

Während Ha-Din sie durch das Orakel führte, entging ihm nicht, dass Victoria nur mühsam vorankam und oft stehen blieb, um Luft zu schöpfen. Als sie das Zimmer betraten, führte Jack sie zum Bett, einem riesigen Pilz, der aussah, als wäre er aus Gummi. Sie seufzte, und als sie sich vergewissert hatte, dass der Vorhang aus Blättern geschlossen war, zog sie sich die Kapuze vom Gesicht. Sie war blass und verschwitzt.

»Haben die Wehen schon eingesetzt?«, fragte Ha-Din.

»Vor einer Weile«, antwortete Jack, während er das Cape ablegte. »Wir hatten schon länger beschlossen, hierherzukommen, wenn es so weit ist, aber wir waren nicht schnell genug. Wir haben uns verrechnet, glaube ich.«

»Kein Wunder. Normalerweise kommt eine Frau ja nicht schon nach vier Monaten Schwangerschaft nieder. Aber keine

Angst, wir sagen den Feen Bescheid, sie helfen gern. Normalerweise lassen wir sie nicht herein, denn sie machen sich einen Spaß daraus, die Novizen abzulenken. Aber alles, was mit Empfängnis und Geburt zu tun hat, nehmen sie sehr ernst. Sie werden eine zuverlässige Hebamme herschicken. Das Problem ist nur, dass sich eure Anwesenheit dann bald herumsprechen wird. Die Priester hier sind ziemlich verschwiegen, aber die Feen nicht.«

Jack zuckte die Achseln. »Bis dahin sind wir schon weit weg.«

Ha-Din sah ihn fragend an, aber in diesem Moment schrie Victoria vor Schmerz auf. Der Himmelblaue schüttelte den Kopf und sagte: »Ich lasse die Hebamme holen.«

Wenig später war sie schon da. Sie hatte zwei jüngere Feen mitgebracht, die ernst und förmlich zu wirken versuchten, auch wenn sie ihre Aufregung und Freude kaum verbergen konnten. Für die Feen war jede Geburt ein großes Ereignis. Jack wurde erbarmungslos hinausgeschickt. Er protestierte und auch Victoria hätte ihn gern bei sich gehabt, aber die Feen blieben hart: Es gebe Dinge, sagten sie, bei denen eine Frau nicht von Männern gestört werden dürfe. »Wo ich herkomme, dürfen die Väter bei der Entbindung dabei sein!«, beharrte Jack, aber die Hebamme ließ sich nicht erweichen.

»Wenn *du* irgendwann ein Kind im Bauch hast, darfst du bleiben«, beschied sie. »Und jetzt raus.«

Jack blieb nichts anderes übrig, als sich zu fügen. Zu seiner Erleichterung traf er vor der Tür auf Ha-Din, der ihn freundlich anlächelte. »Komm«, sagte er, »lass uns in den Garten gehen.«

Jack widerstrebte es, sich weiter zu entfernen. Als er Victoria wieder schreien hörte, wollte er sofort umkehren, aber der Ehrwürdige hielt ihn zurück. »Lass sie. Sie wissen, was sie tun. Außerdem muss ich mit dir reden.«

Jack zwang sich, tief durchzuatmen, und folgte Ha-Din in den Garten.

Ha-Din kam gleich zur Sache. »Warum seid ihr nicht in Vanissar, Jack? Warum seid ihr zu mir gekommen?«

Jack wandte den Blick ab. »Alsan ist jetzt nicht mehr dort.«

»Aber ihr habt noch Freunde.«

Jack sog scharf die Luft ein. Das stimmte, ihnen blieben noch Shail und Zaisei. Nachdem Jack, Victoria und Christian sich von dem Schock der sogenannten ›Schlacht der Sieben‹ erholt hatten, war Jack nach Vanissar geflogen, um dort nach dem Rechten zu sehen. Das Heer, das Covan in die Schlacht geschickt hatte, war unverrichteter Dinge zurückgekehrt, denn es war nicht rechtzeitig eingetroffen. Die Neuen Drachen hatten nicht so viel Glück gehabt: Einhundertvierunddreißig Drachen waren samt Piloten gefallen, teils von den Sheks vernichtet, teils vom Orkan fortgeschleift. Covan hatte eine Patrouille geschickt, um die Toten zu bergen. Alsan war, noch an sein Schwert geklammert, unter einer Gesteinslawine gefunden worden. Das Begräbnis sollte demnächst in Vanissar stattfinden und Jack wollte es natürlich nicht versäumen.

Warum hatte er Victoria nun ins Orakel gebracht und nicht nach Vanissar? »Es ist wegen Covan«, antwortete Jack. »Bald wird er der neue König von Vanissar. Versteht mich nicht falsch, er ist ein großartiger Kerl, aber in bestimmten Dingen ist er genauso stur, wie Alsan es war. Er will bis heute nicht einsehen, dass hinter allem, was in letzter Zeit passiert ist, die Götter stecken. Und in den Feuergipfeln hat ja tatsächlich eine Schlacht stattgefunden, nämlich gegen die Schlangen. Aber als ich ihm sagte, dass sie alle fort sind, hat er mir nicht geglaubt. Er meint, sie hätten sich irgendwo versteckt und bereiteten einen neuen Angriff vor. Für ihn sind sie an dem Massaker an den Neuen Drachen schuld, vor allem Christian. Ashrans

Sohn … sein *Erbe*«, korrigierte er sich. »Außerdem hat ihn Alsans Tod zutiefst getroffen. Das geht uns allen so, aber er … ich weiß nicht, ich glaube, für ihn war Alsan fast wie ein Sohn und er bereut es wahrscheinlich, sich nach Amrins Ende von ihm abgewandt zu haben. Erinnert Ihr Euch, dass Alsan am Tag seiner Krönung schwor, er würde nicht ruhen, bis die letzte Schlange von Idhún tot ist?«

»Und jetzt befürchtest du, der neue König von Vanissar könnte diese Aufgabe zu Ende führen wollen.«

»Ich habe ihm klarzumachen versucht, dass Alsan den Sheks persönlich bei der Flucht behilflich war. Er hat mir vorgeworfen, ich sei eifersüchtig auf Alsans Heldentod und versuche sein Andenken zu beschmutzen, indem ich ihm gemeinsame Sache mit den Schlangen unterstelle.«

»Verstehe«, erwiderte Ha-Din.

»Noch zu Alsans Lebzeiten wurde die Stimmung in Vanissar uns gegenüber immer feindseliger, vor allem für Christian und Victoria. Ich fürchte, daran wird sich nichts ändern. Nicht auszudenken, was geschieht, wenn unser Kind Shek-Blut hat.«

Ha-Din lächelte. Zweifellos eine sonderbare Familie, aber all das hatte etwas Schönes und Liebevolles: ›unser‹ Kind, hatte Jack gesagt. Das Kind aller drei.

»Covan wird Jagd auf alle Schlangen in Idhún machen«, fuhr Jack fort, »nur um Alsans Beispiel zu folgen. Aber hier ist nur noch eine Schlange übrig. Jetzt vielleicht zwei«, fügte er besorgt hinzu und fuhr herum, als er Victoria im Haus erneut schreien hörte. Er wischte sich die schweißnassen Hände an der Hose ab. »Und jetzt haben er und seine Mitstreiter eine Waffe gegen sie. Gaedalu besaß Bruchstücke vom Teufelsfelsen …«

»Um sie brauchst du dir keine Sorgen zu machen«, beruhigte ihn Ha-Din. »Gaedalu hat zugunsten von Schwester Karale auf ihr Amt als ehrwürdige Mutter verzichtet.« Ihr war nichts anderes übrig geblieben, dachte Ha-Din traurig. Nach ihrer Begegnung mit den Göttern hatte Gaedalu nur noch vor sich hin gestiert und hin und wieder bittere Tränen vergossen. Schließlich hatten sie sie nach Dagledu gebracht in der Hoffnung, dort, in ihrer Heimat, werde sie die ganze Sache besser verarbeiten.

»Aber einige dieser Felsbrocken hat sie in Vanissar gelassen«, sagte Jack, »und Covan benutzt sie, um Waffen gegen Christian zu entwickeln. Sie sind hinter ihm her, und wenn sie ihn finden, machen sie vielleicht kurzen Prozess mit ihm.«

»Deshalb ist er nicht mit euch gekommen?«

Jack lächelte geheimnisvoll. Ha-Din begriff: Der Shek war sehr wohl da, irgendwo versteckt, vielleicht im Unterholz oder im Gebäude selbst. Er wechselte das Thema. »Wie geht es Zaisei?«

»Besser. Shail kümmert sich um sie, er sagt, sie kann inzwischen schon wieder schemenhaft sehen. Die behandelnden Ärzte haben große Hoffnung, dass ihre Augen sich regenerieren.«

Was bei vielen anderen nicht der Fall sein wird, sagte er sich niedergeschmettert. Seit der Schlacht der Sieben war die Zahl derer, die nicht nur das Augenlicht, sondern auch die Augen selbst verloren hatten, sprunghaft angestiegen. Besonders bei den Shur-Ikaili. Jack hatte selbst gesehen, in welch bedauernswertem Zustand sich sieben der neun Stämme befanden. Alle blind, alle gezwungen, ihr Leben völlig umzustellen. Die Barbarenstämme hatten sich früher beständig untereinander bekriegt, doch nun war ihnen nichts anderes übrig geblieben, als sich zusammenzuschließen. Die Mitglieder der beiden Stämme, die verschont geblieben waren, wollten sich um die anderen kümmern. Irgendwann würden die Barbaren wieder das sein, was sie einmal gewesen waren, aber dazu musste eine neue Generation von gesunden Kindern geboren werden, heranwachsen und die Erwachsenen ablösen.

Deshalb hatten sie Saissh mit offenen Armen aufgenommen.

Das Mädchen war zwar von Irials Licht geblendet worden, aber Victorias Baculus hatte sie geschützt und nach zwei Tagen konnte sie wieder einwandfrei sehen. Sie bekam ihren Shur-Ikaili-Namen zurück, Uk-Sun, und ihre nächsten Angehörigen dankten Jack, als er ihnen die Kleine zurückgab. Sie würden nie erfahren, dass dieses Mädchen von Gerde dazu ausersehen gewesen war, im Falle der Eroberung der Erde die zukünftige Inkarnation des siebten Gottes zu werden. Sie konnte als normales Mädchen aufwachsen. Normal …? Jack lächelte. Den Barbaren war gar nicht aufgefallen, dass Uk-Sun schon gehen konnte, obwohl sie erst wenige Monate alt war, doch über kurz oder lang würden sie merken, dass diesem Mädchen die Gabe der Magie verliehen worden war.

»Freut mich zu hören, dass Shail bei ihr ist«, sagte Ha-Din und Jack fiel ein, dass sie ja über Zaisei sprachen.

»Ja«, pflichtete er bei. »Victoria will sie besuchen, aber im Moment erscheint uns das nicht klug. Vielleicht nach der Geburt des Kindes.« Bange drehte er sich um.

»Es ist alles in Ordnung«, beruhigte Ha-Din. Er spürte Jacks Nervosität überdeutlich. »Vielleicht ist jetzt kein guter Moment dafür, aber ich würde gern hören, was sich in den Feuergipfeln genau abgespielt hat.«

Jack sah ihn müde an. »Wollt Ihr alles erfahren?«, fragte er. »Alles, was ich weiß?«

Ha-Din seufzte. »Ich glaube, wenn ich Kirchenoberhaupt bleiben will, wäre es angebracht, die bedeutendste Manifestation der Götter nach der Schöpfung in allen Einzelheiten zu kennen, meinst du nicht?«

Jack musste lächeln. Dann erzählte er ihm alles, von Anfang an. Er sprach lange, ließ auch alles einfließen, was sie in letzter Zeit herausgefunden hatten, Um, Ema, Umadhun, die Einhörner, den Ursprung des Siebten, den Teufelsfelsen, den Schatten ohne Namen und die Erschaffung der Schlangen, das Auftauchen der Drachen, ihren ewigen Kampf gegen die Sheks, Talmannon, Shiskatchegg, die Niederlage und das Exil der Sheks, die wahre Aufgabe der Orakel, Ashran, die Inkarnationen des Siebten, die beiden Seiten der sieben Götter, Gerdes Pläne, die Erde, die Schaffung einer neuen Welt für die Sheks, die Verfolgung durch die Sechs und wie es den Schlangen schließlich gelungen war, aus Idhún zu fliehen.

»Ich habe keine Ahnung, wie es ihnen jetzt geht«, sagte Jack, »und auch nicht, ob Idhún ohne sie eine bessere Welt wird. Viele Leute scheinen sie zu vermissen, und sei es nur als Sündenbock für alles Schlechte in der Welt. Covan muss irgendwie Alsans Tod rächen und die künstlichen Drachen haben ohne sie keine Existenzberechtigung …«

»Die echten Drachen auch nicht, oder?«, fragte Ha-Din freundlich.

»Wir wurden zum Kämpfen erschaffen«, erwiderte Jack müde. »Unser ganzes Dasein hat sich stets um die Sheks gedreht. Und jetzt sind sie nicht mehr da. Ein Teil von mir kommt sich unnütz und leer vor.«

»Aber du hast auch eine menschliche Seite. Das wird dir helfen, besser damit fertig zu werden.«

»Sie sind reine Sheks. Ich weiß nicht, was sie in einer Welt ohne Drachen tun werden. Vermutlich müsste der Siebte da etwas unternehmen, aber ich bezweifle, ob ihm wirklich etwas daran liegt.«

»Dafür wird ihm nicht viel Zeit bleiben. Ich verstehe nichts von schöpferischen Prozessen, aber wenn man in so kurzer Zeit eine neue, lebendige Welt zu gestalten versucht, kann viel schiefgehen. Normalerweise dauern solche Entwicklungen Millionen von Jahren.«

Jack lächelte. »Es geht ihnen bestimmt gut. Sie waren schon

immer schlauer als wir und ich glaube, genau dafür haben wir sie im Grunde gehasst.«

»Und die Einhörner werden auch nicht zurückkehren?«, fragte Ha-Din.

»Qaydar soll die Götter dazu befragt haben. Sie waren nicht sonderlich begeistert. Angeblich ist Idhún jetzt so mit Energie aufgeladen, dass die Magie vorläufig nicht nötig ist.«

Ha-Dins Miene verdüsterte sich. »Dann sehe ich schwarz«, bemerkte er. »Die Magier und wir Priester haben uns immer die Herrschaft in Glaubensfragen streitig gemacht. Manche verehrten die Götter, andere hatten mehr Vertrauen zur Magie. Aber wichtiger ist doch, dass sie überhaupt an etwas glauben. In diesen schwierigen Zeiten wird die Religion nicht gerade ein Quell des Trostes sein, fürchte ich. Die wenigen Magier, die noch übrig sind, werden ihre Macht einsetzen, um beim Wiederaufbau Idhúns behilflich zu sein. Vielleicht finden die Leute bei ihnen ihr Seelenheil, aber es sind nur noch wenige und irgendwann wird keiner mehr übrig sein. Nicht einmal Victoria wird die Magie am Leben erhalten können.«

»Ich komme aus einer Welt, in der die Magie schon lange ausgestorben ist«, sagte Jack.

»Wirklich? Und wie geht es den Leuten damit?«

Jack lächelte. »Nicht besonders gut«, räumte er ein. »Und ich könnte Euch auch nicht sagen, woran sie glauben. Manche glauben an Götter, andere glauben an gar nichts.«

»Man kann nicht an nichts glauben«, widersprach Ha-Din ein wenig verblüfft.

»Man kann davon überzeugt sein, dass es kein *höheres Wesen* gibt«, präzisierte Jack, »aber man kann sehr wohl an etwas anderes glauben. Zum Beispiel an die Leute um einen herum, denen man vertraut. Oder an die eigene Fähigkeit, das Leben zu meistern und dazu beizutragen, dass die Welt besser wird.

Es gab eine Zeit, da dachte ich, ich würde an nichts glauben. Ich hasste die Götter, weil sie mir eine Rolle in einer Prophezeiung aufzwangen. Aber ich habe sehr wohl an andere Dinge geglaubt. Wenn ich an nichts glauben würde, wäre ich innerlich tot.« Ha-Din nickte nachdenklich.

Genau in ihr Schweigen hinein zerriss ein Schrei die Nacht. Ehe Ha-Din es sich versah, stürmte Jack bereits zu Victorias Zimmer. In diesem Moment hätte nichts und niemand ihn aufhalten können. Als er die Tür aufriss, hielt eine Fee ein rotwangiges, weinendes, strampelndes Baby im Arm und säuberte es mit Tauwasser. Plötzlich fühlte Jack sich mächtig eingeschüchtert. Victoria lächelte ihn schwach an, völlig erschöpft.

»Alles in Ordnung«, sagte die Hebamme. »Es ist ein Junge. Und er ist gesund.«

Jack fiel ein Stein vom Herzen. Die Fee wickelte das Baby in eine Decke und legte es der Mutter in die Arme. Erst als sie und die Helferinnen den Raum verlassen hatten, wagte Jack sich näher.

»Sieh mal«, sagte Victoria gerührt. »Das ist Erik.«

»Hallo, Erik«, flüsterte Jack und streichelte vorsichtig das Händchen des Babys. »Hallo, Kleiner«, fügte er hinzu, dann versagte seine Stimme. Er umarmte Victoria und blinzelte, konnte die Tränen jedoch nicht zurückhalten. Er küsste sie unendlich liebevoll und betrachtete dann wieder das Kind. »Wie groß er ist«, bemerkte er. »Nicht schlecht für eine Schwangerschaft von vier Monaten.«

»Ja, es war unglaublich schwer, ihn da rauszubekommen«, seufzte sie. Jack umarmte sie noch fester. »Das hat mit Wina zu tun«, fuhr Victoria fort. »Ich hoffe, ansonsten entwickelt er sich wie ein normales Kind.«

»Normal? Glaubst du, dass er … also, dass er ganz und gar menschlich ist?«

Victoria lächelte. »Nein, er sieht nur so aus. Er hat etwas von der nichtmenschlichen Essenz seiner Eltern. Ich weiß nicht, ob ihm das besondere Fähigkeiten verleihen wird und ob er sich verwandeln kann, wenn er größer ist. Ich … ich hätte gern, dass er ein normaler Junge wird«, fügte sie hinzu. »Dann kommt niemand auf die Idee, einen Helden aus ihm zu machen.«

»Wer weiß«, widersprach Jack finster. »Schon allein wegen seiner Eltern wird viel von ihm erwartet werden – Gutes oder Schlechtes.«

Victoria sah zu ihm auf. Es war ein trauriger, müder Blick. »Nach allem, was wir für Idhún getan haben«, sagte sie, »findest du es da zu viel verlangt, unserem Sohn ein ruhiges, glückliches Leben zu wünschen?«

Jack wusste nicht, was er antworten sollte. Um von den düsteren Vorahnungen abzulenken, wechselte er das Thema: »Und du? Wie geht es dir?«

Sie schloss die Augen. Das Baby hatte aufgehört zu weinen und lag wohlig in ihren Armen. »Ich bin erschöpft. Ich glaube, ich könnte eine ganze Woche schlafen.« Jack küsste ihre Nasenspitze.

In diesem Moment betrat Christian das Zimmer. Er war zögernd, fast verschüchtert an der Tür stehen geblieben, genau wie Jack kurz vorher, und beobachtete unsicher das Paar und das Baby.

»Hat dich jemand gesehen?«, fragte Jack.

Christian schüttelte den Kopf. »Alles war wie leer gefegt. Eigentlich komisch.«

Jack lächelte. »Ha-Din war klar, dass du kommen würdest«, bemerkte er.

»Sehr aufmerksam von ihm«, sagte Christian. Er ging um das Bett herum und musterte das Neugeborene mit unergründlicher Miene.

»Das hier ist Erik.« Victoria lächelte stolz.

Christian sagte nichts, rührte sich nicht und verzog auch keine Miene, den Blick auf das Baby geheftet. Aber Victoria entdeckte einen Anflug von tiefer Ergriffenheit in seinen eisblauen Augen. »Erik«, wiederholte er. »Kareth. Er ist wunderschön«, bemerkte er mit einem halben Lächeln. »Einfach vollkommen.«

Er setzte sich neben Victoria aufs Bett. »Alles in Ordnung?«, fragte er sie sanft. Anstelle einer Antwort lächelte Victoria und ließ den Kopf auf seine Schulter sinken. Christian nahm sie in den Arm und küsste sie auf die Stirn.

Jack konnte sich vor Verwunderung nicht vom Anblick des Neugeborenen losreißen. Er streichelte Eriks Wange mit der Fingerspitze und lachte, als dieser die Händchen bewegte.

»Hier, nimm ihn«, sagte Victoria und hielt ihm das Baby hin.

Jack erschrak. »Wer … ich? Und wenn er mir runterfällt?«, fragte er mit einem Anflug von Panik.

Victoria legte ihm Erik in die Arme. »Du lässt ihn ganz bestimmt nicht fallen.«

Jack nahm das Kind mit unendlicher Vorsicht in Empfang. Erik schien gelassen zu bleiben. Er machte den Mund auf und gähnte kurz. Jack lächelte. »Sieht aus, als würde er sich bei Papi langweilen«, bemerkte er. »Ich weiß nicht, ob das ein gutes Zeichen ist.«

Er wiegte ihn eine Weile, sprach mit ihm, erntete jedoch nur schlaftrunkene Gleichgültigkeit. Schließlich blickte er zu Christian auf und grinste ihn spöttisch an. »Los, ab zu deinem anderen Papi«, sagte er zu Erik. »Es wird Zeit, dass du ihn kennenlernst.«

Für einen kurzen Moment sah der Shek ein wenig beunruhigt aus, nahm das Baby jedoch in Empfang. Dann wiegte er es mit seiner üblichen Gelassenheit, auch wenn er es so vorsichtig hielt, als wäre es aus Porzellan.

»Ist es nicht ein Wunder?«, flüsterte Victoria.

Christian lächelte. »Allerdings«, antwortete er leise. Da begann Erik in Christians Armen so energisch zu weinen, dass der Shek ihn rasch wieder seiner Mutter in die Arme legte.

»Womöglich hat er Hunger«, mutmaßte Jack.

»So etwas passiert mir nicht zum ersten Mal«, erwiderte Christian mit einem schiefen Lächeln. »Mach dir keine Gedanken. Babys mögen normalerweise keine Sheks.«

Plötzlich wurde beiden klar, was diese Worte bedeuteten. Sie wandten sich Victoria zu, die nach wie vor mit Erik beschäftigt war. »Wusstest du es?«, fragte Jack leise.

Victoria hob den Kopf. »Gerade eben, als wir ihn angesehen haben … hatte ich eine Eingebung. Und offenbar liege ich damit richtig.«

Christian tippte dem Kleinen auf die Nasenspitze. Der verzog das Gesicht und brachte alle drei zum Lächeln. »Umso besser für ihn«, bemerkte er. »Das erspart ihm eine Menge Probleme.«

Jack zuckte die Achseln. »Für mich hat Erik nach wie vor zwei Väter und eine Mutter«, erklärte er. »Die Tatsache, dass er die Gene des einen hat und die des anderen nicht, ist reiner Zufall. Außerdem«, fügte er hinzu, »haben wir alle zwei Väter und zwei Mütter gehabt, oder?«

»Ja«, flüsterte Victoria. »Und keiner von ihnen ist mehr da.«

»So gesehen«, sagte Jack, »ist es nur von Vorteil, wenn dieses Kind genug Leute hat, die für es sorgen. Je mehr, desto besser. Ich schätze also … wir sind eine Familie, oder?«

»Ich bin mir nicht sicher, ob er mich mögen wird«, gab Christian ein wenig besorgt zu bedenken.

»Er wird sich schon an dich gewöhnen«, beruhigte Jack ihn. »Das habe ich schließlich auch geschafft, oder?« Sie verstummten und musterten Erik.

»Was machen wir denn jetzt?«, fragte Victoria dann.

Jack grinste breit. »Einfach leben. Findest du das zu wenig?«

Die meisten Bewohner von Vanissar wussten kaum etwas über ihren verstorbenen König. Sie waren viele Jahre lang von Amrin regiert worden und dann hatte Alsan den Thron bestiegen, aber erst nachdem er seinen jüngeren Bruder in einer Schlacht besiegt hatte und anschließend monatelang verschwunden gewesen war. Nach der Krönung hatte er als Erstes ein Heer aufgestellt, um gegen die Schlangen zu kämpfen, und war in der Schlacht gestorben.

Nein, die Vanissaren wussten nicht recht, was sie von König Alsan halten sollten. Nach über einem Jahrzehnt der durchorganisierten Herrschaft der Schlangen hatte er das Land in Chaos und Krieg gestürzt. Aber am Ende hatte er ihnen die Freiheit wiedergegeben. Viele fanden die Veränderung jedoch nicht von Vorteil. Alsan hatte ihnen ein von einem Wirbelsturm verwüstetes Reich und viele Erblindete hinterlassen. Es würde lange dauern, bis alles wieder im Lot war. Auf Covan kam viel Arbeit zu.

All das ging Jack durch den Kopf, während er traurig beobachtete, wie die Flammen sich Alsans Leichnam bemächtigten. Nicht immer waren sie sich in allem einig gewesen. Aber obwohl sie in letzter Zeit vieles getrennt hatte, spürte Jack doch, dass sie nie aufgehört hatten, Freunde zu sein.

Er riss sich vom Anblick des Feuers los, wandte sich dem kleinen Erik zu, der in Victorias Armen schlief, und streichelte ihm zärtlich das Händchen. *Wenn Erik groß ist, erzähle ich ihm von dir,* versprach er Alsan im Stillen.

Victoria hatte sich vorgenommen, bei der Beerdigung nicht an den Alsan der letzten Zeit zu denken, den strengen, engstirnigen König, der sie entführt, in Ketten gelegt und ihr Baby bedroht hatte, an den Ritter, der es für ein unverzeihliches Vergehen hielt, ein Schlangenherz zu haben, und der versucht hatte, Christian zu töten. Nein, sie erinnerte sich an den gelassenen, selbstbewussten jungen Mann, der sie in unsicheren Zeiten in Limbhad aufgenommen hatte und an dessen Seite sie sich beschützt gefühlt hatte, als sie noch ein Mädchen gewesen war. Eine Träne rann über ihre Wange.

Shail war auch da, traurig und in sich gekehrt. Neben ihm saß Zaisei. Ihr verlorener Blick ließ erahnen, was Irials Licht angerichtet hatte. Victorias Bemühungen hatten ihr das Augenlicht zwar nicht völlig zurückgeben können, aber eine deutliche Besserung erreicht.

Während das Feuer niederbrannte, zogen sich immer mehr Leute zurück. Qaydar begleitete Zaisei und Königin Erive in den Palast. Victoria ging, um Erik zu stillen. Nacheinander brachen alle auf. Zuletzt waren nur noch Jack, Shail und Covan übrig. Sie blieben, bis das Feuer völlig erloschen war.

»Ich wusste immer, dass er ein guter König sein würde«, seufzte Covan halblaut. »Er war ein tapferer Krieger. Diejenigen, die den Tod nicht fürchten, so wie er, sterben jung. Dabei habe ich mir immer gewünscht, er möge zumindest noch viele Schlachten überleben.«

»Er ist als Held gestorben«, sagte Jack.

»Im Kampf gegen die Schlangen«, pflichtete Covan bei.

Jack widersprach ihm nicht. Es gab keine Schlangen mehr, gegen die man kämpfen konnte, deshalb hatte es auch keinen Sinn, den Leuten erklären zu wollen, was tatsächlich geschehen war.

»Und alles wegen diesem verfluchten Kirtash«, sprach Covan weiter. »Diesem Schlangenbeschwörer, der die ganze Welt in die Katastrophe gestürzt hat, genau wie sein Vater.«

Jack erstarrte. »Covan, nichts von dem, was geschehen ist, war Kirtashs Schuld«, widersprach er mit belegter Stimme.

»Die Überlebenden bestätigen, dass er dort war, bei den anderen Schlangen«, konterte Covan. »Wer sonst hätte nach

Ashrans Tod eine derartige Zerstörung anrichten können? Aber irgendwann schnappen wir ihn, so wahr ich Covan heiße. Er kann sich nicht ewig verstecken.«

»Ohne mich«, erwiderte Jack verstimmt. »Ich bin es leid, immer gegen eine Wand zu reden. Kirtash war nicht …«

»Er hat Victoria verführt«, schnitt Covan ihm kühl das Wort ab. »Wenn die Gerüchte stimmen, hätte euer Kind genauso gut von dieser durchtriebenen Schlange sein können. Dann hätte Victoria – Lunnaris – Ashrans Enkel zur Welt gebracht. Verstehst du denn nicht? Solange es noch einen Erben von Ashran auf Idhún gibt, können die Sheks zurückkehren …«

Jack wollte widersprechen, aber in diesem Moment weckte ein dunkler Schatten am Himmel ihre Aufmerksamkeit. Ein riesiger schwarzer Drache flog eine Schleife über der Stadt. »Tanawe schickt jemanden«, knurrte Covan. »Endlich hat sie es sich anders überlegt.«

Für die Neuen Drachen war die Schlacht der Sieben verheerend gewesen. Denyal und Tanawe hatten wie durch ein Wunder überlebt. Nur den Magiern an Bord war es zu verdanken, dass eine ganze Anzahl Drachen sich vor dem Wirbelsturm hatte retten können. Sie gaben Alsan die Schuld an diesem Himmelfahrtskommando und hatten jede Verbindung mit Vanissar abgebrochen. Sie würden den Kampf allein fortsetzen, hatte Tanawe gesagt.

Nur, gegen wen wollten sie noch kämpfen?, fragte sich Jack. Was würden sie tun, wenn sie in ganz Idhún keine Schlangen mehr ausfindig machten? Jedenfalls würden sich die Wege der Neuen Drachen und der Nurgon-Ritter trennen. Da Covan zum König von Vanissar gekrönt werden sollte, mussten die Ritter einen neuen Anführer wählen, der in Nurgon das Ruder übernahm und der Akademie wieder zum Glanz vergangener Zeiten verhalf. Alle erwarteten, dass Jack sich im Andenken an

Alsan den Rittern anschloss, aber er hatte sich geweigert. Er würde auch nicht die Neuen Drachen anführen.

Jack beobachtete den Landeanflug des schwarzen Drachen. Er wusste sehr wohl, dass dieser Drache nicht aus Thalis geschickt worden war. Das bestätigte sich, als er im Palasthof aufsetzte und in der oberen Luke ein Gesicht mit einem buschigen kastanienbraunen Bart auftauchte. »Kommen wir zu spät?« Die Stimme des Halbbarbaren dröhnte durch den ganzen Palast. Covan warf ihm einen irritierten Blick zu. Rando sprang mit einem Satz von Ogadraks Rücken, drehte sich um und half einer weiteren Person beim Aussteigen.

»Kimara!«, rief Jack erfreut. Er schloss die Halbyan fest in die Arme und begrüßte Rando mit einem herzlichen Klaps auf den Rücken. Dessen Erwiderung fiel so heftig aus, dass es Jack den Atem verschlug.

»Schön, dich wiederzusehen, Junge!«

»Kennt ihr euch etwa?«, fragte Kimara verblüfft. Beide grinsten wortlos.

Für einen Augenblick trat Stille ein, während die Neuankömmlinge Alsans sterblichen Überresten die Ehre erwiesen. »Wir werden ihn vermissen«, sagte Kimara.

Sie unterhielten sich leise über Alsan, bis Victoria in den Hof hinaustrat, um die Gäste willkommen zu heißen. Auch sie umarmte Kimara liebevoll. »Wir haben gehört, was in Kash-Tar passiert ist«, sagte sie. »Ich bin froh, dass es dir gut geht.«

»Wo ist Erik?«, fragte Jack sie leise besorgt.

»Er war müde und ich habe ihn hingelegt«, antwortete Victoria genauso leise. »Aber ich will ihn nicht lange allein lassen.«

»Man erzählt sich«, mischte Kimara sich ein wenig befangen ein, »ihr hättet ein Kind bekommen. Es ist also nicht nur ein Gerücht?«

Die beiden lächelten stolz. Wenig später stand Kimara mit

Victoria vor Eriks Bettchen. »So ein hübsches Kerlchen«, sagte Kimara leise, um ihn nicht aufzuwecken. »Ich finde, er sieht eher Jack ähnlich.«

»Ja, nur die braunen Augen hat er von mir.«

Sie gingen wieder in den Flur, um sich besser unterhalten zu können. »Und was wird aus ihm, wenn er groß ist?«, wollte Kimara wissen. »Glaubst du, er hat eure Fähigkeiten geerbt?«

Victoria zuckte die Achseln. »Das kann man noch nicht wissen. Und du?« Sie wollte das Thema wechseln. »Was ist aus deinem Drachenweibchen geworden?«

Kimaras Miene verfinsterte sich. »Es ist verbrannt, genau wie vieles andere in Kash-Tar«, antwortete sie halblaut.

Victoria legte ihr tröstend die Hand auf den Arm. »Und was hast du jetzt vor? Willst du in deine Heimat zurück oder bleibst du hier?«

Kimara sah auf. »Ich will zuerst zu Qaydar in den Turm von Kazlunn«, erklärte sie, »und meine Ausbildung beenden. Mit meiner Gabe kann ich in meiner Heimat am besten helfen. Es gibt viele Wunden zu heilen, nicht nur körperliche. Deshalb … danke ich dir sehr dafür, dass du mich zur Magierin gemacht hast.«

»Du brauchst dich doch nicht zu bedanken«, wehrte Victoria verlegen ab. »Ich habe es gern getan und bin froh, dass es dich nicht belastet. Aber was ist mit Rando? Wird er auf dich warten?«

»Das sagt er zumindest«, antwortete Kimara lächelnd. »Es hat ihm in Kash-Tar gefallen, deshalb wollen wir zusammen zurück, wenn Qaydar mich lässt«, fügte sie skeptisch hinzu.

»Aber sicher«, beruhigte Victoria sie. »Qaydar hat sich sehr verändert.«

Ähnlich wie Gaedalu, deren Glaube an die Götter derart ins Wanken geraten war, dass sie ihr Amt als Kirchenoberhaupt abgegeben hatte, war auch Qaydar nicht gut damit fertig geworden, dass die Einhörner nicht in die Welt zurückkehren würden, zumindest nicht in den nächsten zehntausend Jahren. »Ich ziehe mich in meinen Turm zurück«, hatte er zu Victoria gesagt. »Mir sind alle willkommen, die die Gabe besitzen und in die Magie eingeweiht werden wollen, aber sie müssen von sich aus den Weg nach Kazlunn finden. Genieß deine Freiheit, Victoria, und sorge für dein Kind. Du allein hättest die Magie schließlich auch nicht am Leben erhalten können.«

Aus seinen Worten sprach tiefe Traurigkeit und Victoria tat es aufrichtig leid, seine Hoffnungen zu enttäuschen. »Qaydar wird sich freuen, dich wiederzusehen«, sagte sie zu Kimara mit einem Lächeln.

Nach dem Abendessen nahm Jack Shail beiseite.

»Was ist los, Jack?«, fragte Shail ein wenig besorgt.

»Nichts Besonderes«, beruhigte er ihn. »Es dauert, bis man sich wieder an den Frieden gewöhnt hat, stimmt's? Aber schließlich musste es mit den ständigen Katastrophenmeldungen einmal ein Ende haben.«

Shail lächelte. »Du hast völlig recht. Jetzt sind die erfreulichen Ereignisse an der Reihe.« Er meinte Eriks Geburt. Auch er war ganz vernarrt in das Baby, und Victoria nannte ihn im Spaß schon ›Onkel Shail‹.

»Was ich dir jetzt sagen wollte, ist auch eine gute Nachricht, zumindest für uns. Wir haben so etwas wie ein Zuhause.«

»Ein Zuhause?«, wiederholte Shail. »Wo denn?«

»Das ist der Haken an der Sache. Ha-Din hat ein abgelegenes Haus für uns gefunden, irgendwo, wo man uns nicht kennt und wo wir unseren Sohn in aller Ruhe aufziehen können. Deshalb wird niemand wissen, wo wir zu finden sind, außer Ha-Din … und dir.«

Shail war tief gerührt von diesem Vertrauensbeweis. »Jack, es ist nicht nötig …«

»O doch. Für uns ist es eine Beruhigung, wenn du weißt, wo wir sind. Aber erzähl es um Himmels willen nicht weiter.«

»Und was ist mit Kirtash?«

Jack lachte. »Als ich sagte, wir haben ein Zuhause, meinte ich natürlich uns drei. Vielmehr uns vier«, verbesserte er sich. »Vor allem wegen Christian musste es abgelegen sein. So kann er Victoria und Erik jederzeit besuchen, ohne das Gefühl zu haben, er bringt uns in Gefahr. Er hat nach wie vor viele Feinde. Manche sagen, solange er am Leben ist, steht den Schlangen die Rückkehr nach Idhún offen. Er ist Ashrans Sohn, Shail. Manche werden das nie vergessen, fürchte ich. Und jetzt … tja, jetzt ist er viel verwundbarer.«

»Aber wenn ihr von der Bildfläche verschwindet, werden die Leute nach euch suchen.«

»Wir verstecken uns nicht für immer. Hin und wieder werden wir uns natürlich blicken lassen, vor allem jetzt, wo halb Idhún wieder aufgebaut werden muss. Ich will nur einen Freiraum für mich und meine Familie.«

»Das verstehe ich«, pflichtete Shail bei. »Ihr könnt auf mich zählen.«

Jack lächelte dankbar.

Als sie das Haus sahen, trauten sie ihren Augen kaum. Natürlich hätten sie auf so etwas gefasst sein müssen. Sie befanden sich in Celestia, außerhalb einer kleinen Ortschaft in der Nähe von Kelesban, mitten im Wald. Ein im Stil der Himmelblauen errichtetes Gebäude musste mit seinen Kuppeln, seinem abgerundeten Grundriss und seinen wie halbe Blasen angehängten Räumen zwangsläufig dem Haus in Limbhad ähneln. Es war natürlich viel kleiner, aber dadurch wirkte es nur noch gemütlicher. Victoria tastete nach Jacks Hand und drückte sie fest. »Es ist traumhaft schön«, flüsterte sie.

»Das finde ich auch«, erwiderte Jack lächelnd.

In den folgenden Monaten lebten sie friedlich in dem neuen Haus. Jack, der rastlos und immer unterwegs gewesen war, daran gewöhnt, nirgendwo Wurzeln zu schlagen, empfand dieses Familienleben nach allem, was geschehen war, als Segen. Am Haus war ein Garten, den beide sorgsam bestellten. Als Vegetarier bauten die Himmelblauen viel Obst und Gemüse an, weshalb es ihnen nicht an Samen und Ablegern mangelte. Aber Jack, der nun einmal eher ein Fleischesser war, machte sich hin und wieder auf die Jagd. Dabei hatte er zwei Dinge gelernt: Erstens, nie ein Tier in Gegenwart eines Himmelblauen zu erlegen, und zweitens, nie, unter keinen Umständen, einen Vogel zu töten, denn dies war in Celestia ein absolutes Tabu. Sobald er das begriffen hatte, gestaltete sich das Zusammenleben mit ihren himmelblauen Nachbarn völlig unproblematisch.

Erik wuchs heran. Sie kümmerten sich alle drei um ihn. Christian hatte ein Zimmer für sich und blieb manchmal mehrere Monate. Jack wusste, dass Victoria und er hin und wieder die Nacht miteinander verbrachten, aber Christian war diskret genug, es nie zu erwähnen. Und Jack war rücksichtsvoll genug, gelegentlich das Feld zu räumen. Diese Ausflüge nutzte er, um seine Freunde und Bekannten zu besuchen: Kimara und Dablu im Turm von Kazlunn, Shail und Zaisei in Haai-Sil, wo sie sich nach Zaiseis fast völliger Genesung niedergelassen hatten, Ha-Din im Orakel von Awa, Covan in Vanissar und Rando in Les, wo er jetzt lebte, um in Kimaras Nähe sein zu können, während sie ihre Ausbildung zur Magierin abschloss. Jack spielte auch mit dem Gedanken eines Besuchs bei Ymur, der ins Große Orakel zurückgekehrt war, aber vorerst blieb das ein Plan.

Er wusste, dass die Leute ihn gern über ihre Köpfe hinwegfliegen sahen. Sie deuteten auf ihn, hoben ihre Kinder hoch, damit sie ihn besser sehen konnten, und er konnte sie förmlich sagen hören: »Seht mal da, das ist Yandrak, der letzte Drache von Idhún!« Das erfüllte ihn mit Stolz, machte ihn jedoch auch traurig. Er war noch einmal nach Awinor zurückgekehrt und hatte dort das Raunen der Geister aller Drachen zu vernehmen gemeint, die während der künstlichen Sternenkonstellation gestorben waren. *Ich bin gar nicht der Letzte!*, hätte er am liebsten gerufen. *Mein Sohn Erik hat vielleicht Awinors Feuer im Blut, und sei es nur ein winziges bisschen.*

Er war nicht der Einzige der drei, den es bisweilen forttrieb. Hin und wieder, in der Regel wenn Erea voll war, wurde Victoria kribblig. »Es ist dein Einhorninstinkt, oder?«, fragte Christian. »Du musst durch die Welt streifen und die Magie übermitteln.«

»Sternschnuppen suchen«, bestätigte Jack mit einem Lächeln. Von da an verschwand Victoria jedes Mal, wenn Erea voll war, mehrere Tage.

Irgendwann wurde auch Christian unruhig. Victoria bemerkte es als Erste. »Musst du wieder fort?«, fragte sie ihn eines Abends, als sie zusammen auf der Veranda die Sterne beobachteten.

»Ich bin immer auf dem Sprung. Ich komme und gehe, das weißt du ja.«

»Ja, aber diesmal ist es für länger, oder?«

Christian neigte den Kopf. »Ich will nach Nanhai«, antwortete er.

»Zu Ydeon?«

»Auch. Und ins Große Orakel.«

»Zu deinen Wurzeln«, sagte Victoria halblaut.

Christian wusste jetzt, dass Ashran Manua dazu benutzt hatte, im Orakelsaal Verbindung mit dem Siebten aufzunehmen, genau wie Qaydar, Alsan und Gaedalu später die kleine Ankira benutzt hatten.

Victoria hatte sich immer gefragt, ob Manua wirklich klar gewesen war, was sie tat, oder ob Ashran sie hinters Licht geführt oder gezwungen hatte. Sie erzählte Christian davon und er hatte erwidert: »Ich bezweifle sehr, dass er ihr etwas vorgemacht hat. Ihn hat die Magie immer mehr interessiert als die Frauen. Wenn er Manua nur für die Anrufung hätte benutzen wollen, hätte er nicht so viel Zeit mit ihr verbracht. Immerhin ist sie von ihm schwanger geworden. Ich glaube, ihm lag wirklich etwas an ihr. Und später gab es ganz einfach andere Dinge, die ihm wichtiger waren.«

»Du meinst also, sie waren verliebt?«

»Kommt es darauf wirklich an?«

Victoria hatte die Hand gehoben, um ihm zärtlich eine Strähne aus der Stirn zu streichen. »Mehr, als du glaubst«, erwiderte sie lächelnd.

Christian lächelte achselzuckend zurück. »Ich vermute, sie hatten eine ziemlich aufrichtige Beziehung, während Ashran sich im Orakel in Ymurs Bücher vertiefte. Zur Anrufung hat er sie vielleicht überredet oder beschwindelt, das weiß ich nicht. Ich habe nur das Gefühl, meiner Mutter war nie wirklich klar, worauf Ashran eigentlich hinauswollte. Aber ich glaube schon, dass er sie damals liebte. Sonst hätte er sie getötet, als er das Orakel verließ. Sie war seine einzige Mitwisserin und hätte ihn verraten können, bevor er so weit war, die Sheks zurückzuholen.«

Sie hatten nicht wieder über das Thema gesprochen, aber offensichtlich beschäftigte es Christian noch. Vielleicht hatte es ihm der Weidenkorb angetan, den Ymur für seine Bücher benutzte und der ihm als Wiege gedient hatte. Vielleicht wollte er ergründen, warum Ashran in den Lauf der Geschichte eingegriffen und die Sheks aus Umadhun zurückgeholt hatte. Oder vielleicht fühlte er sich nun, da die Schlangen alle fort waren, einfach nur schrecklich allein. »Wenn du fortmusst, nimm keine falsche Rücksicht«, sagte sie dann. »Wir werden hier sein, wenn du zurückkommst.«

Christian lächelte. »Auch wenn es vielleicht nicht so wirkt, aber das tröstet mich sehr«, erwiderte er nur. Als Victoria am nächsten Morgen aufwachte, war er bereits aufgebrochen.

Jack und Victoria lebten ihr Leben weiter, sahen, wie Erik heranwuchs, und gewöhnten sich an den friedlichen Alltag in Celestia. Sie gingen zur Segnung der Verbindung von Shail und Zaisei, die kurz nach Eriks erstem Geburtstag in Haai-Sil gefeiert wurde, als Zaisei völlig von ihrer Blindheit genesen war.

Gerade als Victoria Christian mehr vermisste, als sie ertragen zu können glaubte, kehrte er zurück. Er traf beim dritten Sonnenuntergang ein. Jack war mit Erik allein zu Hause und ging hinaus, um ihn zu begrüßen. »Willkommen zu Hause«, sagte Jack lächelnd.

Christian erwiderte sein Lächeln. Es wirkte ein wenig aufgesetzt, als wäre er aus der Übung gekommen. Er sah älter und abgekämpft aus. Ein bisschen so, als wären seine Gesichtszüge bei den eisigen Temperaturen Nanhais eingefroren. »Ich bin froh, wieder hier zu sein«, sagte er und meinte es auch so.

»Victoria hat dich vermisst«, bemerkte Jack. »Sie ist nur kurz im Dorf.«

Christian nickte. Sie setzten sich auf die Veranda, um den letzten Sonnenuntergang zu beobachten. Christian begrüßte Erik, doch der sträubte sich und lief im Nu wieder ins Haus.

»Eigentlich mag er dich«, sagte Jack. »Er hat nach dir gefragt, hat dich vermisst. Ich glaube, was ihn von dir wegtreibt, ist etwas …«

»… Instinktives«, sprang Christian bei.

»Vermutlich«, seufzte Jack.

Es trat ein kurzes Schweigen ein. »Jack, du weißt, das hier ist kein Dauerzustand«, sagte Christian dann.

Jack gähnte entspannt. »Was meinst du damit? Es läuft doch alles ganz gut.«

»Alles läuft gut, weil wir lange Zeit nur den Krieg im Kopf hatten und uns nach Ruhe gesehnt haben. Aber bald wird uns der Instinkt wieder einholen.«

»Ich weiß nicht, wie es bei dir ist, aber ich habe Domivat gut weggepackt und benutze ihn schon lange nicht mehr. Den Himmelblauen sei Dank«, erwiderte er lächelnd. Als Christian unwillig den Kopf schüttelte, dämmerte es Jack langsam. »Du willst für länger fort, stimmt's? Du bist nur gekommen, um Bescheid zu sagen.«

Christian ließ den Blick über den Horizont schweifen. »Ich kehre zur Erde zurück«, erklärte er.

Jack erstarrte. »Du kehrst zur Erde zurück?«

»Genau das habe ich gesagt.«

»Aber … warum?«

»Du bist der letzte Drache. Wenn du wüsstest, dass es irgendwo noch eine Handvoll Drachen gibt, was würdest du dann tun?«

»Hm. Auf der Erde gibt es zwar Sheks«, sagte Jack. »Aber Victoria meint, du bist ihnen nicht willkommen. Sie würden versuchen, dich zu töten.«

»Das wäre nicht sehr klug von ihnen. Ich bin der Einzige, der ihnen sagen kann, wo die anderen Sheks hin sind.«

»Gerde hat ihnen nicht Bescheid gesagt?« Jack konnte es nicht glauben. »Sie hat sie auf der Erde im Stich gelassen?«

»Diese Nachricht wird sie nicht besonders freuen, aber irgendjemand muss es ihnen schließlich sagen. Ich glaube nicht, dass sie dem Siebten dann noch treu sein wollen, also kann ich einen Pakt mit ihnen schließen: Ich helfe ihnen bei der

Suche nach den anderen Sheks, wenn sie mich dafür in Ruhe lassen.«

»Aber die Idee, eine neue Welt zu schaffen, anstatt die Erde zu erobern, war doch von dir. Sonst wären jetzt alle Schlangen auf der Erde. Indirekt ist es also deine Schuld, dass sie dort festsitzen.«

»Ich werde dafür sorgen, dass sie dieses kleine Detail nie erfahren.«

»Aber kannst du sie wirklich in die neue Welt führen?«, fragte Jack.

»Nein. Die Sechs haben das Tor dorthin völlig zerstört. Das war der einzige Zugang. Zur Erde kann ich nach wie vor reisen, aber die Verbindung zur neuen Welt ist abgeschnitten.«

»Du wärst dort sowieso fehl am Platz«, befand Jack, »denn du hast einen menschlichen Körper und dort gibt es keine Menschen.«

»Ich weiß. Deshalb ist die Erde der ideale Ort für mich. Bis wir herausfinden, wo die neue Welt ist, können Jahre, vielleicht sogar Jahrzehnte vergehen, und dann müssten wir erst noch hingelangen. Aber die wenigen verfügbaren Informationen habe nun mal ich. Die Sheks sind auf mich angewiesen … mal wieder.« Er dachte an Shizuko und lächelte.

»Und wenn sie beschließen, nach Idhún zurückzukehren?«

»Ganz allein? Es sind nur zweiunddreißig. Unter diesen Umständen wäre das glatter Selbstmord.«

»Es hätte aber einen Vorteil«, gab Jack zu bedenken. »Dann könntest du bald wieder hier sein und bräuchtest sie nicht ständig hinzuhalten. Aber du willst auf der Erde bleiben. Es geht im Grunde gar nicht so sehr um die anderen Sheks, stimmt's?«

»Ich gehe, um euch nicht in Gefahr zu bringen«, räumte der Shek ein. »Die Neuen Drachen setzen alles daran, um mich zu finden. Sie haben keine Sheks, gegen die sie kämpfen können, deshalb nehmen sie mich aufs Korn. Hast du die Geschichten gehört?«

»Ja«, bestätigte Jack. »Angeblich willst du Ashran wieder zum Leben erwecken, und das ganze Desaster, als die Götter hier waren, kam nur davon, dass du mit verbotener Magie herumgespielt hast, um ihn zurückzuholen. Sie sagen, du wärst an allem schuld. Von Gerde redet seltsamerweise niemand.«

»Kaum jemand weiß, was für eine Rolle sie in der ganzen Geschichte gespielt hat. Sie werden nicht ruhen, bis sie mich zur Strecke gebracht haben. Und wenn sie mich aufspüren, haben sie euch auch bald. Ich will nicht, dass ihr alles verliert, was ihr euch aufgebaut habt.«

»Das Risiko nehmen wir auf uns, Christian, das weißt du. Wenn du nur gehst, um uns nicht in Gefahr zu bringen, brichst du Victoria das Herz.«

Christian holte tief Luft. »Es gibt viele Gründe«, sagte er. »Der entscheidende ist wahrscheinlich, dass ich zwar hier geboren bin, mich hier aber schon lange nicht mehr heimisch fühle.« Er blickte Jack in die Augen, als er hinzufügte: »Es gibt aber auch noch eine andere Möglichkeit. Ihr könntet alle drei mitkommen, zurück auf die Erde.«

Der Vorschlag war so verlockend, dass Jack vor Sehnsucht ganz weh ums Herz wurde. »Hier würden wir viel zurücklassen«, erwiderte er jedoch skeptisch. »Und auf der Erde wartet schließlich niemand auf uns. Aber besprich es doch mit Victoria. Ich glaube, das müsste sie entscheiden.« Er sprang auf. »Ich gehe los. Victoria kann jeden Moment kommen, und wenn du dich morgen auf den Weg machst, wie ich vermute, bin ich hier heute Nacht überflüssig«, fügte er mit einem Grinsen hinzu. »Sag Victoria, dass ich beim dritten Sonnenaufgang zurück bin. Und was dich angeht, viel Glück und gute Reise.

Und lass dich ab und zu blicken, wenigstens auf einen Sprung. Du kannst sie jetzt nicht verlassen«, fügte er ernst hinzu.

»Ich werde sie nicht verlassen. Nie.«

Jack nickte lächelnd und schwang sich kurz darauf zu den drei Monden empor, in Richtung Berge.

Victoria sah ihn gerade noch davonfliegen und rief nach ihm, aber er hörte sie nicht. Sie lief zum Haus, besorgt, Erik könnte allein geblieben sein. Christian wartete auf der Veranda auf sie. Victoria blieb wie angewurzelt stehen. Sie hatte ihn seit fast einem Jahr nicht mehr gesehen und der Ring hatte ihr keinerlei Zeichen gegeben, dass er in der Nähe war. Er hatte sie überraschen wollen.

Trunken vor Glück stürzte sie in seine Arme. »Christian!«, flüsterte sie. »Du bist wieder da! Ich habe dich so vermisst.«

Der Shek strich ihr lächelnd übers Haar. Gemeinsam gingen sie ins Haus, fütterten Erik, badeten ihn und brachten ihn ins Bett. Erst als er schon tief schlief, setzten sie sich im Dunkeln ans Fenster und unterhielten sich leise.

Victoria wirkte glücklich und voller Enthusiasmus und Christian wusste, dass er ihr das Herz brechen würde, wenn er ihr sagte, dass er wieder fortmusste. Einen Moment lang wünschte er sich, wie Jack zu sein, ständig bei Victoria bleiben zu können, Teil einer Familie zu sein. Aber er musste allein sein und wusste, dass er früher oder später auf die Erde zurückkehren würde. Eigentlich wollte er sogar so bald wie möglich aufbrechen, denn mit jeder Minute würde ihm der Abschied schwerer fallen. Aber vorher brauchte er noch einmal Victorias Nähe. Wenigstens heute Nacht.

»Und wie ist es dir ergangen?«, fragte sie.

Christian schilderte ihr seine Zeit in Nanhai in knappen Worten, brach jedoch mittendrin ab und sah ihr tief in die Augen.

»Was ist?«, wisperte sie erschrocken.

Der Shek holte tief Luft. »Victoria, ich muss wieder fort.«

Sie sagte nichts dazu, sondern hörte sich nur stumm an, was Christian auch schon Jack erklärt hatte. »… deshalb muss ich mich auf den Weg machen«, sagte er abschließend. »Aber ich hatte gehofft, dass ihr mitkommt.«

Victoria seufzte. »Wenn das doch nur ginge. Aber ich muss an Erik denken. Ich weiß nicht, was ich ihm auf der Erde bieten kann. Und außerdem können wir uns nicht einfach so von allen abwenden, Shail, Zaisei, Kimara … und allen anderen.«

Sie ergriff seine Hand, fast schüchtern, als sollte er nicht meinen, sie versuche ihn zurückzuhalten. »Ich werde dich vermissen«, flüsterte sie.

»Ich komme wieder, Victoria, so oft ich kann, das verspreche ich dir. Aber es wird nicht wie vorher, wir leben dann in verschiedenen Welten.« Er hob sanft ihr Kinn, um ihr in die Augen zu sehen. »Ich werde dich auch vermissen«, fügte er hinzu. »Wahnsinnig.«

Dann küsste er sie, wie er sie noch nie geküsst hatte. Victoria vergrub die Finger in seinem Haar und weinte wie ein kleines Mädchen. »Ich will mitkommen«, flüsterte sie ihm ins Ohr.

»Komm, wann immer du willst«, flüsterte er zurück. »Wenn du irgendwann nicht mehr glücklich bist oder dich in Gefahr fühlst oder spürst, dass du nicht mehr hierhergehörst, hab keine Angst und passiere das Tor. Ich werde auf der anderen Seite auf dich warten. Auf dich und Jack und Erik.«

Christian blieb bis zum ersten Sonnenaufgang. Normalerweise brach er noch im Dunkeln auf, aber an diesem Tag wollte er bei Victoria sein, wenn sie aufwachte. Doch als er sie tief schlafen sah, wusste er, dass er nicht den Mut haben würde, sie aufzuwecken oder zu warten, bis sie die Augen aufmachte, um sich noch einmal zu verabschieden. Er stand also auf und zog sich geräuschlos an. Bevor er hinausging, drückte er Victoria sanft einen Kuss auf die Stirn.

Christian hatte weder Jack noch Victoria erzählt, was der Auslöser für seinen Entschluss gewesen war – ein Vorfall vor einigen Tagen, als er über Nanetten hinweggeflogen war. Er achtete immer darauf, sich nicht in seiner Shek-Gestalt zu zeigen, und wenn er flog, dann nachts. Aber diesmal hatte ihn jemand entdeckt: einer von Tanawes künstlichen Drachen.

Der Drache war allein unterwegs. Christian sah keine ernsthafte Gefahr in ihm. Er hatte also laut gezischt, um den Drachen zu provozieren, und sich auf den Kampf eingestellt. Doch dann hatte er etwas entdeckt, das ihm die Schuppen zu Berge hatte stehen lassen. Seine Krallen. Sie bestanden aus dem Gestein des Teufelsfelsens. Er hatte kehrtgemacht und die Flucht ergriffen.

Nun wussten die Neuen Drachen, dass es auf Idhún noch Sheks gab. In Wirklichkeit war nur noch einer da und vielleicht würde ein schlauer Kopf sich ja einen Reim darauf machen, aber Christian gab sich keinen Illusionen hin: Wenn Tanawe weiterhin Drachen baute und sie sogar ›verbesserte‹, dann zweifellos deshalb, weil sie irgendwo noch Sheks zu finden hofften. Sie würden also nicht ruhen, bis sie sie aufgestöbert hatten. Bis sie *ihn* aufgestöbert hatten.

Er machte einen Abstecher zu Eriks Zimmer und beugte sich über das Bettchen. Der Junge schlief, wachte jedoch auf, als Christian ihm über die Wange strich, und sah ihn mit seinen kastanienbraunen Augen an. Der Shek hätte schwören können, dass in ihnen ein Strahlen war.

»Hallo, Kleiner«, flüsterte er. »Ich gehe.« Er holte tief Luft. Auch Erik würde er sehr vermissen. Trotz des leichten Drachengeruchs, den er verströmte, liebte Christian ihn wie einen Sohn. »Versprichst du mir, auf deine Mutter aufzupassen?«, fragte er sanft. Der Junge erwiderte nichts. »Und auch auf Jack«, sprach Christian weiter. »Er bringt sich leichter in Schwierigkeiten, als er zugeben will.« Erik sagte nach wie vor nichts. Christian spürte, dass es Zeit wurde, sich zu verabschieden. »Vergiss mich nicht, einverstanden?«, bat er leise.

»Kistan«, sagte Erik.

Christian lächelte. Er war lange nicht hier gewesen und doch hatte Erik gelernt, seinen Namen auszusprechen. Er tätschelte ihn noch einmal und ging dann aus dem Zimmer. Wenig später verließ er das Haus. Vielleicht würde er nie zurückkehren.

Jack war mit dem dritten Sonnenaufgang wieder da und traf Victoria in einem zutiefst melancholischen Zustand an. Er umarmte sie und tröstete sie, so gut er konnte. »Wir reisen ihm nach, wenn es dir dann besser geht«, versprach er. Eine lange Trennung war für die beiden derartig grausam, dass Jack sich fragte, warum der Shek immer wieder fortging. »Du wirst ihn schneller wiedersehen, als du denkst«, flüsterte er ihr ins Ohr. »Wir werden ihn nie loswerden, das weißt du doch«, fügte er im Spaß hinzu.

Victoria lächelte. Zu ihren Füßen spielte Erik mit einem Hündchen aus Holz, das Jack für ihn geschnitzt hatte. Alles war gut, alles wirkte ruhig und friedlich und doch wussten Jack und Victoria, dass in dieser Familie jemand fehlte.

Weit weg von dort, vielleicht in einem anderen Universum, kam Shizuko Ishikawa gerade von einer Geschäftssitzung. Sie bewegte sich elegant, fast schlängelnd, so wie sie es als Shek-Weibchen getan hatte. Es war Hauptverkehrszeit und auf der Straße drängten sich die Leute, zu viele, als dass sie sich wohlgefühlt hätte. Mit ihren Mandelaugen hielt sie nach einem Taxi Ausschau. Da sah sie ihn.

Kühl, gelassen, in Schwarz gekleidet, so wie immer. Es war ziemlich viel Zeit vergangen, vielleicht ein Jahr, vielleicht zwei, jedenfalls genug für eine Frau, um einen Mann zu vergessen, der sie enttäuscht hat. Aber Sheks vergaßen nie. Sie blieb mit unergründlicher Miene stehen und wartete einfach, bis er näher kam. Als sie sich gegenüberstanden, gab es kein Wort der Begrüßung, keinen Händedruck. Sie sahen sich nur in die Augen.

Was machst du hier?, fragte sie.

Christian erklärte es ihr. Innerhalb von Sekunden wusste sie alles, was sie wissen musste. Je mehr Einzelheiten Shizuko erfuhr, desto bleicher wurde ihr Porzellangesicht. *Du lügst*, sagte sie. *Es ist unmöglich, dass sie uns zurückgelassen haben. Gerde hat uns versprochen …*

Sie hatte einen besseren Plan, erwiderte Christian.

Shizuko fixierte ihn stumm. *Und was machen wir jetzt?*, fragte sie dann. *Wie sollen wir hier überleben?*

So wie immer, antwortete Christian. *Vielleicht braucht ihr Jahre oder Jahrzehnte, aber irgendwann werdet ihr die Herren dieser Welt sein. Und wahrscheinlich werden die Menschen es nie erfahren.*

Das ist ein schwacher Trost.

Ich hatte nicht die Absicht, dich zu trösten.

Sie sahen sich noch einmal in die Augen. Dann drehte Christian sich um und ging davon, ohne zurückzublicken. Shizuko blieb stehen, inmitten der Leute, des Lärms und der Abgase, inmitten des alltäglichen Chaos dieser Großstadt, die keine Sekunde lang die grenzenlose Trostlosigkeit dieser Frau aus Eis erfasste, dieser Schlange, die dazu verurteilt war, unter Menschen zu leben.

Epilog

Das Exil

Shail kam mitten in der Nacht an, als die drei Monde bereits sehr hoch standen und es angenehm frisch geworden war. Er blieb vor der Haustür stehen und sah zu den drei Gestirnen auf. Ob die Götter sie wirklich von Erea aus beobachteten? Ob ihnen auch nur das Geringste am Schicksal der Familie lag, die hier lebte? Er klopfte beharrlich an die Tür, bis Jack schlaftrunken aufmachte. »Sie haben euch gefunden«, sagte er nur. »Sie sind schon unterwegs.«

Jack war sofort hellwach und bat Shail ins Haus. Victoria war auch schon auf und wiegte das Baby, das leise weinte. Beide tauschten einen Blick, sie voller Ungewissheit, er finster. »Wir müssen fort, Victoria«, sagte er.

Victoria lief ein Schauder über den Rücken. Sie drückte das Baby fester an sich, legte es in die Wiege zurück und packte hastig ihre Sachen. Shail trat nervös von einem Bein aufs andere. »Sie werden bald da sein«, sagte er.

Jack spürte Wut in sich hochkochen. »Es geht um meine Familie«, brauste er auf. »Ich werde nicht zulassen, dass sie ihnen zu nahe kommen. Wenn es sein muss, verteidige ich uns mit Gewalt«, fügte er hinzu. Er hatte sich Domivat auf den Rücken geschnallt.

»Sie werden euch immer wieder finden. Du kommst nicht

gegen sie alle an. Sie wollen das Baby und werden nicht eher ruhen, bis sie es haben.«

Jack schloss die Augen. Einen Moment lang wirkte er erschöpft. »Wir haben gekämpft, um Idhún zu retten«, sagte er. »Wir haben alles für diese Welt gegeben, wir sind gegen die Sheks angetreten, gegen Ashran, gegen die Götter, und das ist der Dank?«, fragte er bitter.

Victoria trat zu ihnen. Sie hatte eine Tasche über der Schulter hängen und eine weitere stand zu ihren Füßen. Sie wiegte immer noch das weinende Baby. »Geh Erik holen«, sagte sie zu Jack. »Ich habe ihn noch schlafen lassen.«

Als Jack verschwunden war, sahen Shail und Victoria sich an. »Tut mir leid, Vic«, sagte der Magier. »Tut mir wahnsinnig leid. Nie … nie hätte ich gedacht, dass es so kommen würde.« Victoria schüttelte den Kopf, die Augen voller Tränen.

In diesem Moment kam Jack mit Erik im Schlepptau, der sich verschlafen die Augen rieb. Hastig traten sie auf die Veranda hinaus. Victoria blieb in der Tür stehen und betrachtete den Ort, der in den letzten Jahren zu ihrem Zuhause geworden war. Hier war sie mit ihrer Familie glücklich gewesen. Sie holte tief Luft. Wenn es doch nur ein böser Traum wäre. Doch diese Hoffnung war vergeblich.

Jack drückte sanft ihren Arm. »Wir müssen los«, flüsterte er ihr ins Ohr. Victoria schluckte die Tränen hinunter und nickte.

Kurz darauf liefen sie durch den Wald. Über den Baumwipfeln sahen sie schon die Umrisse der Drachen. Bald würden sie vor dem Haus landen, um sie zu holen … Victoria stellte sich vor, wie sie sich gewaltsam Zutritt verschafften, ihre Sachen durchwühlten, ihr Leben durchwühlten, sie aus dieser kleinen Oase des Glücks vertrieben. *Warum?*, fragte sie sich ein ums andere Mal.

Endlich erreichten sie eine Lichtung, wo ihr Fluchtweg seit

mehreren Wochen vorbereitet war: ein riesiges Sechseck mit arkanischen Runen auf dem Boden. Jack zögerte. »Weißt du wirklich, wie man es öffnet? Ich dachte, das können nur die mächtigsten Zauberer.«

Shail schnaubte. »In Limbhad habe ich mich jahrelang mit dem Thema beschäftigt, weil ich einen Weg suchte zurück nach Idhún. Die Theorie kenne ich auswendig. Ich hab nur nicht genug Energie.«

Victoria drückte das Baby Jack in die Arme, zog den Baculus aus der Schutzhülle und hielt ihn hoch. Die Spitze des Zauberstabs blinkte überraschend schnell. Seit der Rückkehr der Götter war Idhún randvoll mit Energie aufgeladen. Victoria legte die andere Hand auf Shails Schulter.

»Gut«, sagte Shail. »Auf geht's.« Langsam, ganz langsam tat sich das Tor zur Erde auf. Als die Stimmen ihrer Verfolger schon durch den Wald hallten, war die Öffnung groß genug. »Fertig«, keuchte er. »Beeilt euch.«

Victoria nickte und hielt ihm etwas Längliches hin, das sorgfältig in ein Tuch eingewickelt war. »Pass darauf auf«, bat sie. »Ich kenne niemanden, der es mehr verdient hätte als du. Geh vernünftig damit um und lass vor allem niemanden wissen, dass du es hast. Das könnte dich in Schwierigkeiten bringen.«

Neugierig schlug Shail das Tuch zurück. Zwischen den Falten blitzte etwas Weißes hervor, das wie ein Mondstrahl glänzte. Der Magier erstarrte vor Überraschung. »Das ist …«, stieß er schließlich hervor. »Das ist ein Einhorn-Horn!«

»Es ist mein Horn«, bestätigte Victoria. »Wir haben es nach der Schlacht der Sieben in Gerdes Baum gefunden.«

»Und warum habt ihr das niemandem erzählt?«, fragte er noch verwirrt.

Victoria und Jack tauschten einen schicksalsergebenen Blick, der alles sagte. Shail drückte das Päckchen an die Brust. »Ich werde mich seiner würdig erweisen«, versprach er feierlich und fragte zögernd: »Kann ich denn damit neue Magier hervorbringen? Kann ich es anfassen, ohne mir wehzutun?«

»Kannst du«, bestätigte Victoria, »denn es gehört mir und ich schenke es dir.«

Shail musste schlucken. Vor lauter Rührung fehlten ihm die Worte, weshalb Victoria hinzufügte: »Danke für alles, Shail.«

Sie schloss ihn fest in die Arme und der Magier erwiderte ihre Umarmung. »Meine kleine Victoria«, flüsterte er. »Ich hoffe, du findest den Frieden und das Glück, das du verdient hast.«

Victoria holte tief Luft. »Danke«, sagte sie, »dasselbe wünsche ich dir auch. Bitte richte Zaisei und allen anderen Grüße von mir aus. Ihr werdet uns fehlen.«

»Von mir auch Grüße«, mischte Jack sich ein. »Aber dies ist doch wohl kein Abschied für immer. Ich hoffe, wir sehen uns in Limbhad wieder.«

Shail lächelte. »Ich auch.«

Er zerzauste Eriks Haar und drückte ihn fest an sich. Dann umarmte er Jack. Schließlich musterte er das Kind in dessen Armen, das gelassen und still blieb, als ahnte es, welche Gefahr ihnen drohte. »Und das alles wegen so einem kleinen Wurm …«

»Es ist ein Baby«, sagte Victoria, den Tränen nahe. »Es hat niemandem etwas getan.«

Shail wusste nicht, was er erwidern sollte. »Leb wohl, Eva«, flüsterte er. »Leb wohl, kleine Lune.« Das Mädchen sah ihn ernst an. Ihre Augen waren blau wie Eis.

»Ich würde mein Leben geben, um sie zu schützen, Shail«, sagte Jack mit belegter Stimme.

»Ich weiß«, erwiderte Shail lächelnd. »Hoffentlich geht alles gut.«

»Ich bin zuversichtlich. Bald sind wir endlich alle zusammen. Christian wird begeistert sein, Eva kennenzulernen. Ich bin gespannt auf sein Gesicht«, fügte er mit einem breiten Grinsen hinzu. »Den Anblick möchte ich um nichts auf der Welt verpassen.«

Victoria nahm Jack das Baby wieder ab. »Christian«, flüsterte sie dem Mädchen ins Ohr. »Bald sind wir bei Christian, Eva.«

Lächelnd legte Jack ihr den Arm um die Hüfte. Mit der anderen Hand hielt er Erik fest. Nachdem sie sich zum letzten Mal von Shail verabschiedet hatten, machten sie den entscheidenden Schritt, der sie weit weg von Idhún bringen würde. Es war ungewiss, was sie dort erwartete, ob sie willkommen waren in der Welt, in der sie geboren wurden, ob Erik und Eva auf der Erde zu normalen Kindern heranwachsen konnten oder Fähigkeiten entwickeln würden, die sie von ihren außergewöhnlichen Eltern geerbt hatten. Das alles wussten sie nicht, aber in diesem Moment kümmerte es sie auch nicht. Sie kehrten nach Hause zurück.

Inhalt